경희대 인문학연구소
고전명작 이본총서

심청전 전집 5

김진영 · 김현주 · 김영수 · 이기형 편저

도서
출판 박이정

머리말

우리가 이본 총서 작업을 하면서 새롭게 알게 된 사실 가운데 하나는 〈심청전〉 이본이 예상보다 훨씬 많다는 것이다. 지금의 계획대로 작업이 차질없이 진행된다면 〈심청전〉은 이본의 수에 있어서 춘향전에 육박하거나 오히려 춘향전을 초과하지 않을까 생각된다. 물론 개당 작품의 분량이 현격하게 차이가 나기 때문에 편집 권수로는 춘향전보다 적을 것으로 짐작된다. 아마도 적당한 정도의 서술 분량과 한국인의 효성에 대한 지대한 관심이 〈심청전〉의 이본 수를 이렇게 많이 파생시키지 않았을까 생각된다. 이는 우리로 하여금 한국인의 효관념이 우리 선조들에게 얼마나 뿌리 깊었는지를 추론하게 하기에 충분하다. 그런 점에서 〈심청전〉을 필사하는 사람들에게 있어 필사 그 자체는 효를 위한 신앙적 주술과 같은 것이었거나, 불효에 대한 대속(代贖) 행위와 같은 것이었는지도 모른다.

우리는 이번에 〈심청전 전집〉 5 · 6 · 7권을 한꺼번에 내게 되었는데, 이는 그동안 〈심청전〉을 맡은 팀이 불철주야로 합심 노력했기 때문이다. 우리는 심청전팀이 완료 시간을 정해 놓고 입력과 교정을 한다든가, 또 한밤중에 자료를 들고 찾아가 전달하는 것을 보고 우리가 하나의 학술적 용심의 전투를 하는 게 아닌가 하는 생각이 들기도 했다. 사실 수차례 이루어지는 교정을 정심하게 한다는 것은 극도의 끈기와 열정을 요구하는 것이기 때문에 전투적인 결의가 없이는 불가능한 것이다.

〈심청전〉은 모두가 비슷비슷한 내용을 갖고 있음에도 불구하고 또 모두가 서로 다르다. 장승상 부인이 심청을 두 번이나 초래하는 이본이 있는가 하면, 장승상 부인이 아예 등장하지 않는 이본도 있다. 장승상 부인이 심청의 모습을 화상으로 그려 간직하는 화소를 갖고 있는 이본이 있는가 하면, 심청과 장승상 부인이 한시를 서로 지어 족자에 써 나누어 갖는다는 이본도 있다. 밥 빌러 나간 심청이 동네 사람들의 도움을 받아 한두 집만으로 동냥을 끝내고 오는 본이 있는가 하면, 주인이 심청을 박대하고 그 집 개조차 심청을 물려 한다는 본도 있다. 심봉사의 이름도 심학규·심현·심팽구 등등 다양하다. 뺑덕어미의 심술과 행위는 이본마다 그 정도가 다 다르며, 심봉사의 파탈 정도는 그 등락이 더 심하다. 심봉사의 방아타령 대목은 외설적인 데부터 전아한 사설에 이르기까지 다양하기 그지 없다. 심봉사를 배반하고 도망간 뺑덕어미와 황봉사를 치죄하는가 하면, 어떤 이본은 그들을 용서해주기도 한다. 심봉사가 부원군이 되고 난 후의 후일담이 자세한 것도 있고, 소략하게 마무리하고 얼른 끝내는 것도 있다.

〈심청전〉은 이렇게 아주 다양하지만 어떤 커다란 흐름 내지 줄기는 있는 것으로 생각된다. 예컨대 심청의 효성의 정도와 심봉사의 파탈 정도, 그리고 심청전의 판소리적 흥미 사이에는 일정한 함수관계가 있는 듯하다. 심청의 효심을 너무 고양시키고, 심봉사의 근엄함을 부각시키면 판소리적 흥미는 감소하는 경향을 보여준다. 그러나 심청의 효심을 그다지 부각시키지 않고, 심봉사의 파탈적인 국면을 강조하게 되면 판소리적 흥미는 배가되는 경향이 있다. 한편 판소리적 흥미와 소설적 완미성은 서로 배치되는데, 전자를 추구하는 것이 완판 계열 쪽이고, 후자는 경판 계열이 대표한다. 이러한 함수관계에 착목해서 본다면 공양미를 심봉사가 약속하는가, 아니면 심청이 약속하는가 하는 것도 중요한 차이가 될 수 있다. 또 장승상 부인의 존재 여부도 중요한 요소가 될 것이다.

우리는 〈심청전〉을 심도있게 다시 연구할 수 있는 계기가 이 이본 총서를 통해 마련되기를 기대한다. 이본 총서는 사건들의 배열 관계나 각 인물들의 성격 구성소들에 대한 자세한 비교 검토를 용이하게 해줄 것이며, 이를 통해 〈심청전〉에 대한 연구는 다시 한번 도약할 수 있으리라고 생각한다. 특히 그동안에는 존재 여부만 알려져 있던 상당수 이본들이 처음으로 전문 공개됨으로써 이를 활용한 신연구들이 기대되는 것이다. 우리도 앞으로는 한편으로는 자료 정리를 해가면서 다른 한편으로는 출간되는 이본들을 대상으로 한 분석적 연구도 진행할 계획이다.

소장하고 계신 이본 자료를 흔쾌하게 내주고 전재를 허락해주신 원광대의 박순호 선생님과 정명기 선생님께 감사드리고, 어려운 형편인데도 출판을 계속 맡아주고 있는 도서출판 박이정에도 거듭 고마운 마음을 전한다.

1999년 6월 경희캠퍼스에서
김진영 · 김현주

일 러 두 기

1) 〈심청전 전집〉 5권에는 정명기 교수가 소장하고 있는 11종의 필사
본 심청전을 수록하였다. 그 중 하나는 창본 심청가이고, 하나는 소
상팔경 대목만을 떼어내 구성한 특이한 심청전이다.

2) 원문 상태 그대로 옮기되 띄어쓰기만 했다. 띄어쓰기는 현대 정서법
상의 띄어쓰기를 원칙으로 하였다. 그리고 장수(張數) 개념을 적용
하여 장수를 표기하였다. 예컨대 〈23-앞〉, 〈23-뒤〉 등으로 매장이
시작될 때 밝혀주었다.

3) 원본이 오자나 탈자 상태일 경우라도 전혀 수정 가감하지 않고 그대
로 놓아두어 필사본 자료로서의 가치를 그대로 보존하고자 하였다.
그리고 판독이 불가능한 글자에 대해서는 ○○○○ 표시로 복자 처
리를 하되, 자수를 맞추려고 하였다.

4) 새로운 이본이 시작될 때마다 이본의 서지사항과 내용상의 특성 등
에 대해 간략히 소개했으며, 대상본의 소재처를 밝혀두었다.

5) 각 이본의 명칭은 소장자의 이름과 작품 표제명, 그리고 장수를 가
지고 붙였다. 예를 들어 '정명기 소장 34장본 심청전'이다. 낙장본
일 경우에는 전체 장수를 세어 괄호 안에 표기함을 원칙으로 하였
다. 예를 들어 '정명기 소장 심청전 (낙장 51장본)'이다.

차 례

정명기 소장 43장본 심청가 ·· 9

정명기 소장 65장본 심청전 ·· 53

정명기 소장 51장본 심청전 ·· 105

정명기 소장 42장본 심청전 ·· 163

정명기 소장 34장본 심청전 ·· 213

정명기 소장 33장본 심청전 ·· 243

정명기 소장 27장본 심청전 ·· 279

정명기 소장 심청전 (낙장 60장본) ······································ 309

정명기 소장 심청전 (낙장 51장본) ······································ 353

정명기 소장 심청전 (낙장 38장본) ······································ 403

정명기 소장 심청전 (소상팔경) ·· 445

정명기 소장 43장본 심청가

정명기 소장 번호로는 147번이고, 책 크기는 18.5 X 27.8 cm이다. 졸필이고, 장단 표시가 되어 있는데, 오른쪽에 작은 글씨로 부기해놓았다. 후기에 무술년이라는 표시로 보아 필사년대는 1898년이 아닌가 생각된다. 후기에 책주는 김생원댁이라고 되어 있다. 판소리체 호흡과 표현어구들을 잘 간직하고 있으며, 삽화 내용도 판소리 창본의 전형을 따르고 있다. 장단에 '삼궁점'과 같은 알 수 없는 표시가 있다. 뺑덕어미의 행실과 심술을 잘 묘사해놓고 있다. "심봉사는 딸을 잃고 모진 목숨 죽지 못하고 주야로 울음 울 제 도화동 사람들이 권하여 뺑덕어미를 얻었더니 뺑덕어미 호강으로 지낼 적에 이 년의 입버릇이나 아랫 버릇이 같은지라. 양식 주고 떡사먹고 쌀퍼주고 고기사기 벼를 내어 돈을 사서 소주 약주 청주 먹기 이웃집 밥부치기 한밤중에 울음 울기 긴 담뱃대 손에 들고 남의 남정 보면 담배 청하기 총각 보면 유인하여 입맞추고 젖쥐고 농창치되 심봉사는 요분에 대혹하여 아무리 하는 줄을 모르고 세월을 보낼 적에 ……" "요 잡년 뺑덕어미 황봉사에게 뜻을 두고 심봉사 잠든 후에 황봉사 곁에 누워 젖도 쥐고 입맞추고 사생을 모르더라." 성중에 들어가니 소경이 너무 많아 소경 걸려서 출입하기 어렵다고 되어 있다. 황성에서 길을 가다 안씨 맹인을 만난다. 안씨 맹인을 따라 내당으로 들어가면서 심봉사는 보쌈을 당하는 게 아닌가 의심한다. 후기에 "이 책 보고 세상사람들아 개과천선하여 부모공을 잊지 마라."고 되어 있다.

정명기 소장 43장본 심청가

〈1-앞〉

송나라 원풍연의 황쥬 도화동의 한 사람이 이시되 성은 심니요 명은 학규
라 누디 지명지족○○ 문별니 자자턴이 가운이 영쇠ㅎ야 이십에 안밍하니
쳥운의 발지쵸 쓴어지고 금장사순의 공명이 붓○○○○○○ 의 곤흔 신셰
강근흔 친쳑 업고 겸하여 안밍ㅎ○○ 뉘라서 디졉하랴만는 양 ○○○○○
○○○○ ㅎ시니 ○○○○○○○○○○ 일졍을 경솔이 ○○○○○○○ 라
군ㅈ라 잇○더라 ○○○○○○○○○○○ 곽씨부인 ○○○○○○○○
○○○○○○○

〈1-뒤〉

음과 목난의 절개을 흉즁○ 품어잇고 인으에지 화목ㅎ여 몰올 것시 업시
되 셰젼 젼답 업고 남여뢰비 엽셔 조불여식하느구나 가언흔 어진 곽씨부
인 몸을 빳여 품을 팔 졔 싹바느질ㅎ은구라 관디 도복 항의 창의 징염이
면 섭슈 괫자 즁추막과 남여의복 잔뉘비질 상침질 싹씀질과 외올뜻기 잔
누비질 고누비 솔올이기와 하졀의복 고의젹삼 망근쏙미기 각씃졉기 비자
단초 토소 보션 힝견 포디 허으씩 줌치 삼지 샹낭 필낭 휘양 복건 풍치
쳔의 가진 금침 벼기모 쌍원안 수

〈2-앞〉

녹키와 각디 승비 학기리기와 궁초 공단 수쥬 갑사 운문 통경 졔표 북표
황졔표 춘표 마표 졔추리면 극상셰목 싹을 밧고 맛다짝기 쳥싹홍싹 각싹

으로 염식하긔 초상난 디 원삼계복 디사치는 디 음식하기 일년 삼빅육십
일의 잠시 노지 안이코 손툽발툽 즈즈지계 품을 파라 모일 져의 푼을 모
와 돈을 찌고 돈을 모와 양을 짓고 양을 모와 관을 만든어 일슈체계 장변
을 이웃스람 착실하 디 비실 주어 실슈업시 바다 디려 춘추시향 봉졔스와
압 못보난 가장공경 시죵이 여일흐이 동늬 사람드니 곽씨부인 어질고 착
한 마음

⟨2-뒤⟩

만고의 처엄이라 흐던이 흐로난 심봉사가 마노리 늬 말 드러보오 사람이
싱겨나셔 부부야 뉘 업실가만는 이목구비 셩훈 스람도 혹 불칙훈 졔집 어
더 부부불화흐건만은 마노리난 젼상어 무삼 은혀로 이 상어 부부도여 압
보난 가장 나을 한시 반디 노지 안이코 주야로 버으려셔 어인으히 밧뜻다
시 체위할가 비고풀가 의복 음식 찐 마쵸와 지셩으로 공양흐이 나는 편타
흐려 흐려이와 마노리 고상사이 도로혀 불편흐리 날 고양 그만흐고 괴로
온 일 그만흐오 굼고 벗기는 고스흐고 자원훈 일리 잇쇼 (진양조라) 우리
가 연장 사십이나 실흐의 일졈 셜육이 업셔 죠상항화을 끈켜 되

⟨3-앞⟩

니 죽어 황쳔의 도라간들 무슴 면목으로 션영을 상면흐면 우이 양쥬 스후
신셰 쵸상장스 소디기며 연연이 오난 기일 밥 훈 그릇 물 훈 머금 누라셔
밧들잇가 명산디쳔 신공 디려 다힝이 눈먼 즈식이라도 즈녀간의 나아보면
평상 한을 풀가흐이 지셩으로 공나나 드려보오 (안일이라) 곽싯부인 디답
흐되 옛글의 이르기을 불효삼쳔의 무후위디흐야스온이 우이 무자흠은 첩
의 죄약니라 응당 니침직흐되 가군의 너부신 덕으로 지금가지 보죤흐여스
오나 즈식 두고 시푼 마음이야 몸을 팔고 뼛르 간들 무삼 이을 못흐릿가

정명기 소장 43장본 심청가

〈1-앞〉

송나라 원풍연의 황쥬 도화동의 한 사람이 이시되 성은 심니요 명은 학규라 누디 지명지족○○ 문별니 자자턴이 가운이 영쇠ᄒ야 이십에 안밍하니 청운의 발지쵸 쓴어지고 금장사슌의 공명이 붓○○○○○○ 의 곤흔 신세 강근흔 친척 업고 겸하여 안밍ᄒ○○ 뉘라서 디졉하랴만는 양 ○○○○○ ○○○○ ᄒ시니 ○○○○○○○○○ 일졍을 경솔이 ○○○○○○ 라 군즈라 잇○더라 ○○○○○○○○○○ 곽씨부인 ○○○○○○○○ ○○○○○○○○

〈1-뒤〉

음과 목난의 졀개을 흉즁○ 품어잇고 인으에지 화목ᄒ여 몰올 것시 업시되 세젼 젼답 업고 남여뢰비 엽셔 조불여식하느구나 가언흔 어진 곽씨부인 몸을 쌧여 품을 팔 졔 싹바느질ᄒ은구라 관디 도복 항의 창의 징염이면 섭슈 괫자 즁추막과 남여의복 잔뉘비질 상침질 싹쯤질과 외올뒷기 잔누비질 고누비 솔올이기와 하졀의복 고의젹삼 망근쑤미기 각쯘졉기 비자 단초 토소 보션 힝견 포디 허으씌 줌치 삼지 샹낭 필낭 휘양 복견 풍치 쳔의 가진 금침 벼기모 쌍원안 수

〈2-앞〉

녹키와 각디 슝비 학기리기와 궁초 공단 수쥬 갑사 운문 퉁경 졔표 북표 황졔표 춘표 마표 계추리면 극상셰목 싹을 밧고 맛다짝기 쳥싹홍싹 각싹

으로 염식하긔 초상난 디 원삼졔복 디사치는 디 음식하기 일년 삼빅욱십
일의 잠시 노지 안이코 손톱발툽 ㅈㅈ지계 품을 파라 모일 져의 픈을 모
와 돈을 찌고 돈을 모와 양을 짓고 양을 모와 관을 만든어 일슈쳬계 장변
을 이웃스람 착실하 디 비실 주어 실슈업시 바다 듸려 춘추시향 봉졔ᄉ와
압 못보난 가장공경 시죵이 여일ᄒ이 동늬 사람드니 곽씨부인 어질고 착
한 마음

〈2-뒤〉

만고의 처엄이라 ᄒ던이 ᄒ로난 심봉사가 마노러 늬 말 드러보오 사람이
싱겨나셔 부부야 뉘 업실가만는 이목구비 셩ᄒ 스람도 혹 불칙ᄒ 졔집 어
더 부부불화ᄒ건만은 마노리난 젼상어 무삼 은혀로 이 상어 부부되여 압
보난 가장 나을 한시 반디 노지 안이코 주야로 버으려셔 어인ᄋ히 밧뜻다
시 쳬위할가 비고풀가 의복 음식 찌 마쵸와 지셩으로 공양ᄒ이 나는 편타
ᄒ려 ᄒ려이와 마노리 고상사이 도로혀 불편ᄒ리 날 고양 그만ᄒ고 괴로
온 일 그만ᄒ오 굼고 벗기는 고ᄉᄒ고 자원ᄒ 일리 잇쇼 (진양조라) 우리
가 연장 사십이나 실ᄒ의 일졈 셜육이 업셔 죠상향화을 쓴켜 되

〈3-앞〉

늬 죽어 황쳔의 도라간들 무슴 면목으로 션영을 상면ᄒ면 우이 양쥬 ᄉ후
신셰 쵸상쟝ᄉ 소디기며 연연이 오난 기일 밥 ᄒ 그릇 물 ᄒ 머금 누라셔
밧들잇가 명산디쳔 신공 듸려 다힝이 눈먼 ㅈ식이라도 ᄌ녀간의 나아보면
평상 한을 풀가ᄒ이 지셩으로 공나나 드러보오 (안일이라) 곽싯부인 디답
ᄒ되 옛글의 이르기을 불효삼쳔의 무후위디ᄒ야ᄉ온이 우이 무자홈은 쳡
의 죄약니라 응당 늬침직ᄒ되 가군의 너부신 덕으로 지금가지 보존ᄒ여ᄉ
오나 ㅈ식 두고 시푼 마음이야 몸을 팔고 뼈ᄅ 간들 무삼 이을 못ᄒ릿가

만는 가군 졍딕흐신 셩졍을

〈3-뒤〉

아지 못흐야 발셜치 못흐여습던이 먼져 말슴흐옵신이 지셩신공흐올이다
몸을 팔라 모인 직물 왼갓 공을 다 듸릴 젹의 (즈진며이) 명산딕찰 영신
당과 고묘총스 셩황스며 셕불보살 미력보살 노고마지 집짓기와 칠셩불공
나안불고 빅일산졔 졕불고 승듕마지 가스시듀 다리시듀 다리권션 질닥기
와 집의 잇는 셩쥬조왕 당산쳘용 군은지신 덕을 지극졍셩 다 지닉니 (안
일리라) 공든 탑니 문어지며 신든 낭기 쎅겨지랴 갑즈 스월 초팔일의 한
꿈을 어든이 이상밍낭 고이흐다 (느진멀리) 천지 명난흐며 셔기 반공흐며
오싁치운리 스면으로 두루며 행취 지동흐더니 션인옥

〈4-앞〉

녀 학을 탁고 하날노셔 나려온다 몸의 치단이요 머리예 화관이라 월픽을
느지츠고 옥픽소리 징징흔듸 계화가지 손의 들고 부인젼에 비려흐고 졋터
와 안진 거동 두렷흔 계셤이 푼안여 쩌려진 듯 심신이 황홀흐여 진졍키
어렵드니 션연의 고은 틱도 잉도순 반기흐고 쇄옥셩 말근 소리 안언이 흐
는 말리 나는 셔왕모의 딸리너니 반도진상 가는 길어 옥진비즈을 만나 수
어수작흐옵다가 시가 조곰 느겨기로 상계젼의 득죄흐고 인간의 닉치시기
로 갈 바을 모로든니 틱상노군 홋토부인 졔불보살 셔간임니 덕으로 지시
흐옵기예 바리고 왓스온니 에엽비 녀기소셔 (즈진멀니) 품안의 달려든니
놀닉여 쎄다른이 남가일몽이라 양쥬 몽스을 의논흐니 두리 꿈이

〈4-뒤〉

가튼지라 마음의 히락흐여 그날 밤의 엇지엇지 흐여든니 그 달붓텀 틱기

이셔 곽씻의 어진 마음 셕부정부좌ᄒ고 활부정불식ᄒ고 입불필와불칙ᄒ고
이불쳥음셩ᄒ고 목불식악식ᄒ다 십싹이 춘 년후의 ᄒ로난 희복기미가 잇
쑤나 이고 비야 이고 허리야 심봉ᄉ 일변 반갑고 일번 겁이 너여 집ᄌ리
드려 쌀고 시 ᄉ발의 정화슈을 소반 우의 밧쳐노코 좌불한셕 급ᄒ 마음
슌순ᄒ기 바러든리 향췌가 진동ᄒ며 치운이 두로던니 혼미 중의 탄승ᄒ이
셔인옥녀 쌀리로다 심봉ᄉ 겨동 보소 쌈을 갈나 뉘여녹코 (안일리) 만심
환희ᄒ는 차의 곽씨부인 졍신ᄎ레 슌순은 ᄒ여싯나 남여간의 무어시요 심
봉ᄉ 디소ᄒ고

〈5-앞〉

애기 솟틀 만져본이 손의 걸림싀가 업시 나로비 지너가듯 미쓴ᄒ겨 지너
가이 아미도 무근 조기가 희조기을 낫나부다 곽씻부인 서운ᄒ여 만득으로
나온 자식 쌀리안이 원통ᄒ오 심봉ᄉ 리온 말리 만노너 그 말 마오 쌀리
ᄋ들만은 못ᄒ여도 아들도 잘못 두면 욕급션영할 거시오 쌀리라도 잘잘
두오면 아들 주고 박구겄소 우리 잇 쌀 고이 길너 예결 먼져 가릇치고 침
션방젹 다 시거서 요죠슉녀 죠은 비필 군ᄌ효구 가리여셔 금실우지 질거
옴니 외손봉ᄉ을 못할손가 쳑쑥밥 얼는 지어 삼신상의 올녀녹코 의관을
졍졔ᄒ고 두 손 합장 비는 말이 (ᄌ진말리) 삼십삼쳔 도솔쳔 신불졔셕 삼
신겨신 졔왕임니 화히동심ᄒ여 다 구어보옵소셔 ᄉ십 후어 점지한 쌀 두
달어 이실 미져 셕 달의

〈5-뒤〉

피 어리여 넉 달의 인형 싱겨 다섯 달의 오포 싱겨 엿섯 달의 뉵졍 나고
일곱 달의 칠규 싱겨 ᄉ만팔쳔 털리 나고 여달 달의 구규 열여 아홉 달의
져질 먹고 열 달만의 찬짐 바다 금광문 ᄒ탈문을 고이 열어 슌순을 ᄒ니

삼신임의 너부신 덕 빅골난망이온니 다만 독녀 달리온이 동방싯의 명을
쥬어 티임의 덕힝이며 디순의 효힝이며 반히의 지질이며 셕순의 복을 주
어 외 붓 듯 달 붓 듯 잔병 업시 잘 각구어 릴췌월장ᄒᆞ옵소셔 더운 국박
퍼다 놋코 소묘을 먹인 후어 심봉스 귀훈 마음 익기을 어룬다 금즈동아
옥즈동아 두류쳔ᄒᆞ 무쌍동아 어허 간간 니 달리야 포진강의 숙향이가 너
가 되여 환승한가 은하수 직여셩이 너가 되어 나려 원나 금을 준덜 너을
스며 옥을 주들 너을 스며 남

〈6-앞〉

젼북답 장만한들 이여셔 반가오며 순호진쥬 어더신들 이여셔 더할소야 어
듸 갓다 인자 왼라 (안일리라) 이럿툿 칠기든이 곽싯부인 순호멸증으로
만신이 두로 붓고 호흡이 쳔쵹ᄒᆞ여 식음을 면폐ᄒᆞ고 명체엽시 알든고나
심봉스 겁을 니여 문의ᄒᆞ여 약을 시고 경도 일코 굿도 ᄒᆞ고 빅가지로 치
로ᄒᆞ되 듁기로 든 병이 일분 차효 잇실손야 심봉스 기가 막켜 곽싯부인
졋터 안즈 만신을 어로만지며 익고 익고 만노리 이겨시 웬 일이오 졍신
차려 말을 ᄒᆞ오 식음을 젼폐ᄒᆞ니 기혀ᄒᆞ여 이려훈가 ᄒᆞ일엽시 죽게 되이
눈 어두온 가장이며 강보여식을 엇지ᄒᆞ고 듁을난요 곽싯부인 사지 못할
둘 알고 (삼궁졈니라) 가군의 손을 잡고 후유 한숨 눈물지며 봉스임 니
말을 드르시요 니 평싱 먹은 마음 압 못보는 가장임을 히로빅년 봉향타가
불힝만셰 당ᄒᆞ오면 초죵장스

〈6-뒤〉

훈 연후의 뒤을 좃차 죽즈 ᄒᆞ엿던이 쳔명이 긋쑨인지 인연이 ○쓴○○○
○릴 업시 듀계되이 눈을 엇지 감고 갈나 니 한 몸 죽어지면 눈 어두온
우리 가장 헌 옷 뉘라 지어쥬며 조셕공경 누가 할가 사구무친쳑 혈혈단신

의탁할 고 전어 업셔 집펑막디 것더 집고 덤듬덤듬 다니다가 구령의도 써
려지고 돌의도 추여 너머져셔 신세 신세줏탄 우는 모양 누으로 본듯ᄒ고
기한을 못이기여 가가문젼 단의며 밥좀 쥬오 실푼 소리 구여 졍영 들이난
듯 나 듁은 혼빅인들 추마 엇지 듯고보며 명순디찬 신공 드려 스십 우여
나은 ᄌ식 쪗 혼번도 못머어고 얼골도 치 모보고 듁단 말리 무슴 죄요 엄
미 업는 어인 거실 뉘 졋 먹여 질여닐가 (듐며이라) 이 일 저 일 싱가훈
이 멀고 면 황쳔질의 눈물졔워 어지 가며 압피 막겨

〈7-앞〉

엿지 갈고 져 건늬 임동지딕 돈 열 양 막겨시이 그 돈 열 양 추자다가 초
상의 보틱싯고 항아일려 잇는 양식 히복쌀로 두어던이 못다 먹고 듁어가
이 출상이나 한 연후여 듀고 양식ᄒ옵시고 진어스딕 관디 한 별 습빈예
학을 놋타 못다 놋고 보의 써셔 농안의 너어신이 남의 즁디훈 옷시온이
내 죽기 젼의 보니옵고 뒷말 귀덕엄이 친ᄒ계 단여시니 어인 이기 안고
가셔 졋좀 먹어다라 ᄒ면 괄셰 안이ᄒ옵니다 져 ᄌ식이 죽지 안고 자라나
셔 제 발로 것것들낭 압 셰우고 질을 무러 늬 뫼 압펴 추ᄌ 와셔 아가 이
무덤이 너의 모친 무덤니다 가르쳐 모녀상봉ᄒ계 ᄒ오 쳔명을 못이기여
압 못보는 가장의게 어인 ᄌ식 지쳐 듀고 영결ᄒ고 도라가이 가군의 귀ᄒ
신 몸 이통ᄒ여 승계 말고 쳔만보죤ᄒ옵소셔 차상의 미진한을

〈7-뒤〉

후싱의나 다시 만너 이별 엽시 스스이다 한슘 쉬고 도라누어 어인ᄋ히 자
바 달녀 낫들 한터 디이고 셜을 꿀꿀 추며 쳔지도 무심ᄒ고 구신도 야속
ᄒ다 녀가 진쟉 싱겨겨ᄂ 늬가 좀더 살겨ᄂ 너가 느자 느가 죽은니 갓업
신 궁쳔지통 널로ᄒ여 품계 되이 죽은 엄미 숀 ᄌ식이 싱스간어 무슴 죄

야 뉘 졋 먹고 스나나며 뉘 픔의셔 즈라나리 이고 이고 아가 니 졋 막족
만리 먹고 어셔 어셔 즈라느계라 이 이 일홈을낭 심청이라 불너주오 져
주라 지은 굴너 오식 비단 금즈 복혀 진옥판 홍스수실 진듀 느림 부젼 다
라 신힝함의 두어시이 업칠뒤칠ㅎ겨들능 (아닐니라) 날 본다시 씨여 쥬고
나 쪗든 옥지환니 손의 져여 못지고 졍디 안의 두어시니 심청 즈라겨든
날 본다시 니여주고 괴불줌치 끗을 다라 함농 안의 여여시이 그것

〈8-앞〉

돗 치여쥬고 할 말니 무궁ㅎ되 슘니 막혀 못ㅎ겟소 한슘져워 부는 바람
삼삼비풍 되녀 잇고 눈물계워 오는 비는 소소셔우 되여셔라 꽉꿈질 두세
변의 숨리 덜컥 쓴어져구느 (안닐니라) 심봉스난 누 어두온 스람이라 운
명한 둘을 모으로고 죵시 산 듈만 아든 겨시엿다 얼골을 한태 디이고 만
신을 어로만지며 여보 미노리 졍신을 추니요 쳔호만호 불너보들 죽은 사
람이 디답ㅎ랴 그계야 죽은 쥴 알고 (즈진멸라) 만노리 참 죽어난가 참
죽어 죽단 말이 원 말닌고 가심 쾅쾅 뚜다이며 머리 탕탕 부듸치며 나리
궁굴고 치궁굴고 발 구르며 호통ㅎ며 여보 마노리 그디 살고 나 죽의면
져 즈식을 키울 거실 니가 살고 그디 죽은이 져 즈식을 엇지ㅎ랸요 구차
리 스즈 하이 무엇 먹고 살랴나며 함긔 짜라 죽즈하이 어린 즈식 엇지할
가 동지셧달 찬

〈8-뒤〉

바람의 무엇 입펴 키여느며 달은 지고 불 업신 침침한 빈 방안의 비곱파
우는 소리 뉘 졋 먹여 크여니랴오 마오 마오 죽지 마오 평승의 졍훈 듯시
스싱동겨ㅎ즈던이 황쳔의 어디라고 날 바리고 도라갓소 져것 두고 죽든
말가 인졔 가면 언져 올이 청춘작반호환양의 봄을 짜라 오느느랴 이고 이

고 니리리라 쏘도 졋다 닷시 피고 희도 졋다 돗견마은 우이 마노리 가신
디는 훈번 가먼 다시 못오난이 삼쳔벅도 요지연의 셔왕묘을 짜라간가 월
궁황아 쩍이 되여 도약ᄒ로 올나간가 나는 뉘을 ᄎᄌ가리 이고 이고 셔운
지고 이려틋 셔러울 져 (안릴릴라) 도화동 스람 노소 업시 묘야 안자 냑
슈ᄒ고 하난 말리 현쳘훈 곽씻부인 지질도 거록ᄒ고 힝실도 음젼ᄒ고 인
슴도 ᄌ록든니 늑도 졈도 안이ᄒ여 불상이도 죽여고나 심봉ᄉ 가긍한 신
셔 층양할 길 업닌 우이

〈9-앞〉

동닉 빅여호의 십시일반으로 미호의 디 돈 슈렴 노와 감장ᄒ여 쥬미 엇더
ᄒ요 공론이 여츌일구ᄒ여 불상훈 곽씻 신쳬 금광곽 졍이 ᄒ고 소방산 디
틀 우의 졀관ᄒ여 언져 노고 명젼 삽션 공포 등물을 좌우로 갈나 셰우고
거이졔 지는 후의 상부군은 상부 메고 (듕멸이라) 어이 가리 너허 너허
너허 심봉ᄉ 거동 보소 그 중애 굴관졔복ᄒ고 집펑막디 훗더 집고 상부
뒷치 겸쳐 잡고 여보 마노리 날 발리고 어듸 가오 나도 가시 나도 가시
멀고 먼 황쳔질의 날과 함기 드어가ᄉ 염닉국이 어더라고 날을 두고 혼ᄌ
가오 업더지며 잡바지며 쳔방지축 짜라간다 향양지지 가리여셔 고이 안장
훈 연후의 평토졔을 지널 젹여 지셩으로 졔문 지여 졔을 지눌 졔의 오호
라 곽씻부인아 어인 거실 엇지 질더니즌 말가 뉘 졋 목여 살여닐고 눈 어
두온 이닉 신셰 어이ᄒ여 사라나리 분묘을 겸쳐

〈9-뒤〉

안고 복통 단장셩 운ᄂ고니 여보 마노리 ○○○○○○○○○○○○ 죽
을 터이오 굴며셔도 죽을 터이요 익 터져도 죽을 터이온니 이 ᄌ식 다려
가오 ᄌ식도 쒯찬ᄒ고 살기도 귀찬소 가심도 광광 발도 탕탕 부듯치며 죽

기오만 드는고나 (안일이라) 동닉 스람들이 심봉스을 붓듯려 말유ㅎ여 이
론 말리 죽은 가쇽을 쌋라가고 산 즈식을 엇지ㅎ랴오 다리고 도라온니 심
봉스 졍신 차려 동닉스람들계 빅빅 치스ㅎ고 집으로 더어오니 (느진멸라)
부억은 덕막ㅎ고 방은 텽 비여는디 어인 즈식 혼즈 누어 응아응아 실피
운이 심봉스 셔운 마음 도오혀 겹니 느셔 즈식을 엇지할고 운는 애기 품
어 안고 기리산 갈가믹구 계발 무려 더진 더시 홀로 안즈 으가 으가 우지
마라 너 우룸 한소리여 구곡간장 다 녹는다 네 어

〈10-앞〉

먼이 먼 듸 갓다 덧난 날은 잇것만은 오난 날은 모로겨다 너도 에미 죽은
쥴을 알고 져리 운난야 모로고 운난야 네 누어 눈물느면 늬 눈어는 피가
는다 히당화 져 나부야 쏫 진다고 셜워 마라 명연 사월 도라오면 굿쏫 다
시 피연이와 불상ㅎ다 우이 안히 언의 시졀의 다시 오리 잇고 아가 우지
마라 그날 밤을 스오잔니 잇기는 기진ㅎ고 어룬온 눈이 더옥 침침ㅎ여 깅
기을 못차릴 졔 동방이 히변ㅎ면 (안일일라) 쑤런 소리 귀예 얼는 들이겨
눌 문을 열고 밧기 느셔 우물가의 오신 부인 뉘신 쥴을 묘로오나 졋 잇겨
든 존 일 ㅎ오 한 일너도 못된 아히 져질 굴머 죽겨 된니 활린적덕ㅎ여
주오 져 여인들 이론 말리 나는 과연 져지 엽소 으히 잇는 여인들이 동닉
만스오이 우는 으히 안고 가면 뉘가 괄셰ㅎ오잇가 심봉스 그 말 듯고 어
린으히 품의 안고 한 손의 마더

〈10-뒤〉

집고 으기 인난 집 츠즈 가셔 (듕멸멸라) 여보시요 부인녀들 부인니덜 틱
집의 귀한 으기 머고 나문 졋 한통을 이 으 졋 좀 먹여 쥬오 비곱파 운는
소리 참아 듯지 모하것소 계발 덕분 존 일ㅎ오 동셔남북 이결ㅎ이 졋 잇

논 여인들이 그 뉘가 괄셰ᄒ라 뉵칠월 써약볏터 지심 민다 수논 듸도 소
리 ᄂ면 게가 졋 좀 먹여주소 빅셕쳥탄 시니가의 빨니흔 여인들계 이 ᄋ
졋 좀 먹여주오 용졍방ᄋ 진는 듸도 가 이 ᄋ 졋 좀 먹여주오 여인들리
이온 말리 그 ᄋ 이리 드려오오 졋슬 먹여 니여듀며 부듸 어려 마으시고
니일도 안고 오고 모릐도 안고 오면 우이 ᄋ기 못먹여도 그 ᄋ 셜마 굴물
잇가 동양졋 어더 비 부으겨 먹여논니 심봉ᄉ 조와라고 ᄋ기 안고 도라오
면 어혀 니 쌀 비 불으계 일년 숨빅육십 일의 일상 이만금 ᄒ여

〈11-앞〉

쥬소 이거시 뉘 덕인고 동늬 부인 덕이로다 수복강영 하옵소서 어서어서
자라나서 너도 너의 모친갓치 현쳘ᄒ고 절ᄒᆼ 이서 이비 귀함 뵈이여라 어
려서 고상하면 부귀다남하난이라 포단 덥퍼 뉘피 녹코 시이 시이 동영할
졔 숨베 젼듸 두 동 지어 억기여 들려메고 니 집 져 집 단이면셔 한 머리
여 쌀을 밧고 한 머리는 베을 바다 쥬는듸로 바다 모이고 한 달 육쟝 젼
거두어 한 푼 두 푼 돈을 모와 어인ᄋ히 옴쥭츠로 강엿 홍합 ᄉ고 더듬더
듬 오는 거동 불상ᄒ고 가연ᄒ다 미월 상망 소듸상을 그령겨령 지니던이
심쳥이는 쟝녀 구히 될 ᄉ람이라 쳔지구신이 도와쥬고 졔불보살이 음조ᄒ
여 잔병 업시 자라나셔 육칠세가 되여가이 열골 졀식이요 인ᄉ

〈11-뒤〉

가 민쳡ᄒ고 효향이 출쳔ᄒ고 소견이 광활ᄒ고 인ᄉ○○린이라 부친의 조
셕공양 모친의 기졔ᄉ을 예법으로 시ᄒᆼᄒ이 뉘 안이 칭챤ᄒ리 (안일일라)
ᄒ로는 심쳥이가 부친계 엿ᄌ오듸 아부지 드르시오 말 못한은 가마구도
공임 져문 날 반포할 쥴을 아이 흐믈며 ᄉ람이야 미물맛도 못할잇가 아부
지 눈 어두어 노푼 듸 지푼 듸와 죠분 질 급한 질의 쳔방지츅 단니다가

업덧져 상키 숩고 구진 날과 바람 치고 셔리친 딕 치워 병 느실가 엄여오
니 닉 느히 십여세라 이졔 부모봉향을 모ᄒ올잇가 아부지 오날붓텀 집이
나 직히옵고 계시소셔 니가 가셔 밥을 비려 조셕공양ᄒ오리다 심봉ᄉ 이
말 듯고 어허 닉 딸 기특ᄒ다 출쳔지효여로다 인졍은 그려ᄒᄂ 무남독

〈12-앞〉

여 널로ᄒ여 밥을 빌노 보닉고 안즈 바다 먹는 마음 닉가 어지 편홀소야
그런 말을 다시 말나 심쳔이 여즈오디 다 큰 즈식 집의 두고 압 못보는
아부지가 밥을 비노 단이시면 남니 욕도 ᄒ연이와 닛즈 도려 못되온니 고
집지 마압소셔 심봉ᄉ 올킨 녀겨 기특ᄒ다 닉 딸이랴 너 마음딕로 ᄒ야라
(듕멸이라) 심쳥니 그 날부텀 밥을 비노 느간다 원촌의 히 빗치고 안마을
머 나가나니 헌 비듕우 단임 미고 헌 비 쳐미여 압셥 업는 헌 져굴리 쳥
목 휘양 눌너씨고 보션업시 발을 벗고 뒤칙 업는 헌 집신의 헌 박아치 손
이 들고 문을 얼고 나셔보니 쳔산의 조비졀이오 만경의 인종멸나라 셜풍
의 못진 바람 살 소다시 드리 분다 엽겨름 쳐 소을 불며 니 집 져 집 밥
을 빌 졔 정지문압 드려셔며 이근니 비는 말리 모친 셰상 발리시고 우이
부친 눈 어두온 둘 뉘 안리

〈12-뒤〉

모로잇가 십시일반니온니 쳬분디로 듀옵시면 압 못난 우리 부친 기갈을
면ᄒ쎄소 보고 듯난 사람드리 마움리 감동ᄒ여 그웃밤 짐치 장을 앗기잔
코 더려준며 혹즈는 먹그라 ᄒ니 심쳥이 ᄒ는 말리 치운 방의 늘근 부친
니 오기만 기달린니 닉 혼즈 머글잇가 이려쳐음 어든 밥이 한두 집의 족
ᄒ여 밧비 도라 집의 와셔 아부지 단여와소 아부지 빅 곱푸져 즈연 지쳬
되년는이다 (즈진멸멸라) 심봉ᄉ 딸 보닉고 마음 놋치 못ᄒ던니 딸의 소

리 반기 듯고 문을 펼젹 박기 늣셔 손 실이지 불 쬐여라 어로만져 셋을
글글 초고 눈물지며 인달도다 너의 모친 무상호다 나의 팔즈 널노하여 밥
을 빈니 이 밥 먹고 사잔 말가 모진 목슘 죽지 안코 네 고상 시기는고 심
청의 장호 효성 부친을 위로호여 아부지 셔려 마오 부모을 봉향호고 자식
이 된 밧기는 쳔

〈13-앞〉

지의 뜻뜻호고 인스의 당연호니 넘어 걱정마옵시고 밥이느 즙슈시오 희밥
콩밥 팟밥이며 슷슷지장 보리밥과 짐채 즌반 조구 갓초갓초 어더 왓소 쳐
분디로 잡슈시오 반찬 덧여 입어 엿코 무을 데여 만이만이 즙슈시오 (안
릴리라) 이럿쳐롬 봉향호야 춘호추동 스시졀의 놀 날 업시 밥을 비어 동
니 거인 되엿고나 나이 점점 즈라가니 침셕방젹 능난호여 동니집 바으질
을 공밥 먹지 안니호고 싹을 쥬면 바다 모와 부친의복 츤슈호고 일 업는
날 밥을 비려 근근이 연명호더니 셰월이 어유호여 시오셰가 당호든니 열
골이 츌유호고 호힝이 극진호고 지질리 비범호이 예질가 웃혜 힝할소야
(둥멀니라) 여즁의 군즈요 식즁의 봉화라 이려호 소문이 원근어 들이기
낭즈호니 일일은 월편 무릉촌 장승상딕 부인인 심청의 소문 듯르시고 시
비

〈13-뒤〉

을 보니여 보기을 청호신디 (안리이) 심청이 부친계 엿즈오디 쳔만의외의
장승상딕 부인이 부로신이 시비 함게 가느이다 만일 가셔 더듸도 잡슙다
가 나문 진지 반찬 슈계 상을 보와 탁즁 우의 노와시니 시장컨든 잡슈시
고 너 오기을 기다리소 시비을 닷라가셔 (느진멸멀라) 승상 문안의 드어
가이 가스도 웅장호고 보기도 화려호다 만빅이 나문 부인 의상이 단졍호

고 기골이 풍양호여 부귀가 만호지라 심청을 반기 보고 너가 과연 심청이
야 듯던 말과 갓도다 좌을 쥬어 안진 후애 즈셔이 살펴보이 빅셕쳥탄 시
니 뒤에 모욕호고 안진 졔비 스람 보고 날야는 듯 황홀한 졔 얼골은 쳔상
의 도든 다리 슈변의 비치난 듯 추파을 흘이 씐니 시볘 빗 말근 하늘 경
경한 시별 갓고 팔즈쳥산 가는 눈셥 초싱 편월 졍신이요 양협의 고은 빗
신 부용화 시로 핀 듯 입

〈14-앞〉

을 벌려 웃는 양은 모란화 한 슝이가 호로밤 빗 긔운의 피고져 버리는 듯
호치 녀려 말을 하이 농임에 앙무로다 네 젼신을 몰나도 응당이 션여로다
무룡촌의 니가 잇고 도화동의 네가 느이 무룡촌의 봄이 든니 도화동의 화
긔로다 탈쳔지지경긔하이 비범훈 네로고나 네 니 말을 듯러셔라 승상 긔
세호옵시고 아들은 삼형졔느 황성 가셔 미환호고 다른 즈식 숀즈 엽셔 슬
호에 지미엽고 눈 압펴 말벗 엽셔 젹젹훈 빈 방안의 딕하느니 촉불리요
질고 진 쓰른 밤의 보는 겨시 고셔로다 네의 션셰 싱각호니 양반의 후예
로셔 져럿탓 궁곤훈이 그 안이 불상호야 니 수양딸리 되여 여공도 슝상호
고 문즈도 학십호여 기츌갓치 셩취 시겨 말연 즈미 보랴호니 네 뜻지 엇
덧호야 (안멸니라) 심청이 엿즈오딕 나의 팔즈 궁곤

〈14-뒤〉

호여 느은 졔 칠일만의 모친이 셰상을 버리스니 눈 어두온 우리 부친 동
영졋 어더 먹여 졔우졔우 즈라시나 모여 얼골 모로거날 닉 부모을 싱가호
여 남의 부모을 공경호잇가만은 오날 승상부인 빈쳔함을 셰지 안이코 딸
삼으랴 호옵신이 모친이 다시 온 듯 감격호고 황송호여이다 부인 말삼 쫏
사오면 나는 영귀호연니와 안밍호온 우리 부친 죠셕공양 스졀의복 뉘라셔

ᄒᆞ올잇가 부모은덕 스람마당 잇겨만난 나는 더욱 칭향홀 기리 엽사오니 일시라도 녜날 질리 업삽닌다 목이 맞쳐 엿즈온니 부인 쏘한 긍칙ᄒᆞ여 네 말리 당연ᄒᆞ니 츌쳔지호여로다 그령졔령 날리 져문니 심쳥이 엿즈오디 부인의 현ᄒᆞ심을 입어 죵일토록 모셔사와 언어가 만스오나 일녁

〈15-앞〉

이 ᄃᆞᇂ온니 급피 도라가겄나니다 부인의 마음 이연ᄒᆞ여 치단과 픠물이며 양식을 후이 쥬어 시비 함기 보닐 젹의 네 나을 닛지 말고 모여간 의을 두ᄌᆞ 심쳥이 디답ᄒᆞ되 부인의 어지신 쳬분 니갓치 이휼ᄒᆞ신이 가리침을 밧들이다 ᄒᆞ직ᄒᆞ고 도라올 져 잇 뒷 (느진멸멸라) 심봉스는 홀노 안즈 ᄯᆞᆯ 오기만 지다릴 져 비은 곳퐈 등어 붓고 방은 차셔 탁이 썰썰 잘식는 느라 들고 먼듸 졀의 쇠북 친니 날 져문 쥴 짐작ᄒᆞ고 혼ᄌᆞ말노 ᄒᆞᄂᆞᆫ 말이 우리 ᄯᆞᆯ 심쳥이난 응당 거의 오련만은 무신 일의 골몰ᄒᆞ여 날 져문 쥴 모오로ᄂᆞᆫ고 부인겨 즙펴 못오ᄂᆞᆫ가 길의 오다 욕 보난가 풍셜이 ᄌᆞᄌᆞᄒᆞ니 몸니 치워 못오ᄂᆞᆫ가 시만 펄펄 나라가도 심쳥아 네 오ᄂᆞ야 낙엽이 벗젹 ᄒᆞ여도 심쳥아 네 온ᄂᆞ야 눈바람의 가는 스람 긔 보고 진ᄂᆞᆫ 소릭 심쳥아 네 온ᄂᆞ야 아모리 지다려도 젹막공졍의 인젹이 엽셔신이 심

〈15-뒤〉

봉스가 답답ᄒᆞ야 집펑막디 ᄎᆞᆺ 집고 스립 박기 나가다가 빙편의 믹그려 져 질 나문 긔쳔 ᄋ러 밀친 다시 쩌려진니 면상의는 진흑이요 의복어는 어롬이라 되될스락 더 밧지고 나오란직 믹그려져 두 눈니 벗젹벗젹 일신 수죡 벌벌 썰며 하일업시 죽거되니 아몰이 소릭ᄒᆞᆫ들 일모도공ᄒᆞ여시니 누라셔 견겨놀고 (엇멀리라) 잇더여 몽운스 화쥬즁리 졀을 즁챵ᄒᆞ랴 ᄒᆞ고 권션문 드려며고 시쥬집 단니다가 졀을 ᄎᆞᆺ 도라올 졔 져 즁의 거동 보

소 셔리갓튼 듀 눈섭은 왼 얼골을 덥퍼난듸 크다큰 두 귀밥은 양 억기 청
쳐졋다 실구락 듁감토 한산 가는 모시 쟝삼의 디홍듸을 눌너씌고 용두 철
듁쟝 눈 우의 벗듯 드려 구부영 구부영 홋더집고 쳥산은 암암ᄒ고 강수는
즌즌 흐읫는다 도라올 졔 셕경 빅긴 길노 흔들흔들 오난 길의 풍편의 실
푼 소리 사람 살이라 ᄒ거날 그 고질 ᄎᄌ가니

〈16-앞〉

엇더혼 사람인지 긔천물여 드려셔셔 어푸어푸 ᄒ고 거의 듁계 되야고나
져 즁의 급혼 마옴 구갓쟝삼 훨훨 벗고 힝견 보션 훨훨 벗고 바지가리 도
롤 마라 거듬거듬 거머뒤고 비노 뒤거름으로 징겸징겸 드려가셔 안아다가
긔천가의 너여노니 (안랴라) 젼의 보던 심봉ᄉ라 심봉ᄉ 반기ᄒ여 어혀
그 뉘기시요 소승은 몽운ᄉ 화쥬즁이요 어허 그려체 활인지불이러든 듁을
사람 살이너이 은혀 빅골난망이요 심봉ᄉ 잇그려 방안의 뉫펴노고 져진
옷슬 벽계노고 물의 빳진 스연을 무른디 심봉ᄉ 신셰 ᄌ탄 우는 말과 물
의 빳진 스연 다ᄒ니 져 즁의 ᄒ는 말이 불상ᄒ고 가연ᄒ오 우리 졀 부쳬
임은 영겸니 만ᄒ옵셔 말을 ᄒ면 안니 듯는 거시 업고 구ᄒ면 아이 듯난
거시 업는이 공양미 솜빅셕을 부쳬임계 올이옵고 지셩으로 불공하면 졍영
눈을 더

〈16-뒤〉

셔 쳔지이월을 보는이다 심봉ᄉ 셩셰는 싱각준고 눈뜻단 말만 반기 듯고
그려ᄒ면 쏠 삼빅셕을 권션문의 올이시요 화쥬즁이 혀혀 웃고 여보시요
봉ᄉ임 듹의 가스을 보온니 빅미 삼빅셕이 할릴 업실 듯ᄒ오 심봉ᄉ 홰을
너여 여보 언의 시어부 아들놈이 부쳬임젼의 빈말을 ᄒ것소 눈듯랴 ᄒ다
가 안진방이 되계 염여 말고 적의시오 화듀승이 발앙 열고 권션을 페여놋

코 졔일층 불근찌에 심학규 삼빅셕 시쥬라 젹어 가지고 흐직흐고 간 연후에 다시 공곰 시각흐니 무남독녀 쌀을 시겨 밥을 비려 먹는 터의 쌀 삼박셕이 구지부득이라 심봉스 탄식흐고 흐는 말리 이고답답 니 일리야 미쳔 눈가 경쳐넌가 기쳔물의 싸져 혼미졍신 넉실 일코 엄겹질레 이러한가 다만 독여 심쳥이럴 젼젼걸식

〈17-앞〉

하넌 터의 권션치부흐여 쥬고 파의할 길 업서시니 이런 이리 쏘 잇난가 집을 파라 니자한들 두 양을 뉘가 듀며 니 집의 인는 거시 질이숏 흐나 동의 흐나 스기 흔 입 헌룡 흔 쪽 어늬 누가 스가리요 엇듯 스람 펼즈 죠와 이목구비 부부희로 즈손만당흐고 곡식이 진진 지물이 영영 용지불갈 취지무궁 기리는 것 업건만은 이고 이고 니 팔즈야 날 갓튼니 돗 잇는가 이럿틋 셔려울 졔 (느진멸라) 심쳥이 밥비 와셔 져의 부친 모양 보고 깜짝 놀니며 발 구로며 만신을 두로 만지며 아부지 이겨 웬 일리요 날을 추즈 오시다가 이연 욕을 보션눈가 이웃집 가다가 이 봉면을 당흐엿소 칩긴들 오직흐며 분흐시기 오직흘가 장승상 노부인니 구지 잡고 말유흐여 어언간의 더듸여소 승상덕 시비 불너 불을 엿고 쳬미로 져진 거실 싹가 쥬며 눈물 헌젹 업

〈17-뒤〉

시흐고 아부지 졍신찰려 진지를 줍슈시요 더운 진지 가져와소 국을 먼져 줍슈시요 손을 쓸어 가르치며 이거신 짐채옵고 이거신 즈반이요 (안릴라) 심봉스 슈심 중의 밥을 멸을 듯질 업거날 안니 먹글나 흐니 아부지 웬 일리요 어듸 압펴 그려시요 너가 의더 온다 그려시요 안이로다 너 알라 실더 업다 이거시 웬 말삼이요 부즈간 쳔뉸이야 무삼 허물이 잇스올잇가 아

부지는 날만 밋고 느는 아부지을 미더 디소스을 의논턴니 오날날 말삼니 너 아른 씰디 업다 흐옵시이 부모의 근심은 자식의 근심이라 니 아모리 불효흔 여식인들 말삼을 안니흐신이 마음의 셜스이다 심봉스 그겨야 무삼 일을 내가 솟기야만은 너가 만릴 알거드면 지극흔 너의 마옴 걱정만 될 거시이 말을 못흐엿다 악가 너 온단디 나갓다가 기천물어 밧져 거의 죽게 되야든니 몽운스 화쥬즁

〈18-앞〉

이 날을 건져 살여노고 고양미 삼빅셕을 진심갈역 시쥬흐면 싱견의 눈을 듯여 보이라 흐눈고로 홰짐의 격어더니 즁 보니고 싱각흔직 도로혀 후회로다 심청이 반기 듯고 부친을 위로흐여 아부지 걱정 마옵시요 진지눈 잡수시요 아부지 어두온 눈 만일 발가 보량이면 고양미 삼빅셕을 아모조록 쥬션흐여 모운사로 올릴릴다 네 으모리 흐려흔들 빅쳑간두의 할 슈가 잇실소야 (느진멸라) 심청이 엿즈오디 왕상은 고빙흐여 어름 궁겨 잉어 엇고 곽계라 흐눈 스람도 부모 반찬 흐여 노의면 졔 즈식이 먹는다고 즈식을 무들로 갈 졔 한날의 도의시스 금항일을 어더다갸 부모봉항흐여시이 호도함이 엿스람만 못흐온나 지셩이면 감쳔이라 고양미을 엇스오리다 집피 근심 마옵소셔 만단으로 위로

〈18-뒤〉

하고 (느진멸라) 그 날부텀 모욕즈계 흐고 집안을 소쇄흐고 후원의 단을 뭇고 북두칠셩 횡야반의 졍화수을 한 굿렷셔 등불을 발기고 분향흐고 비 는 말리 모월묘일 지즈 심쳥은 지셩건곤우창젼 일월셩신이며 하지홋토지 신 산악셩황 오방지신 셔가열러 금광 칠보살 팔부신장 시방셩궁 강임도장 흐강흐옵소셔 흐날의 이월이 사람의 면목리라 일월이 업사오면 무삼 분별

잇사올잇가 아부지 임즈승신 삼십 견의 안망ㅎ여 오십이 장근토록 만물을
못보온니 아부의 혀물을낭 이 몬으로 디신ㅎ고 아부지 눈을 발키소셔 일
려텃 비글을 마지 안니 ㅎ던이 (안니릴라) 하로난 듯른니 남경션인 상고
드리 시오셰 쳐여을 스라 혼다 ㅎ거늘 심쳥이 그 말을 듯고 귀덕어미 시
여 여혀 스람 스랴ㅎ는 니력을 무른디 우이는

〈19-앞〉

남경 션인으로 인당슈 지니갈 졔 시오 쳐녀을 졔슉으로 졔을 ㅎ면 무번디
히여 무사왕니ㅎ고 십십만금 퇴을 니기로 몸을 팔ㄴ는 체즈 이시면 갑실
악기지 아이ㅎ고 쥬는이다 심쳔이 그계야 반기 듯고 말을 ㅎ되 나는 본촌
스람일넌이 우리 부친 안밍ㅎ사 고양미 삼빅셕을 지셩으로 불공ㅎ면 눈이
발가 보이라 ㅎ이 가셰가 지빈ㅎ야 쥬션홀 길이 엽셔 몸을 팔랴 ㅎ이 날
을 스가미 엇더ㅎ요 션인이 이 말 듯고 효셩은 지극ㅎ니 그리ㅎ오 져의
일이 급ㅎ지라 그 잇튼날 쌀 삼빅셕을 몽운스로 수운ㅎ고 삼월 시오일의
발션이온이 글리 알고 중비ㅎ오 심쳥이 반기 듯고 부친계 엿즈오디 고양
미 삼빅셕을 이미 수운ㅎ여시니 이졔는 근심 마옵소셔 심봉스 깜쫙 놀니
여 엇지 그리

〈19-뒤〉

ㅎ여ㄴ야 심청갓튼 출쳔지효녀가 엇지 붓친을 쇠기야만은 잠관 쇠기여 디
답ㅎ되 무릉촌 장승상딕 부인이 월젼의 날다려 수양쌀로 삼으야고 ㅎ되
니 되지 추마 혀락지 못ㅎ여습더니 지금 사셰는 고양미 삼빅셕을 쥬션홀
길리 업스와 이 스년을 엿즈온직 빅미 삼빅셕을 직시 니려 주시기로 수양
쌀노 팔녀난니다 심봉스 반긔 여겨 그려ㅎ면 거룩ㅎ다 그 부인이 일국 지
상의 부인이라 아미도 션ㅎ더라 양반의 즈식으로 몸을 팔인단 말리 청문

어 고이ᄒᄂ 장승딕 슈양녀로 간는 겨시 관겨홀랴 언즈ᄂ 가겻ᄂ야 닉월
망일노 다려가야 ᄒ더이다 어혀 그 일 줄 되야다 심쳥이 그 날부텀 곰곰
식각ᄒ니 눈 어두온 빅발 부친 영결ᄒ고 죽을 이리 스람 홀 길이 안이로
다 스람이 셰상의 나셔 시오셰을 졔우 살고 죽을 이을 상각ᄒ니 기가 막
혀 일려도 듯지

〈20-앞〉

엽고 식음을 젼폐ᄒ고 수심으로 지닉든니 다시 싱가ᄒ니 업지려진 물리요
쏘다노은 살리로다 날리 졈졈 갓가온니 이리ᄒ여 못ᄒ겻다 니가 아직 사
라슬 졔 불상ᄒ신 우리 붓친 의복 쌜닉ᄂ 하리라 ᄒ고 춘츄의복 상침 겹
저골리 ᄒ졀의복 고의젹삼 곱계 다려녹코 겨울의복 소음 노와 보의 삿셔
농의 넉코 관망가지 시로 지여 근을 다라 벽의 걸고 힝션날을 싱각ᄒ니
ᄒ로밤의 ᄂ만지라 밤은 젹젹 삼경인디 은하슈 기우럿다 촉불을 더ᄒ여
아미을 슈기고 한슘을 길계 쉬이 아무리 츌쳔지효여들 마음니 온젼ᄒ랴
부친 신언년 보션 보라나 막죡 지으이라 ᄒ고 바늘의 실을 쯧여든니 가심
답답 눈니 침침 희음엽신 우음니 간장으로 좃츠나니 부친 길가 져혀ᄒ여
크계 우든 못ᄒ고 경경ᄒ여 얼골도 디여

〈20-뒤〉

보고 슈죡도 만져보며 날 볼 날리 멧 밤이요 니가 한변 죽어지면 뉘을 밋
고 살르실고 이달도다 우리 부친 니가 쳘을 안 년후어 밥 비기을 노와든
니 닉일붓텀 동니 거인이 될 거시이 눈친들 오직ᄒ며 덥긴들 오직할가 무
삼 혐한 팔즈오셔 칠일만의 모친 일코 부친조츠 이별ᄒ니 이런 이리 돗
잇는가 이별 이별 이별마당 셔컨만은 스라 셔로 당훈 이별 소식드을 날이
잇고 셩면할 디 잇거이와 우리 부친 이별 후어 어늬 날의 소식 알며 어늬

디여 상면홀가 도라가신 우리 모친 지부왕으로 드려가시고 나는 이졔 죽
여지면 슈궁으로 갈 거시니 슈궁의셔 황쳔개기 멋 쳘리ᄂ 머엇든고 모녀
상봉ᄒ랴 ᄒ들 가는 고지 달나시니 지부의 가난 길을 뭇고 무려 ᄎᄌ간들
모친이 나을 알며 너가 모친을 어이 알니 만일 모친 보는 날의 부친

〈21-앞〉

소식을 뭇그드면 무신 말노 디답홀가 오날밤 오경시을 함지여 머무으로고
ᄂ일 ᄂ일 아참 돗는 히을 부상지의 미량이면 어녑불숭 우리 부친 더 모
시고 보연만는 일거월ᄂ을 뉘라셔 막글소야 이고 이고 서운지고 쳔지가
무졍 업셔 이웃고 달기 운이 심쳥이 하일업셔 달가 달가 우지 마라 반야
관의 뭉상군니 아니로다 네가 울면 눌리 스고 날리 스면 나 죽겟다 나 죽
기는 셥즌ᄒ되 의지업논 우리 부친 엇지 잇고 가잔 말고 어늬다시 동방이
발가오니 (안릴리라) 심쳥이 져의 부친 밥나나 막죡 지여 드리리라 ᄒ고
문을 열고 나셔보니 발셔 션인들니 스립 박겨 다다라 오날이 힝션한는 날
리온니 슈이 가져 ᄒ옵소셔 심쳥니가 믹이 업셔 목이 막혀 셔인들을 졔우
불녀 여보시요 셔인님들 오날 힝션ᄒ는 쥴은 이미 알거이와 몸니 팔녀ᄂ
는 쥴은 부친이 아직 모로신니

〈21-뒤〉

만릴 이졔 알겨드면 질어 야단랄 거시니 잠관 지쳬ᄒ옵시면 부친 진지 막
죡 지여 편이 졉슈신 후의 이 말삼을 엿ᄌ옵고 썩나게 ᄒ옵소셔 션인드리
그러ᄒ오 심쳥이 드려와셔 눈물노 밥을 지여 부친 아퍼 상 디리고 승머리
예 덜어안ᄌ 아모쏘록 밥을 만이 먹게ᄒ노랴고 ᄌ반도 덪여 입의 녀코 짐
삼 삿셔 슈졔의 노의며 진지을 만이 잡슈시요 심봉ᄉ는 아모란 쥴 모로고
오날은 반찬이 매우 죠코나 뉘 집의 졔ᄉ 진넌던야 그날 밤의 굼 한ᄂ을

어든니 이는 부여간 쳘윤이라 몽죠가 업실소야 아가 이상흔 일럿다 간밤
의 굼을 권이 네가 수릭을 타고 한업시 가 보인이 수릭라 흔는 거시 귀흔
스람니 탄는 겨시라 무신 조흔 일리 잇실가부다 장승덕의셔 가믹 타여 가
랴난가 심쳥이

〈22-앞〉

제 죽을 꿈인 쥴 짐짝흐고 그 꿈 죠사이다 진지상을 물여니고 담배 담어
올인 후어 스당의 흐직차로 더어갈 졔 (진양죠라) 다시 셔슈흐고 눈물 흔
젹 업시 흐고 스당문을 가만니 열고 졀흐고 고흐되 불효여식 심쳥이는 아
부지 눈듯기을 위흐여 인당슈 졔슉으로 몸을 팔여 가오믹 죠상향화을 일
노좃추 쓴졔 되니 불승황공흐여니다 울며 흐직흐고 스당문을 다든 후예
부인 압폐 나와 두 손을 턱 집푸며 낫실 흔테 더이고 아부지 부르던니 말
못흐고 질식흐니 (안릴리라) 심봉스 쌈쪽 놀닉 아가 이계 원 일야 심쳥이
정신추려 니가 불효여식으로 아부지을 소계쇼 고양미 삼빅셕을 뉘라 나을
주올잇가 남경의 션인들계 인당슈 졔슉으로 습빅셕의 몸니 팔여 오날이
쩟나는 날리온니 날을 막쏙 보옵소셔 (주진멸릿) 심봉스 이 말

〈22-뒤〉

듯고 참말리야 현말리야 능담인야 꿈졀리야 졔승리랴 못가리라 날다려 뭇
도 안코 네 임으로 하단 말가 네가 살고 닉 눈 쯧면 그난 응당 조컨이와
주식 죽고 눈을 쯘달 게 춤마 홀 리이야 네 모친이 너을 낙코 칠일만의
죽은 후의 눈 어두온 늘근 거시 품안의 너을 안고 이 집 져 집 단니며셔
구추한 말 흐여가며 동양졋슬 먹여키여 이만치 주라쩌든 아무리 눈 여둔
아 너을 눈으로 알고 너의 모친 죽은 셔롬 추추로 이졋든니 너 이계 무삼
말고 마라 마라 못흘리라 안희 죽고 주식 일코 내 살아 무엇흐리 너고 나

고 함기 죽즈 눈을 팔아 너을 살듸 너을 팔라 눈을 쓴들 무엇 보즈 눈을 쓰리 엇던 놈의 팔즈관듸 이려계 되단 말가 네 이 놈 셔인드라 장스도 쪽 컨이와 스람 스다 졔슉으로 졔혼는듸 보와는야 하날임의 어

〈23-앞〉

지심과 귀신의 조화로 말근 마음 앙화가 업건는야 어인으히 날 모으게 돈을 쥬고 유인호여 스단 말리 왼 말리야 돈도 실고 쌀도 실타 네 이 놈 장 스놈드라 옛글을 모로나야 칠연듸한 가물 젹의 스람 즈벼 비야호니 탕임군 어진 말삼 나가 직금 비는 바난 스람 위로히미니 스람 죽여 비 양이면 니 몸으로 디신호리라 신영빅묘호고 젼죠단발호여 삼임들어 비여던니 디우방슈쳘리호야신리 이런 릴도 잇난듸 니 몸으로 디신 가미 엇덧호야 여 보시요 동닉사람들 졔런 놈들 그져 두오 (듕머니라) 심청이 부친을 부들고 울며 위로호되 아부지 할릴 업소 나는 임의 죽건이와 아부지 눈을 덧셔 디명쳔지 다시 보고 착한 스람 구호옵셔 아들 낙코 쌀을 나아 아부지 후스 젼코 불효여식 심청일낭 싱싹지 마옵시고 만셰무양호옵소셔 (안릴릴라) 이도 다 쳔명이라 한탄한

〈23-뒤〉

들 엇졔릿가 션인들 이 셩상을 보고 공논호되 심청의 효셩과 심밍인의 일 싱 신셔 굼지 안코 벗지 안키 호여주면 엇덧호요 그 말리 올스온니 그리 호옵소셔 빅미 삼빅셕 돈 삼빅양 빅목 마포 각 한 동식 동즁어 드려노코 동동인을 모도 모와 구별호되 삼빅양은 노을 사셔 근실한 스람 쥬어 도지 바더 졍식호고 심봉스을 공경호되 빅미 이십셕은 당년의 양식 녁녁호고 그 남으 빅여셕은 열년이 훗터 쥬어 장이로 취식호야 양식이 넉넉케 호고 빅목 한 동 마포 한 동 스졀의복 쟝만호고 관가의 공문 니여 동즁의 젼장

ᄒ여 구별을 다혼 후의 심청다려 가ᄌᆞ홀 졔 무릉촌 장승뎍 부인이 그 말
을 듯고 시비을 급피 보니여 심쳥을 쳥ᄒ거늘 시비을 ᄯᅡ라가니 승상부인
문박긔 니다라

〈24-앞〉

(안릴니라) 낙누ᄒ며 가로스디 이 무상혼 스람아 나는 너을 ᄌᆞ식으로 아
눈디 네는 ᄂᆞ을 예미로 안니 안난ᄯᅣ다 빅미 삼빅셕의 모니 팔여 죽으로
간다 ᄒ니 소셩은 지극ᄒ나 그졔 참아 할 이리야 날다려 의논트면 엇지
쥬션하엿지야 빅미 삼빅셕을 이졔 갑파쥴 거시니 션인들 니여주고 가기는
싱싹말아 심쳥니 엇ᄌᆞ오디 당초의 말삼치 못ᄒᆞ온 거시온이 이졔 후회하온
들 엇지ᄒᆞ올잇가 ᄯᅩ한 위친ᄒ여 공을 ᄒᆞ외면 남의 무명식한 지물을 바리
오며 빅미 삼셕을 이졔로 니여쥬면 션인들계 임시낭픽 그도 ᄯᅩ한 어렵삽
고 하물며 갑실 밧고 수삭니 지닌 후의 참아 엇지 나츨 들고 무삼 말을
ᄒ오잇가 부인의 하날갓튼 은혀와 착하오신 말삼은 지하의 도라가와도 잇
지 못하오니다 부인니 기가 막혀 참아 놋치 못하거늘 심쳥이 다시 어ᄌᆞ오
디

〈24-뒤〉

부인은 젼싱의 니의 부모라 언늬 날의 다시 보올잇가 눈물노 이별하니 참
아 보지 못할너라 심청이 도라와셔 져의 부친의게 하직ᄒ니 (ᄌᆞ진멸니라)
심봉사 붓들고 쒸놀며 효통ᄒ되 날 죽이고 가거라 그졔는 못가리라 날 다
리고 가거라 너 혼ᄌᆞ난 못가리라 심청이 위로ᄒ되 부ᄌᆞ쳔윤을 ᄯᅳᆫ코 십퍼
ᄯᅳᆫ스오며 죽고 집퍼 죽스올잇가 익운이 이습고 싱스가 잇기는 ᄒᆞ날임의
하신 비라 한혼들 엇지ᄒᆞ올잇가 부친을 동니스람의계 붓ᄯᅳᆯ려 위로ᄒ라 ᄒ
고 션인들을 ᄯᅡ라갈 졔 (듕멸라) 방셩통곡ᄒ며 치미근을 졸나미고 겨듬겨

듬 것체 안고 비갓치 흐으난 눈물 웃짓시 삼웃찬다 업듸지며 즈바지며 붓
들니여 나갈 적의 견넌집 바리보며 아모기너 큰 아가 승친질 수녹키을 눌
과 함기 흐랴는야 으고 으고 서운

〈25-앞〉

지고 칠월칠석야의 함기 로즈 흐여쓰니 인졔는 혀스오다 언졔느 다시 보
리 너의난 팔즈 죠와 모시고 줄 닛거라 동인 남여노쇼 업시 눈니 붓계 모
도 울고 한날임도 아라 빅일이 무광흐고 셰우가 소소흐고 뒤견이는 필을
나려 우움 운니 야월공산 어듸 두고 네 아모리 가지 우의 부려귀라 울건
만은 갑실 밧고 팔인 몸니 다시 엇지 도라올랴 죽고 십퍼 죽을야만은 스
셰부득 할 슈 업다 수원수기하즌 말고 한 거음어 도라보고 두 거음의 눈
물 지며 강두의 다다은이 비머리예 죠판 노고 심청을 인도흐야 비중 안의
올나가니 닷쥴 감고 돗더을 셰워 뇌을 저어 북을 궁궁 울리면서 (진야죠)
션인들리 어기야 어기야 소리흐며 범파중뉴 쩌셔가니 망망흔 창히며 탕탕
흔 물결리라 빅빈죠 갈막니는 홍

〈25-뒤〉

요 안의 도라들고 소상강 기어기는 한수로 도라든다 봉황더을 다다른니
삼산은 반낙쳥쳔외오 이슈중분빅노쥬는 이티빅이 노든 더요 심양강 도라
든니 빅낙쳔 어듸 가고 피파셩도 끈어졋다 월낙오졔 집푼 밤의 고소셩의
비을 미니 한산사 쇠북소리 긱션의 쩌려졋다 소상강 드려가니 익양누 놉
푼 다락 수운간의 놉피 듯다 동남으로 바리보니 오산은 쳔쳡이요 쵸슈는
만중리라 슙형의 잔닉비는 즈식 츠는 실푼 소리 쳔긱소인 멋멋치야 인즈
승심수즈루라 (중멀리) 심청이 눈물지고 소상팔경 다 본 후의 힝션을 하
여갈 졔 문장연스 누기 누기 모엿던야 그디난 위쳔흐여 효의 물의 죽고

나는 즁형을 다하든니 츙효가 일반니라 위로코져 나와노라 창힝말리 면면
길의 조심흐여 단여

〈26-앞〉

오소 심쳥이 실피 탄식 우는 말리 내 죽을 증죠오다 급피 지려 죽즈흐나
션인들리 슈직흐고 스라 슬녀 가노란니 고국이 창망흐다 (즈진멸니) 한
곳더 당도흐니 다실 지고 쏘더을 지우고 황황분쥬흐는고나 이난 곳 인당
슈라 광풍이 디쟉흐며 바다니 뒤누든니 어융니 쓰오난 듯 벽역이 나리난
듯 디쳔바다 한가온듸 노도 일코 닷도 근코 용쵸도 것고 치도 밧지고 바
람부려 물결쳐 안기 뒤셕겨 즈즈진 날 갈 길은 쳘리만리 넘고 비돗대 와
직근 경긱간의 위퇴흐이 도스공이 황황디겹흐여 혼불부신흐고 고스기계
찰릴 젹의 셤살노 밥을 짓고 큰 소 잡고 동의슐의 돗칠 잡아 긔는 다시
칼을 곳워 언져 녹코 삼식실과 오식탕슈 방외더로 츠려 녹코 심쳥을 모욕
시계 졍흔 의

〈26-뒤〉

복 니여 입피고 비머리예 안쳐두고 도스공이 고스할 졔 북치을 손의 쥐고
북을 두리둥둥 현언씨 비을 지여 이졔불통흔 넌후어 후인이 쏜을 바다 다
각기 위업흐니 막더흔 공니 그 안인가 희우씨 구년지슈는 비얼 타고 다스
리시고 오즈셔 분오할 졔 노가로 건너 쥬고 희상의 퓌흔 군스 오강으로
도라올 졔 비을 마고 지달력고 공명의 탈죠화는 동남풍을 비려닉예 조조
의 십만디병 두유로 화공흔이 비 안이면 엇지흐며 장경은 강동 갈 졔 그
도 쏘흔 비을 타고 임슐지츄칠월의 소동파도 놀아잇고 고여승지무경거는
어부의 질계미요 경세위경년은 스공션니 그 안인가 우리 동무 심물네 명
상고로 위엽흐여 수쳔니을 단니던니 오날 인당슈의 기일 양신날을 가려

용기 봉기 쬬

〈27-앞〉

제 놋코 인당수 용왕임니 인계슉을 밧습기로 유리국 도화동의 스는 시오
세 쳔녜 졔슉으로 드리온니 스희용왕임니 밧즈 흐옵시고 칠금산 용왕인니
즈금산 용왕임니 기기셤셤 용왕임니 디감영감 셩황임니 혀리갈리 셩황임
니 이믈고믈 셩황임니 다 구어 보옵소셔 슈로쳘리 먼먼 질의 나지ᄂᆞ 밤이
ᄂᆞ 슌풍을 만니 펑펑의 물 담은 듯 비도 무쇄비가 되고 쏫도 무쇄쏫치 도
여 영낙지환이 업고 구셜슈 졔살ᄒᆞ야 억십만금 퇴퇴ᄒᆞ여 쏘더 굿티 봉지
질녀 춤으로 디길ᄒᆞ고 우슘으로 영화ᄒᆞ계 졈지ᄒᆞ여 쥬옵소셔 북을 둥둥
울이면셔 심청아 시 급ᄒᆞ다 어셔 급피 물의 들ᄂᆞ 심쳥이 거동 보소 두 손
한틔 더이고 하ᄂᆞ임 젼의 비ᄂᆞ 마리 비ᄂᆞ라다 비ᄂᆞ라다 하ᄂᆞ임 젼의 비ᄂᆞ
이다 심쳥이

〈27-뒤〉

죽는 일른 츄호도 셥쥰ᄒᆞ되 부친의 지푼 한을 싱젼의 풀야ᄒᆞ고 이 쥭엄을
당ᄒᆞ온니 명쳔이 감동ᄒᆞ여 침침훈 아부지 눈을 명명ᄒᆞ계 뜻이소셔 팔을
드려 손 헛치며 여려 션인 스공임니 평안이 계시옵소셔 억십만금 퇴을 니
여 이 물가의 지니거든 니의 혼빅 넉실 불너 물밥이ᄂᆞ 하여 쥬오 두 활기
을 쩍 버리고 비머리녀 ᄂᆞ셔보니 시팔훈 물결리 츌녕쳥월넝쳥 츌녕쳥월넝
쳥 심쳥이 기가 막켸 펼셕 쑥여 안지며 비젼을 다시 잡고 별별 쩌난 거실
사람으 일윤의ᄂᆞ 못보겟다 심쳥이 졍신츠려 별덕 이려셔며 혀혀 니가 불
효로다 이겨시 온릴야 영치 조은 눈을 감고 쳐미폭을 무롬씨고 압이을 아
드득 물고 종종거름 급피 거려 왈칵 뜻여 달여들면 으고 소리 한 변 하고
풍덩 쩌려지니 (아릴기라) 모창히지

〈28-앞〉

일속니라 위르영 츌녕 간디 업다 죽는 쥴만 아라뜬니 풍셰가 엽셔지고 물
결이 ᄌᄌᄒ다 잇 ᄰᅥ 옥황상제쎄옵셔 스희용왕으계 전교ᄒ사 명일 오시여
출쳔지효 심쳥이가 물의 밧지 겨시이 팔션여 시위ᄒ여 슈령궁으로 모셔
듀고 착실리 공경ᄒ되 다시 영을 지다려 호송인간계 하라 만닐 영을 어기
면 용왕을 죽기리라 분부가 지업ᄒ신니 스희요왕니 황겁ᄒ여 원참군 별쥬
부와 빅만인갑이며 무슈한 시여로 빅옥교ᄌ 등디ᄒ고 그 시을 지다리든니
과연 옥갓튼 심낭ᄌ가 물의 ᄰᅥ려진이 신녀들이 교ᄌ을 모시거늘 심낭ᄌ
졍신ᄎ려 시양ᄒ되 나는 진세쳔인이라 엇지 용궁 교ᄌ을 타올잇가 여려
시여 엿ᄌ오더 상졔의 분

〈28-뒤〉

부신이 만릴 타지 안이ᄒ시면 우리 수궁을 죄 면치 못ᄒ것삼느니다 스양
타 못ᄒ여 교ᄌ의 안ᄌ 신녀들계 실이온니 (엇멀니라) 위의도 장ᄒ시고
쳔상 션관션여들리 심낭ᄌ을 보려ᄒ고 좌우의 벼려 잇다 틱을진인 학을
틱고 안기승은 난을 틱고 구름 톤 젹송ᄌ와 ᄉ지 톤 갈션옹과 고리 톤 이
젹션과 쳥의동ᄌ 홍의동ᄌ 쌍쌍이 모셔 잇고 월궁황이 셔왕모며 만고션여
나포션여 남악부인 팔션녀들 다 모와ᄂᆞ듸 풍악 피파 소리 요난ᄒ다 수뎡
궁 드려가니 별유쳔지비인간리오다 집칠려 볼작시면 장ᄒ고 능난ᄒ다 구
즁퓌궐은 응쳔상지삼광이요 곤의슈상은 비인간지오복니라 보인단유소장은
구름갓치 늡퓌 쳣다 (느진둥멸니라) 음식을 드릴 젹의 셔상 음식 안니오
다 ᄌ하쥬 쳔일쥬

〈29-앞〉

운일포로 안쥬ㅎ고 호로병 비옥병 감노쥬 여어잇고 우각반 디모졉시 삼천 벽도 고연난듸 진슈이쳔 무비션미오다 옥황상졔 명어던 거힝이 오직홀가 스히용왕이 다 각기 시여을 보ᄂ여 죠셕으로 문안ㅎ고 힝여 불공할가 유 공불급ㅎ여 조심긔별하더라 (안릴니라) 일이은 상졔계옵셔 다시 ㅎ교ㅎ시 되 심소졔을 환송인간ㅎ여 어진 ᄶᆡ을 일치 말계 ㅎ라 스히용왕니 영을 듯 고 심낭ᄌ을 치숑할 졔 큰 꼿봉슝니 속의 너혀 두 시여로 시위ㅎ여 죠셕 공경 찬수 등물 은금보화 만니 넉코 옥분의 고니 담어 (듕멸니라) 인당수 로 나올 적의 스히용왕니 친니 나와 젼숑ㅎ니 위의 거동니 쳐음과 갓트며 각궁시녀와 팔션녀 나와 ㅎ직ㅎ며 엿ᄌ오디 낭ᄌ 인간의 나가오면 만셰갓 지 스르소셔

〈29-뒤〉

낭ᄌ 디답ㅎ디 여려 왕의 은혀 입어 죽을 몸이 사라나셔 셰상을 나가온니 은혀 난망이요 그디들도 졍이 집펴 썩나기 졀연ㅎᄂ 유명이 다은고로 이 별ㅎ고 가거이와 수궁어 귀흔 모니 평안니 계시소셔 ㅎ직ㅎ고 도라션니 순식간의 인당슈을 꿈갓치 볏뜻 덧다 하날임의 죠화요 용왕의 신덕이라 바람 분덜 쌋싹ㅎ며 비가 온들 엇더ㅎ랴 오식츤운니 꼿봉이여 어리여 쥬 야로 둥둥 ᄯᅥᆺ 이실 졔 남경장스 션인들리 역심만금 퇴을 너여 고국으로 도라올 졔 인당수의 다달려셔 졔슈을 졍니 츠려 용와계 졔진닐 졔 우리 일힝 심물네 명 신병지살 졔악ㅎ고 소망 이려 쥬옵신니 용왕임 너뷰신 덕 이온니 비빅ㅎ온 졔슉으로 졍셩을 들리온니 일쳬 흠양ㅎ옵소

〈30-앞〉

셔 졔물을 다시 츠려 심쳥의 혼을 불녀 츌쳔지효 심낭ᄌ는 당상의 빅발

부친 눈둣기을 위하여서 이팔 홍안 졀문 모어 슈궁고혼 되여시니 가련코
불상하다 우리 션인드은 심낭즈로 니넌하여 장스의 퇴을 니고 고국으로
가거이와 낭즈 방혼이야 언의 날의 다시 도라올가 가다가 도화동 낭즈 부
친 스난가 죤망나나 아오이다 한 즌 슐노 위로하니 복망 흠양하옵소셔 졔
물을 물어 풀고 눈물지고 바라보니 (안릴니라) 한 슝어리 곳봉이가 바다
의 떠 잇거늘 션인들니 그이하여 져의까지 한는 말니 암믜도 심낭즈 영혼
니 곳치 되여 떳느부다 갓가니 가 본니 과연 심낭즈 쌧지던 고지라 마음
의 감동하여 쏘칠 거져놋코 보니 크기가 수리갓고 이삼인이 안질네

〈30-뒤〉

라 이 쏫친 셔상의 업난 쏫치신이 신기하고 이상하다 황셩으로 실고 가즈
비예다 쏫칠 실고 힝션하여 나가올 졔 빨으기 풍우갓다 스오식의 졍영하
여던니 슈삼일의 득달하니 니도 쏘한 이상하다 슈다이 남은 지물 지물 는
노올 졔 도스궁 무신 마음 지물은 마다하고 쏫봉이만 추지히여 졔 집 후
원 졍한 고디 단을 뭇고 두엇던니 향취가 진동하고 치운니 어리엿다 잇
디예 송쳔즈 황후 붕하시고 다른 간퇵 안이하고 심신이 살난하여 볏 부칠
디 업셔 화쵸의 마음 두어 상임원의 다 치우고 황극젼 뜰 아푸로 온갓 화
쵸 다 구해여셔 여기져기 심에 두고 별화초 밧치는 스람 이시면 별실 쥬
어 구하실 시 화쵸도 만토 만타 (느진멀이) 팔월부용 군즈로난 만당춘슈
홍년화 암향부동 월

〈31-앞〉

황혼의 소식 견튼 미화로다 월중쳔상 단겨즈는 향문습니 계화로다 요렴셤
셤 옥지갑의 금분야도 봉션화 구월구일 용산음은 쇼츙신의 국화로다 공즈
왕숀 방쵸하의 부귀할 숀 모란화 치즈 비즈 외미즈 밤 디초 가진 과목 층

츙니 심워쓴니 항풍이 거들 불면 우즐우즐 넘놀 졔기 울긋불긋 떨어지니 천즈 홍을 부쳬 날마당 보시더라 남경 갓든 도스공니 디궐 소식 듯고 호연니 싱각ᄒ니 옛스람도 충셩을 다하여 나라을 셤거거든 나도 잇 곳 가져다가 천즈젼의 듸인 후의 충셩을 다 ᄒ리라 인당슈의 어든 꼿칠 수운ᄒ야 궐문 박기 다달나 이 듯질 쥬달하이 쳔자 반기시스 무지훈 션인으로 졍셩 긔특ᄒ고 충신니로다 우션 무창틴슈로 졔슈ᄒ시고 꼿

〈31-뒤〉

칠 들려다 황극젼의 노쾻 보니 크기가 쌍니 엽고 향기가 투철ᄒ니 셔상 꼿치 아니로다 월즁 단계 계셤니 계화도 안이요 요지연의 동방식이 짝온 지 삼쳘년이 모쬐신니 벽도화도 안이요 셰역의 연화셰기 그 꼿 쪄려져셔 희즁으로 쪗나와난가 이 꼿 일홈은 강션화라 지으시고 자셔니 살펴보니 불근 안기 어려엇고 셔기가 영농ᄒ니 황졔 더히ᄒ스 화계즁의 옴계 둔니 모란화 부용화 힝당화는 좌우로 버언는대 그 즁의 강화가 웟듬이라 (진양죠라) 황졔 일이은 달은 짜라 화계여 비회ᄒ스 명월은 만졍ᄒ고 바람은 쌀쌀 부는디 강션화 봉니가 몸을 요동ᄒ며 무슴 소리나는 듯하거날 동졍을 살펴보니 션인 옥여 두리 곳 박그로 니다보던니 인젹 잇심을 알고 모을 숨계 드려가

〈32-앞〉

던니 업거날 갓가이 가셔 무ᄒᆫ 쥬져ᄒ시다가 꼿봉이을 열고 보니 일기 션여 안의 안고 두 신여 모셔 잇다 쳔즈 반기여 무르시되 너의가 귀신인다 두 신여 엿즈오디 남히용왕 시여로셔 낭즈을 모시옵고 희즁으로 와삽든니 황졔 쳔안을 범ᄒ여시이 극키 황송ᄒ와이다 쳔즈 니렴의 상계계옵셔 조은 인연을 보니신쏘다 깃붐이 칭양 업셔 (안일나라) 각궁 시여 급피 불너 옥

분을 모셔다가 황전의 모셔 두고 모든 시여 시위ㅎ되 만일 스스로 열고
보면 죽기을 면치 못하리라 나리 발가 다시 본직 꼿 안의 안진 낭즈 부긋
염을 못이기여 이미을 수기고 안진 거동 월궁션여 티도 갓고 송낭즈 쳬신
인들 이여셔 드할소야 쳔즈 보시든이 쳔고 업는 일식이로다

〈32-뒤〉

황슉전의 나와 죠호을 파훈 후의 꼿봉이여 인는 낭즈을 황후로 의논ㅎ니
졔신니 합쥬ㅎ되 국모 업시물 상졔 알으시스 인연을 보니신이 차역쳔수라
시호시호부즈니라 잇 덧을 노의리가 인연을 졍ㅎ소셔 황졔 올힌 예기시스
호인을 졍ㅎ시고 일관으로 티일ㅎ니 오월 오일 갑즈라 낭즈로 황후로 봉
ㅎ스 승상집으로 모시고 젼교ㅎ시되 이런 이른 쳔고의 업신니 혼인 범졀
을 벌반 거힝ㅎ라 ㅎ교ㅎ신이 (느지멸기라) 위의 거동니 쳔고의 엽시니
황졔 인겸ㅎ스 두 시여로 낭즈을 모셔는듸 궁중이 황홀ㅎ여 바르 보기 어
렵더라 국가의 경스라 만죠졔신은 산호만셰ㅎ고 솔토지민은 화봉삼춘넌니
심황후 덕이 만ㅎ시스 요

〈33-앞〉

순쳔지 다시 보고 티평셰계 되여더라 (안릴니라) 심황후 부귀영화 극진훈
나 즁심의 수문 수심 다만 부친쑨니로다 일이은 수심을 이기지 못ㅎ여 시
여을 물이치고 옥난간의 비겨떤니 (자진멸니라) 추월은 말가 손호쥬렴의
비치여 들고 실소리는 실피 우려 난간의 흘너더려 올 졔 쳥쳔의 뜬 기려
기 길눅쏫쏫 울고가니 황후 반가온 마음 바릭보며 하난 말리 져기 온난
져 기력가 좀관 머무려셔 니 한 말 들러보라 소즁낭 북긔상의 편지 젼턴
길역이야 도화동 우리 부친 편지 미고 너 원너야 이별한지 슴년의 소식
돈졀ㅎ니 니 편지 쎳쥴 거시이 부듸부듸 젼하려라 방안의 드려가 승자을

니여녹코 당간지 두로마니 퍼쳬 녹코 부실 들어 편지실 졔 눈물 먼져 써
려진니 글

〈33-뒤〉

ᄌᄂᆞᆫ 순먹지고 언어ᄂᆞᆫ 도착혼다 실ᄒᆞ을 덧나온지 삼연이 되온니 구곡으로
삿인 한니 하히갓치 집펴스온나 복미심 기간의 아부지 기쳬후 일향만안ᄒᆞ
옵신지 모로와 복모물임 ᄒᆞ졍지지로소이다 불호여식은 션인을 닷라갈 졔
하로 열두시예 죽을나 ᄒᆞ여도 틈을 못어더셔 ᄉᆞ오식을 물의 ᄌᆞ고 인당수
다달나셔 졔슉으로 물의 쌧겨 죽어스오니 창천니 도의시고 용왕니 구ᄒᆞ옵
셔 셰상의 다시 나와 송쳔ᄌᆞ 황후 되엿스오나 간장의 미친 한니 부귀도
쓷지 업고 살기도 쓷지 업셔시나 부친 실ᄒᆞ의 다시 한번 모신 후의 죽ᄉᆞ
오면 무삼 한니 잇스올잇가 수궁의 잇실 ᄃᆞ는 유현니 막혀잇고 셰상의 나
와셔ᄂᆞᆫ 아각니 눈노와 쳘윤이 ᄯᆞᆫ쳐ᄂᆞᆫ

〈34-앞〉

니다 간지 삼연의 눈을 쓷시며 동중의 맥끈 젼곡 지금가지 보존하엿신잇
가 수이 보옴물 쳔만 바리난니다 연월을 못다 썻셔 가지고 나와보이 기력
기 간ᄃᆡ 업고 창망혼 ᄒᆞ날 우의 은ᄒᆞ수만 기우려겻다 황후 할 일 업셔 소
리업시 우던니라 황졔 니젼의 들려와 황후 얼골을 보니 미간의 수심이요
얼골의 눈물이라 황졔 무르ᄉᆞ 무삼 근심 계시관ᄃᆡ 무삼 일노 우난잇가 황
후 엇ᄌᆞ오ᄃᆡ 만민 중의 불상혼 것시 소경니온니 망인잔치 ᄒᆞ여쥬면 신쳡
의 원이로소니다 (중멸니라) 쳔ᄌᆞ 들의시고 장ᄒᆞ도다 장ᄒᆞ도다 규중의 부
인 몸미 민졍도 알의시고 닌졍도 과ᄒᆞ도다 여중의 요슌이요 인중의 션여
로다 글낭 근심 마오 어렵지 안니ᄒᆞ오 (안니리라) 그 잇튼

〈34-뒤〉

날 쳔즈 만죠을 모와 희교ᄒᆞᄉ 황후의 축한 말삼 졔신들계 다 이르니 졔
신니 합주ᄒᆞ되 국모 이리 어지신니 국틱민안 가급인족ᄂᆞ라 질겁ᄉᆞ온니 급
피 반포ᄒᆞ옵소셔 각도 각읍 관즈ᄒᆞ야 망인을 부로신니 면면촌촌니 늘근
쇠경 졀문 쇠경 어인아히 쇠경 모도 다 셩칙ᄒᆞ야 관가의로 불너들려 그
골 틱수 영겨ᄒᆞ여 황셩으로 올나갈 졔 잇 덧여 심봉ᄉᆞ은 쌀을 일코 모진
목숨 죽지 못ᄒᆞ고 쥬야로 우름 울 졔 도화동 스람들리 권ᄒᆞ여 뺑득어미을
어더든니 뺑득어미 호강으로 지닐 젹어 이 연의 입버엇시나 아리 버엇과
갓튼지라 (자진멀리) 양식 쥬고 덕 사먹고 쌀 퍼쥬고 고기 스거 베을 니
여 돈을 사셔 쇠쥬 약쥬 쳥쥬 먹기 이웃집 밥부치기 한밤중의 우음 울기
진

〈35-앞〉

담비써 손의 들고 남의 남졍 보면 담비 쳥기 춍각 보면 유인ᄒᆞ여 입 마추
고 졋 쥐고 농창치되 심봉ᄉᆞ는 요분의 디혹ᄒᆞ여 아모리 ᄒᆞ는 쥴을 모으로
고 셰월을 보닐 젹의 (안이리라) 니 몹실 쳔하 잡연 불상흔 심봉ᄉᆞ 션인
쥬고 간 지물 모도 다 홀작 ᄲᅡ라먹고 한 니틀 머글 양식 두어든니 니 놈
먹겨들낭 니씰니라 밤나지로 퍼먹은니 하로는 황쥬 자ᄉᆞ 심봉ᄉᆞ을 부르거
날 심봉ᄉᆞ 의관을 ᄎᆞ리고 드려가이 즈ᄉᆞ가 분부ᄒᆞ되 셩상니 어지시스 밍
인진치 혼다 하니 너도 가셔 춤여ᄒᆞ라 노즈돈 두 양 쥬며 짓체말고 듯나
라 심봉ᄉᆞ 분부 듯고 집으로 도라나와 뺑득어미 급피 불녀 여보소 (중중
머리) 져의 어맘 우리 듀리 수삼년의 부부 되야 졍인들 오직ᄒᆞ며 살들함

〈35-뒤〉

니 오직할가 숭담의 니르기을 ᄒᆞ로밤을 자고가도 만리셩을 ᄊᆞᆫ다 하니 추

우강남도 하랴는디 우리 양쥬 못갈소야 여필죵부ᄒ여신니 ᄌ니 엇지 모로넌가 ᄌ니도 미련챳난 ᄉ람인니 나을 ᄯ라 황셩 가ᄉ 뻥득어미 간ᄉ훈 말노 당초부텀 알고 눈 어두어 먼 질 혼ᄌ 엇지 가리 닉 모시고 가오리다 심봉ᄉ 디혹ᄒ야 그려ᄒ졔 약간 남문 지물 동즁어다 막그고 그 잇튼날 질을 ᄯ나 슈일을 힝ᄒ더니 일모도궁 날 저문디 역촌 쥬졈 밥 ᄉ먹고 그 이튼날 질을 덧나 수이을 힝ᄒ던니 그날 밤의 잠ᄌ더니 봉ᄉ 즁의 황봉ᄉ라 하난 소경 인물도 어엽부고 기골도 즁디하니 요 잡연 뻥득엄미 황봉ᄉ게 듯질 두고 심봉ᄉ 잠든 후어 황봉ᄉ 겻틔 뉘어 졋도 쥐고 입 마츄고 ᄉ

⟨36-앞⟩

싱을 모로던라 듀리 졍니 급피 드려 요 연과 의논ᄒ고 ᄉ벽의 도망ᄒ여 연놈니 간디 업다 심봉ᄉ 좀을 ᄭ긱여 뻥쓱어미 만져본니 누엇든 자리 간디 업다 심봉ᄉ 감짝 놀너여 뻥득엄미 급피 불너 여보소 뻥득어문니 박그로 나간난가 뒤을 보려 나간난가 시량도 무셥고 귀신도 무셔온디 온ᄌ 어니 나간난고 나을 긔와 함긔 가졔 넷구억을 더듬더듬 더듬어도 다라는 뻥득어미 그음지나 잇실소야 심봉ᄉ 기가 막혀 (안일너라) 여보시요 쥬인너덜 우리 마노니 안의 더려갓소 안니 드려왓소 심봉ᄉ 그졔야 달나는 쥴을 짐짝하고 (즁즁멀리) 여바라 뻥득엄아 힝실도 그려ᄒ며 인졍도 그려ᄒ야 부부 셔로 든 졍니 그디지 박졀ᄒ야 황셩쳘리 먼먼 길의 엇지 가고오고 ᄒ즌 말고 눈 어두온 이닉 팔ᄌ 죽지도 안니ᄒ고 고상만 졈졈

⟨36-뒤⟩

도라든다 진틀논틀 돌 만한 질의 눌과 함긔 가리 우다가 돌여 풀체 싱각ᄒ고 회가 잣칙ᄒ난 말이 닉가 삼연을 이휼ᄒ고 미더던니 도시 닉가 잠놈일다 쳔훈 잡연 질기다가 가셰만 낭픽ᄒ니 닉가 도시 시럽도다 현철하신

곽싯부인도 죽는 양을 보고살고 우리 효여 심청이도 싱이별코 사라게든
져만훈 연을 싱각홀야 그 연 다시 싱각호면 기아들 쇄아들리졔 혼즈말노
걱졍타가 날신 후의 길을 덧나 슈일 힝호여 더듬더듬 올나갈 졔 잇 씨난
유월리라 더우는 불쏫 갓고 땀은 흘너 비갓치 덧려진니 피셔호는 스람드
은 화임소의 츠즈들고 지심미는 스람들은 빅셕청탄 모욕호니 심봉스 더움
을 못이기려 모욕을 홀야 호고 의관 보션 버셔 봇짐 훈틱 놋코

〈37-앞〉

물의 더려가 낫도 싯고 몸도 싯고 그리져리 모욕호고 물 박기 나와 의관
봇짐 지평막틱 차즈보니 도졍놈니 가져 갓고나 심봉스 미산니 모양으로
별계 벗고 우옴 울고 너른 강변 이리져리 더듬더듬 아모리 츠즈도 업거날
심봉스 방셩통곡 울옴 울 졔 네 니 좀도독놈 싹기야 니 옷실 가져가고 니
못할 일 시긔넌야 허다훈 부지집의 머고 싯고 남난 직물 그런 거시늬 가
져가졔 포모가 업셔시니 뉘계가 밥을 빌며 뉘가 나을 옷실 줄가 니도 할
릴 업난 중의 의복죠차 봉젹호니 황셩철리 먼먼 질의 엇지 가리 귀먹장니
젼동다리 각식 병신 다 셜다 호되 천지이월과 흑빅장단 분간호고 디소분
별 흐건마는 읫지훈 놈 팔즈로셔 소경니 되엿는고 방셩통곡 울지음어 (안
리니라) 닛 쩌 무릉

〈37-뒤〉

틱수 황셩의 갓다가 니려올 졔 벽졔호며 기구 잇계 지니거날 올타 어듸
관장인지 온다 억지을 싯이리라 맛치 독을 존쪽 시고 안즈던니 원임이 갓
가이 온니 심봉스 두 소으로 부즈지을 훔쳐줍고 마두복지호며 살여쥬옵소
셔 소리호니 쇄우 나졸 달려들어 심봉스을 물여 니치니 심봉스 큰 유셰통
질머진 덧 닉가 비룩 긱니여 나시나 너난 글리 못흘리라 황셩의 가난 질

리오다 너 셩니 무어시며 힝츠는 어듸시며 니 놈덜 다 죽그엿다 틱수 하
인을 물리치고 익근니 무르시되 네 엇더흔 소경으로 옷신 엇지 버셔시며
무신 말을 ㅎ얏넌야 심봉스 엇즈오디 싱은 황쥬 도화동 스난 소경일던니
황셩잔치 가난 길의 날니 과이 훈협ㅎ여 모욕ㅎ고 나와 보니 어덧흔 도젹

〈38-앞〉

놈니 상ㅎ의복 힝중범졜 모도다 가져 갓스온니 무엇 먹고 가며 무엇 입고
가올잇가 이은 거실 ㅊㅈ 쥬옵소셔 틱수 무르시되 무엇무엇 이엇는야 심
봉스 부루워 아리되 (자진멸니라) 삼빅쥴 통양디모 각근 밀화 호박 금픠
궁초 갑스 향나 갓근 모도다 일습고 산호동곳 밀화동곳 은동곳 일습고 망
근디모 관즈 진옥관즈 금관즈 밀화풍줌 금픠풍줌 호박디모 풍줌 모도다
일습고 징영 도복 등츄막과 양식단 휴리막기 젼빗즈 뉘비동옷 갑쥬 분쥬
명지 돕지 상승보션 통힝견과 포디혀리 한포단의 젼쥬면니 모도다 일습고
모도다 일스온니 (안릴니라) ㅊㅈ주옵거ㄴ 물어주거나 쳐분이요 원임니
분부ㅎ되 소경놈니 밀화각근니 알온것가 밋친놈니 너치라 심

〈38-뒤〉

봉스 기가 막혀 원정으로 알온니 틱수 치근니 너겨 퇴인 불너 의복 쥬고
급장니 불너 갓 니여쥬고 수로 불너 노즈 쥬고 집신가지 쥬며 잘 가라 분
부ㅎ니 심봉스 엇즈오디 감격ㅎ고 감스하오 원임계 ㅎ직ㅎ고 촌촌젼지ㅎ
여 수일만의 셩중의 드려간니 억만중안 너른 고디 모도다 소경비칠네라
셔로 가다 던질리면 이겨 누기시요 나도 소경이요 소경의 걸리여 출입ㅎ
기 어렵더라 흔 고질 지니던니 엇더한 여인 한나 문 박게 비거셔셔 져기
가는 게 심봉스요 예 그엇소 이리 좀관 오옵소셔 심봉스 깜짝 놀니 계 뉘
가 날을 아오 니가 과연 심봉스요 그 여인 리온 말리 거기 좀관 머무소셔

잇글고 나오던니 나을 짜라 가옵시다 문안의 드려가셔 외당의 안친 후의

〈39-앞〉

셕반을 드리거눌 심봉스 식각ᄒ니 고이ᄒ고 밍낭ᄒ다 내 알 리가 업견만
은 찬수도 찰난ᄒ고 음식도 맛시니다 밥을 달게 먹근 후의 날져무려 황혼
되니 그 여인이 다시 나와 여보시요 심봉스임 나을 다라 닌당으로 좀관
드려 가옵시다 심봉스 디답ᄒ되 이 집의 주인 유무는 모의건이와 엇지 남
의 닌당의 드려가올잇가 그겻낭 혀물 마옵시고 나을 닷라 가옵시다 여보
시요 이 집의 무신 우환니 잇소 나는 독경할 줄 모로오 여려 말삼 마옵시
고 드려가셔 보옵소셔 지펑막디 쓰을거날 끌을이여 닷라가며 속으로 싱각
ᄒ되 어불상 니가 아매도 보쌈의 드려가계 어 위터ᄒ다 디청의 올나가셔
좌상의 안진 후의 동편의 엇더ᄒ 여인 옥갓튼 말소리

〈39-뒤〉

로 가만니 무르시되 거긔셔 심봉스시요 엇지 아르시요 아는 도례가 잇소
면 길의 평안니 와 겨시요 나는 쥬인인디 셩은 안가요 황셩의셔 거ᄒ옵난
디 부친이 디상고로 위엽을 ᄒ옵더니 시운이 불힝ᄒ여 부모구몰ᄒ옵시고
일기계죡 동승 업고 이 집을 직켜 홀노 잇스오며 시연은 십칠셰라 아직
정혼ᄒ 일 업소 간밤의 굼을 권이 하날어셔 희와 달리 덧려져 물의 밧져
거눌 첩이 품의 안아 보이거눌 히몽 졈쾌 푸어본니 하날의 일월은 스람의
안목이라 일월리 덧려져신이 날과 갓튼 밍인 줄은 아옵고 물의 죽긔 보니
글즈눈 심즈눈 물 심즈라 심밍인 줄 아옵고 일직 죵을 시겨 밍인을 츠려
로 무려녀려 날이 되여드니 쳔우신죠ᄒ여

〈40-앞〉

인졔야 만느온니 인연인가 ㅎ옵니다 첩이 비록 용열ㅎ온늑 바리지 안이ㅎ
시면 첩의 원인가 ㅎ옵느다 심봉스 퍽 웃고 말리야 죡컨만는 그럭키가 쉽
소 그 여인이 종을 불너 추을 드려 권호 후의 거쥬난 어디시며 엇뎌ㅎ신
딕인잇가 심봉스 궐의 신셰 젼후슈말을 낫낫치 다 ㅎ며 눈물을 홀이거놀
안씻밍인 위로ㅎ고 그날 밤의 동품할 졔 야월 삼경 집푼 밤의 금금요셕
쩔쳐 페고 비취금 원낭침의 두리 벗고 안고 누어 죠을 죠을싯고 홋즈 흥
을 니여 질을 춤물이퇴의 두리 눈니 번득번득 그 릴이야 뉘가 알고 사람
두리연만은 눈은 합ㅎ여도 아모난 쥴 모로드라 잠을 자고 이려난니 주리
든 판이요 쳔날밤이 이 오직 죠호랴만은 심봉스난 딸의 싱각 수심으로 안
져거놀 안싯밍인

〈40-뒤〉

문는 말이 무삼 릴노 길거온 비치 업신이 첩이 도로혀 불안ㅎ오 심봉스
딕답ㅎ되 닉 팔즈 기구ㅎ여 평싱을 두고 지음혼직 죠흔 일리 잇스오면 엇
젼한 일 싱긔난니다 오날 밤의 꿈을 어든니 불 속의 드려 보니고 가쥭을
벽계 북을 메워 보니고 남무입피 덧려져셔 쏫리을 덥퍼 뵈니니 아미도 나
쥭을 꿈인가 보오 안씨밍인 쑴말 듯고 희몽을 ㅎ여 이온 말리 그 쑴 믹오
딕몽이오 희몽홀 계 드려보오 신입화중ㅎ니 회록을 가기요 계피장고ㅎ니
입궁지상니요 낙엽이 귀근ㅎ니 즈여을 가봉나라 딕몽이라 믹우 조소 반갑
고 길겨옴을 오시 젼의 보오리다 심봉스 펴 위셔 왈 속담의 쳔부당만부당
이요

〈41-앞〉

안씨밍인 이론 말리 지금 닉 말 밋지 안이ㅎ시나 일모 젼의 두고 보오 아

침밥을 먹은 후의 안씨을 흐직흐고 궐문 박계 당두흐니 발셔 밍인준치 들
나 웨난 소리 궐니 궐외여 진동흐니 쳔하 소경이 다 모야 궐너여 드려가
니 궐니가 횡횡흐고 기구흔 소경 니음스가 츙쳔흐더라 잇 써여 심황후는
여러 날 잔치흐되 심씨는 업셔구나 심황후 싱각흐되 오날 잔치 막죡흐니
말릴 부친니 안이 오신면 뭇지 안니코 죽을리라 셩명셩칙 아무리 보되 도
화동은 업셔신니 ᄌ탄흐여 릴른 말리 이 잔치 비셜홀 제 부친을 위흠니라
부친니 안오신니 인당슈의 니가 죽은 줄노 아르시고 이통흐여 죽으신가
몽운스 부쳐임니 명감을 보니옵

〈41-뒤〉

셔 그 스이여 눈을 덧셔 밍인 죽어 밧지신가 이 준치 오날 막죡 친니 나
가 보리라 우션 밍인셩칙 드려 ᄌ셰니 살폐보니 황쥬 도화동 거흐는 심학
구라 흐여거날 심ᄌ는 반가온나 일홈은 황후가 알 길 업셔 의혹니 만단흐
여 후원 별당으로 드려가셔 쥬렴을 드리우고 밍인을 귀경흐실 제 심봉스
말셕의 춤예흐야 풍악도 낭ᄌ흐고 음식도 풍비흐고 의복도 각기 한 별식
니여 쥬시며 황후 마음니 긍칙흐여 여상셔 불너드려 황쥬 도화동의셔 사
난 심밍인니 뉘신지 무려 만일 춤여흐여거든 별젼으로 모셔드리라 여상셔
몸을 바다 압압피 무려 가다가 심봉스 압폐 당흐미 꿈일을 싱각흐고 은위
코져 흐여닷가 안씨 희몽

〈42-앞〉

한 말 흐넌니 싱각흐고 과연 니가 심봉스요 여상셔 반기 듯고 심봉스을
인도흐여 별젼으로 갈 제 심봉스은 아모란 줄 모으고셔 겹을 니여 거름을
옴기지 못흐고 쎌쎌 덜더라 별젼의 드려가 계흐의 셧신니 심봉스은 풍상
의 걱졍흐여 골격과 빅발환형흐고 황후난 삼연 슈궁어 겹흐을 지느신니

부친의 얼골을 즈셰 분별치 못ᄒ여 무으시되 네 쳐즈 인난야 심봉스 복지
ᄒ여 눈물을 흴리면셔 셰셰니 다 알외되 아모 연의 상쳐ᄒ고 쵸칠리 못되
여셔 어미 일은 ᄯᅡᆯ ᄒᆞ나니 심쳥이가 잇스오더 키여닐 길 젼이 업셔 품어
품고 동셔남북 여인들계 동양졋질 어더 먹여 근근니 질너닉여 시오셰가
당ᄒ올 졔 호셩이 츌쳔ᄒ와 옛

〈42-뒤〉

스람의 기닉던니 요망ᄒᆞᆫ 즁 와셔 고양미 삼빅셕을 불젼의 시쥬ᄒ면 눈던
리라 권션 기록ᄒ라 ᄒ기로 기록ᄒ여던니 신의 여식이 이 말 듯고 즈식의
효ᄒᆡᆼ으로 츌편할 수 젼니 업셔 남경상고 션인들계 몸이 팔여 인당수 졔슉
으로 밧졋스온니 긋 덧여 나이 시오셔라 눈도 ᄯᅳ지 못ᄒ옵고 즈식만 죽여
스온니 즈식 팔라 먹은 몸니 스라 씰 딕 업스온니 니 즈리여 죽여주오 황
후 그 말ᄉᆞᆷ 드르시고 보션발노 ᄯᅱ여 나와 부친의 목을 안고 아부지 닉을
보옵시오 나가 과연 인당수어 몸 팔여 물의 ᄲᅢ진 심쳥요 심봉스 이 말 듯
고 아고 아고 이거시 원 말린야 심쳥이란 말니 원 말린야 엇지 반갑든지
두 눈니 펼젹 ᄯᅳᆺ셔 발가신니 허허 허허 이거시가 원 릴

〈43-앞〉

인야 너가 살고 나 눈 ᄯᅥᆫ니 이언 릴이 ᄯᅩ 잇난가 만좌 즁 안진 밍인 일시
여 다 눈이 발고 집의 인난 안밍인도 눈니 모도 발가신이 만조계신니 치
ᄒ 분분ᄒ더라 심황후 분부어 도화동 신역을 물침ᄒ고 몽운스 결을 즁창
ᄒ라 쳔금으로 쥬시다 덕틱니 ᄒᆞ늘 갓드라 쳔즈ᄂᆞ 셰즈 삼형졔 두고 심봉
스ᄂᆞ 일남일여을 두엇덧라 이 ᄎᆡᆨ 보고 셰상스람들아 기과쳔션ᄒ여 부모공
을 잇지 마라　무슐 삼월일라

〈43-뒤〉

축쥬의 금싱원쩍이라

정명기 소장 65장본 심청전

정명기 소장 번호로는 143번이고, 책 크기는 19.7 X 28.2 cm이다. 간기는 없다. 행서와 초서를 뒤섞어 써서 읽기가 힘들다. 또한 와음도 심한 이본이다. 예컨대 "소와 노은 살리 되고 씨야진 그려시라(쏘아 놓은 살이 되고 깨어진 그릇이라)" 이 본도 곽씨부인 상여가 나갈 때 중이 나타나 묘터를 잡아준다는 화소를 갖고 있는데, 황후가 나리라는 예언도 나타난다. 심청이 자신의 몸을 팔고 부친께는 공양미 삼백석을 김장자댁 마누라가 불쌍히 여기고 주었다고 하자, 심봉사는 좋아서 춤을 춘다. 심청이 부친을 이별하기 전에 나중에 상고하기 위하여 부친의 초상을 그린다는 화소를 갖고 있다. 실제로 후반부에서 심황후는 화상을 내어 놓고 심봉사의 얼굴을 찾는다. 심청이 용궁에서 삼년을 보낸 후 세상으로 돌아올 때 이비(二妃)와 왕소군, 굴삼려, 이태백 등을 만난다는 대목을 갖고 있는데, 이는 창본 계열에서의 '강상풍경' 대목과 흡사하다. 심봉사의 방아타령 대목이 외설적이다. 심황후가 부친을 만나 기쁜 가운데서도 불심이 허사가 된 것을 한탄하고 있다. "허사로다 허사로다 불도가 허사로다. 여태까지 눈을 못뜨고 저 지경이 웬 일인고. 허사로다 불도가 허사로다."

정명기 소장 65장본 심청전

〈1-앞〉

당나라 송문제 직위 이십삼연이 유리국 도화동이 한 사람이 잇시디 셩은 심이요 명은 학구라 공후이 후예로 가운이 불길하며 하향이 낙쳐흐엿시나 심씨이 쳠염함얼 칭찬 안이할 리 업드라 십삼디 독자로셔 근근이 보명던 이 학구이게 밋쳐셔난 가산이 탕패하여 조셕을 난계로대 마음을 구지 가져 안빈낙도 길거한이 셰상이 이르기를 안자이 일인이라 명망이 원근의 진동하든이 우연이 득병하여 이십견이 안밍한이 조불여식하난 혐셰 삼순구식 바릴손야 곽씨부인 어진 마음 감고를 불피하고 병신

〈1-뒤〉

가장 위로할 재 그 무어셜 못할손가 한 양 밧고 관대 지기 셔 돈 밧고 큰 옷 지기 오푼 밧고 보션 지기 초상집의 수의 지기 잔차집이 술 거르기 대 돈 밧고 옹정하기 두 돈 밧고 빨내하기 이리져리 주어 모와 병신가장 의복 음심 굿차찬키 공경한이 부인의 엇진 덕힝 뉘 안이 칭창하리 일일은 심봉사 하난 말리 여보 부인 들려보소 인생셰간 제일 자미 유자유숀 웃씀이라 우리 팔자 기박하야 사십이 불원하대 일점혈륙 업사온이 말연을 당두한들 뉘라셔 봉향하며 빅신 후의 죽사온들 뉘라셔 감

〈2-앞〉

장할가 심씨이 누더 졔사 젼할 고지 업사온이 션영의 죄인니요 불호막심이라 굼고 먹기넌 고사하고 무자식할 일 싱각한이 철쳔지 원이올시 곽씨

분인 그 말 듯고 추연 낙누 디답하되 의식이 골몰하여 염불금차 하엿든이 낭군임이 말삼을 듯사온이 이난 다 첩이 죄라 칠거지악 면할손가 발원하여 보사이다 그 말리 올타 하고 봉사 앙주 견조단발 졍이 하고 졍셩 들려 발원할 졔 명산디찰 빅일불공 자야밤의 칠셩졔며 셔불미력 기고마지 되사 중이 가사셰주 찬당불사 셩할셰주 디웅

⟨2-뒤⟩

견의 인등셰주 빅가지로 발원할 졔 공든 탑이 무너지며 심든 남기 걱지기리 수삼식이 지닌 후이 곽씨부인 표티하여 목불시사식하고 이불쳠음셩하고 식문경부좌하고 할부졍불식이라 십식을 당두하여 을축 졍월 십오야이 꿈 한나 엇덧구나 녹이홍상 일원셔여 좌수의 게하 들고 우수이 옥퇴 들고 빅운을 자바타고 공중으로 나려와 심봉사 양외젼이 졀하고 엿자오대 소여난 천상션여로셔 상졔께 득지하여 인간이 내치시미 갈 발을 모른든이 셔가릴리 인도키로 딕을 차자 왓사

⟨3-앞⟩

온이 어엿비 싱각하고 불상이 여기소셔 두어 말 젼하든이 인홀불견 간 디 업셔 소려쳔 씨달른니 평디몽이라 황홀하다 몽중의 듯든 소래 귀왜 쟁쟁 몽중의 보든 얼골 눈애 삼삼 질급기로 그지업다 봉사난군 마자 안고 봉사을 셜화하고 싱남할가 바라든니 흘은 몸 곤하개 침방외 비거누어 왜고 비야 심이 드니 순산어로 탄상하니 몽중애 보든 션여 천열황도 첨열하다 신봉사 그동 보소 진 자리 거더내고 마른 자리 졍이 패고 삼을 갈아 누언 후애 쳡국밥 졍이 지여 국 세 그륵 밥 새 그륵 반의 졍이 밧쳐 놓고 졍한 수 길너다가 부졍을 무린 후 의관을 졍이하고 두 무렵 졍이 쑬고 두 눈

〈3-뒤〉

을 변득이며 두 손을 합장하고 비난 말리 쳔지제왕 일월제왕 삼십팔만 도
계왕과 심씨이 삼신이 조하로 졈지할 졔 한두 달이 피 울리고 삼사식이
졋줄 자바 순산으로 탄싱한이 삼신임이 덕택인가 일망무지 가이업다 금쌀
갓튼 우리 익기 명가 복을 졈지하더 동방삭의 명을 주고 셕순이 복을 주
어 심씨이 빗난 일홈 쳔추 만셰 젼기 하우 빅미 축원 맛춘 후이 국밥을
덥기하여 부인게 견한 후이 아달린가 쌸린가 자셔이 분별코져 손얼 고이
들려 시려름이 더듬운이 불두던이 지닐 쩨넌 만쳡비이

〈4-앞〉

엄름장 지너가듯 것침업시 밋근득 지너가인 심봉사 어이업셔 두 눈을 변
득이며 낙담이 무너져 물너나 묵묵키 안잣다가 픽 한변 우심 웃고 다시곰
단겨안자 부인얼 만지면셔 외로하여 하온 말리 부인이 셔운치심 나이셔
달를릿가 아덜 낫코 쌸 낫키을 임의디로 할라며너 무자하리 뉘 잇실가 한
나라쪄 져영이난 구중이 쳐자호셔 모림관비 자원하야 이속부죄 하여잇고
당나라쪄 양귀비난 여렴이 쳐차로셔 당명황이 총이 디여 만종녹을 바다신
이 우리도 이 쌸아기 곱기곱기 길너니여 문장재사 틱셔하여 외손

〈4-뒤〉

봉사 하사이다 부디부디 안심하야 셔운이 싱각 말고 국밥이나 달기 머거
후탈지나 업기 하오 만단으로 이른 후이 아기를 손이 들고 이리져리 만지
면셔 노리 지여 하는 말리 금은갓튼 우리 아기 셔마 둥둥 너 사랑아 금을
준들 너을 주며 은을 준들 너를 주랴 금자동아 옥자동아 칠기쳥산 보배동
아 셤마 둥둥 이니 사랑 어셔 밥비 자라나셔 나무 아들 불부잔키 긔한 일
홈 보이여려 얼골른 못보와도 우난 소리 들려본이 쳔하이 일식일다 구비

구비 및친 사랑 뉘라셔 아단 말가 한창 이리 어어울 젹이 곽씨부인 어진 마음 집안의 사환 업고 암

〈5-앞〉

못보난 져 가장이 국밥을 손수 지여 조셕으로 공경한이 안자 먹난 이니 마음 엇지 안이 미안하리 가창을 외로할 차로 간신이 이려나셔 시벽 셔례 참바람이 셔답 빨니 조셕 동졀 극진이 공경한이 산후이 촉풍디여 한열두 통 급한 중이 하명부징 급하여셔 식음을 젼펴하고 졍신이 몽농한이 심봉 사 디경하여 단방약과 약방약을 주야로 치로하더 일졈호험 업난지라 곽씨 부인 졍신업셔 이를 갈며 하난 말리 여보시오 낭군임아 나연 다시 모살긴 니 쳔명이 이려한이 뉘랴셔 살여줄가 나 죽넌 거 셜잔연디 니 몸 하나 죽 어지면 압 못

〈5-뒤〉

보난 져 가장을 니라셔 봉양하면 강보에 싸인 자식 그 니라셔 길녀닐리 나 죽다고 셔려 말고 져 자식을 길녀닐디 찹살 암죽 달기 써셔 화로불이 언져놋코 졋 달나고 실피 울 졔 한 술식만 자주 멱이 곱기곱기 길너니여 외손봉사하옵소셔 불상하오 낭군임언 뉘을 밋고 살나나며 신공 들려 나은 자식 귀함 일도 못봇고셔 연결종쳔 어이 갈고 장농문 열고 보면 큰 옷 한 불 잇사온이 셔리아침 참바람이 부디 억이부시고 김싱상집 관디 한 불 동 장썩지 달나시더 휴비 학두루미 윈 나리를 못기려셔 횡답 안이 들렷시신 이 공젼 한

〈6-앞〉

양 바닥가 함씨나마 연명하고 부디부디 조잇 이셔 황쳔타일 다시 만니 셰

세원졍 하사이다 우난 아기 단겨녹코 만지면서 하난 말리 불상하다 니 딸 아기 니 졋 막죽 먹거보고 죽지 말고 사라나셔 병신부친 죠셕진지 졍셩으로 밧들르라 너을 두고 지하이 도라간들 눈을 어이 쌈을손야 멀고 먼 황쳔길을 달리 압파 어이 가리 흉격이 답답하고 삼혼이 암암하여 셰셰윤원 못하깃소 나 죽은 후이라도 아기을 일홈을 심쳥이라 불너주소 하든 말 다 못하여 불상하다 곽씨분인 진 한숨 집퍼 하고 자는 다시 죽엇나 심봉사 거

〈6-뒤〉

동 보소 죽은 줄 몰르고셔 은근이 위로하더 요망한 말삼 마르시고 졍신을 수십하오 국밥을 못먹엇셔 속이 비여 그려한가 헛소리가 왼 일인가 이원이 이르가을 촉풍하엿단이 약 한 쳡 먹엇시면 소셩이 될다 한이 헛소리 그만하고 이 약을 먹은 후이 어셔 급피 이려나셔 우난 아기 젼 먹이소 악이를 손이 들고 부인 겻터 나와가셔 은근이 강권한들 주근 송장 디답할가 이억키 기달려도 디답소리 업난지라 마음이 고이하여 가삼을 막져본이 숨소리 쓴어지고 주근 졔 오리로

〈7-앞〉

다 심봉사 졍신업셔 경쳥 쒸며 하난 마리 죽엇구나 죽엇구나 이거시 왼 일린고 아마도 꿈이거던 어셔어셔 씨고 참 죽엇거던 한양 가셔 졍신을 수심하여 자셔이 만져본이 수족이 뻣뻣하고 참 바람이 나난지라 방바닥을 쾅쾅 치며 이고 답답 참 죽언니 우룩 달여들려 죽은 신체 쓸려 안자고 궁글면서 통곡하난 말리 귀신도 모시도다 혀다 인싱 다 바리고 불상한 우리 부인 무삼 죄로 자바간노 죽난 이도 셜거이와 사라잇나 이닉 신셰 압 못 보난 이닉 병신 뉘을 미고 산단 말고 졋 달나고 우난 자식 누

〈7-뒤〉

가 이셔 길녀닐가 찰아리 니가 죽고 부인이 사라시면 자식이나 길녀너지
동지셧달 찬 바람이 군불린들 엇지하며 비고푸고 긴진하면 뉘라서 공경하
리 사지난 멸금하나 양안이 절벽이라 아모리 싱각한들 사라날 길 망연하
다 처음으로 만닐 적이 니 난은 이팔인 네 연광언 십육이라 아름답고 고
운 디도 잠불이칙하야 하고 빅연회로 기약튼이 중연이 병신디야 삼순구식
못한 형신 불피풍우 품을 팔라 조셕공경 극진하고 자식을 못나여서 정성
발원 극진하미 황천이횡

〈8-앞〉

으로 틱기 잇셔 싱남할가 바리든이 순산으로 싱여하미 그나마 길너니여
말연 자미 보자든이 자식난 졔 칠일 전이 죽단 말리 윈 말린고 황천길리
뫼이과디 한 분 가면 못오난고 못간난이 못간난이 날 바리고 못가난이 죽
어도 한양 죽고 사라도 한양 살지 천지 뵈록 광디하나 요런 신시 쏘 잇난
가 이고 답답 셔럼이야 혼자 이리 통곡할 졔 동닉사람 노소 업시 일졔이
모인 후이 공논으로 일른 말리 불상하다 심봉사가 강건친척 전히 업고 겸
하여 쳘빈이라 엇지 쌀이 상천한이 뉘가 잇셔 보와 주리 압

〈8-뒤〉

못 보난 져 미인이 셔름기와 잇셔 안이보면 가련한 져 신체가 방안이 썩
을지라 그 지경을 당하오면 죽은 이난 고사하고 동닉인심 불힝이라 아모
리 어려와도 미호이 수렴하여 초종장예 칠와 주면 십시이 일반이라 여려
마음 엇드하후 좌중이 모이 사람 여출일구 혁릭한이 미호이 셔 돈식 호호
이 주어 모와 염십관곽 초종 기구 구차찬케 칠와 주고 삼일 후이 다시 모

여 선산이 장사차로 발련을 하올 적이 상두군들 소리한다 어와 남자 인지 가면 언제 올가 어와

〈9-앞〉

남차 어와로다 화날리 놉다히도 사신 힝차 단여오고 강남이 며다히고 안 족셜를 동희신이 몸실 거렴 황천이라 어와 남차 황천길리 며다히도 문압 픠 황천일시 붕망산이 며다히도 압산 넘어 북망일시 어와 남차 한분 가면 고만일시 한창 이리 소리할 졔 심봉사 거동 보소 굴근 졔복 졍이 하고 상 부 뒤치 부려잡고 실피 통곡 우난 말리 이고 불상 우리 부인 날 바리고 어디 간고 강봉이 싸인 자식 뉘가 잇셔 길너닐고 한창 이리 우고 갈 졔 심봉사 쌀라가면 부인을 불르면

〈9-뒤〉

셔 하난 말이 그디넌 이왕 각언이와 강봉의 싸인 것과 압 못보난 이니 신 셰 어이하여 사잔 말고 실셩통곡 하올 젹이 뉘 안이 낙누하리 선산을 다 다른이 역군뎔가 호상군이 수이차로 늘려암자 무들 공논한 차 도황동 상 상봉으로 중 하나 나려온다 셰디 삭갓 숙여 씨고 구졀죽장 둘너집고 빅팔 염쥬 목이 걸고 비단권션 손이 들고 흐늘흐늘 나려와셔 좌중이 문안ᄒ고 종용이 하하는 말리 스싱이 사옵기넌 도봉암 사난 중으로 사중이 몸이 감 겨 두로두로 단이옵다가 심봉

〈10-앞〉

사임 망극함을 풍이 잠관 듯고 무상차로 왓난이다 하며 산지을 말삼할올 진딘 조봉으로 안을 하고 산여으로 쳥용 사마 극진이 장사하며 삼십연을 지니오면 황후가 날 거신이 그리 압옵소셔 좌중이 그 말 쪼차 장사을 지

닌 후이 심봉사 거동 보소 좌중이 치사하고 집으로 도라온이 젹막한 빈 방안이 풍셩언 솔실하고 실솔은 실피 울어 수심을 돕난지라 사람언 못듯 씬니 강보이 싸인 자식 아미산 갈가마구 계발 물려 던진 다시 구라구라 우난 소리 사람은 못듯씬

〈10-뒤〉

니 화로불 단겨 노코 심청을 품이 품고 하난 마리 우지 말라 우지 말라 너 안이 울더리도 니 마음 둘 디 업다 네 우름 한 마듸이 일촌간장 다 썩난다 우지 마라 우지 마라 졔발 덕분 우지 마라 네 팔자 조휴라면 이런 일을 당할손야 몸실 거시 네 어밀다 셤마 둥둥 우지 말아 네 안이 우들러도 이니 심희 둘 디 업다 여보소 아기 어맘 우난 아기 졋 먹이오 웃마을이 용졍 갓나 알룻 마를 쌜니 가나 계명셩이 들이도록 무엇하고 안이 오난 우지 마라 우지 마라 너 어맘 오리자니 오난이라 이

〈11-앞〉

고 답답 니 죽씬니 셔산이 지난 히연 닌일 아참 쓰겐마넌 우리 부인 어지하여 한분 가고 못오난고 너와 나와 이 자리이 죽어지면 이 고싱을 안이 하지 인명언 졔쳔이라 자결련 못하신니 일직사자 월직사자 혀다 인싱 다 나두고 우리 부인 자바 가노 이고 답답 니 일이야 엇지하여 사잔 말고 아무리 이통한들 죽은 사람 올가 졋 달나고 우난 아기 무어시로 달닐손야 심청을 품이 품고 지팡막더 헛든지며 남인북촌 단이면셔 이걸하여 하난 마리 여보시오 이 이 어맘 이

〈11-뒤〉

거시 어미 엄난 자식이요 아기 먹고 나문 져졀 이것 조금 먹여주오 활린

지퇵 안이릿가 셔리아침 참바람이 우물가이 안자다가 물 이로 오난 여인 음성만 간음성만 간음하고 인결하여 비난 말리 여보시요 부인임닉 이거시 어미 업난 거시요 졋 조금 먹거주오 비록 목젹이 안이거던 뉘 안이 시혀 하리 졋 잇난 여인들리 닷토와 먹이준이 일신 무량하고 일치월장 큰난지 라 셰월리 여류하여 삼사연을 지니온이 실푼 마음 갈사록 서럽도다 심청 이 쳥숙한 퇵

⟨12-앞⟩

도 일이삼연 어푼 지니 육축셰을 당두한이 병신 부친 공경지도 당셰이 무 쌍이라 심봉사 그동 보소 지팡막디 손이 들고 심청을 압셔우고 가가호호 삽잡 동양 한달 육장전 겨듬을 한 분도 안쌔주코 푼을 모와 양을 지워 장 장이 미양 한이 죽기년 면할여도 여리연 업난지라 칠팔연 얼푼 지니 십오 셰을 당두한이 심청이 운미월 이실아침 희당화요 부친이 공경지심 디순후 일인이라 요조한 젼 덕힝은 임사이 버금이요 쳥숙항 져 힝실은

⟨12-뒤⟩

장강이 짝이로다 심낭자이 어진 일홈 뉘 안이 칭찬하리 일일언 부친젼이 엿자오디 아반임언 소연이 말삼 들르시우 쳔지일월 싱긴 후이 부자유친 웃씀이라 져 몸이 남자련뎔 부모을 봉힝하고 종사을 밧들 거셜 시지 못할 여자디여 부모 효양 못하온이 인지도리 엇듯타 하오릿가 무지한 오작들도 반초보은하옵난디 아무리 여자온들 금수만 못하오릿가 병신부친 동양 양 식 안자 먹기 죄로온이 금일노 위시하야 소여 격졍 마옵

⟨13-앞⟩

시고 드신 방이 누어 게시면 조식을 비려다가 아바임계 들릴이다 심봉사

그 말 듯고 통곡하며 하난 말리 네 말이 당연하나 다 큰 자식 밥 빌이기 참아 셜려 못하기다 네 어미가 사랏시며 셜마 너를 밥 빌일라 그런 말련 니도 말라 니도 말라 니 가셔 비러오마 심쳥이 눈물 짓고 다시곰 엿자오 더 아바임 하신 말삼 인자지심 그려하나 이젹의 왕상이난 어름 우이 잉어 어더 부모봉향 하여신이 옛사람이 출쳔효셩 쎤 밧드넌 못할망졍 병신 부 친 밥 빌이기 자식된 이닌 마음 엇더타 할

〈13-뒤〉

올릿가 조금도 염여말고 계옵시면 밥을 비려오리다 지셩으로 간쳥한이 심 봉사 마지 못하여 낙누 혀락하시거날 심쳥이 거동 보소 하로불 다마다가 방안이 들려녹코 신신부탁하는 말리 문박긔계 빙판이라 부디 츌림 마옵소 셔 만분 다부하온 후이 동지 셧달 추운 날이 남누의상 박착하고 현 바가 지 손이 들고 삽작 박기 쎡 나션이 힝할 고지 젼혀 업다 염치을 불고하고 상하촌 두로 단이면셔 지셩으로 밥을 빈이 심낭자 극진효셩 뉘라셔 박디 할가

〈14-앞〉

잇 찌 심봉사 거동 보소 찬 방안이 혼자 안자 화로불 다겨녹코 눈물 지여 한숨하며 심쳥 오기 고디턴이 동차이 희가 도다 반일리 지너도록 소식이 엄난지라 마음이 답답하야 혼자말노 하는 말리 불상하다 니 쌀 심쳥 뉘 집 문젼 비겨셔셔 밥 달나고 인결하나 동지 셧달 셜한풍이 춥긴들 오작할 가 이고 답답 셔럼짓고 병신이 되그들낭 셰간이나 유여크나 부부나 구존 하면 셜마 자식 밥 빌일라 귀신도 무졍하다 흔츌한 우리 부닌 무삼 일노 자바간

〈14-뒤〉

노 익고 답답 셔른지고 반이리 지니도록 무삼 일노 안이 오나 추우을 못 이기셔 뉘 집 졍지 부쩌난야 바람이 무쳐 눈 궁기 바져난가 무삼 일노 안 이 오나 우마을레 김동지가 홀아비 잇다든이 니 쌀 심쳥 티도 보고 욕심 니셔 훔쳐 간나 무삼 일노 동창이 도든 희가 즁쳔이 올나와도 무삼 일노 안이 오나 아마도 슈상하다 바람 길이 남우만 흔들희도 내 쌀 심쳥 인졔 오나 새 하나 푸루룩 나라가도 내 쌀 심쳥 인졔 오나 아무리 고더희도 소식 업난지라 기다리다 못하여 의관을 졍졔하고 지팡막디 헛든지며 삽작 박계 셕 나서고 좌우을 둘

〈15-앞〉

너본이 풍셩은 소실하고 쳔지가 막막하다 갈 고지 젼히 업셔 쳔방지방 차자가다가 사람 기침 얼너하면 그피 불너 뭇난 말리 져계 가넌 져 양반아 니 쌀 심쳥 보왓사나 풍셩만 근둑하여도 웃말을리 김셔방인가 자이 어디 가며 니 쌀 심쳥 보와심나 논틀밧틀 쏘차가며 심쳥을 불르다가 빙판이 실족하며 기쳔이 업더진이 졍신이 혼미하여 삼혼칠빅 간디 업다 언덕을 차자 나오려한들 한 길리 나문 언덕 올나오기 쉬울손가 안쏘 셔도 못하야서 양안을 변쓱이며 익고 답답 니 일리야 셰상 사람 싱기

〈15-뒤〉

날 졔 별 후박 업건망연 이니 팔자 어이하여 갈사사록 이려하고 안질빙이 반실불수 졔 아무리 셜다한들 쳔지일월 뉘경하고 부모쳐자 상면하고 쌍어 쳥이 병울리도 졔 아무리 셜다 하여도 고구친쳑 보견마넌 봉사라 하는 거 션 무삼 죄가 지즁하여 디명쳔지 말근 날리 일신을 난용이요 광명일월 발근 날리 지쳑을 몰나본이 당초의 이른 인싱 싱기지나 마지 그려하다 한

동늬 친구들리 마누리 엄견타고 칭찬한들 평성이 초면이라 콩팟도 귀눈 잇고 싱김성도 귀눈 잇셔 보고 하근만연 어이하여 이늬 팔자 무

〈16-앞〉

삼 죄로 눈을 두고 못 보난고 이고 답답 셔렴지고 늬 죽긴내 디셔지셩 통곡하올 젹이 져바산셩 비아리 길노 중 하나 나려온다 져 즁이 거동 보소 한산나의 셰장삼이 셰초쮜을 넌짓 믜고 디명사주 죽감트이 셰굴갓 수겨 씨고 가계을 하엿든지 금관자을 딱 붓치고 쳔은장도 디모장도 옷고룸이 비겨 차고 삼싱 보션 통힝견이 육날국지 다마 신고 구졀죽장 둘너집고 빅팔염주 목이 걸고 비단건션 둘너믜고 흔늘흔늘 오난 양언 육한디사 셩진이가 팔션여을 히롱타가 인간으로 젹겨할 쌔 하근 역사

〈16-뒤〉

싸라오듯 우연이 지늬다가 심봉사이 거동 보소 불상이 싱각하여 장삼 굴갓 벼셔 놋코 두 다리 혈신 추고 펼젹 쮜여 달여들려 심봉사을 안아 너여 노코 거주 셩명 물른 후이 심봉사쎡 차자가셔 져진 의복 벽이너고 시옷셜 입핀 후이 졍신이 도라온이 심봉사 치사하디 어엿부다 져 화상언 어느 결이 계옵시며 어디까지 가시다가 디자디비하는 드로 죽기딘 이 늬 목슘 구졀하여 살인 은혜 빅골난망이라 어이하여 가풀릿가 그 중이 디답하디 소싱은 국화산 모은사 화주로셔 불상하

〈17-앞〉

디락하여 권션차로 나옵다가 봉사임 졍상 보고 차목화와 일시 수고하옴빈이 은희라 하릿가 심봉사 디답하디 즁연의 안믱하고 엇짓 쌀이 상처훈이 사라날 길 바이 업셔 다 큰 자식 심쳥이를 밥 빌일로 보늬쩐이 반일리 되

도록 소식이 업삽기로 마음이 답답하여 기다리다 못하여 자식 차자 가옵
다가 빙판이 실족하와 죽을 욕을 보왓나이다 그 즁이 디답하디 셩셰가 넉
넉더면 고양미 삼백셕을 불젼이 시주하고 눈울 쩌셔 역기 공경하올 거셜
그리할 수 업삽신이 가련

〈17-뒤〉

하고 불상하오 심봉사 그 말 듯고 디히하여 이른 말리 정영이 그을진던
아모리 가난하나 삼빅셕은 잇사온이 권션이 치부하여 져셩 발원하기 하고
져 즁이 그동 보소 이심업시 부셜 자바 권션이 치부하디 동화동 심하구라
즁연이 안밍하여 쳔지만물 못보든니 보은사 화주심이 디지디비 너른 도로
불상이 싱각하고 어엿비 여기시사 불져이 시주하면 싱젼이 눈을 쩌셔 영
귀공명하다기로 고양이 삼빅셕을 디셔틀필 기록하여 이 시상이 눈을 쩌셔
소원셜치 하옵소셔 두려시

〈18-앞〉

치부하고 져 즁이 거동 보소 권션을 둘너미고 심봉사을 하직하고 포연이
물너간이 심봉사이 거동 보소 화주싱 작별하고 솜솜 안자 싱각한이 이 신
셰가 할길 업셔 밥을 비려 먹난더이 삼빅셕은 고사하고 일홈일사 난판이
라 어이업고 우집쏘다 기쳔이 쌔자쎤이 죽을나고 넉시 쎤나 니 마음 니
가지고 이런 이을 힝할손야 솜솜 안자 싱각하더 니 한 일 니 모를 시 이
려타시 군말할 졔 심낭자이 거동 보소 남북촌 두로 단여 이 집 저 집 밥
을 빌 졔 엇든 집언 후디하고 엇든 집은

〈18-뒤〉

박디하여 군말하며 안이 주고 정지 좁다 나가그라 보기 실타 나가그라 구

박이 자심한이 심청 이연한 마음 엇지 안이 수칙할가 눈물짓고 도라셜 졔
임자갓치 모진 기는 엉그리고 달여든이 심낭자 하는 말리 기야 기야 짓지
마라 너이 주인 박덕키로 너조차 물나 하나 울면불면 단이면셔 셔쏭밥 파
밥 조밥 이밥 지장밥 수수밥 가추가추 비려들고 잠시 지척 안이하고 급피
와셔 문을 연이 심봉사 쌈작 놀니 니 짤 심청 인졔 오나 셜한풍이 발두
벗고 춥긴들 오작할가 어셔 밥비 들

〈19-앞〉

려와셔 화로불이 손 녹이라 심낭자 거동 보소 정지로 들려가셔 나물국을
덥기하여 비려온 밥 녹이니여 가추가추 겻들려셔 기상반이 밧치다가 부친
져이 들리온이 심봉상 수심이 안면이 가득하여 차아 먹지 못하거날 심낭
자 엿자오더 무삼 근심 디단하와 진지을 안자시요 심봉사 디답하되 죽을
나고 그려한지 혀망한 일 싱각한이 참아 먹지 못하깃다 심청이 엿자오더
부자넌 일신이라 아모리 여식인들 아바임 근심 모를릿가 심봉사 한심 짓
고 낙누하며 이련 말리 아젼날 너 보니고 방

〈19-뒤〉

도 춥고 비곱하 바리기 어렵거날 너을 차자 나가다가 기쳔이 낙성하여 거
이 죽기 디얏던이 보은사 화주싱이 날을 구히니여 노코 싀옷 흔불 버셔주
며 날달려 흐는 말리 고양미 삼빅셕을 불젼의 시주흐면 싱젼이 눈을 쩌셔
쳔지만물 구경흐고 영긔공명한다기로 눈쓴다 말을 반겨 듯고 신셰난 불고
흐고 고양미 삼빅셕을 권션이 치부흐여 보닌 후이 솜솜 안자 싱각한이 일
홈일사난 파이라 삼빅셔월 어이 하리 허망흐고 실셩하다 부쳐을 쐬기신이
눈쓰기넌 고사흐고 익화

⟨20-앞⟩

가 업실손야 심낭자 그 말 듯고 묵묵키 안잣짜가 눈물 짓고 하넌 말리 아바임 아바임 거졍말고 진지나 잡수시면 아무리 여자온들 이만 거졀 못하릿가 부디부디 근심 말고 진지나 잡수시오 심봉사 조하라고 퍽 한분 우심 웃고 늬 쌀리 늬 쌀리지 밥상을 단겨놋코 이것 저것 맛본 후이 이거션 무어시고 그거시 이밥이요 뉘 집이셔 어더와노 이겨션 무어신요 그거션 콩밥이요 구시기도 그지 업다 너이 어맘 사리실 씌 밥을 하면 이렷턴이 이밥을 먹어본이 흠사합도 흠사하다 이거션 무어신요 그션 찰밥이요 너이 어맘 쳐음 만늬

⟨20-뒤⟩

삼일 후이 졔횡한이 찰밥이로 너이 어맘 쳐음 만늬 삼일 후이 졔힝한이 찰밥을 먹은면 그원이 잇다 하고 만이 담아 들리그날 빅가 불너 다 못 먹고 간간이 사장할 씌 그 밥 싱각 간졀턴이 오날이야 먹어본이 옛날 싱각 졀노 난다 이거션 무엇신요 그거션 골미쩍이요 웃마을리 김동지썩 큰 마누뤼가 날을 보고 아바임 말삼하시면셔 불상하다 낙누흐고 이 쩍을 주더이다 심봉사 그 말 듯고 허허 흔분 우심 우고 올타 올타 남 다려기 싱각흔다 그 마느뤼 소식 젹이 오입을 하노라고 너이 모와 통졍던이

⟨21-앞⟩

그 일을 싱각흐고 주거실다 놉피놉피 엉져 두어라 잉걸불이 녹기니여 촐촐할 씌 먹으면 쓴기 잇난이라 이리져리 먹은 후이 심낭자 거동 보소 후원이 도라가셔 뒤원을 수쾌흐고 칠셩단을 모와노코 모리 폐고 황도 폐고 졍한수 질너다가 반이 졍이 잇기 밧치 노코 두 룹 졍이 쑬고 두 손으로 합장흐고 화날임게 비난 말리 삼신삼쳔 이십팔부 북도칠셩임언 셰셰이 흠

향흐고 기기이 구벼보사 화날임이 사람닐 졔 별노 후박 업건마넌 우리 부
친 무삼 지로 중연이 안밍하여 쳔지만물 못보시기로 쳘견지 지

〈21-뒤〉

픈 한이 죽어도 낭망이라 일심이 원이 되야 망국하옵던이 보은사 화주싱
이 정담으로 이른 말리 고양미 삼빅셕울 불젼이 시주하면 싱젼이 눈을 쩌
셔 쳔지만물 일월셩신 본다기로 권션이다 치부흐고 이 졍셩을 들리온이
빅미 삼빅셕을 주고 쓸디업난 심쳥이를 사갈 사람 지수하와 주압소셔 이
럿타시 치셩한이 황쳔이 무심흐리 잇 쩌 엇턴한 사람이 크기 외고 지닉가
면 아무집 쳐자라도 인물 잇고 힝실 잇고 부모이기 호셩 잇고 십오세 더
난 쳐자 쌀 삼빅셕

〈22-앞〉

줄 거신이 상환하리 뉘 엇난고 심낭자 반그 듯고 급히 나와 문난 말리 져
기 가난 져 양반아 쳐자을 살나흐면 무엇시 쓸나흐며 날갓튼 쳐자라도 상
한하여 사갈난잇가 그 사람이 딕답하디 다름 안이오라 물화을 만이 실고
남경으로 들려갈 졔 수로 말이 면면 길이 험한 곳도 만큰이와 인당수라
하난 물은 험하기도 그지 업고 파션도 만이 흐고 사람도 만이 죽어 통이
하기 어렵던이 중연이 시법 나셔 그 고졀 지닐 쩌이 힝실 잇고 인물 잇고
십오셰 더난 쳐자을 졔수

〈22-뒤〉

로 여코 가면 비길도 무사하고 만금을 퇴을 너여 잡탈리 업난 고로 낭자
가치 고우 쳐자 중갑 주고 사가시오 그난 그려하건이와 낭자난 무삼 일노
져디지 고운 몸을 사지익 팔려 하오 심낭자 그 말 듯고 쳔지가 문어지

고 정신이 아득하나 출천호성으로 죽기을 익길손야 쳐연이 더답하더 다름 안이오라 우리집 늘근 부친 중어이 안밍하여 옥식을 모르시고 일월을 못 보시미 쳘쳔지 지푼 한이 복중이 밋칫던이 보은사 화주싱이 정연이 하는 말리 고양미 삼빅셕을 금월 십오일 니

〈23-앞〉

로 수운ᄒ여 불견이 시주하면 싱젼이 눈을 쎠셔 일월을 본다기로 권션이 치부ᄒ고 보닌 후이 아무리 싱각ᄒ여도 일흅일사 난판이라 주야로 위이 더야던이 그디이 ᄒ는 말삼 참 졍영이 그을진딘 날갓든 몸이라도 사랴그든 사가시우 져 상공 그 말 듯고 더히하여 하는 말리 불상ᄒ고 거록할가 부모이 명을 위하여 몸을 팔나 화옵신이 사람이 오륜힝실 이이서 더할손가 고양미 삼빅석을 십오일 니로 수운하여 보은사로 올일 거신이 그리 알고 십고일련 힝션시라 돈 열

〈23-뒤〉

양 들리온이 손이 소복 졍이 하고 소식을 기달여 위령업시 하옵소셔 심낭 자 허락하고 부친젼이 드려가셔 엿자오디 아바임언 들르시오 고양미 삼빅 셕을 일젼이 구하여 보은사로 들럿신이 격졍 근심 마옵시고 계시소셔 심 봉사 싹짝 놀니 하난 말리 헌말일다 삼수군식 못한 형셰 삼빅석이 어디 잇셔 네가 졍영 날 쏙인다 심쳥이 하는 말리 고양미 삼빅셕을 못올이셔 일심이 병일넌이 김장자집 마누리가 불상타 이르시고 고양미 삼빅셕을 그 집이셔 틱출ᄒ여 보은사로 올

〈24-앞〉

일 거신이 염여말고 너난 수양어로 니 집이 와 잇기디면 그 안이 조흘손

야 만단기유 위로키로 늬 역시 다힝하여 빅비치사 허락하고 이졔야 오난 이다 심봉사 그 말 듯고 조흠 마음 그지 업서 춤추면셔 노리하디 얼시구 나 절시구나 조흘시고 고지야자 조흘시고 천지 비록 광더하나 이련 이리 쏘 인난가 하날리 무너져도 초사날 궁기 잇다던이 날을 두고 일름일다 얼 시구나 조흘시고 지야자 조흘시고 아무리 어려와도 쌀 삼빅셕 업실손가 금시이 눈을 쩌서 우리 심청 만저 보고 천지일월 보고지고 얼시구나

〈24-뒤〉

조흘시고 이웃동늬 친구들이 날을 보고 조롱던이 보원설치 하여보시 지야 자 조흘시고 모로 쬐고 바로 쬐고 누엇다가 안자다가 좌불안셕 가관일시 심청이 착한 마음 진정으로 말삼하면 일시이 머근 마음 병이 딜가 염여하 여 조흔 말노 하엿시나 상공들리 오기 디면 엇지하여 작별할고 장농 안이 잇난 이복 난난치 차자니여 셔답 쌜늬 정이하여 말근 오셜 시금으로 빅아 지고 쓰지기 의복 시로 쑴여 차기차기 여혀 노코 등잔불 발키 노코 부친 이 현 보션을 시금으로 기울 적이 한 분 호고 부친 보

〈25-앞〉

고 두 분 호고 부친 보며 솜솜 안자 싱각한이 흉격이 막막흐고 정신이 암 암흐여 오장이 썩은 눈물 양안이 소사나셔 한광이 분명한이 올을 바야 봐 로 호지 저범저범 접쳐 노코 정신업시 물너안자 소리 업시 실픠 울며 이 고 답답 늬 일이야 발근 날리 힝션시라 션인딜리 오기 디면 하직하고 영 결할 졔 부친이 실푼 거동 목젼이 어이할고 나넌 한 분 가면 그만이련이 와 병신 붓친 이복 쌜늬 뉘가 잇셔 간검하면 동지 셧달 추운 날이 조식공 경 뉘가 할고 지팡막디 헛던지며 초수 오산 험한 길이 이리저리 단이

〈25-뒤〉

다가 기한이 몸이 겨셔 노변긱신 딕기 딕면 아미산 갈가마구 씨를 지와 나라덜려 사지을 쏘사닌들 뉘가 잇셔 초차 줄가 니 몸 하나 죽난 거션 셜 잔느디 우리 부친 눈을 쩌 쳔지만물 능히 보고 쳥운이 놉피 올나 영귀공 명하옵시면 씰디 업난 이닉 목숨 죽고 죽고 쪼 죽은들 여한을 어이할가 후싱이 보들릭도 무엇시로 상고하리 우리 부친 용모 화상 디강이나 그리 리라 디장지을 펴쳐노코 화상을 그릴 적이 얼골런 푸리고 코넌 웅준이요 마음먼 꼿꼿흐고 수염 엇불고 눈섭언 누리고 손언 분졀 갓고 거름은 범이 거

〈26-앞〉

름이요 상투난 외우 짜고 가삼 우이 칠셩이요 아미간이 후졈이리 화상을 다 그려셔 품이다 간수하고 졍신업시 물너 안자 눈물만 흘이던이 쳥쳔이 무졍하사 오경시 을푼 지닉 원촌이 달구소리 날 시기을 재쵹한이 심낭자 깜작 놀니 원수로다 원수로다 달구소리 원수로다 밤이 가고 날리 시면 션 인들리 올 거신이 부친을 어이흐고 영결죵쳔 가단 말가 졍지로 급피 나가 눈물 썩어 밥을 지여 모 쩌려진 긔상반이 염반이라도 졍결리 밧쳐다가 부 친젼이 들이온이 심봉사 하는 말리 오날른 엇지하여 아침밥을 일직

〈26-뒤〉

지연난야 심쳥이 엿자오디 서답쌜니 급하기로 아침밥을 일직 지연난이다 하든 말 재 못 마차 션이덜리 들려오며 크기 불너 하넌 말리 심낭자야 어 디 가소 횡션시가 느져 간다 어셔 밥비 가사이다 심쳥이 그 말 듯고 졍신 이 아득하여 엇지할 줄 모르다가 부친젼이 나아가셔 지비 통곡으로 우름 울 졔 일월리 무광흐고 산쳔이 함누로다 업더지며 엿자오디 아반임요 아

반임요 불호여식 심청이난 영결종쳔 가난이다 불상한 아반임언 불호여식
싱각 마르시고 싱젼이 눈을 쩌셔 만셰무양하옵소셔 심봉사 그 말 듯고

〈27-앞〉

디경실식 하는 말리 이거시 왼 말린야 자셔이 일너다고 심쳥이 할 일 업
셔 실셩으로 알왼 말리 고양미 삼빅셕을 구쳐할 길 젼여 업셔 주야로 원
일넌이 명쳔이 감동하고 귀신이 도웁시기로 남경장사 션인이계 빅미 삼빅
셕을 밧고 인당수로 자신방미하엿든이 금일이 힝션시라 수로 말이 면면
길의 인제 가면 언제 올가 우루룩 달여들려 부친이 목을 안고 낫쳘 한티
더이고셔 궁굴며 통고한이 심봉사 거동 보소 한 손으로 심쳥을 홀려잡고
쏘 한 손으로 목을 얼려 만지며 통곡한난 말리

〈27-뒤〉

닉사 실타 닉사 실타 신공 들련 나흔 자식 졔수로 파단 말가 못가난이 못
가난이 날 바리고 못가난이라 칠일젼이 어미 일코 졋 달나고 우난 거셜
품이 품고 단이면션 동양졋 어더 먹기 근근이 길너닉여 일소경이 한 막디
로 너를 의지ᄒ며 사자쩐이 몽중이도 싱각 업난 이 릴리 왼 일린고 익고
익고 서름지고 한 분 흘쳐 잡고 안이 논의 심쳥이 졍신차르 육셩으로 엿
자오디 아바임요 아바임요 너무 실혀 마르시고 지 말삼 들려보소 씨지 못
할 이 자식이 앗사온들 무엇하올릿가 소와 노은 살리 디고 찌야진 그려시
라 부디부디 셔려 말고 만셰

〈28-앞〉

보존옵소셔 심봉사 거동 보소 두 주먹 불근 죄고 가삼을 쾅쾅 치며 날 바
리고 못가난이라 죽거도 한양 죽고 사라도 한양 사자 자식 파라 눈을 쓰

자하면 잉화급살 업실손야 익고 익고 니 죽긴니 이 일리 외 일린고 니 아
모리 가들이도 날 두고난 못가리라 두 눈을 번득이며 기절통곡하는 모양
산쳔이 용열하고 초목이 함누로다 뉘 안이 낙누하리 상고들리 모다 보고
눈물짓고 하는 말리 심봉사 가궁한 정상 참아 보지 못하긴니 돈 빙 양 빅
미 열 섬 부조로 들리온이 심낭자 쩌난 후의 이복 찬짜 하옵소

〈28-뒤〉

셔 심청이 정신차려 션인의계 치사ᄒ고 동즁의 부쳐노코 불상한 우리 부
친 이복 찬짜 관망 신발 구차찬키하여 주소 만셰 후이 도라 염십 관곽 수
이짜지 하여 주소 귀신이 되드라도 머리 우의 둥둥 쩌셔 결초보은하오리
다 아바임언 정신차려 졔 말삼 들려보소 장농 안녜 소음 의복 차기차기
여혓신이 날 춥거던 이부시고 돈 빅 양 비미 열 섬 동즁으로 붓쳣신이 과
가이 입졔 너고 동닉의 다짐 바다 비곱푸고 목말을 졔 이 돈 바다 술 자
시고 불호여식 졔이 마음 원이 업기 하옵소셔 아바임 아바임 부르면

〈29-앞〉

셔 익고 답답 늬 일이야 인지 가면 언졔 올고 부친 얼골 한틔 디고 다시
궁굴며 통곡하며 참아 이별 못할 젹이 상고들리 졔촉하디 힝션시가 느껴
간이 어셔 밥비 나오너라 심청이 할 길 업셔 자분 치미 쑤리치고 상고을
짜라간이 심봉사 기각 막혀 문을 차고 쏘차 나와 두 주먹을 불근 지고 쌍
을 깡깡 치며 하난 마리 이 몹실 연 심청아 날 바리고 어디 가노 돈도 실
코 쌀도 실다 나도 죽이고 네 가그라 인당수가 어디민요 나도 짜라 한양
가자 눈 쓰기도 닉사 실타 자식 팔라 눈을 쓰들 어디 가 용납할가 여보시

〈29-뒤〉

요 동니 사람들라 제수로 썰나 하고 사람 자바간 놈들 거저 두고 보단 말
가 관가이 보장하고 법을 알기 하여주소 이고 답답 니 죽긴니 아무리 그
려한들 호여이 하난 일을 뉘라셔 말유할가 심낭자 거동 보소 부친을 이별
할 제 이젼이 노든 동유 제제이 다 청하여 이원으로 부탁하디 압집이 원
금아가 뒷집이 쌍금아가 압 못보난 우리 부친 나 하나 업셔지면 이복 빨
니 음식지절 뉘라셔 간금할가 나 업다고 싱각 말고 지신도록 하여 주고
입도록 하여 주고 너이 부모나 달을손야 아롯집이

〈30-앞〉

김도령 뒷집이 이도령아 우리 부친 자는 방이 군불리나 덥기 하며 주기
김동지너 치봉아가 우리 부친 쌈찬 이복 더럽다 싱각 말고 셔답빨니 졍이
하여 입도록 하여 주기 쎌써 업난 심청이난 무삼 일노 싱기나셔 병신 부
침 가삼 우이 불을 뭇고 가단 말가 이젼이 노든 동유 제제이 작별 다 못
하고 훌훌리 쩌나간이 너이 심졍 취치 말고 부디부디 명심하여 니 한 부
탁 잇지 말기 수중이 죽은 원혼이라도 결초보은할 거신이 부디 명심불망
하라 하고 그리져리 작별하고 회병으로 힝하여 간이 눈물리 압헐 가려 지
쳑을

〈30-뒤〉

모을너라 한 거름이 도라보고 두 거름이 도라본이 집은 점점 머려지고 비
민 고젼 가쌰온다 치마자락 훌려잡바 얼골을 갈리압고 부친을 부르면셔
더성통곡 실피 운이 눈물지여 피가 디고 한숨지여 바람 된다 심낭자 고운
티도 십오이 발근 달리 흑운 중이 무쳔난 듯 일지화 고운 꼬치 이실을 머
금운 듯 거려거려 구경군이 만수산이 구름 못틋 용문산이 안기 못틋 십이

평사이 빅구 못틋 자우로 둘너서서 심낭자 그동 보소 뉘 안이 낙누하리
비 민 곳 다달나셔 사면을 둘너본이 무변딕히 너른 물이 빅노

〈31-앞〉

넌 힝강하고 수광언 접천이라 선인 등이 거동 보소 순풍이 닷철 다라 북
을 둥둥 우리면셔 어부사로 화답하며 망경창파 써나간이 고양은 머러지고
회수넌 양양ᄒ다 회중경계 바리본이 사풍세우 조흔 경이 심낭자이 수회로
다 임술지추칠월을 옛말노 들럿든이 빅노넌 힝강하고 수광언 접천이라 소
동파 노등 풍월 이구이 잇다망넌 조밍덕이 빅만딕병 이금안지지오 세중의
사립 씨고 편주 저어 가너 사람 이틱빅이 상천 후이 풍월 실노 네 가논야
쏘 한 곳 바리본이 청천이 안원이요 회활고범

〈31-뒤〉

자라 제처업시 가는 비연 감동으로 네 가는야 쏘 한 곳 바리본이 강천이
막막하여 우루룩 쌀쌀 오넌 비넌 이황여영 눈물린가 방주수풀 썩끈 가지
점점이 쑬려 셩문한이 소상야우 이 안이야 이십오헌 탄야월이 불승청원
저 기려기 갈딕 하나 입이 물고 기룩기룩 소리ᄒ고 편편이 나라온이 평사
낙안 이 안며 칠빅평호 말근 물결 상하쳔광 푸리엿다 순풍이 닷철 달라
북을 둥둥 우리면셔 어기엿차 소리한이 원포귀범 이 안인야 쏘 한 곳 바
리본이 갈 사립을 수겨 씨고 고기낙는 저 어옹은 위수변이 안이로더 강틴
공도 분

〈32-앞〉

명하다 실푸다 심낭자야 고국을 바리본이 도화동이 어딕민요 운산언 칩칩
하고 희수은 양양하다 희상이 비을 미고 밋 밤이나 지낸난고 졍신이 아득

하고 오장이 녹난도다 한 고즐 다드른이 쳔햐강산 졔일명구 소상강이 여계로다 동졍칠빅 느론 고디 풍경도 졀성하다 고고쳔변 일룬홍언 부상이 둥실 놉피 쩌다 부평언 무리 디고 노화년 눈이로다 양곡이 가지 안기 월붕으로 도라들고 어장촌 긔가 짓고 힝안봉 구름 쎳다 구룸만 저문 구룸 몽틱이 잠겨 잇고 화출동남 삼사봉은 산식이 창창ㅎ고 동졍여쳔 시추

〈32-뒤〉

라 물결른 잔잔한디 원포이 일렵 션인 주임촌 도라들고 남북촌 두셰집은 낙하모연 잠겨구나 빅사강촌 나려가셔 진우강남 바리본이 틱산언 굴파 디고 초야도 광할하다 오촌년 어이하여 동남으로 벼럿시며 건곤은 무삼 일노 일야이 놉피 쩌노 젼이 듯든 동졍호을 오날이야 보리로다 소상강 일쳘이년 눈 압히 별려잇고 쳔이무 십이봉은 구름 박기 버렷잇다 악양누 놉푼집이 법히문이 지은 글은 함원산탄잔강한이 파릉이싱상이요 등왕각디연주이 왕발리 지은 글은 낙하년 여고목졔비하고 추수년 공장

〈33-앞〉

쳔이식이라 남독이경이로다 창오산 그문 구룸 남혼젼 발근 달이 오흔금이 쓴너지고 낙포로 가년 비녀 쏘각달 모연 속이 초희왕이 혼빅이라 죽누사 창 실푼 경은 이비이 눈물리요 신포셰류 지난 입언 만강풍이 헌날엿다 옥노정풍 가을경은 송옥부를 실허하고 갈디쏫쳔 분분하고 말밤풀언 봄비치라 무산경체 구겨ㅎ고 도라션이 이니 심사 둘 찌 업다 셰원졍지여시려구 삼연을 위로하여 어보가흔을 조상ㅎ고 강초이 술을 사셔 간틱부로 외로하고 강호풍경 다 밧신나

〈33-뒤〉

여긔너 무어시며 저계난 어디민요 십이평사 즈덧상이 난디던 저 어분는 은린옥쳑 낙과너여 움벼들이 찌여들고 수양만호 지푼 고더 한주차로 도라 들 져 셕양일말상면홍한이 어촌낙조 이 안인야 연사팔월 찬 바람의 구강 풍수소하다 일진군인 지 지력기 벽히중쳔 놉피 쩌다 청양포로 나라들려 수빅이 평사장이 점점이 찍엇신이 평사낙안 이 안인야 석경산쳔 도라든이 쇠북소리 딍딍하여 사모종 더욱 조타 게산과물을차자간이 사는 첩첩 노파 잇고 경수무풍야자파의 물련 출넝 집헛도다 쏘 한편을 바리

〈34-앞〉

본이 만학쳔봉 수려한디 온갓 잠목 무성하다 낫낫청유벽상취이 사시장춘 소나무는 춘하추동 사시절이 정정돔입 젓나무며 취과양주 귤만경이 유자 칭칭 텅자나무 산풍취진 계화계라 월중단기 기수나무며 옥셔로 봉황의 의 엽낙 금경 오동나무 산화야화춘자긔의 호도 벽도 복상나무 쟉야동풍입무 야이 접무분분 살구나무 믹두양유불싱춘이 긱사청청 벼드나무 오자셔이 무듬 압히 츙성할 손 가목이며 상엽이 홍어이월화이 만산횡식 단풍나무 쳔두목 지두목 느려진 장

〈34-뒤〉

송 부려지고 목피나무 넙쩍 쩍갈 금픠 능수벼들 온갓 잡목이 횟들려져 울 울창창한 가운틔 온갓 시가 나라든다 부용당 운무병의 기림 속긔 공작시 며 소식 정든 청조시며 글 젼아든 기력이며 범범중유 쌍오리면 쌍친쌍근 하여잇고 나졔 우난 벼국시며 밤이 우넌 구구시며 귀촉도 불려귀라 졔혈 삼경 두경시며 관관조득 춘풍면이 막교지상 쯰리며 화운셩변 오욕시이 반포하든 까마구며 칠월칠셕 은하수이 다리 놋튼 까치로다 시재재 우름

울고 풍쳬 조타 장꿩이며 이관 조타 학두룸이 소리 조타 황나시며 글 잘 하난

〈35-앞〉

할림시 티평초이 부홍시 창산고모 짝다구리 볼장식 비들기 모양 엄난 북 수리 풍연 우난 솟짝시 이리져리 나라더려 닉이 수심 도두운다 인당수가 어딕민요 이왕이 죽을 목심 지쳐하여 무엇하리 실푸다 우리 부친 불호막 더 날 바리고 출무망이 이통타가 기신이나 안이한가 쩌나올 쩌 하든 모양 이목이 벼려 잇다 저긔 가는 저 기력아 도화동 지니거던 이 고디셔 날 보 왓다고 부친젼이 전하여랴 순풍이 돗쳘 더여 물고긴지 들고기지 수로 말 이 먼 길을 순식간이 득달한이 이 고지 어딕민요 인당수가 여긔로다 천 지가 막막ᄒ고 구진

〈35-뒤〉

비난 소소하야 물결은 왈낭출넝 비며리 빙빙 돌더넌 와자직근 빗집은 볏 석 용총줄 쓴어지고 파도는 넘이들어 파션이 경각일다 주중이 안진 사람 졍신업시 사로 보며 이 일을 엇지하리 닷 치와라 닷 치와라 닷줄 급히 지 운 후이 고사기계 차릴 적이 온소 자바 사지 갈나 큰 칼 꼬자 졍이 노코 한밥 지여 좌포우혜 어동육셔 삼식실과 좌우로 벼려노코 심청을 목욕씨기 소이 소복 졍이 하고 제상머리 안친 후의 도사궁이 거동 보소 북을 둥둥 우리면서 고사축원하든 말리 칫더 자바 삼십삼천 나리 구벼 이십팔수 차 히

〈36-앞〉

팔방 용왕임은 쳔틱지군 강신 후이 식식이 구벼보고 긔긔이 흠향하소 쳔

황지황 기벽 후이 수인씨 불을 너여 교인하식하옵시고 현원씨 비을 너여
이제불통하옵기로 우리 동무 시물네 명 사롱공고 사업 중이 상고로 위업
하여 물화을 만이 실고 남경을로 힝하온이 인당수 용왕임언 제수을 바드
시요 힝실 잇고 인물 잇고 부모의게 호셩 잇난 을축싱 심낭자을 제수로
드리온이 부족다 마로시고 길거이 바든 후의 운무을 거두치고 바람을 지
식하여 수로 말리 먼먼 길이 물고긴지 돌고긴지

〈36-뒤〉

평반이 물 다문 다시 평지이 활살갓치 순식간이 득달하여 십십만금 터을
니 돗더 끗티 봉기 달고 우심으로 연이 밧고 춤으로 황횡하여 고국이 부
모처자 반가이 보기 하소 고사을 마춘 후이 심청다려 하는 말이 여보시요
심낭자야 고사귀가 느겨간이 어셔 급히 빠저거라 심청이 기가 막혀 치마
을 무릅시고 빈머리 나셔본이 왈낭출능 힌난 물결 쳔길리나 기푼지라 정
신이 앗질하고 쳔지가 문어지난 듯 빈머리이 주저하다가 시 안자 사지을
별별 썰며 이고 어마야 나는 죽니이 아바임요 난는 죽소 두 손

〈37-앞〉

으로 합장하여 화날임전 비난 말리 황천후토 일을성신 졔셩임은 셰셰이
구벼 보소 우리 부친 안밍하여 쳔지일월 못 보시고 바든 밥 못 자시고 길
을 두고 메로 간이 자식된 이 니 마음 쳘쳔지포원더야 부모의 병을 위하
여 이 죽음을 당하온이 니 죽은 후이 지시 눈을 발기 열어 쳔지만물 여한
업시 보기 하면 썰더 업난 이니 몸이 열분 죽사온들 한탄하오리가 정신을
진정하여 빈머리이 웃둑 션이 정신이 암암하여 빈전을 부려잡고 이고 이
고 어이할고 참아 죽지 못하긴니 또 다시 물너션이 선인이 지촉

〈37-뒤〉

소리 셩화갓치 급한지라 심낭자 할릴 업셔 통곡으로 하직하고 상고다려 일른 마리 십십만금 퇴을 니여 이 고졀 지닐 적이 수중이 죽은 후라도 불 너주고 고국이 득달하여 우리 부친 보시거든 불호막디 심쳥이난 쳥축 칠 월 이십칠일 사시분이 이 고디셔 죽엇다고 소식이나 전희주소 하직을 다 한 후이 치마을 무룹시고 바람 마진 병신쳬로 비틀비틀 거려가며 두 눈을 질끈 쌈고 압이을 밧삭 물고 이고 한 소리이 풍덩실 쌔전이 물결노 몸을 싸고 간 고지 업셔진이 일월리 무광하고 산쳔이 욕열

〈38-앞〉

리라 이윽고 뇌셩이 디작하여 희중이 되눕난 듯 머리난 지독갓고 눈언 중 발 갓고 꼬리는 수삽심쳑 디난 김셩이 재가 되고 업셔진이 밤람이 지식하 고 운무가 거두치며 일월리 명난하고 수파년 불홍이라 상고들 거동 보소 심낭자 죽난 거동 사람언 못보긴니 이 장사 안이하면 기한이 죽을릿가 심 낭자 쌔진 후이 김셩을 죽이노코 바람이 사라지고 파도가 안졍한이 우리 동무 사라나기넌 심낭자이 덕 안인가 음복을 먹은 후이 닷더을 놉히 달아 어기여차 노리하며 남경으로 힝한이라 이 적이 옥황상졔 요국이

〈38-뒤〉

하고하디 출쳔효여 심쳥이가 아부이 병을 곤치라고 졔수로 팔여와셔 졍축 칠월 이십칠일 사시분이 인당수이 밧칠 거신니 심낭자을 구하디 물 한 졈 안이 뭇기 고이고이 못시여라 그릇치 안이하면 용왕을 중죄하고 수궁을 면하리라 고이고이 모셔다가 금이옥식 길너니여 삼연이 디그들낭 꼿봉 속 이 펴이 모시 셰상으로 황송하라 하고 임졀한이 용왕이 디겁하고 수궁이 경동이라 차시이 심낭자 인당수이 쌔잣던이 물결은 업셔지고 탄탄디로 너

른 길이 수궁 삼천 신연덜리 옥교을 들리면셔

〈39-앞〉

올르기을 청하거날 심낭자 화송하야 사양하더 인간이 천한 몸이 옥교가 단하릿가 신여 등이 엿자오디 상졔계 명을 바다 낭자을 모시라고 등디한 지 오럴넌이 만일 못 모시면 중지을 당할지라 쳡이 등을 싱각하여 어셔 급히 다옵소셔 심낭자 할 일 업셔 옥교이 올른이 삼천이신이 옹외한 옥픽 넌 징징하고 횡기넌 진진이라 곽쳐사이 축장구와 왕자진이 봉필연은 전후 좌우 옹위한이 지상선인 이 안넌가 별궁이 되서두고 삼시로 경장옥잉과 왕모도록 극진이 공경한이 일신이 무량하여 기릴 거시

〈39-뒤〉

바이 업다 여공지질 쳠자 방적 오륜횡실 일세의 무쌍이라 세월리 여류하 여 삼연이 얼푼 간이 심낭자 고운 몸을 꼿봉 속의 모셔두고 일등 신여 좌 우의 옹위하고 세상으로 한송할 제 인당수 너른 물의 이별주 부어들고 용 국신여 삼천인이 좌례로 하직하면 이른 말이 시상의 다시 나가 황제부인 되온 후의 부친을 만나보고 만종녹을 눌리다가 시운이 다 진크던 천상으 로 다시 만늬 인간의 귀한 일을 셜화하고 노사이다 일별을 다한 휴의 꼿 봉이을 밀틀린이 만경창파 너른 물의

〈40-앞〉

어딘 줄을 모를너라 한 고절 다다른이 소의 이분 두 부인이 반죽을 썻거 들고 죽임으로 나오면셔 낭자 보고 하는 말리 저기 가난 심낭자야 네 날 을 몰를리라 순임군의 남순수하시다가 창오상의 붕하시민 순임군을 딸로 다가 이 고디 와셔 죽엇기로 창오야을 바리보고 눈물 쑬려 반죽 던이 세

상의 하는 마리 아왕여영 이비로다 이 반죽 가저다가 세상의 전하여라 쏘
한 곳 바리본이 녹의홍상 일미인이 크기 불너 하난 말리 저기 가난 심낭
자야 네 날을 모르리라 한나라 신여로셔 호지의

〈40-뒤〉

시접 가셔 한입골수 죽은 후의 무듬 우의 풀리ᄂ 니의 무듬 기록하고 셰
상이 하년 말이 왕소군이 청총이라 니 한 말 드려다가 세상이 전하여라
쏘 한 곳 다다른이 한 사람이 이소경을 손의 들고 크기 불너 하난 말리
저기 가난 심낭자야 네 날을 모르리라 촌나라의 비살타가 소인의 참소 입
어 강남의 니치 틱반의 힝음하고 강호이 유리하야 이소경을 폐여 들고 명
나수 죽엇기로 세상의 하난 마리 굴삼여라 하난이리 이 쳑 한건 가져다가
세상의 전하여라 그 고절 하직하고 쏘 한곳 다다른이 청포 입

〈41-앞〉

운 한 사람이 고리을 놉픠 타고 크기 불너 하난 말이 저기 가난 심낭자야
네 날을 모르리라 당나라 할림으로 베살을 마다하고 채셕강의 누어 시주
풍월주인 되야 일일수경삼빅비의 장치불성 논이다가 채셕강 명월야의 지
경상천하엿던이 세상의 이르기을 시중쳔자 이틱빅이라 니 한 말 들려다가
세상의 전하여라 그 고절 하직하고 둥둥 쩌서 나올 적의 남경 갓든 상고
들리 십십만금 틱을 니여 고국으로 도라올 졔 인당수의 다다라셔 심낭자
을 싱각하여 제물 차려노코 축문

〈41-뒤〉

을 손의 들고 낭자 죽은 넉시을 불를 적의 불상하다 심낭자야 우리넌 남
경 가셔 십십만금 틱를 니여 고국으로 도라갈 지 그저 가기 셔운하기로

박주 일비 정이 부어 그더 넉시 부르난이 혼이라도 네와 먹고 넉시라도
네 오너라 제물을 흐튼 후의 한편을 바러본이 난더엄난 쏘봉 하나 수면의
둥둥 떤나오그날 상고들 하는 마리 이상하다 저 꼿치여 꼿구경 만이 하엿
시디 저런 꼿천 첨이올셰 분명 심낭자의 원혼인가 여려 상고덜리 동심하
여 그 꼿철 건저 비 우의 실고

〈42-앞〉

순풍의 돗철 다라 고국으로 도라와셔 하계을 정이 뭇고 그 꼿철 숨엇든이
그 꼿 소문 디단하여 남여노소 규경군이 구름 못듯 모와든다 잇 떠 맛참
송황제 상궁하사 간퇵의 쓰지 업고 주야로 싱각난 바 죽은 황후 뿐이로다
마음이 심심하여 후원의 화계을 모와노코 천하이 힝관ᄒ더 기이하고 조혼
꼿철 밧치난 지 잇시며 천금상이 만호후을 봉하리라 이럿타시 힝관한이
어디 꼿치 안이 올라 반화할 손 작약화며 공자왕손 방수하의 영귀할 손
목단화

〈42-뒤〉

며 만당춘수 옥여화여 군자기상 연꼿치며 졉출횡군 거록상의 여엿부다 힝
당하며 원이지상빅가상이 제헐분분 두견화면 이럿타시 조혼 꼿철 화게의
숨어두고 삼시로 물을 주어 바람이 건듯 하면 힝기가 촉비로다 잇 떠 남
경 갓든 사공들리 그 꼿철 진상한이 황제 극혜 더히하여 상금을 만이 주
시고 셰셰이 구경한이 보든 바 쳐음이라 기이함도 기이하다 여일지싱광이
요 크기도 쌍이 업다 원각산중 일수화라 그 콧치 쩌려져시 희상으로 나려
완나 그 꼿 일홈 상급

〈43-앞〉

하더 강선화라 하옵시고 옥분의다 숨어두고 삼시로 물을 주어 일시라도
못 보시면 무어셜 이른 다시 마음을 난졍이라 일일언 달려 짜라 후원이
비히하여 화초구경하시던이 깅선화 꼿봉 속이 사람기침 들이거날 가만이
나아가셔 꼿봉이을 여려본이 여화미인 안진 고디 좌우로 차한이 모셧드라
마음이 길겨하여 은근이 뭇자온디 다렴 안이오라 남희용왕 신여로서 심낭
자을 모시고 화겨 속이 노압다가 셩상을 놀닛사온이 무삼 말삼 하오릿가
쳐분디로 하옵

〈43-뒤〉

소셔 황졔 그 말 듯고 일경일히하사 사환을 명하여 심낭자을 모셔너라 하
시고 자셔애 살펴본이 요조숙여 고운 티도 보든 중 쳠이라 후원 초당 집
푼 고디 조요이 모셔두고 이튼날 조희시이 게하 고하사 강선화 꼿봉 속이
미인이 안잣기로 근본을 무려본직 기이하고 이상하야 후원이 모셔두고 간
퇵고저 하문한이 경이 듯지 엇드한고 제신이 합주하디 폐하이 상구함을
황쳔이 아르시고 셔여을 보니신이 순수쳔명하옵소셔 황졔 듯고 디히하사
퇴산관을 불너 하고하샤 길일을 퇵졍하이

〈44-앞〉

팔월 이십팔일이라 길일을 당두하야 닉궁의 셜연하고 교빅셕의 힝예할 시
만초빅관 삼쳔신여 좌우의 옹위하고 오졔 영농하고 예졀리 엄숙하다 초리
을 마춘 후이 동방의 나아간이 녹수이 원안이요 연리지이 비취로다 연연
하고 기푼 졍을 뉘라셔 다 아리요 잇 쩌 시졀리 픠평하고 국가의 일리 업
셔 쳐가이 격양가요 강구이 문동요라 심황후 어진 마음 병신 부친 소식
몰나 주야로 병이 디고 일염이 한이 디며 월하의 홀노 셔셔 고향을 비리
보며 눈물흘여 한숨던

〈44-뒤〉

이 청천의 외기력기 실피 울며 동남으로 힝하그날 심황후 하난 마리 저기 가난 저 기력아 거기 잠관 멈무려라 이니 편지 써 주겨던 우리국 도황동이 우리 부친전이 젼하여라 하고 침방이 들어가서 만연피을 니여노코 구비구비 싸인 셔럼 부셜 자바 씨자한이 양안니 눈물리 소사나서 글자난 안이디고 수먹 쑤리 산수로다 그 사연이 하엿시더 불호여식 심청이난 일봉셔을 아바임게 올이온이 자셔이 하감하옵소선 부성모휵 중한 은혜 원수갓치 바리압고 실하을 쩌나온 제 지우금 오연이라 일

〈45-앞〉

연 삼빅육십일이 이복 음식 누가 하며 혼정신성 뉘가 할가 이고 불상 우리 부친 쳐지일월 발근 날을 밤중으로 보니시미 불호여식 심청 싱각 하로도 멧 분이면 그 사이이 양안을 훨젹 열녀 쳔지일월 관노소치구 그침업시다 보시며 동중이 믹낀 전곡 허실업시 씨낭잇가 일편단심 이니 마음 일신들 리질손가 불호여식 심청이난 아바임을 하직하고 인당수 면면 길을 순식간이 득달하여 졍축 칠월 이십칠일 사시분이 망경창파 기

〈45-뒤〉

푼 물이 아주 풍덩 빠자던이 욕왕이 하감하사 용왕의계 분분하여 심청을 모셔다가 삼연을 지니거든 세상으로 환송하라 하엿시며 용국이 잇다가 이제야 출신하여 만신쳔자 황후 디여 일신이 영귀하여 기릴 거시 업사오나 일렴이 미친 싱각 병이 디야 통곡한들 어느 쳔연 다시 만니 이 셔름을 풀어볼고 사라도 원이요 죽어도 원혼이라 불상하다 우리 부여 이성이 다시 만니 반가이 보고지고 쳔쳔막막 바리난이다 인편이 총극기로 디강 문안

알뢰온이 셰셰이

〈46-앞〉

하감하옵소셔 건봉을 다 못 써서 눈물을 흘이면셔 급히 나와 바리본이 기
력이넌 간디 업고 구만장천 광할한디 셩월만 창망하다 황각주럼 비겨 셔
셔 일장쳬읍 실픠 울고 일노쏘차 병이 디야 식음을 전펴하고 누엇신이 황
상이 근심하사 니중의 들르가셔 은건이 뭇자오디 구중궁궐 황후디야 무삼
이로 그려하오 자셔이 이르소셔 심황후 하난 마리 달름 안이오라 환과고
독 사궁 중의 불상한 건 밍인이라 밍인잔차 하기 디면 평싱 원을 풀가하
난이다

〈46-뒤〉

황제 드르시고 장하다 그 말리여 황후이 어진 은덕 요순인들 지넛릿가 어
렵지 안이하온이 소원디로 하옵소셔 황제 직시 하고하사 쳔하이 힝관하디
방방곡곡이 물논 노소남여하고 압 못보난 사람을낭 거주 셩칙하여 낫낫치
장게하고 자바 들리라 차후 연탐하여 하나라도 불참지폐가 잇시면 조식을
중죄하고 수령을 추고할 거신이 일정 거힝하려 한이 각읍 수령 거동 보소
미인이라 하난 거션 셩화카치 잡펀 후이 면면이 기송하여 황셩으로 보닌
이라

〈47-앞〉

이 적이 심밍인이 심청을 이별하고 거의 죽기 되여던이 동니 사람들리 구
제하여 살여니고 심청이 효셩 장하기로 감격하여 충호비을 셔우고 글 두
귀을 시기시더 각위부친양안암한이 불사명결힝용국이라 가련이별시어는
모우소소읍창군이라 심봉사 거동 보소 심청이 싱각나면 빗들결 틀려잡고

통곡으로 일삼던이 여려 시월 지닉간이 심청 싱각 자연이 며려지고 동닉
이 믹긴 젼곡 일칠월장 느난지라 가산이 요부하고 일신이 편한지라 이웃
동닉 쎙덕어미 힝실리 분졍

〈47-뒤〉

하야 동요가 자자드라 이 연이 힝실 보소 지밤중이 우름 울기 크큰 촌각
유인하기 혼인방이 헤방젹기 나무 부부 이간하기 쌀 퍼주고 떡 사먹기 머
음덜과 히롱하기 나무 밋터 낮잠자기 빈듸 들고 담비 쳥키 셔방을 어더가
세간을 싹개 먹고 아젹거리 업실만하면 다른 놈 붓터가는 힝실리라 심봉
사 요족하단 말을 풍편의 잠관 듯고 불청긱이 자리하여 조흔 말노 쳥혼한
이 심봉사 여려 희 혼거 중이 잡연인 줄 모르고셔 디히하여 혀혼하고 그
날 밤 동침한이 부부

〈48-앞〉

지졍이 중하다 졍신업시 요혹하여 세간을 다 믹긴이 쎙덕어미 아라 보고
젼곡을 차자다가 마음듸로 훗터씬이 가산이 탕픿하여 쌀독이 잇난 양식
오일 지탕 어렵드라 쎙덕어미 흉한 마음 쎙순이하라 하고 꽁지을 살마지
고 콘큰 놈 엿보턴이 차시익 심봉사 관가이셔 잡피거날 심봉사 할 수 업
셔 집팡막듸 헛쩐지면 관가이 들려간이 사쏘 하난 말이 나라이셔 장게하
여 쳔하밍인 픿초한이 그듸도 치힝하여 지쳐말고 올나라 엄숙키 분부한이
심봉사 뇌럼외 색각한듸 쎙쯕어미 모 이져셔

〈48-뒤〉

갈 마음 져근 지리 홰을 뇌여 하난 말리 여보 나넌 봉사 안이요 공연이
멸졍한 놈을 봉사라 하우 사쏘 하난 마리 그러면 이거시 무어신요 두 눈

이 전벽이라 일월을 못보거던 밍인이 네 안인야 심봉사 할 일 업셔 지셩
으로 되답하되 니가 참봉사요마넌 연고잇셔 못가기소 원이 분부하되 안이
가고 일후외 임영되면 중죄을 당할 거신이 부질업시 잔말 말고 금일 니로
발힝하여라 심봉사 할 일 업셔 집어로 도라와셔 아무리 상각하여도 쌩득
어미 바론난 갈 마음 업난지라 여보 쌩득어미 우리 두리 셔로 만나 빅은
언약 둘병다 딕산이 가부하압고 하회가 여푼지자 졍담으로 한 이니 말을

〈49-앞〉

들를넌지 쌩득어미 딕답하디 들를 듯하면 듯고 못들를 듯하면 못 듯지요
심봉사 회을 니기 두 눈을 변득이며 그기시 원 말린고 고담이 일르기을
운종용풍종호라 닉 넌되 자니 안갈 부부 이셩지합이라 죽언도 한양 죽고
사라도 한양 사시 쌩득어미 한난 마리 무삼 부탁할나시오 자셔이 일르고
신고 듯사오리다 심봉사 하난 말이 다렴 안이라 나라이셔 관자하여 밍인
잔차하다 하고 관가이 젼령하여 난도 올나가라 한이 압 못보난 이 소경이
황셩철이 험한 길이 혼자 어이 가단 말가 자니와 동힝하면 발셥도 조흘련
이와 졍담으로 말을 한직 이갓치 되답한이 니 마음 셥셥하오 쌩덕어미 딕
답하디 나는 무삼 말리라

〈49-뒤〉

고 나도 지금 속마음이 압 못보난 전 가자을 황셩철이 험한 길이 발셥도
어이하며 조셕등졀 어이하리 아모리 어려와도 도힝하여 가자쩐이 나을 피
하여 못미더 항난 드한이 셥기가 그지 업소 악가 그 말을 농담으로 하엿
소 심봉사 거동 보소 조화라고 하난 마리 그러면 그럿치 우리 쌩득이가
쌩득이지 여보기 니가 말을 잘못하엿니 셥셥피 싱각 마오 잇튼날 조식하
고 노자돈 열 양과 이복 셰불을 단단이 북거 쌩득어미 걸머지키 압 셥우

고 촌촌전지하여 올나갈 제 십셔 정심 먹고 이십이 가 화산역을 득달하여
직역사셔 두리 먹고 죵요한 방 차자 들어 부부 셔로 히담타가 잠이 집피
들럿들이 불초한 뺑득어미 가만이 싱각하되 니가 실상 짜라간들 두 는이
별졍한이 잔찬언 못

〈50-앞〉

할 거시오 집으로 나려간들 양식 한 줌 업지라 차라리 이 고디션 코큰 장
부 유인하여 소원이나 풀려바자 하고 자넌 다시 누엇다가 심보사 잠든 후
의복 다 가지고 황천지리 하난 사람이 셰간이 잇단 말을 듯고 차자가셩
쳥혼한이 황첨지라 하난 사람 더히하여 혀혼 바다 잔차하고 농창치고 논
일던이 심봉사 장을 씨여 덤듬덤듬 만져본이 뺑득어미 업난지라 통시이
간난가 하고 아무리 기다리도 계명셩이 이도록 죵젹이 엄난라라 마음이
의심하여 뺑득어미 부를 젹의 통시이 더벼 갓소 후원의 소변 갓소 엇지
여티까지 안이오나 젹신으로 홀노 안자 날을 쏙기랴 한이 니 엇지 몽로소
가 어셔 이라 나오계 그리도 안이 오지 홰나면 쑤달일나 엄금엄금 기여
온 방안을 다 차자도 뺑득어머난 고

〈50-뒤〉

사하고 쏭강아지도 엄난지라 무을 열고 하난 말리 여보 주인 뺑득어미 거
지 잇소 아무리 그려한들 황첨지 짜라가셔 꿈만 비든의 되답하리 뉘 잇시
리요 다시 옷보을 만지본이 옷보도 업난지라 그지야 도망한 줄 알고 방셩
통곡 우난 마리 몹실 연 뺑득어미 보와심나 낭중외 푼전 업셔 노자을 어
이하며 봇침외 아복 업셔 찬차 참여 어이하리 비락 마자 죽을 연나 겁살
마자 죽을 연아 아무리 살외 못사리라 욋고 욋고 닛 팔자야 즁연 안밍하
고 어지 쌀이 상쳐하고 신공 들령 나흔 자식 수중의 죽이 후외 동니 친구

덜을 입어 구차찬이 지뇌던이 몹실 여 뺑득어미 늬 셰간 판을 닉고 노차 외복 다 가지고 중노셔 도망간늬 이고 답답 늬 팔지야 세상 쳔지 다 고여도 요런 산셰 쏘 잇실가 여바라

〈51-앞〉

라 뺑득어미 옷보나 갓다 다고 오고 답답 늬 일이야 이갓치 통곡타가 곰곰 싱각한디 뇌가 실업난 놈이로다 기쏭 갓고 소쏭 갓다 굿까진 연 늿 이면 늿 셩을리야 못갈솜야 엄젼한 우리 부인 죽난 양도 보고 사라앗고 어엿분 우리 심청이도 수중이 죽이고 사라거던 그까진 여 일코 늬가 모사리네까진 연 싱각날 잠노 업다 하고 지팡막디 첫던지며 초수오산 험한 길을 더듬더듬 차지갈 제 십이을 횡모하이 다리도 압풀 박기 외복이 쏨이 차셔 쑤쓥하기 심한지리 쳥긔수 다다라셔 모욕을 하려 하고 의복을 벼셔노코 씨을 모다 씨은 후이 엉금엉금 나와본이 의복 관망 보션 신발 간 고지 업난지라 너렴이 싱각하디 싱편일월이 세상이 빅주 도젹

〈51-뒤〉

업실 거시요 장난군이 지니다가 기롱코저 감칙한가 센닉변 홀노 안자 사랑을 디한다시 그 뉘신고 그 뉘심나 우시긴가 기롱인가 져가튼 소연들리 눈먼 노인 기롱하면 신셰이 회롭난이 날을 아주 못보난 쥴 안나다마는 한 다른 못보와도 한 달이 보름은 본다 열업난 짓 고만하고 어셔 밥비 이리 주오 낭중이 노자돈 열 양 닷 돈 오푼이라 홰가 나면 관가이 졍하리라 아무리 그려한들 도젹놈이 디답할가 긔럴 기우리고 들어본이 사람 기침 업난지라 궁둥이을 최키 들고 온

〈52-앞〉

깅변을 뒤버본들 일른 오셜 차질손가 봉격한 줄 짐작하고 옹쿠리고 안자
통곡하난 말리 이고 여멘이 일렷구나 엇든 놈이 훔쳐간노 허다한 부자집
이 나무 제물 던지 두고 병신 이복 무엇하자고 가져 간노 힝장 일코 어이
하여 간단 말고 조식을 뉘가 주며 신별을 뉘가 줄가 이고 너 일리야 갈소
록 이려한고 참아 셜려 못살긴니 신공 들린 나흔 자식 눈 쓰자고 팔라던
이 아미도 그 잉화라 환쳔이 아르시고 필경 무심할가 한창 이리 통곡할
제 바람길이 들

〈52-뒤〉

른이 벽제소리 요라하다 속마음이 싱각하더 올타 올타 어느 고을 관장인
지 으나부다 화나리 무너지면 소사날 궁기 잇고 사람 살일 부쳬난 골골마
다 잇다튼이 과연 현멸 안이로다 아모크나 쪼차가 억지나 쎠보리라 어너
고을 관장인지 꿈을 잘못 쑤엇다 부자지을 훔처 쥐고 두 눈을 변두리며
도시리고 만잣던이 어언간이 압푸로 지니그날 염치을 불고하고 검쳥 쮜여
달리들르 길을 막고 업들린이 하인이 금장소리 셩화갓치 급한지라 심봉사
거동 보소 호령하더 니가 비록 거종

〈53-앞〉

이를망졍 황명을 밧자와 잔차 가난 양반이라 너이들리 이리할가 이갓치
힐난할 졔 원이 든과 하난 말리 네가 무삼 소원 잇난야 자서이 아라여라
심봉사 하난 말리 너가 밍인으로 황명을 밧자와 잔차 참여하라 하고 황성
쳘이 가난 길익 이 곳까지 왓삽던이 더우가 심하기로 목욕하고 나와 본이
엇든 놈이 이복 관망 모다 훔처 가고 업사온이 눈 어드운 이 밍인이 진퇴
유곡 안이릿가 죽을 박계 할 일 업소 명감하인 영감 덕이 차자 주셔던지

물어 주세던지 양당간이 셩쳥하고

〈53-뒤〉

관장이 어이업서 다시 분분하난 마리 밋가지나 일런난요 자셔이 알뢰여라
심봉사 그 말 듯고 자셔이 엿자오더 일른 거셜 말할진던 당목바지 상하불
을 소음까지 쪗셔 일코 삼신 보션 통힝건을 단임까지 쪄서 일코 한포단
홀리뛰을 쌈지까지 쪄셔 일코 주홍당사 별미듬이 두리 주면이 쪄셔 일코
셩양지리 디모살작 면경까지 쪄셔 일코 남방사주 겸 창옷셜 큰 옷까지 겨
셔 일코 디모장도 은장도을 첨사까지 쪄서 일코 빅양지리 오소경을 집조
차 쪄서 일코 졀나도 남평션을 션초

〈54-앞〉

까지 쪄서 일코 이빅줄 통양가셜 궁초 갓끈 쪄셔 일코 지계당히 이올망근
풍잠까지 쪄셔 일코 산호동곳 셜상투까지 꺼셔 일 복노이 빅통디을 소상
반죽 꺼셔 일코 노자돈 오십양을 봇짐까지 쪄셔 일코 디황모 책셔필을 필
낭까지 쪄셔 일코 돈으로 틱을 디면 돈 바리나 실하온이 졀반을낭 탕감하
고 빅양만 쳐급하면 니왕노비할 겨시요 그렷치 안이하면 압 못보난 이 밍
인이 혼자 갈 수 업사온이 삿도 타신 장독계을 하인 둘만 빌이시면 셔울
가 잔차 보고 나려올 쩌 젼하리다 삿도

〈54-뒤〉

듯고 기가 막허 하난 마리 그건만 가저도 셕숭 불부잔캣다 이방 불어 분
부하디 돈 열 양 이복 한 주기하고 낭자이게 분부하여 작지 하나 주기 한
이 심봉사 하난 마리 그난 그르하근이와 황셩 쳘이 면면 길을 안풍하기
어려온이 삿도 씨신 풍안 한 치 빌이시우 삿도 하난 말리 포디중이 쌈운

눈을 안경하여 무엇하리 잔말 말고 어서 가라 잔차시가 느껴 간다 심봉사 디답하디 월노독힝 가난 길이 적막하기 더심한이 디 한 시리 빌이시면 심심조일 벼졀 삼아

〈55-앞〉

동힝갓치 갈 듯하우 타인유심을 여촌탁지라 억지사지 하여보소 저 삿도 할 일 업셔 남초 한 근 디 한 커려 분부한이 심봉사 조화라고 빅비치산하온 후의 지팡막디 헛던지면 황셩으로 올나갈 져 다리도 압풀 박게 기운이 뇌곤한이 잠관 쉬여갈가 하고 으짓간의 드르가이 엇든 여인 용전타가 심봉사 그동 보소 손벽 치면 우심 웃고 조롱하난 마리 져기 가난 져 봉사난이 니 말삼 들어보소 콩마당의 업더젼나 얼벅덜벅 원 일리며 명터 셥죽 붓턴난가 언쓴변쓴

〈55-뒤〉

원 일린고 탄탄디로 너른 기을 무삼 일노 주젹하며 명명일월 말근 날이 더듬더듬 후리기넌 싱션 잡난 체직일시 단수을 잘하난야 퉁소을 잘 보난가 단수을 잘하거든 육십사꽤 쏘바니여 싱남할가 보와주고 퉁소을 잘 부거던 봉황곡 불어니여 수졀과부 유인하고 심봉사 그 말 듯고 니렴이 싱각하디 디장부 명식으로 아여자이 조롱 듯고 회답 업시 가난 거시 졸장부라 반식일다 픽 한분 우심 웃고 하는 마리 용정하난 져 마누리 이너 말삼 들려보소

〈56-앞〉

저 마누리 두 다리넌 경사감사 쌍교친가 이 놈도 미고 져 놈도 미너 져 마누리 업셔던넌 식주가이 술잔인가 이 놈도 쌜고 져 놈도 쌔너 말소리가

바라진이 나무 셔방질 길기로 졋통이 큼직한이 자식니이 잘하긴니 자식
몬 나 원거더 날과 일야 동침하면 기질이 사약하지만한 분수용묵할손가
져 마리 그 말 듯고 벽장디소하난 마리 걸니이 소경들리 조고만한 셰도을
밋고 져디도록 무례한가 그난 그르하견이와 술밥을 만이 줄 거신이 방이
나 조금 찌여 주기 그려면 그것도

〈56-뒤〉

좀 줄난가요 그겨션 무엇신요 좀 칠지요 심봉사 조화라고 방이을 찌어면
셔 노리 지어 하난 말리 이 방의가 방인고 강티공이 조작방이 경신연 경
신월이 만첩청산 드르가셔 정정 구주 비여니여 식목을 손의 들고 멱줄 노
와 짜듬은이 얼사덜사 방이로다 예주예천 차자 방각디 하임 용정방이 덜
그나려 드딜방이 골노 들려 물방의 요샤 시장 찌넌 방이 젼셰 디동하련이
와 부모봉항 느껴셔라 우리 셩상 조푼 셩덕 거리거리 격양가요 쳐쳐이 분
동요라 방이 찌난 져 마누리 오

〈57-앞〉

릴막네릴막 실쥭뺄쥭 가관일시 그리져리 찌은 후이 정심밥 포식하고 여인
을 하직하고 장안디도 들어 가면을 살펴본이 녹수진경 너른 길이 낙교청
운 이 안인가 조흔 경기 포문던이 여기 와 보리로다 주류치직 불심춘언
공자왕손힝낙쳐요 장디춘일노망경은 양유동풍경이로다 남디문 안 들어간
이 장안디도 너른 길이 눈 면 사람 뿐이로다 간신이 드르가셔 주언을 졍
하라고 이리져리 단이다가 한 고디 다다른이 엇드한 기집아희 급히 불너
문난 말

〈57-뒤〉

이 져긔 가난 져 봉사임은 심봉사 안이시오 심봉사 디답하디 봉산 줄련
아련이와 심간 줄언 엿지 아우 니가 과연 심사로다 그 아히 질거하여 작
지을 잇글면셔 짜라가자 하옵거날 심봉사 음흉지심 일분사양 안이하고 더
듬더듬 짜라가셔 두 눈을 변득이면 가만이 안자던이 셕반을 들리거날 손
으로 두를 만져본이 슈육진마 다 올나다 비부르기 먹은 후이 솜솜 안자
싱각한이 왼 일딘 줄 모를너라 독계비계 홀키 완나 죽을 고졀 왓나부다
초경이 지닌 후이 그 아히 다시 나와

〈58-앞〉

니당으로 청하거날 들려가면 좌우을 살피본이 옥관디청 너른 고디 등촉이
휘황하고 포진이 찰난하여 힝기 진등 촉비로다 사지을 별별 썰며 두 눈을
변득이면 죽을 고디 왓다 하고 호이만단 안자던이 좌편이 엇든 여인 공순
이 엿자오디 사부가 휴예로셔 외인디면 불가하나 아여자의 기푼 사졍 혀
물말고 들어시우 심봉사임 놉푼 일홈 들든지 오러련이 하상견지만야 심봉
사 디답하디 피차간 일반이요 딕이 셩씨난 뉘라 하며 무삼 일노 청하여소
져 여인 디답하디 니 셩은 안씨요 니 나

〈58-뒤〉

헌이 이팔리라 나너 본디 포디중의 안밍하고 십세 젼이 부모 일코 일가친
쳑 바이 업셔 시비 하나 다리고셔 익지하엿시나 가셰난 유여하디 주혼하
리 업사와 독수공방 누어시려 수심으로 지니든이 간밤 꿈을 꾼이 일월리
쩌려져셔 물가이 빈치거날 힝몽하여 득괘한이 삼수변이 씬 셩차년 심자가
졍영하고 일월련 양안이라 일월리 업섯신이 봉사가 분명커늘 희괘하여 인
연 본이 쳔졍비필 이 안인가 그디을 상봉코져 종일토록 고디던이 지금이

야 상봉한이 쳔위신조 반갑

〈59-앞〉

도다 힝믜이 혼목한 즁이 납폐친영 상봉한이 요조숙여 이 안이며 군자호
귀 그디로다 빅연히로 하사이다 심봉사 그 말 듯고 퍽 한분 우심 우고 디
답하디 그디 말삼 들어본이 쳔졍인연 지즁하다 져갓치 고운 인물 이니 진
지 밧들손가 부질럽신 헌말 말그 마음을 진졍하우 안씨밍인 디답하디 사
부가 여자로셔 염치을 불고하고 그디을 디하여셔 밤연이 요랑하고 하고
말삼을 하오릿과 그디 말삼 듯사온이 이니 마음 셥셥하여 자결하여 죽고
십소 심봉

〈59-뒤〉

사 디답하디 빙연밍셔 즁하거던 언양업시 허락하면 혼인 연분 안이기로
사양하온 빈이 셔운이 싱각마소 졍영이 그을진딘 문별도 상적하고 궁합도
미우 조타 건곤이 비합한이 궁합언 박상이요 틱일을 볼작심면 디혼일리
오날리라 복덕셩이 빈치고 구긔일이 합희션이 쳔상인연 즁한 즁이 우학양
신 기모하다 침밤으로 덜러가셔 금침을 펴터리고 두 밍인이 동침하나 차
문심셕이 시하셕고 양인심과 양인지라 그날 밤 지닌 후의 심봉사 일려 안
자 무삼 일노 그

〈60-앞〉

려한지 희식은 젼혀 업고 수심이 만안한뉘라 심봉사 뭇자오디 무삼 일이
부족하와 오늘갓시 조흔 날이 우셔도 부족그날 한숨하기 왼 일이요 심봉
사 디답하디 늬 팔자 무상하와 조흔 일 조금 보면 실푼 일 오난이라 간밤
이 꿈을 꾼이 늬 몸이 썸풀 벅기 북을 메와 쑤다리며 나무입피 써려져서

쑤리을 덥펴본이 그 안이 흉몽인가 안봉사 히몽하고 무릅지면 하난 마리 힝몽 잠관 하여본이 평싱이 디몽이리 글 두 귀을 지엿시디 거피작고한이 셩동척지요 낙엽이 괴근한이 히봉쳐자로다

〈60-뒤〉

이런 디몽이 쏘 인난가 심봉사 디답하더 니가 본더 무식하와 그 써절 모루온이 히득ᄒ여 말삼한이 안봉사 디답하더 사금으로 이르리다 거피작고한이 셩동쳔지라 가움지고 낙엽이 괴건한이 히봉쳐자라 하난 거견 나무입 피 떠려저서 쑤리을 덥펏신이 반가이 쳐자을 만나리라 심봉사 그 말 듯고 낙심하면 하난 마리 쳐자괴식 별노 업고 여식 하나 잇삽든이 졍연이 잇난 그셜 니 눈으로 보와신이 그런 일언 만수하우 안씨밍인 디답하더 목젼의 조흔 일을 금일 니로 볼 거신이 조금도 염여말고 기다리보사이다

〈61-앞〉

조반을 먹은 후의 잔차 참여하자 하고 심봉사 양주 작지을 마주 집긜니이 들려가며 좌우을 둘너본이 쳐하 밍인 다 모엿다 요문산 안기 모틋 궐니이 가득하다 잇 써이 심황후 부친을 차지라고 황각젼이 놉피 안자 아모리 살피여도 부친 종젹 망연하와 니럼이 싱각하더 불상한 우리 부친 날 보너고 이통타가 자진하여 죽언난가 부쳬임이 덕틱으로 양안을 열런난가 잔차가 막죽이더 엇지하야 상봉할고 욕누욕음 탄식타가 도 다시 이려나셔 밍인덜 안진 고졀 차리로 살피본이 엇더한

〈61-뒤〉

봉사 양주 차례로 말셕의 참여하엿거날 심황후 자셔이 살피본이 음식 바 다 명난 거둥 우리 부친 방불하다 신시을 보니여서 그 봉사을 픽초하여

갓가이 안친이 심봉사 거동 보소 몽사을 싱각하고 마음이 디경하여 별별 떨며 들려와셔 다시곰 싱각하디 안씨부인 고운 틱도 몽미간이 상봉하여 고디광실 놉푼 집이 빅연독낙하자던니 조무리 시기하고 황천이 미와하사 이 지경이 디엿신이 조흔 일도 못마추고 니 몸이 썹줄 벽겨 부 뫼와 두다리난 거동을 보나부다 하고 정신업신 터지턴이 심

⟨62-앞⟩

황후 살피본이 그 사이 몟 히나 디얏난지 빅발리 소소하나 이형이사 변할손가 눈물을 홀이면셔 화상을 니여 노코 셰셰이 상준한이 부친이 부명하다 셰상사을 난측이라 자셔이 뭇자오디 어느 고얼 사오시면 셩명언 무엇시며 연신난 얼마시며 안희 셩은 무엇시며 일가친쳑 너려난가 자셔이 가라치소셔 하고 이려타시 영이 나린이 좌우이 옹위한 군 셩화갓치 쳥명한 이 산쳔이 뒤눕난 듯 궁궐리 무너지난 듯한이 심봉사 거동 보소 별별 떨며 하난 마리 여계셔 죽사온들 무어셜 기망

⟨62-뒤⟩

하올리가 살기난 유리국 도화동이 사옵고 셩명은 심학구요 나넌 오십이요 일가친쳑 바이 업고 즁연이 안밍하여 삼순구식 못한 형셰 곽씨부인 덕을 입어 근근이 보명턴이 무쌍한 이니 팔자 갈사록 이려하와 어즁간이 상쳔하고 모친 목숨 죽지 못하여 잇 찌까지 사라다가 잔차 참여하라 하고 황 셩칠이 면면 길이 지금이야 완나이다 시황후 그 말 듯고 또 다시 뭇자오디 자여간 몟치나 잇다잇가 심봉사 부북 주왈 사십이 건하도록 남여간니 업삽기로 주

〈63-앞〉

야로 셔려하옵다가 쳔힝으로 틱기 잇셔 순산으로 탄싱한이 식이라 불상한
곽씨부인 심청이라 이름 짓고 칠일 안이 죽사온이 동양졋 어더 먹이 근근
이 살엿든이 보은사 화주싱이 말을 듯고 눈둣기을 위자하여 남경자사 션
인의계 쌀 삼빅셕 밧고 졔수로 사미하여 보은사 화주이계 고양미 삼빅셕
을 올엿든이 눈뜻기넌 고사하고 신셰 점점 망칙화와 이 지경을 당온이 심
청이 출쳔호셩 쳔만고이 졔일요 신이 죄을 싱각하면 빅분 죽어도 죄사무
식이로소이다 명삼하신 황후임은 신지을 아르시

〈63-뒤〉

고 이갓치 궁문하옵신이 엇지 살기을 바리릿가 어셔 급히 죽이주압소셔
심황후 그 말 듯고 버션발노 쒸여나리 부친을 훌려 안꼬 기절통곡하난 마
리 아바임요 아바임요 불초여식 심쳥이가 사라셔 여계 왓소 허사로다 허
사로다 불도가 허사로다 엿쩌까지 눈을 못 쓰고 져 지경이 왼 이린고 허
사로다 불도가 혀사로다 부친이 모을 안고 익통한이 일월리 무광하고 초
목이 유수로다 이렷타시 익통하며 불초여식 심쳥이난 졍축 삼월 이십칠일
사십분의 인당수이 아주 쌔져 죽엇든이 옥황이 덕을 업고

〈64-앞〉

용항이 히울 입어 세상이 다시 나와 만싱쳔자 황후 디여시나 불상한 우리
분친임은 눈을 쩌셔 날을 볼가 한창 이리 통곡한이 심봉사 그 말 듯고 깜
작 놀늬 하는 마리 뉘가 왓셔 심청이라 하난잇가 하고 정신업시 눈을 뜬
이 양안이 휠신 발가 쳔지 기벽하고 일월리 명난이라 이그시 꿈인가 싱신
인가 꿈이거든 끼지 말고 귀신이거던 한양 가자 만고효여 늬 딸 심쳥이
칠일 젼이 어미 일코 졋 달나고 우넌 거셜 동양졋 어더 먹기 근근이 살엿

든이 눈뜨기을 위하여셔 졔수로 팔여가셔 인당수이 죽엇든이 셰상이 다

〈64-뒤〉

시 나와 황후가 디얏구나 어엿부다 니 쌀 심쳥 셩음만 들엇지 얼굴리야 보왓실가 니 딸 심쳥 어엽분 얼골 이졔아 보개구나 앳일을 싱각하니 꿈이로다 여보 시상사람들 아덜 키 원을 말고 쌀 낫키을 힘을 씨고 싱남주싱여라 날을 두고 일음일다 여광여치 춤을 출 재 안씨밍인 그 말 듯고 왈칵 찌어 달기들어 이곳시 왠 말인가 낫도 소금 구경하지 별안간 두 눈을 변듯 떠서 심봉사와 디무하인 궐내의 여밍인 거 말 듯고 가치 서서 춤을 추니 일시애 한 눈이 떠려지니 한 사람의 호승어로 여려 봉사 눈얼 떠니 그 안이 조흘손가 신봉사 고동 보소 노래지여 춤을 치니 얼시구나 절시구나 지하자 조흘시고 지급기도 질급다 셔라

〈65-앞〉

우이 하춘이요 고목 끗애 꽃치로다 어와 새상 사람들아 이 일을 볼작시면 효도을 아니하며 충셩을 아니할가 잔차을 파한 후애 신봉사을 추존하여 부원군을 봉흐시고 전실부인 곽치로 졀열부인을 봉흐고 후실부인 안씨로 숙부인을 봉한 후이 쏜한 심봉사 상경시이 노자 주든 관장으로 보국판서을 보흐시고 코큰 장수 우인하든 쎙득어미 발관근보 포자박을 여전후죄을 홍치 후애 코큰 놈 틱포하여 졀관으로 안치하며 싱젼 원을 풀기 한니 그 안이 조흘손가 거릉져령 여려 힉을 진낸니 안씨부인언 산남일영을 나으시고 심후년 삼일여을 나흐시니 장사로 틱을 봉하시고 요순애 쎈을 짜라 국산을 다시 디니 시하연풍하고 국희민안 시졀디여 쳐쳐

〈65-뒤〉

의 격안가요 광구의 문동요라 송훈지애 덕틱과 심황후애 송덕이 천ㅎ이
진동ㅎ여 이시 삼시로 지우만시도록 천자무궁하엿덜아 어와 시상 사람들
아 이 책 보고 쏜을 짜라 부묘의괴 호도하고 봉향ㅎ면 지성감천 디나니다
단무 글필노 총요의 등셔하노라고 오자 만을 듯하오니 보시난 이 희람ㅎ
와 눌어 보옵소서

정명기 소장 51장본 심청전

정명기 소장 번호로는 145번이고, 책 크기는 19.9 X 32 cm이다. 필체가 행서체 난필로 읽기가 힘들다. 구활자본을 베낀 본인 듯하다. 가끔 글자가 낙자되어 있다. 베낀 것이 회장체 소설인 듯 매회마다 표시가 되어 있다. 심봉사가 공양미 삼백석을 권선문에 적어 넣게 하는 장면이 재미있다. "여보소 대사가 사람을 몰라보네. 어떤 실없는 사람이 영험하신 부처님전 빈말을 할 터인가. 눈도 못뜨고 앉은뱅이 마저 되게. 사람을 너무 자미없이 여기는고. 당장 적어. 그렇지 않으면 칼부림날 터이니." 심청이는 마지막 떠나는 길에 장승상댁 부인에게 노친을 두고 죽는 것이 이효상효(以孝喪孝)라고 말하고 있는데, 여기에 〈심청전〉의 깊은 의미가 있을 것이다. 심청이 인당수에 빠질 무렵 장승상 부인은 그려둔 족자 화상에서 물이 흘러 심청이 죽은 줄을 알고, 또 족자 빛이 완연히 새로워지는 것을 보고 누가 목숨을 살려낸 줄을 안다. 그날밤 장승상 부인은 심청을 위해 제사를 지내고 축문을 읽는다. 재물을 많이 들여 물가에 망여대를 짓고 매월 삭망에 제를 지낸다. 도화동 사람들은 망여대 옆에 타루비를 세운다. 뺑덕어미가 살림을 요절내는 것을 보고 죽은 심청이 더욱 생각이 나 강가에 가서 우는 심봉사를 관리들이 찾아가 맹인잔치 사실을 알린다. 뺑덕어미와 심봉사 사이의 대화가 골계적으로 꾸며져 있다. 신것을 많이 먹고 애를 낳으면 그 애가 시큰둥하여 쓰겠느냐는 화소도 있다. 〈51-앞〉장에서 낙장되었으나 거의 끝나는 부분이라 51장본이라 하였다.

정명기 소장 51장본 심청전

〈1-앞〉

심청전이라

느진 봄 피난 꼿은 곳곳이 만발인디 경업시 부난 바람 꼿가지를 후리치이
낙화난 유겹갓고 유겹은 낙화갓치 펄펄 날리다가 임당슈 흐르난 물에 힘
업시 써러짐에 아름다온 봄소식 물소리를 짜라 흔젹업시 너려가난디 그
꼿 써러지고 물 흐르난 곳은 황쥬 도화동이라 삼십 츈광을 그 동이에서
살면셔도 도화유슈 조흔 경을 다 못보고 바람이 불면 꼿시 써러지나보다
비가 오면 물이 흐르나보다 짐쥭만 ᄒ고 지니난 사람은 그 동이서도 군ᄌ
양반이라고 층치 듯는 심화규 셰터 줌영지족으로 셩명 이럿터이 가운이
영체ᄒ야 초연에 안밍ᄒ이 낙슈쳥운이 발ᄌ취 끈어지고 금즁ᄌ슈에 이 뷔
엿스이 향곡에 곤ᄒ 신세 강근ᄒ 친쳑 업고 겸ᄒ야 안밍ᄒ니 뉘라서 디졉
홀가 양반의 후예로서 ᄒ실이 쳥염ᄒ고 지기가 고강여 일동일졍을 경

〈1-뒤〉

솔히 아니 그못 눈뜬 스롬은 모다 층춘ᄒ난 터이라 그 안히 곽씨부인 쏘
ᄒ 현쳘ᄒ야 임사의 덕과 즁강의 식과 목난의 졀기와 예기 가례 니측편과
쥬남 소남 관져시를 모를 것이 바이 업고 봉제사 졉빈긱과 인이에 화목ᄒ
고 가장공경 ᄒ올 젹의 가감이라 그러나 가세가 빈ᄒᄒ니 이제의 쳥염이
오 안ᄌ의 간난이라 긔구지업 바이 업셔 일간두옥 단표ᄌ에 반소음슈을
ᄒ난 터의 곽외에 편토 업고 낭하예 손비 업셔 가련ᄒ 곽씨부인 몸을 바
려 품을 팔 제 삭바누잘 식썰니 질삼 질삼 삭마젼 염식ᄒ기 혼상디사 음
식 셜비 슐빗기 썩찌기 일연 삼빅육십 일을 잠시라도 놀지 안코 품을 팔

아 모으난디 푼을 모와 돈이 되면 돈을 모와 양을 만들고 양을 모와 관이
되면 인근동 사람 즁에 축실훈디 빗을 쥬어 실슈업시 바다드려 츈항시형
봉제와 압 못보난 가장공경 시즁이 여일ᄒᆞ니 간난과 병신은 조곰도 허물
될 것 업고 샹ᄒᆞ면 스람

⟨2-앞⟩

들이 불어ᄒᆞ고 층춘ᄒᆞ난 소리에 ᄌᆞ미잇게 세월을 보너더라 그러나 그갓치
지나는 즁에도 심학규의 가삼에난 ᄒᆞᆫ갓 억울ᄒᆞᆫ을 품은 것은 슬ᄒᆞ의 일졈
혈육이 업슴이러이 ᄒᆞ루는 심봉스가 부인을 쳥ᄒᆞ여 불너 앗치고 여보 마
누라 거긔 안져 니 말삼 드러보오 사람이 세상에 나 부부야 뉘 업슬가마
는 이목구비 셩ᄒᆞᆫ 사람도 불칙ᄒᆞᆫ 게집을 엇어 부부불화 만커이와 부인은
젼셩에 나와 무슴 은혜잇셔 이싱의 부부되야 압 못보는 가장 나을 ᄒᆞ시
반ᄶᆞ 놀지 안코 불철쥬야 버러드려 어린 아히 밧들드시 ᄒᆞ여 치워홀가 비
곱홀가 의복음식 ᄶᆡ 마츄와 지셩으로 봉향ᄒᆞ이 나는 편나 ᄒᆞ려와 부인 고
싱살이 도로혀 불연ᄒᆞ이 괴로은 일 너머 말고 사는디로 스옵시다 그러나
니 마음에 지원ᄒᆞᆫ 일니 잇소 우리가 연광이 사십이나 슬ᄒᆞ의 일졈 혈육이
업셔 조상향화를 ᄭᅳᆫ케 되이 죽어 황텬에 도라간들 무슴 면목으로

⟨2-뒤⟩

조상을 디ᄒᆞ오며 우리 양주 스후 신세 초종즁예 소더기며 연연이 오난 긔
졔 밥 한 그릇 물 ᄒᆞᆫ 목음 뉘라셔 써노릿가 병신 자식이라도 남여간 나아
보면 평싱훈을 풀 듯ᄒᆞ니 엇지ᄒᆞ면 조흘는지 명산디쳔의 졍셩이나 드리보
오 부인 옛글에 인난 말삼 불효습젼의 무후위더라 ᄒᆞ얏스이 소쳡의 죄가
응당 니츌즉 ᄒᆞ되 가군의 널으신 덕으로 지금까지 보존ᄒᆞ얏스나 ᄌᆞ식 두
고 시은 마음이야 몸을 팔고 ᄲᅧ을 간들 무슴 일을 못ᄒᆞ릿가마는 가장의

졍디ᄒ신 셩졍 의향을 알지 못ᄒ야 발셜치 못ᄒ얏습더이 몬져 말슴ᄒ시이
무슨 일을 못ᄒ릿가 지셩껏 ᄒ리다 이러케 디답ᄒ고 그 날부터 품을 팔아
모은 지물 왼갓 졍셩 다 드린다 명산디쳔 영신당 고묘총ᄉ 셩황ᄉ에 셕불
보살 미륵임젼 노귀맛이 집짓기와 칠셩불공 나혼불공 빅일산졔 뎨셕불공
가사시쥬 인등시쥬 충호시쥬 신즁마지 다리격션 길닥기와 집에 드러 잇난
날도 셩

⟨3-앞⟩

쥬 조왕 터쥬 졔신 갓가지로 다 지니이 공든 탑이 문어지며 힘든 나무 부
러질가 갑ᄌ 스월 초팔일날 꿈 ᄒ나을 엇어시되 이상밍낭 괴이ᄒ다 쳔지
명낭ᄒ고 셔기 반공ᄒ며 오식치운 둘우더이 션인옥여 학을 타고 ᄒ날노셔
나려온다 머리위 화관이오 몸의난 ᄒ의로다 월픠를 느짓 츠고 옥픠소리
징징ᄒ며 계화가지 손의 들고 연연히 나려와셔 부인 압헤 지비ᄒ고 겻흐
로난 양이 두렷ᄒ 월궁ᄒ아 달 속으로 드러온 듯 남희관음이 희즁으로 도
라온 듯 심신이 황홀ᄒ야 진동치 못홀 젹의 션여의 고흔 모양 이연이 엿
ᄌ오되 소여난 다른 사람 안이오라 셔왕모의 ᄯ딸이러이 반도진상 가난 길
에 옥진비ᄌ 좀간 만나 슈죽을 ᄒ옵다가 ᄯ가 조곰 느졋기로 상졔끠 득죄
ᄒ고 인간으로 졍비ᄒ야 갈 바를 모르더이 틱상노군 후토부인 졔불보살
셕가임이 딕으로 지시ᄒ야 지금 츳ᄌ 왓ᄉ오이 어엿비 역이소셔 ᄒ고 품
의 와 안지거날 곽씨부인 좀을 ᄭᆡ이 남가일몽이라 양쥬 몽사를

⟨3-뒤⟩

의논ᄒ니 둘의 꿈이 갓튼지라 틱몽인 줄 짐죽 마음의 회환ᄒ야 못니 깃버
역이더이 그 달부터 틱기 잇스이 신불의 힘이런가 하날이 도으심이런가
부인의 졍셩이 지극홈으로 ᄒ날이 과연 감동ᄒ심이러라 곽씨부인 어진 범

졀 조심이 극진ㅎ여 좌불변ㅎ고 입불필ㅎ며 셕부졍부좌ㅎ며 홀불졍불식ㅎ
고 이불쳥음셩ㅎ고 목불시악식 십삭을 고이 치이더이 ㅎ로난 ㅎ복 긔미
잇셔 부인니 이고 비야 이고 허리야 몸져 누어 아르이 심봉사 겁을 너여
이웃집을 ᄎᄌ가서 친ᄒ 부인 다려다가 희산구우 식여닐 제 집 ᄒ 단 드
러노코 시 사발 정화슈 소반 우에 밧쳐놋코 좌불안셕 급ᄒ 마음 순산ᄒ기
바랄 젹의 향취가 진동ᄒ며 치운이 둘우더이 혼미 즁의 탄셩ᄒ니 션여갓
튼 ᄯᆞᆯ이로다 웃집부인 드러와셔 아기을 밧은 후에 삼을 갈나 누여노코 밧
그로 나갓난디 곽씨부인 졍신ᄎ려 부인 여보시오 셔방임 슌은 ᄒ얏스나
남여간의 무엇이오 심봉ᄉ 깃분 마음 아기을 더듬어 삿흘 만져

⟨4-앞⟩

보아 ᄒ참을 만지더이 우슈며 ᄒ난 말이 삿흘 만져보이 아마 아달은 아인
가보오 비타ᄒ기 젼에는 비타나 ᄒ기 희망이오 비타ᄒ 후난 아달되기 희
망ᄒ난 마음은 너외가 일반이라 곽씨부인 셜워ᄒ야 만득으로 나은 ᄌ식
ᄯᆞᆯ이라이 졀통ᄒ오 심봉ᄉ 디답ᄒ되 부인 그 말 미오 ᄯᆞᆯ이 아달만 못ᄒ다
희도 아달도 잘못 두면 욕급션조홀 것이요 ᄯᆞᆯᄌ식도 잘 듀오면 아ᄯᆞᆯ과 밧
구릿가 우리 이 ᄯᆞᆯ 고히 길너 례졀 몬져 가라치고 침션방젹 가라쳐 요죠
슉녀 죠흔 비필 구ᄌᄒ구 잘 가리여 금실우지 즐기오고 종ᄉ진진ᄒ면 외
손봉ᄉᄂᆞᆫ 못ᄒ릿가 그런 말은 다시 마오 웃집부인 당부ᄒ야 쳣국밥을 얼
는 지어 삼신상에 밧쳐 노코 이관을 졍히 ᄒ고 두 무릅 공순이 ᄭᅮᆯ고 삼신
상의 두 손 흡장 비난디 삼십삼쳔 도솔쳔 이십팔슈 신불졔왕 영험ᄒᆞ온 신
영임네 화의동심ᄒᆞ옵소셔 사십 후의 졈지ᄒᆞᆫ ᄯᆞᆯ 십삭 고히 것위 순산을 식
이시니 삼신님의 일으신 덕 빅골난망 이즈릿가 다만 독여 ᄯᆞᆯ이라도 오복
을 졈지ᄒᆞ야

〈4-뒤〉

동방삭의 명을 쥬고 셕슝의 복을 니려 데슌증즈 효힝이며 반희의 지질이
며 틔임의 덕힝이며 슈복을 고로 틱여 붓듯 가지 붓듯 존병업시 잘 자라
나 일취월장식힙소셔 빌기를 맛친 후 더운 국밥 쩌다노코 산모를 먹인 후
심봉스 다시 싱각ᄒ니 비록 쏠일망졍 깃부고 군ᄒ 마음 비홀 듸 업는지라
눈으로 보든 못ᄒ고 손으로 더듬거리며 아기을 어르난듸 아가 아가 니 쌀
이야 아달 겸 니 쌀이야 금을 쥰들 너을 사며 옥을 쥰들 너를 사랴 어둥
둥 니 쏠이야 열 소경의 ᄒ 막듸 분방셔안 옥등경 식벽바람 스초롱 망긔
끚헤 진쥬 어름궁게 리어로구나 어어둥둥 니 쌀이야 남젼북답 장만ᄒᆫ들
이에서 더 조ᄒ며 산호진쥬 엇어든들 이에서 반가오랴 표진강의 슉향이가
네가 되야 틱엿나야 은ᄒ슈 직여셩이 네가 되야 나려 왓나 어어둥둥 니
쏠이야 심흑규난 이갓치 쥬야로 즐거홀 제 졍말노 반가운 마음으로 이러
ᄒ니 산모의 셥셥ᄒᆫ 마음도 위로되여 서로 즐겁기 칭양업서라 졔 이회 곽
씨부인 승스 슬푸다 세상스 익락이 슈가 잇고 스싱이 명이 잇난지라

〈5-앞〉

운수소도에 가련ᄒᆫ 몸을 용셔치 아이ᄒ도다 쯧밧게 곽씨부인 신후 별증이
니러나 호흡을 쳔촉ᄒ며 식음을 젼폐ᄒ고 졍신업시 알난듸 익고 머리야
익고 허리야 익고 머리야 ᄒ난 소리 심봉스 겁을 니여 문의ᄒ야 약을 쓰
고 경도 익고 굿ᄒ고 빅가지로 셔드러도 죽기로 든 병이라 인역으로 구홀
소야 심봉스 기가 막혀 곽씨부인 겻틱 안져 젼신을 만져보며 여보시오 부
인 졍신츠려 말을 ᄒ오 식음을 젼폐ᄒ니 긔허ᄒ야 이려ᄒ오 삼신님쎄 탈
이 되며 제셕임의 탈이 낫나 홀 일 업시 죽게되이 이것이 웬 일이오 만일
불힝 죽게 되면 눈어둔 이 놈 팔즈 일가친쳑 바이 업셔 혈혈단신 이니 몸
이 올듸 갈듸 업셧스이 그 쏘ᄒ 원통ᄒᆫ듸 강보에 이 여식을 엇지를 ᄒ준

말이요 곽씨부인 ᄉᆡᆼ각ᄒᆞ니 ᄌᆞ긔의 알난 병세 살지를 못ᄒᆞᆯ 쥴 알고 봉ᄉᆞ에게 유언ᄒᆞᆫ다 가군의 손을 ᄌᆞᆸ고 후유 ᄒᆞᆫ숨 길게 쉬며 여보시오 셔방임 ᄂᆡ 말슴 드러보오 우리 부부 ᄒᆡ로ᄒᆞ야 ᄇᆡᆨ연동거 ᄒᆞᄌᆞᆺ더이 명ᄒᆞᆫ을 못익이여 필경은 죽

〈5-뒤〉

을 터이 죽난 나ᄂᆞᆫ 셜지 안으나 가군 신세 어이ᄒᆞ리 ᄂᆡ 평ᄉᆡᆼ 먹은 마암 압 못보난 가장임을 ᄂᆡ가 조곰 범연ᄒᆞ면 고ᄉᆡᆼ되기 쉽겟기에 풍ᄒᆞᆫ셔습 피치 안코 남촌북촌 품을 팔아 밥도 밧고 반ᄎᆞᆫ 엇어 식은 밥은 ᄂᆡ가 먹고 더운 밥은 가군 드려 쥬리지 안코 츕지 안케 극진공경ᄒᆞ옵더이 쳔명이 니ᄲᅮᆫ인지 인연 ᄭᅳᆫ쳣난지 ᄒᆞᆯ 일 업시 죽게 되이 ᄂᆡ가 만일 죽게 되면 의복 뒤을 뉘 거두며 조셕공궤 뉘라 ᄒᆞᆯ가 ᄉᆞ고무친 혈혈단신 의탁ᄒᆞᆯ 곳 바이 업셔 집힝막ᄃᆡ 걸쳐 ᄌᆞᆸ고 더듬더듬 단이다가 구렁의 ᄲᅥ러지고 돌에 ᄎᆡ여 너머저셔 신세 ᄌᆞ탄 우ᄂᆞᆫ 모양 눈으로 본 듯ᄒᆞ고 긔한을 못악의여 가가문젼 단이면셔 밥 좀 쥬오 슬픈 소리 귀에 징징 들이난 듯 나 죽은 혼ᄇᆡᆨ인들 ᄎᆞᆷ아 엇지 듯고 보며 쥬야즁쳔 기리다가 사십 후의 나은 ᄌᆞ식 졋 ᄒᆞᆫ번도 못 먹이고 죽단 말이 무삼 일고 어미 업난 어린 것을 뉘 졋 먹여 길너ᄂᆡ며 츈ᄒᆞ츄동 사시절을 무엇 입혀 길너ᄂᆡ리이 아ᄎᆞ 죽게 되면 멀고 먼 황쳔길을 눈

〈6-앞〉

물가려 어이 가며 압히 막혀 어이 갈고 여보시요 봉ᄉᆞ임 져 건너 김동지ᄃᆡᆨ 돈 열 양 맛겨스이 그 돈은 ᄎᆞ져다가 나 죽은 초상시에 약약이 쓰옵시고 항아리 너은 양식 산미로 두엇더이 못다 먹고 죽어가이 츌상이나 ᄒᆞᆫ연후에 두고 양식ᄒᆞ옵시고 진어ᄉᆞᄃᆡᆨ 관ᄃᆡ ᄒᆞᆫ 벌 흉비에 혹을 놋타 못다

놋코 보에 사쎠 농안의 너어스이 남의 덕 즁혼 의복 나 죽기 젼 보닉옵고
뒷마을 귀덕어미 나와 친혼 사람이니 닉가 죽은 후일지라도 어린 아히 안
고 가셔 졋 좀 먹여달나 ᄒ면 괄시 아이 ᄒ오리다 쳔힝으로 져 즈식이 죽
지 안코 살아나셔 제 발노 것거들낭 압흘 셰고 길을 무러 닉 묘 압히 ᄎ
즈와 아가 이 무덤이 너의 모친 무덤다 력역히 가라쳐 모여상봉 식여쥬오
쳔명을 못익여 압 못보난 가장의게 어린 즈식 쎠쳐두고 영결종쳔 도라가
이 가군의 귀ᄒ신 몸 이통ᄒ야 상치 말고 쳔만보존ᄒ옵소셔 ᄎ성 미진 혼
을 후싱에 다시 만나 이별업시 살스이다 혼슘 쉬고 도라누어 어린 아히에
게 낫을 디고 혀을 ᄎ며 쳔지도 무심ᄒ고 귀

〈6-뒤〉

신도 야속ᄒ다 네가 진죽 싱겻거나 닉가 조곰 더 살거나 너 낫ᄎ 나 죽으
이 혼양 업난 구쳔지통 너로 ᄒ야 품스게 되이 죽난 어미 산 즈식이 싱스
간의 무슴 죄아 아가 니 졋 망종 먹고 어서 어서 줄 커라 봉스다려 아춤
닉가 이졋소 이 아히 일홈을낭 쳥이라 불너쥬오 이 이 쥬랴 지은 굴네 진
옥판 홍슈울 진쥬 드림 부젼 다라 함 속에 너엇스이 업취락 뒤락 ᄒ거들
낭 나 본듯시 씨워 쥬오 홀 말이 무궁ᄒ나 숨이 갓버 못ᄒ게소 말을 맛침
에 혼슘겨워 부난 바람 습습비풍 되여 잇고 눈물겨워 오난 비난 소소셰우
되얏셰라 폐기줄 두세 번에 숨이 덜썩 끈쳣스이 곽씨부인은 임에 다시 이
셰상 사람이 아니라 슬푸다 스람 수명을 ᄒ날이 어지 도으지 못ᄒ난고 이
씨 심봉스 안밍혼 사람이라 죽은 쥴 모르고 아즉도 살아잇난 쥴 알고 여
보 부인 병들면 다 죽을가 그런 일 업나이다 약방에 가 문의ᄒ야 약지여
올 것이니 부디 안심ᄒ옵소셔 심봉사 속속히 약을 지어 집으로 도라와 화
로에 불 피우고 부쳐질ᄒ 다려니

〈7-앞〉

여 북포수건에 얼는 쯧 들고 드러오며 여보 부인 이러나 약 즈시오 ᄒ고 약그릇 겻헤 노코 부인을 이러 안치랴 홀 졔 무셔운 증이 나셔 사지을 만져보니 수족은 다 느러지고 코 밋혜 츤 김이 나이 봉사 비로소 부인이 쥭은 줄 알고 실셩발광ᄒ난디 이고 마누라 춤으로 쥭엇난가 가심을 쾅쾅 머리를 탕탕 발 동동 구리면셔 울며 불으지진다 여보시오 부인 그디 살고 나 쥭으면 져 즈식을 줄 키울 걸 그디 쥭고 너가 살아 져 즈식을 엇지ᄒ며 구추히 사난 살임 무엇 먹고 살아날가 엄동셜ᄒ 북풍 불 졔 무엇 입혀 길너니며 비곱파 우난 즈식 무엇 먹여 살여닐가 평싱에 경ᄒ 쓰 가치 동가ᄒ줏더이 렴나국이 엇의라고 나 버리고 엇의 갓소 인졔 가면 언졔 올가 쳥춘죽반호환향 봄을 싸라 오랴난가 쳥쳔유월러기시오 달을 좃ᄎ 오랴난가 쏫도 지면 다시 피고 희도 졋다 돗건마는 부인 가신 곳은 몃 만이나 머러관디 ᄒ번 가면 못오난가 슴쳔벽도 요연에 셔왕모을

〈7-뒤〉

싸라갓나 월궁항아 짝이의 도흑ᄒ려 올나갓나 황능묘 이비젼에 회포말을 ᄒ려 갓나 울다가 기가 막혀 목졉이줄 덜커덜컥 둥굴 니리둥굴 복통졀식 셜이 우이 이 찍 도화동 스람드리 이 말을 듯고 남여노소 업시 뉘 안이 슬허ᄒ리 동니셔 공논ᄒ되 곽씨부인 작고ᄒ도 지극히 불상ᄒ고 안밍ᄒ 심봉스가 그 안이 불상ᄒ가 우리 동이 빅여호에 십시일반으로 ᄒ 던식 슈렴노아 현쳘ᄒ 곽씨부인 감장ᄒ야 쥬면 엇더ᄒ오 그 마리 ᄒ번 나이 여츌일구 응락ᄒ고 출상을 ᄒ려홀 졔 불상ᄒ 곽씨부인 의금관곽 졍히 ᄒ야 신건상두 디틀 우에 결관ᄒ야 니여노코 명졍공포 운하습을 좌우로 갈나셰고 발인졔 지닌 후에 상두를 운송홀 시 남은 비록 간난ᄒ 초승이라도 동니가 힘을 도아 진심껏 츠려스이 승두치례 지극히 홀난ᄒ더라 남디단 휘지 빅

공단 ᄎᆞ양에 초록 디단젼을 둘어 남공단 드림의 홍부젼 금ᄌᆞ 박아 압뒤 난간 황금증식 국화 물여 느리웟다 동셔남북 쳥

〈8-앞〉

의동ᄌᆞ 머리의 쌍북승토 좌우난간 비겨 세고 동에 쳥봉 셔에 빅봉 남의 젹봉 북에 흑봉 ᄒᆞᆫ 가온디 황봉 쥬홍당ᄉᆞ 벌미듭에 쇠코 물어 드리우고 압뒤에 쳥용 식인 벌미듭 느리여셔 무명닷쥴 승두군은 두건 제복 힝젼까지 싱비로 거들고셔 상두를 미고 갈짓ᄌᆞ로 운숭ᄒᆞᆫ다 댕그랑 짱그랑 어화 넘ᄎᆞ 너하 그 ᄶᅥ에 심봉ᄉᆞ난 어린 아히 강보에 싸 귀덕어미게 맛겨 두고 제복을 엇어 입고 상두 뒤치 검쳐 줍고 여광여취 실셩발광 부축히셔 나가면셔 이고 여보 부인 날 바리고 엇의 가나 나도 갑세 나와 가 만이라도 나와 갑세 엇지 그리 무졍ᄒᆞᆫ가 ᄌᆞ식도 귀ᄒᆞ지 안소 어려셔도 죽을 테오 굴머셔도 죽을 테이 날과 홈게 가가이다 상두 어화 넘ᄎᆞ 너ᄒᆞ 심봉ᄉᆞ는 울고 부르기를 말지 아이ᄒᆞ고 승두군는 승두노리가 근치지 아이ᄒᆞᆫ다 불승ᄒᆞᆫ 곽씨부인 힝실도 음젼터이 불숭히도 죽엇고나 어ᄒᆞ 넘차 너ᄒᆞ 북망이 멀다 마소 건넌산이 북망일세 어화 너하 너하 이 셰숭에 나온 ᄉᆞ람 장싱 불ᄉᆞ 못ᄒᆞ

〈8-뒤〉

야셔 이 길 ᄒᆞᆫ번 당ᄒᆞ지만 어화 넘ᄎᆞ 너ᄒᆞ 우리 마을 곽씨부인 칠십 향슈 못ᄒᆞ고셔 오날 이 길 원 일가 어화 넘ᄎᆞ 너하 시벽닥이 지쳐우이 셔산명월 다 넘어가고 벽슈비풍 슬슬 분다 어화 너ᄒᆞ 너ᄒᆞ 그럭져럭 건너 안산 도라드러 향양디디 갈히워셔 깁 안장ᄒᆞᆫ 연후에 평토제 지니난디 어동육셔 홍동빅셔 좌포우혜 버려노코 축문을 일을 젹의 심봉ᄉᆞ가 근본 밍인이 안이라 이십후 밍인이라 속에 식ᄌᆞ가 넉넉홈으로 셜은 원졍 축을 지어 심봉

스가 익난다 추호부인 추호부인 요추요조숙여혜여 터명안지옹옹이라 긔빅
년지히로헤여 홀연몰혜혼귀로다 유치즈이영세혜여 이ᄒᆞᄉᆞᆯ이양육ᄒᆞ리 귀불
귀혜임거ᄒᆞ이 무ᄒᆞ시이킹니로다 낙송취이위가ᄒᆞ야 여취슈이쟝와로다 상음
용혜젹막ᄒᆞ이 추난견이난문이라 빅양지의월낙ᄒᆞ산혜 젹젹 밤 깁흔디 여츄
츄이 유명ᄒᆞ야 무슨 말을 ᄒᆞ소ᄒᆞᆫ들 격유현이 로슈ᄒᆞ야 게 뉘셔 위로ᄒᆞ리
후유 쥬과포혜 박젼이나 만히

〈9-앞〉

먹고 도라가오 축문을 다 익더이 심봉ᄉᆞ 긔가 막혀 여보시오 부인 나난
집으로 도라가고 마누라난 에서 살고 으으 달여드러 봉분에 가 업더려져
통곡ᄒᆞ며 ᄒᆞᆫ 말이 그디는 만ᄉᆞ을 이져바리고 심심ᄒᆞᆫ 산곡 중에 송빅으
로 울을 숨고 두견이 벗이 되야 창오야월 발은 달에 화답가를 ᄒᆞ랴난가
니 신셰 싱각ᄒᆞ니 긔밥 도토리오 쎙 일은 미가 되이 누를 밋고 살 것인가
봉분을 어루만져 실셩통곡 울음 우이 동즁의 힝긱들이 뉘 아이 셜워ᄒᆞ리
심봉사를 위로ᄒᆞ며 마오 마오 이리 마오 죽은 안히 싱각 말고 어린 아히
싱각ᄒᆞ오 심봉사 마지 못ᄒᆞ야 고분지통 진졍ᄒᆞ야 집으로 도라올 제 심봉
사 졍신ᄎᆞ려 동즁에 오시 손임 빅비치ᄉᆞ ᄒᆞ직ᄒᆞ고 집으로 향ᄒᆞ야 도라가
이라 심봉사 심쳥을 기른다 잇 ᄶᅵ 심봉사난 부인을 미중하야 공산야월에
혼즈 두고 허둥지둥 도라오이 부억은 젹막ᄒᆞ고 방은 텅 뷔엿난디 향니 그
져 쮜여 잇다 흔덩그런 빈 방안에 벗업시 혼즈 안져 온갓 슬흔 싱각홀 제
이웃집 귀덕어미 사람업난 동안에 아기을 가져

〈9-뒤〉

가 보와쥬엇다가 도라와셔 아기를 쥬고 가난지라 심봉사 아기 바다 품에
안꼬 지리산 갈가귀 긔발 물어 더진듯이 혼즈 웃둑 안졋스이 셜음이 충

쳔호디 품 안의 어린 아기 죄아쳐 우름운다 심봉사 긔가 막혀 이기를 달
닉난디 아가 아가 우지 마라 너의 모친 먼데 갓다 낙양동촌 이화졍에 슉
낭즈를 보러 갓다 황능묘 이비한테 회포말을 흐러 갓다 너도 너의 모친
일코 셔름겨워 너 우나야 우지 마라 우지 마라 네 팔자가 얼마나 조흐면
칠일만에 어미 일코 강보 중의 고싱흐리 우지 마라 우지마라 회당화 범나
뷔야 쏫이 진다 셜워 마라 명연 삼월 도라오면 그 쏫 다시 피나이라 우리
안히 가신 디는 흔 번 가면 못 오신다 어진 심덕 착한 힝실 잇고 살 길
바이 업다 날일욕몰흔산셔 히가 져도 부인 싱각 파산야우창츄지 비소리도
부인 싱각 세우쳥강양양비흐던 쪽일흔 외기력이 명ᄉ벽히 바라보고 쑤루
룩 씰눅 소리흐고 북쳔으로 향흐난 양 니 마음 더욱 슬허 너도 쏘흔 임을
일코 임추져 가난 길가

〈10-앞〉

너와 나와 비교흐면 두 팔즈 갓흐고나 이러그러 그날 밤을 지닐 적의 아
기 난 기진흐이 어둔 눈이 더욱 침침흐야 엇지홀 쥴 모르더이 동방이 발아
지며 울물가에 두레 소리 귀에 얼는 들이거날 날신 쥴 짐작흐고 문 펄쩍
열써리고 우둥우둥 밧게 나가 우물가에 오신 부인 뉘신 쥴은 모르오나 칠
일 안에 어미 일코 졋 못 먹어 죽게 되나 이 이 졋 좀 먹여쥬오 그 부인
나난 과연 졋이 업소마는 졋 잇난 여인네가 이 동닉 만사오니 아기 안고
추져가셔 졋 좀 먹여 달나흐면 뉘가 괄시흐오릿가 심봉사 그 말 듯고 품
속에 아기 안고 흔 손에 집잉이 집고 더듬더듬 동닉 가셔 아히 잇난 집을
물어 시비 안이 드러셔며 이결복결 비난 말이 이 쩍 뉘시온지 살올 말삼
잇나이다 그 집 부인 밥을 흐다 쳔방지방 나오면셔 비감히 딕답흔다 지닌
말은 다 이흐나 딕쳐 엇지 고싱흐시오며 엇지 오시잇가 심봉사 눈물지며
목이 메여 흐난 말이 현철흔 우리 안히 인심으로 싱각흐나 눈 어

〈10-뒤〉

둔 날을 본들 어미 업난 어린 것이 이 아니 불상ᄒ오 뒥집 귀흔 아기 먹고 남은 졋 잇거든 이 이 졋 좀 먹여쥬오 동셔남북 다 다이며 이럿텃 이걸ᄒ이 졋 잇난 여인네가 목셕인들 안먹으며 도척인들 괄시ᄒ리 치월이라 유화졀에 지심 미고 쉬인 여가 이 이 졋 좀 먹여쥬오 빅셕쳥탄 시너가에 쌜너ᄒ다 쉬인 여가 이 이 졋 좀 먹여쥬오 근방의 부인네라 봉ᄉ 근본 아난고로 흔업시 궁칙ᄒ야 아기 바다 졋을 먹여 봉ᄉ 쥬며 ᄒ난 말이 부인네 여보시오 봉ᄉ임 어려히 알지 말고 너일도 안고 오고 모레도 안고 오면 이 이 셜마 굼기릿가 어질고 후덕ᄒ셔 조흔 일을 ᄒ시오니 우리 동너 부인뒥들 세상에난 듬으오이 비옵컨더 여러 부인 슈복강영ᄒ옵소셔 빅비치ᄒ하고 아기를 품에 안고 집으로 도라와셔 아기 비를 만져보며 혼ᄌ말노 허허 너 쌀 비불넛다 일연 슴빅육십일 일셩 이만 ᄒ고지고 이것이 뉘 덕이야 동너부인 덕이로다 어셔 어셔 즈러라 너도 너의 모친갓치 현철ᄒ고 효힝 잇셔 아비의 귀염 뵈이

〈11-앞〉

여라 어려셔 고싱ᄒ면 부귀다남ᄒ난이라 요 덥허 뉘여노코 아기 노는 ᄉ이 동양홀 졔 마포 견더 두 동 지여 왼 억기에 엇이고 집힝이 둘너집고 구붓ᄒ고 더듬더듬 이졉 져집 단이면셔 사쳘업시 동양ᄒ다 ᄒ 편에 쌀을 너코 ᄒ 편에 베를 어더 쥬난더로 져츅ᄒ고 ᄒ 달 육중을 것우어 어린 아ᄒ 암쥭거리 셜당 홍홉 ᄉ셔 들고 더듬더듬 오난 양 뉘 아이 불승ᄒ리 이럿텃 구걸ᄒ여 미월 상막 소더기를 궐치 안코 지니갈 졔 그 ᄴ 심청이는 즁너 크게 될 사람이라 텬지신명이 도아쥬어 잔병업시 즈라난더 세월리 여류ᄒ야 그 아히가 육칠세 되야가니 소경아비 손길 줍고 압히 셔셔 인도ᄒ고 십여세 되야가이 얼골은 일식이오 효힝이 출쳔이라 소견의 능통ᄒ

고 지조가 졀등ᄒ야 부친젼 조셕공양 모친에 긔졔ᄉ를 지극히 공경ᄒ야 어룬을 압두ᄒ이 뉘 아이 층찬ᄒ랴 셰상에 덧업난 것은 셰월이오 무졍혼 것은 간난이라 심쳥이 발셔 나히 십일셰에 가셰

〈11-뒤〉

가련ᄒ고 노부가 궁병ᄒ이 어리고 약혼 몸이 무엇슬 의지ᄒ야 살이 ᄒ로는 심쳥이 부친젼에 엿즈오되 심쳥 아버임 듯조시오 말못ᄒ는 가마귀도 공임 져문 날에 반포을 홀 쥴 알고 곽거라 ᄒ는 사람은 부모젼 효도ᄒ야 쳔슈공양 극진홀 제 삼스셰된 어린 아희 부모에 반찬 먹이고즈 손 즈식을 기르랴고 양쥐 셔로 의논ᄒ고 밍종은 효도ᄒ야 엄동셜혼 쥭슌을 어더 부모봉양 ᄒ얏스이 소여 나히 십여셰라 옛 효즈만 못홀망졍 감지공친 못ᄒ오릿가 아바지 어두신 눈 험로혼 길 단이시다 너머져 상키 쉽고 불피풍우 단이시면 병환날가 염예오니 아바지는 오날부터 집안에 계시오면 소여 혼즈 밥을 비러 조셕근심 도으리다 심봉ᄉ 대소ᄒ야 네 말이 효여로다 인졍은 그러ᄒ나 어린 너을 니여보니고 안져 바다 먹는 마음 네가 엇지 편캐 느야 그런 말은 다시 마라 심쳥 아바지 그런 말 마오 즈로는 현인으로 빅이 부미ᄒ야 잇고 옛날 졔영이는 낙양읍에 가친 아비 몸을 파라 속퇴ᄒ이 그

〈12-앞〉

런 일을 싱각ᄒ면 사람은 일반인뎌 이만혼 일을 못ᄒ릿가 너무 만유 마옵소셔 심봉사 올케 역여 허락ᄒ되 효여로다 내 딸이야 네 말이 기특ᄒ이 아모려나 ᄒ여라 심쳥이 그 날붓터 밥을 빌나 나셜 젹에 원산의 ᄒ빗최고 압마을 연디 나이 가련ᄒ다 심쳥이가 헌 비즁에 우단임 미고 깃만 나문 헌 져고리 즈락 업난 쳥목휘양 볼셩업시 슉여쓰고 뒤츅 업난 헌 집신에

보션 업셔 발을 벗고 헌 박아지 손의 들고 건너말 바라보이 천산조비 쓴 허지고 만경인종 바이 업다 북풍에 모진 바람 쏠 쏘드시 불어온다 황혼에 가는 거동 눈 쑬리는 슈풀 속에 외로히 나라가는 가마귀라 엽거름쳐 손을 불며 옹송거려 건너간다 건너 말 다다라 이집 져집 밥을 빌 제 부억문안 드러셔며 가련이 비는 말이 모친상사 당훈 후의 안밍훈신 우리 부친 공양 홀 길 업사오이 딕에서 즙슈시난디로 밥 한 슐만 쥬옵소셔 보고 듯는 수 람드리 마음이 감동호야 그릇 밥 짐치 중을

〈12-뒤〉

앗기지 안코 더러쥬며 아가 어셔 어훈호고 만이 먹고 가거라 흐난 말은 가련훈 정의 감동되여 흐난 말이라 그러나 심청이난 치운 방의 늘근 부친 나 오기만 기리이 나 혼즈 먹사오릿가 흐난 말은 쏘훈 부친을 흐난 지정 의셔 나옴이라 이러케 어든 밥이 두세 그릇 죡훈지라 심청이 급훈 마음 속속히 도라와셔 싸리문 밧게 당도하며 아바지 칩지 안소 디단이 시중호 지오 여러 집을 단이자이 자연 지체되얏슴니다 심봉사 쌀을 보니고 마음 을 놋치 못호다가 쌀의 소리 반겨 듯고 문 펄적 마조 열고 이고 늬 쌀 너 오느야 두 손목을 덤셕 줍고 손 시리지 아이호야 화로에 불 쏘여라 호고 도 부모 마음은 즈식 익기는 것갓치 간절훈 것은 업난 터이라 심봉수 긔 가 막혀 훌젹훌젹 눈물지며 인달도다 늬 팔즈야 압 못보고 구축호야 쓰지 못홀 이 목슘이 살면 무엇흐즈 호고 즈식 고싱 식히난고 심청이 중훈 효 성 부친을 위로호야 아바지 셜워 마오 부모끠 봉양호고 즈식의게 효을 밧 는

〈13-앞〉

거시 턴이에 쩟쩟호고 스테에 당연호이 너모 성화 마옵소셔 이럭케 봉양

홀 제 츈ᄒᆞ츄동 ᄉᆞ시졀을 쉬일 나리 업시 밥을 빌고 나이 졈졈 ᄌᆞ랄사록
침션 여공으로 속을 바다 부친 공명을 여일이 ᄒᆞ더라   뎨 ᄉᆞ회 심봉사 몽
운사에 시쥬ᄒᆞ다   셰월이 여류ᄒᆞ야 심쳥이 십오셰되이 얼골이 국식이오
효힝이 츌텬ᄒᆞᆫ 즁 지질이 비범ᄒᆞ고 문필이 유여ᄒᆞ야 인의예지 삼강힝실
빅집사가감ᄒᆞ이 쳔셩여질이라 여즁군ᄌᆞ요 금즁 봉황이오 화즁 모란이라
상ᄒᆞ촌 ᄉᆞ람드리 모친의게 젹을 ᄒᆞ얏다고 친찬이 ᄌᆞᄌᆞᄒᆞ야 원근에 젼파ᄒᆞ
니 ᄒᆞ로는 월편 무릉촌 즁승상 부인이 심쳥의 소문을 드르시고 시비를 보
니여 심소져를 쳥ᄒᆞ거늘 심쳥이 그 말 듯고 부친게 엿ᄌᆞ오되 아바지 쳔만
의외에 즁승승 부인게셔 시비에게 분부ᄒᆞ야 소여을 부르기이 시비와 홈게
가오릿가 일부러 부르신다 ᄒᆞ니 아이 가 뵈옵깃느야 여보아라 그 부인이
일국 지상부인아이 조심ᄒᆞ

〈13-뒤〉

야 단여오라 아바지 소여가 더디 단여오게 되면 기간 시즁ᄒᆞ실 터이니 진
지상을 보와 탁ᄌᆞ 우의 노왓슨즉 시즁ᄒᆞ시거든 즙슈시오 속히 단여오리다
ᄒᆞ직ᄒᆞ고 물너셔셔 시비를 ᄯᆞ라갈 제 쳔연ᄒᆞ고 단졍ᄒᆞ게 쳔쳔이 거름거러
승승문젼 당도ᄒᆞ이 문젼의 드린 버들 오류츈식 ᄌᆞ랑ᄒᆞ고 담안에 긔화요초
즁향셩을 어러논 듯 즁문 안을 드러셔이 건츅이 웅즁ᄒᆞ고 즁식도 화려ᄒᆞ
다 즁계에 다다르니 반빅이 넘은 부인 의상의 단졍ᄒᆞ고 긔부가 풍부ᄒᆞ야
복녹이 가득ᄒᆞ다 심쳥을 반겨보고 이러셔셔 마즌 후의 심쳥에 손을 줍고
즁부인 네 과연 심쳥인다 듯든 말과 다름업다 좌를 쥬어 안즌 후에 자셰
히 살펴보니 별노 단장ᄒᆞᆫ 일 업시 쳔ᄌᆞ봉용 국식이라 염용ᄒᆞ고 안즌 모양
빅셕쳥탄 시니가에 목욕ᄒᆞ고 안즌 졔비 사람보고 날야는 듯 얼골이 두렷
ᄒᆞ야 쳔심에 돗은 달이 슈변의 빗최인 듯 츄파을 홀이ᄯᅳ니 식벽비 기

〈14-앞〉

인 흔날 경경흔 시별갓고 팔즈 청순 가는 눈섭 초성편월 정신이요 량협에 고흔 빗은 부용화 시로 핀듯 단슌호치 말호는 양 농산에 잉무로다 부인 젼신을 네 몰나도 분명흔 션여로다 도화동에 젹ᄒᄒ이 월궁의 노든 션여 벗 ᄒ나흘 일헛도다 무릉촌의 늬 잇고 도화동에 너가 나셔 무릉촌에 봄이 드이 도화동에 기화로다 달쳔지지 졍긔ᄒ니 비범흔 네로구나 심쳥아 말 드러라 승상은 기셰ᄒ시고 아들은 삼형졔나 황셩 가 려환ᄒ고 다른 ᄌ식 손즈 업고 슬ᄒ에 말벗 업셔 ᄌ나ᄶ나 ᄶ나ᄌ나 젹젹흔 빈 방안에 디ᄒ나 이 촉불이라 길고 긴 겨울밤에 보는 거시 고셔로다 네 신셰를 싱각ᄒ니 양반의 후예로셔 져럿드시 곤궁ᄒ니 나의 수양쌀이 되면 여공도 슝상ᄒ고 문ᄌ도 혹습ᄒ야 긔츌갓치 셩취식혀 말연 ᄌ미 보ᄌᄒ니 너의 듯이 엇더 ᄒ야 심쳥이 엿ᄌ오되 명도가 기구ᄒ와 져

〈14-뒤〉

나흔지 칠일만의 모친이 셰상을 바리시고 안밍ᄒ신 늘은 부친 겨를 안고 단이면셔 동늬 졋슬 어더먹여 근근이 길너늬여 이만큼 되얏는디 모친의 의형 모습 모르는 일이 쳘쳔지 흔이 되여 씃칠 날이 업습기로 늬 부모를 싱각ᄒ야 남의 부모 봉양터이 오날날 승상부인 존귀ᄒ신 쳐지로셔 미쳔흔 물 불고ᄒ사 쌀을 삼으랴 ᄒ옵시니 어미을 다시 본 듯 밧갑고도 황송ᄒ나 부인을 모시오면 소녀 팔즈는 영귀ᄒ나 안밍ᄒ신 우리 부친 ᄉ철의복 조셕공양 뉘라셔 ᄒ오릿가 길너늬신 부모 은틱 사람마다 잇거이와 나난 더욱 부모은혜 비홀 디 업사오니 슬ᄒ를 일시라도 ᄊ날 슈가 업삼니다 목이 메여 말 못ᄒ고 눈물이 흘너나려 옥면에 졋난 형용 츈풍셰우 도화가지 이슬에 즘기엿다 졈졈이 ᄶ러진 듯 부인 듯고 가상ᄒ야 네 말이 과연 츌쳔지효여로다 노혼흔 이 늘으이 밋쳐 싱각ᄒ엿다 그렁져렁 날 졈으이 심쳥

〈15-앞〉

이 니러셔며 부인젼의 엿즈오되 부인의 덕틱으로 종일토록 놀다 가오이
여광이 무비오나 일역이 다흐니 제 집으로 가겟나이다 부인이 련련흐야
비단과 픠물이며 양식을 후이 쥬어 시비 홈게 보닐 적의 심청아 말 들어
라 너난 나를 잇지 말고 모여간 의을 두라 부인의 어진 쳐분 누누 말숨흐
옵시니 가르침을 밧소리다 흐직흐고 도라오니 그 써의 심봉사난 무릉촌에
딸 보니고 말벗 업시 혼즈 안져 딸 오기만 기다릴 제 비난 곱하 등에 붓
고 방은 치워 소링흐고 잘시난 날아들고 먼디 졀 쇠북치이 날 졈은 줄 짐
죽흐고 혼즈말노 즈탄흐되 우리 딸 심청이난 응당 슈어 오련마는 무슨 일
에 골몰흐야 날 졈은 줄 모로난고 부인이 잡고 안이 놋코 풍셜이 슬슬흐
니 몸이 치워 못오난가 우리 딸 장흔 효셩 불피풍우 오련마는 싀만 푸루
루 날아가도 심청이 너 오느야 낙엽만 벗셕 히도 심청이 너 오느야 아모
리 기더려도 젹막공산

〈15-뒤〉

일모도궁 인젹이 바이 업다 심봉사 각갑흐야 집힝막디 거더집고 딸 오난
디 마종간다 더듬더듬 쥬츔쥬츔 시비 밧게 나가다가 빙판에 발이 믹끚 길
되난 기쳔물의 풍덩 쑥 써러져 면상에 진흑이오 의복이 다 졋난다 두 눈
을 번젹이며 나오랴면 더 빠지고 ᄉ방 물이 츌넝거려 물소리 요란흐니 심
봉ᄉ 겁을 니여 아모도 업소 ᄉ람 살이시오 몸이 졈졈 깁히 빠져 허리 위
물이 도니 아이고 나 죽난다 츳츳 물이 올나와 목에 간즈런흐니 허푸허푸
아이고 ᄉ람 죽소 아모리 소리흔들 닉인거긱 ᄯᅳ쳣스이 뉘라셔 건져쥬랴
그 써 몽운ᄉ 화쥬승이 졀을 쥬창흐랴 흐고 권션문 둘너메고 시쥬집에 나
려왓다 졀을 츠져 올나갈 제 츰츰 거러가는 거동 얼골은 형산 빅옥 갓고

눈은 소승강 물결이라 양 귀가 축 쳐져 슈슈과슬ᄒ냣난디 실굴갓 총감투 뒤를 눌너 흠뻑 쓰고 당상 금관즈 귀 위에다 썩 붓쳐 빅세포 큰 중슴 당 홍씨 눌너찌고 구

〈16-앞〉

리 빅통 은중도 고름에 느진 츠고 염쥬 목에 걸고 단쥬 팔에 걸고 소상반 죽 열두 마듸 쇠고리 길게 달아 쳘쳘 눌너집고 흐늘거려 올나간다 이 중 이 엇던 중인고 육환더사 명을 밧다 용궁에 문안 가다 약쥬 취케 먹고 츈 풍 셕교상 팔션여 희롱ᄒ던 셩진이도 안이오 삭발은 도진셰오 존염은 표 중부라든 스명당도 안이오 몽운스 화쥬승이 시쥬집 너려왓다가 쳥산은 암 암ᄒ고 셜월은 두르올 제 셕경의 좁은 길노 흔들흔들 흐늘거려 올나갈 제 풍편에 슬푼 소리 스람을 쳥ᄒ거날 이 중이 의심니여 이 울음이 웬 울음 마외역 져문 날 양틱진의 울음인가 호지셜곡 찬 바람에 즁통군을 이별ᄒ 던 손즁낭의 울음인가 이 소리가 웬 소린고 그 곳을 츠져가니 엇더ᄒ 스 람이 기쳔물에 써러져 거의 죽게 되엿거날 그 중이 쌈쏙 놀나 굴갓 즁슴 훨훨 버셔 되난디로 니버리고 집헛던 구졀쥭장 되난디로 니버려 던지고 힝젼 단임 보션 벗고 고두

〈16-뒤〉

누비 바지 가리 돌돌 말아 자감이에 쏙 붓쳐 빅노규어격으로 짐검짐검 드 러가 심봉사 가는 허리에 후리쳐 담슉 안어 에쑤름 이엿츳 물가 밧게 안 친 후의 즈셔히 보이 젼의 보던 심봉스라 허허 이게 웬 일오 심봉스 졍신 츠려 나 살여 이거 누구시오 소승은 몽운스 화쥬승이올시다 그럿치 활인 지불이로고 죽을 스람 살여쥬니 은혜 빅골난망이오 그 중이 손을 줍고 심 봉스를 인도ᄒ야 방안의 안친 후의 져진 의복 벗겨노코 마른 의복 입힌

후의 물의 쌘진 니력을 무른즉 심봉스가 신세 ᄌ탄ᄒ야 젼후ᄉ 말을 ᄒ이
져 즁이 말ᄒ기를 우리 졀 부쳐임니 영험이 만으셔셔 빌어 안이되난 일
업고 구ᄒ면 응ᄒ시나이 부쳐임젼 공양미 삼빅셕을 시쥬로 올이옵고 지셩
으로 빌으시면 싱젼에 눈을 쩌셔 천지만물 조흔 구경 완인이 되오리다 심
봉스 그 말 듯고 쳐지난 싱각지 안코 눈 쓴단 말만 반가와셔 여보소 디스
공양미 삼빅셕을 권션문

〈17-앞〉

의 젹어가소 져 즁이 허허 웃고 젹기난 젹스오나 딕 가셰를 둘너보니 삼
빅셕을 쥬션홀 길 업슬 듯ᄒ오니다 심봉스 화를 니여 여보소 디사가 사람
을 몰나보네 엇던 실업슨 스람이 영험ᄒ신 부쳐님젼 빈말을 홀 터닌가 눈
도 못쓰고 안진방이 마져 되게 사람을 넘어 ᄌ미업시 역이난고 당장 젹어
그러치 안으며 칼부림 날 터니이 화쥬승이 허허 웃고 권션문에 올니기를
제일층 홍지에다 심학규 미 삼빅셕이라 디셔 특셔ᄒ더니 ᄒ직ᄒ고 간 연
후의 심봉스 즁 보니고 화 쩌진 뒤의 싱각ᄒ니 도로혀 후환이라 혼ᄌ 자
탄ᄒ여 니가 공을 드리랴다가 만약에 죄가 되면 이를 중ᄎ 엇지 ᄒ잔 말
가 묵은 근심 시 근심이 불갓치 이러나이 신세 ᄌ탄ᄒ야 통곡ᄒ난 말이
천지가 지공ᄒ사 별노 후박이 업건마는 이니 팔ᄌ 어이ᄒ냐 형셰업고 눈
이 머러 희달갓치 발은 것을 분별홀 슈 젼혀 업고 쳐ᄌ갓흔 지졍간의 디
ᄒ야도 못보난가 우리 망쳐 스랏

〈17-뒤〉

스면 조셕근심 업슬 터인디 다 커가난 쌀ᄌ식이 삼스 동이 품을 파라 근
근호구 ᄒ난 즁에 삼빅셕이 어디 잇셔 호긔잇게 젹어노코 빅가지로 혜아
려도 방칙이 업시 되니 이 일을 엇지ᄒ잔 말가 독긔 그릇 다 파라도 한

되 곡식 술 것 업고 장농함을 방미ᄒᆞᆫ들 단 돈 닷 량 쓰지 안코 집이나 팔
즈 ᄒᆞᆫ들 비바람 못가리니 니라도 안살테라 니 몸이나 팔자 ᄒᆞᆫ들 눈 못보
난 이 잡것 어의 뉘가 사가리요 엇던 스람 팔자됴와 이목구비 완연ᄒᆞ고
슈족이 구비ᄒᆞ야 곡식이 진진 지물이 넉넉 용지불갈 취지무금 그릇 일이
업것마는 이 혼즈 무슴 죄로 이 몰골이 되엿는가 익고 익고 셜운지고 ᄒᆞᆫ
참 이리 셜이 울 제 이 ᄃᆞᆡ 심청이 속속히 도라와셔 닷은 방문 펼젹 열고
아바지 부르더이 져의 부친 모양 보고 쌈쏙 놀나 달여드러 익고 이기 웬
이리오 나 오는가 마즁코즈 문밧게 나오시다 이런 욕을 보신잇가 버스신
의복 보니 물에 흠신 져졋스니

⟨18-앞⟩

물에 빠져 욕 보셧소 익고 아바지 춥긴들 오죽ᄒᆞ며 분ᄒᆞ민들 오죽홀가 승
승딕 노부인이 구지 잡고 만류ᄒᆞ야 어언간 더디엿소 심청이 옷슬 니여 밧
귀여 입히고 일변으로 승승딕 시비다려 방에 불쩌달나 ᄒᆞ고 초마폭을 거
더쥐고 눈물을 씨치면서 언으다시 밥을 지어 부친 압퓌 상 올이고 아바지
진지 줍슈시오 심봉스 엇진 곡졀인지 나 밥 아이 먹을난다 어디 압하 그
리 ᄒᆞ시요 소여가 더듸오이 괘심ᄒᆞ야 그리 ᄒᆞ시요 안이다 무슨 근심 게신
잇가 네 알 일리 아이다 아바지 그 무슨 말삼이요 쇼여는 아바지만 바리
고 사옵고 아바지은 쇼녀을 밋어 ᄃᆡ소사을 의논ᄒᆞ더이 오늘날 무슨 일노
너 알 일리 안이라이 쇼여 비록 불효인들 말삼을 속이시이 마음의 셜사이
다 ᄒᆞ고 심청이 훌젹훌젹 우이 심봉사 쌈쪽 놀나 아가 아가 우지 마라 너
속일리 업지만는 네가 만일 알고 보면 지극ᄒᆞᆫ 네 효성에 걱정이 되긧기로
진시 말을

〈18-뒤〉

못흐얏다 앗가 네가 너 오는가 문밧게 나가다가 기천물의 빠져셔 거의 죽
게 되얏더이 몽운사 화쥬승이 나를 건져 술여노코 내 사졍을 무러보기 너
신세 싱각흐고 젼후말을 다 힛더니 그 중 듯고 말을 흐되 몽운사 부쳐임
이 영험흐기 쏘 업스니 공양미 삼빅셕을 불젼의 시쥬흐면 싱젼의 눈을 써
셔 완인이 된다 흐기로 형세는 싱각지 안코 화김에 젹엇더니 도로혀 후회
로다 심쳥이 그 말 듯고 반겨 웃고 디답흐되 후회를 흐옵스면 졍셩이 못
되오니 아바지 어두신 눈 졍영 발아보량이면 삼빅셕을 아모조록 쥰비흐야
보오리다 네 아모리 흐즈 흔들 안빈낙노 우리 형세 단 빅셕은 홀 슈 잇나
아바지 그 말 마오 옛일을 싱각흐니 왕상은 고빙흐야 어름 궁게 리어 엇
고 밍종은 읍쥭흐야 눈 가온더 죽슌 나이 그런 일을 싱각흐면 츌쳔대효
스친지졀 옛스람만 못

〈19-앞〉

못흐야도 지셩이면 감쳔이라 아모 걱졍마옵소셔 만단으로 위로흐고 빅가
지로 안심케 흐더라 제오회 심쳥이 몸을 팔아 공양미를 밧들다 심쳥이 부
친의 말을 듯고 그 날붓터 후원을 졍히 쓸고 황토로 단을 모고 좌우의 금
줄 미고 졍화슈 흔 동위을 소반 우의 밧쳐놋코 북두칠셩 호야반의 분향
지비흔 연후에 두 무릅 졍히 꿀고 두 손 합중 비난 말이 상쳔 일월셩신이
며 흐지후토 셩왕 사방지신 제쳔제불 셕가려니 팔금강보살 소소응감흐옵
소셔 흐나임이 일월두기 스람의 안목이라 일월이 업사오면 무슨 분별흐오
릿가 소여 아비 무즈싱 이십 후에 안밍흐야 시물을 못흐오니 소여 아비
허물을낭 이 몸으로 디신흐고 아비 눈을 박게 흐야 쳔싱연분을 만나 오복
을 갓게쥬어 슈부다남즈을 졈지흐야 쥬옵소셔 쥬야 비럿더니 도화동 심소
져는 텬신이 아는

〈19-뒤〉

지라 흠향ᄒ옵시고 압 일을 인도ᄒ셧더라 ᄒ로는 유모 귀덕어미가 오더이 아가씨 이승흔 일 보앗ᄂ이다 무슨 일이 이승ᄒ오 엇더흔 스람인지 십여 명 단이면셔 갑슨 고ᄒ간에 십오세된 쳐여를 스깃다 ᄒ고 단이이 그런 미 친 놈드리 잇소 심청이 속마음에 반겨듯고 여보 그 말이 졍말이오 졍말노 그리 되량이면 그 단이난 스람 중에 로슉ᄒ고 졈쥰흔 사람을 불너오되 말 이 밧게 누셜치 아이케 종용이 다려오오 귀덕어미 딕답ᄒ고 과연 다려 왓 는지라 쳐음은 유모 식여 스람 스려난 니력을 물은즉 그 스람이 딕답ᄒ되 우리는 본늬 황셩스람으로셔 상고ᄎ로 비를 타고 만이 밧게 단이더니 비 갈 길에 임당슈라 ᄒ난 물이 잇셔 변화불측ᄒ야 곳친ᄒ면 몰사을 당ᄒ는 듸 십오세 된 쳐여를 제슈로 넛코 제스ᄒ면 슈로 만이을 무스히 왕늬ᄒ고 중슈도 흥왕ᄒ옵기로 싱이가 원슈라 스람 스랴 나이오니 몸을 팔 쳐여 잇 스오면 갑을 관계

〈20-앞〉

치 안코 쥬깃나이다 심청이 그졔야 나셔며 나난 본촌 스람으로 우리 부친 안밍ᄒ야 셰승을 분별치 못ᄒ기로 평성에 흔이 되야 ᄒ나임젼 츅슈ᄒ얏더 이 몽운사 화쥬승이 공양미 삼빅셕을 불젼의 시쥬ᄒ면 눈을 써셔 보리라 ᄒ되 가셰 지빈ᄒ야 쥬션홀 길 업습기로 니 몸을 방미ᄒ야 발원ᄒ기 바라 오니 나를 스미 엇더ᄒ오 니 나히 십오세라 그 아이 맛ᄒ오 션인이 그 말 듯고 심소져을 쳐다보더니 마음이 억식ᄒ야 다시 볼 졍신이 업셔 고기를 슉이고 묵묵히 셧다가 낭즈의 말삼 듯ᄌ오이 거룩ᄒ고 중흔 효셩 비홀 딕 업나이다 이럿텃시 치ᄒ흔 후의 져의 일이 긴흔지라 그리ᄒ오 허락ᄒ니 힝션날이 언지잇가 니월 십오일이 힝션ᄒ는 날이오니 그리 아옵소셔 피츠

에 상약호고 그 날에 션인드리 공양미 삼빅셕을 몽운수로 보닛더라 심소
제난 귀덕어미를 빅번이나 단속호야 말 못닉게 혼 후에 집으로 드러와 부
친게 엿주오되

〈20-뒤〉

아바지 웨 그리나야 공양미 삼빅셕을 몽운수로 올엿나이다 심봉사 쌈죽
놀나셔 그게 엇진 말이야 삼빅셕이 어디 잇셔 몽운수로 보닛셔 심청이갓
혼 효셩으로 거짓말을 호야 부친을 속이리요마는 스셰부득이라 즘간 속여
엿줍는다 일젼의 무릉촌 즁승승딕 부인게셔 소여보고 말호기를 슈양쌀 노
릇호라 호되 아바지 계시기로 허락 아이 호얏더 스셰부득호와 이 말씀
살왓더이 부인이 반겨 듯고 쏠 숨빅셕 쥬시기로 몽운수로 보니옵고 슈양
쏠노 팔엿나이다 심봉사 물식 모르고 디소호며 즐겨혼다 어허 그 일 잘
되얏다 일국 지성부인이요 후복이 만호겟다 암만 호야도 다르이라 춤 그
일 잘 되얏다 언졔 다려간다드야 니월 십오일에 다려간다 호옵듸다 너 게
가 살더리도 나 살기 관계춘지 어 춤으로 줄되엿다 부여간에 이갓치 문답
호고 부친을 위로혼 후 심청이 그 날붓터 션인을 짜라갈 일을 곰곰 싱각
호니

〈21-앞〉

사름이 셰상에 나셔 혼씨을 못보고 이팔청춘의 죽을 일과 안밍혼 즈긔 부
친 영결호고 죽을 일이 졍신이 아득호야 일에도 쯧이 업셔 식음을 젼폐호
고 실음업시 지니다가 다시 싱각호야보니 얼크러진 그물이 되고 쏘아노흔
쏠이로더 니 몸이 죽어노면 춘호츄동 스시졀의 부친의복 뉘라 홀가 아즉
스라잇슬 씨에 아바지 스철의복 망종 지어 드리랴고 츈츄의복 숭침겻것
호졀의복 젹슘 고의 겨울의복 소음 두어 보의 싸셔 즁속에 넉코 갓 망건

도시로 스셔 말쑥에다 거러노코 힝션날을 기달일 제 ᄒ로밤이 격ᄒ지라 밤은 적적 숨경인디 은ᄒ슈는 기우러져 촉불이 히미홀 제 두 무릅흘 쏘구리고 아모리 싱각흔들 심신을 난졍이라 부친에 버슨 보션볼이나 망종 바드리라 바늘에 실을 ᄭᅴ여 손의 들고 히음업는 눈물이 간즁에서 소소올나 경경열열ᄒ야 부친 귀에 들이지 안케 속으로 늣겨 울

〈21-뒤〉

며 부친에 낫히다가 얼골도 가만이 디여보고 슈족도 만지면셔 오날밤 뫼시오면 다시는 못 뵐테지 니가 흔 번 죽어지면 여단슈족 우리 부친 누을 밋고 스르실가 익달도다 우리 부친 니가 쳘을 안 연후의 밥 빌기를 노앗더니 이제 니 몸 죽게 되면 츈ᄒ츄동 스시졀을 동이 걸인 되겟구나 눈총인들 오즉 쥬며 괄시인들 오즉홀가 부친 것히 니가 모셔 빅셰까지 공양타가 이별을 당ᄒ여도 망극흔 셔럼이 층양홀 슈 업슬 터인디 흠을며 싱이별이 고금쳔지 ᄯᅩ 잇슬가 우리 부친 곤흔 신셰 격슈단신 살ᄌ흔들 조셕공양 뉘라 ᄒ며 고싱ᄒ다 죽ᄉ오면 ᄯᅩ 언의 지식잇셔 머리 풀고 이통ᄒ며 초종 즁예 소디긔며 연연이 오난 긔졔ᄉ의 밥 흔 그릇 물 흔 그릇 뉘라셔 츠려 놀가 몹슬 연의 팔ᄌ로다 칠일 안에 모친 일코 부친마ᄌ 이별ᄒ니 이런 일도 ᄯᅩ 잇난가 ᄒ양낙일수원이난 소통국의 모ᄌ이별 변습

〈22-앞〉

수유소일인은 용산에 형졔이별 정긱관산노긔즁 오회월여 부부이별 셔츌양관무고인은 위셩에 붕우이별 그런 이별 만ᄒ여도 피츠 술아 당흔 이별 소식 드를 날이 잇고 만나볼 ᄯᅢ 잇셧스나 우리 부녀의 이별은 니가 영영 죽어가이 언의 ᄯᅢ 소식 알며 언의 날에 만나볼가 도라가신 우리 모친 황쳔으로 들어가고 나난 인제 죽게 되면 슈궁으로 갈 터니니 슈궁의 들어가셔

모여상봉을 홀가 흔들 황쳔과 슈궁길이 수륙 현슈ᄒ니 만나볼 슈 견혀 업
네 수궁에셔 황쳔가기 몃 쳐리ᄂ 마다난지 황쳔을 뭇고 무러 불원쳔이 ᄎ
ᄌ간들 모친이 나을 어이 알며 나는 모친 어이 알이 만일 알고 뵈옵난 날
부친 소식 뭇ᄌ오면 무슨 말노 디답ᄒ고 오날밤 오경시를 홈지의 머므르
고 니일 아츰 돗난 ᄒ를 부숭에 미엿스면 ᄒ날갓틋 우리 부친 더 ᄒ번 보
련마는 밤 가고 ᄒ 돗난 일 게 뉘라셔 막을손

〈22-뒤〉

가 쳔지가 사졍업셔 이윽고 닥이 우니 심쳥이 긔가 막혀 닥아 닥아 우지
마라 반야진관에 밍상군이 아이 온다 네가 울면 날이 식고 날이 시면 나
죽난다 나 죽기난 셜지 안으나 의지업난 우리 부친 엇지 잇고 가잔 말가
밤시도록 셜이 울고 동방이 발거오이 부친 진지 지으랴고 문을 열고 나셔
보니 발셔 션인들이 시비 밧게 쥬져 쥬져 션인 오날 힝션날이오니 슈히
가게 ᄒ옵소셔 심쳥이가 그 말 듯고 디번에 두 눈에셔 눈물이 빙빙 도라
목이 메여 시비 밧게 나아가 여보시오 션인네들 오날 힝션ᄒ난 줄은 니
임의 알거와 부친이 모르오니 좀간 지쳬ᄒ옵시면 불숭ᄒ신 우리 부친 진
지나 망종ᄒ여 슝을 올여 줍순 후에 말슴 엿쥬옵고 쩌나게 ᄒ오리다 션인
이 가긍ᄒ여 그리ᄒ오 허락ᄒ니 심쳥이 드러와셔 눈물 셕거 밥을 지어 부
친 압픠 상 올이고 아모조록 진

〈23-앞〉

지 만히 줍숫도록 ᄒ노라고 슝머리에 마조 안져 ᄌ반도 쑥쑥 쩨어 슈져
우에 올여노코 쏨도 싸셔 입에 너며 아바지 진지 만히 잡슈시오 오냐 만
히 먹으마 오날은 별노 반찬이 미우 조코ᄂ 뉘 집 졔ᄉ지닌느야 심쳥이난
긔가 막혀 속으로만 늣겨 울며 훌젹훌젹 소리나니 심봉ᄉ 물식업시 귀 발

은 체 말을 흔다 아가 네 몸 압프야 감긔가 드럿나 보구나 오날이 몃칠이
야 오날이 열닷시지 응 부녀 쳔윤이 즁흐니 몽조가 엇지 업슬소야 심봉사
가 간밤 꿈 이약이를 흐되 간밤에 꿈을 쑤이 네가 큰 수레를 타고 흔 업
시 가 보니니 슈레라 흐난 것슨 귀혼 스람 타난 거시라 아마도 오날 무릉
촌 승승뒥에서 가마 튀여 가려나보다 심쳥이 드러보니 분명이 즈긔 죽을
꿈이로다 속으로 슬푼 싱각 가득흐나 것으로는 아모조록 부친이 안심토록
그 꿈이 즁이 좃소니다 딕답흐고 진지상 물너니고 담비 피여 올인

<h2 style="text-align:center">〈23-뒤〉</h2>

후에 사당에 흐즉ㅊ로 세수를 졍히 흐고 눈물 흔젹 업신 후에 졍흔 의복
가라입고 후원의 도라가셔 사당문 가만히 열고 쥬과를 ㅊ려노코 지비 흔
직홀 졔 불효여식 심쳥이난 부친눈을 씌우랴고 남경장ㅅ 션인들쎄 삼빅셕
에 몸이 팔여 임당슈로 도라가이 소여가 쥭드리도 부친의 눈을 씌여 츅흔
부인 즉비흐여 아달 낫코 쌀을 나아 조상향화 젼케 흐오 이러케 츅원흐고
문 닷치며 우난 말이 소여가 쥭ㅅ오면 이 문을 뉘가 여다드며 동지 흔식
단오 츄셕 ㅅ명졀이 도라온들 쥬과포혜을 누가 다시 올이오며 분향지비
누가 흘고 조상에 복이 업셔 이 지경이 되옵난지 불승흔 우리 부친 무강
근지 친족흐고 압 못보고 형세업셔 밋을 곳이 업시 되니 엇지 잇고 도라
갈가 우루루 나오더니 즈긔 부친 안진 압픠 셧다 쳘셕 쥬져 안져 아바지
부르더니 말 못흐고 긔졀흔다 심봉사 쌈죽 놀나 아가 윈 일

<h2 style="text-align:center">〈24-앞〉</h2>

이야 봉사의 쌀이라고 누가 졍가흐드야 이거시 회 동흐엿구나 엇젼 일이
야 말흐여라 심쳥이 졍신츠려 아바지 오냐 니가 불효여식으로 아바지를
속엿소 공양미 삼빅셕을 누가 나를 쥬오릿가 남경즁ㅅ 션인들쎄 숨빅셕에

몸을 팔여 임당슈 졔슈로 가기로 ᄒ와 오날 힝션날이오니 나을 망종 보오 스람이 슬품이 극진ᄒ면 도로혀 가슴이 막히난 법이라 심봉사 하 긔가 막혀 노으이 울음도 안이 나오고 실셩을 ᄒ난디 이고 이게 왼 일이야 춤말이야 농담이야 말갓지 아이ᄒ다 나다려 뭇도 안코 네 마음디로 ᄒ단 말가 네가 살고 니 눈 쓰면 그난 응당 조흐련이와 네가 죽고 니 눈 쓰면 그게 무슨 말이 되랴 너의 모친 너을 낫코 칠일만의 죽은 후에 눈조츠 어둔 놈이 품안의 너를 안고 이집 져집 단이면셔 동양졋 엇어먹여 그만치나 ᄌ랏기로 ᄒ 스름 이졋더니 네 의게 왼 말이야

〈24-뒤〉

눈을 팔아 너를 술 디 너를 팔아 눈을 순들 그 눈 히셔 무엇ᄒ랴 엇던 놈의 팔ᄌ로셔 안히 죽고 ᄌ식 일코 시궁지슈가 되단 말가 내의 션인놈들아 즁ᄉ도 조커이와 스람 ᄉ다 졔슈 넌난디 어디셔 보앗나야 ᄒ나임의 어지심과 귀신의 발은 마음 양화가 업슬소야 눈먼 놈의 무남독여 쳘모르난 어린 것슬 나 모르게 유인ᄒ야 ᄉ단 말이 왼 말이야 쏠도 실코 돈도 실코 눈쓰기 니사 실타 네의 독ᄒ 상놈들이 옛 일을 모르나야 칠연디ᄒ 감을 젹의 스람 죱아 빌야ᄒ니 칭임군 어진 마음 너가 지금 비난 바난 빅셩을 위ᄒ미라 스람 죽여 빌 양이면 니 몸으로 디신ᄒ리라 몸으로 희싱되야 젼조단발 신영빅모 상임쁠에 비르시니 디우방슈쳔이 그런 일도 잇난이라 츠라리 니 몸으로 디신 가면 엇더ᄒ야 너의 놈들 나 죽여라 평싱의 밋친 마음 죽기가 원이로다 이고 나 죽난다 지금 니 죽

〈25-앞〉

어노면 네 놈들이 무사홀 무지ᄒ 강도놈들아 싱사롬 죽이면는 디젼통편 률이 잇다 홀로 장담 니를 갈며 죽기로 시작ᄒ이 심청이 부친을 붓들고

아바지 이 일이 남의 타시 아이오이 그리 마옵소셔 부녀 셔로 붓들고 둥
굴며 통곡ᄒᆞ이 도화동 남녀로소 뉘 아이 셜어ᄒᆞ리 션인들 모다 운다 그
중의 한 사름이 발론ᄒᆞ되 여보시오 영좌영감 츌쳔디효 심소져난 의논도
말여이와 심봉ᄉᆞ 져 양반이 춤으로 불승ᄒᆞ니 우리 션인 슴십명 십시일반
으로 져 양반 평싱 신세 굼지 안코 벗지 안케 쥬션을 ᄒᆞ야쥬세 ᄒᆞ니 즁이
기왈 그 말이 올타 ᄒᆞ고 돈 슴빅양 빅미 빅셕 빅목 마포 각 ᄒᆞᆫ 바리 동중
으로 드려노으며 슴빅양은 논을 ᄉᆞ셔 축실ᄒᆞᆫ 스람 쥬어 도조로 죽졍ᄒᆞ고
빅미즁 열닷 셤은 당연 양식ᄒᆞ게 ᄒᆞ고 남져지 팔십여셕 연연이 훗터노와
즁이로 츄심ᄒᆞ면 양미가 풍죡ᄒᆞ니 그럿케 ᄒᆞ옵시고 빅목 마포 각 일티난
ᄉᆞ쳘의복 짓게

〈25-뒤〉

ᄒᆞ소셔 동즁의셔 의논ᄒᆞ야 그리ᄒᆞ라 ᄒᆞ고 그 연유로 공문닉여 일동이 규
일ᄒᆞ게 구별을 ᄒᆞ엿더라 그 ᄯᅢ에 무릉촌 즁승승 부인쎄셔 심쳥이 몸을 팔
여 임당슈로 간단 말을 그계야 드르시고 시비를 급히 불너 드름믹 심쳥이
가 죽으러 간다 ᄒᆞ니 싱젼에 건너와셔 나을 보고가라 ᄒᆞ고 급히 다리 건
너오라 시비 분부듯고 심쳥을 와셔 보고 그 연유로 말을 ᄒᆞ거날 심쳥이
시비와 홈끠 무릉촌 건너가니 승승부인 밧게 나와 심쳥의 손을 줍고 눈물
지어 ᄒᆞ난 말이 너 이 무졍ᄒᆞᆫ 스람아 닉가 너를 안 연후로 ᄌᆞ식으로 역엿
난티 너난 나를 이졋나야 니 말을 들어보니 부친 눈을 ᄯᅴ우랴고 션인에게
몸을 팔여 죽으러 간다 ᄒᆞ니 효셩은 지극ᄒᆞ나 네가 죽어 될 일이야 그리
일이 되량이면 나훈테 건너와셔 이 연유를 말ᄒᆡᆻ스면 이 지경이 업슬 것을
엇지 그리 무즁ᄒᆞ야 손 ᄯᅳᆯ고 들어

⟨26-앞⟩

가셔 심청을 안친 후의 쑬 숨빅셕 줄 것이이 션인 불너 도로 쥬고 망영의
사 두지 말나 심쳥이 그 말 듯고 혼춤 싱각다가 쳔연이 엿즈오되 당초 말
슴 못흔 일을 후회흔들 엇지흐며 쏘흔 몸이 위친흐야 졍셩을 다츳흐면 남
의 분명식혼 지물을 바라릿가 빅미 삼빅셕을 도로 니쥰다 흔들 션인들도
임시낭픠 그도 쏘흔 어렵습고 스람이 남의게다 흔번 몸을 허락흐야 갑을
밧고 팔엇다가 슈숙이 지닌 뒤에 춤아 엇지 낫을 들고 무엇이라 보오릿가
노친 두고 죽난 것이 이효숭효흐난 줄은 모르난 비 아이로되 쳔명이이 홀
일 업소 부인에 놉흔 은혜와 어질고 측혼 말슴 죽어 황쳔 도라가셔 결초
보은흐오리다 승승부인이 놀나와 심쳥을 살펴보니 기식이 엄슉흐야 다시
권치난 못흐고 춤아 놋키 이셕흐야 통곡흐여 흐난 말이 너가 너를 본 연
후의 기

⟨26-뒤⟩

츌갓치 졍을 두어 일시 일각 못보아도 흔이 되고 연연흐여 억졔치 못흐더
니 목젼에 네 몸이 죽으러 가난 것을 춤아 보고 술 슈 업다 네가 줌간 지
쳬흐면 네 얼골 네 틱도를 화공을 불너 그려두고 니 싱젼의 볼 것이니 조
곰만 머물너라 시비를 급히 불너 일등화공 불너드려 승승부인 분부흐되
여보아라 졍신드려 심소져 얼골 틱격 숭흐의복 입은 것과 슈심겨워 우난
형용 츳죽업시 줄 그리면 즁숭을 홀 터이이 졍신드려 그리라 죡즈를 니여
노니 화공니 분부듯고 죡즈에 포슈흐야 유탄을 손에 들고 심소져을 쏙쏙
이 바라본 후 이리져리 그린 후에 오식화필을 좌르르 펼쳐 각식단쳥 버려
노코 난초갓치 푸른 머리 광치가 출난흐고 빅옥갓튼 슈심 얼골 눈물 흔젹
완연흐고 가는 허리 고은 슈족 분명혼 심소져라 훨훨 쩌러 노으니 심소져
가 둘이로다 부인이 일어나셔 우슈로

〈27-앞〉

심청의 목을 안고 좌슈로 화승을 어로만지며 통곡ᄒ야 슬피 우니 심청이 울며 엿ᄌ오되 졍영히 부인쎄셔 젼싱에 니 부모이 오날날 물너가면 어늬 날에 뫼시릿가 소여의 일졈 슈심 글 ᄒ 슈 지어니여 부인젼의 올이오니 걸어두고 보시오면 증험이 잇스리다 부인니 반가 역여 필연을 니여노니 화승 족ᄌ승에 화제글 모양으로 붓을 들고 글을 쓸 제 눈물이 피되야 졈졈이 쩌러지니 송이송이 쏫시 되야 향늬 날 듯ᄒ다 그 글에 ᄒ얏스되 싱긔ᄉ귀일몽간이라 권졍ᄒ필누ᄉ손가 셰간에 최유단졍쳐단 초록강난인미환을 부인이 놀나시며 네 글이 진실노 신션의 구긔니 이번의 네 가난 길 네 마음이 아이라 아마 쳔숭의셔 불음이로다 부인니 쏘ᄒ 쥬지 ᄒ 축 ᄯᅳ어니여 얼을 써셔 심청 쥬니 그 글에 ᄒ얏스되 무단풍운야리혼은 취송명화락희문이라 격고인간을 쳔

〈27-뒤〉

필염이어늘 무고부여단졍은이로다 심소져 그 글 밧아 단단히 감직ᄒ고 눈물노 이별홀 제 무릉촌 남여로소 뉘 아이 통곡ᄒ랴 심청이 건너오니 심봉사 달여들어 심청의 목을 안고 쮜놀며 통곡한다 나고 가ᄌ 나고 가ᄌ 혼ᄌ 가지 못ᄒ리라 죽어도 갓치 죽고 사라도 갓치 살ᄌ 나 바리고 못가리라 고기밥이 되드리도 나와 너와 갓치 되ᄌ 심청이 울음 울며 우리 부여 쳘윤을 ᄯᅳᆫ코 십허 ᄯᅳᆫᄉ오며 죽고 십허 죽ᄉ오릿가마는 익회가 슈에 잇고 싱사가 ᄒ이 잇셔 인ᄌ지졍 싱각ᄒ면 쩌날 날이 업ᄉ오니 쳔명이니 홀 일 업소 불효여식 심청이난 싱각지 마옵시고 아바지 눈을 써셔 광명쳔지 다시 보고 죽ᄒ 사람 구완ᄒ야 아달 낫코 쌀을 나어 후ᄉ 젼케 ᄒ옵소셔 심봉사 필젹 쮜며 이고 이고 그 말 마라 쳐ᄌ 잇슬 팔ᄌ 되면 이런 일이 잇

겟나야 나 바리고 못가리라 심청이 져의 부친을 동이사람의게 붓들이여 안

⟨28-앞⟩

쳐노코 울면셔 ᄒ난 말이 동닉 남여 어룬네들 혈혈단신 우리 부친 죽으려 가난 몸이 동중만 밋ᄉ오이 깁히 싱각ᄒ옵소셔 ᄒ직ᄒ고 도라셔이 동이 남여로소 업시 발 구르며 통곡ᄒ다 심청이 울음 울며 션인을 ᄯ라갈 제 ᄭᆯ이난 초마ᄌᆞ락 거듬거듬 거더 안고 만슈비봉 훗흔 머리 귀밋혜와 드리엿고 피갓치 흐른 눈물 옷깃에 ᄉ못친다 정신업시 나가면셔 건너집 바라보며 김동지딕 큰아가 너와 나와 동갑으로 격장간 피차 크며 형제갓치 정을 두어 빅연이 다 진토록 인간 고락 사난 홍미 함ᄭᅴ 보ᄌ ᄒ엿더이 나 이러케 ᄯ러나가이 그도 ᄯᅩ흔 흔이로다 쳔명니 그ᄲᅳᆫ으로 나난 임의 죽거와 의지업난 우리 부친 이통ᄒ야 승ᄒ실가 나 죽은 후이라도 슈궁원혼 뫼겟스니 나을 싱각거든 불승ᄒ신 나의 부친 극진디우ᄒ야다고 압집 ᄌᆞ근아가 승침질 슈놋키를 누와 함ᄭᅴ ᄒ랴나야 즁

⟨28-뒤⟩

넌 오월 단오야에 츄쳔ᄒ고 노던 일을 네가 그져 싱각느냐 금년 칠월 칠셕야에 홈께 걸교ᄒ짓더니 이졔는 허ᄉ로다 나는 임의 위친ᄒ야 영결ᄒ고 가거이와 네가 나을 싱각거든 불승ᄒ 우리 부친 나 부르고 이통커든 네가 와셔 위로ᄒ리라 너와 나와 사귄 본졍 네 부모가 닉 부모요 닉 부모가 네 부모라 우리 싱젼 잇슬 졔난 별노 혐의 업셧스나 우리 부친 빅셰 후에 지부에 드로오셔 부여상면ᄒ난 날에 네 정셩을 닉 알겟다 이러타시 ᄒ직홀 졔 ᄒ나임이 아시던지 빅일은 어디 가고 음운이 ᄌᆞ욱ᄒ다 이ᄯ감 비방울이 눈물갓치 ᄯᅥ러지고 휘느러져 곱던 곳이 이울고져 빗시 업고 쳥산의 셧

난 초목 슈식을 씌워잇고 녹슈에 느린 버들 니 근심을 도읍는 듯 우난이
져 꾀꼬리 너난 무슨 회포런가 너의 깁흔 흔을 니가 알든 못ᄒᆞ야도 통곡
ᄒᆞ난 니 심스를 네가 혹시 짐죽홀가 뜻

〈29-앞〉

박게 져 두견이 귀촉도 불여귀라 야월공순 엇다 두고 취송단중셩을 어이
술즈 술오나야 네 아모리 가지 우에 불여귀라 울것마는 갑을 밧고 팔난
몸이 다시 엇지 도라오리 바람에 날인 곳이 낫헤 와 부듯치이 곳을 들고
바라보며 약도츈풍불희의ᄒᆞ면 ᄒᆞ닌취송낙화니오 츈순에 지난 곳시 지고
십허 지랴마는 바람에 쩌러지이 네 마음이 아이로다 박명홍안 나에 시셰
져 곳과 갓튼지라 죽고 십허 죽으랴마는 스세부득이라 슈원슈구홀 것 업
다 흔 거름에 눈물짓고 두 거름에 도라보며 곳 쩌느가니 명도풍파가 일노
부터 위험ᄒᆞ니 졔류회 심쳥이 임당슈에 빠지다 강두의 다다르니 션인들
이 모혀드러 비머리에 좌판 노코 심소져를 모셔올여 비중 안에 안친 후의
닷 감고 돗을 달아 어긔야 어긔야 소리ᄒᆞ며 북을 둥둥 울이면셔 지향업시
쩌나간다 범피중피 쩌느

〈29-뒤〉

갈 졔 망망흔 충히 중에 낭탕흔 물결이라 빅빈쥬 갈믹이난 홍요안으로 날
아들고 슴강예 기럭이난 평스로 쩌러진다 요양흔 남은 소리 어젹인 듯ᄒᆞᆫ
것마는 곡종인불견 유식만 푸르럿다 에너성중만고슈난 나를 두고 일음이
라 중스을 지나가니 가틱부 간 곳 업고 명나슈 바라보니 굴숨여 어복츙혼
엇의로 가셧난고 황학누 다다르니 일모향관ᄒᆞ쳐시오 연파강상스인슈난 최
호의 유젹이라 봉황디 다다르니 삼산반낙쳥쳔외 이슈중분빅노쥬난 틱빅이
노든 디요 심양강 다다르니 빅낙쳔이 어디 가고 비파셩이 끈어졋다 젹벽

강 그져 가랴 소동파 노든 풍월 의구히 잇다마는 조밍덕 일셰지웅 니금의
안즈지오 월낙오졔 깁흔 밤의 고소셩의 비를 미고 호손수 쇠북소리 긱션
에 쩌러진다 진회슈 건너가니 격강에 승여들은 망국흠을 모로고셔 연용호
슈월용스를

〈30-앞〉

후졍화만 부르더라 소숭강 드러가이 악양누 놉혼 집은 호승에 더셔 잇고
동남으로 바라보니 오손은 쳡쳡이오 초슈만즁이라 반쥭의 져 눈물 이비
유혼 씌워잇고 무순에 돗난 달은 동졍호에 빗취니 승하쳔광 거울 속에 푸
르럿다 창오산 졈은 연긔 참담ᄒ야 황능묘 즁기엿다 삼협에 잔나뷔난 자
식 칫난 슬흔 소리 쳔긱소인 몃몃치야 심쳥이 비 안에셔 소숭팔경 다 본
후에 혼 곳을 가노라이 향풍이 이러나며 옥픽소리 들이더니 의회혼 쥬렴
시로 엇더혼 두 부인니 션관을 놉피 쓰고 자하상 것어 안고 두려시 나오
더니 져기 가난 심소져야 나를 어니 모르나냐 우리 셩군 유우씨가 남슌슈
ᄒ시다가 창오야에 붕ᄒ시니 속졀업난 이 두 몸이 소상강 디슈풀에 피눈
물을 뿌럿더니 가지마다 아롱져셔 입입히 원한이라 충오산붕승슈졀에 죽
즁지루

〈30-뒤〉

니가멸이라 쳔츄에 깁흔 흔을 ᄒ소홀 길 업셧더이 네 효셩이 지극키로 너
다려 말ᄒ노라 디순붕후긔쳔연에 오현금 남풍지를 지금까지 젼ᄒ더라 슈
로 만이 몃몃칠에 조심ᄒ야 단여오라 홀연히 간 곳 업다 심쳥이 싱각ᄒ니
소숭강 이비로다 죽으려 가난 나을 조심ᄒ야 오라 ᄒ니 진실노 괴이ᄒ다
그 곳을 지니여셔 게산을 당도ᄒ니 풍낭이 이러느며 쳔 긔운니 소삽더이
혼 스람 나오난디 두 눈을 싹 감고 가죽으로 몸을 쓰고 울음 울고 나오더

니 져긔 가난 심소져야 네 나을 모르리라 오나라 자셔로다 슬푸다 우리 셩상 빅비의 참소 듯고 촉누검을 나를 쥬어 목을 질너 죽은 후에 가죽으로 몸을 쓰셔 이 물에 던져구나 원통흠을 못익의여 월병이 멸오흠을 역역히 보랴 흐고 니 눈을 일즉 쎄여 동문승에 걸어더이 니 완연히 보왓스니 몸에 쓰힌 가죽을 뉘라셔 벗거쥬며 눈업난 게

〈31-앞〉

흔이로다 홀연이 간 곳 업다 심청이 싱각흐니 그 혼은 오나라 츙신 오즈셔라 한 곳을 다다르니 엇더흔 두 스람이 틱반으로 나오난디 압흐로 셔신 니는 왕즈의 긔상이라 의상니 남누흐이 초슈일사 분명흐다 눈물지며 하난 말이 이달고도 분흔 것시 진나라 속임되야 무관에 삼연 잇다 고국을 브라보니 미귀혼이 되얏구나 쳔슈에 흔이 잇셔 초혼조가 되얏더이 방낭퇴셩 반겨 듯고 속절업난 동졍달에 헛츔마 츄엇세라 그 뒤에 흔 스람은 안식이 초최흐고 형용이 고고흔디 나난 초나라 굴원이라 회왕을 셤기다가 즈란의 참소 맛나 더런 마음 씨스랴고 이 물에 와셔 빠졋노라 어엽불스 우리 임군 스후에나 뫼셔볼까 길니 흔이 잇셧기로 이갓치 뫼셧노라 제고향지묘연혜여 짐황고왈 빅용니라 초목지령낙혜여 공미이지지혜로다 세상에 문중지사 몃분이나 게시더야 심소져난 효셩

〈31-뒤〉

으로 죽고 나난 츙심으로 죽엇스니 츙효난 일반이라 위로코져 나왓노라 충히 만이에 평안이 가옵소셔 심쳥니 싱각흐되 죽은 지 슈쳔연에 영혼이 남아잇셔 니 눈에 뵈난 일이 그 아이 이승흔가 나 죽을 증조로다 슬푸게 탄식흔다 물에셔 밤이 몃 밤이며 비에셔 날이 몃 날이냐 거연 스오삭이 물결갓치 흘너가이 금풍삽니셕기흐고 옥우확이진영이라 낙화여고목졔비흐

고 츄슈공즁쳔일식이라 강안에 귤농ᄒ니 황금이 쳔편이오 노화예 풍긔ᄒ
니 빅셜이 만졈이라 신포셰류 지난 엽과 옥노쳥풍 불엇난ᄃᆡ 괴로올스 어
션들은 등불을 도도 달고 어가로 화답ᄒ니 도도난 게 슈심이오 희반의 쳥
산들은 봉봉이 칼날니라 일낙즁ᄉ츄식원ᄒ니 부지ᄒᆞ쳐조승이라 송옥의 비
츄부가 이에셔 슬흘소야 동여를 실엇스니 진시황의 치약비가 방

〈32-앞〉

사난 업셧스이 한무졔 구션빈가 니가 진작 죽즈ᄒ니 션인들니 슈직ᄒ고
살아 실여가즈 ᄒ니 고국이 츙망ᄒ다 한 곳을 당도ᄒ니 닷을 쥬고 돗을
질 졔 이난 곳 임당슈라 광풍이 디작ᄒ고 바다가 뒤놉난ᄃᆡ 어룡 ᄊᆞ오난
듯 디양바다 한가온ᄃᆡ 돗도 일코 닷도 쓴쳐 로도 일코 키도 ᄲᅡ져 바람 불
고 물결쳐 안기 뒤셕거 ᄌᆞᄌᆞ진 날이 갈 길은 쳔이나 만이나 넘고 스면이
거머어득 졈으러 쳔지지쳑 막막ᄒ여 산갓튼 파도 빗젼을 ᄶᅡᆼᄶᅡᆼ쳐 경각에
위티ᄒ니 도ᄉ공 니ᄒᆞ가 황황디겁ᄒ야 혼불슈신ᄒ야 고ᄉ졀ᄎᆞ ᄎᆞ리난ᄃᆡ
셤쌀노 밥을 짓고 큰 돗 줍아 큰 칼 ᄭᅩ즈 졍ᄒ게 밧쳐놋코 슴식실과 오식
당속 큰 소 줍고 동위술을 방위쳐 갈나놋코 심쳥을 목욕식혀 의복을 졍
ᄒᆞ 입혀 빈머리에 안친 후에 도ᄉ공이 고ᄉ을 올일 졔 북치을 갈나쥐

〈32-뒤〉

고 북을 둥둥 둥둥 두리둥둥 두리둥둥 울니며 헌원씨 빈를 모와 이졔불통
ᄒ옵신 후 후싱이 본을 밧아 다각기 위웝ᄒ니 막디한 공 니 안인가 ᄒ우
씨 구연지슈 빈를 타고 다사리며 오복소 졍공 셰우구 도로 구쥬 도라들
졔 빈를 타고 기다리고 공명의 놉흔 조화 동남풍을 비러너여 조조의 빅만
디병 쥬유로 화공ᄒ야 젹벽디젼ᄒ올 젹에 빈 아이면 어이ᄒ리 쥬요요이
경앙ᄒ니 도연명의 귀거러오 희활ᄒ니 고법지난 즁흔의 강동거오 임슐지

츄칠월에 종일위지소여ᄒᆞ여 소동파 노라잇고 지국총 어사화로 공션만지 월명귀난 여부의 즐김이오 기도란요ᄒᆞ중포난 오회월여치련쥬오 츤군발 션ᄒᆞ양셩은 상고션이 그 안인가 우리 동모 스물네 명 상고로 위업ᄒᆞ야 십오세에 조슈 타고 경세우경연에 표박셔남 단이더이 오날날 임당슈에 제슈를 올이오이 동희신 아명이며 남희신 축융이며 셔희신 거승이며 북 희신 운강이며 강호지즁과 쳔틱지신이 졔슈를 흠향ᄒᆞ야 일쳬 통감ᄒᆞ옵 신 후 비렴으로 바람쥬고 희약으로 인도ᄒᆞ야 빅쳔만금 퇴를 늬게 소망 일워 쥬옵소셔 고시리 등등 빌기을 다ᄒᆞᆫ 후에 심쳥이 물에 들나 션인들 이 지촉ᄒᆞ이 심쳥의 거동보소 빗머리에 웃쑥 셔셔 두 손을 합장ᄒᆞ고 ᄒᆞ 나임젼 비난 말이 비나이다 비나이다 ᄒᆞ나임젼 비나이다 심쳥이 죽난 일은 츄호도 셜지 안으나 안밍ᄒᆞᆫ신 우리 부친 쳔지의 깁흔 흔을 싱젼에 풀야ᄒᆞ고 죽엄을 당ᄒᆞ오니 황쳔이 감동ᄒᆞᄉᆞ 우리 부친 어둔 눈을 불원 간에 발게 ᄒᆞ야 광명쳔지 보게ᄒᆞ오 뒤로 펄젹 쥬져안져 도화동을 향ᄒᆞ 더이 아바지 나난 죽소 어셔 눈을 쓰옵소셔 손집고 이러셔셔 션인들끽 말ᄒᆞ되 여러 션인 상고임에 평안니 가옵시고 억십만금 이을 엇어 이 물 가

〈33-앞〉

가에 지나거든 나의 혼빅 넉을 불너 긱귀 면케 ᄒᆞ야쥬오 영치 조흔 눈을 감고 초마폭을 무릅쓰고 이리져리 져리이리 빈머리 와락 나가 물에 풍덩 ᄲᅡ지니 물은 임당슈요 스람은 심봉스의 ᄯᅡᆯ 심쳥이라 임당슈 깁흔 물에 힘 업시 ᄶᅥ러진 곳 혀장어복되단 말가 그 비에 션인영좌 기가 막혀 아츠 아 츠 불승ᄒᆞ다 영좌가 통곡ᄒᆞ며 역군화즁 업더져 울며 츌쳔디효 심소져난 앗갑고 불승ᄒᆞ다 부모형졔 죽엇슨들 이에셔 더홀소야 이 ᄶᅢ에 무릉촌 즁 승부닌은 심소져를 이별ᄒᆞ고 익셕ᄒᆞᆫ 마음을 익이지 못ᄒᆞ냐 심소져 화승족

즈를 침숭에 걸어두고 날마닥 징험터이 ㅎ로는 족즈 빗히 거머지며 화상
에 물이 흐르거날 부인이 놀너여 왈 인졔난 죽엇구나 비회를 못익의여 간
장이 쓴치난 듯 가슴이 터지난 듯 긔막혀 울음 울 졔 이윽고 족

〈33-뒤〉

즈빗히 완연히 시로오이 마음에 괴이ㅎ야 누가 건져 살여니여 목슘이 살
앗난가 창희 만이예 소식을 엇지 알니 그날밤 삼경초에 졔젼 갓초와셔 시
비ㅎ야 들이고셔 강가에 나아가 빅사중 졍ㅎ 곳에 쥬과포 츠려놋코 승승
부인 츅문을 놉히 일거 심소져의 혼을 불너 위로ㅎ야 졔 지닌다 강촌에
밤이 들어 스면이 고요홀 졔 심소져야 심소져야 앗갑도다 심소져야 안밍
ㅎ 너의 부친 어둔 눈을 씌우랴고 평싱에 흔이 되야 지극ㅎ 네 효셩의 죽
기로써 갑흐랴고 일누 존명을 스스로 판단ㅎ야 어복의 혼니 되이 가련ㅎ
고 불승코나 하나임이 엇지ㅎ야 너을 니고 죽게 ㅎ며 귀신은 어이ㅎ야 죽
난 너을 뭇술이나 네가 나지 말앗거나 니가 너를 몰낫거나 싱이스별 엇인
일고 금음이 되기젼에 달이 몬져 기우럿고 모츈이 되기 젼에 곳치 몬져
쩌러지이 오동에 걸인 달은 두렷ㅎ 네 얼골이 분명하다 다시 옷

〈34-앞〉

듯 이실에 져진 곳은 션연ㅎ 네 티도가 눈압퓌 나리난 듯 조양의 안진 졔
비 아름다온 너의 소리 무슨 말을 ㅎ소홀 듯 두 귀 밋헤 셔리털은 일노죠
츠 히여지고 인간에 남은 희난 너로 ㅎ야 지쵹ㅎ이 무궁ㅎ 나의 슈심 너
난 죽어 모르건만 나는 살아 고싱일다 혼즌 슐노 위로ㅎ이 유유 향혼은
오호 이지 상향 졔문 익고 분향홀 졔 ㅎ날이 나즉ㅎ이 졔문을 드르신 듯
강상에 자진 안기 치운이 어리난 듯 물결이 잔잔ㅎ나 어룡이 늣기난 듯
쳥산이 젹젹ㅎ이 금조가 셜워ㅎ 듯 평사지쳑 잠든 빅구 놀나 씨여 머리

들고 등불 단 어션들은 가난 길 머무른다 부인이 눈물 씻고 졔물을 물에 풀 졔 슐준이 굴엇스이 소져의 혼이 온듯 부인이 흐엽시 셜워 집으로 도라오샤 그 잇튼 날 지물을 만이 들어 물가에 놉히모아 망여디를 지어놋코 미월 승망으로 슴연까지 졔 지닐 졔 쩌가 업시 부인끠셔 망여

〈34-뒤〉

디에 올나안져 심소져를 싱각더라 그 쩌에 심봉사난 무남동여 쌀을 일코 모진 목슘 아이 죽고 근근히 부지홀 졔 도화동 스람들이 심소져 지극흔 효셩으로 물에 쌔져 죽은 일을 불승이 역여 망여디 지은 엽혜 타루비를 셰우고 글을 지여 싹엿스이 심위기친쌍안홀ㅎ야 살신셩효스룡궁을 연파만이심심벽ㅎ니 강초연연흔불궁을 강두에 셰워노니 니왕ㅎ난 힝인들이 그 비문글을 보고 눈물 안이 지나 이 업더라 졔칠회 슈졍궁에 심청 디져 의싱승갓치 억울하고 고르지 못흔 셰상이 업난지라 간난코 약흔 스람은 그 부모가 나은 몸과 흐날이 쥬신 귀즁흔 목슘도 보젼치 못ㅎ고 심청이 갓튼 츌쳔디효가 필경 임당슈 물에 가련흔 눈물을 줌갓도다 그러나 그 줌긴 곳은 이 셰상을 이별ㅎ고 간흔날 셰상계나 흐나임의 능역이 흐엽시 큰 셰상이라 이윽에 눈니 어두운 셰상 스람과 말 못

〈35-앞〉

흐난 붓쳐는 심청을 도으지 못ㅎ엿거이와 임당슈 물귀신이야 엇지 심청을 모르리요 그 쩌에 옥황상졔끠옵셔 스히용왕에게 분부ㅎ되 명일 오시 초각에 임당슈 바다 즁에 츌쳔디효 심청이가 물에 쩌러질 터이니 그더 등은 등디ㅎ야 슈졍궁에 영접ㅎ고 다시 영을 기다려 도로 츌송인간ㅎ되 만일 시각 어긔다는 스히 슈궁 졔신들니 죄을 몃치 못ㅎ리라 분부가 지임ㅎ시니 스히용왕 황겁ㅎ야 원참군 별쥬부와 빅만철갑 졔즁이며 무슈흔 시여들

노 빅옥교ㅈ 등디ㅎ고 그 시를 기다릴 제 과연 오시 초각 되ㅈ 빅옥튼 ᄒ
소져가 희상에 써러지니 여러 션여 옹위ㅎ야 심소져를 고히 뫼셔 교ㅈ에
안치거날 심소져 정신츠려 ᄉ양ㅎ야 일은 말니 나난 진세 쳔인이라 엇지
황숑ㅎ야 용궁교ㅈ의 타오릿가 여러 션여 엿ㅈ오되 상졔 분부 게압시니
만일 지쳬ㅎ옵시면 ᄉ히슈궁 탈

〈35-뒤〉

이오니 지쳬말고 타옵소셔 심쳥니 ᄉ양타 못ㅎ야 교ㅈ의 안즈니 졔 션여
옹위ㅎ야 슈졍궁으로 들어가다 위의도 중홀시고 쳔상션관 션여들이 심소
져를 보랴ㅎ고 좌우로 버러셧난니 티을진군 혹을 타고 안기셩은 난조 타
고 젹숑ㅈ난 구름 타고 갈션옹은 ᄉㅈ 타고 쳥의동ㅈ 쌍쌍이 버려셧난 디
월궁항아 셔왕모며 마고션여 낙포션여 남악부인 팔션여 다 모여 들엇난디
고흔 물식 조흔 피물 향긔가 진동ㅎ고 풍악이 낭ㅈㅎ다 왕ㅈ진의 봉피리
곽쳐ᄉ 죽중고 롱옥의 옥퉁소 완젹의 회파람 금고의 거문고 낭ㅈᄒ 풍악
소리 슈궁니 진동ᄒ다 슈졍궁을 드러가니 집치례가 황홀ㅎ다 쳔여간 슈졍
궁에 호박기동 빅옥쥬츄 디모란간 산호쥬렴 광치 츤난ㅎ고 셔긔가 반공이
라 쥬궁피궐은 응쳔승지슴광이오 비인간지오복이라 동으로 바라보니 슴빅
쳑 부숭가지

〈36-앞〉

일윤홍이 피여잇고 남으로 바라보니 디붕이 비진ㅎ야 슈싱니 남과 갓고
셔으로 바라보니 효아요지왕모강ㅎ니 일쌍 쳥조 나라들고 북으로 바라보
니 요졉ㅎ쳐시즁원고 일말 쳥순이 푸르럿다 우으로 바라보니 쥬쥬과일봉
셔ㅎ니 충셩화즁을 다 졔ㅎ고 아리로 바라보니 쳥호빈문춘비셩ㅎ니 강신
ㅎ빅이 조히혼다 음식을 드릴 젹에 셰숭에 업는 비라 파리승 화유반에 손

호존 호박디며 조하쥬 련엽쥬를 긔린포로 안쥬 노코 호로병 졔호탕의 감
노쥬를 겻드리고 금강셕 식인 징반 안기증조 담아놋노 좌우에 선여들이
심소겨를 위로ᄒ고 슈정궁에 머물을 시 옥황승졔 영니여든 거힝이 범연ᄒ
랴 스희룡왕끠셔 선여들을 보니여 조석으로 문안ᄒ고 쳬번ᄒ여 시위ᄒᆯ 시
슴일에 소연이오 오일에 디연으로 극진니 위로ᄒ더라 심소겨난 이러틋 슈
정궁에 머물을 시 ᄒ로난 ᄒ날에 옥진부인이 오신다

〈36-뒤〉

ᄒ니 심소겨난 누군줄 모르고 이러셔 바라보니 오식치운니 벽공의 어렷난
더 요량ᄒ 풍악이 궁중에 라ᄒ며 우편에난 단계화 좌편에난 벽도화 청학
빅학 옹위ᄒ고 공죽은 츔을 츄고 안비로 젼인ᄒ야 천상선여 압흘 셔고 용
궁선여난 뒤을 셔 엄슉ᄒ게 나려오니 보던 비 처음이라 이윽고 나려와 교
즈로 조ᄎ 옥진부인니 드러오며 심청아 너의 모 니가 왓다 심소겨 드러보
니 모친니 오셧거날 심쳥니 반겨라고 펼쩍 쒸여 니려 익고 엄머이오 우루
루 달여드러 모친 목을 덜컥 안고 일회일비ᄒ난 말니 엄머이 나를 난지
칠일만에 상ᄉ나셔 근근ᄒ 소여 몸니 부친 덕에 안니 죽고 십오셰 당ᄒ도
록 모여간 쳔지 즁ᄒ 얼골을 모르기로 평싱 ᄒ니 밋쳐 이즐 날이 업삽더
니 오날날 뫼시오니 나난 ᄒ니 업사오나 외로오신 아바지난 누를 보고 반
기실가 시로옵고 반가온 졍과 감격ᄒ고 급급ᄒ 마음 엇지ᄒᆯ 줄 모로다가
뫼시고 무예 올나가 모친

〈37-앞〉

품에 싸여 안겨 얼골도 디여보고 슈족도 만지면셔 졋도 인졔 먹어보즈 반
갑고도 즐거워라 이갓치 즐거ᄒ며 울음 우니 부인도 슬허ᄒ고 등을 쑥쑥
두다리며 울지 마라 니 쌀이야 니가 너를 난 일후로 승졔 분부 급ᄒ야 셰

승을 이젓스나 눈 어둔 너의 부친 고성ᄒ고 술으신 일 싱각스록 긔 믹힌 줄 버셧갓고 이슬갓튼 십분구스 네 목슘을 더욱 엇지 밋엇스랴 황천이 도와쥬스 네 이계 살앗구나 안어볼가 업어볼가 귀ᄒ여라 늬 ᄯᆞᆯ이야 얼골 전영 웃난 모양 너에 부친 홉스ᄒ고 손길 발길 고은 것시 엇지 그리 나 갓트야 어려서 크던 일을 네가 엇지 알야마는 이집 져집 몃 스람에 동양젓슬 먹고 크니 져기간 너의 부친 그 고성을 알니로다 너의 부친 고성ᄒ고 응당 만히 늘으셧지 뒷동니 귀덕엄미 네게 미오 극진ᄒ니 지금ᄭᅡ지 살앗나야 심쳥니 엿즈오되 아바지게 듯스와도 고성ᄒ고 지닌 일을 엇지 감히 이즈릿가 부친 고성ᄒ던 말

〈37-뒤〉

과 일곱술에 졔가 나셔 밥 빌어 봉친훈 일 바느질노 스든 말과 승승부인 저를 불너 모여로 믜진 후에 은혜 틱산갓튼 일과 선인 ᄯᅡ라 오랴 홀 졔 화상 족즈ᄒ던 말과 귀덕엄미 은혜 말을 낫낫치 다 고ᄒ니 부인니 그 말 듯고 승승부인 치ᄒᄒ며 그렁져렁 여러 날을 슈졍궁에 머물을 졔 ᄒ로난 옥진부인 심쳥다려 모여간에 반가온 마음 ᄒ량 업것마는 옥황상졔 쳐분으로 맛흔 직분 허다ᄒ야 오릭 지쳬 못ᄒ겟다 오날 나를 이별ᄒ고 너의 부친 맛날 쥴을 너야 엇지 알야마는 후일에 셔로 반길 ᄯᅦ가 잇스리라 족별ᄒ고 이러나이 심쳥이 긔가 막혀 아이고 엄머이 소여난 마음 먹기를 오릭 뫼실 쥴노만 알엇더이 이별말이 왼 말이오 아모리 익걸훈들 임의로 못홀지라 옥진부인이 이러셔셔 손을 줍고 족별터이 공즁으로 향ᄒ야 인홀불견 올나가이 심쳥니 홀 일 업시 눈물노 ᄒ직ᄒ고 슈졍궁에 머물을 시 심랑지 츌

〈38-앞〉

쳔디효를 옥황숭졔끠옵셔 심히 가상이 역이사 슈궁에 오리둘 길이 업셔
사히용왕에게 다시 흐교흐사디 디효 심낭즈를 옥졍 연화 꼿봉 속에 아모
조록 고히 모셔 오던 길 임당슈로 도로 니보라 이르시이 용왕이 영을 듯
고 옥졍연 꼿봉 속에 심낭즈를 고히 모셔 임당슈로 환숑홀 시 사히용왕
각궁 시여 팔션여를 츠례로 흐직흐난디 심낭즈 즁흔 효힝 세상에 나가셔
셔 부귀영화를 만만세나 누리소셔 심낭즈 디답흐되 죽은 몸 다시 사라 여
러 왕의 은혜 입어 세상에 다시 가이 슈궁에 귀흔 몸이 니니 무량흐옵소
셔 흔두 마디 말을 홀 시 인홀불견 즈최업다 꼿봉 속에 심낭즈난 막지소
향 모르다가 슈졍문 밧 써나갈 제 쳔무열풍 음우흐고 히불양파 존존흔디
슙춘에 히당화난 슈즁에 불어잇고 둥풍에 푸른 버들 히슈변에 드럿난디
고기 줍난 어옹은 시름업시 안졋구나 흔 곳

〈38-뒤〉

을 다다르니 일식이 명낭흐고 스면이 광활흐다 심쳥니 졍신츠려 둘너보니
용궁 가든 임당슈러라 슬푸다 이 또흔 꿈 가온디 아인가 졔팔회 황극젼의
심쳥 그 씩 남경장사 션인들이 심낭즈을 졔수흔 후 그 힝부에 리을 남겨
돗더 꼿히 큰긔 꼿고 우슴으로 담화흐야 츔을 츄고 도라올 졔 님당슈 당
도히셔 큰소 줍고 동의슐과 곽식 과실 츠려노코 북을 치며 졔 지닌다 두
리둥 두리둥 북을 치더니 도스공니 심낭즈의 넉을 쳐들어 큰소리로 부른
다 츌쳔디효 심낭즈 슈궁고혼 되엿스니 이달고 불상흔 말 엇지 다 흐오릿
가 우리 여러 션닌들은 소져로 인연흐야 억십만양을 낭겨 고국으로 가려
이와 낭즈의 방혼이야 어느 씨나 오랴시오 가다가 도화동에 소져 부친 평
안흔가 안부문안흐오리다 심낭즈여 심낭즈여 슈즁고혼 되지 말고 극낙셰
게 가옵소셔 고시레 고시레 흐더니 사공도 울고 여러 션인이 모다 울음
울 졔 히상을 바라보니 난디 업난 꼿 흔 송니 물 우에 둥실

〈39-앞〉

쩌오거날 션인들이 니다르며 이 익야 져 꼿이 웬 꼿치야 쳔상에 월게화야 요지에 벽도화야 쳔상꼿도 안이오 세상꼿도 안인디 희상예 쩟슬 찌는 아마도 심낭즈에 넉인게다 공논이 분분홀 찌 빅운니 몽농한 중 션연한 쳥의 션관 공중에 혹을 타고 크게 웨여 일은 말이 희상에 쩟난 션인들아 꼿 보고 헛 말 말아 그 꼿이 쳔상화이 타인통셥 부디 말고 각별 조심 곱게 뫼셔 쳔즈젼에 진상호리 만일에 불연호면 뇌셩보화 쳔존 식여 산벼락을 니리라 션인들니 이 말 듯고 황겁호야 벌벌 썰며 그 꼿을 고이 건져 허간에 뫼신 후에 쳥포장 둘너치니 니외체통 분명호다 닷을 감고 돗을 다이 슌풍니 졀노 일어 남경이 순식간이라 희안에 비을 미엿더라 시지 경진 삼월이라 송쳔즈끠옵셔 황후 상亽 당호시니 억조창셩 만민들과 십니계국 亽신들은 황황급급 분쥬홀 찌 쳔즈 마음 슈란호야 각식 화초를 다 구호야 승임원에 치우시

〈39-뒤〉

고 황극젼 압호로 여긔져긔 심엇스니 긔화요초 장호도다 경보롱파답명경 만당츄슈홍연화 암향부동월황혼 소식 젼턴 호미화 공즈왕손방슈호의 부귀 놀손 모란화 리화만지불기문에 장신궁중 비꼿 촉국 유한 못익이여 성성계혈 두견화 황국 빅국 젹국이며 빅일홍 영산홍 난초 파초 셕유 류즈 머루다니 왜철쥭 진달니 민드람이 봉션화 여러 화초 만발흔디 화간 쌍쌍 범나븨는 꼿을 보고 반기 녁여 너울울 춤을 츌 졔 쳔즈 마음 디히호야 꼿을 보고 亽랑호더니 맛참 잇 찌 남경장亽 션인들니 꼿 혼 송니를 진상호니 쳔즈 보시고 디희호야 옥징반예 밧쳐놋코 구름갓튼 황극젼에 날니 가고 밤이 드니 경졈소리쑨니로다 쳔즈 취침호실 찌에 비몽亽몽간에 봉니 션학을 타고 분명이 나려와 거쥬중읍호고 흔연이 갈오디 황후상亽 당호심을

상졔믜셔 아옵시고 인연을 보닉셧ᄉ오니 어셔 밧비 살히소셔 말을 맛지
못ᄒ여

〈40-앞〉

ᄭᅵ다르이 남가일몽나라 비회 완보타가 궁여들을 급히 불너 옥징반에 꼿송
이을 술히시이 보든 꼿 업고 혼 낭ᄌ 안졋거날 쳔ᄌ 딕히ᄒ야 작일요화반
상기 금일션아하쳔니로구나 꿈인 쥴 알엇더니 꿈이 또혼 실상인가 익조의
이 뜻으로 긔록ᄒ야 묘당에 닉리시이 삼틱육경 만조빅관 문무졔신니 일시
의 드러와 복지커날 쳔ᄌ믜셔 ᄒ교ᄒ샤디 짐이 거야에 득몽ᄒ니 ᄒ도 심
히 긔이키로 쥭일 션인 진상ᄒ던 꼿송니을 살펴보니 그 꼿은 간 곳 업고
혼 낭ᄌ가 안졋난디 황후의 긔상이라 경등 뜻은 엇더혼고 문무졔신이 일
시에 알외되 황후 승ᄒᄒ옵심을 상쳔이 아옵시고 인연을 보니시니 국조
무궁ᄒ와 황쳔이 보우ᄒ심니이 속히 황후를 봉ᄒ소셔 쳔ᄌ 극히 올케 역
여 일관 식여 틱홀 시 음양부장 싱기복덕 삼ᄒ덕일 가려닉여 심낭ᄌ로 황
후를 봉ᄒ시니 요지복식 칠보화관 십중성 슈복노와 진쥬

〈40-뒤〉

옥픽 슌금쌍학 봉미션에 월궁ᄒ아 ᄒ강혼 듯 젼후좌우 슘궁시여 록의홍승
빗시 난다 낭ᄌ 화관 족도리며 봉치쥭졀 밀화불슈 산호가지 명월픠울 금
향당의 원삼품을 단중ᄒ고 황후 위의 장ᄒ도다 층층이 뫼신 션여 광호젼
시위혼 듯 쳥홍빅 비단 ᄎ일 ᄒ날 닷게 놉히 치고 금슈복 용문셕 공단휘
중 금병풍에 빅ᄌ쳔손 근감ᄒ다 금촉씩 홍초나고 류리산호 조혼 옥병 귀
비구비 진쥬로다 난봉 공쥭 짓난 ᄉᄌ 쳥학 빅학 쌍쌍이오 잉무갓틋 궁여
들은 긔를 줍고 늘어셧다 삼틱육경 만조빅관 동셔편의 갈나셔셔 음양진퇴
ᄒ난 거동 니부상셔 함을 지고 납치를 드린 후에 쳔ᄌ 위의 볼죽시면 용

쥰용안 미슈염에 미디강산 졍긔ᄒ고 복은 쳔지조화ᄒ니 황ᄒ슈 다시 말거 셩신이 나셧ᄯ다 면유관 곤용포예 양억기 일월붓쳐 응쳔상지삼광이오 비 인간지오복이라 더

〈41-앞〉

례를 맛친 후에 낭ᄌ를 금덩의 고이 뫼셔 황극젼에 드옵실 ᄯ 위의 예졀 니 거룩ᄒ고 중ᄒ도다 이로부터 심황후 어진 셩덕 쳔ᄒ에 가득ᄒ니 조졍 에 문무빅관 각셩 ᄌᄉ 열읍티슈 억조창성 인민들이 복지 축원ᄒ되 우리 황후 어진 셩덕 만슈무강ᄒ옵소셔 졔 구회 황셩에 밍인잔치　이 ᄯ에 심 봉ᄉ난 ᄯ을 일코 실셩ᄒ야 날마닥 탄식ᄒᆯ 졔 봄이 가고 여름 되니 녹음 방초 흔이 되고 가지가지 우난 시난 심봉ᄉ를 비웃난 듯 산쳔은 막막ᄒᆫ디 물소리도 쳐량ᄒ다 도화동 안밧 동니 남여로소 모다 와셔 안부 무러 졍담 ᄒ고 ᄯ과 갓치 노든 쳐여 종종 와셔 인사ᄒ나 셜은 마음 쳡쳡ᄒ야 아장 아장 들어오난 듯 압픠 안져 말ᄒ난 듯 물이물이 착ᄒᆫ 일과 공경ᄒ든 말 소리을 일시라도 못잇겟고 반시라도 못견딜 졔 목젼에 ᄯ을 일코 목셕갓 치 살앗스니 이런 팔ᄌ ᄯᅩ 잇난가 이러타

〈41-뒤〉

시 낙누ᄒ고 셰월을 보니난 디 인간에 쳔졀ᄒ 것은 쳔윤이라 심황후난 이 ᄯ 귀중ᄒ 몸니 되얏스나 안밍ᄒ신 부친 싱각 무시로 비감ᄒ사 홀노 안져 탄식ᄒ다 불상ᄒ신 우리 부친 싱존ᄒᆫ가 별셰ᄒᆫ가 부쳐임니 영험ᄒ사 시간 에 눈을 ᄯᅳᆺ 졍쳐업시 단이시나 이러트시 탄식ᄒᆯ ᄯ 쳔ᄌᄭᅵ셔 니젼에 드 압셔 황후를 보압시니 두 눈에 눈물이 셔려잇고 옥면에 슈심이 싸엿거늘 쳔ᄌ 무르시되 황후난 무삼 일노 미간에 슈심이 만난ᄒ시니 무슴 일인지 요 무르시니 심황후 ᄭᅮ러 안져 나죽히 엿ᄌ오되 신쳡이 근본 용궁인이 아

이오라 황쥬 도화동 스읍난 심학규의 쌀일너이 쳡의 부친 인밍ᄒ야 철천
지원 되압더니 몽운스 부쳐끠 공양미 삼빅셕을 향안에 시쥬ᄒ면 감은 눈
을 쓴다 ᄒ옵기로 가셰난 빈ᄒᄒ고 판츌홀 길 바이 업셔 남경중스 선인들
에게 삼빅셕예 이 몸이 팔여 임당

〈42-앞〉

슈에 ᄲᅡ졋삽더이 용왕의 덕을 입어 싱환인간ᄒ야 몸은 귀히 되얏사오나
천지인간 병신 중에 소경니 졔일 불상ᄒ오이 특별이 통촉ᄒ옵셔 쳔ᄒ에
신칙ᄒ사 밍인 불너 올녀 사찬을 ᄒ옵시면 쳡에 천윤을 츠즘이 잇슬가 ᄒ
오며 쏘호 국가에 티평혼 경스가 안니오릿가 황계 칭찬ᄒ시되 황후난 과
연 여중 디효로소니다 즉시 조신을 명초ᄒ사 연유을 ᄒ교ᄒ사 금월 망일
에 황성에셔 밍인연을 열으신다는 칙지를 선포하니 각도 각현에서 꼿꼿마
닥 거리거리 게시ᄒ야 로소밍인들을 황성으로 올나보닐 시 그 중에 병든
소경 약을 먹여 조리 식여 올여가고 그 중에도 요부훈 즈 좌우청촉 ᄲᅡ지
라다 염문에 들여가면 볼기맛고 올나가고 졀문 밍인 늘근 밍인 일시에 올
나간다 그러나 심봉스난 어디을 가고 모르든고 졔 십회 심봉사와 ᄲᅢᆼ덕엄
미 밍인잔치에 간다 이 ᄯᅢ 심학규는 몽은스 부쳐가

〈42-뒤〉

영험이 업셧난지 쌀 일코 쏠 일코 눈도 쓰지 못ᄒ여 지금것 심봉스난 심
봉사더로 잇난지라 그 중에 눈만 못ᄯᅥᆺ슬 ᄲᅮᆫ 아이라 싱이의 고싱이 셰월을
짜라 더욱 깁허간다 도화동 스람들은 당초의 남경장스의 부탁도 잇고 곽
씨부인을 싱각ᄒ든지 심청이 졍곡을 싱각ᄒ여도 심봉스를 위ᄒ야난 마음
을 극진히 써 도으난 터이라 그 ᄯᅢ 선인의 막긴 견곡을 축실히 신칙ᄒ여
이식을 느려가며 심봉스의 의식을 넉넉케 ᄒ고 형세도 츠츠 느러가더니

이 씨 맛춤 본촌에 뺑덕엄미라 ᄒ난 계집이 잇셔 힝실이 괴약ᄒᆫ디 심봉ᄉ
의 가셰 넉넉ᄒᆫ 쥴 알고 ᄌ원ᄒ고 첩이 되야 심봉ᄉ와 사난디 의 계집의
버릇은 아조 인중지말나라 그러틋 어둔 중에도 심봉ᄉ를 더옥 고셩되게
가셰를 결단닌난디 쑬을 쥬고 엿 ᄉ먹기 벼를 쥬고 고기 사기 잡곡을 낭
초을 ᄉ셔 슐집에 슐 먹기와 이웃집에 밥 붓치기 빈 단비

씨 손에 들고 보난디로 담비 쳥키 이웃집을 욕 쥴ᄒ고 동모들과 쌈 쥴ᄒ
고 졍ᄌ 밋틱 낫좀 ᄌ기 슐 취ᄒ면 ᄒᆫ밤중의 목을 노코 울음 울고 동니
남ᄌ 유인ᄒ기 일연 삼빅육십 일을 입을 줌시 안놀이고 집안에 살님사리
를 홍시감 쌜듯 홀쥭 업시ᄒ되 심봉사난 슈연 공방에 지니던 터이라 가중
실가지락이 잇셔 쥭을동살동 모르고 밤낫업시 삭밧고 관가일ᄒ듯 ᄒ되 뺑
덕엄미난 마음 먹기를 형셰를 먹다 이삼일 양식홀 만콤 남겨노코 도망홀
ᄌ졍으로 오륙월 가마귀 골슈박 파먹듯 불숭ᄒᆫ 심봉ᄉ의 지물을 쥬야로
퍽퍽 파던 터이라 ᄒ로난 심봉ᄉ가 뺑덕엄미를 불너 여보소 우리 형세가
미우 축실터니 지금 남은 술임 얼마 아이된다 ᄒ니 닌 도로 비러 먹기 쉬
운 즉 출ᄒ리 타관에 가 비러 먹세 본촌의난 붓그럽고 남에 칭망 어려오
이 이스ᄒ면 엇더ᄒᆫ가 닌ᄉ 가장 ᄒᆞᄌᆞᆫ디로 ᄒ지오 당

연ᄒᆫ 말이로세 동니 남에 빗이나 업나 니가 쥴 것 조곰 잇소 얼마나 되나
뒷동니 놉흔 쥬막에 가 희졍ᄒᆫ 갑이 마흔 양 심봉사 어의업셔 쥴 먹엇다
ᄯᅩ 어디 져 건너 불쏭니 함씨끠 엿갑이 셜흔 양 쥴 먹엇다 ᄯᅩ 안촌 가셔
담비갑이 쉬흔 양 닌것 참 쥴 먹엇네 기름중ᄉᄒᆫ테 스무 양 기름은 무엇
힛ᄂ 머리기름 힛지요 심봉ᄉ 긔가 막혀 허 허이업셔 실상 얼마큼 아이

되네 네 고까진 것 무엇이 만소 훈츰 이럿틋 문답을 ᄒ더니 심봉ᄉ난 그 지물을 싱각홀 격이면 그 쌀의 싱각이 더욱 쪄가 울이여 간절훈지라 여광 여취훈 듯 호올노 쮜여나와 심쳥니 가던 길을 츠져 강변에 홀노 안져 쌀을 불너 우난 말니 니 쌀 심쳥아 너난 어이 못오나야 임당슈 깁흔 물에 네가 죽어 황턴 가셔 너의 모친 뵈옵거던 모여간예 혼나라도 나를 어서 줍아가거라 이러타시 막누홀 쩌 관츳가 심봉ᄉ 강두에셔 운단 말을 듯고 강두

〈44-앞〉

로 조츠와셔 관차 여보 심봉ᄉ임 관가에서 불으시이 어셔 밧비 가압시다 심봉사 이 말 듯고 쌈쯕 놀나 나난 아모 죄가 업소 관츳 황셩의셔 밍인임을 불너 올여 벼살을 쥬고 조흔 가디를 만히 쥰다ᄒ니 어셔 급히 관가로 갑시다 심봉ᄉ 관츳 ᄯ라 관가에 들어가이 관가에셔 분부ᄒ되 황셩셔 밍인즌치 ᄒ신다이 어셔 급히 올나가라 심봉ᄉ 디답ᄒ되 옷 업고 노즈 업셔 황셩쳔니 못가겟소 관가에서도 심봉ᄉ 일을 다 아난지라 노즈를 니여쥬고 옷 일습 니여쥬며 어셔 밧비 올나가라 ᄒ니 심봉사 홀 일 업셔 집으로 도로 나와 마누라를 불은다 쎙덕이네 쎙덕어미난 심봉ᄉ가 화김에 물에나 빠진 쥴 알고 남은 살임 니 츠지라고 속으로 은근히 조화ᄒ더이 심봉ᄉ가 드러오닛가 급히 디답ᄒ되 쎙녀 여보게 마누라 오날 관가에 갓더이 황셩셔 밍인잔치를 훈다고 날다려 가라ᄒ니 니 갓다올 터니이 집안일을 줄 술 피고 나 오기를 기다리소 여필죵부라

〈44-뒤〉

이 가군 가난 디 나 아이갈가 나도 가겟소 자니 말이 ᄒ도 고마오니 갓치 가볼가 건너말 김장쟈딕 돈 삼빅양 믹겨스니 그 돈 즁에 오십양만 츠져가

지고 가세 에 봉사임 짠소리ᄒ네 그 돈 삼빅양 발셔 츠져 이 달에 살구갑
으로 다 업싯소 심봉ᄉ 긔가 막혀 삼빅양 츠져온 지 몃칠 아이되야 살구
갑으로 다 업시단 말니야 고까진 돈 삼빅양을 썻다고 그갓치로 혀ᄒ나 네
말ᄒ난 꼴 드러본즉 귀덕이네 집에 믹긴 돈을 ᄯᅩ 썻구나 뺑덕엄미도 ᄯᅩ
딕답ᄒ되 그 돈 오빅양 츠져셔난 썩갑 팟쥭갑으로 발셔 다 썻소 심봉ᄉ
더욱 긔가 막혀 이고 이 몹슬 연아 츌쳔디효 니 쌀 심청이 임당슈에 망종
갈 ᄯᅥ 사후에 신체라도 의탁ᄒ라 쥬고간 돈 네 연이 무엇이라고 그 즁ᄒ
돈을 썩갑 살구갑 팟쥭갑으로 다 녹엿단 말이야 그러면 엇지ᄒ여요 먹고
십흔 것 안 먹을 슈 잇소 뺑덕엄미가 살망 부리며 엇진 일인지 지난 달의
니가 몸구실을

〈45-앞〉

거느뎌이 신 것만 구미에 당기고 밥은 아조 먹기 실혀요 그리도 어리셕은
스나히라 심봉사 이 말 듯고 깜작 놀나 여보게 그러면 틱기가 잇슬나나베
그러ᄒ나 신 것을 그러케 만히 먹고 그 익를 나면 그 놈의 ᄌ식이 시큰둥
ᄒ야 쓰겟나 남여간에 ᄒ나만 낫소 그도 그러려이와 셔울 구경도 ᄒ고 황
셩 잔치 갓치 가세 이럿틋 말을 ᄒ며 힝즁을 출일 젹에 심봉ᄉ 거동보소
제쥬양티 굴근 비로 쓰기ᄒ 갓 쥭영 갓ᄭᅳ 다라쓰고 편즈 업난 헌 망건을
압을 눌너 슈겨쓰고 굴근 비 즁츄막에 목견디 눌너씌고 노ᄌ 양 보에 ᄡᅥ
셔 억기 너머 둘너메고 소슝반쥭 집힝이을 왼손의 든 연후에 뺑덕엄미 압
셰우고 심봉ᄉ 뒤을 ᄯᅡ라 황셩으로 올나간다 ᄒ 곳슬 다다라 ᄒ 쥬막에
줄 노라 그 근쳐에 황봉ᄉ라 ᄒ난 소경이 뺑덕엄미 잡것인 쥴 인근읍에
ᄌᄌᄒ야 ᄒ번 보기를 원ᄒ얏난디 뺑덕이네가 의례

〈45-뒤〉

히 그 곳 올 줄 알고 그 쥬인과 의논ᄒ고 뺑덕엄미를 유인홀 졔 뺑덕엄미 속으로 싱각ᄒ되 심봉ᄉ 짜라 황셩간다 히도 눈듯 계집이야 춤예도 못홀 ᄐ에오 집으로 가즈ᄒ니 외상갑의 졸일테니 집에 가 살 슈 업슨즉 황봉ᄉ를 짜라갓스면 일신도 편코 훈쳘 살구난 줄 먹을 터니이 황봉ᄉ를 짜라가리 라 ᄒ고 심봉ᄉ의 노즈 힝중까지 도젹ᄒ야 가지고 밤중에 도망을 ᄒ얏더 라 불숭훈 심봉ᄉ난 아모 조젹 모르고 식젼의 이러나셔 여보 뺑덕이모 어 셔 가셰 무슨 줌을 그리 즈나 ᄒ며 말을 훈들 슈십이나 다라난 계집이 엇 지 디답이 잇슬 슈가 잇나 여보 마누라 마누라 아모리 ᄒ야도 디답니 업 스니 심봉ᄉ 마음의 괴니ᄒ여 머리맛을 더듬은즉 힝중과 노즈 쓴 보가 업 난지라 그졔야 도망훈 줄 알고 익고 이 계집 쪼 도망ᄒ얏구나 심봉ᄉ 탄 식훈다 여보게 마누라 나를 두고 엇디 갓나 나고 가셰 마

〈46-앞〉

누라 나를 두고 어딜 갓나 황셩 쳔이 먼먼 길 누구와 홈끠 동힝ᄒ며 누구 밋고 가잔 말가 나를 두고 어딜 갓나 익고 익고 니 일이야 이러타시 탄식 ᄒ다가 다시 싱각ᄒ고 아셔라 그 연 싱각ᄒ난 니가 잡놈일다 현쳘ᄒ신 곽 씨부인 죽난 양도 보왓스며 츌쳔디효 니 쌀 심쳥 싱이별도 ᄒ얏거던 그 망홀 연을 다시 싱각ᄒ면 니가 쪼훈 줍놈일다 다시는 그 연을 싱각ᄒ야 말도 아이ᄒ리라 ᄒ더니 그리도 쪼 못이져 익고 뺑덕이네 불으며 그 곳에 셔 쩌낫더라 쪼 훈 곳을 다다르니 이 쩌난 언의 쩌인고 오륙월 더운 쩌라 더웁기난 불갓튼디 비지담 흘이면셔 훈 곳을 당도ᄒ니 빅셕쳥탄 시니가에 목욕감난 아히드리 져의끼리 지담ᄒ며 목욕감난 소리가 나이 심봉ᄉ도 에 나도 목욕이나 ᄒ겟다 고의 젹슴 활활 벗고 시니가에 드러안져 목욕을 훈 참 ᄒ

〈46-뒤〉

고 슈변으로 나아가 옷을 입으랴 더듬어본즉 심봉스보다 더 시쟝훈 도적
놈이 다 집어가지고 도망ᄒ얏고나 심봉스 긔가 막혀 이고 이 도적놈아 니
것을 가져가단 말니야 쳔지간 병신 중에 나갓튼 이 뉘 잇스리 일월이 발
것셔도 동셔를 니 모르니 사라잇난 니 팔ᄌ야 어셔 죽어 황쳔 가셔 니 ᄯᆯ
심쳥 고혼 얼골 만나셔 보리로다 벌거버슨 알봉스가 불갓튼 볏 아리 홀노
안져 탄식훈들 그 뉘라 옷을 쥴가 그 ᄶᅥ 무릉틔슈가 황셩갓다 오난 길인
디 벽지소리 반겨 듯고 올타 져 관원에게 억지나 ᄶᅥ 보리라 발거버슨 알
봉스가 부ᄌ지만 홈켜쥐고 알외여라 알외여라 급충아 알외여라 황셩 가난
봉스로셔 빅활츠로 알외여라 힝츠가 머무르고 엇에 ᄉ난 소경이며 엇지
옷슨 버셧스며 무슨 말을 ᄒ랴난다 심봉스 엿ᄌ오디 예 소밍이 알외리다
소밍은 황쥬 도화

〈47-앞〉

동 사옵더이 황셩 잔치에 가옵다가 하도 더웁기에 이 물가에 목욕감다가
의복과 힝중을 일엇스오니 셰셰히 츠져지이다 힝츠가 놀나히 들으시고 그
러면 무엇무엇 일엇나야 심봉스 일일히 알외이 힝츠가 분부ᄒ되 네 사졍
원통ᄒ나 졸지에 찻기 어려오니 옷 훈 벌 쥴난게이 어셔 입고 황셩에 올
나가라 관힝츠 급충니 불너 분부ᄒ되 너난 벙거지 ᄶᅥ도 탓 업스니 갓 버
셔 소경 쥬라 교군군 슈건 쓰고 망건 버셔 소경 쥬라 심봉스가 입고나이
일은 옷보다 항결 나은지라 빅비 사례ᄒ고 황셩으로 올나갈 졔 신세를 ᄌ
탄ᄒ며 올나간다 어이 가리너 니 어이 가리너 올날은 가다 엇의 가 자며
니일은 가다 엇의 가 쥴가 조ᄌ룡 월강ᄒ던 쳥초마나 탓스며는 오날 황셩
가련마는 밧삭 마른 니 다리로 몃날 거러 황셩 갈가 어이 가리너 니 엇이

가리너 졍긱관산 노긔즁에 관산

〈47-뒤〉

이 멀다흔들 날닌 군스 가는 길이라 눈 어둡고 약한 몸이 황셩쳔이 엇이 가리 엇이 가리 어이를 가리 황셩은 가건마는 그 곳은 무슨 곳인고 용궁이 아이어든 우리 쌀을 맛나보며 황쳔이 아이어든 곽씨부닌 맛닐소야 궁흐고 병든 몸니 그 곳인들 어이 갈고 이러타시 자탄하며 녹슈경 이른지라 낙슈교를 건너갈 졔 가로에셔 엇더흔 여닌이 뭇난 말니 게 가난 게 심봉스요 나 좀 보오 심봉스 싱각흐되 이 쌍에셔 나를 알 이 업것마는 괴이흔 일이로다 흐고 즉시 디답을 흐고 그 여인 짜라가이 집이 쏘흔 굉장흐다 셕반을 드리난디 찬슈 쏘흔 긔이흐다 셕반을 봉은 후에 그 여인니 봉스임 나를 짜라 져 방으로 드러가옵시다 여보 무슨 우환 잇소 나난 눈만 봉스지 졈도 못치고 경도 못익소 여인이 디답흐되 잔말말고 니 방으로 가옵시다 심봉스 싱각에 이고 암만히도 보쏨에 드럿나보다 마지 못흐야 안으로 드러가니 엇더흔 부인인지 은근이 흐난 말

〈48-앞〉

이 여인 당신이 심봉스요 그러흐오 엇지 아시오 여인 아난 도리가 잇지오 니 셩은 안가요 십셰젼 안밍흐야 여간 복슐을 비왓더니 이십오셰 되도록 비필을 안니 엇기난 증험흐난 일니 잇기로 츌가를 아이 흐얏더이 간밤에 꿈을 쑨즉 흐날에 일월이 쩌러져 뵈이거날 싱각에 일월은 스람의 안목이라 니 비필이 나와 갓튼 소경인 줄 알고 물에 잠기거늘 심씨인 줄 알고 쳥흐얏스오니 나와 인연인가 흐나이다 심봉스 속마음으로 조와셔 말이야 조컨마는 그러키를 바라겟소 그날 밤에 안씨 여밍인과 동침흐며 잠시라도 질기더니 몽스 괴이흔지라 이튼날 이러 안져 심봉스가 큰 쩍경을 흐니 안

씨 밍인이 뭇난 말이 우리가 빅연 비필을 미졋난디 무슨 걱졍이 그리 만
으시오 너가 간밤에 꿈을 꾸이 너 가족을 벗겨 북을 메여 뵈이고 락엽이
쩌러져 쑤리를 다 덥혀 뵈이고 화렴이 츙쳔흔디 벗고 왕니흐얏스니 반시 죽
을 꿈이오 안씨 밍인이 흔

〈48-뒤〉

춤을 싱각을 흐더이 히몽을 흐여 말흐되 그 꿈인즉 디몽이오 거피족고흐
니 고성은 궁성이라 궁안의 들 것이오 낙엽 귀근흐이 부즈승봉이라 즈식
만나볼 것이요 화렴이 츙쳔흔디 벗고 왕니흐기난 몸을 운동 펄펄 쒸엿스
니 깃부움 보고 츔츌 일이 잇겟나이다 심봉스 탄식흔다 츌쳔디효 너 쌀
심쳥 임당슈에 죽은 후에 언의 즈식 승봉흐고 이러틋 탄식흔 후 안씨밍인
만유흠으로 슈일 유련흐다가 셔로 죽변시 황성길을 더나이라 졔십일회 심
쳥이 부여상봉 심봉스 안씨 밍인을 이별흐고 황성을 당도흐이 각도 각읍
소경들이 들어오거이 나오거이 각쳐 려각에 들쓸느니 소경이라 소경이 엇
지 만히 왓든지 눈 셩흔 스람까지 소경으로 보일 지경이라 봉명군스가 영
긔를 들메고 골목골목 외난 말이 각도 각읍 소경임네 밍인잔치 마종이이
밧비 와 츰예흐오 고셩흐야 외고 가거날 심봉스가 긱쥬의 쉬

〈49-앞〉

히다가 밧비 쩌나 궁안을 츠져가이 슈문중이 좌긔흐고 날마닥 오난 소경
졈고흐야 드일 젹에 이 쩌에 심황후난 날마닥 오난 소경 거쥬 셩명을 바
다보되 부친의 셩명은 업스니 홀노 안져 탄식흔다 삼쳔궁여 시위흐야 크
게 울든 못흐고 옥난간에 비겨 안져 산호염에 옥면 디고 혼즈말노 흐난
말이 불승흐신 우리 부친 성존흔가 별셰흔가 부쳐임이 영험흐야 기간에
눈을 쩌셔 소경축에 쌔지신가 당연 칠십 노환으로 병이 들어 못오신가 오

시다가 노즁에셔 무슴 낭패 보셧난가 나 살아 귀히 될 쥴 알으실 길 업스
시이 엇지 안이 원통혼가 이러틋 탄식ᄒ더이 니윽고 모든 소경 궁즁에 드
러와 잔치 버려 안졋난딘 말셕에 안진 소경 감안이 바라보니 머리난 반빅
인딘 귀 밋티 거문 ᄶᆞ가 부친이 분명ᄒ다 심황후 시여를 불너 분부ᄒ되
져 소경 이리와 거쥬셩명 고ᄒ게 ᄒ라 심봉ᄉ가 ᄶᅮ러 안졋다가 시여를

〈49-뒤〉

ᄯᅡ라 탑젼으로 드러가셔 세세 원통 사연을 낫낫치 말삼을 혼다 소밍은 근
본 황쥬 도화동 사옵난 심학규옵더니 삼십에 안밍ᄒ고 사십에 상쳐ᄒ야
강보에 ᄊᆞ인 여식 동양졋 엇어먹여 근근히 길너니여 십오세가 되얏난딘
일홈은 심쳥니라 효셩이 츌쳔ᄒ야 그것이 밥을 비러 연명ᄒ야 살아갈 ᄶᅵ
몽운ᄉ 부쳐임끠 공양미 삼빅셕을 지셩으로 시쥬ᄒ면 눈 쓴단 말을 듯고
남경장ᄉ 선인들게 공미 삼빅셕에 아조 영영 몸이 팔여 임당슈에 죽엇난
딘 ᄯᆞᆯ 죽이고 눈 못쓰이 몹슬 놈의 팔즈 발셔 죽ᄌ ᄒ엿더이 탑젼에 셰셰
원졍 낫낫치 알왼 후에 죽습ᄌ고 불원쳔이 왓나이다 ᄒ며 빅슈풍신 두 눈
에셔 피눈물이 흘너니리며 이고 니 ᄯᆞᆯ 심쳥아 혼이라도 아비를 싱각ᄒ야
황셩잔치 오난 길에 네 혼도 왓슬 테이 우에셔 니려쥬신 츳담상을 갓치
먹ᄌ 심쳥아 업더지며 ᄯᅡᆼ을 치며 통곡을 마지 아이ᄒ니 심황후 이 말을

〈50-앞〉

들으시이 눈에 피가 두루고 ᄲᅧ가 녹난 듯ᄒ여 부친을 붓드러 니르키며 이
고 아바지 눈을 ᄶᅥ셔 나를 보옵소셔 심봉ᄉ 이 말 듯고 엇더케 반가왓던
지 두 눈 번젹 ᄯᅴ이이 심봉ᄉ 놀나셔 두 손으로 눈을 썩썩 부비며 으으
이게 왼 말이야 니 ᄯᆞᆯ 심쳥이가 살단 말이 왼 말이냐 니 ᄯᆞᆯ이면 워듸 보
ᄌ ᄒ더이 빅옥이 ᄌ옥ᄒ며 쳥학 빅학 난봉 공죽 운무즁에 왕니ᄒ며 심봉

스 머리 우에 안기가 즈옥ᄒ더이 심봉스의 두 눈이 활젹 씌이이 쳔지일월 발엇구나 심봉스 마음 여취여광ᄒ여 소리를 지른다 익고 엄머이 익고 무슨 일노 양짝 눈이 환ᄒ더이 세상이 허젼 허젼ᄒ고나 감엇든 눈 쓰이 쳔지일월 반갑도다 쌀의 얼골 쳐다보니 칠보화관 황홀ᄒ야 두렷ᄒ고 어엿불스 심봉스가 그졔야 눈쓴 쥴 알고 스방을 술펴보니 형형식식 반갑고 심봉스가 엇지 조흔지 와락 쮜여 달여

〈50-뒤〉

들어 달의 손목 덤젹 즙고 이 이 이게 누구야 갑즈 스월 초팔일놀 몽즁에 보던 얼골일시 음셩은 갓다마는 얼골은 초면일세 얼시구나 지화즈 지화즈 이런 경스 ᄯ 잇슬가 여보게 세상 사람들아 고진감닉 흥진비릭 나를 두고 말일세 얼시고 조흘시고 지화즈 조흘시고 지화즈 조흘시고 어둑침침 빈 방안의 불킨다시 반갑고 손양슈 큰 쓰홈에 즈룡 본 듯 반갑도다 어둡든 눈을 쓰니 황셩궁즁 웬 일이며 궁안을 술펴보니 니 쌀 심청 황후되기 쳔쳔만만 ᄯ밧기지 창희만이 먼먼 길에 임당슈 쥭은 쌀은 훈세상에 황후되고 니 눈니 안밍훈 지 사십연에 눈을 쓰니 옛글에도 업난 말 허허 세상사람들 이런 말 들어슴나 얼시고 조흘시고 이런 경스 어듸 잇나 심황후 ᄯ훈 딕희ᄒ사 부친

〈51-앞〉

을 뫼시고 삼쳔궁여 옹위ᄒ야 니젼으로 들어가니 황졔끠셔도 룡안에 유히ᄒ사 심봉스난 부원군을 봉ᄒ사 갑졔의 젼갑 로비를 스픠ᄒ옵시고 뺑덕엄미와 황봉스난 일시에 잡아올여 죄를 엄징ᄒ고 도화동 빅성들은 연호잡역 계감ᄒ고 심황후 즈라날 쩌 졋 먹여쥬던 부인 기특을 니리시고 승급을 후이 쥬고 홈씌 즈란 동모들은 궁즁으로 불너드려 황후끠셔 보압시고 즁승

승뎍 부인 긔구잇게 뫼셔올여 궁즁으로 뫼신 후의 승승부인 심황후와 셔로 줍고 우난 양은 뉘 아이 불승ᄒ리요 승승부인이 품안에셔 족ᄌ를 너여노이 심황후 압히 펼쳐노니 그 족ᄌ에셔

(이하 낙장)

정명기 소장 42장본 심청전

정명기 소장 번호로는 141번이고, 책 크기는 18.2 X 29.6 cm이다. 병오년 (丙午年)과 광무(光武) 10년이라는 간기가 있어 필사년대가 1906년임을 알 수 있다. 행서체 글씨로 빡빡하게 채운 필사본이다. 본문이 다 끝난 42장 뒤부터는 심청전에서 심청이 아버지에게 쓴 전상서의 내용도 다시 나와 있고, 잡가의 노래가사도 들어와 있다. 따라서 이 본은 42장본으로 보아야 할 듯하다. "이 책 사연이 거짓말 같으나 일이 다 그렇다는 뜻이니 예사 고담으로 여기지 말고 잠심완독하여 자질들에게 보게 하면 행치는 못할망정 그런 줄은 알 듯합니다"하는 후기 내용을 갖고 있다. 곽씨부인 상여 대목이 실감나게 그려져 있다. "소방상 들여 놓고 행상하여 나갈 적에 앞귀잡이 방돌이 뒷귀잡이 김서방아 어이 가리 어허흥 어허흥 유정 가장 출세 삼일 어린 딸을 어이할꼬 어허흥 어허흥 백년이나 사자터니 속절없이 죽었구나 어허흥 어허흥 ……" 상여소리가 잘 표현되어 있다. 그리고 심봉사의 제문이 한문어구와 한글어구가 교대로 짜여지는 형식으로 특이한 면모를 보이고 있다. 심청이 아비 대신 동냥할 때 어떤 집은 불쌍히 여겨 밥을 후히 주지만 어떤 집은 박대한다. "어떤 집은 들어가니 악담으로 하는 말이 너의 부친 대대로 다니더니 너조차 이대째나 밥 달라 하니 듣기 싫고 보기 싫다. 부지깽이로 땅을 두드리며 쫓아낼 제 염치있는 심청 마음 부끄럽기 측량없어 시문 밖에 나오니 임자같이 모진 개는 대톱이 같은 이를 응성거려 물고 컹컹 짖고 달려드니 ……" 몽은사 화주승에게 부처님이 현몽하여 물에 빠진 심봉사를 구하라 지시하여 내려와 구하는 것으로 되어 있다. 심봉사가 목욕하다 옷을 잃고 무릉태수에게 옷을 애걸하자 태수는 원정을 올려보라고 한다. 그러자 심봉사가 유식한 문자로 장문의 원정을 올린다.

정명기 소장 42장본 심청전

(표지) 光武 拾年 丙午 ○月 初八日

(표지 내면) 니 칙 장슈가 스십이장이온니 일야 쇼일언 되온니 상흐지 안
니흐게 보옵써고 쏘넌 등셔할 씨 잇시면 읍난 칙으로 등셔하어라고 외즈
낙즈가 만쓰압

〈1-앞〉

심청전 단권

송나라 원풍 말연의 황쥬 도화동 사넌 소경이 잇씨되 승언 심이요 명언
학규라 누셰 지명거죡으로 문명이 자즈흐던니 가운이 영체흐여 이십의 안
밍 되니 낙교청운의 발즈최 쓴어지고 금장즈슈의 공명이 비여씬니 황부의
곤한 신셰 강근지친 읍고 졈졈 연만흐니 뉘 나셔 디졉흐리요만언 오즉 심
슐리 읍고 일동일졍을 경츌흐게 안이흐니 스람마다 심군즈라 칭흐더라 심
봉스 쳐 곽시부인도 쏘한 현철흐니 임스의 덕이며 장강의 고음과 목난의
졀기와 옛스람의 니측편이며 쥬남 쇼남 관져시을 물을 것시 읍고 봉졔스
졉빈긱 인의예지와 친척화목과 가장공경 하기와 치산흐기 빅집스의 무감
이라 이졔의 청염이요 안연의 가난이라 셰젼지업 바이 읍셔 한 간 집 단
초즈의 죠불여식할 졔 남북의 편토 읍고 동셔의 노비 읍셔 갈연한 어진
곽씨 살 모칙 읍셔 바느질 품을 파난구나

〈1-뒤〉

관디 도포 힝의 창의 증염이며 셥슈 과즈 즁츄막과 남의 의복 잔누비질

상침질 누비질과 외올쓰기와 고노노비 셔답빨기 흐졀의복 한삼 고의 망근 쑤미기 갓끈 접기 비즈 단쵸 토슈 버션 힝젼 쥬먼지 엽낭이며 홍비의 학 글리기와 쵸상난 집 원삼지복 궁쵸 공단 슈쥬 단녕 갑사 슈문 통견이며 갑쥬 문쥬 자쥬 싱쵸 면쥬며 북포 황게포며 츈쵸 문쵸 계츌리며 혼상디사 음식슉졍 약과 신셜노며 갓갓 찬슈 악쥬 비기 슈팔연 봉올리기 비상흐고 고임질과 쳥홍황빅 침힝회석으로 염식흐기 일연 삼빅육십 일의 잠시도 놀 지 안코 품을 팔 졔 문을 모와 돈을 짓고 돈을 모와 양을 짓고 양을 모와 쾌을 지여 일슈체계 장이변을 이웃스람 형셰 보와 빗슬 쥬어 실슈읍씨 밧 더들려 츈츄시힝 봉졔스와 압 못보난 가장 공경흐기 스졀의복 장만흐기 죠셕진슈 입의 맛게 가진 별미 지셩으로 공디흐여 시죵이 여일흐니 상흐 노쇼 읍씨 곽씨

〈2-앞〉

을 칭찬흐더라 일일언 심봉스 갈오디 여보 만누라 스람이 세상의 나셔 부 부야 뉘 읍실가만은 이목구비 가진 스람도 가화 불칙한 지집은 불화흐건 만은 마누라넌 싱젼의 무삼 은혜 니싱의 와 부부 되여 압 못보난 가장 나 을 한시반시 놀 졔 읍씨 쥬야로 비실 너셔 얼넌아회 밧들덧시 힝여나 비 곱불가 힝여나 츄위할가 의복 음식 쩌 맛추와 공디흐니 나난 죠타 할연이 와 마누라 고싱흐넌 일리 간장이 다 녹난 듯흐니 날 공디 고만흐고 의논 이나 흐여보셰 울리 연광이 사십이 넘쏘록 일졈혈육 읍써신니 션영 향화 을 끈케 된니 죽어 황쳔의 돌라간덜 흔 면목으로 션영을 디흐오며 울리 양쥬 스후 신쳬 토롱장스 쇼더기며 연연이 돌라오난 긔일 밥 한 글웃 물 한 목음 어너 뉘라 밧쓸익가 명산디쳔의 심공이나 들려보셰 다힝이 눈면 자식이라도 남여간의 나허면 평싱의 한을 풀 거신니 지셩으로 빌어보오 곽씨부인 디답흐되 옛글의 흐여

〈2-뒤〉

씨되 불효삼천지즁의 무즈식한 게 가장 크다 ᄒ오니 무자흠은 첩의 죄악
이라 응당 니침즉 ᄒ오되 군즈의 널부신 덕틱으로 지금까지 보존ᄒ옵난듸
자식 두고 십푼 마음이야 간절ᄒ와 몸을 팔고 쎼을 간델 무삼 일을 못ᄒ
릭가마언 형셰 간구ᄒ고 가군의 증더ᄒ신 마음을 아지 못ᄒ와 발셜치 못
ᄒ여삽더니 먼져 말삼ᄒ오니 지셩신공 ᄒ올리다 명산더쳔 영신당과 묘춍
사 셩황ᄉ며 졔불졔쳔 보살 밀역임과 칠셩불공 빅일산졔 십왕불공 신즁마
지 가ᄉ시쥬 탁의시쥬 창의시쥬 인덩시쥬 각각 다 지니고 졍셩이 지극ᄒ
니 공든 탑이 문어지며 심든 낭기 썩거질가 갑즈 스월 쵸 십일야의 한 꿈
을 어던니 스긔 반공ᄒ며 일기 션여 학을 타고 ᄒ날노셔 날려오며 몸의난
갑스요 멀리예 오식치관이며 월픠을 늣게 츠고 옥져쇼리 경경한듸 게화을
숀의 쥐고 부인게 읍ᄒ고 안지니 둘여온 졍신에 품안의 썰어지난

〈3-앞〉

듯 남히괌음이 히상의 닷시 난 듯 심신이 황홀ᄒ여 진졍치 못ᄒ던니 션여
ᄒ난 말리 쇼여난 셔왕모의 쌀리옵던니 옥황상졔 항예젼의 반도진상 가난
동방식을 잠간 만나 두어 슈작 ᄒ여던니 상계게 득죄ᄒ고 인간의 니치시
미 갈 바을 몰로던니 틱상노군 후토부인 졔불보살 셕가여니 귀쩍의 지시
ᄒ옵기로 왓ᄊ오니 어엽비 여기쇼셔 ᄒ며 품안으로 달려 들거날 놀닉여
깨달은니 남가일몽이라 양쥬 몽스을 의논ᄒ니 둘리 꿈이 다 갓튼지라 마
음의 괴이ᄒ여 그날 밤의 웃지 ᄒ여던지 그 달부텀 틱긔 잇셔 셕부졍이여
던 부좌ᄒ며 할부졍이여던 불식ᄒ며 이불쳥음셩ᄒ며 목불시ᄉ식턴니 십삭
이 차믹 힉복긔미가 잇쎠 이고 비야 이고 비야 이고 혈리야 심봉스 일번
반갑고 일번 놀닉여 집 한 단 졍이 츌여 시 스발의 졍한슈 쇼반 우의 밧
쳐 녹코 단졍이 꿀어안져 순산ᄒ기 발라던니 인향 만실ᄒ고 집안의 칙식

안기 둘너던니 혼미 중 싱산ᄒ니

〈3-뒤〉

과역시 쌀리로다 심봉ᄉ의 거동 보쇼 삼을 갈너 뉘여녹코 할례ᄒ던 ᄎ의
곽씨부인 졍신찰여 순산은 ᄒ여시나 남여간의 무엇시요 심봉ᄉ 크게 웃고
삿쳘 만져보니 숀이 날로비 진나가덧 믹근뎡 진나가니 아마도 무근 죠기
가 힛죠기을 난나보다 곽씨부인 슬어ᄒ여 만득으로 나흔 ᄌ식 쌀리란니
원통ᄒ오 심봉ᄉ 일은 말리 만누라 그 말 마오 다힝이 순산ᄒ니 쳔우신죠
신죠 안니시요 쌀리 아들만은 못ᄒ여도 잘못 두면 욕급션영할 거시요 쌀
리라도 잘 두오면 아달 쥬고 박구지 아니ᄒ난니 울리 이 쌀 고이 질너 예
졀을 먼져 갈라치고 침션 방젹 닷시ᄒ여 요죠슉여 죠흔 비필 군ᄌ호구 갈
리여셔 금실위지 질거옴과 죵ᄉ우진진ᄒ면 외숀봉ᄉ 못홀숀가 쳣국밥을
넌짓 지여 국 셰 글읏 밥 셰 글릇 삼신상의 올여녹코 쥬먹 셰슈 슉마ᄯᆫ
흔 파립 넌짓 씨고 두 숀을 롭피 들러 삼신젼의 숀을 빌 졔 삼심삼쳔 졔
불졔셕 삼신졔왕임니

〈4-앞〉

동심환희ᄒ와 다 굽버 보옵쇼셔 ᄉ십 후의 나흰 여식 한두 달의 니슬 미
져 셕 달의 피을 괴여 넉 달의 인형 상겨 다셧 달의 육졍 나고 여섯 달의
골격 싱겨 일곱 달의 ᄉ만팔쳔 멀리 나고 여덜 달의 구규 길너 아홉 달의
졋셜 먹어 열 달만의 찬 짐 밧다 금광문 ᄒ탈물을 고이 열어 순산ᄒ니 삼
신임 덕퇵은 틱산이 가뵈압고 ᄒ힁가 낫ᄊ온나 다만 독여온니 동방식의
명을 밧더 틱임의 덕힁이며 반허의 지질리며 디순 증여 효힁이며 육칠월
삼복 중의 외 붓덧 달 붓덧 잘 잘라고 일츄월장ᄒ옵쇼셔 더운 국밥 들려
녹코 산모을 먹인 후의 혼ᄌ말노 익기을 달너난더 금ᄌ동아 옥ᄌ동아 어

허 간간 니 쎵이야 포진강 슉향이가 네가 되여 환싱한가 은하슈 직여셩이
네가 되여 날려온가 금을 쥬니 너을 스며 옥을 쥬니 너을 살야 남견북답
작만한들 이예셔 더 반가올가 산호진슈 으더씬들 이예셔 더 스랑올가 어
디 갓짜 이제야 싱겻넌야

⟨4-뒤⟩

일럿타시 길기던니 산모 그 달븟텀 근근 문압 츌립 단니더니 뜻박기 산후
별증으로 스지을 벌벌 떨며 가장의 목을 안쏘 오연장탄 왈 니 병이 웬 병
으로 흐릴읍시 죽거쑤나 흐며 익고 비야 익고 혈리야 익고 가삼이야 익고
달리야 지힝읍시 알넌구나 심봉스 긔가 믹켜 알난 디을 만지면셔 이게 웬
말넌가 정신찰여 말을 흐오 긔허흐여 글러한가 삼신임 집탈넌가 병셰 겹
겹 위중흐여 할릴읍씨 죽거쑤나 곽씨 쏘한 살지 못할 쥴을 알고 가군의
손을 잡고 익고 익고 익고 셔방임 휘유 한심지면셔 허허 장탄흐니 심봉스
디겁흐니 곽씨고왈 울리 부부 셜로 만나 희로빅연할가 흐지던니 간구한
살임살리 압 못보난 가장임이 니가 죠곰 범연흐면 가장임이 로염짓기 쉬
올 거시미 아모쬬록 뜻슬 밧다 가장공경할냐 흐고 풍한셔십 갈리잔코 남
촌북촌 품을 팔어 밥도 밧쏘 반찬도 으더 식은 밥은 니가 먹쏘 더운 밥은
가군 쥬고 죠흔 반찬 가장 들려 빅 고

⟨5-앞⟩

푸지 안케 극진니 공디흐읍던니 쳔명이 이쑌인지 인명이 그만인지 할 슈
읍씨 죽게 되니 눈을 웃지 감쏘 갈리 가삼을 쌍쌍 두달리며 불상흐고 갈
연흐다 울리 가장 신셰 흔 옷셜 게 뉘라셔 지여쥬며 죠흔 음식 게 뉘라셔
권할쏜가 나 한 번 죽어지면 울리 가장 사고무친 혈혈단신 의탁할 곳 읍
써씬니 박아지 숀의 들고 지팡막디 것더 집고 쩨을 찾져 가다가셔 굴엉의

도 쩔어지고 돌의도 치이여 업들어져 신셰 주탄 우란 양은 눈으로 보넌
듯ᄒ고 가가문젼 단니면셔 밥 달나은 슬픈 쇼리 귀예 징징 들니난 듯 나
쥭은 혼빅닌들 ᄎ마 웃지 듯고 보며 명산더쳔 심공 들려 사십 후의 나흔
여식 졋 한 번도 못 먹니고 열골도 치 못보고 쥭짠 말리 무삼 쥔고 어미
읍난 얼닌 것셜 뉘 졋 먹여 질너닐쬬 가군의 일신도 슈습지 못ᄒ난디 져
것셜 웃지ᄒ며 그 고싱을 웃지할가 멀고먼 황쳔질의 눈물 계위 웃지 가며
압피 막켜 웃지 갈가 져 근너 니동지쩍의 돈 열 양 ᄎ져

〈5-뒤〉

다가 쵸상범졀 장만ᄒ고 고양 안의 잇넌 양식 히복쌀로 두엇던니 못다 먹
고 쥭거씬니 쳔상의 무삼 쥔고 출상 젼의 두고 양식ᄒ옵쇼셔 장안의 관디
한 벌 흉비의 학을 놋타 못다 놋코 보의 싸셔 밋터 농의 너허신니 나 쥭
어 출상 후의 찾질러올 거신니 의심 말고 니여쥬고 뒤말 귀덕어미 졍친ᄒ
게 진니신니 얼닌 것셜 안쬬 가셔 졋셜 먹여 달나ᄒ면 응당 괄셰 아니할
거신니 쳔힝으로 져 주식 쥭지 안코 잘나나셔 졔 발노 것거덜낭 압 세우
고 질을 물어 니의 무덤 ᄎ져와셔 익것시 쥭은 네의 모친 분묘로다 갈라
쳐셔 모여상봉ᄒ게 ᄒ며 나 쥭은 혼나라도 원니 읍건난다 쳔명을 빌 길
읍써 압 못보난 가장의게 얼린 주식 막겨두고 영결ᄒ고 도라가니 가군의
귀ᄒ신 몸 이통ᄒ여 상케 ᄒ니 황쳔의 도라가도 혼비빅산ᄒ여 가군의 이
마 우의 둥둥 쩌단니것쇼 쳔만보즁ᄒ옵쇼셔 ᄎ싱의 미진한 인연을 후싱의
닷시 만나 이별 읍써 살진니다 이고 니가 이졋

〈6-앞〉

쇼 져 아희 일홈은 심청이라 지여 쥬고 나 씨던 옥지환이 숀의 즉어 못ᄶ
고셔 경디 쇽의 너허씬니 져 아희 잘아거던 날 본 닷시 니여쥬고 슈복강

영 지은 돈과 괴불 줌치의 치워 쥬고 부디 고니 길너 후스을 젼ᄒᆞ셔 ᄌ분 숀을 실어옥 녹코 한슘깃고 돌라 누며 아희을 ᄌ바 달리면셔 낫철 한틔 디니고 문질며 셔을 쓸쓸 츳면셔 쳔지도 무심ᄒᆞ다 귀신이 야슉ᄒᆞ고 네가 진즉 싱기건나 니가 죠금 더 살거나 네가 나ᄌ 니가 죽ᄌ 스셰가 일러 ᄒᆞ니 궁쳔지한을 널노 ᄒᆞ여 품게 되니 죽넌 어미 사넌 ᄌ식 싱사간의 무삼 죄야 뉘 졋 먹ᄊᆞ 살라나며 뉘 품의 잠을 잘야 이고 악아 니 졋 오날 망죵 먹ᄊᆞ 어셔 잘 커라 두 쥴 눈물리 모여 옷깃셜 젹시난지라 한슘 쉬여 부난 발암은 포포이 비풍 되여 익고 눈물 밋쳐 오난 비은 쇼슐리 쳐 헛날니고 ᄒᆞ날리 나직ᄒᆞ고 굴음언 ᄌ옥ᄒᆞ여 슘풀 쇽의 자난 시난 이경 밤의 머물으고 귀비귀비 흘느난 물은

〈6-뒤〉

오연이 흘너가니 ᄒᆞ물며 스롬이야 뉘 안니 슬러ᄒᆞ리 폐지질 두셰번 슘 쎌쎅 쓴어진니 심봉스 이계야 죽은 쥴 알고 이고 만누라 참으로 죽어난가 헛말노 죽어넌가 두 숀으로 가삼을 쌍쌍 두달리며 멀리도 쌍쌍 부두치며 날리둥굴 치둥굴며 업들어지며 잡바지며 두 발로 동동 굴로면셔 여보 마누라 그디 살고 나 죽으면 져 ᄌ식을 길너닛지 그디 죽ᄊᆞ 나 살어셔 져 ᄌ식을 웃지 키워닐리 구초이 살ᄌᄒᆞ니 무엇 먹ᄊᆞ 사ᄌᄒᆞ며 함기 쌀어 죽ᄌᄒᆞ니 져 ᄌ식을 웃지할가 동지 셧쌀 찬 발암의 졋 먹ᄊᆞ져 우난 쇼리 귀예 징징한들 뉘 졋 먹여 살여너며 간장이 쳘셕인들 안이 썩ᄊᆞ 웃지ᄒᆞ리 글리 마오 글리 마오 죽지 마오 죽지 마오 평싱의 증한 ᄯᅳᆺ시 사즉동혈 ᄒᆞ지던니 염나국이 어디로고 날 발이고 도라ᄀᆞ오 져것 두고 죽짠 말리 웻말린가 인져 가면 언졔 올가 쳥츈작반호환향의 봄을 쌀러 올나난가 쳥춍자유 말 멀리예 쐴 나거던 울랴난가

〈7-앞〉

청천유월닉긔시에 달을 쌀어 올랴난가 금강산 상상봉이 평지 되거던 올랴 난가 만경창파 밧치 되여 콩 갈거던 올랴난가 절노 죽근 고목 슷티 꼿 피 거던 올랴년가 병풍의 글린 황게 두 날기을 탁탁 치며 잘은 목 질게 쩨여 꾀꾀요 울거던 올랴난가 곳션 피엿 졋짜가 닷시 피고 희도 졋짜가 닷시 돗건만넌 갈연한 울리 안히 일거황쳔 간 연후의 닷시 올 줄 몰로난가 삼 천벽도 요지연의 셔왕모을 볼어간나 은ᄒ슈 밧비 근너 항아을 볼어간나 황능묘의 아황 여영 볼러간나 쳔틱산 굴음 쇽의 마고션여 볼어간나 낙양 동촌 이화졍의 슝당즈을 차져 간나 가난 날언 익건만은 오난 날리 읍써쑤 나 명스십이 희당화의 훨훨 나난 져 나뷔야 꼿 진다고 슬러 마라 명연 츈 삼월 쏘 도라오면 엿 쌀리 시 가지의 두연닷시 볼련만은 이고 이고 울리 안히 닷시 올쥴 모로난가 일럿타시 슬허할 졔 동닉 얼은 죤위 동장 모와 심봉스의 참혹 경상 그져 둘 슈 바이

〈7-뒤〉

읍닉 미호의 디 돈 슈염 노와 치상범졀 ᄒ여쥬셰 여츌일구 공논ᄒ여 쇼방 산 들여녹코 힝상ᄒ여 나갈 적의 압귀자비 방돌리 뒤구자비 김셔방아 어 이 갈리 어허홍 어허홍 유졍 가장 츌셰 삼일 얼린 쌀을 어이할고 어허홍 어허홍 빅연이나 스지쩐니 속졀읍씨 죽어쑤나 어허홍 어허홍 이기 심청 일츄월장 잘라나셔 어허홍 어허홍 못짜살고 가난 어미 이원지졍 풀어다고 어허홍 어허홍 북망산이 어딕미뇨 어허홍 어허홍 근너산이 북망산이로다 어허홍 어허홍 웬글엉 쎙글엉 흔들면셔 나갈 적의 갈연한 심봉스언 두건 ᄒ나 복디 ᄒ나 가긍ᄒ게 츠리고셔 집팡막디 겻쩌 잡고 상여 뒤치 부여잡 고 몹씰 연나 잘 가거라 압 못보난 니게다가 얼린 즈식 믹겨 두고 어디로 가나 일럿탓시 슬허할 졔 일으난 곳디 안장ᄒ고 평토졔을 지닐 적의 졔문

일장 지엿난듸 ○차호부인아 ○호츠죠지흉여헤여 ○상불구헤

⟨8-앞⟩

고인이라 ○긔빅연어히로헤턴니 ○홀련몰헤언지지오 ○유츠츠이영셰헤여 ○익걸 웃지 질러닐가 ○귀물귀혜쳔듸헤여 ○언의 쩌예 올라난가 ○곽초 추이위가헤여 ○보고 듯기 얼려워라 ○누삼삼이쳠금헤여 ○졋난 눈물 피가 되고 ○심경경이쇼혼헤여 ○살 길리 젼헤 읍짜 ○쇼회인이작피헤여 ○바라본들 웃지흐리 ○여장쥬외오울쏘헤여 ○뉘을 의지흐잔 말가 ○빅양모이월낙헤여 ○산 젹젹 이 밤 집허쏘다 ○어츄츄이부츄헤여 ○무삼 말을 흐자흐들 ○격유현이노슈흐나 ○그 뉘라셔 위로할가 ○셔차싱지상봉헤여 ○츠상의넌 할 길 읍늬 ○쥬과포헤빅젼헤여 ○만이 먹고 도라가오 ○날 발이고 가난 부인 한탄한들 무엇흐리 황쳔으로 가난 길의 긱졈이 읍써씬니 뉘 집의 가 즈고 갈고 가난 듸을 일너 쥬오 무졍흐고 야슉흐다 압 못 보난

⟨8-뒤⟩

니게다가 젹걸 믹겨두고 어듸로 향흐난가 산 쳡쳡 슈 중중한듸 혼빅이 어듸로 도라갈고 일러 안져 즈탄흐니 장스 회긱덜리 안이 울 이 읍더라 희가 져문 후의 집이라고 돌라든니 부억은 젹막흐고 방안은 헝뎡 비여난듸 얼린 아기 달기 뉘고 긔발 물어 던진닷시 홀노 안져 이불도 만져보며 베기도 더듬더듬 더듬으며 즈탄흐여 우난 말리 옛 잇던 금침은 의구흐다만난 독슉공방 누가 함긔 덥고 비리 농짝도 쌍쌍 바누질 상즈도 덤벅 씨던 슈건이며 빗던 빗졉 다 쥬워 니던지고 먹던 슈져 밧던 상 더듬더듬 만져보며 이웃집을 츠져 가셔 무단니도 불너보고 얼인 이기 품의 안고 이고 이고 무상흐다 너을 두고 죽짠 말고 오날은 졋셜 으더 먹어씨나 니일은

뉘 집의 가 졋셜 으더 먹이리요 일어커 운일다가 도로허 풀쳐 싱각ᄒ고
ᄉᄌ난 이외라 얼인 아희 잇난 집을 찰레로 ᄎ져가셔

〈9-앞〉

동양졋셜 으더 먹일 젹의 눈은 어둡고 귀난 잇쎠 눈치로 간흠ᄒ고 안ᄌᄯ
가 시년 날 일시초의 두어 쇼러 얼넌 듯고 나시면셔 여보시요 이기씨 한
일예도 모된 ᄌ식 졋셜 죠금 먹여쥬오 젼역 히 져갈 졔 숨풀 시쇼리 듯고
한 숀으로 이기 안꼬 쏘 한 숀으로 막더 집고 동중의 나어가셔 여보시요
부인니덜 이것 졋 죠금 메겨쥬오 날노 본덜 웃지ᄒ며 울리 마누라 살어쎌
졔 인심으로 본들 ᄎ마 웃지 괄셰하릭가 어미 읍넌 얼린 것시 계 달 아니
불상하릭가 딕집의 귀한 이기 먹꼬 나문 졋 한 통만 잠간 멕여쥬오 육칠
월 쏘약볏티 지심 미다 쉬이난 여인한틱도 ᄎ쳐가고 시니가의 빨니ᄒ난
곳도 ᄎᄌ간니 엇던 여인은 글리ᄒ오 ᄒ고 답듯시 잘 먹여쥬고 엇던 여인
은 곳 울리 이기 다 먹이고 왓짜 ᄒ니 만일 잘 으더 먹이여 아희 비가 불
녹ᄒ면 심봉ᄉ 마음 죠와라고 양지발은 어덕 밋티 안져셔 이기을 을롤 젹
의 아가 아가

〈9-뒤〉

웃난야 자난냐 그 시 얼마나 컨넌냐 봉ᄉ 징쩜을 잔뜩 지여 일리졀리 쩜
여 보던니 숀벽치며 디쇼ᄒ고 ᄒ넌 말리 그 시 조금 무던니 컷다 어셔어
셔 수이 커셔 네의 모친갓치 현쳘ᄒ고 호힝 잇쎠 이비의게 귀함 뵈이여라
얼려셔 고상ᄒ면 커셔 부귀다남ᄌ ᄒ난나라 언의 죠부모 잇쎠 너을 보며
언의 외가 잇셔 너을 볼가 졋 으더 먹이고 시시이 동양할 졔 삼베 견디
동이여 왼 억긔의 둘너미고 이 집 져 집 단니면셔 한편의넌 쌀을 밧고 한
멀리넌 베를 으더 쥬난디로 밧더다가 모이며 한 달 육장즌 것두워 한 푼

두 푼 돈을 모와 얼린아희 암쥭츠로 강엿 홍강 죠금씩 사셔 익기을 먹이면서 근근 모와 미월 삭망 쇼디상을 다 지닌 후의 셰월리 여유ᄒᆞ여 심청의 나이 육칠 셰 당두ᄒᆞ니 침ᄌᆞ질리 일등이라 부친의게 조셕 공양 모친의 긔계사 밧들기와 각항 범졀리 울른을 압두ᄒᆞ니 뉘 안니 층찬ᄒᆞ리 ᄒᆞ로난

〈10-앞〉

심청이 부친게 엿ᄌᆞ오디 말 못ᄒᆞ난 가마귀도 공임 중의 반포ᄒᆞ난디 ᄒᆞ물며 스람이야 김싱만 못ᄒᆞ릭가 곽거라 ᄒᆞ난 스람은 삼셰 얼린 아희 읍난 반찬 아셔 먹넌다고 양쥬 의논ᄒᆞ고 산 ᄌᆞ식을 뭇들라고 ᄯᅡᆼ을 파다 금을 으더 부모봉양 ᄒᆞ엿익ᄭᅩ 왕상은 얼음궁긔 이어 으더 부친을 살여너고 밍죵이라 ᄒᆞ난 스람은 엄동셜한 중의 쥭슌 으더 부모봉양ᄒᆞ여 익고 티경이라 ᄒᆞ난 스람은 몸을 팔어 부모 안장ᄒᆞ여씬니 아몰리 못쓸 여식이라도 부모 봉양 못ᄒᆞ릭가 아바지 어두신 눈의 눕푼 디 집푼 디 죠분 질 흠한 길 쳔방지축 단이다가 너머져 상키 쉽삽고 비오넌 날 가무넌 날 셜리친 날 병나실가 염여오니 아바지 집의 게시오면 니가 나가 밥을 빌어 죠셕지공ᄒᆞ올리다 심봉스 허허 웃고 ᄒᆞ넌 말리 효여로다 인졍은 글어ᄒᆞ나 얼린 너을 보니고 안져 밧다 먹넌 마음이 읏지 편ᄒᆞ리요

〈10-뒤〉

글언 말 ᄒᆞ지 말나 심청이 닷시 엿ᄌᆞ오디 졧나라 졔영이라 ᄒᆞ난 스람은 낙양옥의 가친 아비 몸을 위ᄒᆞ여 졔 몸 팔라 쇽죄ᄒᆞ니 글언 일을 싱각ᄒᆞ면 읏지 슬업지 아니ᄒᆞ올릭가 고집 마읍쇼셔 심봉스 올희 역겨 네 마음디로 ᄒᆞ라 심청이 그 날붓텀 밥빌너 나갈 젹의 엄동셜한 츄운 날의 쳔긔넌 닝담ᄒᆞ고 지긔넌 동견한듸 깃만 나문 졉죠구리 말기만 나문 ᄭᅩ징이의 힝ᄌᆞ치마 둘너입고 뒤칙 읍넌 집셕이의 살발리 츠목ᄒᆞ다 ᄭᅵ야진 박아지 진

박아지 숀의 들고 셜상가상 츄운 날의 빅노란 놈 구어격으로 이 집 져 집 단이면서 밥을 빌 졔 아미을 숙이고 인근이 흔난 말리 모친이 기셰흐시고 울리 부친 눈 어두온 쥴 뉘 몰을릭가 십시일반이온니 한 슐밥을 쥬옵시면 압 못보넌 울리 부친 시장을 면흐것쑈 엇던 집은 들어가니 져 쳐즈 볼쇼록 일식이요 부모의게 효셩이 지극흐니 후이 쥬라 흐고 엇던 집은 들어가니 악담으로

〈11-앞〉

흔넌 말리 너의 부친 디더로 단니던니 너쫏츠 이디츠나 밥 달나흐니 듯기 실코 보기 실타 부쥬씽이로 쌍을 두달리며 쫏쳐닐 졔 염치잇넌 심청 마음 북글업기 측양 읍셔 시문 박긔 나오니 임즈갓치 모진 긔넌 디톱이 갓탄 이을 응셩걸려 물고 컹컹 짓꼬 달려든니 심청이 흔넌 말리 엇짜 이 긔야 짓지 말라 네 쥬인 괄셰한들 너쫏츠 물나넌냐 문박긔 썩 나셔셔 눈물 짓꼬 하날쎄 비넌 말리 무상흐다 니 팔즈야 밍인 부친 욕 먹이고 살아 무엇 흐리 각항져방심미긔 두우여허위실벽 복녹을 졈지 규누위묘필츠삼 졍귀유 셩장익진 의식을 졈지흐여 병든 부친 살여쥬오 두셰 글읏 밥을 으더 쇽쇽키 도라와셔 살리문 안 들어가며 아바지 츕지나 아니흐오 아바지 날 지달이엿쑈 아바지 비 곱허신되 밥 잡슈시요 심봉스 거동 보쇼 문을 펄젹 열고 심청의 두 숀목 덤셕 쥐고 숀 실리지 불 쬐여라 발도 츠지 어로만져

〈11-뒤〉

셔을 쓸쓸 차고 눈물 지며 이달쏘다 네의 모친 무상흐다 니 팔즈야 너을 식여 밥을 비니 일은 목슘 구츠이 살어나셔 즈식 고상 식이난고 심청의 장한 효셩 부친을 위로할 졔 아바지 그 말 마오 부모을 봉양흐고 즈식의 효 밧난 것시 쳔지의 쩟쩟한 일리요 인스의 당연흐니 너머 걱경 마옵씨고

진지나 잡쑤시요 일럿탓 봉양할 졔 춘흐츄동 스시졀 읍씨 동니 걸인 되엿
쩌라 무졍셰월약유파라 십오셰 당두흐니 쳔연한 화용월티 십오야 발근 달
리 쩨구름 쇽의 들어씨며 형산빅옥이 진토 중의 뭇쳐쑤나 여즁군자요 시
중봉황이라 일러한 쇼문이 원근의 낭즈흐니 일일은 무능촌 장승상찍 시비
부인의 명으로 들어와 심소졔을 쳥흐거날 심쇼졔 부친게 엿쑤오디 을은니
불너씨니 시비와 함기 가올릿가 만일 가면 더듸여도 장쇽의 나문 진지 반
찬 겻티 슈져 노와 탁즈 우의 두웟씨니 시장커던 잡쑤시고 나 오기을 기
달이오 두셰 번 당부흐

〈12-앞〉

고 시비을 짜라 디문의 들어시니 가스도 굉장흐고 문창이 활려한듸 반빅
된 부인이 의상이 단졍흐고 긔복이 풍영흐여 심쳥을 반겨보고 일러 맛거
날 심쳥이 두 번 졀흐니 부인왈 네가 심쳥인야 듯던 말과 갓도다 숀을 잇
글러 당의 올나 좌을 쥬워 안친 후의 즈셰이 살펴보니 단장흐지 아니흐엿
쓰나 쳔게방용이요 진실노 국식일씨 분명흐다 염용흐고 안진 거동 빅셕쳥
강 셰우후의 목욕흐고 안지 졔비 스람 보고 날느난 듯 항홀한 져 긔상은
쳔심의 발근 달리 슈면의 빗치난 듯 츄파을 흘여든니 시벽빗 발근 달의
경경한 시별 갓고 양협의 고흔 비쳔 노닝연방추분홍을 부용 시로 핀 듯
도화긔난안즈취라 졍신 흐미흐고 쳥산미 두 눈셥은 초승달 졍신이요 삼산
옥발은 시로 잘른 난쵸 갓고 작약쌍빈은 미미귀 밋치라 입을 열어 웃는
양은 모난화 한 숑이가 흐로밤 비 긔운의 피고져 벌러난 듯

〈12-뒤〉

호치을 들어 말을 흐니 농상잉무로다 아마도 션여가 도화동의 젹흐인니
월궁의 노던 션여 붓 흐나을 일엇쏘다 오날날 너을 우연한 일 안이로다

무능촌의 너가 잇고 도화동의 너가 나니 무능촌의 봄이 들믹 도화동의 기화로다 탈천지졍긔호니 비범한 네라구나 니 말을 들르라 승상이 일즉 기셰호고 아달리 삼형졔라 황셩의 여환호고 달은 즈식 손즈 읍고 슬호의 즈미읍셔 젹젹한 빈 방안의 디호난니 촉불리라 질고 진 져을 밤의 보난니 고셔라 네 신셰 싱각호니 양반의 후예로셔 졀엇텃 곤궁호니 그 안니 불상호야 니의 슈양딸리 되면 여공 승상호고 문즈도 학습호야 긔츌갓치 셩취시겨 만연 즈미을 보려호니 네의 쓰시 엇더한야 심쳥이 일러 두 번 졀호고 머리을 나즉이 호야 엿즈오디 명도 긔구호여 나흔 졔 칠릴만의 모친이 불힝호스 셰상을 발리시니 눈 어두온 울리 부친이 동양졋셜 으더 먹여 졔오 졔우 살라나시니

〈13-앞〉

모야 쳔지의 어만니 얼골을 물우온니 궁쳔지한이 끈칠 날리 읍삽기로 니 부모을 싱각호와 남무 부모 공경턴니 오날날 부인게 권호신 집푼 쓰시 미쳔함을 셰지 안코 딸 삼으려 호옵신니 모친을 보인 듯 감격호고 황송호와 몸 둘 곳지 읍쓰오나 부인 말삼을 듯쓰오면 니의 몸은 영귀하오나 안혼호신 우리 부친 죠셕공양 스졀 의복 뉘라셔 이울릭가 구노호신 부모 은덕 사람마도 잇것만안 날갓탄 이난 당이별논이라 니가 부친 모시기을 모친 졈 모시옵고 울리 부친이 날 밋기을 아달 졈 밋쓰오니 오죠스졍이 셔로 의지호여 니 몸이 맛도록 모시려 호나이다 말을 맛치미 구실 눈물리 옥면을 졋난 형용은 춘풍셰우가 도화의 밋쳣짜가 졈졈이 썰러지난 듯한지라 부인이 쏘한 가긍이 여겨 갈오디 효즈라 네 말리여 응당 글러호리로다 노홈은 말을 밋쳐 싱각지 못호여쏘다 글엉져엉 날리 져물거날 심소졔 엿쓰오디 부인의 관디호심을 입어 종일토록 모셔씨나 일역이

〈13-뒤〉

다흐온니 급피 도라가와 부친의 기달리난 마음을 위로할가 흐나이다 부인 이 연연흐여 찻던 픠물이며 양식을 후이 쥬워 시비와 함긔 보닐 적의 네 날을 잇지 말나 모여간 의을 두면 노홈의 다힝이라 심쇼제 디답흐되 부인 의 장흐신 뜻시 이갓치 밋치신니 갈으치심을 이질릭가 절흐고 흐직흐고 망연이 도라온이라 잇 찌 심봉스 홀로 안겨 심청 오기 기다릴 제 빙고갓 치 찬 방안의 한풍은 살갓치 들어오고 빅셜은 분분한듸 곱흔 비 틀어쥬고 곱숭걸려 누웟짜가 긔만 지셔도 심청이 너 오넌야 가랑입만 벗셕 흐여도 심청이 너 오난야 바람만 불어도 심청이 너 오난야 으몰리 지달인들 형젹 이 읍써쑤나 흥중이 답답흐여 문박긔 셕 나셔셔 지펑이을 더듬더듬 츠져 집고 더듬더듬 시문 박긔 나어가 바장이다가 빙판질의 발리 듯티여 집푼 기쳔 진흑 쇽의 칠팔월 곤호박 쩔어지덧 흐니 허여 나올 슈 바이 읍셔 먼 눈을

〈14-앞〉

번득이며 흐난 말리 어미 읍씨 키운 즈식 심청이나 망종 보고 쥭즈흐며 일리 한창 운일 적의 몽은사 부쳐임이 화쥬중의게 현몽흐되 인간의 압 못 보난 병신이 즈식을 볼랴다가 기쳔의 쌔져 거의 쥭게 되여신니 가 구흐라 화쥬중의 거동 보쇼 삼빅돌리 쥭스립의 세모시 장삼 쓸쳐입고 가로 누비 바랑 쇽의 권션문이 죠흘씨고 육한장 것더 집고 차졈차졈 흔늘걸려 날려 와셔 심봉스 거동 잠간 보고 굴갓장삼 훨훨 벗셔 기쳔가의 훗던지고 왈칵 쑤여 달여들어 건져논니 심봉스 반겨흐여 뉘신지요 나난 몽은스 화쥬중이 요 글엇치 활인지불일넌고 쥭글 스람 살여닌니 은헤 빅골난망이라 화쥬중 이 심봉스을 일쓸러다 져진 옷셜 벽겨닌고 이불노 모도 써셔 방안의 뉘여 록코 물의 쌔진 스연을 즈셰이 물은니 심봉스 신세을 싱각흐고 전후슈말

을 일일리 일은니 화쥬즁이 봉스달려 ᄒ난 말리 울리

〈14-뒤〉

부쳐임이 영감ᄒ미 만ᄒ읍쎠 빌어 안니되난 일리 읍싸오니 고양미 삼빅셕을 부쳐임게 들려록코 슨심으로 불공ᄒ면 졍연이 눈을 ᄯᅥ셔 완연이 보올리다 심봉스 형셰난 싱각지 안코 눈쓴단 말을 반가워셔 삼빅셕을 젹으시요 화쥬즁이 허허 웃고 여보시요 딕의 가셰을 보니 삼빅셕을 무슨 슈로 ᄒ것쑈 심봉스 횃씸의 ᄒ난 말리 엇던 롬이 부쳐임게 젹어롯코 빈말을 ᄒ것쑈 눈쓸나다가 안질방니 되게요 염여말고 젹으시요 스람을 읍슈이 역기시요 화쥬즁이 발낭을 열러롯코 심봉스 빅미 삼빅셕이라 젹어가지고 갓것짜 심봉스 즁 보니고 닷시 공곰 싱각ᄒ니 시쥬 쌀 삼빅셕을 판츌할 길리 젼허 읍셔 눈을 쓸랴다가 돌로혀 죄을 웃것쑤나 이 일을 웃지ᄒ리요 이 셔음 져 셔음과 무근 근심 힛 근심 도무지 일러난니 견디지 못ᄒ여 울음을 운다 이고 이고 니 팔즈야 망영할스 니 팔즈야 쳔심이 지극

〈15-앞〉

ᄒ스 후박이 잇건만은 무슨 죄로 밍인 되여 형셰까지 간구ᄒ여 일월갓치 발근 것셜 분별할 길 젼허 읍고 쳐즈갓치 지졍간을 더ᄒ여도 못보건늬 울리 망쳐 살러던들 죠셕 근심 읍씰 거셜 다 커가난 쌀즈식을 스동니의 니여 노와 품을 팔고 밥을 빌러 근근호구 ᄒ난 즁의 고양미 삼빅셕 호긔 익게 젹어쥬고 빅가지로 싱각ᄒ되 방칙이 읍써쑤나 병단지을 기울인들 한푼돈니 웨 잇실리 일간두옥 팔즈ᄒ니 풍우을 못피ᄒ고 니 몸을 팔즈ᄒ니 푼젼 쓰지 안니ᄒ고 닐라도 안니 살 터닌듸 엇던 스람이 씩씩한 것셜 엇다씨즈ᄒ고 살리요 방츠나 할가 엇던 스람은 팔즈 죠와 이목구비 완연ᄒ고 슈죡이 구비ᄒ야 부부희로 ᄒ야 즈식이 만당ᄒ고 곡식이 진진 지물리 영

영 용지불갈 취지무금 글리울 것시 읍덜라만은 이고 이고 니 팔즈야 세상 천지 우쥬간의 날갓탄 니 또 잇난가 한참 일리 사셜ᄒ고 울 적의 심청이

〈15-뒤〉

밧비 들러와 부친 모양을 보고 깜짝 놀니여 발을 굴으며 견신을 두로 만지면셔 아버지 웬 일리요 나을 ᄎᆞᆽ 오시다가 욕을 보왓쑈 이웃집의 나갓다가 욕을 보왓쑈 춥긴덜 오작ᄒ며 분ᄒ시긴덜 오작할가 장승상씩 노부인이 구지 잡고 말유ᄒᆞᆺ 언어간의 더듸엿쑈 승상씩 시비 불너 부억의 불 써이고 치마쓰락 것더다가 눈물 흔적 씻치면셔 아버지 정신찰려 진지나 잡쑤시요 더운 진지 잡쑤시요 국을 먼져 마시시요 손을 슬러 갈라치며 이것션 즈반이요 이것션 짐이요 심봉스 슈심이 만안ᄒ여 밥 먹을 뜻지 견혀 읍써 눈물만 흘이거날 심청이 봉스 압피 안즈셔 아버지 웬 일리요 어듸 압퍼 글러시요 니가 더듸 와ᄃ고 노ᄒ여 글러헌가 안이라 너 알어 쓸 듸 읍다 아버지 그 무슨 말삼이요 부지간 쳔윤이야 무슨 허물 잇쓸릭가 아바지난 날만 밋고 나난 아바지만 밋난듸 듸쇼스을 의논턴니 오날날 당ᄒ여 아버지 말삼

〈16-앞〉

이 너 알러 쓸듸 읍짜 ᄒ오니 부모의 근심은 곳 즈식의 근심이라 아몰리 불효한 여식인들 참예 못할닛가 심봉스 그계야 니가 무슨 일을 쇽이야만은 만일 너가 알거데면 지극한 네 마음의 걱정만 되것기예 말ᄒ지 못ᄒ엿로라 악가 물의 싸져 죽게 되여던니 몽은스 화쥬중이 날을 건져록코 고양미 삼빅셕을 슨심으로 시쥬ᄒ면 성젼의 눈을 썰리라 ᄒ기예 홰짐의 젹어 쥬엇던니 즁 보니고 싱각ᄒ니 푼젼 읍난 집구셕의 삼빅셕이 워셔 날리 이고 이고 니 일리야 니가 밋쳣던가 꿈니던가 두 가삼을 쾅쾅 두달리며 멀

리을 짱의다가 쾅쾅 부듯친니 심청이가 만단으로 위로ᄒ고 아바지 걱정
말고 진지나 잡쑤시요 아바지 만일 어두운 눈이 발글 량이면 고양미 삼빅
셕은 시이의 육빅셕이라도 셜마 못 쥬션ᄒ릭가 몽은ᄉ로 올이리다 네 마
음은 ᄒ고 십부나 빅척간두의 네 할 도리가 잇갓난야 아몰리

〈16-뒤〉

불효여들 ᄉ친효야 옛살람만은 못할망졍 지성이면 감쳔이라 ᄒ온니 공양
미을 쥬션ᄒ올 거신니 너머 걱졍 말으시요 만가지로 위로ᄒ고 그 날붓텀
심청이 목욕차게 졍이 ᄒ고 집안을 슈쇄ᄒ고 후원의다 단을 못고 북두칠
셩게 ᄌ야반의 분향ᄒ고 지비ᄒ고 비난 말리 모연 모월 모일야의 유리국
도화동 거 심청은 지성건고우상쳔 일월셩신이며 ᄒ지후토 산악셩황 오방
신 강신ᄒ빅 셕가여늬 삼금강 칠보살 좌우신장 십이왕은 강임도량ᄒᄉ 슈
ᄎ 쇼감호옵쇼셔 ᄒ날임 일월 두시미 ᄉ람의 안목이라 일월리 읍쏘오면
무삼 분별ᄒ올릭가 아비 무ᄌ셩신의 삼십젼의 안밍ᄒ와 오십이 장근토록
시우을 못ᄒ오니 아비 혀물을 니 몸으로 디신ᄒ고 아비 눈을 발키쇼셔 일
럿탓시 빌기을 맛지 안니ᄒ던니 ᄒ로난 들은니 남경상고 션인덜리 외구
가며 ᄒ난 말리 십셰 된 여ᄌ 사자 ᄒ고

〈17-앞〉

가거날 심청이 그 말 듯고 귀덕어미 식여 뭇되 ᄉ람을 ᄉ셔 어디다 쓸랴
난익가 션인덜리 디답ᄒ되 인당슈 신영임이 인졔슈로 밧삽기로 십사셔나
십오셰나 한 여ᄌ로 슈육졔 지닌 후의 들러오면 무변디히 월셥ᄒ기 무ᄉ
ᄒ고 만만금 퇴을 니기로 졔수ᄎ로 살랴 ᄒ나이다 심청이 반겨 듯고 션인
ᄒ나 청ᄒ야 ᄒ난 말리 더 쥬워도 쓸찌 읍고 들 쥬워도 못쓰건네 울리 부
친 안망ᄒ야 공양미 삼빅셕을 지성불공 ᄒ거데면 싱젼의 눈을 떠셔 헌원

셰게 본다 ᄒ되 빅게무칙이라 몸을 팔여 ᄒ니 날갓튼 스람도 살아시요 션
인덜리 이 말 듯고 탄복ᄒ며 효즈라 글리ᄒ오 허락ᄒ고 익일의 쌀 삼빅셕
을 몽은스로 슈운ᄒ고 베 두 필 쌀 닷말을 별노이 쥬고 왈 금월 이십오
일리 발션ᄒ올 날리오니 의복 한 벌 졍이 ᄒ여 입으시요 ᄒ고 도라간니라
심쳥이 부친게 엿ᄯ오디 공양미 삼빅셕을

〈17-뒤〉

수운ᄒ여 몽은스로 보닛ᄊ오니 근심치 말으쇼셔 심봉스 반겨 듯고 ᄒ난
말리 네가 읏지 글리ᄒ엿난냐 심쳥이 잠간 긔망ᄒ여 엿ᄯ오디 무능촌 장
승상쯱 노부인이 날을 불상타고 슈양여을 증ᄒ고 쌀 삼빅셕을 니여 쥬시
기로 몽은스 화쥬즁의게로 수운ᄒ얏난이다 심봉스 반겨워라고 열씨구나
죠흘씨고 글럿치 그록할ᄊ 그 부인 지상부인 맛당ᄒ고 글리무로 아달 삼
형졔 환노의 등양ᄒ지 글러ᄒ나 양반의 집 여식으로 몸 판단 말리 쳥문의
괴이ᄒ나 장승상쯱 슈양여가 관게할랴 언졔나 가것넌냐 너월의 달려간다
ᄒ던니다 어허 일 잘 되엿ᄯ 심쳥이 그 날붓텀 다시 곰곰 싱각ᄒ니 눈 어
둔 빅발 노친을 영결ᄒ고 죽을 일과 스람이 셰상의 나셔 십오셰의 죽을
일리 졍신이 아득ᄒ여 일의도 ᄯᆺ시 읍고 음식을 젼폐ᄒ고 실음 읍씨 지니
던니 닷시 싱각ᄒ되 업

〈18-앞〉

질은 물리 되고 쏜 살리 되엿쏘다 힝션날리 졈졈 각가온니 일리ᄒ여 못ᄒ
것ᄯ 니가 살라씰 졔 불상ᄒ신 니의 부친 의복 ᄲᆯ나나 ᄒ리라 ᄒ고 춘츄
의복 상침졉것 ᄒ졀의복 한삼 고의 박어지여 달려 놋코 동졀의복 쇼음 두
워 보의 써셔 농의 늣코 관망ᄭᅡ지 시로 ᄒ여 ᄯᅳᆫ을 달어 숀 단난 디 걸어
두고 힝션날을 싱각ᄒ니 ᄒᆞ로밤이 격ᄒ엿난지라 밤은 졈졈 삼경이 되고

은흐슈년 지울러졋난디 축불을 디흐여 두 물읍을 마죠 안고 아미을 슈굴리고 한슘을 길게 쉬니 아몰리 츌쳔지효딜 마음이 웃지 온젼흐리요 부친의 신은 버션볼리나 망종 밧쪼 흐고 반눌의 실을 쪼여든니 가삼이 답답 눈물리 침침 간장으로 좃츠 난니 잠든 부친 씰가 흐여 크게 울던 못흐고 졍졍늘늘흐여 얼골을 한티다 디여보며 나 볼 날리 몃밤이요 닉 한번 죽어지면 뉘을 밋고 살라시요

〈18-뒤〉

잇달쏘다 잇달쏘다 닉가 쳘을 안 후의 울리 부친이 밥 빌기을 노와던니 닉일붓텀이라도 동닉 걸인 될 거신니 눈친덜 오작흐며 멸시덜 오작할가 너의 팔즈 웃지흐여 칠일만의 모친 일코 이졔 쏘 부친을 이별흐니 일언 일리 어딕 쏘 인난가 ○난일수운긔년 쇼통국의 모즈이별리요 ○졍긱관산 노긔즁은 오호월여 부부이별이요 ○편삽슈유쇼일인언 농산 형졔이별이요 ○셔츌양관무고인언 위셩의 붕우이별이요 ○일은 이별 만컨만은 살어셔 당한 이별 쇼식 듯기 쉽건니와 울리 부즈이별리야 쇼식을 웃지 들으며 언의 썩의 상면할가 돌라가신 울리 모친 지부로 도라가고 나난 이졔 죽어지면 슈국으로 갈 것신니 슈국의셔 지부가기 몃 쳔이라 모여상봉할랴 한들 지부 슈국이 달너씨니 가난 질을 뭇고 물어 츠져간들 모친이 나을 웃지 알며 닉가 모친을 웃지 알이요 만일 모여 상봉흐난 날의

〈19-앞〉

부친 쇼식을 모친이 물으시면 무삼 말로 디답할가 오날밤 오경시을 함지의 머물너 두고 닉일 앗침 돈넌 희을 부상지의 미량이면 울리 부친 더 못 시고 볼련만언 일거월닉을 뉘라셔 막을손야 잇고 잇고 닉 팔즈야 이 슬럼을 웃지흐잔 말가 글엉졀엉 닥이 운니 심쳥이 할릴 읍셔 닥아 닥아 우지

말라 반야진궁 밍상군이 아니로다 네가 울면 날리 시고 날리 시면 나 죽
난다 나 죽기난 습지 아니ㅎ나 의지 읍난 울리 부친 웃지ㅎ고 죽짠 말가
어이ㅎ고 가잔 말가 날리 츠츠 시난구나 심청이 졔의 부친 압희 나가 밥
이나 망죵 지여 딀인다 ㅎ고 문을 펼젹 열고 나신니 발셔 션인덜리 사립
문 박긔 와셔 힝션이 오날리온니 어셔 가즈 ㅎ거날 심쇼졔 이 말 듯고 얼
골리 빗치 읍고 스지의 믹이 읍쎠 ㅎ난 말리 져승치스 강임도령 죽을 병
인 지쵹한들 이예셔 더할숀가 목이 탁 믹키여 이윽키 진졍ㅎ여 여보

〈19-뒤〉

션인네딜 오날리 힝션할 날린 줄 알라쓰온나 몸 팔인 쥴을 울리 부친이
아직 몰나신니 만일 이졔 알으시면 질리 야단날 거신니 잠간 지쳐ㅎ옵씨
면 부친의 진지나 망죵 지여 딀리여 잡쑤신 후의 쩌나게 ㅎ옵쇼셔 션인덜
리 글리ㅎ오 심쳥이 들러와 눈물지여 지은 밥을 부친 압희 딀려녹코 상멀
리의 안져 아모쏘록 밥을 만니 먹게 ㅎ너라고 자반 쩨여 입의 늑코 짐쌈
쓰셔 슈져의 노으며 진지을 만이 잡쑤시요 심봉스 ㅎ난 말리 야야 마니
먹난다 오날 반찬니 일리 죠흔고 뉘 집의 오날 졔스 지닌난냐 그날 밤의
심봉스 꿈 ㅎ나을 으든니 네가 큰 슈뢰를 타고 한읍씨 가 뵈인니 수뢰라
ㅎ난 것시 귀한 스람이 타난 것시라 무슌 죠흔 일 잇써까부다 오날리 장
승상쯱의 갈 날리니 아마도 가마의 달려 갈난난부다 심쳥의 져 죽을 쑴인
쥴 알고 그짓 그 쑴 죠쓰이다 진지상을 물려너고 담비 피워 물인 후의 심
쳥

〈20-앞〉

이 스당의 ㅎ직츠로 들어갈 졔 닷시 셰슈ㅎ고 눈물 흔적 읍게 ㅎ고 스당
문 반만 열고 업들려 졀ㅎ고 ㅎ난 말리 불효여숀 심쳥은 아비 눈 쓰기을

위ᄒ여 인당슈 졔ᄎ로 몸을 팔려 가오ᄆ 죠상 향화을 일노조ᄎ ᄭᆫ케 된니 불쳥영모ᄒ옵난이다 울며 ᄒ직ᄒ고 ᄉ당문 닷고 나와셔 부친 압희 안져 두 손을 덤벅 잡고 얼골을 한ᄐ다 ᄃ이고 아바지 불으면셔 말 못ᄒ고 긔 졀ᄒ니 심봉ᄉ ᄭᅡᆷ짝 놀닉여 이게 웬 일인야 졍신찰려 말을 ᄒ라 심쳥이 졍신찰려 ᄒ난 말리 니가 불효여식으로 아바지을 쇽여쏘 공양미 삼빅셕을 게 뉘라셔 날을 쥬것쏘 남경 션인덜게 인당슈 졔육ᄎ로 몸을 팔여 오날 ᄯᅥ나난 날리온니 아바지 날을 오날 망종 보옵쇼셔 심봉ᄉ 이 말 듯고 참 말린야 헛말린야 이고 이고 이게 웬 말리야 못갈리라 못가리라 날달려 뭇 ᄶ 안코 네 임으로 ᄒ단 말가 네가 살고 니 눈 ᄯᅳ면 그난 응당 죠컨니와 ᄌᄉᆨ 죽이

〈20-뒤〉

고 눈을 ᄯᆫ덜 그게 ᄎ마 할 일린냐 네의 모친 너을 낫코 칠일만의 죽은 후의 눈 어두운 늘근 것시 품안의 너을 안고 이 집 져 집 단이면셔 구ᄎ 한 말ᄒ여 동양졋셜 으더 먹여 이만치나 자라난니 네의 모친 죽은 슬엄 ᄎᄎ로 이졋쩐니 이것시 무슨 말고 마라 말라 가지 말라 못갈리라 안희 죽쏘 ᄌᄉᆨ 죽쏘 뉘을 의지ᄒ여 사잔 말가 나 살라 무엇할리 너고 나고 함 긔 죽써 눈을 팔라 너을 살 테인듸 너을 팔라 눈을 살니 눈을 ᄯᆫ들 무엇 ᄒ며 나 살라 무엇ᄒ리 어ᄶᅡᆫ 놈의 팔ᄌ로셔 ᄉ궁지슈 된단 말가 네 이 놈 션인덜아 장ᄉ의 이도 죠컨니와 ᄉ람 ᄉ다 죽여셔로 졔ᄒ난 듸 어듸 보며 눈먼 놈의 무남독여 쳘 모로난 얼인 것셜 날 모로게 유인ᄒ여 갑셜 쥬고 ᄉ단 말가 돈도 실코 쌀도 실타 칠연디한의 ᄉ람 자바 빌나 ᄒ니 탕임군 의 어진 말삼 너게 지금 비난 바는 ᄉ람을 위ᄒ미니 ᄉ람 죽여

〈21-앞〉

빌 양이면 니 몸으로 디흐리라 몸으로 희싱흐되 신형빅모흐고 젼죠단발흐
고 상임쓸의 빌럿던니 디우방슈쳔리라 일런 일을 모로난야 여보시요 동니
스람 졀언 놈을 그져 도오 심쳥이 부친을 붓뜰고 울며 위로흐되 아바지
할릴 읍쏘 나넌 임의 죽을러 가건이와 아바지넌 눈을 써셔 디명쳔지 닷시
보와 착한 스람 구흐읍쎠 아달도 낫코 딸도 나셔 아바지 후스을 젼흐고
불효여식을 싱각지 말고 만셰무양흐읍쇼셔 션인덜리 그 졍셩을 보고 여러
스공 공의흐되 심쇼셰의 효셩과 심밍인의 일싱 신셰 가긍흐니 굼찌 안코
벗찌 안케 한 모게을 흐여 쥬면 엇써한뇨 그 말리 올타 흐고 쌀 이십셕과
돈 삼빅양과 빅목 마포 각 한 통을 동즁의 들려녹코 동인을 모와 구별흐
되 젼 삼빅양언 논을 사셔 착실한 사람 쥬어 도지 읍씨 경식흐고 심봉스
을 공괴흐라 흐고 빅미 이십셕언 연연이

〈21-뒤〉

홋터 쥬워 장이로 츄슈흐여 양식이 늑늑키 흐고 빅목 한 통 마포 한 통언
사졀의복 작만흐고 관가의 공문흐여 동즁의 젼창흐라 분별을 다한 후의
심쳥을 가즈할 졔 무능촌 장승상찍 노부인이 그졔야 이 말을 듯고 시비을
급피 보니여 심쇼졔을 쳥흐거날 심쳥이 시비을 짜라가니 부인이 문박긔
니달라 쇼졔의 숀을 잡고 울며 갈오디 이 무상한 스람아 나난 너을 즈식
으로 안난디 너난 나을 어미로 안이 아난쏘다 빅미 삼빅셕의 몸을 팔러
죽으러 간다 흐니 효셩언 지극흐나 그게 츠마 할 일린냐 날달려 의논흐여
씨면 읏지 쥬션 읍쎠씰랴 빅미 삼빅셕을 이졔 너가 갑퍼 쥴 쩌신니 션인
덜 니여 쥬고 망영이 싱각 말나 심쇼졔 엿쪼오디 당쵸의 말삼 못한 것설
후회한덜 엇지흐며 쪼한 위친흐여 공을 빌미 남의 무명지물을 밧들리요
빅미 삼빅셕을 이졔 너여 쥬면 션인의 임시 낭피될 것신니 이왕의 몸을
허낙

〈22-앞〉

ᄒ고 약슉을 비반ᄒ면 위친ᄒ난 졍셩이 안이요 쇼인 간장이라 웃지 파의
ᄒ올릭가 부인의 ᄒ날 갓ᄊ온 은혜와 착하신 말삼을 지ᄒ의 도라가 결쵸
보은ᄒ올리다 부인이 칭찬ᄒ고 닷시 보니 엄슉한지라 부인이 결연ᄒ여 참
마 놋치 못ᄒ거날 심쇼졔 닷시 엿ᄶ오더 부인이 결연ᄒ여 참마 놋치 못ᄒ
거날 심쇼졔 닷시 엿ᄶ오더 부인언 쳔상 곳 울리 부모라 은의 날 닷시 뵈
올릿가 글 한 슈을 지여 졍을 표할 것시온니 두고 보시면 증험ᄒ올리다
부인이 반겨 듯고 지필묵을 너여쥬니 붓셜 들고 글을 씰 졔 눈물리 피가
되여 졈졈이 썰러진니 송이송이 곳치 되여 글임의 족즈로다 즁당의 걸고
보니 그 글의 ᄒ여쓰되 ○셩긔스귀일몽관ᄒ니 ○견졍ᄒ필누삼삼고 ○셰간
최유단장쳐ᄒ니 ○초록강남인미환이라 ᄒ엿씬니 이 글 ᄯᅳᆺ션 살아 붓치난
것과 죽어 도라가난 것시 한 꿈을 보고 가이여 ○실졍의 글을 웃지 눈문
흘릭랴만난 ○셰간의 가장 단장할 곳이

〈22-뒤〉

잇신니 ○풀은 풀은 강남의 스람이 돌라오지 못ᄒ덜라 부인이 쇼졔의 손
을 잡고 왈 효여 효여로다 과연 셰상 스람 안이요 쳔상션여로다 니 ᄯᅩ한
글을 지여로라 ᄒ고 써셔 쥬니 그 글의 ᄒ여쓰되 ○무단풍우야니혼ᄒ니
○취숑명화낙히문을 ○아유초즈초부득ᄒ니 ○휴언강상음방혼을 ○이 글
ᄯᅳᆺ젼 무단한 풍우가 밤의와 어두운니 ○일홈난 곳셜 불어 보너여 히문의
썰어졋ᄯ다 ○너가 낭즈을 불너도 불너 웃지 못ᄒ니 ○강상의 곳ᄶᅡ온 혼
을 갈리덜 말라 ○쇼졔 글을 보고 품의 품으며 눈물로 이별ᄒ니 츠마 보
지 못할너라 심청이 부인게 ᄒ직ᄒ고 도라와 졔의 부친게 ᄒ직ᄒ니 심봉
스 심청을 붓뜰고 풜풜 쒸며 호통ᄒ되 날 죽이고 가거라 살이고난 못가리
라 날 달리고 가거라 너 혼즈난 못갈리라 심청이 졔의 부친을 위로ᄒ되

부즈쳔윤을 끈코 십어 끈싸오며

〈23-앞〉

죽고 십어 죽싸올릭가 잉회가 슈가 잇고 싱스가 한이 잇싸온니 흐날리 흐
신 비라 한탄한들 무엇흐릭가 졔의 부친 동늬 스람달려 붓들러 위로흐라
흐고 선이덜 쌀라갈 졔 초마쓴을 졸나미고 치마즈락 거덤거덤 것어안고
헌틀어진 멀리 두 귀 밋터 늘러지고 비갓치 홀은난 눈물 옷짓셜 다 젹씬
다 업썰러지며 잡빠지며 붓들러 나갈 젹의 근너 집 발라보며 아모기네 큰
악가 상침질 각더 흥비예 학 글릭기 누구 달리고 할랴넌냐 작연 오월 단
오날의 잉도 짜고 놀던 일을 네도 싱각흐난냐 아무기네 집 즈근 악아 금
연 칠월 칠셕날 밤의 한가지 놀아던니 이졔넌 허스로다 언졔나 닷시 볼리
네의덜언 팔즈 죠와 부모 모시고 잘덜 잇거라 망죵 보고 나넌 간다 동늬
스람 남여노쇼 읍시 눈이 붓게 다 울덜라 흐날리 아으시난지 빅일리 어터
가고 음운이 즈옥흐며 쳥산도 쩡글리고 강슈도

〈23-뒤〉

오열흐니 숑이숑이 피난 곳션 울고 져 빗셜 일코 요요한 버들짜지 죠넌
닷시 늘어지고 츈죠넌 다정흐여 빅번이나 울고 가고 문로란이 져 쐬꼬리
뉘을 이별흐여넌지 환우성을 즈아니고 뜻박긔 두견이넌 벌누을 흘여 울음
울 졔 야월공산 엇짜 두고 진증졔숑 단장인고 네 아몰리 가지 위예 불여
귀라 울건만넌 갑셜 밧고 팔넌 몸이 닷시 웃지 도라가랴 발람의 날이난
곳치 낫치와 붓터치니 곳셜 들고 바라보며 약도츈풍불희의넌 흐인취숑낙
화니오 한무졔 슉양공쥬 미화장언 잇건이와 죽을어 가난 몸이 누구을 위
흐여 단장할고 츈산의 지넌 곳시 지고 십어 질야만넌 발암의 썰러진니 네
마음이 안니로다 니의 빅면홍안 너와 갓탄지라 죽고 십어 죽을랴만넌 스

셰부득이라 손을 번듯 들러 동니 스람 발라보며 그리ᄒᆞᄋ 그리ᄒᆞᄋ 한 걸름 두 걸름의 열 번니나 돌라보고 열 걸름 빅 걸름의 집이 ᄎᆞ차 물어진다 강

〈24-앞〉

상의 당두ᄒᆞ니 사공불환차강안을 니예셔 알거구나 비멀리의 죠판 놋코 심청을 인도ᄒᆞ여 비예 들나 하온 후의 닷셜 감고 돗셜 달 졔 억기야 이야 쇼리ᄒᆞ며 북을 둥둥 울니면셔 노을 져허 비질ᄒᆞ여 쩌나가니 망망창히며 탕탕한 물결리라 빅빈쥬 갈머기은 홍노안의 날너 들고 쇼상강 길억기넌 한슈로 도라가고 요량한 맘른 쇼리 어젹승이 긔연만녀 곡종인불견의 슈봉만 풀으엇다 이니셩즁만고슈넌 날로 두고 일으미라 장스을 지나가니 가터부 간 곳 읍고 명나슈 발라보니 굴삼여 어복츙혼 무양ᄒᆞ던가 황학누을 당도ᄒᆞ니 일모향관ᄒᆞ쳐시요 연파강상스인슈넌 최회의 유젹이요 봉황디 다다른니 삼산언 반낙청천외요 이슈즁분빅노쥬넌 니티빅이 노던 듸요 심양강 도라든니 빅낙천이 어듸 가고 피파셩도 쓴어졋다 젹벽강을 들어가니 쇼동파 노던 풍경 의구ᄒᆞ다만넌 죠밍덕의 일셰영웅 안지지오

〈24-뒤〉

월낙오졔 집푼 밤의 고쇼셩의 비을 미니 한산스 쇠북쇼리 긱션의 쩔어진다 진회슈 근너가니 격강상여 망국한을 몰로고셔 열롱한슈월롱스의 후증화을 불런낫덧 쇼상강 도라가니 악양누 놉푼 집언 호상의 놉피 쩌다 동남으로 바라보니 오산넌 쳡쳡ᄒᆞ고 초슈언 만즁이라 반쥭의 져진 눈물 리비한을 쩌여 잇고 무산의 돗넌 달리 동졍호의 발거신니 상ᄒᆞ천광 거울갓치 풀러 잇고 창호산 져문 너넌 황능묘의 잠겨쎠라 삼협의 잔너비넌 ᄌᆞ식 찬넌 슬푼 쇼리 쳔긱쇼인 멋멋치나 눈문지고 슬허ᄒᆞ던고 쇼상팡경 죠타ᄒᆞ더

니 구경을 할리로다 힝션ㅎ여 나갈 젹의 향풍이 진동ㅎ며 옥겨 쇼리 들니
던니 엇더한 두 부인 쳥관을 놉피 씨고 즈금즈 셩유군의 신을 쓸고 나오
면셔 져긔 가넌 심쇼졔야 네 닌 말 잠간 들러보라 창오산붕상슈젹이라 죽
상쥬루나가멸얼 쳔츄 집혼 한니 한할 곳시 읍썻던니

〈25-앞〉

지극한 네의 효셩 ㅎ에코져 나왓노라 요슌우 긔쳔연의 지금언 언의 씨며
오현금 남풍시을 지금까지 젼ㅎ던냐 슈로 믄믄 길의 죠심ㅎ여 단여오라
ㅎ고 홀연니 간디 읍거날 심쳥이 니렴의 허오더 이난 요의 딸 입비로다
션상의 당도ㅎ니 풍낭이 디작ㅎ고 찬 긔운이 쇼삽ㅎ고 흑운이 둘너던니
쏘 한 스람 나오넌디 영여걸음ㅎ고 미간언 광활ㅎ고 눈언 쌱 감고 가죽을
몸의 둘루고 심쳥 불너 조니ㅎ되 슬푸다 울리 오왕 직비의 참쇼 듯고 촉
누글을 남을 쥬어 목 질너 죽은 후의 치리로 날을 쓰셔 이 물의 던져 노
니 장부의 원통한 일 월병이 멸오ㅎ멀 니가 역역히 볼랴ㅎ고 닌 일즉 눈
을 쎄여 동문 상의 걸니던니 과연 이 보왓로라 글러ㅎ나 원통한 것시 몸
의 가문 이 가죽을 뉘라셔 벽겨 쥬며 눈 읍난 게 한이로다 이넌 늬고 한
니 오나라 츙신 오즈셔로다 물결리 잔잔ㅎ고 일셩이 명낭ㅎ던니 엇던 션
비 탁반으로

〈25-뒤〉

나오거날 압희 한 스람언 왕즈의 긔상이라 얼골의 거문 씨넌 일국 슈셕이
요 의상이 남누ㅎ니 초슈일시 분명ㅎ다 뒤의 흔 스람언 안식이 초치ㅎ고
형용이 고고ㅎ다 잇달고 분한 것시 진나라의 소금 되여 삼연 무관의 고국
을 발라보며 미구의 흔이 되거ㅑ다 쳔츄의 집푼 한이 초혼조가 되여던니
박낭퇴셩 일러나니 쇽졀읍시 왓노라 나넌 초나라 굴원이라 회왕을 셤기다

가 노회의 참쇼 만나 들러옴을 썻치랴고 이 물의 빠져던니 의여쌜썻 울리 임군 닷시 셤기랴고 이 짱의 와노라 니의 지은 글리 ○쇼경이져고향지묘 예혜여 ○짐황고왈빅용이라 ○유초목지읍낙혜여 ○공미인지긔뫼로다 ○세 상 문장열사 누구누구 왓던가 그더넌 부친을 위ᄒᆞ여 효의 죽고 나넌 인군 을 위ᄒᆞ여 츙셩의 죽거시니 츙효넌 일반이라 위로코져 왓노라 창ᄒᆡ만리의 평안이 가옵쇼셔 심청이 싱각ᄒᆞ되 죽은 졔 긔쳔연의 졍빅이 나머

〈26-앞〉

잇셔 ᄉᆞ람의 보인니 이 ᄯᅩ한 귀신이라 나 죽을 증죠로다 슬피 통곡ᄒᆞ되 물의 잔 졔 멷 밤이며 비예 간 졔 멷 날리냐 거의 오육삭을 물과 갓치 지 니간니 금풍삽이셕긔ᄒᆞ니 옥우확이징영이라 낙ᄒᆞ넌 여고목져비ᄒᆞ고 츄슈 넌 공장쳔일식이라 왕발리 지은 바요 무변낙목 쇼소ᄒᆞ고 부진장강곤곤 니넌 두ᄌᆞ미의 글리로다 강한니 귤능이라 황금쳔편이요 노화풍긔ᄒᆞ니 빅 셜일장이라 신포셰유 지은 집과 옥노쳥풍 발가온더 괴로올스 어션덜언 등 불을 놉피 달고 익니셩 무삼 일로 도도난니 슈심이라 ᄒᆡ반쳥산언 봉봉이 놉퍼 잇셔 베이난니 수장이라 일낙장ᄉᆞ츄식원ᄒᆞ니 부지ᄒᆞᆫ쳐죠상군고 송옥 의 비취부가 이예셔 더할손가 동녀을 실어신니 진시황의 치약빈가 방ᄉᆞ넌 읍써씨나 한무졔의 구션빈가 질리 죽ᄌᆞ한덜 션인덜리 수직ᄒᆞ고 살라 실여 가ᄌᆞ ᄒᆞ니 고국이 창망ᄒᆞ다 한 곳더 당도ᄒᆞ여 닷셜 쥬고

〈26-뒤〉

돗셜 쥬니 이난 인당수라 광풍이 디작ᄒᆞ여 바디이 뒤놉난디 어용이 ᄊᆞ호 난 듯 디쳔바디 한가온더 돗도 일코 닷쏘 ᄭᅳᆫ쳐 용총도 썩굴러지고 치도 빠져 바람 불어 물결치며 안긔넌 ᄌᆞ옥한듸 갈 길리 창ᄒᆡ로다 스면언 ᄌᆞ옥 물결은 출넝 벽역갓치 비젼을 탕탕 돗디가 직근 경각의 위티ᄒᆞ니 도ᄉᆞ공

영좌 리학이 황황디겁ᄒ여 혼불부신ᄒ야 고사기게 찰릴 젹의 셥쌀노 밥을 짓고 왼쇼 잡고 동부쩍의 독의슐의 삽식실과 오식탕수 방위 ᄎ쳐 갈나놋코 통돗 잡어 통이쌀 머긔은 닷시 칼 ᄭᅩ져셔 좌우의 안쳐 녹코 심청을 목욕 식여 졍한 의복 너여 입피여 비멀리의 안쳐 두고 목셩 죠흔 도스공이 북치을 소의 들고 둘리 둥둥 고스할 졔 삼황오졔 나오실 졔 헌원씨 비을 모와 이졔불통ᄒ신 후의 후셩만민이 번을 밧다 각이위업ᄒ니 막디공이 안이신가 ᄒ우씨 구연지수 다사릴 졔 비을 타고 왕니ᄒ니 오복의 증한 공셰 긔쥬로 도라

〈27-앞〉

들고 오쥬셔 분노할 졔 노가로 거네 쥬고 희셩의 픠한 장수 오강으로 도라올 졔 비을 미고 지달리고 공명의 탈죠화넌 동남풍 빌어너여 됴됴의 십만디병 쥬유로 화공ᄒ니 비 안이면 웃지ᄒ며 도연명언 도라오고 장셰응언 강동 갈 졔 그도 ᄯᅩ한 비을 타고 임슐지츄칠월 죵일위지쇼여ᄒ야 쇼동파가 놀라잇고 지극춍 어스라 고여승쥬무졍건넌 어부의 질거옴이요 게도낭요ᄒ장표넌 치연션 그 아니며 경셰우경연언 상고션 그 안일넌가 울리 동무 시믈늬 명 상고로 위업ᄒ여 경연경세 단이던니 오날 인당수의 졔육을 듸리오니 인당수 요왕임니 동희신 아명이며 남희신 축융이며 셔희신 거승이여 북희신 옹강이며 강한지장과 쳔퇵지군이 졔수을 흠향ᄒ야 일졔 동심ᄒ와 비도 무쇠비가 되고 닷도 무쇠닷시 되고 돗도 무쇠돗시 되고 치도 무쇠치가 되여 비염으로 발람 빌어 희야로 인도ᄒ야 빅쳔만금 퇴을 너여 ᄉ만익게ᄒᆞ옵쇼셔 고수레 두리둥둥 빌기을 다한 후의 심낭ᄌ을 물리 들나

〈27-뒤〉

셩화갓치 지쵹ᄒ니 심청이 ᄒ릴 읍쎠 도화동을 바아보고 통곡ᄒ며 아바지

나넌 죽쑀 나넌 죽어도 습쩌 안니ᄒ여도 아반임 어셔 어셔 눈을 써셔 디
명천지 발근 셰상 시연ᄒ게 닷시 보옵쇼셔 만셰무양ᄒ옵쇼셔 이을 아드득
물고 영치 죠흔 눈을 감꼬 초마로 얼골을 물읍씨고 물의 풍덩실 빠진니
묘창히지일속이라 소실한풍 끈어진다 청산도 욕변ᄒ고 유수도 욕열할 졔
황천인들 무신ᄒ랴 잇 써 옥황상져 싀희용왕게 하교ᄒ시되 명일 오시의
츌천효여 심쳥이가 인당수의 빠질 거신니 네의 가 구ᄒ여 수정궁의 모시
여 착실리 공경ᄒ여 닷시 명 지달여셔 환송인간ᄒ라 만일 영을 거역ᄒ면
쳐참ᄒ리라 용왕이 황겁ᄒ야 원참군 별쥬부을 일번 불너 빅만인갑이며 무
슈한 시여덜로 빅능꾀즈 등디ᄒ고 오시을 기달리던니 옥갓탄 쇼졔 홀연이
물의 썰러진니 신여 고이 밧들러 교즈의 모시거날 심쇼졔 경신찰려 수양
ᄒ되 나넌 진셰 쳔인이라 웃지 용궁

<h2 align="center">〈28-앞〉</h2>

교즈을 타리요 열러 신여 엿즈오디 상졔 분부신니 타지 안이시면 울리 수
궁이 죄을 면치 못할 거신니 급피 올으쇼셔 심쇼졔 마지 못ᄒ여 교즈의
올으신니 위의도 장ᄒ시고 천상 션관 션여덜리 쇼졔을 볼랴ᄒ고 좌우 벌
여신니 티을진임언 학을 타고 안긔상언 난을 타고 젹송즈넌 굴음 타고 갈
건농언 스즈 타고 월궁의 항아며 소왕모 마고션여 십이게 직훤 션여 낙포
션여 남악션여가 다 모와넌듸 고은 복식 죠흔 픠물 항긔 이싱ᄒ고 풍낙이
전도ᄒ니 왕즈진의 봉필리와 곽회스의 죽장부며 셩연즈의 거문고며 장즈
방의 옥통쇼며 젹ᄒ곡 취용증의 능파스 보호스며 치연곡 우의곡을 셧썰리
여 놀리할 졔 낭즈한 풍유소리 수궁의 진동한다 수정궁 들어가니 별유天
地비人間이라 괘용골리 위양ᄒ니 영광요일ᄒ고 집어인이 작과ᄒ니 셔긔반
공이라 쥬궁픠궐언 應天上之三光이요 곤의슈상언 備人間之五福이라 산호
럼 디모병언 광치가

〈28-뒤〉

찰난ᄒ고 괴완단 유소장언 굴음갓치 놉피 처다 東으로 발라보니 三百尺
부상지의 일윤홍이 되여잇고 南으로 발라보니 더붕 비진ᄒ되 슈여남의 풀
은 물결 복만을 둘너잇고 西으로 발라보니 약슈가 아득한듸 一쌍청죠 날
러들고 北으로 발라보니 상운셔긔 발건넌듸 上通天文ᄒ고 下察地理ᄒ야
음식을 들일 젹의 유리병 호박비의 즈화쥬 千日쥬을 인표로 안쥬 놋코 호
로병 졔호탕의 갑노쥬 겨저 잇고 한 가온더 三千벽도 덩글억케 괴여난더
진슈보찬 셰상의 보지 못ᄒ던 비라 슈졍궁의 유할 졔 옥황상졔 명이여던
그힝이 오작할랴 四회용王이 각기 신여을 보너어 죠셕 문안ᄒ고 쳬번ᄒ여
시위ᄒ니 금슈능나 오色 치衣 花容月틱 고은 얼골 다 各其 단장ᄒ여 괴틱
ᄒ여 웃넌 양언 얌견ᄒ여 쥬넌 신여 청승으로 고은 신여 쥬야로 모실 젹
의 三日 소연ᄒ고 五日 大연ᄒ여 치단 빅疋 一쳬 공양ᄒ니 부足할가 유공
不급ᄒ더라

〈29-앞〉

일일언 옥황상졔게옵셔 심쇼졔 원노의 방연 거ᄒ니 각가온 인당슈로 호송
ᄒ여 어진 쩌을 일치 말나 ᄒ교ᄒ시니 스히 용왕이 심쇼졔을 치송할 졔
심쇼졔을 꼿봉 속의 모시고 두 신여로 시위ᄒ여 죠셕공괴 찬슈등물 금쥬
보너을 만이 늣코 옥분의 고이 담어 인당슈 나올 졔 사히용왕이 친이 나
와 젼숑ᄒ니 위의 거동이 츰과 갓타며 각궁 신여와 팔션여 다 나와 ᄒ직
할 졔 심쇼졔년 인당슈의 가시여셔 부귀로 만셰무양ᄒ옵쇼셔 심쇼졔 티답
ᄒ되 열어 왕의 은혜 입어 죽글 몸이 살어 셰상의 나가온니 은혜난망이요
그디덜도 졍이 집퍼 쩌나가기 결연ᄒ나 유현이 달른 고로 이별ᄒ고 가건
이와 슈궁의 귀한 몸이 닉니 평안ᄒ옵셔 ᄒ직ᄒ고 도라신니 인당슈의 번
뜻 쩟짜 쳔지죠화로 용왕이 신역이라 발람이 일어난덜 씻싹ᄒ며 비가 온

들 히깃후랴 오싁치운이 꼿봉의 갈리워 쥬야 둥둥 써 잇쓸 졔 남경션인덜리 억만금 퇴을 니여 고국으로 도라올 졔

〈29-뒤〉

인당슈의 다다나셔 졔수 졍비후여 용왕게 졔 진닐 졔 울리 일힝이 십여 명 신병지살 졔악후고 사망잇게 후옵쇼셔 용왕님 너부신 덕을 비박한 졔 즌으로 졍셩을 들리온니 일졔 흠향후옵쇼셔 쏘 졔물을 찰리여 심쇼졔을 위로할 졔 심쇼졔 혼을 불너 슬붓 말노 위로할 졔 넉씨라구나 넉시라고나 출쳔디효 심쇼졔넌 당상 빅발노친 눈 쓰기을 위후여 이팔홍안이 시스여귀 후고 슈즁고혼 되엿신니 갈련후듯 불상후다 울리 션인덜언 심쇼졔로 인연 후여 물화의 퇴을 니고 고국으로 가건이와 쇼졔의 방혼이야 언이날의 도 라갈가 가다가 쇼졔 부친 살러난가 죤망이나 알고 갈리다 한잔 슐노 위로 후니 만일 혼빅이라도 잇거던 흠향후옵쇼셔 졔물을 물의 늑코 눈물 씻쏘 발라보니 한 숑이 꼿시 희상의 써오거날 션인덜리 고이후여 동무즁의 후 넌 말리 아마도 양혼꼿시로다 각가이 가셔 보니 과연 심쇼졔 빠지던 곳시 라 마음

〈30-앞〉

의 감동후여 꼿셜 건졔 보니 과연 꼿시 크기가 슈리 갓타여 슈삼인 안질 너라 셰상의 희한한 꼿시로다 이상후고 밍낭후다 후고 꼿셜 비예 싯고 올 졔 쌜으기 풍우 갓탄지라 스오일 경영후던 질을 이삼일의 득달후니 이 쏘 한 이상한 일리라 슈다이 남은 직문 다 각기 논을 젹의 도션쥬넌 무슨 마 음으로 지물언 마다후고 꼿봉만 츠지후여 졔 집 후원의 단을 못고 두엇더 니 힝취 만실후고 오싁치운이 꼿 위예 얼엿더라 갈셜 잇 씨 송쳔즈 황후 붕후시고 심신이 살난후여 화초 귀경으로 셰월 보닐 졔 황극젼 널은 쩔의

긔화요쵸 벼살 쥬워 구ㅎ여서 여긔져긔 심어두고 사랑할 졔 팔월부용 군
ㅈ꼿 션만당휘 수연화며 암향부동 월황혼의 쇼식 젼턴 미화꼿 진시유낭거
후지은 복셩꼿 월즁단계 향문십이 게화꼿 셤셤오수로 금부야도 봉션화꼿
구월구일 용산음의 소츅신 국화꼿 공ㅈ왕손 방수ㅎ의 부귀ㅎ던 모란화 칠
십 졔ㅈ 강논

〈30-뒤〉

ㅎ니 향단츈풍 살구꼿 쳔틱산 들어가니 범범낙화 쩌오던 두견화 원정부지
별이한ㅎ니 옥창젼 잉도꼿 왜쳘죽 진달닉꼿 각식화쵸 층층이 심어신니 향
풍이 건뜻 불면 우질우질 넙놀 젹의 무슌 김셩이 안이 춤을 추며 안이 놀
리ㅎ리 天ㅈ 흥을 붓쳐 날마도 귀경ㅎ신던니 남경 갓던 도션쥬 궐니 쇼식
반겨 듯고 졔 홀로 싱각ㅎ되 옛스람언 볏쳘 등지고 天ㅈ을 싱각ㅎ니 나도
이 꼿 갓짜가 天ㅈ게 들닌 후의 츙셩을 닷토리라 인당슈의 으든 꼿셜 옥
반치 슈운ㅎ여 궐문의 다다으셔 이 뜻슬로 쥬달ㅎ니 天ㅈ 반기ㅅ 무지한
빅셩으로 졍셩이 그룩다 ㅎ시고 우션 무창틱슈을 졔슈ㅎ시고 꼿셜 갓짜
황극젼의 록코 보니 빗치 찰난ㅎ고 여일월지젼관이요 크기가 비반ㅎ고 향
닉가 틩츌ㅎ니 셰상 꼿시 안이로다 월즁 단계가 글임지 완연ㅎ니 게화도
안이요 셔게의 연화에게의 그 꼿치 쩔러져셔 희즁으로 왓쓰오니 이 꼿 일
홈언 강션

〈31-앞〉

화라 지으시고 ㅈ셰이 살펴보니 말근 안긔 얼리고셔 셔긔가 영농ㅎ니 황
졔 디희ㅎㅅ 화게의 윙겨 노은니 모란화 부용화 ㅎ품으로 도라안고 미화
국화 봉션화넌 비층이나 쩔러진니 만월 춘식이 ㅈ츠 무안식이라 일일언
궁여의게 젼교ㅎㅅ 화쳥지의 목욕할 시 황졔 친이 달을 쌀라 화게의 비회

ᄒ시던니 명월언 만경ᄒ고 미풍이 부동ᄒ되 강선화 꼿봉이 홀련 요동ᄒ며 꼿쇽이 벌어져 무ᄉ 쇼리 나난 듯ᄒ거날 황졔 괴이 여겨 동졍을 살펴 보니 션여옥여 반면만 니다 보고 몸을 숨겨 급피 들러가거날 황졔 심신이 황홀ᄒᄉ 엇시 동졍을 기달리되 형젹이 읍거날 가만이 들러가 꼿봉을 열고 보니 일기 쇼져 양기 미인이라 쳔즈 물으신니 엿쓰오디 남히 시비로셔 쇼졔을 모시고 희상으로 왓삽던니 황졔 젼안을 범ᄒ엿쓰오니 극히 황숑ᄒ여이다 天子 니염의 식각ᄒ되 옥황상졔게옵셔 조흔 인연을 보니시미로다 깃부미 층양 읍셔 신여을

〈31-뒤〉

명ᄒ여 니젼의 가두고 삼쳔 시여로 시위ᄒ시면셔 만일 ᄉ사로 열어 보면 죽기을 면치 못ᄒ리라 날 발거 닷시 보니 쇼졔 북글엄을 이긔지 못ᄒ여 아미을 슉이고 안져신니 안식이 화순ᄒ고 부여영거ᄒ고 슈예유졔ᄒ고 지슈아미요 미목변허여날 황졔 더욱 사랑ᄒ사 죠회을 파한 후의 꼿일을 죠신의게 의논ᄒ니 졔신이 합쥬ᄒ되 국모 읍시시을 상쳔이 ᄒ감ᄒ옵셔 인연을 보니시민니 쳔여불취ᄒ올릭가 시호시호 부지너라 니연을 졍ᄒ옵쇼셔 황졔 올케 역여 일관을 불너 틱일ᄒ니 모월 모일리라 쇼졔로 황후을 봉ᄒ여 승상집의 모시고 죠셔ᄒᄉ 일어한 일언 고금의 읍시니 법졀을 별반 그힝ᄒ라 분부 일어ᄒ옵신니 위의 거동이 젼고의 읍덜라 황졔 친영할 시 꼿봉 쇽으로셔 양기 시여 쇼졔을 모셔신니 북도철셩 화우보필리 갈나션 듯 궁즁이 휘황ᄒ야 발로 보지 못홀너라 만죠졔신이 만셰을 불우덜라

〈32-앞〉

숄토지인민이 격양가을 불우덜라 심황후 복이 만으신니 연연 풍연이요 촌촌 틱평가라 요순쳔지 닷시 오고 셩강지치 되여덜라 심황후 부귀가 극진

ᄒ나 즁심의 슘은 근심 다만 부친 뿐이로다 일일언 슈심을 이긔지 못ᄒ여 시여을 달리고 옥남간의 의지ᄒ여던니 츄월언 발가 산호염의 빗치고 실솔언 슬피 울어든다 무한한 근심을 졀졀리 쏄려실 졔 뜻박긔 상쳔의 기역기 울고 간니 심황후 반겨 듯고 ᄒ난 말리 져 기역기 게 잠간 멈물너라 쇼즁 낭 북ᄒ상의 편지 젼턴 네러구나 슈벽ᄉ명양안틱의 쳥운을 못이긔여 너 오난냐 도화동의 울리 부친 편지 젼할라고 너 오난냐 이별 슴연 쇼식을 몰로던니 니 편지 쎠 쥬거던 부딕부딕 젼ᄒ여라 상ᄌ을 니여 록코 집쏜 뜻셜 글려닐 져 붓셜 들러 씨즈ᄒ니 눈물리 먼져 썰려져 글ᄽ난 슈먹 지고 언어넌 도착한디 실ᄒ을 써나온 졔 이슴연이 되엿신니 복미심

〈32-뒤〉

츠시의 아반임 긔쳬후 일향만안ᄒ옵신닛가 복모구구 무임ᄒ셩이라 불효여 식 심쳥언 션인을 쌀러와 인당슈의 싸졋던니 황쳔이 도으시미 용왕이 구 ᄒ옵셔 셰상의 닷시 나와 황후가 되여신니 분의예 과ᄒ오나 가슴의 밋친 한이 귀함도 뜻시 읍고 살기도 귀치 안이ᄒ고 부친 실ᄒ의 한번 닷시 보 오면 죽은덜 무슌 한이 잇씰릭가 아바지 나을 보니고 문의 빗겨셔셔 싱각 할 줄 분명이 알건만언 유현이 믹켜신니 살러실 디난 이각이 난ᄒ여 쳔윤 이 쓴어젼니 기간 슈슴연의 눈을 쩌옵시며 동즁의 믹긴 젼곡 지금ᄭ지 온 젼ᄒ며 의식이나 이우난잇가 아바지 귀하신 몸 십쏜 보즁ᄒ옵신익가 슈히 슈히 뵈압기을 쳔만번 발옵난이다 편지을 들고 보니 기역기난 간디 읍고 창망한 구름 박긔 은ᄒ슈 기울러졋다 금ᄌ을 가졋시나 무안미요셔라 편지 을 졉어 상ᄌ의 담고 쇼리 읍시 울던니 잇 쩌 황졔 닉젼의 들러오실 시 황후

〈33-앞〉

을 보니 미간의 슈심이요 얼골의 누헌이라 황졔 물으시되 무슨 근심 이신
익가 귀위황후흐고 부유스히흐니 무슨 일로 울으신난익가 셩음이 부죡칭
어이여며 비감이 부죡이구여며 경난이 부죡어쳬여며 편폐뷰죡스영어젼여
익가 화후 엿쪼오디 솔토지빈이 막비왕민이오나 그 즁의 불상한 게 환과
고독 스궁의 그 지츤넌 병신이요 병신 즁의 불상한 게 밍인이라 쳔흐 밍
인을 모도 모와 잔치을 흐옵씨고 가자을 흐스 일월을 보지 못흐여 원을한
긔운을 풀어쥬시면 신쳡의 원이로쇼이다 황졔 들으시고 칭찬흐여 왈 가위
여즁요슌이로다 얼엽지 안이흐니 근심치 말으쇼셔 익일의 쳔흐의 반포흐
되 무논디쇼스셔인흐고 밍인이여던 승명 연셰 거쥬을 현쥬흐여 각히읍으
로 츠져 긔송흐여 잔치 참예흐게 흐되 만일 흐나라도 지위을 잘못흐여 참
예치 못흐난 지면 희슈령은 단당

〈33-뒤〉

엄치흐리라 죠졍이 젼윤흐스 셩화갓치 항흐덜라 각셜 잇 써 심봉스 딸을
일코 모진 목슘 죽지 안코 근근부지할 졔 도화동 스람덜리 심쇼졔의 효셩
과 물의 쩔려져 죽음을 불상이 역겨 강두의 비을 흐여 셰워신니 비명은
타누비라 글을 지여 긔록흐여쓰되 지위기펴쌍안흐고 살신셩효힝용궁을 연
파만리상신벽흐니 방혼연연안불궁을 이 글 쯧젼 쓴다만은 그 어베가 두
눈이 어두온 것셜 위흐여 몸이 효셩에 죽어 용궁의 힝흐덜라 연파만리가
슬피 풀으러신니 방혼이 희마도 한이다 흐지 안이쩔라 강두의 니왕흐넌
힝인이 눈물 안이 홀이 리 읍덜라 심봉스가 딸 싱각 곳 나면 비을 붓들고
울더라 동즁스람덜리 심밍인의 젼곡을 식이흐여 의식이 유여흐게 흐여 희
마도 늘어간니 본촌의 스넌 뺑덕어미라 흐난 연이 심봉스 젼곡 만탄 말을
듯고 즈원흐고 쳡이 되여 사던니 인 연이 외입장이라 양식 쥬고 떡 스먹

기 양식 쥬고

〈34-앞〉

괴기 사기 양식을 돈을 스셔 쥬막의가 슐 스먹기 졍즈 아리 낫잠 즈기 이
웃집의 밥 붓치기 동닉스람의게 욕흐기 초군덜흐고 쏘홈흐기 밤중의 울음
울기 남졍의게 담비 쳥흐기 코 큰 총각 유인흐기 제발 악젼을 겸흐여쓰되
심봉스 열어 희 쥴린 씃치라 그 중의 실니라고 잇셔 언어간의 가스을 졈
졈 탕픽흐니 뺑덕어미 불상한 심봉스의 양식을 흘젹 쌀어 먹고 이삼일 먹
을 양식이 남거던 니 삐리라 흐고 쥬야로 퍼 먹을 졔 흐로넌 황쥬즈스 심
봉스을 불르거날 심봉스 의관을 찰리고 들러가니 즈스 분부흐되 지금 황
상이 밍인잔치흐니 너도 가셔 참예흐라 승명 연셰 거쥬을 긔록흐고 노비
만이 쥬어 속키 쩌나라 흐니 심봉스 디답흐고 나와 쩌날랴 할 졔 한갓 뺑
덕어미을 못잇져 여보쇼 이기엄엄 즈니와 나와 부부예로 슈슈연을 지닉여
지 글엇치요 상담의 일르기을 할로밤 즈고도

〈34-뒤〉

만리셩을 쌋넌단 말도 잇고 츄우강남이란 말도 잇쓰니 울리 둘리 황셩의
가셔 잔치을 참예흐미 엇써흐고 부창부슈요 여필죵부라 자닉도 밀연치 안
이한 스람으로셔 엇지할고 나넌 몰너요 심봉스 홰를 펄젹 니여 그게 무순
말린고 나넌 즈닉 동졍만 보던니만언 만누라 여보쇼 몰우나 아나 말리나
흐쇼 심봉스 언의 시예 맘음이 품이여셔 글러흐면 글럿치 황셩 쳔리질을
날과 함기 가셔 질의 난들 밤이야 할 일 못할가 뺑덕어미 간스한 말로 디
답흐되 당초붓텀 나넌 항기 갈랴흐고 인넌듸 쩟박긔 이웃스람 싹군 으던
쥴노 말을 흐니 닉 마음의 오히려 셥셥흐여 글러키 디답흐여쏘 심봉스 그
말을 올희 역겨 닉가 잘못흐여네 그렁져렁 가산 지물을 방미흐여 가지고

익일의 질을 써날 시 쎙덕어미 압 세우고 슈일을 힝ᄒ여 한 역촌의 다다
른니 근쳐의 왕봉ᄉ라 ᄒ넌 ᄉ람이 반쇼경인듸 형셰도 요부할분덜어 쎙덕
어미 음난ᄒ단 말

〈35-앞〉

을 듯고 한 번 보기가 원일너니 심봉ᄉ와 함긔 온단 말을 듯고 그 쥬인과
의논ᄒ고 쎙덕어미을 쎄여닐랴 할 졔 감안이셜로 빅단 유인ᄒ니 쎙덕어미
싱각ᄒ되 니 막상 심봉ᄉ을 쌀라가도 잔치 참예할 슈 읍고 집으로 도라와
도 먹을 것시 읍고 찰라리 져 ᄉ람을 쌀라가면 니 신셰넌 편할 거신니 왕
봉ᄉ을 쌀라갈리라 약쇽을 증한 후의 심봉ᄉ 잠들기을 기달려 왕봉ᄉ을
쌀라간이라 심봉ᄉ 줌을 쎄여 음흉한 싱각이 나셔 엽혈 만져보니 간 듸
읍거날 여보쇼 여보쇼 어듸 간넌가 죵시 통졍읍거날 이 구셕 져 구셕 아
몰리 더둠은들 발셔 왕봉ᄉ와 함긔 가 굼긔 듸넌듸 잇쓸익가 여보쇼 쥬인
니 울리 엽편네 혹 안의 들러갓쏘 글언 일 읍쇼 심봉ᄉ 그졔야 달러난 줄
알고 잣탄ᄒ며 여보소 쎙덕어몸 날 발리고 어듸 간나 무상ᄒ고 괘심ᄒ다
황셩 쳔여리를 누와 함긔 볏셜 삼어 갈리 울다가 웃지 싱각ᄒ고 손을 훨
훨 쏠리여 손슈

〈35-뒤〉

쑤지졔 아셜라 인 연 니가 너을 싱각ᄒ넌 것시 인ᄉ불상이로다 공연이 그
츤한 잠연을 보진거든니 셰간만 낭픠ᄒ고 즁노의도 낭픠ᄒ니 도모지 니
잘못한 타시로다 울리 헌철ᄒ던 곽시부인 쥭넌 양도 보고 살고 츌쳔효여
심쳥을 싱이별로 물의 쎄져 쥭넌 양도 보고 살라거던 져만한 연을 상각도
가쇼옵고 닷시 싱각ᄒ면 기아달놈이로다 ᄉ람 달리고 슈작ᄒ덧 ᄒ다가 날
리 시니 닷시 쩌나갈 졔 잇 찌넌 오유월리라 더웁기넌 불꽃 갓고 쌈은 비

갓치 흘은니 목욕할랴 ᄒ고 시녀가의 의관을 버셔녹코 목욕ᄒ고 나와 보
니 의관과 힝장이 읍난지라 강변을 두로 기여 ᄉ방을로 기여 더듬넌 그동
언 신영굿 ᄐᆔ쥬리 더듬쩟 만져 가도 흔적이 읍거날 방셩통곡할 졔 이고
이고 웃지 할리 네 이 놈 도젹놈의 식기야 니 거셜 가져간넌냐 날만 못할
놀웃 시기넌냐 허다한 부ᄌ집의 먹고 씨고 남넌 지물 만컨만넌 가긍한 이
니 의관 가져가쩐니 즁노

의 의관 읍씨 어디가 밥을 빌며 뉘라서 나을 옷셜 쥴리 귀먹장이 전동달
리 각각 병신 셜짜 ᄒ되 쳔지일월 흑빅장단 만물을 분간ᄒ고 질을 ᄎ져
단니넌듸 어인 놈의 팔ᄌ로셔 쇼경이 되여넌고 한참 일리 할 졔 무능ᄐᆔ슈
니학이 황셩의 갓짜 날려오난 길의 심봉ᄉ 벽졔쇼리 반겨 듯고 올타 어디
관장 오난가부다 억지을 쎠 보리라 ᄒ고 맛치 독굴리고 안져던니 각가의
오거널 두 숀으로 부ᄌ지을 덤벅 쥐고 긔여들러갈 졔 좌우 나쥴리 밀쳐니
니 심봉ᄉ 유셰한 쥴로 너 이 놈덜 고이한 놈이라고나 니가 지금 황셩 갓
다 네 승명 무러시며 이 힝ᄎ넌 뉘냐 ᄒ니 ᄐᆔ슈 ᄒ인을 물이고 뭇되 엇지
옷셜 벗셔넌냐 무슌 말을 ᄒ고져 ᄒ거던 ᄒ라 심봉ᄉ 엿쭈오디 싱언 황쥬
도화동 ᄉ넌 밍인 심학귀넌니 황셩잔치의 가옵짜가 날리 심이 더웁기로
목욕ᄒ고 나온즉 엇던 도젹이 의관을 도젹ᄒ여 갓쓰오니 진쇼의유츌망양
이요 진퇴유곡이라 ᄎ져 쥬시기을 별반쳐분

ᄒ옵셔 황셩 가게 ᄒ옵쇼셔 ᄐᆔ슈 일번 가긍이 역겨 네 글러ᄒ거던 쇼지을
잘 지여 올이면 의관과 노ᄌ을 후이 쥴 거신니 그리ᄒ건넌냐 심봉ᄉ 알외
되 좀쳐 글쯔나 ᄒ오나 눈이 어두워 씨지 못ᄒ오니 글 잘ᄒ넌 셩이을 쥬

시면 불너씨게 ᄒ리다 조금도 머무지 안이ᄒ고 시흥이 도도ᄒ니 틱슈 반
겨ᄒ여 원졍을 밧더 보니 과연 문장이라 그 원졍의 ᄒ여씨되 ○복이싱이
혹罪우쳔ᄒ야 ○박명이박이라 ○명박명어일월리 ○혼쌍안이불분ᄒ고 ○낙
망낙어부쳐여을 ○동구원지낙착이라 ○죠도형이운긔던니 ○난싱빅슈거금
이라 ○힝유십오셰지호덕예넌니 ○변작삼연슈즁고혼이라 ○각셜누금일누
ᄒ니 ○누불간어쳔여ᄒ고 ○죠니쇠모니쇠ᄒ니 ○쇠가험어노부로다 ○식유
호구ᄒ니 ○포모상돈이라 ○슈부흠신ᄒ니 ○수가가안지안지오 ○당금쳔ᄌ
승신문무ᄒ사 ○죠도형이연망인ᄒ니 ○방양츈이발

〈37-앞〉

유곡이라 ○동별침강ᄒ고 ○셔힝경낙이라 ○노위월의요지자지요 ○위혹이
긔우금ᄒ며 ○학졍졈지욕긔넌니 ○의복야관망야 ○눌견실어빅ᄉ지장ᄒ고
○낭탁야반젼야 ○가록임츙즁이라 ○ᄌ고신셰ᄒ면 촉번져양이라 젹신나쳬
넌 쥬츌지망이요 빅면이요넌 젼영지외로다 복유상공언 이어지지요 ᄉ쥬지
치라 글영ᄉ급지의시로다 ᄒ며 망구쳐확지여ᄒ사 창고금위지어ᄒ면 롱차
싱지조긔운할린니 공사쳬분ᄒ옵소셔 퇴슈 칭찬하고 의복 닐십 니여쥬고
급장니 불너 휘장 밋터 걸인 갓 니여 쥬고 후비 불너 노비 쥬니 심봉ᄉ
신이 읍셔 못가것쑈 신이야 웃지 쥴 슈 잇넌냐 ᄒ인의 신을 쥬ᄌᄒ니 져
의도 발을 벗고 갈 길리 읍씬니 웃지 쥬건넌냐 일리할 지음의 그 즁의 마
부질 일슈 ᄒ난 놈이 마상긱의 돈 일슈 발나니넌 놈이 안이

〈37-뒤〉

먹은 슐 먹어로라 슐갑도 밧다니고 말죽 갑 한 돈 ᄒ면 열두입이나 발나
니고 신언 싱싱ᄒ여도 신 버셧다 ᄒ고 신갑 밧다 시 신 스셔 말 뒤의 달
고 딸라오넌 그 놈의 죠가 미운니 그 신 쩌여쥬라 신 으더 신은 후의 황

슝ᄒ오나 그 무상한 놈이 담비ᄶ을 가져갓쇼 글러면 웃지ᄒ잔 말리냐 예
글러탄 말숨이요 급장이 불너 담비ᄶ 너여쥬고 잘 가라 분부ᄒ니 심봉ᄉ
ᄒ직ᄒ고 촌촌견진ᄒ여 열어 날만의 황셩이 각가온지라 낙슈교을 얼는 근
너 록슈셩을 들러갈 졔 한 곳더 다다은니 방아집이 잇셔 방아을 ᄶ커날
심봉ᄉ 펴셔할랴 ᄒ고 방아집 근녈의셔 쉬던니 열어 기집이 심봉ᄉ을 보
고 져 봉ᄉ도 잔치의 오난 봉ᄉ라고 요시 봉ᄉ 한셰게 가던고 졀리 안져
지 말고 방아 덜러 ᄶ여쥬오 심봉ᄉ 그졔야 양반ᄶ 죵인 쥴 알고 희롱으
로 더답ᄒ되 쳔리타향의 발졍ᄒ여 오난 ᄉ람덜어 방아을 ᄶ라 ᄒ니 무엇
셜 쥴나면 ᄶ치 익그 그 봉ᄉ 의몽ᄒ여라 쥬기넌

〈38-앞〉

졈신인나 으더 먹지 즘신만 으더 먹을랴면 누가 글어구워 글러면 무엇셜
쥴가 괴기ᄒ여 쥴가 심봉ᄉ 펙 웃고 그것도 고기ᄉ 고기지만넌 쥴나고 쥴
지 아이 쥴지 웃지 알러 방아나 ᄶᆺ코 보지 올치 그 말리 반허낙 되여쑤나
심봉ᄉ 방아의 올나셔셔 썰커덩 썰커덩 ᄶ은니 봉ᄉ 숄리나 덜러ᄒ지 방
아숄리야 니가 잘ᄒ지 열어 ᄒ임덜게 견디지 못ᄒ여 방아숄리을 한다 억
의열라 방아요 티고 쳔황씨넌 목덕으로 왕ᄒ신니 이 남그로 왕ᄒ신가 어
긔열라 방아요 이 방아넌 뉘 방안고 강티공의 죠작 방아라 어엿ᄎ 방아요
졍졍츈산의 낭걸 비여 이 방아을 망글엇네 어긔열라 방아요 방아 만들 졔
모번이 이상함도 이상다 스람을 비양턴가 두 달리을 쫙 벌여니어 긔 열
여라 방아요 옥빈홍안의 빈여을 본가 할 헐리의 잘 질녀네 어긔열라 방아
요 질고 간은 헐리을 보니 쵸셩궁닌의 헐릴넌가 어긔열라 방아요 츄쳔ᄒ
고 노던 발노 이 방아

〈38-뒤〉

을 찌커쑤나 어열라 방아요 멀리을 들고 일어난니 창히 노용이 쓩을 닌 듯 멀리을 슉여 날리넌 양언 난왕돈슈넌가 어열라 방아요 오고더부 죽은 후의 방아쇼리 끗쳐던니 울리 승상 즉위 후의 국티민안 흐옵시고 흐물며 밍인잔치 고금의 읍쎠씬니 울리도 티평승더의 방아쇼리나 흐여 보셰 어열 라 방이요 어여 방아요 한 달리을 놉피 들러 올으락 날리락 할 젹의 실눅 실눅 벌눅벌눅 죠기로다 어열라 방아요 열어 스람덜리 알어듯고 예 요 쇼 경 무슨 쇼린고 열어 한임이 박장더쇼흐며 글리로 나와던가 즈셰이도 난 네 나온 게 안이라 보왔지 글리져리 방아 찌코 점신을 으더 먹고 져 만누 라덜 글리 흐오 잘 으더 먹고 가오 그 봉스 심심치 안이히 스람언 죠코먼 잘 가오 츠츠 셩중의 들러가니 억만 장안의 모도 쇼경 비치라 셜로 탁탁 붓듯치여 단이지 못할너라 한 곳졀 지나던니 한 여인이 문박긔 셧다가 져 긔 가넌 봉스임 일리 잠

〈39-앞〉

간 오시요 게 뉘시요 심봉스 안이시요 니 과연 글러흐요 웃지 글리 알으 시요 글럿치 안이 한 일리 잇쓴니 게 잠간 머물어시요 이윽고 나와 인도 흐여 스랑의 안치고 셕반을 들리거날 심봉스 싱각흐되 날을 알 이 읍건만 언 엇짠 일인고 찬슈 비상커날 밥을 먹은 즉 날리 져물러 황혼이 되니 그 여인이 닷시 나와 여보 봉스임 니 방으로 들러 갑시다 이 집의 외쥬인 유 무언 몰어건이와 웃지 니당의 들러갈리요 허물치 말고 날 쌸라 오시요 여 보시요 무슨 우환이 잇쏘 나넌 독경할 쥴 몰노오 잔말삼 고만흐고 들러가 보오 막디을 질게 익끌이여 들러가니 의심나 어풀스 보쑴의 들러 위티흐 다 디쳥의 올나가 안진 후의 동펑의셔 웬 여인이 물으되 심봉스신지요 엇 지 아오 아난 도리가 잇지요 니 승언 안가요 황셩의셔 쳐거흐옵다가 부친

이 더상고 ㅎ옵던니 불힝ㅎ여 부모 구몰ㅎ고 이 집을 직키여 잇삽던니 평상을 아자지라 이십오셰가 길연이옵고

〈39-뒤〉

간밤의 꿈을 꾸니 ㅎ날의 희와 달리 쎨러져 물의 쌔지거날 첩이 건겨 품의 품어 뵈인니 ㅎ날의 일월언 스람의 두 눈이라 일월리 쎨러진니 날갓치 밍인인 쥴을 알고 물의 장긴이 심씬 쥴 알러옵고 스람을 시기여 지니넌 밍인을 찰에로 불너 가옵던니 쳔우신죠ㅎ와 만나쓰오니 인연인가 ㅎ옵난이다 첩이 비록 용열ㅎ오나 발리지 안이시면 첩의 복일까 ㅎ옵난닙다 심봉스 픽 웃고 말리야 죠코만언 글러키 ㅎ엿쏘 죵을 불너 차을 권한 후의 거쥬넌 어듸오며 엇쩌한 딕이익가 심봉스 젼후 신셰을 낫낫치 일으고 방셩통곡ㅎ니 안씨밍인이 위로ㅎ고 그날 밤의 동침ㅎ니 둘리 눈니 번쯧번쯧ㅎ니 알 슈가 잇넌야 스람언 둘리나 눈언 합ㅎ여 반틱이 못될 쯧ㅎ덜라 밤을 즈고 일어나니 쥴리던 판이요 첫날밤이라 오즉 죠흘가 심봉스 죠와라고 사랑가을 불운다

〈40-앞〉

스랑 스랑 스랑이야 어하 둥둥 니 스랑 힝질갓치 쳔리만리 쎗친 스랑 어하 둥둥 니 살랑 칙넝쿨갓치 휘휘 친친 감긴 스랑 어화 둥둥 니 사랑 요장풍이의 장식갓치 모모의 감춘 스랑 이 살랑 져 살랑 스랑 계워 못살것다 일리 한창 논일다가 홀연이 심봉스 슈심으로 안겨거날 안씨 물으되 무슨 일노 슈심을 ㅎ시난익가 첩이 돌로혀 불안ㅎ여이다 심봉스 디답ㅎ되 본디 팔즈 긔박ㅎ와 일셩을 두고 징험한즉 막 죠흔 일리 잇시면 어자넌 일리 싱기고 싱기고 ㅎ던니 오날밤 꿈의 불 속의 들어 뵈니고 비가쥭을 벽겨 북을 메여 보이고 남문입피 썰어져 쏠리을 덥퍼 뵈인니 아마도 나

줄을 꿈인가 보오 안씨밍인이 듯고 꿈 좃쏘 닉 히몽ᄒ리다 인지화즁ᄒ니
희로올일 것시요 거피작고ᄒ니 인즁지상이요 낙엽이 귀근ᄒ니 ᄌ여상봉이
라 디몽이온니 디단 반갑쓰이다 웃셔 갈오디 옥담 을타 쳔부당만부당이라
퍼육부당이요 죠쪽지혈이라 엇지

〈40-뒤〉

지금언 니 말을 밋지 안이시나 필경을 두고 보시요 밥을 먹은 후의 궐문
박긔 당도ᄒ니 밍인잔치 들나 외이거날 둘러가니 쳔ᄒ 쇼경의 쥬어 모여
궐닉의 쇼경빗치라 빗춰여 검어 츙츙ᄒ고 쇼경닉 등쳔ᄒ더라 이 젹의 심
황후 열어 날 밍인잔치을 ᄒ고 밍인의 승명 셩칙을 날마다 덜러 보시되
심씨의 밍인이 읍쎤니 ᄌ탄ᄒᄉ ᄒ난 말리 이 잔치을 비셜한 바넌 부친을
보랴 ᄒ미여날 부친니 오시지 안이ᄒ니 니가 인당슈의 죽은 쥴노 알고 이
통ᄒ여 죽으신가 몽은ᄉ 부쳐임이 영감ᄒᄉ 그 시의 눈을 쎠셔 밍인 즁의
쎄지신가 이 잔치 오날 망죵이라 친이 나가 볼리라 ᄒ시고 우션 밍인셩칙
을 딜여본즉 황쥬 도화동 ᄉ넌 심학규라 잇거널 비록 심씨요 동명은 갓타
나 부친의 관명을 알 길니 읍셔 의혹이 만단ᄒ여 후원 별당의 쥬렴을 늘
리고 밍인을 귀경ᄒ실 시 봉ᄉ 허다ᄒ니 졸연니 알 길리 읍더라 심봉ᄉ

〈41-앞〉

말셕의 참예ᄒ여 풍악도 낭ᄌᄒ고 음식도 졍비ᄒ고 의복을 한 볼식 니여
쥬난지라 잇 ᄯ 황후 마음의 민울ᄒ여 예부상셔을 불너 황쥬 도화동 심학
규라 ᄒ니 뉘신가 차에로 물어 익거던 별젼으로 모셔디리라 예부상셔 봉
ᄉ 압압히 물어가던니 심봉ᄉ 압회 당ᄒ니 잇 ᄯ 심봉사 꿈일을 싱각ᄒ고
은휘코자 ᄒ다가 안씨밍인이 히몽ᄒ던 일을 싱각ᄒ고 과연 니가 그온니
웃지 뭇난익가 예부상셔가 심봉ᄉ을 인도ᄒ여 별젼으로 들러간니 심밍인

은 풍상의 고상ᄒᆞᆺ 성성백발리 환형ᄒᆞ여 분별키 얼럽고 심황후넌 삼연 용궁의 거쳐ᄒᆞ여 지니신니 부친의 얼골리 ᄌᆞ상치 못ᄒᆞ여 심황후 물으시되 쳐ᄌᆞ 잇난냐 심밍인이 복지ᄒᆞ여 눈물을 흘이면셔 알외되 아모 연의 상쳐 ᄒᆞ고 초칠일 못가셔 어미 일은 ᄌᆞ식 하나 잇삽던니 품의 품고 단이면셔 동양졋셜 으더 먹여 근근이 질너너여 즘첨 ᄌᆞ라난니 효성이

〈41-뒤〉

츌쳔ᄒᆞ여 옛ᄉᆞ람의 지니읍던니 요망한 즁이 와셔 공양미 삼빅셕을 시쥬ᄒᆞ 면 눈을 쓴다 ᄒᆞ온즉 신의 여식이 듯고 ᄌᆞ식이 아비 눈 쓴단 말 듯고 그 져 잇슬랴고 남경션인덜게 삼빅셕의 몸을 팔여 인당슈의 ᄲᅡ져 죽쏘온니 긋 찌 나이 십오셔라 눈도 쓰지 못ᄒᆞ고 ᄌᆞ식만 일쏘오니 ᄌᆞ식 팔러 먹넌 놈이 셰상의 살라 슬디 읍쏘온니 이 잘리예 죽여 쥬옵쇼셔 ᄒᆞ거날 황후 츠음 말을 들르면 발셔 부친인 쥴 알고 부ᄌᆞ쳔윤의 만나기을 기달엿던니 심황후 이 말슴을 듯고 버션발노 쮜여 날려 달려들러 부친을 안고 아바지 니 과연 물의 ᄲᅡ졋던 심쳥이로쇼이다 심봉ᄉᆞ 엇지 반갑던지 그게 웬 말리 냐 엇지 반갑던지 어듸 보ᄌᆞ 왈칵 달려든니 뜻박긔 눈이 활닥 발거지난지 라 셜로 붓들고 디셩통곡ᄒᆞ니 만셩밍인이 다 일로더 웃지 반가온지 난도 눈뜻다 셜로 각각 일리 할 졔 다 그깃말리요 심봉ᄉᆞ와 안씨밍인언 참 뜻 덜라 황졔

〈42-앞〉

이 쇼식을 듯고 심봉ᄉᆞ을 당상의 올려 인견ᄒᆞ시고 난남 부원군을 봉ᄒᆞ시 고 지치동승ᄒᆞ여 양ᄌᆞ 식여 션산의 쇼분 식여 고가로 도라가니 시로 슬푼 마음 엇지 다 형언ᄒᆞ랴 옛일을 싱각ᄒᆞ여 동닉의 잔치ᄒᆞ고 그 즁의 노인언 황상게 쥬달ᄒᆞ여 가ᄌᆞ 식여 옛 졍을 표ᄒᆞ로라 ᄒᆞ고 명산디쳔 갈리여셔 곽

씨부인을 닷시 이장ᄒ니 심황후 황졔게 쥬달ᄒ여 곽씨부인을 졍열부인을
추증ᄒ시고 졍문 지여 만셰예 빗니게 ᄒ다 심부원군언 숀자 삼형졔을 두
고 심황후넌 아달 오형졔와 딸 한나을 두워신니 부귀도 극진할분덜어 셰
상의 일헌 일언 젼고의 드문 일리라 연연이 풍연이 들고 국틱민안ᄒ니 걸
리걸리 송덕비요 빅셩덜리 격양가을 일삼덜라

○ 디한 광무 십연 병오 팔월 초팔릴의 등셔ᄒ여 이십일의 졀필ᄒ오나 용
지 둔필리라 외즈 낙스가 만쓰온니 보신넌 이덜리 눌

〈42-뒤〉

보시게 ᄒ옵쇼셔
셰지 병오의 죽임신판이라 이 칙 사연이 그짓말 갓타나 일리 다 글러한
뜻ᄒ온니 예스 고담으로 역기지 말고 잠심완독ᄒ와 즈질덜 보게 ᄒ오면
힝티 못할망졍 글언 쥴이나 아올 뜻ᄒ와이다
부쥬젼상빅서라
실ᄒ을 떠나온 졔 이삼연이 되여신니 복미심 ᄎ시의 아반임 긔쳬후 일향
만안ᄒ옵신지 복모구구무임 ᄒ성지지오며 불효여식 심쳥언 션인덜을 딸러
와 인당슈의 빠졋던니 황쳔이 도으심으로 용왕이 구ᄒ옵셔 셰상의 닷시
나와 황후가 되여신니 분의예 다 ᄒ온나 가삼의 밋친 한이 귀함도 뜻시
읍고 살기도 귀치 안이ᄒ고 부친 실ᄒ의 ᄒ번 닷시 보오면 죽쓰온들 무삼
한이 잇쓸익가 아바지 날을 보니고 문의 빗겨 셔셔 식각할 쥴 분명이 알
건만언 유헌이 막켜신니 살라 쓸디난 이각이 난ᄒ여 쳘윤이

〈43-앞〉

끈어젼니 기간 슈삼연의 눈을 쩌옵시며 동즁의 밋긴 젼곡 지금까지 온젼

ᄒ며 의식이나 이우난익가 아바지 귀하신 몸 십쓴 보즁ᄒ옵신익가 슈이
슈히 뵈옵기을 쳔만 봉망ᄒ옵난이다

노즈아 졀머 노즈 아 늘거지면 못노넌이라 화무십일홍이요 달두 ᄎ면 기
운난이 인싱이 일장츈몽이엿던 안니 놀어

빅구야 한거ᄒ다 네야 무슌 일리 인나 강호 쳥쳔의 써단이며 어듸 어듸
증 좃턴야 나도 봉명 ᄒ직ᄒ고 너을 죠쳐 놀어

정명기 소장 34장본 심청전

책 크기는 24.7 X 29.3 cm이고, 정명기 소장 번호로는 148번이다. 행서체와 해서체가 섞여 있고, 굵은 글씨와 얇은 글씨, 크고 작은 글씨체 등 필체가 일양하지 않다. 최소한 두세 사람의 필사자가 동원된 게 아닌가 생각된다. 이야기 논리가 맞지 않는 곳이 상당히 많이 발견된다. 삽화도 충분히 자세하지 않고 심하게 비약하는 부분도 발견된다. 예컨대 "이 때에 심맹인 잔치 영을 듣고 마음이 울적하여 행랑을 수습하여 반보짐을 싸놓고 일진을 가려 떠날 제 뺑덕어미를 막대 쥐어 앞세우고 인도하여 삼일 동행하더니 무상한 뺑덕어미 뺑덕어미 아무리 불러본들 도망한 년이 대답하리 달아난 년이 있을소냐." 같은 곳이다. 심봉사가 뺑덕어미와 동행하는 긴 사설이 소거되어 있고, 뺑덕어미가 다른 봉사와 눈이 맞아 달아난 사건도 삭제되어 뺑덕어미를 찾는다는 내용과 연결되지 않고 있다. 후반부의 사설이 특히 많이 축약되어 있다. 심봉사가 공양미를 약속하고나서 한탄하자 심청이 어진 소견으로 이렇게 말한다. "아버님은 그 일을 그렇게 생각할 일이 아니로소이다. 세상만사가 두고 아니 주면 죄라 하거니와 없어서 못하오면 죄가 아니오니 아버님은 죄로 생각지 마시고 밥이나 자시오면 그 죄는 스스로 없어지나이다. 부디 과렴치 마옵소서."

정명기 소장 34장본 심청전

〈1-앞〉

沈淸傳 심청젼

각셜이라 송나라 시졀의 유리국 도화동의 ᄉ난 심밍구라 ᄒ난 ᄉ람니 니
시되 삼셰젼의 안밍ᄒ야 ○○○○과 만물흑빅과 부모쳐ᄌ의 얼골을 알 슈
업셔 쳔지간의 일죄인이 되야더라 심봉ᄉ 엇진 안히 병신 가댱 공경할 졔
남무 반으질과 반 ○○○○ 쌜니 품이면 오유월 덧운 날의 긔심 미기와
낫날이 쌀을 밧다 병신 가쟝 ○관 웃복을 지셩으로 봉향할 졔 ○○○○○
○○ 일른 말이 우리 부부 연광이 삼○○○○○○○○○○

〈1-뒤〉

졈 혈육 업셔슨니 후○○○○○○○셩허가온들 죠션의 참여허리요 ○더은
니의 공경을 그만허고 명순디츠을 츠ᄌ 심공이나 허○○○○고 명순디쳔
순신당과 고묵디찰 삼신당의 인등불공으로 졍셩 맛지 안이허고 칠셩불공
미륵불공 가지가지 닷한 후의 공든 탑 ○○지면 슈문 남긔 잡밧지라 이
히 이 날은 갑ᄌ연 三月 초三日 밤나라 호연니 좀들든이 쳔지 진동허면
향니가 촉비허고 오운이 역농허면 공즁으로셔 셔긔 리려나면 욱예가 도화
한가지을

〈2-앞〉

손의 들고 쳔연니 나려와 봉ᄉ젼의 엿ᄌ오더 소예난 쳔관의 여ᄌ로더 옥

황상계계 득죄허고 닌간의 니치시미 갈 발을 못니 닐어 왓수온니 어여비
여긔소셔 ㅎ고 ○○○ 드려가거날 봉수 놀니 씨달은니 남가일몽이라 봉수
○○○ 몽수을 의논한 후의 그날 밤 연침허여든니 ○연 그 날볏팀 는틱ㅎ
여 십식 차미 희슨허니 완연한 옥예로다 심봉수 거동 보소 두 눈을 쓰불
쓰불ㅎ면 조화라고 비난 말이 천지계완 날언삼신 팔만 도제완 젼의 비난
잇두 비록 만득여 짤이오나 동방삭의 길○○○○○○ 가진 복을 졈졔ㅎ여
쥬옵쇼○○○○○○○○○

〈2-뒤〉

허고 호셩도 잇계허면 당슈무병ㅎ옵소셔 일여탓시 수량허여 못이져서 허
난 말이 쳔신니 감동한지 지슨이 도드슨지 금옥갓치 수량허면 효도할 니
쌀니야 츈신할 니 쌀이야 쥬야로 수량할 졔 일홈은 심쳥이라 죽명허고 낫
날니 삼신젼의 비든니 잇 디예 손모가 산후별징으로 병이 졈졈 침중허니
심봉수 거동 보소 국밥 ○○○ 들고 여보소 이기어맘 니 말삼 드려보소
우리 붓쳐가 일가친척 바이 업셔 만노리난 날만 밋고 낫난 마노리 만난
덧의 병이 졈졈 짓펴간니 니 일은 어이하잔 말고 만노니 죽기 되면 니 즈
슥을 엇지하리 허면 니 신셰들 유

〈3-앞〉

즉홀가 정신을 차려 국밥을 머그소셔 일어나오 일어나오 어셔 밧비 일어
나 머그소셔 ㅎ면 아몰리 권흔들 졍신이 업셔 픠기을 두셰번 ㅎ다가 슘이
○○○락ㅎ다가 인ㅎ여 별셰흔들 심봉수 엇지 알리요 실푸다 져 봉수의
졍지가 일월이 무광ㅎ고 산쳔이 변식ㅎ드라 심봉수은 안밍ㅎ여 보든 못ㅎ
고 어 불상 속히 비려 흔즉 슘소리가 졍이 업다 ㅎ고 국밥을 한틔 말라
산모의 입의다 이고 두셰번 쩌셔 머기이 국밥이 흘으난 줄 모르면서 로타

여보소 날은 보와도 억지로 먹고 졍신을 ○리소셔 아모리

〈3-뒤〉

그려혼들 사즈은 불가부싱이요 형즈은 불가부속이라 쥬근 지가 오러 되
심봉스은 모로고 손을 들려 만져본이 찬바람이 휘휘 불고 머리긋치 상글
혼이 이고 이고 이거시 왠 일인고 불상ᄒ다 이기 어만이 운명혼 지 오러
고나 고분지통 만닉슨이 어이ᄒ여 스잔 말고 심봉스 기가 막혀 쥬근 신쳬
목을 ○○얼골을 ᄒ더 다이고 ᄒ난 말이 이고 이고 만오러야 이 즈식을
엇지ᄒ고 닉가 죽고 그더가 사라스면 이 즈식 길루 거셜 그더 죽고 너가
산이 이 즈식을 어이ᄒ여 길너닐고 이고 이고 셜엄짓고 신공 들려 나흔
즈식을

〈4-앞〉

졋 한 번도 못머기고 멀고 먼 황쳔길의 불상이 도라간이 무삼 나히 만타
허야 나모 못할 그리ᄒ고 죽난잇가 쳬량ᄒ니 닉 즈식을 뉘가 살여닐고 안
고 누어 줌즈리왓 오짐 소믹 만닉기을 압 못보난 닉 손으로 어이 그려하
즌 말고 그더의 뒤을 ᄯᄀ 함계 죽즈 ᄒ되 너가 만일 죽계 되면 불상한
이 즈식을 길너닉 길 바히 업셔 리러탓시 통곡할 졔 동닉 노쇼상ᄒ 업시
일시의 모두 드려와 눈물로 초상허고 실푼 말로 위로할 졔 심봉스 가련한
졍상은 목볼지악식이라 동중의 공논ᄒ되 미호의 돈을 슈렴노와 관관 엄십

〈4-뒤〉

초상 중사 굿쳔ᄎ계 허여 듀셔 일구여츌로 공논한 후의 심봉스 션산의 안
중허고 통곡 듣고 모하 와셔 젹젹한 빈 방안의 향과 쑥과 피워놋코 이기
을 품의 안고 이고 이고 악어마 날 발이고 어디로 가난고 쳔틱슨 기푼 고

디 막고션여 보여간가 나양동츈 이화경의 슉낭즈 보려간가 무위파 져문 날의 양구비을 보려간가 쩌난 날을 잇거만은 도라올 날 만연흐ᄃ 회당화 져 나부야 꼿진닷고 셔마라 명연 츈삼월 ᄃ시 오면 보려만은 불상흐ᄃ 우리 안히 황쳔긱이 도여슨이 ᄃ시 오긔 어렵쏘다 난남의 영

〈5-앞〉

즈들은 삼월 삼진날로 도라오고 쳔산의 견우직여 칠월칠셕 도라오면 다시 만니 반가허고 쳔쳔의 놋피 썻셔 울고가난 져 기력기 소상강호의 쪽을 츠즈 반가니 놀거만은 사름은 어이흐여 한변 죽거지면 도라올 쥴 모로난고 이고 이고 셜름지고 졋 달낫고 우난 아긔 우럼 소리 치양허고 비곱파 우난 양은 츠마 못지 못할너라 아기을 품의 안고 더덤더덤 계우 나가 동셔남북 바잔이면 니 집 져 집 드려가셔 여보소 엄미 업난 아히 졋 조금 빨이소셔 리려샷시 스졍ᄒ니 뉘 안이 머기쥬랴 그런져런 졋졀 븨부르게 어둣 머기고 셰월을 보니면셔 안고 업고 밥 비긔을 흐든이

〈5-뒤〉

일연 잇디 십여셰 넘머슨이 심쳥이 고은 얼골 쳔상빅옥 진토의 뭇쳬난지라 힝신쳐스 츠려가면 언어 동졍 공경ᄒ면 호션으로 일을 삼아 밍인 붓친 위로할 졔 고금쳔지 효여로ᄃ 심봉스 상쳐흔 후의 여광여취허여 죽글 맛 암 즈조 낫되 심쳥을 싱각허여 죽지 못허고 지미업난 셰월을 힘음업시 본 니든니 할노난 심쳥이 붓친의 손을 줍고 지셩으로 허난 말이 아반임 니 말삼 들으시오 말 못ᄒ난 가마까치 비금쥬슈 미물이나 공순낙엽 져문 날의 반표은 혀흐여슨니 흐물면 사름이야 금슈만 못할잇가 아반임 오날볏텀 집의 겨시오면 소여 느가셔 밥을 비려 조셕봉향ᄒ오인ᄃ 허고 이튼날 조

〈6-앞〉

젼의 밥을 빌어 가려ᄒ니 심봉ᄉ 일은 말이 장셩훈 쳐ᄌ 아히 버거훈 더 로의 츌입ᄒ기 극난ᄒ도ᄃ 심쳥이 엿ᄌ오되 아분임 말ᄉᆷ 스리의 단연ᄒ오 나 ᄌ식은 집의 잇고 못 보난 아반임 다시 밥 비려 가오면 남이 날얼 욕 ᄒ옵고 쳔ᄒ의 무삼훈 ᄉ람이라 홀 거신이 복망 부친은 근심치 말으시고 집의 계시옵소셔 ᄒ고 나간이라 잇 ᄶᅳᆫ 셩화 동지 셔달 심한이라 쳡쳡이 싼 눈이 곡고지 덥펴신이 쳔산의 조비졀이요 망경의 인젹이 바이 업셔 신이 셜산의 모진 바람 화안의 셜리칠 졔 심쳥이 거동 보소 깃만 나문 졉 져고리 말만 나문 벼치밉와

〈6-뒤〉

ᄶᅥ려진 헌 바지을 리이겨리 털쳐 입고 쳥목휘양을 들너씨고 ᄃ ᄶᅵ여진 헌 쏙박긔을 계우 잡어 손의 들고 남북촌 도라들 졔 니 집 져 집 단긔면셔 지셩으로 밥을 빌 졔 공밥 팟밥 보리밥과 반조각 무디짐치 가초가초 만이 어듯 조셕으로 봉향허니 심봉ᄉ 거동 보쇼 밉시 조흔 두 눈을 변득변득 허면 허난 말니 어미 업난 ᄌ속을 근근이 길너니여 나는 공을 보건만은 너의 어미 귀한 변을 못보고 셰상을 니별허이 불상하ᄃ 너의 모친을 싱각 ᄒ니 쳔지만극ᄒ여 눈물을 홀인이 심쳥이 ᄯᅩ 쥭근 모친을 싱각허여 눈물 을 홀이면

〈7-앞〉

ᄒ는 말이 아반임이 쥭근 모친을 싱각ᄒ고 진지을 안이 ᄌ시오면 소여의 마음이 온젼ᄒ리잇가 ᄒ면 지셩으로 엿ᄌ온이 심봉ᄉ ᄒ난 말 여구훈 이 을 싱각 말고 빅만ᄉ을 잇고 밥을 머그리라 ᄒ거날 심쳥이 싱각ᄒ되 셰상 병신 중의 안질방이 곱ᄉ동이도 쳔지말물을 불변ᄒ거늘 밍인된 병신은 쳔

지만물을 분별치 못ᄒᆞ고 쳐ᄌᆞ권속을 상면치 못ᄒᆞ고 엇지 쳐양치 안이이 홀니잇가 명쳔이 감동ᄒᆞ와 병든 부친의 눈을 ᄯᅥ셔 쳔지을 ᄌᆞ셔이 보게 ᄒᆞ옵시면 은혀을 갑ᄉᆞ오리이다 ᄒᆞ면 지셩으로 축슈ᄒᆞᆫ니 보난 ᄉᆞ람이 심쳥의 호셩을 ᄌᆞ랑 안이ᄒᆞ 리 업더라 심쳥이 부친의 봉양ᄒᆞ라 ᄒᆞ고 쥬난 의복을 가져다가 져의 부친 의복

〈7-뒤〉

을 두셰 불 지여노고 져ᄂᆞᆫ 동지셧달 찬바람의 여계져계 술은 나고 손발은 훌훌 불면 치운동더운동 모로면셔 이 집 져 집 단기면셔 밥을 어더가다 ᄯᅳᄯᅳᄒᆞ게 다시 데워 조셕봉향ᄒᆞ니 그 호셩이 지극ᄒᆞ더라 심쳥이 ᄒᆞ로난 ᄉᆡᆼ각ᄒᆞ되 근촌의ᄂᆞᆫ 여려 ᄒᆡ 비려머근이 무안ᄒᆞ도다 ᄒᆞ고 그 이튼날부틈 원촌의 밥을 비려가든이 ᄌᆞ연 ᄭᅴ가 느져는지라 심봉ᄉᆞ ᄉᆡᆼ각ᄒᆞ되 불상ᄒᆞ다 ᄂᆡ ᄯᆞᆯ 심쳥아 동지셧달 찬바람의 누집 문젼의 우지지면 셧는야 ᄒᆞ면 혼ᄌᆞ 안ᄌᆞ 탄식ᄒᆞ고 ᄒᆞ난 말이 셰상 병신 즁의 압 못보난 병신이ᄂᆞᆫ 젼ᄉᆡᆼ의 무삼 일노 이ᄉᆡᆼ의 ᄉᆡᆼ계나셔 무삼 셰계 보라ᄒᆞ고 이 인ᄉᆡᆼ이 ᄉᆞ라ᄂᆞᆫ고 ᄒᆞ면 실픠 통곡ᄒᆞ니 그 졍상이 불상ᄒᆞ더라 심봉ᄉᆞ 감ᄶᅡᆨ 놀ᄂᆡ ᄉᆡᆼ각ᄒᆞ니

〈8-앞〉

심쳥니 잇 ᄭᅴᄭᅥ지 안이 온이 이거시 왼 일인고 엇든 ᄉᆞ람 ᄌᆞ식갓치 유인허여 다려간는가 허면 ᄂᆡ 가셔 불너 보리라 허고 간은 목을 크계 ᄂᆡ야 압집 김셔방ᄂᆡ 우리 심쳥이 계 갓삼나 뒤집의 이셔방ᄂᆡ 우리 심쳥이 계 간나가 일시의 ᄃᆡ답ᄒᆞ되 여긔사 안이 와소 셔편 집 져 동지 우리 심쳔이 계ᄂᆞᆫ 가소 져 동지 ᄃᆡ답ᄒᆞ되 여긔ᄉᆞ 안니와니 심봉ᄉᆞ ᄶᅡᆷ족 놀ᄂᆡ 어혀 니거시 왼 일인고 ᄂᆡ ᄂᆞᄀᆞ ᄎᆞᄌᆞ 보리라 ᄒᆞ고 막ᄃᆡ을 두던지면 거리로 ᄂᆞ션이 동셔남북을 분별지 못허여 지방 업시 ᄶᅩᆨ지을 두던지면 심쳔나 불은난 소

리 낭즈한지라 심밍인 거동 보소 놉푼 디 집푼 디 분별치 못허고 심쳔만 불은면셔 더덤더덤 흐드가 실족 낙

〈8-뒤〉

미흐여 기쳔의 변통업시 풍등실 빠져 나오지 못흐고 속졀업시 죽기만 발 리든니 쳔우신조허여 묘운순 화쥬즁이 팔노강순으로 시주츠로 단긔다가 맛참 그 압푸로 지닌든니 기쳔물의 엇듯한 밍인이 빠져 거의 죽계 되어난 지라 화쥬즁이 불상니 싱각흐야 건져놋코 흐난 말이 져 봉스난 어디 스난 봉스겐디 압펴 보지 못허고 쳐즈 얼골을 보지 못리슨니 그 안이 불상흐리 가 우리 분쳐임계 시주허면 니 임미 눈을 덧셔 살펴보리드 허거날 심밍인 의 거동 보소 눈 덧다 말을 반계 듯고 가셰을 싱각지 안이허고 시주을 얼 미나 흐올잇가 화주승니 디왈 고양미 三百셕을 권션의 기록흐

〈9-앞〉

옵소셔 흐디 심봉스 즉시 三百石乙 기록흐고 화쥬즁달려 일너 왈 부디 슈 이 눈을 쓰계 흐옵소셔 화쥬즁 왈 그리흐면 일후 달이 보오리다 흐고 문 득 두어 거름의 간디 업거늘 심봉스 고히 여계 집으로 들어와 심청이을 츠진이 그 찌것지 안이 와거늘 어혀 이거시 고히흐다 어디 가셔 안이 오 난고 흐고 심청이도 싱각흐고 白米 三百石乙 싱각흐니 업든 홰가 졀노 펄 펄 나고 심신이 불안흐여 춘탄으로 흐난 말이 뉘던지 망영되계 말흐여는 고 흐면 쪽지을 두던지면 흐는 말이 니 집 가손을 탈취흐와도 쌀 三百石 은 고스흐고 셔홉쌀이 업거늘 가슴을 쑤달이면 엇지 망영되여 이갓흔 죄 인으로 쏘흔 불젼을 쏘계신이 두 가지로 죄을 짓고 엇지 스자 흐고 세상 의 이을리요 흐면 지셩으로

〈9-뒤〉

통곡ㅎ든이 잇 씨 심청이 밥을 어더 가지고 발셥 도도ㅎ여 집으로 도라온니 심봉스 눈물을 흘이면 쌈쪽 놀니 문난 말이 녀 엇지 이다지 더듸오난야 심쳥이 엿ㅈ오듸 아분임 무삼 일노 과도이 실혀ㅎ시는잇가 셜음을 츠무시고 진지을 ㅈ부소셔 ㅎ니 심밍인이 ㅎ는 말이 니 널 발릭다가 못ㅎ여 너을 츠자 나가다가 실족ㅎ여 기쳔물의 쌘져 거의 죽계 되야든이 묘운슨 화쥬즁이 그 압푸로 지니다 마춤니 물의 밧져신이 건져노코 ㅎ난 말이 고양米 三百石乙 불젼의 시주ㅎ면 슈일 지니의 눈을 쓴다 ㅎ기로 가셰을 싱각지 안이ㅎ고 눈쓴단 말만 반계 듯고 白米 三百石乙 권션문의 기록ㅎ고 도라와 싱각ㅎ니 三百石 젼의 셔홉쌀 바이 업셔 이 모양 ㅎ난듸 또 압 못 보난 죄인이 되야 불

〈10-앞〉

젼을 쏘계신이 ㅎ가지 죄라도 압펄 보지 못ㅎ듸 두 가지 죄을 지고 밥 먹고 스라 무어ㅎ리요 ㅎ니 심쳥이 어진 소견으로 할 기리 업셔 말ㅎ되 아분임은 그 이을 그러케 싱각할 일이 안이로소이다 셰상만스가 두고 안이 쥬오면 죄라 ㅎ건이와 업셔 못ㅎ오면 죄 안이온이 아반임과 이 죄로 싱각지 말으시고 밥이나 ㅈ시오면 그 죄난 시사로 업난이다 부듸 과렴○ 마옵소셔 심봉스 ㅎ난 말이 단연ㅎ다 ㅎ고 밥을 먹는지라 심쳥은 이 늘부틈 부친의 원ㅎ난 일을 싱각ㅎ니 골슈의 미쳐는지라 엇지ㅎ여야 고양米 三百石乙 변통ㅎ여 부친의 원을 푸리요 오직 답답ㅎ여 집안을 싱각지 안이ㅎ고 눈쓴단 말만 반계ㅎ고 셰낫쌀이 바이 업난듸 三百石乙

〈10-뒤〉

엇지 변통ㅎ야 묘운스로 보니인요 ㅎ고 니 날부틈 젼조단발ㅎ고 후원의

드려 정결이 슈쇠ᄒ고 칠성단을 보와 노고 주야로 축원ᄒ던이 예로부텀 지성이면 감쳔이라 쳔도 어이 무심ᄒ야 일일은 남경장스 션인드리 심쳥의 문젼의 지니가면 크게 위여 왈 아무집 쳐ᄌ라도 십오세 되난 쳐ᄌ 얼골도 알암답고 성실도 졍결ᄒ고 온몸의 험치 업고 부모계 호성 잇난 쳐ᄌ 즁갑 셜 쥴 거신이 몸팔 쳐ᄌ 잇난잇가 심쳥이 니 말 듯고 문박계 나셔 쇠옥셩 으로 ᄒ난 말리 져계 가는 스공임 니 말 잔간 들어보소 스람 살나ᄒ니 무 어시 쓔려ᄒ고 ○○○○ 션인드리 디답

〈11-앞〉

ᄒ되 달음 안이오라 남경 간난 길의 슈로말이 인당슈의 제물차로 사자하 오 심쳥이 이 말 뜻고 천지가 아득하뫼 츌쳔지효여라 엇지 사싱을 악긔손 양 심쳥이 한넌 말이 덜 쥬와도 못사옵고 덜 쥬와도 못사올이다 선인들이 반계 듯고 심쳥달려 하난 말이 몸을 팔나하면 갑설 결단하옵소서 심쳥이 디답하도 고양미 三百석을 쥬옵소서 니 몸을 팔아도 선인들이 문난 말이 낭자 몸을 팔긔난 무삼 일노

〈11-뒤〉

파라ᄒ오 심쳥이 ᄒ난 말이 흔슙지고 모기 미여 일오더 六十 당연ᄒ 니의 부친 三十젼의 안밍ᄒ여 세상만물 못보와셔 쥬야로 져혀ᄒ옵던이 마참 묘 운순 화쥬즁이 말삼ᄒ되 고양米 三百石乙 불젼의 올이시면 당연의 눈을 덧셔 세상 구경을 다 혼다 ᄒ면 몸을 파려ᄒ난이다 션인드리 슈기을 젼ᄒ 후의 고양미 三百石乙 모운손의 운젼ᄒ니 화쥬의계 표 바다 가지고 도라 와 낭ᄌ달려 ᄒ난 말이 니월 초三日로 비을 쒸우려 ᄒ니 낭ᄌ은 명심불망 ᄒ옵소셔 ᄒ고 간 연후 심쳥이 기가 막혀 눈물로 셰월을 보니던이 잇 쩌 션인드리 다시 와 ᄒ난 말이 낭ᄌ쎠난 이 쌀 三十石乙 더 쥴 거신이 바다

가지고

〈12-앞〉

낭주의 의복을 지여 입고 우리와 한가지로 가스아드 허고 가거날 심쳔니니 쌀 三十石乙 밧다 가지고 白木과 판자허여 놋코 싱각허니 부친의 원은 더려건잇와 북단의 병든 부모乙 바리고 압피 막혀 어지 갈고 허면 부친의 의복乙 막족 지여 드리인잇드 허고 한쯤 뜻고 한숨지고 두 쯤 듯고 눈물지고 두세 변 지은니 압피 막키 못할너라 눈물로 지여놋코 남문 쪽 가리쥬여 가사츠로 모아 졔 의복 한 불 지여놋코 싱각한이 天地 망극허여 압 못난 부모乙 흐직허고 어더로 가존 말고 실피 통곡흐드가 드시금 싱각허니 선인드리 발셔 오계 도여스니 오날밤乙 지니오면 갈 거슨이 불상흐드 아밤임아 누을 밋고 스즈 말고 가련타 압 못보

〈12-뒤〉

난 병슨 부모 혼즈 두고 어더로 가존 말고 흐날임이 감동하야 썰디 업난 날가탄 여즈 죽근 후의 우리 부친 눈을 쩟셔 天地日月乙 분별흐계 흐옵소셔 황天의 도라간들 은혜乙 모로잇가 흐면 실피 통곡허이 日月이 무광허고 草木이 실혀흐더라 심쳔이 싱각흐되 아밤임 막족 진지ᄂ 흐여 들이즈 흐고 정지예 ᄂ아가 밥乙 지즈 한니 눈물로 밥乙 지고 한숨으로 반츤乙 죽만흐니 그 졍산乙 보면 철셕간존인들 안니 울고 어이 할라 실푸드 아반임아 니 손으로 지은 밥이 오날 앗참 막족이오 흐면 밥상乙 츠리 젹의 발셔 선인들이 문박계 와셔 허난 말니 낭즈씨난 쎄 느져

〈13-앞〉

간이 어셔 가스잇드 흐고 지촉이 셩화갓거날 선인이 이거셔 보고 심청이

아득하여 그 거동을 붓지 못할녜라 심청 계오 졍슨乙 진졍ᄒᆞ여 박계 ᄂᆞᄀ 션인계 엿ᄌᆞ오ᄃᆡ 안족 조금 츠무소셔 ᄒᆞ면 붓친으계 ᄒᆞ즉으로 밥이ᄂ 지여 알이옵고 한가지로 가ᄉ잇ᄃ 허면 진쥬 갓탄 눈물乙 양빈의 흐르난니 션人들도 눈물지고 낭ᄌ씨난 붓친의 밥乙 들이옵고 한가지로 가ᄉ잇ᄃ 허거날 심쳥이 ᄯᅩ 안으로 드려와 ᄒᆞ든 밥乙 막족 지여 찰려들고 붓친 압희 갓ᄃ 놋코 아반임아 아반임아 아침밥 지여슨이 밥이ᄂ 줍슈소셔 허면 남 모로계 눈물지고 엿ᄌᆞ오ᄃᆡ 셰上天地 병신 中의 四大六千 마듯

〈13-뒤〉

맛듯 씨지 못ᄒᆞ난 병신이도 밥상이ᄉ 아라본니 우리 아밤임은 젼셩의 무 삼 죄로 압 못보게 ᄒᆞ여썬고 ᄒᆞ면 붓친 압픠 안ᄌ 밥상 찰인 음식乙 갓지 갓지 셥계 曰 이거시 밥이옵고 져거시 국이옵고 이 편의난 산젹이요 져 편의는 씰씰 우난 싱치고기 펼펼 쒸는 슝어고기 면 맛조흔 잉어 싱신ᄒᆞ여 슨니 갓지갓지 맛셜 보고 비부르계 줍슈소셔 허거날 심봉ᄉ 거동 보소 平 生의 듯도 보도 못ᄒᆞ든 비라 감작 놀너 허난 말니 이거시 왼 음식인 출허 거날 심쳥이 엿ᄌᆞ오되 아밤임은 놀너지 마르시고 소여 말삼 들으소셔 져 건니 김동지임 싱일 춘치ᄒᆞ옵든니 아밤임계 드리라 ᄒᆞ옵고 쥬옵시미 갓져 완난

〈14-앞〉

잇ᄃ ᄒᆞ거날 심봉ᄉ 허난 말이 싱일존치ᄒᆞ옵긔로 이ᄃᆞ지 쥰ᄃᆞ 말가 아미 도 고히허다 이거시 왼 일고 허면 슈상이 싱각한니 심쳥이 ᄃᆞ시 엿ᄌᆞ오ᄃᆡ 아밤임은 소여 말삼乙 드르소셔 김동지임 소여乙 귀히 싱각허고 양여乙 삼으라 허고 말삼 ᄒᆞ든이 그 은고로 소여가 존치의 문안ᄎ로 갑ᄉ든니 김 동지임 치ᄉᄒᆞ옵고 ᄌ쳐의 족만한 음식乙 갓초갓초 쥬옵긔로 ᄀ즈왓ᄉ온

니 아반임 으심치 마르시고 즈부소셔 허면 드려보소 아반임 平生 소원이
눈쓴기가 원이 되야 고양미 三百石乙 분치임계 시쥬허여 드ㅎ든이 아밤임
고양미 三百石乙 변통ㅎ여 모운스의 본뇌건이와 아반임 눈乙 쩌셔 天地乙
분별허옵고

〈14-뒤〉

만셰무강ㅎ옵소셔 불효막심한 소여난 아반임 눈쩌난 양乙 봇지 못허고 인
단슈 고혼 되들 엇지 눈乙 감물잇가 ㅎ고 아반임 들은소셔 고양미 三百石
乙 달이 변통ㅎ미 안이오라 남경스난 션인드리 쟝스츠로 가난 길의 스람
을 스라ㅎ면 ㅎ올 슈 바히 업셔 쌀을 밧고 니 몸을 파라쏘온이 오날볏텀
ㅎ즉이로소잇드 불상탓 아반임아 니 손으로 지은 밥도 오날날 막쥭이요
소여가 아반임ㅇ 부르난 소리도 오날날 막쥭이요 아반임 심청아 부르난
말삼도 막쥭 들으이요 촌젼의 시 울거든 날시 줄 알고 쳥쌀 슐지거든 사
롬 온 줄 알고 동中이 고요ㅎ거든 밤인 줄 아르소셔

〈15-앞〉

니종의 시쟝ㅎ시거든 앗춤의 남문 밥의 졍쥬의 두어슨니 ㄱ드가 즈부소셔
의복이 드 쩌려지거든 쟝논의 두어슨니 니여 이부소셔 ㅎ고 붓친의 목을
안고 大셩통곡 우는 말이 아반임아 아반인아 나을 강보의 길너니야 이 지
경이 되야슨이 누을 밋고 스즈ㅎ오 슈슈한 충쳔은 살피소셔 허고 업덧진
니 심봉스 거동 보소 이거스 왼 말이요 네 업고 니 눈 쓴이 무어시 씨즌
말고 너와 니와 한가지로 쥭즈 ㅎ고 머리을 쑤다이면 실피 운이 日月이
무광허고 본난 스람드리 모도 실혀ㅎ더라 심청이 붓친 우난 경상을 엇지
츠마 보리오 션인드 도라보드ㄱ 눈물짓고 허난 말이

〈15-뒤〉

낭즈난 이 쌀 三十셕乙 ᄀ져두ᄀ 붓친의 양셕츠로 동中 붓쳬 두고 어셔
밧븨 ᄀᄉ잇ᄃ ᄒ거날 심청이 쌀을 밧ᄃ가지고 울면 허난 말이 동편의 이
셔방닉요 이 쌀 三十石을 밧ᄃ가지고 아반임 조셕으로 귓츤츤계 공경ᄒ옵
시면 죽어 황天긱이 도여도 으혜乙 갑스오리인잇ᄃ ᄒ고 압집의 김셔방의
요 이 쌀 三十石乙 밧ᄃ 두고 불상한 우리 부모 죽도됴 셰답이나 써여 쥬
소 그 은혜난 틱산 갓고 한강이ᄂ 밧ᄂ니 머리를 밧치온들 그 공乙 갑지
못ᄒ오리ᄃ ᄒ면 지셩으로 붓탁ᄒ니 양人이 혀락ᄒ고 도라가거날 심청이
쌀乙 동中의 붓쳐 두고 지셩으로 엿즈오디 아반임

〈16-앞〉

아 아반임아 우려도 실디 업고 불효막디한 소여난 길이 밥밧은니 붓친은
반셰무강ᄒ옵소셔 ᄒ고 독한 맛암 즈밧닉야 줄든 쳐미 썰쳐 입고 방문乙
열고 박그로 나오면셔 大셩통곡ᄒ이 日月이 무광허고 山쳔초木이 함누ᄒ
ᄃ 심봉ᄉ 거동 보소 셩판ᄉ판 ᄒ난 말이 젼곡도 귓찬허고 만금도 낫난
실트 너 일젼 그려ᄒ면 죽긔로 한스한들 메와 노은 화살니요 씨여지 그럭
이라 이려틋시 불노할 졔 션인들 거동 보소 심쳥乙 지쵹ᄒ야 붓드려 압
셔우고 어셔 가즈 밧븨 ᄀ즈 썬은 늦져 간다 이려틋시 써날 젹의 심청이
거동 보소 한 거름 도라보고 두 거름의 도라본이

〈16-뒤〉

길이 졈졈 머려간ᄃ 한 모룡이 물녀셔고 두 모룡이 도라든니 三五야 발근
달의 흑운 즁의 무쳐난디 물가의 ᄃ달은니 갈 길이 충희로ᄃ 션인드리 돗
쥴乙 글너 놋코 도쳘 놋피 ᄃ라 슌풍이 부은디로 북을 쑹쑹 울이면셔 만
경챵파 한가온디 둥덩실 놋피 써나간니 심청이 싱각ᄒ되 실푸ᄃ ᄒ날임아

젼싱의 무삼 죄로 북단의 병든 부모乙 이별ᄒ고 인당슈 집푼 물의 외로온
혼빅이 되단 말가 비난이ᄃ 비난이ᄃ ᄒ날임계 비난잇ᄃ 소여난 오날날
죽은 후나도 아반임 눈을 쩌셔 日月셩신과 슌쳔초木乙 ᄌ셔히 분별ᄒ계
ᄒ여 쥬옵

〈17-앞〉

시면 소여 죽난 목슘은 원통치 안이ᄒ온이ᄃ ᄒ면 고셩더질 曰 실푸다 아
반임아 가련타 아반임아 ᄒ면 실피 통곡ᄒᄃ가 긔졀ᄒ거날 션인드리 그
졍상을 보고 외로ᄒ여 曰 심낭ᄌ난 과도히 실혀 맛옵쇼셔 ᄒ날임 쳥이 싱
각ᄒ이 졍셩으로 졔ᄉᄒ난ᄃ 우름을 긋친니 션인드리 젼조단발ᄒ고 고ᄉ
긔계 추례 격의 졔미乙 씰코 씰코 ᄃ시 씰코 소 잡아 황육 고긔돗 잡아
졔육고긔 각상으로 추려놋코 심낭ᄌ도 달은 의복 갈아입고 비의 올으소셔
ᄒ거날 심쳥이 의복 갈라입고 비젼의 오라셔셔 병든 붓친乙 싱각ᄒ면 눈
물이 소ᄉ낫고 젼신乙 슈

〈17-뒤〉

십지 못ᄒ여 비난 말이 밤즁 칠셩은 ᄌ셔히 살피소셔 실더업난 소여난 인
당슈 고혼니 되온니 죽난 목슘 압갑지 안이ᄒ오나 붓친임이 눈을 쩌계 ᄒ
옵쇼셔 죽은 혼이라도 눈乙 쌈고 셰상乙 이별ᄒ계 ᄒ옵쇼셔 ᄒ거날 잇 ᄃ
션인니 졔물乙 추려놋코 비난 말이 인당슈 용왕임은 감동ᄒ옵쇼셔 이변
댱ᄉ난 슈만금을 남계ᄒ옵면 용왕임이 엇진 덕인 줄 아옵소잇ᄃ 밋씰 죳
코 인물 잇고 온몸의 졈도 업고 十五세 되난 쳐ᄌ로 졔ᄉᄒ온니 슌풍乙
엇듯 슈이 북경의 득달ᄒ계 ᄒ옵쇼셔 빌긔을 닷한 후의

〈18-앞〉

제물을 논나 먹고 ᄀ난지라 심청이 션두의 올나셔셔 쳐미을 무읍씨고 비
려 가로디 ᄒ날임도 감동ᄒ시고 용왕임도 감동ᄒ여 우리 붓친 싱젼의 눈
乙 써 天지乙 분별ᄒ계 ᄒ옵쇼셔 불호한 심청이는 인당슈 죽ᄉ왓도 압갑
지 안이ᄒ건이와 북단의 병든 부친 혼ᄌ 두고 무之고혼이 되온니 엇之 한
심치 안이ᄒ리요 허고 졍셩으로 축원허면 실피 통곡허면 앗반임아 ᄋ반임
아 엇지 닷시 볼고 죽어셔 명쳥으로 반가이 보로잇가 션人의 거동 보소
비머리乙 두르면 망망한 챵히을 발리볼 졔 비 져어라 비 져어라 지공총총
비

〈18-뒤〉

져어라 만경챵파의 둥둥 써셔 조흔 경쳐乙 지니갈 졔 소ᄌ쳠 젹벽부乙 예
말로 드려든이 슈광은 졉쳔ᄒ고 白노난 힝난ᄒ이 잇 써乙 도라보면 츄七
月 긔망이라 젹벽강 안이면 챵연은 일공ᄒ고 호月千里로다 호호탕탕 너른
물의 上下天 벼려슨이 쳔긱소인 보와는 듯 동졍호ᄀ 안이면 구름 나무 챵
망ᄒ고 북조 다 나라오문 한나라 간의티부 참소 만니 구양기던 쟝ᄉ지경
이 안이면 셰우난 소소허여 헬누乙 쑤려잇고 淸風은 실실허여 죽임의 부
쳐슨이 千츄元홍 소슨반죽이 안이면 문난이 ㅏ이봉을 구름 밧계 벼려잇고
챵오

〈19-앞〉

손 져문 영기 슈면의 잠계잇고 황능묘 두경셩은 불여귀 실피 울면 취슈
준니비는 졔 식긔을 일코 실피 울 졔 원긱 슈회乙 ᄌ밧닌이 비록 무고한
人람이라도 이 고질 당허오면 ᄌ연 비챵허거든 ᄒ물면 심낭ᄌ는 ᄉ지乙
단허여슨이 그 셔름이면 그 간장乙 어이 두 츙양허리요 심청이 졍슨 업난

헛우심과 영치로 난 눈乙 씸ㅈ 스공乙 향허야 흐즉허난 말이 스공은 이변 중스의 슈만금 득乙 보옵고 大쵀을 무스와 쌉옵고 도라가는 길의 유리국 들거든 우리 붓친의 눈乙 써셔 天地日月 분별ㅎ는ㄱ 보옵소셔 허고

〈19-뒤〉

잇고 아반임아 부르면 물의 쒸여든이 天地ㄱ 암암허고 月식이 히미ㅎㄷ 잇 쩌 스공들이 정신乙 슈십之 못허면 풍시도 요란허고 물의 뒷쓸나 듯허 면 밧람부려 돗 써려지고 풍셕도 써려진니 스공드리 大경질식ㅎ든이 이윽 허여 밧람도 줌줌허고 물걸도 존존허면 어디셔 풍악소리 낭ㅈ이 들이거날 그졔야 정신乙 진정허야 돗도 드시 달고 돗디도 드시 셔우고 풍셕도 노피 달고 슌풍이 부난더로 북乙 쏭쏭 울이면셔 슈식간의 북경의 득달허여 물 화도 미미허고 물걸도 환식허드라 ○각셜 이잇 쩌예 심청이 쥭은 몸이 신 여ㄱ 인도허고 풍악

〈20-앞〉

을 위로허니 심청이 싱각ㅎ되 닉 一슨이 인당水의 쌧진 몸니 니드之 편허 든ㄱ 허면 실푸드 이니 一슨은 편허거만은 아반임은 그 스의 눈乙 써셔 쳔지乙 분별ㅎ시는ㄱ 잇 디거졈 압헐 못보시고 안ㅈ신ㄱ 누어슨ㄱ 멸고 면 유리국 소슥이 돈졀ㅎㄷ 허고 실품 마암 진정치 못허난지라 쥬야로 부 모만 싱각허고 닉의 북단 안면 드시 보긔 어렵쏘다 ㅎ고 실푼 긔식乙 놋 치 안니허거날 국여 보고 물려 曰 낭ㅈㄱ 마름의 무삼 불려한니 니 낭지 쥬야로 심회ㅎ든이 그 스정을 앗지 못허난잇다 허거날 심낭ㅈ ㄱ로다 유 리국 스옵든이 압 못보난 병슨 부모을 두고 水國의 드려와 부모 스싱존망 乙 모로고 닉 몸이 이드지 귀

〈20-뒤〉

히 된이 그로 근심이로소이다 허거날 신여 그 말을 듯고 측함乙 이긔지
못ᄒ더라 ᄎ셜 심봉ᄉ은 심청을 이별허고 쥬야로 성각ᄒ면 우든이 동니
ᄉ람들이 쥬야로 불상이 싱각허든이 잇우 사롬드리 의논ᄒ되 심봉ᄉᄀ 불
상허이 동니 ᄉ는 셰변 상부한 과부 한나 잇시되 ᄲᅝ덕어미 리려난고로 ᄲᅝ
덕어미乙 심봉ᄉ의 권ᄒ여 쥬시 허고 ᄲᅝ덕어미乙 불너ᄃᄀ 허난 말이 ᄲᅝ
덕어미니 혼ᄌ 무졍한 셰월 본니지 말고 우리 권할 고지 잇슨니 심봉ᄉ난
의식이 넉넉한지라 즌니 마암이 엇든허난요 ᄒ면 ᄲᅝ덕어미난 심봉ᄉ와 부
부되야 살만 엇든한가 ᄒ니 ᄲᅝ덕어미난 본디 욕심이 만한고로

〈21-앞〉

쌀 三十石 이난 줄 알고 욕심이 츙쳔ᄒ여 쳔말의 허락허고 이 날볏틋 심
종ᄉ 집의 ᄀ난지라 심봉ᄉ 허난 말이 ᄲᅝ덕어미 팔ᄌ가 조츠ᄒ니 니 집의
살로완니 ᄲᅝ덕으미 과부된 쥴 진ᄌ 아라쓰나 너의 맛음 불안허야 즌니집
의 못가든이 동니 사룸들이 인도허여 니의 집의 왓슨이 두 늘근니 셔로
만니슨이 검든 머리 빅발 되고 히든 ᄀ삼 황금 되도록 ᄉ라 보시 허고 ᄉ
난지라 심봉ᄉ ᄲᅝ덕어미 졍한 후로 심청을 잇난之라 ○ 각셜 잇 ᄶᅦ예 용
王이 쳥명으로 꼿감미로 만글여 심낭ᄌ을 그 안의 엿코 조금만한 지리병
의 슐乙 한병 ᄀ득 부여 심

〈21-뒤〉

낭ᄌ난 이 슐乙 ᄀ져닷ᄀ 셰상 업난 영화乙 리유소셔 일별허여 曰 이 길
로 ᄀ오면 붓친乙 반가이 만니보이라 허거날 심청이 붓친乙 본다 말을 반
가이 듯고 일히一비허여 실셩한 ᄉ람 갓더라 심쳔이 꼿 안의 드려간이 일
슨은 요동치 못허여 ᄯᅩ 편한之라 허고 문을 닷고 드려간이라 잇 ᄶᅦ예 용

왕이 신여로 명허여 인당水의 뛰여 듯라 남경 ᄉ난 ᄉ람들이 북경의 ᄀᄃ
가 도라오난 길의 인당水 달닷은이 물 우의 예의 업든 꼿붕어리 한 낫 뜻
시되 보기도 조컨이왓 이상허고 이상한 일이로다 허고 꼿쳐 건져 놋

⟨22-앞⟩

코 아모리 둘너본이 그 근본을 어이 알이 아미도 이 꼿치 슈상허이 우리
혼ᄌ 볼 거시 안이로라 허고 天子계 올여 볼이라 허고 꼿쳘 건져 ᄀ지고
져읏길의 허난 말이 이변 쟝ᄉ난 만만금 퇴을 너여 고국으로 무ᄉ이 도라
오긔난 심낭ᄌ 덕이로다 오날날 심낭ᄌ을 위로허여 위로온 고혼을 불너
졔ᄉ나 진너 쥬셰 도ᄉ공 거동 보소 인당슈을 향허여 졔물을 추려놋코 심
낭ᄌ을 혼빅 불너 졔헐 졔 넉시로다 넉시로다 심낭ᄌ 넉시로다 출天지효
심낭ᄌ 넉시야 어복고혼 되여난가 불상ᄒ다 심낭ᄌ야 우리난 남경의 가셔
젹군 무ᄉ허고 만만

⟨22-뒤⟩

금 퇴을 너여 고국으로 오난 길의 혼빅 불너 위로한이 만이 먹고 잘 가거
시라 셔손의 진난 희난 너일이면 닷시 오고 왕손의 방초난 연연이 피건만
는 불상한 심낭ᄌ난 츈손의 화초갓치 명연 三月로 오시든지 부디 부디 셧
려 말고 만이 먹고 극낙셰계 도라ᄀ소 허면 슨물을 흘샛이고 흐즉허고 도
라ᄀ거날 이 젹의 天子계옵셔 황후의 상ᄉ을 당ᄒ신 후의 심회을 잇긔ᄼ
못허여 노뉴쟝화 썬거 쥐고 단긔면셔 심회乙 잇질 젹의 온가 화초 슙거드
라 무어 무어 슙거든고 촉지화 잉도화면 묘난화 영ᄉ홍을 여계져계 슙

⟨23-앞⟩

거두고 이화 힝화난 만발허되 두견화 보기 죳코 만드람미 봉셩화난 쏙쏙

이 피여잇고 五식 도화난 각각 슘거난듸 창미화 희당화면 셜中미 즈락화
는 전면의 슘거두고 파초 눈초 슈션화는 화분의 슘거두고 유즈 감즈 셩유
화는 그렁져렁 슘거두고 五식 국화는 일화는 츄九月 경물이라 동편의 송
졍이요 셔편의 죽임이라 져 남무 슈양보들 남북으로 을임허듸 온가 화초
의 무식들이 쌍기쌍기 날나들 졔 금웃공즈 꾀고리난 양뉴간의 노리허고
문치 조흔 범나부는 화계上의 춤乙 츄고 상셔로은 보화조는 오동 속의 길
들이고 두고의 우난 확은 알옹셩도 듯기 좃코 화之산月三경의

두견셩이 체양허고 낙日셕양天의 미미 소리 낭즈허고 노고질이 종달식 북
궁시 우려들 졔 일이 그도 북궁 져리 가도 북궁북궁 실피 우려 들고 여렵
슨 할무시난 일니 가도 가불갑즈 져리 가도 가불갑즈 은은한 빗쏙시난 호
록빗쏘 날나들고 방울시난 츠례츠례 날아들 졔 영앙을 도라든니 노화 능
화 홍미화난 갓지갓지 만발허고 오리셰계 우시난 오락그락 왕너허고 옹옹
명안 기려긔난 관관져귀 쌍乙 지여 범범중유 덧여놀고 송어 잉어 금붕어
와 지리 거북 남셩 등물은 어약우연 경물이라 쥬류화각 발리본이 망월누
유션듸는 반공의 소스잇고 봉명각 조양누난 오운 中의 잠거 잇

잇고 부룡디 놋푼 집의 풍악소리 징징허고 화류경도 리려허고 之대경물
져려허듸 天子 로히여 복족ᄒ여 여긔져긔 간퇵허엿도 맛단치 안이허고 할
곳지 업셔 미日 한탄허든이 맛참 스공등이 쏫갓지을 天子계 밧치거날 쳔
즈 그 쏫철 보시고 스량허여 스공乙 불너 문曰 이 쏫치 어더셔 가져 완난
야 허신이 스공등이 국궁스비 曰 소人들이 북경의 쟝스츠로 갑삽닷그 도
라오난 길의 인당水의 다다은이 물 우의 예의 업든 쏫치 잇습기로 견져

보온이 꼿치 진실로 슈상ᄒ오미 소人들만 볼 일이 안이오미 폐ᄒ계 밧치
옵난잇ᄃ 허거날 쳔즈계옵셔 ᄉ공을 깃특긔 여기고 츙신이라 허슨디 天子
그 꼿쳘

⟨24-뒤⟩

즈셔히 보시닷가 ᄉ량함乙 잇긔지 못허여 종日토록 꼿트로 심회乙 잇기지
못허여 꼿쳘 금원의 두어든이 三경야 집푼 밤의 人젹은 고요허더 月식을
볼나 허고 화초 즁으로 두로 단기면 구경허시닷가 맛춤 발리보신니 화초
즁으로 엇든 한 미人이 月식乙 히룡허시닷가 ᄉ룸乙 보시고 꼿소으로 드
려가거날 天子 그 미人乙 보시고 심신이 살난허고 그 동경乙 살피든이 흔
젹이 업난지라 허 리엽ᄉ와 환궁허시고 잇튼날 밤의 月식乙 달나 구경허
시닷ᄀ 즘관 은신허시고 그 미人 드려가든 꼿만 보시든이 이윽허여 人젹
이 고요허고 꼿 소으로 엇든 한 小낭즈 완연이 ᄂ와 월식乙 구경ᄒ거날
쳔자

⟨25-앞⟩

감만히 바리본이 ᄉ룸도 안이요 귀슨도 안이라 허시고 즘관 가셔 붓든이
심쳔이 놀니면 긔졀허이 天子 大日 낭자 과도히 놀니之 맛으소셔 허고 더
리고 환궁허여셔 조용이 문日 낭즈는 귀신이 안이면 ᄉ룸이라 낭즈난 종
젹乙 기으之 말고 발은디로 ᄒ옵소셔 허디 심낭즈 아미乙 슈기고 붓그럼
乙 머금고 묵묵부답허이 쳔즈 그계야 ᄉ람인 쥴 아르시고 낭즈乙 다리고
닉궁의 드려가셔 궁여乙 불녀 日 낭즈乙 잘 위ᄒ라 허시고 도라나와셔 날
시기을 긔ᄃ려 만조빅관乙 닷 조회 밧든 후의 만조졔슨으계 의논 日 간밤
의 닉 마음이 심난허긔로 금원의 드려가 월식乙 구경허시ᄃ가 화초 中으
로 엇든 한 小낭즈

〈25-뒤〉

나오거날 즈셔히 본즉 귀신도 안이요 스룸으로 드려다ㄱ 니궁의 두여슨이
경들의 소견이 엇든한요 허슨이 만조졔슨이 一시의 국궁ㅅ비 曰 古금의
업난 일이로소잇다 허거날 天즈 다시 분부 曰 경등은 즈셔 들으라 니 황
수로 쏘한 낭즈을 엇듯신이 황후 봉ㅎ미 엇더ㅎ난요 허신더 졔신이 一시
의 돈슈비 曰 ㅎ날이 지시ㅎ신 일을 승등이 엇之 거역ㅎ인잇가 밧비 조흔
이연乙 잇之 마르소셔 天즈 大히허ㅅ 즉시 太ㅅ관乙 불너 긔日乙 간퇵한
즉 츈二月 十五日이라 이 날로 졍ㅎ옵소셔 天즈와 졔신이 모도 질거더라
잇 써예 홀예을 갓초와 환금젼 너른 뜰의 白표쟝 구름 ㅊ일 반공의 놋

〈26-앞〉

피 치고 삼즁셕 씆즈리乙 동셔로 갈나 피고 화초병풍 남북으로 갈나 치고
육예 갓촌 후의 교비셕의 드려갈 졔 심황후 거동 보소 머리의난 황금관乙
쓰고 몸의난 오싴비단 갓촤슨이 화용월틱 고은 얼골 七보단장 젼히 허고
三千궁여 시비들은 좌우의 옹위허여슨이 위의난 넘넘허고 예졀은 빈빈한
디 황상의 거동 보소 슈금관 골용표의 빅옥쮜 늣之 쮜고 젼안힝예ㅎ실 젹
의 홀긔을 부르면서 之부션 지븨 셔답 一비 근비예 슐乙 거음거 츤철 츤
예 필후의 황금탐상의 젼좌허시고 大연乙 비셜허고 동日토록 즐거ㅎ시다
이날 밤乙 진닌이 금실지졍은 고금의

〈26-뒤〉

쳐음이라 잇 디 天즈 시로이 황후乙 졍한 후의 太平과乙 비셜허고 人지乙
갈히 젹의 심황후 之극한 호셩으로 경ㅅ乙 당허오나 병신 붓친乙 싱각ㅎ
여 즐거온 맛암니 업고 고양진미 조흔 음식 만업셔 옥누乙 머금고 ㅅ쟝의

비계 안즈 고향乙 발리본니 흑운이 만만ᄒ다 이즁ᄒ시난 우리 붓친 이닌 몸이 귀히 되 쥴 업셔슨이 혼즈 엇之 之니시면 뉘乙 의탁ᄒ신난고 츈풍의 오실 지어 본니고져 ᄒ건만은 운山니 첩첩허야 실푸다 슌문 근심으로 셰월乙 본니든이 일일은 셔름乙 진졍허고 쳔즈계 엿즈오더 시쳡이 덕이 업셔와 쥬즁궁궐 之피 안즈 四히 빅셩乙 싱각허니

〈27-앞〉

가련한 거시 챵싱이라 옛날 쥬문왕과 향人들은 人졍乙 베푸려 빅셩乙 이듬 위휼할 졔 불상한 환과고독으로 구졔허고 한나라 호문왕졔도 츈三月의 조셔허여 五十이상 노人乙 불녀 의빅식육예 여신이 젼후임계옵셔 人후ᄒ신 셩덕으로 만人百셩乙 션치허와 요슌之셰 되게 허고 天地간 병신 즁의 소경이 불상ᄒ와 지쳑乙 분별치 못허고 셩화셰계로 본니온이 밍人잔치乙 비셜허고 天下의 영乙 놋와 방방곡곡의 남여노소 쳑동들을 낫낫치 불너드려 져표빅으로 상급허옵고 나히 만한 소경乙 즉당상허옵고 大연을 비셜허야 쥬육乙

〈27-뒤〉

취포ᄒ계 허고 어진 말로 무휼허면 셩졍일가 허난이다 황상이 大히ᄒ사 즉시 조셔乙 나리와 天下의 반표허이 四히 八방 슈령들이 영乙 듯고 면면 촌촌의 졀영허여 밍人乙 낫낫치 ᄎ즈드려 황셩으로 권송허니 天下밍人이 영乙 듯고 四방으로 모와 들 졔 츈슨의 안기 못툿 츄슨의 구름 못이든 ᄎ례ᄎ례 모와들 졔 잇 ᄯᅥ의 심봉스가 심쳥乙 이별 후의 天下목슘이 죽지 못허고 뺑덕어미 졍한 후의 졔 ᄯᆯ 심쳥乙 익고 셰月乙 본니든니 잇 ᄯᅥ의 심밍人 즌치 영乙 듯고 맛암이 울젹허야 힝댱乙 슈십허여 반보짐乙 쌋여 놋코 일진乙 갈여 길乙 둇날 지 뺑덕어미

〈28-앞〉

을 막딕 쥐여 압셔우고 인도허여 三日 동힝ᄒᆞ든이 무상한 쌩덕어마 쌩덕어마 아모리 불너본들 도망한 연이 딕답ᄒᆞ리 다라난 연이 이실손양 심봉ᄉᆞ ᄎᆞ탄ᄒᆞ다가 ᄉᆞ방구여으로 덤덤한이 딕답업고 혼ᄌᆞ말로 얼나ᄎᆞ 느기乙 쏘길라고 날을 뉩만 여계셔 날을 쏘기고져 ᄒᆞ난 양 어셔 가ᄌᆞ 지촉한들 도망한 연이 딕답할손양 그제야 심봉ᄉᆞ 귀가 막혀 막딕乙 ᄎᆞᄌᆞ 집고 호로셔셔 ᄎᆞ탄으로 허난 말이 익고 답답 닉 팔ᄌᆞ야 비금쥬슈 미물도 쫙이 잇고 쏘한 만물乙 보건만은 소경이라 ᄒᆞ난 거시 젼싱의 무삼 죄로 이싱의 싱거나셔 이 지경이 되단 말가 한심한 닉 팔ᄌᆞ야 닉 쌀

〈28-뒤〉

심쳥이난 만만大희 인당水의 원혼 되야슨이 모도 다 닉 죄로다 멀고 먼 황쳥길의 인도하 리 업셔슨이 혼ᄌᆞ 어이 가잔 말고 익고 익고 쌩덕어마 날 발리고 가잔 말가 이 몹실 연아 죽길 연아 도망할진딕 힝당이나 두고 가지 안밍한 닉 몸이 무어 먹고 가잔 말고 리려탓시 ᄎᆞ탄허이 大셩통곡우난 소릭 뉘 안이 실혀허리 잇 씨 존치 가난 밍人들이 다힝이 셔로 만닉 한가지로 올나갈 졔 촌촌젼之허여 예가 비려먹고 졔가 비려먹고 계우 비려 먹어 올나갈 졔 잇 씨난 六月 三복이라 불솟갓치 덧운 날예 덧우을 잇긔지 못허여 모욕乙 ᄒᆞ고난니 헌 의관 의복 ᄒᆞ나도 업거날 山中 볼미갓치 아희 우통 훨셔 벽고 가도

〈29-앞〉

오도 못허고 물가 바즌이면 오셜 ᄎᆞᄌᆞ 단길 젹의 어딕셔 홍금소릭 ᄒᆞ난 말이 어라 잇 놈 셧거라 안ᄌᆞ거라 잇 놈 식물을 덥벼라 한니 원난 소릭

좌란좌란 갓ㄱ이 들이거날 심봉亽 싱각ᄒ되 니거시 졍영 관힝츠라 관가을
붓잡고 이걸허여 의복 한 불 젹션허오고 싱쳬乙 쪄 보리라 ᄒ고 덤덤 츠
즈가셔 마두의 업드이면 지셩 이통허난 말이 소밍이 본ᄃ 도화동 심펑구
옵든니 빈즉쳔으로 셰옵乙 탄신허옵고 싱피가 헐 길이 업셔 비려먹고 단
긔다가 밍人잔치乙 한다 허거로 황셩으로 가옵든이 날이 심열허와 한춀첨
乙 허오기로 유반유슈허야 경치 조흔 풍○ 모욕하고 가라닷가 의관 의복
乙 모도 일코 진

퇴 못허옵고 심즁 기ㅅ즈경되야삽든이 맛춤너 영감 슈힝츠乙 만니쏘온이
안젼임 덕틱으로 이거셜 츠즈 쥬옵쇼셔 관즁이 분부허되 뭇어 뭇어 일려
난요 심봉亽 디답ᄒ되 만일 봉亽乙 허ᄃ가난 막부드라 박불과 준다 허와
싱각ᄒ고 알인 말이 은졈통 금졈통과 동침금 밧쇠면 三百티 통양갓 갑亽
갓쓴 은구 영즈 병허옵고 외올망근 디모관지 젼심당쥴乙 병허옵고 셰양표
즁치막기 ᄀ는 모슈 젹바지 졉조고리 황졔표 챵옷 고름의 화류즁도 디모
슌통 병허옵고 한표단 허리쒸의 문당 목두리 즁치 별나미 짐쥐고리 동당
근의 히먹 한즁 닷돈 쥬고 황모붓 두필 ᄒ나 三신타리 봇션

한표단 단임 한거리 모슈 통힝건과 쥴변즈 쌍코신乙 모도 다 일여쏘온이
영감 덕틱으로 금방 츠즈쥬옵쇼셔 허니 관즁이 이 말 듯고 일변은 불상허
고 일변은 우슈면셔 여바라 너 듯거라 六七月 염쳔의 셔양표 즁치막기 고
히허고 젹밧지 젹조고리도 고히허고 그러나 니 갈 길도 급허고 너도 급한
길의 죵츠 쳐분ᄒ련이와 갓 만근 의복이나 ᄒ여 입부라 허시고 돈 단양乙
너여 쥬거날 심봉亽 조화라고 빅비치ㅅ허고 ᄒ즉한 후의 촌촌젼乙ᄒ여 황

셩乙 득달ᄒ니 ᄌᆞ연 몸이 곤한지라 변변이 어듯먹지 못히고 슈일을 골통 히여 예가 예가 걸식허고 단길 젹의 니○이면 밍ㅅ존치 막족한다 히미 심 봉ᄉᆞ 거동 보소 밍ㅅ ○○

<h3>〈30-뒤〉</h3>

쳥을 ᄎᆞ즈ᄀᆞ셔 유슉ᄒᆞ리 허고 드려간니 엇든 한 예봉ᄉᆞ가 초면으로 셔로 만니 슈인ᄉᆞ 거쥬 셩명 셔로 물은 후의 ○○으로 그날 밤 한틔 ᄌᆞ면 만졍 화ᄒᆞᄃᆞᄀᆞ 심봉ᄉᆞ 도라누어 ᄭᅮᆷ乙 ᄭᅮᆼ이 비몽ᄉᆞ몽간의 통가쥭 휠셕 벽계 북 乙 메와셔 보히고 불꼿치 츙쳔히면 별건 불乙 덥셕 발고 리이져리 단이가 소소쳐 깃달은이 흉몽ㅅ가 길몽인가 히혀 몽ᄉᆞ 고히ᄒᆞ다 한가비 이려나셔 단비 먹고 근근ᄒᆞ든이 잇 썸예 예봉ᄉᆞ도 한가지 리려안지면 허난 말이 리 려보소 소경임니 그리 경셩ᄒᆞ오 몽ᄉᆞ을 말삼허오면 니 히몽ᄒᆞ올잇다 심봉 ᄉᆞ 이 말 듯고 반가히 ᄒᆞ난 말이 엿ᄎᆞ엿ᄎᆞᄒᆞ온이 히몽을 ᄌᆞᄌᆞᄒᆞ여 쥬옵쇼 셔 길흉乙 파단 못ᄒᆞ온이 ᄌᆞ셔히 ᄉᆡᆼ각ᄒᆞ여

<h3>〈31-앞〉</h3>

보소 여봉ᄉᆞ 즘즘이 ᄉᆡᆼ각ᄒᆞ다가 여보 일육슈가 거복ᄒᆞ고 이치화가 거남ᄒᆞ 니 히혀 그 ᄭᅮᆷ 大몽일쇄 통가쥭 벽계 보이긔난 구셩신허온니 ᄯᅡᆫ 스롬이 될 거시요 북을 메워 보이긔난 북은 본듸 웅셩이라 大궐 안의 살 거시요 불乙 발고 왕니함乙 불이라 ᄒᆞ난 거시 문명지긔라 경ᄉᆞ보고 펄펄 ᄶᅱ고 시 원한 일을 볼 거신니 그 ᄭᅮᆷ 안이 大몽이요 심봉ᄉᆞ 낙누허난 말이 너가 다 만 만득여 ᄯᅡᆯ을 쥭이고 일슨이 고단ᄒᆞ니 엇乙 그듸 말삼더로 되올잇가 ᄒᆞ 면 두리 셔로 위로ᄒᆞ면 줌을 ᄌᆞ지 못ᄒᆞ든이 비리소리 나면 어젼 ᄉᆞ령이 그 영을 듯고 북을 둥둥 우리면셔 고셩으 외난 말이 허다한 소경임니 너 말삼 ᄌᆞ셔히 드려보소

〈31-뒤〉

오날은 밍人준치 막족한이 어셔 밧비 드려옵쇼셔 심봉스 이 말 듯고 의관 의복 정졔ᄒ고 之편막디 손의 들고 덤듬덤듬 ᄎᄌ갈 졔 四방 밍人들이 大 궐 문안의 드려가셔 ᄎ례ᄎ례 안지 후의 여人 봉스들도 뒤을 달나화 동좌 할 졔 잇 ᄯᅦ 심봉스 두로 살폐본이 청악한 풍악소리 반공중의 낭ᄌ허고 구름 ᄎ일 白표중은 四면의 둘너치고 만조빅관든 황상을 옹위허고 三千궁 여난 황후을 옹위허니 거동은 엄슉허고 의관 졍졔ᄒ디 밍人을 ᄎ례로 안친 후의 심황후 거동 보소 손호쥬염 반만 걸고 밍人의 거쥬 셩명을 ᄎ례 ᄎ례 무려가면 먹기고 白발밍人이 말셕의 안즈거날 젼상의 분부허여 曰 져계 안진 져 밍人은 거쥬

〈32-앞〉

셩명 아라오라 심봉스 복지 쥬曰 소밍人은 유이국 도화동 스옵든이 셩명 은 심펑구옵고 나흔 七十·이옵고 三十 젼의 안밍허여 무남동여 심쳥乙 강 水의 졔슈ᄎ로 몸乙 팔여가 죽삽고 이 늘고 병든 몸이 함계 죽之 못허고 굿ᄎ이 스라나셔 걸식ᄎ로 단긔옵든이 천은이 망극허와 존치예 참여ᄒ여 셩덕乙오 쥬육이나 취포허와 太平셩디 장한 거동 오날날 보온이 이졔 죽 어도 여한이 업사올인잇ᄃ 담만 신의 바라난 밧 이 길로 황天의 도라가셔 出天地호 심쳥乙 만니 혼빅이나 ᄎᄌ볼가 허난잇다 허거날 심황후 이 말 듯고 정신이 아득허고 둘 눈이 캄캄허여 발

〈32-뒤〉

셤을 못ᄒ다가 계우 정신을 진졍허여 궁여乙 명허여 이 술 한 준을 져 밍 人계 들이고 고히 모셔 갓가의 안치라 허신니 궁여들이 술을 심봉스계 들

인이 심봉스 황공허여 슐을 맛시고 덤덤 계우 올나 계下의 복之허니 디슈 풍신 늘근 경상 츠목ㅎ고 불상ㅎ다 쇠빈의 피고죄 상연허고 한심허난 소리 九天의 스못촌다 이 몸이 늘거신들 얼골과 말소러며 겨렴 건난 그 거동은 千만연 之니간들 졔의 부모 몰을손양 우리 붓친 완연ㅎ다 심황후 거동 보소 붓션발노 쒸여날여 밍人 붓친 손을 잡고 목乙 탁 쓸여안고 익고 익고 아반임아 심청이 인당슈의

〈33-앞〉

쌧겨 죽은 심청이 도라왓 익고 아반임 닉 도라와소 허난 소리 심봉스 심죽 놀니 이계 쏘한 왼 말인고 굼인가 싱시가 심봉스 허난 말이 엇덧 보자 달여든이 두 눈이 변뜻변뜻 감죽 놀니 보즛ㅎ이 두 눈이 변뜻 덧셔 두로 살폐본이 쾌ㅎ미로다 ㅎ고 정신업시 명둥ㅎ계 안즈다가 정신乙 닷시 추려 스방乙 스폐본이 天地가 분명허고 日月이 분명ㅎ다 얼골을 바리본이 예날 갑子年 三月 초三日 밤의 꿈의 봇든 션여 완연ㅎ더라 심봉○○○○ 정신乙 닷시 추례 리이겨리 궁굴면 一희一비 ○○○○○으로 허난 말이 너가 일젼 심쳔인양 닉 심봉스 ○○○○○

〈33-뒤〉

낫난 너을 죽거다 허고 쥬야로 셜윗ㅎ여 ○○○○○ 죽계 도여든이 이계 황상의 엇진 셩덕으로 밍○○○○○다ㅎ미 조흔 음식이나 막쥬 엇더먹고 죽어지고 ○○○ 라 가셔 너의 혼빅乙 만니 지극한 호셩乙 스량ㅎ즈 ㅎ여든이 예 와셔 너乙 보기 엇지 뜻ㅎ여시리요 눈이 쏘 열이긴난 너의 지극한 호셩乙 天슨이 감동ㅎ사 두리 셔로 예일乙 싱각ㅎ고 일셩 통곡한 후의 심황후 붓친乙 보시고 天子 스비ㅎ고 옥계예 올나 젼좌 후의 天子 명관乙 분부ㅎ여 曰 심펑구乙 부원군乙 봉ㅎ라 ㅎ슨디 심펑구 다시 옥계ㅎ의 쳔

은乙 츅스허더라 잇 찌예 부元군이 天子계 복之 쥬

〈34-앞〉

정명기 소장 33장본 심청전

정명기 소장 번호로는 142번이고, 책 크기는 19.5 X 31 cm이다. 1909년(己酉年) 납월에 필사를 시작하여 다음해(庚戌年) 정월에 등서를 완료한 것으로 보인다. 그런데 책표지엔 융희 3년(1909년)과 경술년(1910년)이라는 간기가 같이 있어 무엇인지 착오가 있는 듯하다. 책주는 삼강(三江)에 살던 이영우(李英雨)라고 되어 있다. 삼강이라면 지금의 한남동에서부터 용산과 원효로, 그리고 마포와 서강에 이르는 지역이다. 세필로 또박 또박 쓴 해서체 필사본이다. 곽씨부인 상여가 나갈 때 중이 나타나 묘터를 잡아준다는 화소를 갖고 있다. 황후가 나리라는 예언도 하고 있다. 심봉사가 개천에 빠질 때가 심청이 장승상댁에 갔을 때였다는 이본이 대부분인데, 이 본은 심청이 걸식하러 나갔을 때 심청을 찾으러 나갔다가 개천에 빠진다고 되어 있다. 장승상댁 부인이 심청을 초래하는 대목이 없다. 그러나 장승상댁에서 공양미 삼백석을 얻었다는 심청의 거짓말은 나타난다. 후에 심청이 배를 타기 전 장승상댁 부인이 심청을 부르는 대목은 있다. 심청이 인당수에 들기 전에 갑자기 바다물이 뒤끓는데 그 때 뇌성벽력이 쳐 수천년 묵은 이무기를 죽인다고 되어 있다. 이무기는 인제수를 아니하면 해중을 뒤끓게 하여 배를 뒤집히게 하는 못된 짓을 하는 존재인데, 옥황상제가 벌을 내린다는 것이다. 심술굿은 뺑덕어미에게 동네 사람들이 '산돌이 잡것'이라는 별호를 지어주었다고 한다. 다른 본과는 달리 심봉사가 안맹인을 만난 후에 목욕하다가 옷을 잃어버리는 사건이 벌어진다. 대체로 이야기가 많이 축약된 모습을 보이는 이본이다.

정명기 소장 33장본 심청전

(표지)

大韓 隆熙 三年 庚戌 十一月 二十四日 謄書

枕靑傳

(내지)

己酉 臘月 二十三日 始作

枕靑傳 卷之單

〈1-앞〉

枕靑傳 沈淸傳

옛 송나라 원풍 말연의 황쥬 도화동의 한 쇼경이 잇시되 승은 심이요 명은 규라 뉴세 참영지즉으로 문명이 즈즈ᄒ더니 가운이 불길ᄒ여 이십의 안망ᄒ니 낙슈청운의 발즈최가 쓴어지고 금장즈슈의 공명이 비엿스니 향곡 곤한 신셰 강근지친 읍고 겸ᄒ여 안망ᄒ니 뉘라셔 디졉ᄒ랴만은 양가의 취쳐ᄒ미 양반의 후예로셔 힝실이 청결ᄒ고 지죠가 증적ᄒ여 일동일졍을 모을 계 읍스니 여공의 모를 게 바이 읍고 봉졔스 격빈긱과 인의예지 화목ᄒ고 가장공디ᄒ난 범졀이 어스 가감이라 이졔의 청염이요 안여의 짝이로다 푼젼구업이 읍고 한칸집 단츠막의 죠득모실ᄒ난고나 야외의 평토 읍고 낭젼의 노비 읍셔 가련한 어진 곽씨 품을 파라 즈싱할 졔 싹바느질 관디

〈1-뒤〉

도포 힝의 창의 증염이며 섭슈쾌즈 중츄막과 남여의복 잔누비와 상침질과
외올씌기 잔누비와 ᄒ졀의복 고의 젹삼이며 망근 쑴이 갓슨졉기 비즈 단
초 로슈 버셔 딩임 허리씌와 풍치 츤의 가진 금침 베기모의 쌍원양 노키
와 각디 휴비 학 쓰리기 초상집의 원삼졔복이며 질쌈으로 일너도 낭능 갑
싸 분쥬 황나 츈포 문포 졔츌이며 모시 삼베 세모시며 혼장간의 약과 가
진 징평 신셜노며 각가지로 약쥬 빗기 슈괄연 봉오림과 비상ᄒ 울임질과
오식으로 염식ᄒ기 일연 삼빅육십일을 한시 반디 놀 시 읍시 품을 파라
모일 젹의 푼돈 모아 돈을 짓고 돈乙 모와 양을 만들고 양을 모와 관돈
되니 일슈체계 장쎤이며 일이여구ᄒ니 이웃사롬의게 비셜 쥬어 실슈

〈2-앞〉

읍시 바다들여 츈츄시향 봉졔스와 압 못보난 가장 졉디 스쳘의복 죠셕범
졀 입의 맛계 ᄀ진 별미 비우 맛쳐 지셩졉디 극진ᄒ여 시종이 여닐ᄒ니
상ᄒ인민 사롬덜이 곽씨을 그록다 칭찬ᄒ더라 ᄒ로난 심봉사 곽씨다려 ᄒ
난 말이 여보 곽씨부인 니 말 듯쇼 사람이 셰상의 나셔 부부 읍실손가 이
목구비 셩ᄒ 스람도 간혹 불칙ᄒ 기집은 부부불화도 ᄒ난디 夫人은 젼셩
의 무삼 은혠로 이셩의 와 부부 되야 압 못보난 나을 ᄒ시 반씨 놀 시 읍
시 품을 파라 어린아히 밧들다시 힝여 치워할싸 비곱푸짜 의복과 음식을
씨을 맛쳐 공양ᄒ니 나는 편타 ᄒ련이와 부인 고싱ᄒ신 이리 도로여 불안
ᄒ온이 이후부텀 날 공양 너머 말고 괴로온 일 고만ᄒ고 사난디로 스라보
오 우리 연장

〈2-뒤〉

ᄶᅵ·의 실ᄒ의 일졈혈육이 읍셔시니 죠상향화을 슨키 되고 죽어 황쳔의

도라간덜 무삼 면목으로 션영을 디ᄒ며 우리 양쥬 스후시쳬 초상장스 소
디기와 일연의 오난 기일의 물 한 모곰 밥 ᄒ 그력 그 뉘라셔 밧들잇가
名山大川의 身功이나 드려 다힝이 병든 子식 ᄒ나이리도 남여간의 나허보
면 平生願을 풀 거시니 지셩으로 비러보소 곽씨부인 디답ᄒ되 옛글의 일
너씨되 삼쳔지罪의 무후위더라 ᄒ엿시니 ᄌ식 두고 십푼 마음 쥬야로 간
졀ᄒ와 몸을 팔고 뼈을 간덜 무삼 일을 못ᄒ오리잇가만은 형셰난 간구ᄒ
고 즁디ᄒ신 가장 승품 으지 못ᄒ여삽더니 먼져 말삼ᄒ옵시니 지셩신공ᄒ
오리다 품푸라 모인 지물 왼갓 공을 다 디릴 졔 명산디쳔 영신당의 셕불
미력 압혜 지셩으로 빅

<h2 style="text-align:center">〈3-앞〉</h2>

일불공 맞츈 후의 집으로 도라와 만신 고디ᄒ든 차의 일일은 ᄒ 꿈을 으
드니 스기가 영농ᄒ 가온디 ᄒ 션여가 학을 타고 나려오니 몸의넌 치의요
머리의 화관이라 月퓌 솔이 징징ᄒ되 桂花가지 손의 들고 부인계 읍ᄒ며
겻티 안난 그동 두렷ᄒ 달졍신이 품안의 써러지난 듯 남희관음이 환셩ᄒ
듯 진졍키 어렵더니 그 션여 ᄒ난 마리 져넌 셔황모의 딸이옵든니 반도젼
상 가난 길의 옥졔비ᄌ 잠간 만나 두어 슈작ᄒ여더니 시가 죠곰 어기기로
상졔 길노ᄒᄉ 인간의 너치시미 갈 발을 모로압더니 후토실영 졔불보살계
오셔 딕으로 지시ᄒ압기로 왓스오니 夫人은 어엽쎄 여기소셔 ᄒ고 품안으
로 들거날 놀니 씨달르니 남가일몽이라

<h2 style="text-align:center">〈3-뒤〉</h2>

너외 몽스을 셜화ᄒ고 만심 고디ᄒ던 ᄎ의 과연 그 달부텀 티기 잇난지라
곽씨夫人 어진 마음 셕부졍이여든 부좌ᄒ고 활부졍이여든 불식ᄒ고 이불
쳥음셩ᄒ고 목불시악식ᄒ며 십식이 찬 연후로 히복기미가 잇고나 익고 빅

야 익고 허리야 심봉사 일변 겁니여 집 혼 줌 정이 츌여 쌀고 정혼슈을
밧쳐 노코 슌산ᄒ기 바리더니 향니가 만실ᄒ고 치운이 영농더니 혼미 중
의 탄싱ᄒ니 과연 혼 쌀이로다 심봉사 만심 고디ᄒ던 추의 郭氏夫人 정신
추려 슌산은 ᄒ어시나 남여간의 무어시요 심봉사 허허 웃고 익기 숫쳘 만
져본이 손이 거침이 읍나지라 아미도 무근 죠기가 힛됴기을 나는가보 곽
씨夫人 셔운ᄒ여 만득으로 나흔 자식 쌀 낫다고 원통ᄒ오 심봉사 이른 마
리 여보 夫人 그 말 마

〈4-앞〉

오 쌀이라 아들마 못ᄒ여도 아들도 잘못 두면 욕급션죠할 거시요 쌀이라
도 잘만 두면 열 아들보다 낫쓰오니 우리 이 쌀 고이 길너 예졀 먼져 갈
아치고 침션방젹 다 시기며 요죠슉여 군ᄌ호귀 금슬위지 질기옴과 죵사휴
예 진진ᄒ여 외손봉사 못하리잇가 쳑국밥 을는 쓰려 삼신상의 밧쳐 노코
衣冠을 정졔ᄒ고 두 무릅 졍이 ᄭᅮᆯ고 두 손 드려 합장ᄒ고 삼신젼의 비난
마리 三十三千 三神임네 同心合力ᄒ여 구버 보압소셔 四十後의 졈지훈 쌀
리라도 童方色의 命을 쥬고 石崇숭 복을 쥬워 퇴임의 德行이며 디슌증자
효힝이며 혈부을 쥬어 외 붓 덧 달 붓 던 잔病 읍시 日취月長 ᄒ압쇼셔
덕운 국밥 퍼다가셔 산모을 먹인 후의 혼자말노 아기을 어을 젹의 어허
둥둥 니 ᄉᆞ랑 어허 둥둥

〈4-뒤〉

니 쌀이야 포진강의 슉힝인가 은하슈의 직여넌가 南田北畓 장만훈덜 이예
셔 더 반가오며 산호 진쥬 으더신덜 이예서 더 반가요랴 만쳡쳥산 폭포갓
치 흐르는 사람 식벽 바람 연초롱이 어듸 갓다 이졔 삼겨난야 아기을 두
리쳐 안고 어허 둥둥 니 ᄉᆞ랑 입 맛초고 볼 씻치며 니 쌀이지 혼참 일이

질기더니 사모가 산휴별정으로 이고 빙야 이고 허리랴 이고 팔이야 이고
다리야 지형시 알년고나 심봉상 기가 막혀 압푼 디을 만지면셔 긔허ᄒᆞᆫ가
쳬ᄒᆞ엇나 삼신임네 탈인지 병리 졈졈 위틱ᄒᆞ여 할릴읍시 죽계 되니 곽씨
夫人 ᄯᅩᄒᆞᆫ 살지 못할 쥴 짐작ᄒᆞ고 봉사낭군 손을 잡고 후유 봉산님 나 죽
계소 니가 죠곰 비면ᄒᆞ면 눈 어두운 가장임을 풍한스습 가러잡코 남촌부
촌 두로 단여

〈5-앞〉

품을 파라 밥도 밧고 반촌도 으더 더운 밥은 가군 듸리고 시근 밥은 니ᄀ
먹어시며 시장촌코 칩지 안케 지셩공더ᄒᆞ엿더니 쳔명이 ᄯᅳᆫ쳐난지 인연이
그ᄲᅮᆫ인지 할릴읍시 나 죽계쇼 져 건너 이동지집의 돈 열 양 믹겨신니 그
돈 열 양 ᄎᆞᆺ다가 쵸종의 봇터여 씨옵시고 함안의 잇난 양식 힌복쌀노
두어던이 못다먹고 죽어 가니 쳣 삭망이나 지닌 후의 두고 양식ᄒᆞ옵소셔
진어스딕 관디 ᄒᆞᆫ 얼 홍비의 학 노타 원편 나리 다 못ᄒᆞ고 함농 안의 드
러시니 남의 즁더ᄒᆞ온 물건 나 죽어 츌상 후의 차지러 올 거시니 의례 말
고 니여 쥬고 된 말의 귀덕어미 졍친ᄒᆞ계 단여스니 어린ᄋᆞ희 안고 가셔
졀슬 먹여 달나 ᄒᆞ면 응단 괄셰 안이ᄒᆞ리라 天行으로 져 ᄌᆞ식이

〈5-뒤〉

죽지 안고 스라셔 졔 발노 굿거던 압셰우고 질을 무러 니의 분뫼 아헤 다
달나셔 이거시 너의 모친 분모로다 母女生面 ᄒᆞ계 ᄒᆞ면 魂이라도 餘恨이
읍계 ᄒᆞ오 天命乙 빌 씰 읍셔 눈 어두운 가장의계 어린 ᄌᆞ식 제쳐 두고
영결ᄒᆞ고 도라가니 가군의 일신도 쥬쳬시러온디 ᄯᅩ 져거슬 어이하쟌 말가
이고 답답 니 일이야 아희 일홈은 심청이라 지어 쥬고 나 ᄶᅵ든 옥지환 손
의 즉어 못ᄶᅵ고 경디 속의 드러시니 심청이 자라 커거든 날 본다시 니여

쥬오 슈복강영 양편의 삭여 괴불즘치 끈을 쒸여 경딕 안의 너어스니 그것 닉여 ᄎᆞ여 쥬오 어린ᄋᆞ희 ᄌᆞ바 달여 낫쳐 ᄒᆞᆫ테 딕이고 셰을 씁씁 ᄎᆞ며 쳔지도 무심ᄒᆞ고 귀신죠차 야숙ᄒᆞ다 네가 진작 싱기거나 닉가 죠곰 더 살거나

〈6-앞〉

네가 나자 나 쥭은니 가이 읍다 궁천질통 널노 ᄒᆞ여 실픠 우이 쥭난 어미 산 ᄌᆞ식이 싱ᄉᆞ간의 무삼 죄냐 익고 익고 통곡ᄒᆞ며 우난 말리 악아 악아 뉘 졋 먹고 사라나며 뉘 품의 자랴나라 익고 익고 악아 악아 닉 졋 막죡 먹고 어셔 어셔 쉬계 커라 두 쥴 눈물이 흘너 양협의 졋난고나 ᄒᆞᆫ슘 지여 부난 바람 삽삽비풍 되여 잇고 눈물 믭쳐 오난 비 소소셰우 되어셔라 ᄒᆞ라리 나을 쥭계 ᄒᆞ니 일식이 무과ᄒᆞᆫ듸 슙풀의 우난 식도 졍의 글진ᄒᆞ여 젹막키 머무르고 시닉물 흐르나 쇼릭 삽삽이 오열ᄒᆞ고 흐르거날 ᄒᆞ물며 ᄉᆞ람이야 그 안이 슬풀쇼야 픠역이질 두셰 번의 슘이 덜걱 끈어지니 枕봉사 기가 막혀 그졔야 참 쥭은 쥴 알고 머리을 짱짱 부드치며 가삼도 쾅쾅 치며 방셩통

〈6-뒤〉

곡 우름을 울며 여보 夫人이 살고 나 쥭엇더며 닉 신셰도 平安ᄒᆞ고 져 ᄋᆞ희을 살여닐 걸 닉가 살고 그딕 쥭온이 져 ᄌᆞ식 읏ᄌᆞ존 말고 楊柳春風 져문 날의 젼역 구쳐 어이ᄒᆞ며 오동츄야 긴긴 밤의 젹 먹ᄌᆞ고 우난 ᄋᆞ희 뉘 졋 먹여 살여닐가 이졔 가면 은졔 올가 明年의 봄을 짜라 오라난가 쏫도 졋다 다시 픠고 히도 졋다 다시 오건만은 우리 부인 가신딕난 ᄒᆞᆫ번 가면 다시 못도나니 삼쳔碧桃 遙地연의 셔황모를 짜라간나 월궁황아 짝이 도여 偲櫟ᄒᆞ러 올나간나 나넌 뉘을 짜라가라 ᄒᆞ오 ᄒᆞᆫ춤 이리 슬픠 울 졔 도화

동 쳠죤좌상 모여 안즈 현철ᄒ신 곽씨夫人 힝실도 음젼ᄒ고 직질도 기히
터니 늑도 졉도 아니 ᄒ여 불상이도 죽어쑤나 우리 동닉 빅여호가 십시일
반으로 몸 감장ᄒ여

〈7-앞〉

쥬셰 공논이 여출ᄒ여 의금관곽 졍이 ᄒ여 쇼방산 디틀 우의 덩그럭케 싯
고 나갈 젹의 싱여 뫼신 상두군니 일시의 쇼리혼다 너허 호힝상쑨아 발
맛촤라 쵸롱쑨아 불 발켜라 너허호 염나국이 머다더니 디문 박기 졍승일
셰 출셰 삼일 어린ᄋ히 망인 감장 씨쳐 두고 북망산을 어이 갈가 너허호
빅연이나 ᄉ지더이 죠물이 시기ᄒ고 귀식 작기ᄒ난지 하릴읍시 황쳔을 가
거니와 이웃님니 덕틱으로 압 못보난 망인가장 닉 쌀 심청 살여쥬오 못다
먹고 못다 입고 죽어가은 명을 바다 아모쑈록 닉 쎨 심쳔 오리 ᄉ라 망인
父親 효도ᄒ쇼 너허호 향향지지 ᄎᄌ가셔 음토을 하랴할 졔 얼쑤두 거문
즁 즁 ᄒ나 나려온다 흑포 장삼 빅팔 염쥬 목의 걸고 구졀 죽

〈7-뒤〉

장 것더 집고 그 씨 맛참 지나다가 곽씨夫人 귀겻단 말 듯고 심봉사 무른
후의 산상의 올나가 좌향은 이리ᄒ고 안비은 져리ᄒ며 좌우 靑龍 번듯ᄒ
고 文筆峰이 두럿혼이 문장지ᄉ 날 것시오 창고ᄉ가 번듯ᄒ니 富貴多男子
ᄒ오리이다 산슈 뫼신 후의 안이 잇다 皇后 나오리다 경영 두고 보압쇼셔
ᄒ직ᄒ고 간 연후의 심봉사 긔가 막혀 집으로 도라오니 부억니 젹막ᄒ고
방안이 텅 비여난더 어린아회 다려다가 지리산 갈가마귀 기발 무러 던지
다시 핑고 갓듯 니돌방의 응아응아 우난 쇼리 ᄉ람의 일쵼간장 구비구비
다 녹넌다 심봉ᄉ 긔가 막혀 심청을 품의 품고 한 손의 작지 집고 더듬더
듬 ᄎᄌ 가셔 귀덕엄엄 겹의 잇심나 우리집 夫人 임죵시의 익원이 ᄒ나

말이

〈8-앞〉

나 죽고 웁거든 으기 안고 가서 졋설 먹여 달나 ᄒ면 응당 괄세치 아니ᄒ
리다 ᄒ고 信信 부탁ᄒ기로 염치 不顧ᄒ고 어린 거슬 안고 완네 졋 달나
고 우난 쇼리 일촌간장 다 녹계쇼 존일 적션ᄒ오 귀덕어미 니다르며 보시
요 봉산임 그 아히 이리 쥬오 오신난 길 흠ᄒ지오 담속 아기 바다 안고
계 방으로 드러가셔 아가 아가 졋 먹어라 마루란님 죵시의 許多ᄒ 사람
中의 니계다 부탁홀 졔 그 마음 오작홀가 눈물짓고 졋 먹이여 심봉ᄉ 쥬
며 당부ᄒ여 ᄒ난 마리 여보 봉산임 부디부디 조심ᄒ오 심봉사 그 말 듯
고 不幸中 感隔격ᄒ여 ᄒ는 말이 빅번이나 치사하며 아희 바다 품의 품고
집으로 도라와셔 익기을 누여 노코 이통ᄒ며 우난 마리 너의 어머니 너을
나서 나을 쥬고 죽어구나 건

〈8-뒤〉

곤쳔지 우쥬간의 슬운 일리 만컨만난 어린 자식 씻쳐 두고 상쳐ᄒ난 요
니 팔자 엇지 다 말할소야 그렁져렁 셰월리 여류ᄒ여 젹은 다시 안희의
삼상을 지니 후의 심쳥이 그동 보소 영민효험훔미 사람의 지니더라 니더
삼사오륙셰와 칠팔구십 열 쌀 되미 음식 식사 용이ᄒ니 빈ᄒ니 자심ᄒ여
부친공경할 슈 웁셔 눈 어두운 부친 손목 조셕으로 부여 잡고 이 집 져
집 단니면서 걸식으로 사라날 졔 차목ᄒ 경은 목젼의 못 볼너라 일일은
심쳥니 붓친의계 엿자오더 미물 중의 가마귀난 반포ᄒ야 싱흉지은 갑삽거
든 ᄒ물며 사람니 가마귀만 못ᄒ니잇가 오날붓텀 나 혼자 밥을 비러 붓친
봉양ᄒ오리니다 심봉사 일은 말니 네 말은 긴둑ᄒ나 다 커가난 쳔여로셔
붓쓰러워 어니ᄒ리 부디 밥을 빌지라도 조심ᄒ여 단

〈9-앞〉

여서라 심쳥니 그 날부틈 밥 빌너 가랴홀 졔 말기만 나문 힝자치마 가닥 가닥 벌여 미고 짓만 남운 베젹쌈 그렁져렁 쓰러닙고 뒤칙 읍난 흔 집셕의 살발기리 차목ᄒ다 동지 슷달 셔란풍의 엽거름질 자죠 치며 동셔남북 단닐 젹의 염치 마은 져 심쳥니 쥬져쥬져 ᄒ며 흔 집을 드러가니 영악흔 져 게집니 구박ᄒ여 ᄒ난 말리 염치 좃타 져 게집아 무슌 신셰 지여관디 너의 아비 심봉사도 죠셕으로 단니던니 너조차 다니난야 부억 좁다 나가거라 보기 실타 물너셔라 흔 슐 밥을 안니 쥬고 모진 말노 구축ᄒ니 염치 만은 져 심쳥니 붓그리기 층양 읍짜 눈물짓고 도라셔니 쥬인갓치 모진 기난 효여 심쳥 몰나보고 웅크려 달여드니 심쳥니 도라셔셔 업다 니 기야 짓지 마라 네 쥬인니 괄셰흔덜 너죠차 물야너야

〈9-뒤〉

시별갓튼 두 누의셔 소상강 빗발갓치 쑥쑥 홋부리며 몹실 연의 팔자로다 밍인 붓치 욕 먹니고 사라 씰 곳 바니 읍ᄂ 명쳔니 ᄒ감ᄒ사 의식을 즘지ᄒ압소셔 쏘 흔 집 드어간니 유순흔 져 부인니 심쳥 오난 그동 보고 문박게 나셔면셔 효여 심쳥 너 오나야 볼쇼록 일식니요 치근ᄒ고 가련ᄒ다 져 츠여 괄셰 말아 우리집 아히덜도 나고 ᄒ나 읍셔지면 져 아히와 다을쇼야 낫분 밥 더 쥬워 머기고 후니 쥬어 디졉ᄒ니 심쳥이 감격ᄒ여 집으로 도라올 시 이 집 져 집 다니즈니 즈연 더듸구나 잇 쩌 심봉사은 편고갓튼 닝돌방의 짤 오기만 지다리고 혼즈 안자 탁식할 졔 니 짤 심쳥 너 오나야 千山의 鳥飛絕ᄒ고 萬頃의 人跡滅ᄒ니 길을 일코 못오냐야 獨宿寒江雪의 눈이 막혀 못오난

〈10-앞〉

가 雪上강상 찬 바람의 현순빅결 흔 옷 입고 숀발 시려 못오나야 시만 필
젹 날나가도 심청 너 오난야 무님 볏셕ᄒ여도 심청 너 오난야 혼ᄌ 안ᄌ
군말ᄒ며 지다리다 못ᄒ여 門을 열고 박게 나와 집팡막더 ᄎᄌ 집고 사립
박게 셕 나셔니 질갓치 싸인 눈의 억덕 밋철 헛듸듸여 질 너문 기천물의
아쥬 풍덩 빠져 거의 쥭계 되여더니 잇 쩌 맛참 몽은ᄉ 화쥬즁 권션ᄎ로
나려올 졔 흑포 장삼 빅팔 염쥬 목의 걸고 굴갓 바랑 걸머지고 쳘쥭장 것
더 집고 그리 맛참 지너다가 심봉사 그동 보고 굴갓 장삼 바랑 작지 되연
더로 니던지고 왈칵 쮜여 달여드러 심봉사을 건져 노고 문난 말이 尊號넌
뉘 딕이시오 심봉ᄉ 정신읍시 ᄒ난 마리 나는 심봉ᄉ연이와 그딕는 뉘시
관더 이갓치 쥭계된 몸 건

〈10-뒤〉

져 살여닉이 활인지부은 곡곡유지라 은혜 빅골난망 못잇겟쇼 즁이 딕답ᄒ
되 쇼승은 몽은ᄉ 화쥬로셔 법당도 즁슈ᄒ고 권션ᄎ로 왓나이다 심봉사
그 말 듯고 진실노 그러ᄒ면 이 은혜 웃지 갑스오리이가 져 즁 ᄒ난 말이
딕의셔 망인으로 일온 욕이 무슈ᄒ니 小僧 졀 부쳐임게 고양미 삼빅셕만
시쥬ᄒ압시면 불구의 눈을 쩌셔 天地萬物 黑白長短 小小이 分간ᄒ고 어진
빅필 다시 만나 多男子ᄒ오리이다 심봉사 정신읍난 즁의 눈쓰기만 반겨
듯고 가셰는 싱각지 안이ᄒ고 즁다려 ᄒ난 말니 딕스 말삼 갓스오면 고양
미 삼빅셕을 권션의 치부ᄒ오 져 즁이 그 말 듯고 제일층 홍당지의 심봉
ᄉ딕 白米 三百石 시쥬라 기록ᄒ고 권션문 둘러미고 일어나 간 연후의 심
봉ᄉ 즁을 보

〈11-앞〉

닉고 다시 슘슘 싱각ᄒᆞ니 다 큰 ᄯᆞᆯ 심쳥 시계 걸식으로 ᄉᆞ난 형세 고양미 三百石 어ᄃᆡ셔 난다 말가 가산을 파ᄌᆞᄒᆞ니 부억의 질솟단지 스 푼도 싸지 안코 ᄒᆞᆫ엽 다른 쥬걱 ᄒᆞ나 입 빠진 사발 ᄃᆡ졉 ᄃᆡ톄 메운 동의 ᄒᆞ나 이 읍나 함박써지 칠푼 쥬고 뉘가 살가 허망할소 닉 일이야 웃지ᄒᆞ잔 말가 눈 쓰기는 고ᄉᆞᄒᆞ고 도로혀 부쳐임계 죄을 지여구나 自탄ᄒᆞ며 안ᄌᆞ더니 잇ᄯᆡ 심쳥이난 핑고갓튼 닝돌방의 망인 부친 혼ᄌᆞ 안ᄌᆞ 기다리고 바릭난 일 싱각이 간졀ᄒᆞ야 밧비밧비 도라와셔 문젼의 드러오며 부친을 부르면셔 으더 밥 노겨 노코 부친 형상 살펴보니 형용이 ᄎᆞ목ᄒᆞ다 심쳥이 깜짝 놀닉 부친을 부여 잡고 여보시요 아반임 웬 일리요 슈칙ᄒᆞ온 면상의 진흑치리 웬 이리며 현슌빅결 흔 의복의 물 젹

〈11-뒤〉

시기 웬 이리요 심봉사 ᄒᆞ난 말이 악아 우지 마라 악짜 맛참 너 오난ᄀᆞ 기다리고 바릭다가 싱각이 간졀ᄒᆞ여 너 오난 양 보랴 ᄒᆞ고 문박게 나가셔셔 사방으로 바징이다 엉쿠렁 헛씩씌여 질 너문 기쳔물의 아쥬 풍덩 빠져 거의 쥭게 되여더니 긋 ᄃᆡ 맛참 몽은ᄉᆞ 화쥬즁이 그 압흐로 지닉다가 날을 건져 노은 후의 날다여 ᄒᆞ난 마리 ᄃᆡ의셔 망인으로 이런 욕이 무슈ᄒᆞ오니 소승 졀 부쳐임께 고양미 三百셕만 시쥬ᄒᆞ오시면 싱젼의 눈을 써셔 쳔지만물 보오리다 ᄒᆞ기로 권션문 늬여 노코 시쥬ᄒᆞ라 ᄒᆞ기예 졍신이 춍망ᄒᆞ여 가셰은 싱각지 안코 눈 쓴단 말 반겨 듯고 고양미 三百石 권션문의 치부ᄒᆞ여 그 ᄃᆡ사 보닌 후의 혼자 안ᄌᆞ 싱각ᄒᆞ니 외ᄯᆞᆯ 심쳥 너을 시겨 걸식으로 ᄉᆞ난 형세 고양미

〈12-앞〉

三百石이 어디셔 난단 말가 허망흔 일 싱각ᄒ고 혼ᄌ 안ᄌ 우러노라 枕靑
이 그 말 듯고 부친前의 엿ᄌ오디 그만 일노 울으시난잇가 옛스람을 싱각
ᄒ오면 곽거난 어럼 속의 잉어 웃고 밍죵은 겨우레 죽슌 으던 父母 봉양
ᄒ야ᄉ오니 아모쪼록 高陽米 三百石乙 쥬션ᄒ여 父親願乙 풀이이다 걱정
마압시고 진지ᄂ 잡슈시요 枕봉士 ᄒ난 마리 네 말은 기특ᄒᄂ 工양미 三
百石이 엇지 그리 쉬을쇼냐 枕靑이 그 날부름 精誠을 드일 젹의 前造壇發
身嶺白木의 이분 의복 쌰라 입고 후원을 졍이 씰고 황토 페고 시 쇼반 시
그릇의 졍혼슈 쓰다 노코 합장비례 ᄒ난 마리 天地後土 神靈은 感應ᄒᄉ
아모쪼록 심쳥이 몸 살 사람 지시ᄒ와 고양미 三百石乙 시

〈12-뒤〉

쥬ᄒ와 아비 원을 푸러지이다 이러타시 三쥬夜을 빈 연후의 일일은 드른
즉 南京 장ᄉ 般人더리 그 압호로 지나가며 외난 말이 아모 집 쳐ᄌ라도
나히 十五歲요 人物이 絶色이요 幸시리 죠출흔이 몸 팔이 리 뉘 잇시나
외구 가니 심쳥이 그 말 듯고 귀德어미계 사난 곡졀 뭇ᄌ온즉 般人의 마
리 우리난 南京 장사 般人으로 數萬兩 밋쳔 드려 발 웁난 千里馬로 海上
의 往來할 졔 人當水로 지니난디 人當슈 龍王임이 人祭슈을 밧잡기로 白
然 도와쥬어 萬頃蒼波을 無事이 월涉ᄒ고 數萬兩 퇴을 너여 돗디 꼿티 鳳
旗을 꼿고 고향으로 도라오기로 그런 츠ᄌ 잇싸오면 즁갑 쥬고 살 터 심
봉사 집 ᄎᄌ녀로셔 父親願을 풀야 ᄒ고 고양미 삼빅셕의 갑셜 증ᄒ여 쥬압
소셔 般人더리 그 말 듯고 ᄒ는 마리 출쳔지효로

〈13-앞〉

다 일이리 칭찬ᄒ고 白米 三百石乙 즉시 몽은사로 슈은ᄒ옵소셔 심娘子
般人부녀 ᄒ난 마리 갑셜 임의 바다시니 은졔 다려 가시랴요 션인덜 對答

ᄒ되 來月 初三日 大行般할 나리오니 소복 ᄒᆞᆫ 벌 지여ᄯᅡ가 입으쇼셔 ᄒᆞ고
빅목 두 필 돈 열 양 쥬고간 後의 심쳥이 夢隱寺 和主즁 불너 ᄒᆞ난 말리
여보 大士임 불젼의 祝願ᄒᆞ야 아부의 집푼 願을 불원間의 풀계 ᄒᆞ오면 어
복 즁의 혼이라도 빅골난망 못잇것소 부디부디 발원ᄒᆞ오 심봉사 언으 스
이의 아라 듯고 그거시 웬 마리야 고양米 三百石이 어디셔 난단 말이야
심쳥의 츌쳔지효녀로 부친을 소기랴마은 부친이 놀닐가 염여ᄒᆞ여 잠간 쇼
겨 엿ᄌᆞ오디 月全 武陵洞 張承相宅 奴부인이 나을 별노 ᄉᆞ량ᄒᆞᆺ 슈양여
을 사무

〈13-뒤〉

랴고 고양미 삼빅셕을 쥬션ᄒᆞ여 쥬더이다 잇 더 심봉사 이 말 듯고 더히
ᄒᆞ여 ᄒᆞ난 말이 얼씨고 죠흘씨고 불효ᄌᆞ 열 아들이 너 ᄒᆞᆫ 딸 갓틀쇼야 부
즁싱남즁싱여란 날노 두고 일음이라 여보 世上 스람더라 아들 낫다 죠와
말고 딸 낫키 심을 씨오 張承相宅 老夫人은 그룩키로 壽富多男子라 ᄒᆞ히
갓튼 그 은덕을 엇지ᄒᆞ여 갑푸리요 어셔어셔 눈을 쪄셔 기특ᄒᆞᆫ 딸의 얼골
ᄌᆞ셰이 보고지고 廣大ᄒᆞᆫ 天地間의 것침읍시 단여볼고 光明ᄒᆞᆫ 通天下을 불
켠 다시 보고지고 희희낙낙 길기오나 심쳥이 솜솜 싱각ᄒᆞ니 밍인 父親 이
별ᄒᆞ고 인당슈 풍낭 즁의 어복 中 孤魂 되야 부친 의탁할 곳 읍셔시니 우
리 父親 임죵시의 어뇌 ᄌᆞ식 終身ᄒᆞ며 엄셧 관곽 뉘라셔 당ᄒᆞ야 先山下의
무더쥬며 금ᄒᆞ

〈14-앞〉

금별 뉘라셔 ᄒᆞ여 쥬리요 이 싱각 져 싱각 ᄒᆞ노라니 긴긴 밤의 잠이 을가
니 몸이 잇실 젹의 부친의 관망 ᄉᆞ졀의복 망죵 ᄒᆞ여보셰 부친의 씨신 망
근 압흘 가라 관ᄌᆞ 당쥴 시로 다라 숀 닷넌 데 거러 두고 흔 팔입 모ᄌᆞ

가라 갓끈 졉어 영즈 다라 갓집 안의 너어 두고 봄의 입울 상침겹옷 ㅎ졀
의복 고의 젹쌈 겨울의복 솜옷시며 두셰 벌식 장만ㅎ여 함농 안의 너허
두고 근근니 거니더니 힝션할 날 싱각ㅎ니 ㅎ로밤이 격ㅎ야난지라 부친의
슈쳑ㅎ 얼골 잠든 후의 ㅎ데 디고 이통으로 우난 말리 이고 아바지 날 볼
날이 몃 밤이요 世上의 離別 만컨만난 우리 父女離別 갓들숀냐 ㅎ양넛길
슈운지난 쇼痛哭 母子離別 景기關山老氣중은 오히월여 夫婦離別 편삽수우
소리人은

〈14-뒤〉

농산의 兄弟離別 셔출야관無고人은 위셩의 朋友離別 이별마다 슬건만안
스라셔 당ㅎ 離別 消息 드흘 나리 잇고 相面할 쩨 잇건만난 우리 父女離
別이야 어니 날 對面ㅎ며 어너 쩨 消息 알가 도라가신 우리 母親 黃天으
로 가 계시고 나난 이졔 슈궁으로 가거시니 水中의셔 黃天 지리 幾千里이
나 남아던가 황쳔으로 가날 기를 뭇고 무러 츳즈간덜 母親이 나을 알며
너가 모친을 웃지 알가 만일 母親 만난 날의 붓친 쇼식 뭇계드면 무삼 말
삼 더답할고 비난이다 비난이다 ㅎ날임젼 비나이다 오날밤 五便시을 함지
의 머무르고 니일 아참 돗난 히을 부상의 쓴며 우리 부친 다시 죠곰 더
뫼시런만 明日니로 이별되니 그 뉘라셔 막을숀가 쳔시가 사졍 읍셔 이윽
고 닥이 우이 심쳥ㅎ난 마리

〈15-앞〉

달가달가 우지 말아 반야삼경 밍상군니 아니로다 네가 울면 나리 시고 나
리 시면 나 죽넌다 나 죽기넌 습지 아니 안이ㅎ나 안혼ㅎ신 우리 부친 웃
지 잇고 가잔 말가 그렁졍 계명셩이 즈죠 나며 부상히 쓰니 어느 시이예
般人덜이 심낭즈 부르난 쇼리 져중치츳 강임도령 스명인 직쵹인들 이예셔

더할쇼야 심쳥이 기가 막혀 부친님 모로시계 般人 부디 ᄒ난 말리 힝션날
은 아라건만은 이 몸 팔여 가난 쥴언 부친이 아직 모로시니 아참 진지 낭
죵ᄒ야 드린 후의 이 말삼 엿잡고 쩌나스이다 般人덜 ᄒ난 마리 글낭 그
리ᄒ오 심쳥의 그동 보쇼 노물노 밥을 지여 반찬져 상을 보와 父親前의
드려노코 자반도 쩌여 입의 너허 쥬며 진지 만이 만이 잡슈시요 봉스은
아모란 쥴 모로고 아가 오날

<h2 align="center">〈15-뒤〉</h2>

아참은 반친이 미우 쇼담ᄒ고나 이난 부연간 쳘윤지졍이라 몽죠가 읍시쇼
야 업다 아가 이상ᄒ 일 잇더라 간밤의 ᄭᅮᆷ을 ᄭᅮ니 네가 슈리을 타고 갓
읍시 가 보인이 슈리라 ᄒ난 거션 貴ᄒ 스람 타넌 계라 아마도 무릉村 張
丞相宅의셔 너을 가마 틱워 가나부다 심쳥은 져 죽을 ᄭᅮᆷ인 쥴 짐작ᄒ되
그 ᄭᅮᆷ 미우 죳스이다 진지상 물여노코 부친 압혜 나 안지며 익고 익고 아
바지 놀너지 말으시고 닉 말 잠간 드르시요 제가 불효여식 으식 아바임을
쇼겨나이다 고양미 삼빅셕을 뉘가 나을 쥬오리잇가 달이 변통할 길 읍셔
남경장스 션인의계 인당슈 딕히즁의 졔슈로 몸이 팔여 오날 쩌나오니 불
효막디 ᄒ여신이 아반님 가삼의 불을 뭇고 영결ᄒ오니 부디 부디 싱각마
읍

<h2 align="center">〈16-앞〉</h2>

시고 불원간의 눈을 쩌셔 天地萬物 黑白長短 일이 더 귀경ᄒ고 어진 가문
의 취쳐ᄒ여 싱남싱여ᄒ압시면 어복의 고혼인덜 츄호나 슬어 울잇가 심봉
사 이 말 듯고 참말이야 헛마리야 싱시야 ᄭᅮᆷ즈 ᄭᅮᆷ즈 ᄭᅮᆷ을 ᄭᅮᆷ즈 네 이거시
웬 마린야 너 나흔 졔 삼일만의 너의 어멈이 이별ᄒ고 동닉 스람 은덕으
로 동양졋셜 으더 먹여 이만치 장셩ᄒ여 의복 음식 네가 맛타 너의 어멈

죽으 쥴 츳츳 잇져던이 네 이거시 웬 마린야 네 이 사공더라 눈 어두운 쇼경 쌀 철 모로난 어린아희 날 모르게 유인흐여 졔슈감으로 스단 말가 네 니 말 드러보아라 칠연디흔 가물 젹의 티스졈을 치되 사람 즈바 빌나 흐니 탕인군 어진 마음 니가 지금 비난 바난 빅셩을 위하미라 스람 즈바 빌 양인면 니 몸으로 더신흐리

〈16-뒤〉

라 젼조단발 신영빅모흐고 상임들의 축원흐여 디우방슈철이라 이른 일도 잇난이라 네 만일 그럴진던 니 몸으로 더신 가즈 눈을 파라 너을 살데 너을 파라 누을 뜻덜 무워셜 보고 살야난야 불고사셩 작난치니 般人덜도 기가 막혀 동무다려 흐난 마리 심봉스 그동은 목젼의 츠목흐여 못보건니 우리 여러 동스 중의 빅미 빅셕 돈 빅양을 산 갑 우의 더 쥬어셔 심봉스 고단흔 신셰 위로하미 웃더흐요 션인덜이 더답흐되 글낭 그리흐셰 돈관 쌀을 드리거늘 심낭즈 망극 중의 즌곡을 바다 노코 빅비치스흔 연후의 동중 여러 쳔 존젼의 이걸흐여 비난 마리 우리 부친 나을 일코 萬事無心 할 거시니 한식 동풍 부난 바람 화지 보기 쉽스옵고 동지장야 진진 밤의 봉젹흐기 염여오니 즌곡을 동즁의 두고 빅양

〈17-앞〉

돈은 논을 사셔 몽은스 부쳬임니 부량답을 흐옵시고 빅셕쌀은 그 중의 삼십셕은 작젼흐여 부친의 사철의복 써을 츠즈 쥬압시고 이십셕은 작즌흐여 구변 췌리흐여짜가 임종시 당흐거던 의금 관곽 초종장스 흐여 쥬고 그 남은 오십셕은 동니 여러 쳠조임이 느의 부친 양식 사마 돌여가며 공경하면 이 몸이 비록 죽사와도 빅골난망 못잇것소 심봉사 그 말 듯고 쳔금도 귀찬흐고 만금도 닛스 실타 가자 가자 나도 가즈 죽어도 갓치 죽고 사라도

갓치 살자 날 바리고 못 가리라 치마쓴 가마 잡고 닉 먼져 죽으리라 가삼
도 쾅쾅 머리도 쌍쌍 부다치며 혼참 이리 덤변일 졔 월편 무릉촌 장승상
씩 노부인이 이 말삼 듯잡고 시비을 보니여 심청을 불너거날 심청이 시비
을 쌀

〈17-뒤〉

라 근너가니 부인 하시난 말삼 네 이거시 웬 마리인야 나난 너을 친쌀갓
치 아라더니 너난 나을 괄셰ᄒ난고나 고양미 삼빅셕을 진작 말ᄒ여던덜
즉시 너가 쥬션ᄒ지 이졔라도 쌀과 돈을 쥬 거시니 션인덜을 니여쥬고 망
영된 일 말계 ᄒ라 심낭ᄌ ᄒ난 마리 부인 말삼 감격ᄒ오나 부친을 위ᄒ
여 불젼의 시쥬ᄒ며 남의 지물 부지럽고 쏘흔 남의 당디ᄉ 임시 낭패ᄒ게
도면 그 무어시 시쥬릿가 부인은 젼셩의 닉의 모친이요 이셩의 은인이오
나 사이 기츠ᄒ오니 부인은 만슈무광ᄒ오쎠다가 만셰후 황쳔의 다시 만나
이런 ᄉ졍ᄒ오리다 ᄒ고 ᄒ일읍시 눈물노 셔로 이별ᄒ고 심낭ᄌ 도라와
ᄉ당문 여려 노코 고ᄉ당 ᄒ직할 졔 그 글의 ᄒ엿시되 不孝女息 枕靑은
부친 폐밍손안ᄒ여 ᄉ신셩효 용궁이오니 불신영묘

〈18-앞〉

ᄒ나니다 ᄉ당문을 다든 후의 동닉 쳠죤임닉 저의 부친 열번이나 부탁ᄒ
고 ᄒ직ᄒ여 나갈 젹의 헛틀어진 머리털은 두 귀 밋티 너러지고 두 줄 눈
물은 양협의 젹셔난디 근너집 바라보며 아모집 쇼졔더라 상침질 슈노키을
누로 더부러 ᄒ야나야 장연 오월 다오의 잉도 짜며 츄쳔ᄒ던 일을 너도
싱각난야 뒤집의 자근 츠여 금연 七月七夕 밤의 함게 답교ᄒ지더니 니졔
난 허ᄉ로다 은졔나 다시 보리 너의들은 팔ᄌ 죠와 너의 부모 뫼시고셔
부디부디 잘 잇거라 洞닉 男女老少 읍시 눈이 부게 모도 울고 잇 디 심청

이난 흔 거름의 눈물 지며 두 거름의 쥬져 안ᄌ 이고 아바지 부르난 쇼리
하날임이 아옵신지 빅일이 어듸 가고 음운이 ᄌ옥ᄒ듸 쳥산 씽그리고 간
슈죠차 우름 운다 휘노려져 곱던 쏫션 웃고져 ᄒ던 빗셜 일코

〈18-뒤〉

버들 속의 쇠쏘리난 다졍ᄒ야 말유ᄒ난 즁의 심쳥이 이러시며 무노라 져
쇠쏘리 너난 뉘을 이별ᄒ여관듸 환우셩을 부르난야 쯧박게 두견시난 너도
뉘을 이별ᄒ지 가지 우의 홀로 안ᄌ 귀쵹도 귀쵹도 우름 우러 졔 목의 피
을 니야 쏫싸지의 쓸리더며 희음 읍시 우나 야月空山 어듸 두고 진졍졔경
단장인가 시푸다 져 시쇼리 네 아모리 가지 우의 부려귀라 ᄒ건만난 갑셜
밧고 팔인 몸이 다시 어이 ᄉ라오리 바람의 날인 쏫치 낫터 와 부듸치니
쏫쳘 들고 ᄒ난 말이 약도춘풍불희의면 ᄒ인취숑낙뉘오 ᄒ니 漢武帝 슈양
公主 즁 미화경은 잇건만난 죽으러 가난 몸이 뉘을 위ᄒ야 단장ᄒ야 춘순
의 진난 쏫쳔 지고 십퍼 지랴마난 광풍의 쩌러지니 졔의 마음 아니로다
니의 빅연홍안

〈19-앞〉

져 쏫과 갓튼지라 죽고 십어 죽으랴만은 사셰가 부득이라 뉘을 원망ᄒ리
요 흔 거름의 도라 보고 두 거름의 눈물 짓고 심쳥이 ᄒ난 마리 나 죽기
난 습지 아니ᄒ되 안혼ᄒ신 우리 부친 어이 잇고 가즌 말가 도라셔며 통
곡ᄒ여 우난 쇼리 션인덜도 기가 막혀 심쳥을 말유ᄒ여 어언지간의 강어
구의 다다르니 션인덜은 비머리의 죠판 노코 심낭ᄌ을 인도ᄒ여 비장안의
오른 후의 잇 쩌 닷쳘 감고 돗쳘 다라 어기여츠 쇼리ᄒ여 만경창파 쩌나
가니 망망흔 창희슈며 탕탕흔 물결이라 빅빈쥬 갈먹이난 혼요로 나라들고
삼강의 기러기난 흔슈로 펄펄 나라든다 요량ᄒ난 물시 쇼리 어젹의 그연

ᄒ다 곡죵인불견의 슈식만 푸르 잇고 관희셩풍 만슈난 날노 득고 일음이
라 장스을 지니가니 간의 간 곳 읍고 명나슈 바라보니 굴삼여 어

〈19-뒤〉

복즁 츙혼되야 무양ᄒ시던가 황학누을 당두ᄒ이 일모함지何處在오 강산스
인슈은 崔浩 유적이요 鳳凰坮 다다르니 三山半落靑天外요 이슈즁분빅노쥬
난 이젹션 노던 디요 深楊江 當到ᄒ니 白樂天 一去 후의 비파셩 믄어지고
赤壁江 도라드니 蘇東坡 노던 風月 의구이 잇짜만은 曹孟德 一世지웅 이
금의 안지지ㅇ 月落烏啼 기푼 밤의 고쇼셩외 비을 더니 혼산스 쇠북쇼리
긱션의 둥둥 어려 잇고 진회을 바라보니 열동훈슈월농사의 상연은 부지막
국ᄒ고 격강유청 후졍화을 쇼상강 달이 쓰고 아갸누 놉푼 집언 두자미 놀
던 데요 東南으로 바라보니 요산은 첩첩 쵸슈난 만장이라 반쥭의 셕은 가
지 점점이 져져시니 쇼상야우 이 안이며 무산의 도든 달은 도졍호의 빗춰
엿꼬 上下天光 푸르럿다 潛五산 져문

〈20-앞〉

연기 황능모의 잠겨 잇다 오쵸東남 너른 물의 오고가넌 상공션은 슌풍의
돗쳘 다라 지극총 닷 감난 쇼리 원포귀범 그 안인야 창비평훈 말근 물의
상ᄒ天光 푸루럿다 산시은 펄펄 나라들고 魚龍은 잠을 즈니 洞庭秋月 이
아니며 水碧波明兩岸티의 不勝靑雲 져 기러기 갈디 ᄒ나 입의 물고 씰욱
씰욱 소리ᄒ니 평스나가니 니 아니며 江山石壁의 거울낫쳘 어려시니 무산
낙죠 그 아인가 시벽셔리 찬 바람의 울고 가난 져 기럭이 원긱의 게우 든
잠 씨울셔라 탁즈 아픠 늘근 老僧 구벅구벅 염불ᄒ며 경쇠은 쩡쩡ᄒ니 혼
슨스 고쇼셩 그 아인야 소湘八경 다 본 후의 行般ᄒ랴 ᄒ올 젹의 良風이
이러나며 玉珮 쇼리 징징터니 두 부인이 竹林 시이로 나오며 화관을 씨고

ᄌᄒ상을 입고 운무혜을 ᄭᅳᆯ며 져기 가난 심낭쟈 네가 나을 모

〈20-뒤〉

로리라 창오산의 봉ᄒᆞᆺ 죽상지누 지을 千秋의 집푼 회포 호소할 고지 읍
셔더니 지극ᄒᆞᆫ 네 효셩을 ᄒᆞ례코자 나와노라 요순셰기 쳘연은 지금은 언
으ᄡᅣ야 오현금 동南風이 이졔까지 젼ᄒᆞ던야 滄海萬里 멀고 먼 길의 무스
이 월셥ᄒᆞ랴 ᄒᆞ고 忽然 간 곳 읍거날 심쳥이 황영의계 스례ᄒᆞ고 삼산을
바라보니 쳥쳔 박게 버러잇고 인눈이 아득ᄒᆞ야 ᄇᆡᆨ노쥬가 가리엿다 창창ᄒᆞᆫ
창낭이며 탕탕ᄒᆞᆫ 강호격은 상ᄒᆞ쳔광 일식이라 유의ᄒᆞᆫ 갈먹이난 돗ᄶᅵ 우의
등등 ᄯᅥ셔 ᄭᅬᆨ욱ᄭᅬᆨ욱 쇼리ᄒᆞ고 ᄇᆡᆨᄒᆞᆫ 강상의 둘너난디 뭇노라 져 갈먹아
ᄒᆡᆼ여 도화동 지나거던 우리 부친 심밍인계 불효여식 심쳥이난 염여읍시
가더라고 그 말 잠깐 일너다고 ᄒᆞ슙지고 눈물질 졔 슈광은 졉쳔ᄒᆞ고 슈운
은 젹막ᄒᆞ디 人堂水 다다른이 난디 읍

〈21-앞〉

난 디풍이 이러나 ᄒᆡᆼ션ᄒᆞ기 어려온다 집치갓흔 물귀비나 비젼의 부다치니
양돗ᄶᅵ 직끈 불어지고 치도 ᄲᅢᆫ지고 용춍도 ᄯᅳ너지고 풍낭셩은 우루룽 우
루룽 ᄇᆡ머리가 ᄲᅦᆼᄲᅦᆼ ᄉᆞ방으로 지형 읍시 츌몰ᄒᆞ니 상공 화장 졔쥬더리 디
경ᄒᆞ야 닷 쥬워 ᄇᆡ 셰우고 고스기구 ᄎᆞ릴 젹의 모욕지계ᄒᆞ고 젼죠단발 신
영ᄇᆡᆨ모ᄒᆞ며 ᄉᆡ 의복 가라입고 졔슈을 ᄎᆞ릴 젹의 三色실果 五色탕슈 어동
육셔 진셜할 젹의 왼쇠머리 왼쇠다리 ᄉᆞ지사방 괴야 노코 산돗 잡아 큰
칼 ᄭᅩ자 기난 드시 괴야 노코 셤ᄊᆞᆯ 푸러 ᄶᅪ도 언져 소담ᄒᆞ계 드려노코 비
단 한 필 좌우의 거러 노코 심낭자 모욕 시겨 쇼복 단장 졍이 ᄒᆞ고 디반
의케 좌ᄒᆞ여 男左女右로 우편의 올여 노오니 심쳥이 졍신이 아득ᄒᆞ여 시
별 갓튼 두 눈의셔 흐르난 눈물이 바다물을 봇티난 듯

〈21-뒤〉

쵸셩 죠흔 도스공은 의관을 증졔ᄒ고 큰 북을 놉피 달고 東西南北 四拜ᄒ고 북을 둥둥 우리면셔 고스축원할 졔 고셩디독으로 비난 마리 天地風雨日月星辰이며 三十三天 玉황상졔와 四海龍王임니 下感ᄒ옵쇼셔 현원씨 비을 모와 이졔불통ᄒ온 후의 후셩인 본을 바다 션인등 슈십 명이 동무 지여 인당슈 먼먼 길의 數萬兩 밋쳔 드려 장ᄉ추로 가옵난디 인당슈 龍王임은 人祭슈 밧잡기로 황쥬 도황동 거ᄒ난 심밍인의 무남동여 츌쳔지효여 골나다가 졔슈로 드리오니 쇼례을 디레로 바드시고 슈풍을 빌이옵셔 남경을 슈이 득달ᄒ야 억십만양 퇴을 너여 돗쎳 꼿히 봉기 꼿꼬 우슴으로 영화ᄒ며 츔으로 디길ᄒ옵쇼셔 북을 쾅쾅 울이면셔 심낭즈 무례 들나 지쵹이 발발할 쩌 난디 읍난 씩거문 굴음이 ᄉ면으로 모와 들

〈22-앞〉

며 쳔지가 즈옥ᄒ더 울의 번긔 번젹이며 닷쥴가튼 비 바다무리 뒤끌난디 쳔부리 궁글며 븨가 업치락지치락 ᄒᆫ 즁의 般人덜도 긔ᄀ 막혀 비 안에 업더져 죽기만 바라더니 쳔지 아득ᄒ며 뇌셩병역이 와직끈 ᄒ더니 희즁으로셔 큰 들보만ᄒ 이목이 ᄒ나 희변에 쳐 닉쳐거날 그졔야 뇌셩이 긋치고 쳔지가 명낭ᄒ거날 션인더리 정신츠려 나가보니 누쳘연 무근 이목이라 이 놈이 인졔슈을 아니ᄒ면 희즁을 둑켜 복션ᄒ기로 옥황상졔계옵셔 미워 여기ᄉ 쳔불을 나리시여 졔살ᄒ신 거션 심쳥의 츌쳔지효을 ᄒ날임이 ᄒ감ᄒ옵셔 심쇼졔을 위함이요 상공 션인등의 큰 고역을 더러쥬심이라 잇 더 심쳥이 긔가 막혀 정신읍시 헛우슘 우스며 이거시 웬 일린야 바드시 이러셔셔 벌벌 쩔며 웃쑥

〈22-뒤〉

셔셔 두 손을 합장호여 호날임게 비난 마리 비난니다 비난니다 삼십삼쳔
옥경선여 호감호옵쇼셔 이 몸 쳥츈 죽난 일은 츄호도 슬지 아니호오나 어
셔 급히 아비 눈을 어셔 급피 여려 쳔지만물 보옵시면 죽어 어복 즁의 고
혼이 되여도 슬지 안케쇼 창희난 명명호야 운호만 둘너난더 고양산쳔 바
라보니 향방할 길 젼여 읍니 동셔남북 스비호며 비가으로 나아갈 졔 존잉
할스 져 심소졔 비젼을 부여 잡고 물결을 바라보니 萬頃滄坡 너런 바다
안치도 암암호고 졍신도 엇질호여 도로 펄젹 쥬져 안즈 으고 으바지 부르
난 쇼리 창희도 슬어호고 물결도 조준호며 날나가난 시라도 벌벌 썰고 빅
학덜도 머무난 듯 靑山도 씽기난 듯 션인덜도 기ㄱ 막켜 도라셔셔 눈물
지며 목이 메여 호난 마리 심소졔 경상은 차마

〈23-앞〉

목젼의 못 보건니 마즈 마즈 이 장스 아니호면 굴머죽기박계 더 할쇼야
도스공 도라보고 치근호 마음 졀노 느껴 실음 읍난 독호 말노 물셰 풍셰
노 져가니 어셔 급피 물의 들나 셩화 독촉 발발호니 졍신을 다시 차려 바
드시 이러시며 니 졍셩이 부죡호면 이즁호신 우리 부친 감운 눈을 어니
쓰리 아반임을 위할진더 이리호여 못씨리라 영치 죠흔 눈을 감고 쥬옥갓
튼 이을 가며 쵸마을 무릅씨고 두 쥬먹 불끈 쥐고 바람 마진 병신쳬로 빗
실 그름 혼 노으며 빗젼의 비 붓친고 물결을 구버보며 션산낙일함지격으
로 힝즁의 풍덩 쪄려지니 天地도 깜짝호고 日月도 無光호다 風浪도 고요
호며 스희가 죠용호며 풍낭 소리 낭즈호여 玉珮聲은 연연호고 香氣가 振
動터니 니욱고 五雲영치 끈

〈23-뒤〉

어지며 仙樂소리 읍셔지니 無邊大海 人當水라 션인덜도 칭찬ᄒ되 츌쳔지
효여로다 젼의 읍난 션악 소리은 ᄉ람을 놀니더라 션인덜이 슌풍의 돗철
다라 살가치 가난고나 잇 ᄯᅥ 심낭ᄌ 물의 들며 치단으로 몸을 ᄡᅡ고 팔션
여ㄱ 옥교을 미고 공슌이 엿ᄌ오디 어셔 급피 타옵소셔 심낭ᄌ ᄒ난 마리
누취ᄒ온 인싱으로 죤귀ᄒ온 옥교을 웃지 타오릿가 팔션여 ᄒ난 마리 옥
황상졔계오셔 ᄒ령ᄒᄉ 츌쳔지효 심낭ᄌㄱ 인당슈의 들 거시니 물 ᄒ 졈
무치거나 잘못 뫼시면 중죄을 줄 쥴노 분부가 지엄ᄒ오니 어셔 급피 타옵
소셔 심낭ᄌ 시양치 못ᄒ 옥교의 오른니 팔션여 연을 미고 風악으로 위로
ᄒ며 용궁으로 뫼셔갈 졔 어별은 북을 치고 낙지은 기을 들고 잠교은 츔
을 츄고 王子진의 봉피리와 곽츠ᄉ의 죽장구며

〈24-앞〉

젹어ᄉ에 거문고와 남악손 위부인과 쳔티손 ᄆ고션여며 낙양의 슉낭ᄌ와
오쵸의 셔시며 호지의 왕소군의 시비로 옹위ᄒ여 드러갈 졔 슈궁경기 볼
작시면 東으로 바라보니 騰王閣 승거ᄉ난 셔왕모 노던 디요 西으로 바라
보니 거침만만족의 大峰이 비진ᄒ고 南으로 바라보니 슈여남 푸른 물결
거울낫철 가리왓고 北으로 바라보니 北斗七星 七鉉琴의 往來ᄒ난 쳥죠시
난 편지봉 입의 물고 슈루욱 펄펄 나라든다 중앙을 치야다 보니 슈궁 디
웅젼이라 금ᄌ로 두려시 부쳐난디 웅장ᄒ고 그록ᄒ다 슈궁퓌월 두려ᄒ디
黃金으로 집을 짓고 비옥으로 문을 다라 유리 지동 호박 쥬츄 산호 난간
의 非人間之五福이라 靑鶴白鶴 난봉공작 쌍을 지여 츔을 츈다 龍王이 영
졉ᄒ며 시위ᄒ 션여덜은 심

〈24-뒤〉

낭즈을 위엽흐야 용연슈의 모욕 쌈게 인간 허물 버신 후의 치의 느삼 단
장흐니 인間 인물리라도 용궁천지의 쌍이 읍더라 졔일층의 뫼신 후의 슌
찬으로 디졉할 졔 불사약 반도 벽도 금강쵸며 쳔一쥬 기안쥬을 덩그럭케
고비흐야 연일 진비 그록흐나 심청 어진 마음 망인 부친 잠시나 이즐쇼냐
눈물노 벗셜 삼고 흐슘으로 消日할 졔 천지가 무심할가 잇 디 심망인은
천지도지흐여 쌀 가난 쥴 모로고셔 실셩흐여 단일 졔의 집집마다 츠즈가
셔 우리 아기 예 왓난야 니 쌀 심청 예 왓난야 쌀의 동무 음셩 듯고 부쳡
잡고 이통흐며 니 쌀 심청 츠즈 달나 이통흐난 경상 츠마 목젼 못볼너라
잇 디 무릉村 張承相宅 老부人 그동을 보고 심청을 싱각흐야 무슈이 돌탄
흐시고 시비 흐나 허락흐야 보니면셔 삼시봉양 극진이 밧들나 흐니

〈25-앞〉

잇 디 뺑득어미 쏘 호탕흔 기집이라 심밍인 즌곡 만탄 말 듯고 희희낙낙
흐야 이 날부텀 셤길 시 인물이 용열흐고 힝시리 부졍흐여 낫잠으로 농스
삼고 마실긱기 소일흐며 쌀 퍼쥬고 쩍 스먹기 돈 쥬고 슐 사막은니 졔 웃
지 장구흐리요 동너 스람더리 뺑득어미 별호을 지여시되 산도리 잡거시라
흐더라 不遇八年이 못흐여 잇난디로 써러먹고 인홀불견 간 곳 읍니 심봉
스 어이 읍셔 여보게 뺑득어멈 어디 간나 자니죠츠 날 쥭이스 그 시만 흐
여도 쌀싱각 들흐던이 요런 지변 쏘 잇난가 일푼 일홉 바이 읍고 뉘가 나
을 도라볼가 쌀이 지은 의복 의지읍시 지여 입고 작지을 것더집고 이 집
져 집 걸식흐니 불승모양 볼 슈 읍다 잇 디 옥황상졔게옵셔 赤松子 분부
흐야 용王게 젼교흐스

〈25-뒤〉

심낭즈 익운이 다 진ᄒ여시니 슈富貴多男了ᄒ여 죽고 인간의 다시 환슁ᄒ
라 분부 지엄ᄒ지라 잇 ᄯᅵ 용왕이 치힝범져를 ᄎ리올 졔 상졔계셔 ᄒ슁ᄒ
신 벽도 곳봉 쇽의 심낭즈 뫼신 호의 션약을 쥬어 팔션여로 시위ᄒ고 풍
악으로 젼슝할 졔 용왕이 비힝ᄒ고 슈亭門 박게 ᄂᆞ와 팔션여 ᄒ직ᄒ되 부
디 구히 되여 망인 부친 상봉ᄒ고 영화로 지니시다가 후일예 옥경으로 상
봉ᄒ시다 심낭즈 디답ᄒ되 팔션여 일일이 몟칠인요 옥경이셔 팔일이 인
간의셔 팔십연이라 곳봉이을 물 우의 ᄯᅵ우면셔 부디 평안이 힝ᄎᄒ옵소셔
셔로 ᄒ직ᄒ직ᄒ고 인홀불견 간 곳 읍니 션악 소리 ᄭᅳᆫ어지고 無邊大海 인
당水라 碧波上의 둥둥 ᄯᅥ셔 明羅水 바라보니 오호 明月夜의 닷지 우난 져
션인은 어디로

〈26-앞〉

가시난지 父親消息 알 슈 읍니 삼강의 ᄯᅵᆫ닌 죠슈 오즈셔의 졍영이요 明蘿
水 집푼 물은 萬古忠臣 굴원이라 皇天고지 거기로다 瀟湘江 當到ᄒ니 븩
의ᄒᆫ 두 여인이 손길을 마죠 잡고 탄식ᄒ여 위로ᄒ난 마리 그디난 읏지ᄒ
여 젼후 읍난 大효로셔 셰상의 귀이 되여 영화로 가거이와 우리난 무삼
죄로 삼강 영혼 못 면ᄒ고 즁임 즈최 품어 잇니 그디 셰상 나가거든 말근
셰상의 우리 이원 젼ᄒ쥬쇼 죽임으로 울고 가니 니난 아황여영이라 쇼상
강 다 지나도 부친 쇼식 알 길 읍셔 스고평디 져문 날의 여산성쵸쑨이로
다 西山 지난 히난 졔경공이 낙누ᄒ고 분슈츄풍곡은 ᄒ무졔의 실품이라
落花은 여고목졔비ᄒ고 秋水는 供長天一色이라 江風은 颯颯ᄒ고 水雨은
蕭蕭ᄒ디 달빗쳔 낫과 갓트여 외로온 심사을 ᄌ

〈26-뒤〉

ᄋ닉이 실노 실푸도다 무ᄒᆞᆫᄒ 경을 ᄒᆞ옵시 다 보와도 만경일졍 ᄯᅳᆺ지 읍고

부친 식각쑨이로다 꼿봉 쇽의 몸을 감초고 외로이 안즈더니 잇 디 맛참
난디 읍난 큰 북소리 희즁을 흔드난 듯ㅎ거날 심낭즈 디경ㅎ여 니거시 어
인 북소린고 마음의 깃버 안즈더니 닛 디 남경장스 션인더리 만만금 퇴을
니야 돗디 꼿희 鳳旗 꼿꼬 우슴으로 영화ㅎ며 희희낙낙ㅎ여 인당슈 다달
나셔 닷 쥬어 비 셰우고 만반진슈 츠려 노코 북을 둥둥 우리면셔 비 우의
놉피 셔셔 고스츅원흔 연후의 도스공이 졔물 갓초 다마 비가으로 돌여 노
코 죠물죠물 홋트면셔 츌쳔지디효 심낭즈 죽은 혼이라도 와 게신가 넉시
라도 와 게신가 마니 마니 흠향ㅎ와 슈즁고혼 되지 말고 극낙셰계 ㄱ옵소
셔 됴물 홋쌜릴 졔 난디 읍난 꼿봉오리 ㅎ느 희상의 써오거날 션

<27-앞>

인더리 大驚ㅎ여 이 꼬시 웬 꼬신ㄱ 前後의 츠음 보건니 심낭즈 죽은 혼
이 져 꼬시 되여난ㄱ 그 꼿셜 고이 건져 션창 안의 언져 노코 즈셔이 살
펴보니 향니 촉비ㅎ고 ㄱ지 우의 푸른 입시은 비을 삼아 타게 되고 꼿봉
이 너르기을 스람 ㅎ나 안계 되고 연연흔 고은 빗쳔 졍신을 놀니난 듯 기
어ㅎ고 이상ㅎ다 그 꼬슬 비의 실고 슈로 말이 순식간에 월셥ㅎ여 꼿슬
옥분항의 고이 담아 도스공 집의 두어더니 언무죡이 힝쳘이라 꼿 일옴이
스희의 진동ㅎ여 황셩까지 밋쳐고나 니부상셔 상공 불너 분부왈 셰상 읍
난 꼿치 네 집에 잇다 ㅎ니 구경ㅎ고지고 스공이 꼬슬 교즈의 고이 담아
올이며 고왈 니런 꼿슬 스ㄱ의 두기난 황공ㅎ오니 덕의 두고 보시압소셔
상셔 디챤왈 진실노 기이흔 꼿치로다 무슈이 칭챤ㅎ고 금은 일쳔양을 상
급ㅎ시니 안팟장스는 션인더릴 ○○ 셔 그 꼿셜 옥분의 고이 담아 침장의
두고 보니 향니 삽삽ㅎ여 집안○

<27-뒤>

진동ᄒ며 고은 빗쳔 셔로 빗ᄎ워 영농ᄒ니 진실노 셰○○○○ 화리라 잇
디 맛참 슝쳔ᄌ 황후 붕ᄒ신 후로 각식 화쵸로 시○○○○ ᄌᄒ시고 모란
화 구추 단풍 황국이며 히미츈풍셜이 미화 이화 도화 힝화 눈초 홍도 벽
도 히당화 왜쳘쥭 진달이 민드라미 봉션화며 반슝녹쥭 가지가지 피여난듸
잇 ᄯᆡ의 이부상셔 황상계 쥬달ᄒ되 신이 셰상의 드문 쇼셜 구ᄒ여 두어ᄊᆞ
오니 입시ᄒ오릿가 상이 젼교ᄒᄉ 되려오라 ᄒ여 친이 보시고 왈 긔이ᄒ
다 이 ᄭᅩᆺ 일홈은 무어신고 상시 쥬왈 승상의 덕화ㄹ 쳔ᄒ의 덥피ᄉ 국티
민안ᄒ고 시화연풍ᄒ오니 환가풍연ᄒ나이다 상이 디희ᄒᄉ 즁젼 침실의
두고 쥬야 사랑턴이 일일은 쳔ᄌ 황극젼의 즌좌ᄒ시고 국ᄉ을 의논ᄒ신더
니 잇 디 심낭ᄌ 침실을 구경코쳐 ᄒ여 ᄭᅩᆺ봉을 열고 ㄴ

와 구경터니 굿 디 맛참 시여더리 ᄭᅩᆺ구경 드러오다가 심낭ᄌ을 보고 ᄶᆞᆷ작
놀나며 무슈이 칭찬ᄒ되 어엽불ᄉ 져 션여난 옥경 션여로 반도 진상 가시
다가 기을 잘못 드르신ㄱ 월궁항아ㄱ 빅쵸약 진상 가난 기례 침실 구경
와 계신ㄱ 낭양의 슉낭잔ㄱ 오호의 셔시신ㄱ 한나라 반쳡연ㄱ 잇 디 심낭
ᄌ 밋쳐 몸을 감쵸지 못ᄒ여 올인ᄭᅡ온 고혼 몸을 花엽의 의지ᄒ고 교티ᄒ
은 양은 물찬 지비ㄱ 옥난간의 넘노난 듯 츈삼月 好時節 비마진 히당화ㄱ
츈풍을 계우난 듯 요요혼 티도난 귀신인가 ᄉᆞ람인가 이 ᄭᅩᆺ 홀영인가 이러
타시 작작ᄒ니 잇 디 쳔ᄌ 아르시고 희희낙낙ᄒᄉ 만죠빅관을 모와 의논
ᄒ실 시 이부상셔 엿ᄌ오디 승상의 덕화 상계게 밋치여 쳔싱 비필을 즘지
ᄒ엿ᄉ오니 급피 티길ᄒ와 즁젼을 젼슈ᄒᄉ 신등의 울쇼지영○○

과 만민의 ᄇ라옴을 페오시실ㄱ ᄒ나이다 상이 디○○ᄉ 티ᄉ관을 불너

턱일호여 드리라 호시니 닉월 쵸삼일언 으양비합과 쳔덕월딕 씌여시니 그
날노 완졍호읍쇼셔 만죠諸臣이 흐례 분분호여 힝예기구을 비셜할 졔 궁궐
안의 구름 치일 노피 치고 운문 屛風 둘너난디 기구도 찰난호다 잇 디 天
子는 황금젼의 즌좌호사 머리의 용유리관이요 몸의는 골용포난 두 억씌에
일월이 두려호고 좌우의 만죠百冠이 侍위호여시며 션후의 노기홍상 노인
더런 황후을 위엽호낭은 신션이 흐강흔 듯 의젼 풍악쇼리 궁궐이 흔들인
다 잇 디 심쳥 황후화관을 쓰고 몸의 치의 나삼 단장호고 雙鶴그리 日月
珮을 느지기 츠고

⟨29-앞⟩

三千宮女 용위호사 금슈군호빈 오픠쇼리 징징호니 天上옥경 仙女더리 창
호문의 시위호난 듯 찰난호고 그록함을 웃지 다 말할손가 홍안을 견슈호
고 힝예을 맛촌 후의 東方火燭의 연침호니 웃지 밤인과 갓틀손야 이러타
시 영귀호덜 父親 싱각 이질손가 일일은 황상계 엿자여디 일쳔지호의 萬
民의 父母 되야 싱스을 임이로 호읍시니 무삼 일을 못할릿가 마물지즁의
유인이 최귀즁의 밍인이 불상호오니 天地萬物 밤즁갓치 지니오며 父母 동
싱 쳐즈을 음셩으로 졍엄호고 먹고 죽을 약을 준덜 도로오니 쇼경이 그
아니 불상호오 밍인 잔치 비셜호와 덕화을 베푸사느마는 밍인은 당상을
시기싀면 승덕일ㄱ 호느이다 잇 디 쳔즈게셔 드리시고 황후의 어진 마음
을 칭찬호사 즉일의 발관호사 各國烈邑의 힝관

⟨29-뒤⟩

호시 시 도화동 면쥬인이 졀열을 돌이거날 잇 디 심봉사 이 말 듯고 황셩
으로 올느가계 쳐즈 잇는 밍인덜은 질을 인도호건마는 오즉 심밍인은 작
지 호나 벗셜 삼야 더듬더듬 올느갈 졔 쩌맛촌 삼춘이라 흔 고졀 드드르

니 일모도공ᄒ 쥬졈을 알 슈 읍셔 슉식할 길 젼여 읍고 쥬졈을 안다ᄒ난덜
뉘ㄹ 나를 지울손ㄱ 동셔남북 바징일 졔 잇 더 웃더ᄒ 여인이 심봉사 작
지을 부여 잡고 그더ㄹ 심밍인 ᄋ니요 심봉ᄉ 쌈작 놀ᄂ 호난 마리 과연
심학규거니와 그더은 뉘시과더 나을 아르시오 져 여님 ᄒ난 마리 간밤의
쑴이 그이ᄒ여 기다린 졔 오리오니 니 집으로 ㄱᄉ이다 심봉ᄉ ᄋ모란 쥴
모로고 잇쓸여 가니 일간초막 단졍ᄒ더 방안의 안친 후의 셕반을 졍이 지
여 심봉사계 드리면셔 ᄒ난 마리 쳡의 인물 용열ᄒ여

〈30-앞〉

사십이 근ᄒ도록 비필을 못만ᄂ 셰상 지미을 모르더니 쳔운시죠ᄒ사 슌몽
으로 즁미되고 상봉으로 육예 갓쵸와 운무몽을 지여시니 부더 염여마르시
고 만이 만이 잡슈시요 심봉사 너머 흔션ᄒ여 우슴을 소담ᄒ계 우스며 허
허 그것 별일셰 ᄒ여 오넌더로 감식ᄒ고 동방화촉의 두 몸이 호 몸 되
여 한슘을 실큰 ᄌ고 심봉사 이러나셔 임맛셜 다시며 여보 무우라 승씨을
뉘라 ᄒ오 승은 안가요 안ㄱ나 못ㄱ나 니 쑴이 안이 고약ᄒ오 마우라 ᄒ
로밤 연분의 이졔난 ᄂ 죽겄쇼 안씨부인 ᄒ난 마리 회몽ᄉ을 보와지이다
쑴 말삼ᄒ옵시요 심봉ᄉ 더답ᄒ되 니 몸 가쥭 벽겨 북을 메워 보이고 남
운입 헤피 쩌러져 덥퍼 보인이 나 죽을 쑴 안인가 져 마우라 히롱ᄒ되 고
타궁셩ᄒ이 펄펄 쮜여 논리다가 궁궐의셜 살 쑴이요 어허 그 쑴 잘 쭷쇼
ᄎᄌ올 ᄌ손 잇소 심봉 탄식ᄒ여

〈30-뒤〉

ᄒ난 마리 무남동여 외쌀 심쳥 어미 읍시 잘아나셔 인당슈 물귀신 되여시
니 날노 ᄒ여 원귀 되여 날 ᄌ부러 왓난가 부오 안씨 위로ᄒ되 우리 두리
늣계 만나 싱남싱여할 쑴이라 어허 그 쑴 잘 쑤어소 밤마도 그련 쑴 여남

번식 꾸옵시요 달기 우러 나리 시니 항성길을 지촉ᄒ여 안씨부인 작지 끌여 염여웁시 올나갈 졔 잇 ᄃ 맛참 ᄒ져리라 부인은 밥 빌너가고 심밍인은 모욕할 졔 심밍인보다 더ᄒ 거린이 의복을 모도 가져간난지라 심봉사 모욕ᄒ고 옷둔 곳졀 더드머 보니 옷시 간ᄃ 웁다 두 벌 논 ᄆ 듯 너른 깅변 白沙場의 기ᄃ다가 쳔연이 안ᄌ ᄒ난 마리 뉘ᄀ 장난도 고약키도 ᄒ난고 그만 쇠기고 갓다 놋치 지셩으로 말ᄒ던덜 능견난ᄉ 홀길 웁셔 안씨부인 이름 지여 부르난 마리 안득이니 안득이니 식은 밥 으드랴다 니 옷셜 가져간니 어셔 와셔 ᄎᄌ 쥬소 안씨부인 급피

〈31-앞〉

와셔 속옷셜 버셔 입피니 그 꼴 볼 슈 웁시나 심봉사 탄식ᄒ난 마리 웃지 할 슈 웁셔 입어거니와 ᄯᆯ이 지은 오슬 일탄 마리 웬 마린가 악한 맘 졀노 ᄂ셔 힝인만 얼는 ᄒ여도 핑게ᄂ 드랴할 졔 관산월노 죠흔 길의 관힝ᄎ 나려온다 이 놈 게 안거라 치엿거리 호호거려 당두ᄒ니 심봉사 그동 보소 두 손으로 샷쳘 안고 혼거름의 ᄶ여 드러 ᄒ난 마리 소밍은 도화동 사옵난ᄃ 부명 듯난 심학규옵더니 셩셰ᄀ 요부ᄒ온 중 다른 흔이 웁사고 눈 어둔 거시 ᄒ니 되옵더니 어진 황상계옵셔 망인 잔치 ᄒ옵시고 소밍갓치 늘근 소경을 당상을 시긴다 ᄒ옵기로 가진 힝장 부담마로 황셩을 가옵다가 중노의셔 봉적을 ᄒ엿스오니 ᄎᄌ 쥬시던지 무러 쥬시던지 황셩ᄭ지 다려다 쥬시던지 츠분ᄃ로 ᄒ옵소셔 그 관원이 어이옵셔 무엇 무엇 이러난고 심봉사 당치 안인 억지을 씨되 닷 양자리

〈31-뒤〉

외올망근 ᄃ모관ᄌ 호박풍잠 단치 일코 구불구불 산호동곳 졔모립 통양갓 영ᄌ갓ᄭᆫ까지 이러싸오니 웃지ᄒ오릿가 관원이 웃고 쇼경이 안경이 당흔

계며 쏘 마상긱이 집펑이넌 무삼 일코 심봉사 어이읍셔 오면 ㅎ고 물너
안즈 헛우슴 ㅎ난 마리 졀졀이 이통ㅎ며 안즈시니 관원이 치근이 여기사
마부 불너 너넌 망근 버셔 쥬고 별비 불너 너난 갓 버셔 쥬고 통인 불너
부담 여러 나 입던 고의 젹삼 버션 힝젼 창옷까지 니여쥬라 ㅎ니 심봉사
감사ㅎ여 무슈이 치사 ㅎ직ㅎ고 皇城을 여러 날만의 올나가니 皇極展 너
른 궁장의 구름 치일 노피 치고 운무 병풍 둘너난디 비단 방셕 일일이 까
라 노코 위로ㅎ난 풍악소리 궁궐을 흔드난 듯 시위ㅎ난 구사더른 영귀을
두러미고 사디문의 외난 마리 각국 열읍 밍인임닉 불참ㅎ엿다 원망 말고
어셔 밧비 디궐 안으로 드러옵시요 오날 막

족이라 외난 쇼리 진동ㅎ난지라 먼디 잇난 밍인더런 종종 거름 밧비 거러
문이 임의 메게 드려갈 졔 심밍인도 함계 짜라 드러가 末셕의 참예ㅎ엿구
나 잇 디 심황후난 삼쳔궁여 시위ㅎ고 금슈쥬렴 드리오고 이리져리 엿보
면셔 일촌간장 다 녹넌다 우리 부친 나을 일코 실셩ㅎ여 단이다가 기단ㅎ
여 귀세신가 멀고 먼 황셩길의 인도하 리 읍셔 못오신가 이 잔치의 못만
니면 五老峰 부시 되고 黃河水 연격 되야 靑天一張紙의 셰셰원졍 다 쎠니
여 옥황젼의 등장 갈가 졍신읍시 살필 젹의 말셕의 안진 밍인 의상이 남
누ㅎ나 부친 형용 분명ㅎ다 심황후 반가온 마음 진졍치 못ㅎ여 坐不安셕
ㅎ오면셔 말셕 안진 져 망인 승명을 아라오라 ㅎ시거날 심봉사 쑤려안즈
엿즈오디 소밍은 도화동 ㅅ난 심학규옵니 팔즈 기엄ㅎ와 이십젼 안망ㅎ고
무남도여 외딸 심쳥 죽은 후

모진 목심 함계 짜라 죽지 못ㅎ고 엿틱갓지 보존ㅎ와 황상의 너부신 덕퇵

으로 이 잔치 함예 후의 죽고져 ᄒ난이다 ᄒ고 절절 이통ᄒ거날 심황후
디경ᄒ여 쳠연 불고ᄒ고 버선발노 ᄲᅱ여나려 부친 손을 부여 잡고 아반임
죽은 심청이 다시 환싱ᄒ여스니 급피 눈을 ᄯᅥ셔 ᄯᅡᆯ의 얼골 보압소셔 불쏘
도 허스로다 니 졍셩이 부족ᄒᆫ가 즁의 졍셩이 허망ᄒᆫ가 이러타시 통곡할
졔 잇 디 심봉사 ᄭᅡᆷ짝 놀니 허허 이게 웬 마린야 두 눈을 훨젹 ᄯᅳ니 쳔지
가 명낭ᄒ고 일월도 명낭ᄒ다 ᄯᅡᆯ의 얼골 그계야 보니 갑ᄌᆞ 스월 쵸팔일의
ᄭᅮᆷ의 보던 션여로다 얼씨 니 ᄯᅡᆯ이야 욕경의 션여신가 월궁의 항아널가 어
엽ᄲᅡᆯ사 니 ᄯᅡᆯ이야 인물이 져러키넌 츙의효심 읍실손가 얼씨고 한참 이리
덤벙일 졔 잇 디 연셕의 참예ᄒᆫ 봉ᄉᆞ덜도 눈을

〈33-앞〉

함계 번듯 ᄯᅥ셔 츔을 츄며 ᄒ난 마리 아마 우리난 삼신이 넘ᄂᆞ드러ᄂᆞ부다
ᄒ며 ᄒᆫ참 이리 논일 젹의 삼쳔궁여 일변 황후을 즁젼으로 오로 뫼시고
황졔도 신기히여 기스치ᄒᆞᄒᆞ시고 으젼 풍악셩은 진동ᄒ고 혹ᄌᆞ은 ᄒ날노
오를 ᄯᅱ기 펄펄 ᄲᅱ며 혹가 홍무ᄒ니 일디 장관일너라 황졔게셔 심봉사을
부언군을 봉ᄒ시고 그 남운 눈ᄯᆞᆫ 사람 다 각ᄭᅵ 품직을 나리스 질기스 안
씨부인을 즁슉부인을 봉ᄒ시고 즉일의 힝관ᄒᆞ스 티평과을 보이시다 잇 디
심황후 모친 산슈의 셩물 치산 범졀을 착실이 그힝ᄒ라 ᄒ시니 近邑 守令
이 도화동 묘ᄒ의 니열ᄒ고 관광諸人은 山野의 덥펴더라 도도황동 百姓은
물침 지벽ᄒ고 봉명ᄒᆫ 시녀은 무릉촌 장승상딕 부인게 황후 셔찰과 예단
을 드린이 승상부인이 디경 황

〈33-뒤〉

◯◯◯◯◯◯◯◯◯◯◯◯◯◯◯◯◯◯◯◯◯◯◯◯◯◯◯◯
◯◯◯◯◯◯◯◯◯◯◯ 어미난 황후의 유모라 슉夫人 ◯◯◯◯◯◯◯◯

○○○ 시니 귀덕어미 무슈이 복축○○○라 이 치계 외즈 낙셔 만싸○○
다 눌르 보옵소셔

庚戌 正月 十九日 謄書라
　　　　　　　　　　筆書
冊主 三江 李英雨라

정명기 소장 27장본 심청전

정명기 소장 번호로는 144번이고, 책 크기는 26 X 22.5 cm로 옆으로 넓적하다. 간기가 없다. 간혹 한자를 섞어썼다. 곽씨부인이 죽고나서 사자밥을 짓고 초혼을 하는 대목이 있다. "귀덕어미 내달으며 사자밥이나 지어 주자. 뒤지 안에 쌀을 세 되 세 홉 떠서 들고 정지에 들어가 급히 밥을 지어 사자밥 세 그릇을 상위에 받쳐놓으니 심봉사 신 세 커리 돈 세 돈 상머리에 내어놓고 원정왕래 부족하나 이나마 받아들고 부디 평안히 가오. 초혼이나 불러주자." 심청이 저녁밥을 동냥하러 간 사이에 심봉사가 개천에 빠진다. 처음에 장승상댁 부인이 부르는 대목은 없으나 심청이 몸을 팔아 공양미 삼백석을 몽은사에 수운한 후 심봉사에게 거짓말을 할 때 장승상댁 수양녀로 팔렸다고 한다. 심봉사가 옷을 잃고 지나가는 관장에게 너무 많은 것을 잃어버렸다고 하소연하자 관장은 소경이 무슨 밀화 갓끈이 당하냐고 미친놈이라고 내치라 한다. 그러나 심봉사가 재차 원정을 올리니 태수가 측은히 여겨 옷과 신 등을 내어준다. 심봉사의 방아타령 대목이 소거되었다. 전아한 표현으로 시종되어 있다.

정명기 소장 27장본 심청전

〈1-앞〉

심청젼 권지단

디송 원풍 년간의 황쥬 도화동 스는 스름이 잇스니 셩은 심이요 일홈은
학규라 누디 잠영지족으로 문벌이 혁혁ᄒ나 가운이 영체ᄒ여 이십의 안밍
ᄒ니 낙슈청운의 발즈쵀 ᄭᅳᆫ어지고 금장즈슈의 공명이 비엿스니 향곡의 곤
ᄒ 신셰 강근ᄒ 친척이 읍고 겸ᄒ여 안밍ᄒ니 뉘라셔 디졉ᄒ랴마는 양반
의 후예로 심졍이 단아ᄒ여 일동일졍을 경솔이 안이ᄒ니 군즈라 층찬ᄒ더
라 심봉스 쳐 곽시부인이 ᄯᅩᄒ 현쳘ᄒ여 임스의 덕이며 장강의 얼골이며
목난의 졀기 잇스며 봉졔스 졉빈긱과 인의예지 화목ᄒ고 가장공경 치산ᄒ
기 빅집스 가감이라 이졔의 쳥염이요 안연의 가난이라 셰젼구업 바이 읍
셔 남북의 젼답 읍고 낭져의 노비 읍셔 간련ᄒ 져 곽시 몸을 ᄲᅦ여 품을
팔 졔 삭바누질 ᄒ는구나 관디 도포 창의 직영 졉슈 쾌즈 즁치막과 남여
의복 잔

〈1-뒤〉

누비질 상침질 ᄭᅡᆨ금질과 외올쓰기 고두누비 셔답빨니 하졀의복 하ᄉ문의
망건ᄭᅮ미기와 갓ᄭᅵᆫ 졉어 고늣키와 비자 단초 토슈 보션 힝젼 줌치 쌈지
단임 허리ᄯᅴ 상침 놋키 약낭 볼ᄶᅵ 휘흥이며 복건풍치 쳔의쥬며 가진 금침
버기모의 쌍원앙 슈복 놋키와 각디 흉븨 학그리기 초상난 데 원슴졔복 질
슴 범졀 볼작시면 궁초 공단 슈쥬 황나 갑스 유문 통견이며 표쥬 갑쥬 분
쥬 싱초 각식으로 염식ᄒ기 일연 슴빅육십 일의 잠시도 노지 안코 쥬야로
품을 파라 푼을 모와 돈을 짓고 돈을 모와 양을 짓고 양을 모와 쾌을 지

여 월슈체계 장니변을 이웃사람 형셰 보와 약계시리 빗슬 쥬워 실슈 읍시 바다드려 츈츄제향 봉졔사와 읍 못보난 가장공경 사쳘의복 가진 찬슈 입의 맛는 조셕별미 지셩으로 공경ᄒ여 시종이 여일ᄒ니 상ᄒ노쇼 읍시 곽시를 칭찬ᄒ더라 일일은 심봉ᄉ 곽시더러 일은 말이 이목구비 가진 ᄉ람도 잔혹 불

〈2-앞〉

칙ᄒ 계집은 부부불화ᄒ건마는 부인과 젼셩의 무슴 은혜로 이셩의 부부 되여 읍 못보난 가장 나를 쥬야로 브러다가 어린아회 밧드다시 힝여나 비곱풀가 힝여 치워할가 의복 음식 쎠맛초와 공경ᄒ니 니 신셰 조커니와 부인 고싱하는 일 싱각ᄒ면 간장이 녹는 듯ᄒ건이와 의논이나 ᄒ여 보사이다 우리 연장 사십의 일졈혈뉵이 읍셔 션셰 향화를 끈케 되니 죽어 황쳔의 도라간덜 무슴 면목으로 션영을 디하며 우리 양쥬 사후 고혼을 뉘라셔 위로할가 명산디쳔 신공 드려 다힝이 눈믄 자식이라도 남여간의 나ᄋ보면 평싱 혼을 풀가 ᄒ니 지셩으로 비러보오 곽시 디답ᄒ되 옛글의 일으기를 불효습쳔의 무후위더라 ᄒ니 우리 무ᄌ흠은 쳡의 죄오이라 응당 니침직ᄒ오나 군ᄌ의 너부신 덕틱으로 지금것 보존ᄒ오나 ᄌ식 두고 시분 마음은 쥬야의 간절ᄒ와 몸을 팔고 쎠를 간덜 무슴 일을 못ᄒ오리

〈2-뒤〉

가마는 셩셰 간구ᄒ고 가장의 증디ᄒ신 마음을 아지 못ᄒ와 발셜치 못ᄒ엿습더니 먼져 말슴ᄒ시니 지셩신공ᄒ오리다 명산디쳘 영신당과 고묘총사 셩황사며 졔불졔쳔 미력존불 칠셩불공 빅일산졔 십왕불공 갓갓지로 다 지니고 졍셩이 지극ᄒ니 공든 탑이 문어지랴 갑ᄌ 사월 쵸 십일야의 ᄒ 꿈을 으드니 셔긔 반공ᄒ여 오치 영농ᄒᄂ데 일기 션여 학을 타고 하날노 나

려올 제 몸의는 강수요 머리의 오식 치관이요 월픠를 느지 츠고 옥픠 쇼리 징징훈데 손의 계화를 쥐고 부인띄 읍ᄒ고 엽회 안넌 양은 두렷훈 달정신이 품안의 쩌러진 듯 남희관음이 희상의 다시 는 듯 심신이 황홀ᄒ여 진정키 어렵더라 션여 ᄒ는 말이 소여는 셔왕모의 쌸일너니 옥황상계 향안젼의 반도 진상 가넌 길의 동방삭을 잠깐 만ᄂ 두어 슈작ᄒ엿더니 시가 조곰 어긔여셔 상계계 득죄ᄒ고 인간으로 닉치시믜 갈 바를 모로더니 틱상노군 후토부인

〈3-앞〉

졔불보살이 덕으로 지시ᄒ시기로 명을 바다 왓스오니 으엿비 여기소셔 말을 맛치며 품안으로 달여 들거날 놀닉 찌다르니 남가일몽이라 內外 몽스를 의논ᄒ니 둘의 꿈이 갓탄지라 마음의 고이ᄒ여 그날 밤의 雲雨지몽을 일우어더니 果然 그 달부터 틱긔 잇셔 십삭이 찬 然後의 희산긔미 잇구나 이고 비야 全身을 알으니 심봉스 눈 어두운 중의 훈편은 반갑고 훈편은 징을 니여 시 사발의 졍훈슈를 소반 우의 밧쳐 노코 단졍이 꿀어 안져 슌산ᄒ기 바라더니 이향이 만실ᄒ고 五色 안긔 자욱이 두루더니 혼미 中 生산ᄒ니 관연 쌸이로다 심봉스 그동 보쇼 삼을 갈너 뉘여노코 滿心환희ᄒ던 ᄎ의 곽시 夫人 졍신 츠려 ᄒ넌 말 슌산은 ᄒ엿시나 男女間 무어시요 심봉스 大笑ᄒ고 삿쳘 만져보니 손이 나루쎄 갓치 밋근덩 지나가니 아마도 무근 조긔가 힛 조긔를 낫나 보오 곽氏夫人 낙심ᄒ여 ᄒ넌 말이 만득으로 나은 즈식 쌸이란 말 원통ᄒ오

〈3-뒤〉

부인 그 말 마오 다힝이 슌산ᄒ니 天우신죠 안이시요 쌸이 아덜마는 못ᄒ여도 아달도 잘못 두면 욕及先영할 거시요 쌸이라도 잘 두면 아달 주고

밧구리요 우리 이 딸 고이 길너 예졀 먼져 가라치고 침션 방젹 다 시계셔
요조슉女 조흔 비필 君子호구 가리여셔 금실友之 질거움과 종사于 振振ᄒ
면 外孫봉스 못할손가 첫국밥 얼는 지여 국 셰 그릇 밥 셰 그릇 삼겸상의
올여노코 쥬먹세슈 착망건의 흔 파립 니여씨고 두 손을 놉피 드러 숨신젼
의 손슈 빌 졔 숨십三天 도솔쳔 三神졔왕님 ᄒ위동심ᄒ여 구버 살피소셔
四十 후의 졈지혼 딸 흔두 달의 이실 미져 슥 달의 피 모이고 늑 달의 인
형 셩계 다셧 달의 오장 나고 여셧 달의 육경 ᄂ고 일곱 달의 골격 숨겨
四萬八千 혈이 ᄂ고 여덜 달의 귀 숨겨 아홉 달의 졋슬 먹고 十삭만의 찬
짐 바다 금각문 열고 ᄒ탄문 열고 고이 갈ᄂ쥬신 숨신님 덕틱

〈4-앞〉

틱산이 가비압고 河海가 엿스오나 다만 독녀 딸이오니 東方삭의 명을 바
다 틱임의 덕行이며 반희의 지질이며 디슌 曾子 효힝이며 셕슝의 복을 쥬
어 외 붓 덧 달 붓 덧 잔병 읍시 잘 각구어 일취월장ᄒ계 졈지ᄒ여 쥬옵
소셔 三神상 물여노코 더운 국밥 퍼다노코 산모를 먹인 후의 혼ᄌ말노 아
기를 어룬다 금ᄌ동아 어어간간 니 딸이야 포진江 슉향이가 네가 되여 니
려온가 은ᄒ슈의 직녀星이 네가 되여 니려온가 금을 쥬고 너를 스며 옥을
쥬면 너를 스랴 南田北畓 장만ᄒ면 이예셔 반가오며 산호 진쥬 으더신딜
이예셔 사랑ᄒ랴 이럿텃 희롱할 졔 곽氏夫人이 계오 일어나 이슴일 젼후
면 힝보터니 쯧밧긔 산후 별증으로 우연 득병ᄒ여 四지를 벌벌 썰며 가장
의 목을 안고 이고 머리야 이고 다리야 지향읍시 알으니 심봉스 긔가 막
혀 알넌 데를 만지면셔 이거시 웬 일인고 경신추려 말을 ᄒ오 긔허흔가
쳬

〈4-뒤〉

횟년가 습신의 탈인가 병세 점점 위즁ㅎ여 하릴읍시 죽게 되니 곽氏 쏘흔 사지 못할 쥴 알고 가장의 손을 쥽고 후유 흔심 길게 쉬며 허희 長탄ㅎ니 심봉스 눈물을 금치 못할 졔 곽써 쏘 갈오되 우리 부부 셔로 만나 빅년히 로ㅎ자 ㅎ고 간곤흔 살임사리 닉 죠금 범연ㅎ면 읍 못보난 가장님 노ㅎ실 가 빅번이나 조심ㅎ여 아모쏘록 쯧즐 바다 가장공경ㅎ랴 ㅎ고 풍흔셔습 가리지 안이ㅎ고 南村北村 품을 파라 밥도 밧고 반춘 으더 식은 밥은 니 가 먹고 더운 밥은 가장공경 곱푸잔코 칩지 안케 극진 공경ㅎ옵더니 쳔명 이 그뿐인지 하릴읍시 죽게 되니 눈을 웃지 감으리요 불상흔 가장 신세 흔 옷 입고 단이실 졔 뉘라셔 지워 쥬며 죠흔 음식 뉘 권ㅎ리 니가 흔번 죽어지면 스고무친 혈혈단신 의탁홀 곳 바이 읍셔 박아지를 손의 쥐고 지 팡이를 것더 집고 쌀을 츠져 나오

〈5-앞〉

다가 구학의 써러지고 돌의 츠여 업더져 신셰츠탄 우는 양은 눈으로 보는 듯 가가문전 단이면셔 밥달ㄴ난 실푼 소리 두 귀의 징징 들이는 듯 죽은 혼빅인덜 츠마 웃지 보리 명산디쳘 신공 드려 사ㅣ後의 나은 자식 졋 흔 번 못먹이고 죽으니 무슴 죄요 어미 읍는 어린 거슬 뉘 졋 먹여 길너며 불상ㅎ신 가장 신셰 쥬착할 곳 읍는디 져거슬 웃지ㅎ며 그 고싱을 웃지할 고 물고 믄 황쳔길의 눈물계워 웃지 갈고 져 근너 니동지계 돈 열 양 맛 계시니 그 돈 열양 츠져다가 초종범졀 작만ㅎ고 광의 잇는 양식 힉복쌀노 두엇더니 못다 먹고 죽스오니 장스후의 두고 양식ㅎ고 진어스딕 관디 흔 벌 읍뒤 흥비 학을 놋타 보의 싸셔 밋헤 농의 느웃시니 나 죽어 츌상 후 의 츠지러 오거던 염녀말고 니여쥬고 어린아희 안고 가셔 졋슬 먹여 달ㄴ 하면 응당 괄셰치 안일 듯ㅎ오 쳔명으로 져 즈식 죽지 안

〈5-뒤〉

코 살어느셔 제 발노 것거던 읍셰우고 길을 무러 너의 무덤 추져와셔 이 계 죽은 네의 모친 분모로다 가리쳐쥬어 모녀 상봉ᄒ계던면 죽은 혼빅이 라도 ᄒ 읍겟소 쳔명을 빌 길 읍셔 읍 못보난 가장의계 어린 즈식 깃쳐 두고 영길ᄒ고 도라가며 가군의 귀ᄒ 몸의 이통ᄒ여 상쎄ᄒ니 황쳔의 도 라가도 혼비빅산 가군임아 우의 둥둥 쩌 단이것소 추싱의 미진ᄒ 인연을 후싱 다시 만나 이별읍시 스라지이다 너의 옥지환 손의 즉어 못쩌고 경디 속의 너헛시니 져 아희 자라거던 날 본다시 너여쥬고 슈복강영 지은 괴불 치워쥬고 부디부디 고이 길너 후스를 잇계ᄒ오 잡은 손 실으로 놋코 ᄒ숨 쉬고 도러누어 어린아희 잡어달여 얼골을 ᄒ테 디고 읍푼 즁의 불상ᄒ여 좌불침셕ᄒ려 ᄒ는 말이 쳔지도 무심ᄒ다 귀신도 야속ᄒ웨 네가 진작 싱 기거느 니가 조곰 더

〈6-앞〉

살거나 네가 나자 니가 죽즈 사셰가 이러ᄒ여 궁쳔극지 너른 흔을 흉즁의 품계ᄒ니 죽는 어미 스는 즈식 싱스간의 무슴 죄냐 뉘 졋 먹고 살어느며 뉘 품의셔 좀을 자랴 불숭ᄒ다 우리 아기 오날 니 졋 망종 먹고 어셔 어 셔 자라나셔 네희 부친 묘시여라 눈물이 모여 낫셰 가득ᄒ니 흔심계워 부 넌 바람 삼진풍 되여 잇고 눈물계워 오난 비는 소소리쳐 훗날인다 피역질 두셰번 벌억벌억 억기춤 실눅실눅 이를 으드득 부드득 갈며 익고 원통ᄒ 지고 소리을 쳔지 진동ᄒ계 버럭 지르더니 엽흐로 누엇거날 심봉스 죽은 줄 모로고 죽은 안히 목을 안고 얼골을 ᄒ테 디이고 문지르며 날 바리고 죽을나오 경신추려 말을 ᄒ오 가슴의 손을 너어 취믹ᄒ여 보니 믹이 ᄂ어 졋거날 심봉스 의심ᄒ여 코의 손을 디여보니 찬 바롬이 나거날 심봉스 긔

가 막켜 이고 곽氏 죽어쑤느 참말노 죽언느 두 손

〈6-뒤〉

으로 가슴을 쾅쾅 머리을 탕탕 부드치며 여보 부인아 그디 살고 니가 죽
으면 져 ᄌ식을 잘 기를디 그디 죽고 니가 살아 져 ᄌ식을 웃지할고 동지
장야 긴긴 밤의 살갓치 모진 바롬 수르루 드리 불 졔 무엇 입혜 키워 니
면 무월동방 침침야의 졋 먹ᄌ고 우는 쇼리 두 귀예 징징흔덜 뉘 졋 먹여
살여닐가 간장 철셕인덜 안이 셕고 웃지흐랴 마지 마지 죽지 마지 평성의
증흔 뜻이 사지동거ᄒ쥐더니 염느국이 어듸라고 날 바리고 도라가며 져걸
두고 도라가면 어늬 쩌느 오랴시요 딕승 타던 용마머리 뿔이 나거던 오랴
넌가 쏫쳔 졋다 다시 피고 금일의 지는 히난 명일의 쓰건마는 곽시부인
가신 곳젼 흔번 가면 못오나니 슘쳔벽도 요지연의 셔왕모를 ᄯ러간가 월
궁항아를 ᄯ라간가 나는 누구를 ᄯ라갈고 이고 이고 슬운지고 이럿텃 탄
식할 졔 도화동 남녀노소 일졔예 모와 눈물지고 ᄒ는 말이 현철하던 곽시

〈7-앞〉

부인 지질도 긔이ᄒ고 힝실도 자록터니 늑도 졈도 안이ᄒ여 불상이도 죽
어쑤나 귀덕어미 니다르며 사ᄌ밥이느 지여 쥬ᄌ 두지 안의 쌀을 스 되
스 홉 쩌셔들고 졍지의 드러가 급피 밥을 지여 사ᄌ밥 스 그릇셜 상 우의
밧쳐노니 심봉사 신 쇠 커리 돈 스 돈 상머리의 너여노코 원졍왕니 부족
ᄒ나 이느마 바다들고 부듸 평안이 가오 초혼이나 불너쥬ᄌ 곽시 입던 젹
숨 ᄒ는 손의 깃셜 줍고 머리 우의 빙빙 두루면셔 유리국 도화동 거ᄒ는
현풍곽시 복복 쇠 번 부른 후의 씻쳐 언져노코 못다 산 명은 심청이계 이
어 쥬오 동늬사람 공논ᄒ되 우리 동늬 빅여호가 각각 슈렴ᄒ여 감장이나
ᄒ여 쥬ᄌ 의논이 여일ᄒ야 의금관곽 졍이 ᄒ고 향양지지 가리여셔 슘일

영장ᄒ랴 할 졔 상예치레 볼작시면 소나무 디쳣의 젼나모 막이며 참나무
영츄더 길계 겻은 슉마줄 네 귀예 번듯 골너노코 소방산 긔자 덥고 용두
머리 봉의

〈7-뒤〉

ᄭ리 홍사등농 청사초롱 네 귀의 갈너 달고 빅셜각탄 미명셰쵹 남슈 화쥬
깃슬 달ᄋ 네 귀 번뜻 밧쳐노코 짐 뫼셔 뒤예 덥고 발인졔 지닌 후의 일
곱 우물 상두군이 일시의 쩌며이고 메여라 위호 남문 열고 바라 쳣다 이
러텃 나갈 젹의 심봉ᄉ 거동 보쇼 어린아희 강보의 ᄡᅧ 귀덕어미 믹계
두고 지팡막더 것더줍고 상여 뒤의 ᄶᅡ라가며 여보 부인 날 ᄇ리고 어디
가오 이럿텃 슬어할 졔 오리 길이 슌식이라 선산의 당두ᄒ여 ᄒ관ᄒ고 봉
분 후의 심봉ᄉ 이통ᄒ여 우는 말이 날 ᄇ리고 가넌 부인 혼탄ᄒᆫ덜 무엇
ᄒ리 황쳔으로 가넌 길의 긱졈이 읍셧시니 어디 ᄌ고 가랴시요 불상ᄒ고
야슉ᄒ다 ᄋᆸ 못보는 니계다가 져 ᄌ식을 씻쳐 두고 어더로 향ᄒ는고 이럿
텃 안져 탄식ᄒ니 슈다ᄒᆫ 쟝ᄉ회긱 뉘 안이 슬어ᄒ리 ᄒᆡ 다 져 황혼 되니
동ᄂᆡ ᄉ람 의지ᄒ여 집으로 도라오시 부억은 젹막ᄒ고 방안은 휭

〈8-앞〉

넝그령 비엿넌디 긔발 물어 던진더시 아희를 혼 걸네로 둘너안고 이불도
더듬더듬 버기도 만져보며 자탄ᄒ여 우는 마리 젼의 덥던 금침은 의구ᄒ
계 잇다마는 눌과 함ᄭᅴ 덥고 비고 잠을 잘고 빗던 빗졉 밧던 밥상 더듬더
듬 만져보며 하는 말이 젼의 보던 거션 의구ᄒ계 잇다마는 우리 곽시 어
디 갓는고 이웃집의 가셔 무단이도 불너보고 어린아희 품의 품고 불상ᄒ
다 너를 두고 죽단 말가 오날은 졋슬 으더 먹엿스나 니일은 뉘 집이 가
으더 먹이리 이쳐롬 운일다가 도로 풀쳐 싱각ᄒ고 풍우를 불폐ᄒ고 어린

아희 인는 집을 차례로 추겨가셔 동양졋슬 먹일 젹의 눈은 어둡고 지년
잇셔 눈치로 간음ᄒ고 동지장야 긴긴 밤의 젼젼불미 ᄒ다가셔 신년 날 앗
춤결의 인간 자최 얼는 듯고 문밧게 썩 ᄂ셔며 여보시요 부인네덜 ᄒᆫ 일
혜 못된 ᄌ식 졋 좀 먹여쥬오 으더 먹

〈8-뒤〉

인 후 희 다 져 일모ᄒ미 져 심봉ᄉ 그동 보셔 한 손의 아기 안고 한 손
의 막디 집고 밤시 울 일 싱각ᄒ여 家家문젼 단이면셔 여보시요 부인네덜
이 아희 졋 조곰 먹여 쥬고 날노 본덜 웃지ᄒ며 죽은 곽시를 싱각ᄒ여도
괄셰치 마르시고 딕의 귀ᄒᆫ 아기 먹다 나문 졋 ᄒᆫ 통 먹여 쥬시면 어미
읍는 아희계 그 안이 조흔 일이요 육칠월 쏘약볏헤 김미다 쉬난 디도 차
져가고 셔너가의 쌜닉할 졔 그런 곳도 추겨 가면 웃더ᄒᆫ 녀인은 그리ᄒ오
쌋드시 먹여쥬고 웃더ᄒᆫ 여인은 지금 우리 아기를 다 먹엿는걸 만일 졋슬
잘 으더 먹여 아희 비지 불눅ᄒ며 봉ᄉ 마음 조와라고 양지바른 어덕 밋
헤 팔을 부리고 안져셔 아희를 어룰 젹의 아가 자는냐 웃넌야 그 ᄉ이 얼
마나 컷너냐 장쎔으로 잔쑥 쪄며 이리져리 쪄며 보더니 손벽 치며 디笑ᄒ
고 ᄒ난 말이 그 시이 죠곰 무던이 컷다 그러나 어셔

〈9-앞〉

쉬 커셔 너희 모친 갓치 현철ᄒ고 효힝 잇셔 아비 귀흠 보이지야 어려셔
고싱ᄒ며 커셔는 슈뷰다남 ᄒ는이라 어린아희 졋 으더 먹이고 사이사이
동양할 졔 슴벼 견더 두 동 지여 원 억기의 둘너 며고 이 집 져 집 단이
면셔 ᄒ편은 쌀을 밧고 쏘 ᄒ편은 강벼 으더 쥬는디로 바다 들고 한 달
육장 젼 거두기 ᄒᆫ 푼 두 푼 돈을 모와 어린아희 암죽차로 깅엿 호도 죠
곰 사셔 먹이고 每月 朔望 소더상을 예법으로 지너더니 차시 심청은 장너

귀이 될 스룸이라 天地가 도와쥬고 졔불보살 음포ㅎ여 잔병읍시 자라나셔
육칠셰의 당ㅎ더니 얼골은 국식이요 인스가 민쳡ㅎ고 효힝 출쳔ㅎ고 소견
탁월ㅎ고 인스가 민쳡ㅎ여 부친의 朝夕 공경 모친의 긔졔스를 으룬을 압
두ㅎ니 뉘 아니 층찬ㅎ리요 일일은 부친긔 여짜오되 말 못ㅎ는 가마귀도
공임 즁 져문 날의 반포를 ㅎ여잇고 왕상은 고빙ㅎ여 어름

〈9-뒤〉

궁긔 잉어 낙가 병든 부모 살여닉고 밍종은 엄동셜한 상셜 우의 죽슌 으
더 부모 봉양ㅎ엿스니 쇼녀 나이 육칠셰라 옛스룸만 못ㅎ여도 부친봉양
못ㅎ오릿가 아바님 눈 어두워 좁은 디 깁흔 디며 놉흔 디 급흔 길의 쳔방
지축 단이다가 닷치기도 쉽습고 비오난 날 가무넌 날 바람 불고 셔리 친
날 병 나실가 염녀 되오니 오날부터 집을 보시면 밥을 빌어 조셕지공ㅎ오
리다 심봉스 더쇼ㅎ고 네 말이 효녀로다 인졍은 그러ㅎ나 어린 너를 닉보
닉고 안져 ㅂ더 먹넌 마음 웃지 편ㅎ랴 심쳥 다시 엿즈오디 옛날 졔영은
낙양옥의 갓친 아비 졔 몸 파러 속죄ㅎ엿스니 이런 일을 싱각ㅎ면 웃지
슬지 안이ㅎ오릿가 고집지 마옵소셔 심봉스 올케 여계 긔특ㅎ다 니 짤이
야 만공효녀는 심쳥이로다 네 말더로 ㅎ여라 심쳥이 그 날부터 밥 빌너
나갈 졔 원산의 히 빗치고 젼촌의 연긔 나니 흔

〈10-앞〉

베 즁의 단임 미고 마들가리만 나문 베초마 읍졉 읍난 젹우리의 쳥목휘향
눌너 씨고 보션 읍시 발을 벗고 뒤츅 읍는 흔 집신의 씨여진 흔 박아지
ㅎ나 손의 들고 ㅎ나는 엽혜 씨고 엄동셜한 모진 날의 치운 쥴 싱각지 안
코 이 집 져 집 문읍마도 인근이 비는 말이 모친 셰상 바린 후의 우리 부
친 눈 어두운 쥴 뉘 모로릿가 십시일반으로 밥 흔 슐 봇터여 쥬시면 읍

못보는 우리 부친 시장을 면호곗소 보고 듯는 스룸더리 마음이 온전호랴
호 그릇 밥을 읽기지 안코 쥬며 혹은 먹고 가라 호니 심쳥이 호는 말이
치운 방의 늘근 부친 응당 기다릴 듯호니 웃지 먹고 가오릿가 어셔 밧비
도라가셔 부친과 함끠 먹게습느이다 이갓치 으든 밥이 두세 집의 족호지
라 속속히 도라와셔 싸리문 안 드러시며 아바지 칩지 안쇼 오쟉히 시쟝호
며 기다리기 오쟉할가 白然이 더듸엿쇼 심봉스 그동 보쇼 문 펄적

〈10-뒤〉

마죠 열고 두 손을 덤벅 쥐고 손 시리지 불 쏘여라 발도 츠지 어로만져
셔를 츠며 눈물짓고 호난 말이 이달도다 너의 모친 무상호다 니의 팔즈
너 시계 밥을 비러먹고 스잔 말가 이러호 모진 목슘 구차이 살어느셔 즈
식 고싱 시기는고느 심쳥이 쟝호 효셩 부친을 위로호되 아바지 그 말슘
마오시요 부모를 봉양호고 즈식의 효 밧넌 게 쩟쩟호니 너머 걱졍 마르시
고 진지느 잡슈시요 이럿텃 봉양호여 츈호츄동 스졀 읍시 동닉집 바누질
을 공밥 먹지 안이호고 삭으로 돈을 바다 부친의 의복 츤슈를 시죵이 여
일호고 일 읍는 날 밥을 빌어 근근히 연명터니 歲月이 여류호여 十五셰의
당호엿난지라 용모 이러호고 효힝이 탁월호여 이러호 소문이 원근의 낭즈
호니 뉘 안이 칭촌호리요 일일은 심쳥이 젼역밥 빌너가셔 일셰가 겨무도
록 죵무소식 강감호이 심봉스 혼자

〈11-앞〉

안져 기다릴 졔 비는 곱허 등의 붓고 방은 치워 턱이 덜덜 썰이는디 원수
의 쇠북 쇼리 은은이 들이거날 날 져문 쥴 짐작호고 혼져말노 우리 심쳥
이는 무슴 일의 골몰호여 날 져문 쥴 모로는고 풍셜의 막혀 그러호가 강
포호 스룸을 만나 봉욕을 당호는가 왕닉호는 사룸 보고 짓는 기소리의 심

청 오는 줄 알고 문 펼적 열고 심청이 너 오느냐 젹막공졍의 인젹이 읍셧스니 알들이도 속어쑤나 지팡막더 츄져 집고 싸리문 밧 나가다가 길 조분 기쳔물의 밀친 다시 쩌러진니 면상의 진혹이요 의복의 어름이라 드릴소록 더 쌔지고 나오량즉 밋그러져 흐릴읍시 죽게 되여 어모리 쇼리흔덜 일모 도궁흐여 人젹이 읍셧스니 뉘라셔 건져 쥬랴 진所謂 활인지불은 谷谷有之 라 마춤 잇 쩌 몽은사 화쥬승이 졀을 즁슈흐랴 흐고 권션문을 둘너 메고 시쥬집이 나려왓다가

⟨11-뒤⟩

靑山은 암암흐고 셜월은 교교흔디 셕경의 빗긴 길노 졀을 츄져 가다가 風便의 슬푼 소리 스룸을 구흐라 흐거날 인젹 곳졀 츄져가니 웃던 스룸이 기쳔물의 쩌러져 죽게 되엿는지라 져 즁의 급흔 그동 보쇼 빅통장식 구졀 竹杖 되는디로 니던지고 굴갓장슴 훨훨 버셔 셜상의 올여노코 육날신 짜 총박이 훨훨 버셔 니더지고 힝젼 단임 보션 벗고 누비 바지를 거더 두 다리을 훨셕 것고 달여드러 건져너니 젼의 보던 심봉사라 심봉스 흐는 말이 거 뉘시요 나는 몽은수 화쥬승이요 그럿치 활인지불이러고 죽을 스룸 살여너니 은혜 빅골難忘이라 심봉스를 잇쓰다가 져진 의복 벗계노코 이불노 싸셔 누이고 물의 쌔진 사연을 무르니 심봉스 신셰를 츄탄흐며 前後사를 다흐거날 화쥬승 흐는 말이 우리 졀 붓쳐님이 영감흐시니 고양미 三百石을 올여 션심으로 불공흐면 졍

⟨12-앞⟩

영 눈을 쩌 완인이 되오리다 심봉스 형셰는 싱각지 안이흐고 눈 쓴단 말만 반기 역여 三百石 젹으시요 화쥬승이 허허 웃고 여보 드르시요 가셰를 살펴보니 고양미 솜빅셕 할 길 바이 읍겟소 심봉사 홰를 너여 흐는 말이

부쳐님끠 젹어 노코 빈말 ᄒ계더면 눈 쓰기넌 졋쳐 노코 안질방이될 거시
니 젹으시요 화쥬승이 바랑 열고 권션 노코 졔일층 불근지의 심학규 슘빅
셕 시쥬라 젹어 가지고 도라가니 심봉스 즁 보니고 다시 싱각ᄒ니 시쥬
쌀 슘빅셕을 판출할 길 젼여 읍니 복을 빌냐 하다가 도로히 죄 되것스니
이 일을 웃지ᄒ단 말고 이고 이고 니 팔즈야 天心이 지공ᄒᄉ 후박이 읍
건마는 무슴 죄로 병인 되어 日月갓치 발근 거슬 볼 길이 젼여 읍고 우리
망쳐 살어던덜 조셕 근심 읍실 거슬 다 커가는 쌀즈식을 근동의 니여노와
품을 팔고 밥을 빌어 근근호구ᄒᄂᆫ 즁의 고양

〈12-뒤〉

미 슘빅셕을 호긔잇계 젹어노코 빅가지로 싱각ᄒ되 방칙홀 길 읍셧구나
一間두옥 파즈 ᄒ니 風雨을 못 폐ᄒ고 니 몸을 파즈 ᄒ덜 푼젼도 안이 싸
니 니라도 안이 살 터의 이 일을 웃지ᄒ잔 말고 웃던 스롬 八字조와 부부
희로ᄒ고 子孫이 만당ᄒ며 이목이 완연ᄒ고 젼곡이 진진ᄒ여 그릴 거시
읍건마는 이고 이고 니 팔즈야 날갓튼이 ᄯᅩ 잇난가 혼춤 울 젹의 심쳥이
밧비 와셔 부친의 모양을 보고 쌈작 놀니 발 구루며 아바지 웬 일이요 나
를 츠져 나오다가 욕을 보와 계시잇가 춥고 분ᄒ시기 오작할가 초마자락
거더다가 눈물 흔젹 씨시면셔 精神츠려 진지 잡슈시요 손을 ᄭᅳ러 이거션
반촌이요 이거션 진지외다 심봉스 슈심 즁의 밥 경황 읍ᄂᆫ지라 아바지 어
디 압허 그러ᄒ오 니가 더듸 와셔 분ᄒ여 그런잇가 그런 일 안이라 네 알
어 씰듸 읍다 심쳥이 엿즈오듸 무슴 말슴이

〈13-앞〉

요 부녀간 쳔륜이 무슴 허물 잇슬잇가 아바지는 나만 밋고 나는 아바님만
미더 大小사를 의논터니 오날 말슴 드러보니 쳔륜지의 ᄭᅳᆫ어졋소 아모리

불효녀식인덜 춤아 슬사이다 심봉스 일은 말이 무슴 일을 속이리요 네가 만일 알게 데면 지극훈 마음의 걱정만 될 듯ᄒ여 말 못훈다 악가 물의 ᄲᅢ져 거의 죽게 되엿더니 몽은스 화쥬승이 나를 건져노코 고양미 三百石을 善心으로 시쥬ᄒ면 성젼의 눈을 쩌셔 日月을 보리라 ᄒ기로 홰씸의 젹엇더니 즁 보니고 싱각ᄒ니 숨빅셕이 어듸 나리 도로히 후회로다 심청 반기듯고 부친을 위로ᄒ되 걱정마르시고 진지나 잡슈시요 도로여 후회ᄒ면 션심이 못되ᄂᆞ이 만일 눈를 쩌셔 일월을 보량이면 아모ᄶᅩ록 숨빅셕을 쥰비ᄒ여 몽은스의 올이리다 만단으르 위로ᄒ고 그 날부터 긔도할 졔 후원의 단을 모고 집안

〈13-뒤〉

을 소쇄ᄒ고 시 소반 시 동이의 졍ᄒᆞ슈 여다노코 北斗七星 야반 후의 분향ᄒ고 비ᄂᆞᆫ 말이 모월 모일의 심청은 지셩근고우上天 日月셩신이 ᄒ림후토신명ᄒ오니 슈츠 ᄒᆞ감ᄒ옵쇼셔 ᄒᆞ날이 일월을 두어셔 스름의 비日이라 일월이 읍ᄉᆞ오면 무슴 분별ᄒᆞ오릿가 아비 戊子生身 숨십 젼의 안밍ᄒ여 오십이 쟝근토록 일월을 못보오니 불상훈 아비 허물을 이 몸으로 더신ᄒ고 눈을 발게 ᄒ여 쥬옵소셔 쥬야 축원ᄒ더니 一日은 남경장스 션인더리 지나면셔 ┼五셰 되거ᄂᆞ ┼六셰 되거ᄂᆞ 양셰 쳐즈 잇거던 몸 팔이 리 뉘가 잇소 심청이 그 말 듯고 귀덕어미 밧비 불너 사름 스자 ᄒᆞᄂᆞᆫ 니력을 즈셰히 물어보라 남경션인으로 인당슈 지나갈 졔 졔슈로 사다 써라 ᄒᆞ오 심청이 이 말 듯고 션인더러 말ᄒ되 나ᄂᆞᆫ 본촌 사룸으로 우리 부친 안밍ᄒᆞ사 고양미 三百石을 至誠으로 불공ᄒ면 일월을 다시 보리라

〈14-앞〉

ᄒ되 가셰가 구추ᄒ여 판츌할 길 읍셔 몸을 팔야 ᄒ오니 이 몸을 사가미

웃더호온잇가 션인이 이 말 듯고 효성이 지극호 즁 져의 일의 긴호지라
그리호라 허락호고 고양미 숨빅셕을 몽은스로 슈운호고 來月 初三日로 힝
션 틱일호엿스니 명심불망호라 船人덜 쪄는 후의 심쳥이 부친끠 엿즈오터
고양미 숨빅셕을 슈운호엿스니 금심치 마옵소셔 심봉스 쌈작 놀너여 네
웃지 그리호뇨 월편 무릉촌 쟝승상퇴 노부인이 월젼의 나를 불너 슈양여
로 증호랴 호되 춤아 허락 못호엿더니 至今 성각호 즉 할 길이 젼여 읍셔
스연을 엿즈오미 三百石을 니여 쥬며 시쥬호라 호기예 불젼의 올엿느이다
심봉스 디희호여 호는 말이 그록호다 일국지상 부인이라 은졔느 가랴느냐
니월노 가랴호느이다 그 일 잘 되엿다 심쳥이 그 날부텀 셰스를 성각호니
눈 어두운 빅발 노친 영결호고 죽을 일

〈14-뒤〉

과 셰상의 나셔 十五歲의 죽을 일이 졍신이 아득호여 일의도 뜻이 읍셔
식음을 젼폐호고 신음으로 지너더니 힝션날을 성각호미 호로밤이 격호지
라 희음읍시 슬푼 우름 간장으로 좃쳐 느니 父親 씰가 염녀호여 열골을
호테 디여보며 느 호번 죽어지면 뉘를 밋고 사잔 말고 이다를스 우리 부
친 니 쳘을 안 연후의 동니 걸인 면할너니 나 호번 죽어지면 동니 걸인
될 거스니 멸시가 오작할가 도라가신 우리 모친 황쳔으로 도라가고 나는
이졔 죽게 더면 水國으로 갈 거스니 슈국의셔 黃泉길이 몃 千里나 므다넌
고 황쳔길을 뭇고 물러 츠져 간덜 모친이 느를 웃지 알고 니가 모친 웃지
알이 만일 모친 보넌 날의 부친 소식 뭇거더면 무슴 말노 디답호랴 오날
밤 五更시를 함지의 머무루고 니일 아츰 돗는 희를 扶桑枝의 미량이면 의
엿불스 우리 부친 더 뫼시고 보련마넌 일거월리 뉘라셔 막을소냐

〈15-앞〉

天地가 사정읍셔 이윽고 닭기 운다 달가 달가 우지 마라 半夜진관 밍상군
이 안이로다 네가 울면 날이 시고 날이 시면 니가 죽는다 죽기가 슬지 안
타마는 불상할스 우리 부친 웃지 잇고 가잔 말가 날이 점점 시이니 션인
더리 문 밧긔 당두ᄒ여 오날이 힝션날이오니 급피 길을 ᄯ나읍소셔 심소졔
이 말 듯고 얼골의 빗시 읍고 四肢의 믹이 읍셔 졍신을 진졍ᄒ여 여보시
요 션인네덜 오날이 힝션날인 쥴 알건이와 몸을 팔여가는 쥴 부친이 모르
오니 잠싼 지쳐ᄒ오시면 부친 진지 망종 지여 드리고 이 말슴 엿쥰 후의
ᄯ나게 ᄒ옵소셔 션인더리 허락ᄒ니 심쳥이 드러와 눈물로 지은 밥을 부
친 읍폐 드려노코 밥 만이 먹게 ᄒ너라고 반츤도 쩨여 입의 느으며 짐쌈
도 싸 슈져의 노며 진지 만이 잡슈시요 심봉스 조워라고 잘 먹는다 오날
반츤이 이리 조으니 뉘 집 졔스더냐 진지상 물여닉고 담비불 피

〈15-뒤〉

어 올인 후의 셰슈 졍이 ᄒ여 눈물 흔젹 읍시 ᄒ고 사당의 ᄒ직ᄒ고 부친
압혜 밧비 나와 두 손을 덤셕 줍고 아바지 부르더니 말 못ᄒ고 긔졀ᄒ거
날 심봉스 쌈작 놀닉여 아가 웬 일이니 졍신차려 말ᄒ여라 심쳥이 엿즈오
되 니가 불효녀식으로 아바지를 속이엿소 고양미 삼빅셕을 누가 나를 쥬
오릿가 남경장스 션인의게 인당슈 졔슈로 三百石의 몸을 팔여 오날 ᄯ날
날이오니 나를 망종 보옵소셔 심봉스 이 말 듯고 참말이냐 헛말이냐 船人
ᄯ라 못가리라 날더러 뭇도 안코 네 임의로 흔단 말가 네 살고 닉 눈 ᄯ
면 그넌 조컨이와 자식 죽여 눈을 ᄯ면 그계 참아 할 일이냐 너의 모친
너를 낫코 七日만의 죽은 후의 눈 어두운 늘근 거시 품흔의 너를 안고 이
집 져 집 단이면셔 구차흔 말 ᄒ여가며 졋슬 으더 먹여 이만치ᄂ 키워닉
니 너의 모친 죽은 스럼 츠츠 이즐너니 이거시 무슴 말고 마라 마라 못ᄒ
리라 안희 죽고 ᄌ

〈16-앞〉

식 죽고 나만 살어 무엇호랴 우리 부녀 함끠 죽즈 눈을 팔어 너를 살 터
의 너를 팔어 눈을 사니 그 눈 쓴덜 무엇호리 이 놈 션인더라 쟝스도 조
커이와 스룸 사다 졔호는디 어듸 보며 눈믄 놈의 무남독녀 쳘 모로는 어
린아희 날 모로게 유인호여 갑슬 쥬고 사단 말가 돈도 실코 쌀도 실타 심
쳥이 부친을 붓들고 호는 말이 나는 임의 죽건이와 아바지 눈을 써셔 大
明天地 발근 날을 다시 보고 착혼 사람 구호여 아달 ᄂᆞ아 후스를 젼코 불
효녀 심쳥은 싱각지 마르시고 萬歲무강호웁소셔 션인더리 심소졔 효셩과
심밍인의 신셰를 측은이 역여 쌀 이빅셕 돈 빅 냥 빅목 마목 각 혼 동을
동즁의 드려노코 동뇌스룸 모와 구별호되 돈 이빅냥은 짱을 스셔 착실혼
스룸 쥬워 도지 읍시 경작호고 심봉스를 공궤호되 쌀 이빅셕은 년년이 쟝
이 노와 취식호면 양식은 넉넉홀 거시요 빅목 마목은 스쳘

〈16-뒤〉

의복 작만호라 관가의 공문 닉여 동즁의 젼장호나 심봉스 쌀을 붓들고 쮜
놀면셔 날 죽이고 가거라 그져는 못 가리라 날 다리고 가거라 너 혼져는
못 가리라 네 일언 일도 ᄒᆞᄂᆞ냐 부녀간 쳔륜지의 쓴코 십어 쓴스오며 죽고
십어 죽스오릿가 死生이 혼이 잇셔 호날이 호신 뵈라 혼탄혼덜 무엇할가
져의 부친 동뇌스룸으로 위로호여 붓들이고 션인을 싸러갈 졔 방셩통곡 우
룸 울고 초마쓴 졸너미고 허트러진 머리털은 두 귀 밋혜 느리오고 비갓치
흐르넌 두 눈물은 옷깃셰 스못쳣다 업다지며 줍버지며 붓들녀 나갈 졔 취
흥이네 큰 아기 상침질 싹금질 각디 홍비 학 그리기 눌과 함끠 하랴ᄂᆞ냐
언졔 다시 맛나 보리 너희는 八字조와 양친 부모 잘 뫼시고 부디 부디 잘
잇거라 뜻밧긔 우는 두견 야월空山 어듸 두고 네 아모리 不如歸라 울것마
는 갑셜 밧고 팔인 몸이 도라오기 어렵도다 혼 거름 두 거름의

〈17-앞〉

열 번이나 도라보니 쳘셕인덜 안이 울냐 그렁져렁 江頭의 다다르니 비머
리예 좌판 노코 심쳥을 인도ᄒ여 비장 안의 올여노코 닷철 감고 돗철 달
ㅇ 어긔여추 쇼릭ᄒ며 북을 두리둥 두리둥 울이면셔 노를 져어 범피中流
쩌ᄂ가니 망망ᄒ 창희며 탕탕ᄒ 물결 우의 빅빈쥬 갈목이ᄂ 홍요로 나라
들고 소상江 기러기ᄂ ᄒ류로 나라든다 심쳥이 탄식ᄒ되 비의 잔 제 멋
밤인고 居然이 오륙식이 물갓치 지나가니 신포셰류 지ᄂ 입과 玉露淸風
말근 갈의 외로올스 어션덜은 燈火을 놉피 달고 두어 곡조의 니성의 도두
ᄂ이 슈심이라 계슉지젼 죽즈 ᄒ니 般人더리 슈집ᄒ고 사러 실녀 가자 ᄒ
니 故國이 창망ᄒ다 홀연이 광풍이 디작ᄒ여 비 돗더 쌍쌍 직끈 경각의
위티ᄒ니 도사공 황황失色ᄒ야 예가 인당슈라 고소 츠릴 젹의 셤쌀로 밥
을 ᄒ고 왼소 잡고 왼독의 슐을 빗고 三色 실과 五色 탕

〈17-뒤〉

슈 방외더로 츠려노코 심쳥을 목욕시계 졍ᄒ 의복 너여 입폐 비머리의 안
쳐 두고 도스공 고사할 졔 북을 둥둥 울이면셔 휜원씨 비를 지여 이졔不
通ᄒ 연후의 후싱이 본을 바다 각기 위업ᄒ니 莫大ᄒ 공 그 안인가 우리
동무 시물네 명 장스로 위업ᄒ여 數千里을 단이더니 오날 인당슈 吉日 良
辰 날을 가려 용긔 봉긔 쬐져 노코 인졔슈를 드리오니 四海 용왕님ᄂ 이
졔슈로 흠향ᄒ옵시고 환란읍시 도읍소셔 비 쯰여라 비 쯰여라 萬頃蒼波
비 쯰여라 노 져으라 노 져으라 녹파상의 홀여즈라 장사 가자 장사 가자
이 비 타고 장사 가즈 多少 물화 축혜싯고 장시장천 순풍 만ᄂ 東西南北
단일 젹의 모리사셕 엿흔 물과 바외총셕 흠ᄒ 곳졀 부운갓치 지나가고 원
방ᄉ방 근방사방 시암갓치 소사ᄂ녀 이 힝보의 百千萬金 퇴를 너여 소망

을 일워 쥬소셔 빌길을 다한 후의

〈18-앞〉

심청을 물의 들느 셩화갓치 지촉ᄒ니 심청 허릴읍셔 도화동을 향ᄒ여 ᄒ
는 말이 아바지 나는 죽소 눈이나 써 만셰무강ᄒ옵시고 불효녀 심청은 다
시 싱각 마옵쇼셔 그리ᄒ오 션쥬님네 만경청파 흠흔 길의 평안이 왕너ᄒ
오 만일 이리 기나거던 너의 영혼 다시 불너 쥬고 고향의 가시거던 우리
부친끠 나 살어오난 쥴노 부디 젼보ᄒ여 쥬오 심청이 죽으랴 할 졔 비아
리 구버보니 西天의 지는 히는 힝상의 去來ᄒ고 水波는 흉흉흔데 영치 조
흔 눈을 감고 치마를 무릅쓰고 물의 풍덩 싸지니 향화는 풍낭을 좃고 명
월은 희문의 잠겻도다 잇 써 玉皇上帝 용왕의계 분부ᄒ되 명일 오시예 卌
天효녀 심청이 인당슈의 싸질 거스니 급피 구ᄒ여 슈정궁의 머물너 다시
명을 기다려 환송인간쪄 ᄒ라 용왕이 황공ᄒ여 원츰군 별쥬부와 무슈흔
시녀로 등디ᄒ더니

〈18-뒤〉

옥갓튼 소졔 홀연이 물의 써어지거날 시녀 고이 밧드러 옥교의 뫼시거날
심소졔 졍신츠려 사양ᄒ되 나는 人間 츤인이라 읏지 용궁 교조을 타오릿
가 시녀 가로디 상졔의 명이오니 만일 안타시면 우리 궁 용왕이 죄를 면
치 못ᄒ겟소 사양타 못ᄒ여 白玉교조를 타고 용궁의 드러가니 상졔의 명
이여던 거힝 오작ᄒ랴 四海용왕이 시녀를 보니여 조셕으로 문안ᄒ고 음식
지졀 볼작시면 파려반 소반 우의 유리잔 호박비의 자하쥬 감노쥬도 노여
잇고 슘쳔벽도로 안쥬ᄒ니 셰상의 못본 빈너라 一日은 황졔 ᄒ교ᄒᄉ 인
당슈로 심소졔를 환송ᄒ여 어진 쎡를 일치 말계 신지신지 조심ᄒ라 용왕
이 황겁ᄒ여 심소졔를 곳봉 속의 고이 안친 후 두 시녀로 시위ᄒ고 조셕

쳔슈 등물이며 금쥬 보픽를 만이 느코 옥분의 고이 담어 인당슈로 닉보닐
졔 용왕이 나와 친이 젼숑ᄒᆞ며 소졔는 人間

〈19-앞〉

으로 나가 귀부영총ᄒᆞ라 심소졔 딕답ᄒᆞ되 四海 용왕 덕을 입어 죽은 목슘
살여쥬사 世上 귀경 다시 ᄒᆞ니 은혜 빅골난망이로소이다 ᄒᆞ즉ᄒᆞ고 도라셔
니 인당슈의 번듯 떳다 天地의 조화요 용왕의 신녁이니 바람 부딜 쌋씩할
가 五色치운이 꼿봉을 어리워 쥬야의 둥둥 떠잇더라 남경쟝스 션인더리
억十萬兩 퇴를 니여 고국으로 도러올 시 인당슈 다다러셔 졔슈를 졍이 ᄒᆞ
며 龍王젼 졔 지니고 심소졔의 혼을 불너 슬푼 말로 위로ᄒᆞ며 出天지효
심소졔는 당상빅발 늘근 부친 눈 쓰기를 위ᄒᆞ여 슈국고혼 되엿스니 可憐
코 불상ᄒᆞ다 우리 동무 션인덜은 소졔를 인연ᄒᆞ여 물화를 퇴를 니고 故國
으로 가건이와 소졔의 영혼이야 어닉 쩌의 도러올가 가다가 桃花洞의 소
졔 부친 存亡 알고 가오리다 ᄒᆞᆫ 잔 슐로 위로ᄒᆞ니 만일 소졔 알거던 복망
흠향ᄒᆞ옵소셔 졔물을 물의 풀고 눈

〈19-뒤〉

눈을 썻고 바라보니 ᄒᆞᆫ 송이 꼿봉이 바다 우의 떠잇거날 션인더리 괴히
역여 ᄒᆞᆫᄂᆞᆫ 말이 아마도 소졔 영혼이 꼿치 되엿ᄂᆞ보다 각가이 가셔 보니
소졔 썬지든 곳이라 마음의 감동ᄒᆞ여 꼿셜 건져노코 보니 크기 슈레 갓ᄒᆞ
여 數三人이 안겟스니 世上 읍는 꼿이로다 인ᄒᆞ여 싯고 올 시 ᄲᆞ르기 살
갓타여 사삭의 경영ᄒᆞᆫ 길이 三日의 득달ᄒᆞ니 이도 ᄯᅩᄒᆞᆫ 이상ᄒᆞ다 슈십만
금 나문 직물 분파할 졔 도션쥬 이른 말이 직물은 마다ᄒᆞ고 꼿분만 ᄎᆞ지
ᄒᆞ여 졔 집 후원 집푼 곳의 단을 모고 두엇더니 향ᄎᆔ가 만실ᄒᆞ고 치운이
어리더라 此時 송쳔ᄌᆞ의 황후 붕ᄒᆞ시니 비도신고 집흔 근심 만스의 뜻이

읍셔 왼갓 화초 다 구호여 황극전 널은 뜰의 여긔져긔 심엇스니 만당츈슈
연화며 암향부동 미화며 부귀홀스 모란화 번화할스 쟉약이며 지월화 괴란
화 도화 李花 히당 셜향화 장미화 향일화 百日紅 영산홍

〈20-앞〉

왜철쥬 진달니 피여 잇셔 미풍이 건듯 호면 향취 진동호니 宋天子 흥을
붓쳐 날마다 귀경터니 남경 갓던 도션쥬 권리 消息 반계 듯고 싱각호되
이 곳 져다 天子의의 밧친 후 츙셩얼 다토이라 인당슈의 으든 꼿설 옥분
치 슈운호여 궐문의 이르러 이 꼿스로 쥬달호니 쳔즈 반기 여기스 무지훈
션인으로 졍셩이 긔특호니 꼿슬 밧비 슈운호라 황극전의 노코 보니 花色
이 찬란호여 如日月之 긔샹이요 향긔 특츌호니 셰샹 꼿이 안이로다 월즁
의 단계화냐 거름자 완연호니 단계화도 안이요 쳔샹의 벽도화냐 동방삭이
싸온 후 三十年이 못되엿스니 벽도화도 안이요 셔역의 연화 世界 그 꼿이
써러져셔 희즁으로 써왓스니 이 곳 일홈 강션화라 지으시고 자셰히 살펴
보시니 말근 안기 어려잇고 스긔 영농호니 모란화 부용화는 호품으로 도
라가고 미화 국화는 신이라 층호더라 일일은 宮女을 화청지의 목

〈20-뒤〉

욕호라 전교호시고 황졔 친이 달을 짜러 화계의 비회호시니 명월은 만공
졍호고 미풍이 부동훈데 강션화 꼿봉이 홀연이 요동히며 꼿봉이 브러져
무슴 소리 잇는 듯호거날 괴히 역여 동졍을 살펴보니 션옥이 만면호여 완
연이 니다보고 몸을 슘계 드러가거날 황졔 심혼이 황홀호여 꼿봉을 열고
보니 일기 션녀 안젓스되 경국지미인이라 황졔 무르시되 귀신이냐 사롬이
냐 시녀 엿즈오되 남희궁 시비로셔 소졔를 뫼시고 희샹으로 왓습더니 황
졔 쳔안을 봄호엿스오니 극히 황공호여이다 天子 싱각호시되 明天이 호감

ᄒ사 인연을 믹져 보닛도다 희불자승ᄒ여 三千宮女 시위시계 만일 사사로
열어보면 참ᄒ리라 명일 다시 보니 소졔의 화룡월티 셰간 인물이 안이여
날 황졔 더욱 희렬ᄒ사 ᄉᄌᆺ일을 朝臣의계 의논ᄒ니 졔신이 흡쥬왈 국모 읍
사믈 上天이 감ᄒᄒ사 인연을 보니시니 쳔

〈21-앞〉

여불취면 반슈기잉이라 ᄒ오니 국모을 증ᄒ옵소셔 황졔 디열ᄒ사 일관으
로 틱일ᄒ여 황후를 봉ᄒ시고 길일을 당ᄒ여 황극젼 너른 쓸의 빅운 차일
놉피 치고 三千宮女 시위ᄒ고 ᄉᄌᆺ봉 속의 소졔를 뫼셔 교비할 졔 北斗七星
보필셩이 좌우의 갈ᄂ 신듯 궁즁이 휘황ᄒ니 셰상의 이런 경ᄉ 고금의 ᄯᅩ
잇넌가 만조빅관은 징호만셰ᄒ고 四海萬民은 격양가를 부루더라 황후 귀
부ᄂ 극진ᄒ나 中心의 집흔 근심 다만 부친 ᄲᅮᆫ이로다 一日은 슈심을 이긔
지 못ᄒ여 시녀를 물이치고 홀노 옥난간의 의지ᄒ니 츄월은 산호렴의 발
거잇고 실솔의 실푼 소리 나유안의 흘너드러 무ᄒ 샹슈를 졀졀이 불너닐
졔 쳥쳔의 외기러기 쑤룩ᄆᆡ룩 울고 가니 심황후 반기 여계 바라보며 ᄒᄂ
말이 거긔 잠싼 머물너 니 한 말 들엇셔라 소즁낭 북海上의 편지 젼턴 기
러기냐 桃花洞 우리 부친 편지 미고 네 오나냐 이

〈21-뒤〉

별ᄒᆫ 지 三年의 소식이 돈졀ᄒ니 니 편지 써쥬거던 부디 부디 젼ᄒ여라
상자를 너여노코 당간지 두루마리 펼쳐노코 붓셜 들어 편지 씰 졔 눈물
먼져 써러지니 글쓰ᄂ 슈묵지고 언어ᄂ 도착ᄒ다 실ᄒ의 써ᄂ온 졔 슘연
이 되오니 격회의 씻친 ᄒᆫ이 河海갓치 깁ᄉ오며 기간 감은 눈을 쓰시며
洞中의 믹긴 젼곡 지금싸지 보존ᄒ여 의식이ᄂ 이우잇가 불효녀식 심쳥은
션인을 짜러와 인당슈의 ᄲᅡᆺ졋더니 옥황이 도ᄋ시고 용왕이 구ᄒ여 셰상의

다시 나와 황후가 되오니 분슈의 넘스오나 간장의 밋친 혼이 귀부의 쯧이
읍고 살기도 귀치 안쇼 부친을 추셩의 만ᄂ보온 후의 죽스온덜 무슴 혼이
잇스오릿가 슈국 잇슬 쩌는 유현이 막혀 잇고 셰상의 나와셔는 인각이 졀
로 나와 쳔륜이 끈쳐ᄂ이다 슈히 뵈옴을 쳔만 ᄇ라ᄂ이다 연월일 밧비 박
여 편지 를고 나와보니 기러기는 간디 읍고 창망ᄒ 구름밧긔 은하

〈22-앞〉

슈만 기우러졋다 편지를 상의 담고 소리읍시 울더니 차시 황졔 니젼의 드
르실 시 皇后 玉面의 눈물 흔젹을 보시고 무르사더 귀위황후ᄒ고 부유四
海어날 무슴 일로 우ᄂ잇가 황후 엿즈오더 만물셩녕 즁의 불상ᄒ 게 소경
이오니 天下 밍인을 모와 잔치ᄒ여 져의 일월 못ᄂ 한을 풀면 역시 젹션
일가 ᄒᄂ이다 皇帝 허락ᄒ고 칭찬ᄒ며 금심치 마르소셔 쳔ᄒ의 반포스
무론大小셔인ᄒ고 밍인이여던 승명 연셰 거쥬를 현출ᄒ여 희읍으로 차차
괴송ᄒ되 만일 밍인 하나라도 지휘치 안이ᄒ여 잔치 춤예 못ᄒ면 희읍 슈
령을 논죄ᄒ리라 星火갓치 힝관ᄒ더라 此時 심봉스 불상ᄒ 쌀을 일코 모
진 목슘 근근부지ᄒ더니 본촌의 셔방질 잘ᄒᄂ 뺑덕어미란 년이 심봉사
젼곡 만탄 말 듯고 자층 드러와 심봉스 쳡이 되여 호강으로 지닐 졔 이
년의 입졍이 양식 쥬고 썩 스먹기 돈을 쥬고 술 마시기 졍즈 밋

〈22-뒤〉

혜 낫잠자기 이웃집의 밥 날ᄂ기 외졍의게 담비 쳥키 밤즁의 우름 울기
코큰 총각 유인ᄒ기 쳔하 못쓸 악독을 겸ᄒ엿더라 양쥬 파기닐 졔 심봉스
의 셰간이 차차로 탕픽ᄒ니 이 못쓸 뺑덕어미 불상ᄒ 심봉스의 젼곡을 모
도 먹고 二三日 양식 남거던 니쪠리라 ᄒ고 쥬야로 퍼먹더니 하로는 황쥬
즈스 심봉스를 불너 황셩의 밍인잔치ᄒ니 너도 가 춤예ᄒ라 거쥬 승명 젹

은 후의 돈 두 양 노자 쥬며 속히 써나라 ᄒ니 디답ᄒ고 나와 여봅소 마
루라 상담의 츄우강남이라 ᄒ니 우리 양쥬 황셩의 가셔 잔치 참예홈이 디
져 웃더ᄒ고 옛글의 부창부슈은 녀필종부라 ᄒ니 일언의 결단ᄒ쇼 뼁덕어
미 간사ᄒᆫ 말로 디답ᄒ되 당초의 ᄒᆫ가지로 가자 ᄒ엿더니 뜻밧긔 삭군을
으덧다 ᄒ니 니 마음의 셥셥ᄒ오 심봉ᄉ 그 말의 홀이여셔 ᄒᆫ넌 말이 그
계 허언이로셰 길의 눈덜 부부지졍 읍실손가 익일의 뼁덕어미

〈23-앞〉

읍 셰우고 슈일을 힝ᄒ더니 일셰가 져물미 ᄒᆫ 역촌의 잠ᄌ더 그 근쳐 왕
봉ᄉ가 뼁덕어미 ᄒᆫ번 보기를 원ᄒ더니 심봉ᄉ와 동힝ᄒ여 왓단 말을 듯
고 그 쥬인과 의논ᄒ고 가만이 셔로 유인ᄒ랴 ᄒ니 뼁덕어미 싱각ᄒ되 니
황셩의 따러가면 잔치 참예도 못할계요 쏘ᄒᆫ 도라가도 먹을 게 읍시니 져
ᄉ룸을 따러가면 一生 신셰 편ᄒ리라 약속을 증ᄒ고 夜深三更의 심봉ᄉ
잠 들기를 기다려 왕봉ᄉ을 따러 不遠千里 도쥬로다 심봉ᄉ 잠을 ᄭᆡ여 뼁
덕어미 더두무니 도망ᄒᆫ 년 잇슬손가 여보소 어디 간나 직담 말고 이리
오소 그리ᄒ여도 안이 오니 主人 불너 일은 마리 우리 녀편니 거긔 잇소
여긔 읍쇼 다러난 줄 짐작ᄒ고 ᄌ탄ᄒ여 일은 말이 여바라 뼁덕어미 날
바리고 어디 간고 니가 너를 쳥ᄒ더냐 네가 나를 츠져 와셔 몹시 몹시 사
자 ᄒ여 인연을 미진 후의 나 먹을

〈23-뒤〉

여간 젼곡 흔젼만젼 모도 먹♀ 걸식지경 되엿더니 맛춤 관ᄌ 나려와셔 황
셔의 밍인잔치 참예ᄒ라 분부 엄ᄒ기로 돈푼 싼거 모도 팔어 노비 늠 냥
돈을 쎠가 울계 작만ᄒ여 皇城의 가넌 길의 노ᄌ까지 쎄가지고 부지거쳐
도쥬ᄒ니 읍 못보난 이 병신이 진퇴유곡 되엿스니 무얼 먹고 올너갈쏘 이

럿텃 탄식ᄒᆞ다가 도로 풀쳐 싱각ᄒᆞ되 너 싱각ᄒᆞ넌 니가 그르다 天下 잠년
보장지를 ᄶᅵ질 년 세간만 탕퓌ᄒᆞ고 즁노의 봉젹ᄒᆞ니 도시 니가 잡놈이라
天地의 ᄶᅡᆨ업는 조강지쳐 이별ᄒᆞ고 츌쳔지효 심청이를 싱이별 물의 ᄲᅡ져
죽엿셔도 지금것 살어쩌던 져만 년을 다시 싱각ᄒᆞ랴 그렁져렁 날이 발가
길을 쩌나갈 졔 이 ᄯᅢ는 五六月이라 듭기는 불꼿갓고 ᄯᅡᆷ은 비갓치 흐르거
날 목욕ᄒᆞ랴 ᄒᆞ고 시너가의 다다러셔 의복을 버셔 쳔변 노코 목욕ᄒᆞ고 나
와 보니 의관과 힝장 읍거날 四方으로 두로 단이며 의복

〈24-앞〉

찻는 양은 산양ᄶᅵ 모치락이 더듬덧 두로 만져 가도 흔젹이 읍거날 통곡ᄒᆞ
여 우는 말이 이 못슬 도젹놈아 허단ᄒᆞᆫ 부자집의 먹고 씨고 나문 지물 그
런 계ᄂᆞᆫ 가져가지 너의 의복 가져가셔 날 못할 일 시기느냐 포모가 읍셔
ᄶᅵ니 어디 가셔 밥을 빌며 누가 나를 옷셜 쥴가 귀먹장이 졀농다리 각식
병신 슬다 ᄒᆞ되 쳔지일월과 흑빅쟝단 분간ᄒᆞ고 디소분별ᄒᆞ건마는 웃지ᄒᆞᆫ
놈 팔자로셔 소경이 되단 말가 ᄒᆞᆫ창 이리 탄식할 졔 무릉틱슈 황셩의 갓
다 ᄂᆡ려오는 길의 벽졔ᄒᆞ고 긔구 잇게 지나거날 올타 관쟝 온다 어지를
써보리라 부지지를 잔득 쥐고 긔여 들러가니 左右 나졸이 밀쳐니거날 심
봉ᄉᆞ 호령ᄒᆞ되 이 놈 그리ᄒᆞ는냐 니 지금 황셩의 올너간다 틱슈 ᄒᆞ인을
물이치고 무르되 네 웃지 옷셜 버셧는고 심봉사 엿ᄌᆞ오되 소밍 소거지명
은 황쥬 도화동이요 승명은 심학

〈24-뒤〉

규라 황셩 밍인잔치의 춤예ᄒᆞ러 가더니 즁노의 봉젹ᄒᆞ고 다만 젹신ᄲᅮᆫ이오
니 무엇 먹고 힝보ᄒᆞ며 무엇 입고 가오릿가 관힝츠 분부ᄒᆞ되 무어슬 일어
ᄂᆞᆫ냐 심봉ᄉᆞ 엿ᄌᆞ오되 셕셩망근 팔ᄉᆞ당쥴 금관ᄌᆞ 박듸 노코 빅냥짜리 호

박 풍잠 달인 치 일습고 통셰량 졔모립 긔알갓튼 증쥬당건 밀화갓끈 산호
격자 은구영ㅈ 쒸셔 일코 당사초 겹져고리 빅슈갑스 졉바지 쥴변자 신 혼
커리 계셔 일코 모시박이 창의 동옷 디모장도 계셔 일코 모단 요디 즌쥬
면이 하도낙셔 금거북의 죠션통보 졉돈 스 푼 쇽의 든 치 일스읍고 힝장
의 노비 슈 냥쩌지 봉격ᄒᆞ엿스니 셰셰히 츠져지이다 관힝츠 분부ᄒᆞ되 이
놈 쇼경놈이 밀화갓끈이 아랑곳가 밋친 놈이니 니치라 심봉ᄉᆞ 긔가 막혀
원졍을 알외니 太守 측은이 역여 통인 불너 의복 쥬고 급장 불너 갓 니여
쥬고 슈비 불너 노비 쥬고 집신꺼지 쥬며 잘 가

〈25-앞〉

라 분부ᄒᆞ니 심봉ᄉᆞ ᄒᆞᄂᆞᆫ 말이 은혜 빅골난망이요 ᄒᆞ고 촌촌즌진ᄒᆞ여 열
어 날만의 낙슈교 얼는 지ᄂᆞ 녹슈경 드러갈 졔 혼 곳의 다다르니 혼 녀인
이 부루되 져긔 가넌 심봉ᄉᆞ님 이리 잠깐 오시요 각가이 ᄂᆞ가니 인도ᄒᆞ여
사랑의 안치고 셕반을 올이거날 심봉ᄉᆞ 싱각ᄒᆞ되 이상ᄒᆞ고 고이ᄒᆞ다 나를
알이 읍건마는 어인 일로 관디ᄒᆞ노 셕반을 먹은 후의 그 녀인이 다시 ᄂᆞ
와 심봉ᄉᆞ를 니당으로 가자ᄒᆞ니 심봉ᄉᆞ 일은 말리 외쥬인 유무 모로건이
와 읏지 니당으로 드러가리요 무슴 우환 잇쇼 나는 송경 못ᄒᆞ오 잔말 말
고 나를 짜라 오시요 집팡이를 쓰니 끌여가며 싱각ᄒᆞ되 니가 아마도 봄난
의 들엇나보다 디쳥의 올너가셔 좌상의 안진 후의 동편의셔 혼 녀인이 무
르되 심봉ᄉᆞ시지요 읏지 아오 아는 도려가 잇지요 니 승은 안시요 황셩의
셔 거ᄒᆞ더니 불힝ᄒᆞ여 부모 구몰ᄒᆞ시민 노복을 다리고 이

〈25-뒤〉

집을 직희엿스나 시년이 이십五歲가 되도록 증혼치 못ᄒᆞ고 복슐을 비왓습
더니 平生을 아자지라 二十五年이 결년이요 간밤의 꿈을 꾸니 ᄒᆞ날의 희

와 달이 강중의 쩌러지거날 첩이 건져 품어 뵈오니 흑날 일월은 스름의
안목이라 날과 갓치 밍인인 쥴 알고 물의 잠겨 보이니 승은 심씨 쥴 알고
일즉이 시비를 너여보니여 문젼의 지나가는 밍인을 차례로 물어가더니 쳔
위신조흐스 금일의 만ㄴ 뵈오니 연분인가 흐나이다 첩이 비록 용우 누질
이나 만일 브리시지 안일진디 건질을 밧들까 흐오니 의향 웃더흐시잇가
심봉스 픽 웃고 흐는 말이 말슴은 조컨마는 그럿키 쉽쇼 안씨밍인이 시비
를 불너 츳를 나온 후의 거쥬를 뭇거날 심봉스 즈계 신세 젼후스를 낫낫
치 말흐고 방성통곡흐니 안씨 위로흐고 그날 밤의 동침흐니라 익일의 심
봉스 슈심으로 안졋

〈26-앞〉

거날 안씨 무르되 무슴 일을 근심흐ㄴ니가 첩의 마음 불안흐여이다 심봉
스 디답흐되 平生을 두고 본즉 조흔 일이 잇스면 언자는 일이 잇는고로
근심흐로라 간밤의 꿈을 꾸니 불 속의 들어뵈고 가쥭 벽계 북 머이고 입
히 쩌러져 뵈이니 아모리 싱각흐여도 죽을 꿈 분명흐오 안씨 히몽흐여 일
은 말이 在身炎中흐니 회로가긔요 去皮作鼓흐니 입궁지샹이요 落葉阪根흐
니 자녀를 가봉이라 디몽이오니 미오 조싸이다 심봉스 웃고 가로디 쳔부
당만부당흔 말이러고 지금은 밋지 안이흐ㄴ 니두를 두고 보소셔 아침 후
의 심봉스 궐문 밧계 당두흐니 궐니의 소경 밧칠너라 황후 부친 종젹을
알고져 흐여 밍인잔치를 비셜흐엿더니 승명칙의 심씨밍인 읍시니 차탄흐
여 일은 말이 부친이 긔간 눈을 써셔 밍인 츅의 안이든가 니가 인당슈의
죽은 쥴 알고 이통흐여 죽으신가

〈26-뒤〉

잔치 오날 망종인데 웃지 안이 오시는가 밍인칙을 다시 보니 황쥬 도화동

심학규라 잇거날 동명과 심씨 올흐나 부친 일홈을 몰느 시녀로 흐여금 심 학규를 부르니 심봉수 쑴을 싱각흐고 은휘코져 흐다가 안씨의 희몽을 싱 각흐고 니가 심봉수요 심봉수를 인도흐여 별젼으로 드러가니 부친의 용모 와 방불흐느 자셰히 알 길 읍셔 무르시되 쳐주가 잇너냐 심봉수 복지 쥬 왈 즁년 상쳐흐고 말년의 쌀 흐나 두웟더니 요망훈 즁의 말을 듯고 아비 눈 쓰기를 원흐여 三百石의 몸을 팔여 인당슈의 죽습고 눈도 못 쓰고 주 식만 일엇습나이다 셰셰이 알외니 황후 말을 드르니 자긔 부친 완연흐다 보션발노 쑤여 느려 부친 목을 안쬬 아바지 살어 왓소 니가 관연 물의 쌘 진 심쳥이요 심쳥 살어 왓시니 어셔 급피 눈을 쓰시고 쌀의 얼골 보옵소 셔 심봉사 이 말 듯고 업다 이계 웬 말이니

〈27-앞〉

심쳥이 어듸 보즈 두 눈을 번쩍 쓰니 日月 조요흐고 天地가 명낭흐다 쌀 의 얼골 다시 보니 甲子 四月 初十日夜의 보던 션녀로다 쌀의 목을 안고 일희일비흐여 흐는 말이 불상흐다 너의 모친 황쳔으로 도라가셔 니가 너 를 일코 슈습년 고싱으로 지니다가 황셩의셔 너를 맛느 이갓치 조와흐넌 양을 알짜부냐 춤츄며 노리흐되 죽은 쌀 다시 보니 인도환싱흐여 온가 어 두운 눈을 쓰니 디명쳔지 발거워라 부즁싱남즁싱녀는 나를 두고 일음이라 지야쟈 조흘씨고 이럿텃 조조와할 졔 무슈훈 소경 춤추고 노리흐며 산호 산호 만셰만셰 부르더라 심봉수를 조복 입펴 황졔긔 사은슉비흐고 니젼의 입시흐여 젹년회포 무르시고 별궁을 즁흐시니 황졔 심학규로 부원군을 봉 흐시고 안씨밍인으로 부부인을 봉흐시고 도화동 거민은 공셰신역을 읍시 흐니 심황후갓튼 효힝은 억만고의 웃듬이라

정명기 소장 심청전 (낙장 60장본)

정명기 소장 번호로는 146번이고, 책 크기는 19.8 X 25.7 cm이다. 간기가 없다. 읽기 힘든 흘림체로 썼고, 문맥이 통하지 않는 곳도 상당 부분 있다. 심봉사가 밥빌러간 심청을 찾아 나서 집집마다 들러 물으니 심청이 아직 안왔다고 한다. 그러다가 개천에 빠져 봉욕을 당한다. 심봉사가 권선문에 공양 약속을 한 것을 걱정하자 심청은 있고 아니주면 죄가 되지만 없어 못주는 것은 죄가 되지 않는다고 아비를 위로한다. 심청이 동서남북 장자집에 쌀을 맡겨두고 떠난다. 심황후는 황제에게 맹인연을 세 번 하자고 제안한다. 두 번을 잔치를 배설해도 아버지가 나타나지 않자 세 번째 맹인연을 배설하고자 한다. 심봉사가 심청과 이별한 후에 겪는 일이 이 다음에 서술되고 있다. 심봉사에게 맹인 잔치에 참예할 것을 권하는 것은 동네 사람들이다. 황태후가 경장하는 도리와 어진 덕택이 사해에 진동하고 맹인들을 데려다가 잔치를 베풀고 애휼한다는 회문이 왔으니 심맹인도 올라가라고 동네 사람들이 권한다. 심봉사 일행과 황봉사가 황성가는 도중에서 만난다. 황봉사가 의를 맺자고 하자 심봉사는 부부가 같이 가는지라 거절하지만 황봉사가 우겨 의를 맺고 길을 간다. 길을 가면서 황봉사와 뺑덕어미가 눈이 맞는 것으로 되어 있다. 심봉사는 혼자 황성가다가 동자 한 명을 만나 그 동자의 인도로 황성길을 간다. 심황후가 먼 데서 부친의 얼굴을 보고 알아차린다. 부친을 숙소로 안내한 후 부친을 안고 대성통곡한다. 그리고나서 서로 사후전말을 얘기한다. 뺑덕어미와 황봉사를 잡아다 죽인다.

정명기 소장 심청전 (낙장 60장본)

〈1-앞〉

심청전이라

옛날 우리국의 심망인이 닛스미 죠실부모호고 이탁흐올 기리 업서 동서남
북을 결식으로 세월을 보니올 적 이니 팔즈 기벽〇 리 가난흐을지 탄식흐
난 경식은 금수도 다 슬퍼흐더라 이력저력 세월을 보니다가 천도가 도으
심과 흐날이 감동흐사 헌처랄 어드미 길거흐온 마음 충양할 길 한 업더라
안희 심으로 수간두옥 군배흐야 천한 인싱이 일신이 편흐〇〇

(중간부분 낙장)

〈1-뒤〉

몽의 엇더한 용이 식기가 품안이 들이거날 쌈작 놀너여 찌다르니 남가일
몽이라 마음 질겨와 삭포가 넘은 후의 과연 티기 잇서 십식을 체와 등남
함을 고디 고디 기다리면서 심출흐엿쓰이 나흔 겨시 딸리로다 어허 허망
흐지마난 칠십이 싱남자 다람업시 길너니시 유정이 싱긴 얼굴 만고의 절
식이라 이지즁지 길우더니 그렁저렁 삼시가 되얏난제라 심봉스 팔즈가 기
박하얏 우연이 짤을 수심스일을

〈2-앞〉

아모 겻도 먹지 못흐오니 심봉스가 이탄흐난 말이 어린 짤연 어미 불으난
소리 듯지 못흐고 기막커 못보건네 압도 못보난 나을 두고 죽으면 엇지

슬며 나난 뉘을 에탁ㅎ리요 무수이 탄식ㅎ오며 골목으로 다니면 밥을 빌어다가 집으로 드려오와 겨오 방문을 차즈 썩 디려노며 어서 이러나 밥먹소 겨요 비러다가 가저오와씨니 날노 보면 이러 나소 압푼 중

〈2-뒤〉

의 이 말 듯고 이러나서 아모리 먹으랴 ㅎ야도 먹지 못ㅎ고 빅이무효ㅎ고 빅가지로 병이 침노ㅎ니 살여닐 길 만무ㅎ니 급시의 운명ㅎ니 심망인 겨동 보소 어허 니 일이야 허망ㅎ고 경직이라 무수히 통곡흔디 설운지고 설운지고 만고천ㅎ 설운 스람 날갓탄 이 뉘 잇스리 눈 쓴 가장 두고 죽난 것도 츠마 못당할진디 하물며 압 못보고 병신이요 쏘흔 심청 인즈 숨세라

〈3-앞〉

아난 거시 어미라 이 이을 어니ㅎ며 허허 흐나의 쌀연 뉘라서 길너니리 심청을 부리더니 심청의 손을 잡고 우리 부여난 뉘을 이탁ㅎ리요 슬푸다 심청아 비곱파 어니할거나 죽거가난 즈너라도 우리 부여을 싱각ㅎ면 눈을 감고 도라가지 못ㅎ고 구천구천 도라가도 모진 귀신이 될 거시니 자니 아이 불상한가 비나이다 비나이다 ㅎ날임기 비나이다 심청어미 죽은 목숨은 압도 못보난 심망인을 디신ㅎ고 안히 목숨을 살여니주시면

〈3-뒤〉

불상한 심청을 질러니고 기반 도리가 나슬 거시니 심청 모친을 환싱시기여 주옵소스 아모리 이통 이통 무수이 이결하오나 고왕금니도 죽음이 디신이 업삽기로 이려한들 무수 아람 잇스리요 이제라 이갓탄 인명은 평싱의 흔 썩랄 보와 세상을 못보나 니의 빅연히로ㅎ며 싱남싱여ㅎ야 나문 아가 시긴 가기 세승의 홍믹이라 그게 제미로 세월을 보니며 자식을 나어

느리을

〈4-앞〉

보니며 자식을 나어 느리을 보지호엿난듸 우리난 삼시 듸은 쌀연도 으리
을 못보난 팔자 어이 이리 기박한 게 눈물노 밥을 삼고 심천으로 벗을 숨
아 업고 단이면서 동서춘 비려다가 연명을 살여닐 졔 철석간장 녹아진다
말 못호난 심천이을 무릅 우의 안처노코 변을 한틔 씰씰 만치면서 기록호
와 우난 말이 불상호온 니 쌀이야 근심 만코 헐헐혼 날의 심천을 길너니
여 졔커 우난 정곡을 낫낫치 ᄒ리라 제 비록 연미호오나

〈4-뒤〉

천성이 총명호난난 겨시 져의 붓친 설운이 기올 일을 디강은 김작호오리
라 일연 삼뵉육십 날이 붓체난 비저히 업고서 약갈만 자라나며 세월여류
호야 오륙세을 당호니 힝보을 능히 ᄒ미 붓친이 동이 발구미 동서춘 밥
빌난 중노길의 붓친의 숀을 잡고 인도호야 이른 말이 이기난 놉푼 디요
져기난 집푼 디요 이기난 쏘낭이요 이기난 길이요 이기난 산이요 셰스로
고호며 인

〈5-앞〉

도호눈이 심망임 혼난 말이 닌자난 티평이라 어나 사이 네가 중성호야 붓
친 압을 인도호니 의의 단이기기 티평이라 처량혼 우리 붓친 어니호야 눈
을 쓰며 이탄이야 동정을 당호미 치운 방의 우리 붓친 어이 자실 고시 업
도다 이삭을 주서다가 겨오 솜을 민도라 붓친의게 덥게 호고 압 못보난 우
리 부모와 이미 업난 이니 몸을 이만치 기울 젹의 그 공덕 엇더호며 보싱
모라리오 호련이 싱각호되 우리 부친의 은공은 ᄋ모리 귭즈 혼들 엇지 여

〈5-뒤〉

즈로 삼겨시니 엇지흐야 갑즌 말과 남즈로 삼겨나셔 우리 붓친의 은공 만분이나 갑풀 거살 이고 이고 이로다 어엿부다 저 가마귀난 무슨 김싱으로셔 부모은혜을 갑푸려 밥을 무러다가 아을 반난다 흐물며 스람으로 김싱만 못할소야 우리 아부임 엇지흐야 눈을 쓰기 흐올고 세세이 싱각이라 이니 몸이 이만치 즁성흐오미 나 혼츠 밥을 비러다가 병든 붓친 구환흐자 심쳔의 효성 보소

〈6-앞〉

붓친기 지셩으로 흐난 말이 오날붓틈 방안이 계시면넌 혼츠 비러다가 아부님을 봉향흐오리다 엄동셜흔 풍셜즁의 겨리겨리 단이며 밥을 빌노 단이며넌 스람마당 흐난 말이 불숭흐고 아닌흐다 늬가 스오세 되온 지가 언마 아니더니 심견의 늬가 팔구세 되야쓰나 별노 이졍이 흐사 밥을 만이 주오니 마암이 황송무지흐야 집이 오기랄 시급흐와 오면 방문이 반만 열어졋거날 아부임 불으면서 셜이셜이 어든 밥 잡수시요 심망인이 말 듯고 흐난 말이 네 올 시

〈6-뒤〉

가 넘어지이 기다리고 문을 열고 네 잣체을 알고져 이러고 안저쏘다 심쳥 흐난 말이 아부님 졍곡흐심흐옵고 싱불의스로소이다 압뛰다가 밥을 빌어노며 이것슨 밥이요 이거슨 반찬이라 어서 마니 잡수시고 빅수향수흐시고 눈을 쓰어 세상만물 싱긴 것슬 보시며넌 죽어도 흔이 업스올소니다 심망인이 말 듯고 어라만저 왈 누우시면서 일은 말이 어엿부고 기특흔 너의 쌀 아람답고 기모 관옥갓탄 얼

〈7-앞〉

골을 어나 씨의 눈을 써서 우리 부모들 갓탄 스람들을 은공을 다 알고 성전의 우리 부어 이런호 설화 다호며 연광니 십세라 늬손의 리을 보난고나 그리하여라 심청니 이 말 듯고 즐거니 디답호되 니일붓틈 나 혼즈 걸식호여다가 아부님 봉향호올 거시니 아부님은 부디 나오시지 마라시압 문 밧긔 출힝호시며 녹상호가나 쉬움니다 심망인 호난 말이 늬가 아니 오면 니 즈연 그려혼다 심청의 효성을 뉘 아니 층춘호니 적석호난 부인들이 불숭이 싱각호오미 입든 으복 버서 주어 일기가 풍넌호니 니

〈7-뒤〉

놈이나 가림호라 호오니 심천이 마암 항민호옵니다 도라오와 심청이 어진 마음 저 입불 줄 모라고 칼칼이 쌔라가지고 존존이 주어녀여 부친의 일신을 칩잔케 봉친호니 우나 지 이분 으복을 볼작시면 압만 나문 접저고리 엽만 나문 마포처마을 이리저리 둘너입고 풍우의 힝겨하니 불숭코 앗가운 살빗 다 드려나며 발발 썬다 숭하촌 스람들이 탄식호여 이른 말이 불숭호다 심봉수 남과 갓치

〈8-앞〉

보시면 아못조록 오설 어더 어엿분 심청을 입피련만 봉수라 할 일 업다 호더라 잇 씨의 심청의 나히 십사세라 하로난 앗참밥 빌노갈 제 일기가 치운지라 아러 동니 빌즈호오니 즈연 더든지라 심망인 겨동 보쇼 심천 오기랄 기다리미 씨가 임의 느저가이 심망인이 기다리다 못호야 밧긔 나와 쏘낭으로 우벅지벅 더듬더듬 이리가고 저리고 심망인 하난 말이 니 짤 심청이 겨 오나야 뉘집 문밧긔 언 손발 홀홀 불고 울고 오난가 동편집 조서

방니

〈8-뒤〉

니 쌀 심청 게 잇난잇가 조서방 디왈 어지 앗참은 오왓쩌이 오날 아참이
는 안즉 아이 왓짜 흐여라 심망인 이 말 듯고 다란 디로 힝보할 적 흐난
말이 이겻시 어디로 간난고 흔 집이 치자 갓고 이 집이 박싱원니 박싱원
니 니 쌀 심청 게 인난가 박싱원 소왈 어지 저역이는 오와시나 금일 앗참
은 아직 앗왓슴니 심망인 이 말 듯고 이통흐야 흐난 말이 니 쌀 심청 어
디 가고 아니 온고 이운인제라 엇던흔 의인이 즈식 삼아 다라 간난가

〈9-앞〉

네 심정을 디강 알거이와 날 바리고 도망키는 만무하오이 아모조록 체즈
리라 죽중을 들너집고 문 밧긔 썩 나서이 그 스이도 안저 그려한지 길의
더옥 싱소흐여 놉푼 디와 집푼 디을 짐작할 일 젼이 업서 이리저리 갈이
만무흐며 심청만 부리다가 긔천 집푼 물의 실속흐야 쩌려지이 정신이 혼
미흐고 허여날 길 젼이 업서 죽기만 기다리더니 몽운스 화주승이 맛참 겨
그 기니다가 엇더 긔천을 바라보니 압 못보난 심망이라 성명을 무

〈9-뒤〉

른 후의 급급 건저노코 망인다려 일른 말이 고양미 삼빅석을 불전의 시주
흐면 싱젼의 눈을 써서 천지만물 저 즈식 얼골 반간게 보리라 흐며 가거
날 황송무지하야 도라오와 니 말을 싱각흔디 가시난 젼이 업고 싱젼의 눈
쓰란 말만 듯고 고양미 삼빅석을 권선의 기록흐고 심청은 찻지도 못흐고
집으로 도라와서 겨오 젼방문을 츠즈드려오와 신세을 싱각흐오니 이고 이
고 서름이야 니 쌀 심청은

(중간부분 낙장)

⟨10-앞⟩

로 달여드여 어든 밥을 밥비 처려 붓친 압픠 드러노코 지성으로 권홀 제 압부입 비곰푼더 이 밥 잡수시요 심망닌 디왈 아서라 밥도 닉사 실타 심청니 울며 왈 니 말삼 원 일이시요 자식이 어대 가서 오래 잇고 아이 와서 그 시히 노정을 자섯시며 근촌음 밥 빌기 염치 업성 오날은 멀니 가서 밥 빌자하오니 자연이 더듸 왓심니다 노정 풀고 이 밥 잡수시요 심망닌 일은 말 니 아모리 병신닌들 너 갓탄 자식으게 츄호나 노정두야 그러타면 엇지

⟨10-뒤⟩

ᄒ야 밥을 아니 잡수리오 심망인 이른 말이 너 치지로 나갓다가 기천물의 빠저 겨의 죽기 되얏떠니 몽운스 화쥬승이 맛참 참의ᄒ다가 나을 건저쥬며 나다려 이른 말니 고양미 숨빅석을 불전의 시주ᄒ면 싱전의 눈을 쩌여 천지만물 처ᄌ식 얼굴 반가의 정영 이르기가 발전이 업고 눈을 듯단 말이 반갑고 ᄒ도 반가와 한 일 니 눈을 쓰면 여엿분 네 얼골은 우선 볼가 우선 이겻만 싱각ᄒ고 고양미 숨빅석을 권선의 치부ᄒ고 집으로 도릭

⟨11-앞⟩

와서 다시 마음 싱각ᄒ노미 숨빅석 고양미난 다 바리고 서홉 쌀이 업수오니 무엇스로 시주ᄒ리 권선의 치부ᄒ고 도로혜 못져 쥬오면 불전의 죄인 되여 이 아니 황숑ᄒ야 추라리 니 몸 죽고 네가 편케 ᄒ리라 심청이 이 말 듯고 조흔 안식 조흔 말노 야야씌 엿ᄌ오디 아부님 격정 마르소서 격

정호실 일 아니요 숭담의 니르기랄 나라니 진숭이라도 업스오면 못한다
호오니 잇고 아니 주면 죄 된다 호거이와 업고 못주난 것시오니 죄인 아
니될 닷호오니 격정마르시고 이 밥 잡수시요 심망인 이 말 듯

〈11-뒤〉

고 황복호여 이른 말이 깃부다 니의 심청 말을 드르미 이지가지호여 격정
호난 말이 다 허스가 되앗쑤나 아모려나 밥을 먹고 사려보자 겨동 보소
심청 이 말 듯고 붓친 마암 감동호여 호난 말이 우리 붓친 어나 조흔 쌔
랄 만나 싱전의 눈을 쓰여 평싱의 원을 호올가 일심이 수심이라 세세 싱
각호되 불숭호고 가련한 우리 붓친 압 못보고 망인된 졋 오죽하나 원통호
여 눈 쓰리란 말 고지 듯고 날 더 엄난 고양미 삼빅석을 불전의 기록호고
그 마암 오죽호리요 남의 즛

〈12-앞〉

되여서 아부임 원을 못 풀이면 인촌이 참의호기ㄱ 어렵쏘다 옛날 밍동이
난 물 가온디 죽순 썩겨고 왕숭은 엇지호여 어름 속의 잉어 낙겨 죽기 된
부모 목숨 살여시니 아 아니 자락호난가 나무 집 출천지효을 쏫밧기 어려
오나 삼빅석 고양미난 적으나 호면 못 구호리랴 아모조록 변통하야 불전
의 시주호야 아부임 원을 풀일진더 저신 망미할제라도 이난 쌀을 준비호
여 원가갓치 푼 연후의 쓸디 업난 이니 몸도 뉘다려 일너 볼지 이 몸 갓
치 천한 인싱이나 선인 즁

〈12-뒤〉

감 주어 날 사가 리 잇스올가 이통으로 일이혼다 지성이면 감청이라 호나
임기 비러볼가 심청이 이 날보틈 기반을 바라미 사방 금토 노코 정성으로

모욕ᄒ야 삼일제기 극진이 ᄒ고 후원의 즈리하고 심청의 효성 극진할 제
비난 말이 ᄒ나임 스비ᄒ고 쓸더엄난 심망닌은 이 세상의 싱겨나서 전싱
의 무산 죄로 압 못보난 병신이라 어미 업난 이니 몸을 이만치 기률 적의
그 은공 엇더할고 그 은공을 다 갑즈ᄒ들 엇지 다 갑즌

〈13-앞〉

말가 남의 즈식 되어나서 부모님이 망인으로 평싱 설위ᄒ난 양은 추마 원
통ᄒ압나니다 음식이라 바드시면 낫낫치 가라처도 이것도 더듬더듬 두 손
으로 더두무니 즈식치고 목이 맛처 추마 보지 못ᄒ오며 날갓탄 ᄯ을 이지
즁지 키워니여 무름 우의 안고 쥬야로 ᄒ난 말솜 어니ᄒ야 니 눈 쓰면 여
엿분 니 ᄯ을 얼골 ᄒ 범만 보고 죽어도 ᄒ이 업다 ᄒ시면 쥬야로 혼탄ᄒ되
ᄒ쥬승의 말을 듯고 날쎠 업난 고양미 삼빅석을 권선의 기록ᄒ고 제 마암
이 오작ᄒ리요 두로히 싱각ᄒ오니 ᄒ 홉 쌀

〈13-뒤〉

이 날 더 업서 붓친임을 속히려이 이 아니 죄이닌요 일노 길탄 효양은 인
즈지정의 추마 보기 원통ᄒ여 ᄒ온 설화 ᄒ난임기 비나니다 이런 말솜 ᄒ
날님기서 감동ᄒ야 심청의 일신을 파라 권선의 치부ᄒ야 불전의 치부ᄒ라
지성으로 축수ᄒ온지 삼일만의 남성즁사 선인들이 방두의 왕ᄒ며 지성으
로 원난 말이 아모딕 여즈로 몸의 흉도 업고 면식이요 일등이며 허난 힝
실이 진실노 일등이요 부모게 효성이 극진ᄒ고 허난 도리 인인 충츈ᄒ

〈14-앞〉

고 십세 되언 규수 뉘 집의 닛나뇨 방추 위난 소리 실나난쏘다 심청이 위
난 소리 급피 듯고 나어 가서 낙동즁스 선인들이야 더왈 니가 팔이고즈

하나이다 선인들이 반기 듯고 ᄌ서니 살펴보니 비록 의복은 남누ᄒ나 얼골은 만고의 절식이라 수런 낭성ᄒ난 소리와 인물을 볼작시면 만고의 웃듬이라 선인들이 깃거와 가라디 네 몸의 숭이나 엄나야 외뫼난 저만ᄒ이 다시 물란미착은 업스오나 속을 어이 아랴 심청이 피석 디왈 비록 싱긴 거산 쳔지의 험숭이나 몸의 숭은 업스

〈14-뒤〉

오니 조곰도 염여마라소서 선인등이 다시 무라디 네 몸을 팔일진디 갑슬 언마나 달나ᄒ나 심청 디왈 만이 주신 것 슬디 업고 고양미 삼빅석 주시고 날 스가오면 엇더ᄒ시난잇가 선인등이 반겨 듯고 쳔말의 허락ᄒ오니 심청이 당부ᄒ디 쌀을 주시락이면 니 집으로 오지 말고 몽운스로 연눈ᄒ야 숨빅석 고양미을 준수 맛노라 ᄒ고 화주승이께 슈포 바다 니 눈의 보오면 니 몸은 ᄌ연이 갈 거시니 그리 알고 도라오면

〈15-앞〉

선인등이 허락ᄒ미 고양미 숨빅석은 낭ᄌ의 말과 갓치 몽운스로 여운ᄒ야 기포 밧다오려니와 규수의 입은 의복 남누ᄒ야 못보겻스니 쌀노 십석의로의 보닐 거시이 부디 규수의 처신갓치 선명갓치 지여 입고 힝선날 당ᄒ오면 우리국의 올 거시니 시이 혼시의 만나스수다 ᄒ고 피ᄎ 약속을 ᄒ 후의 선중이 기별ᄒ야 쌀 이십석 여운ᄒ야 규수의게 전수ᄒ고 선인등 도라 간 후의 심청이 어진 마음 몸을 팔이니 그 죄을 붓친 만일 아르지면 익통ᄒ사 필경은 못ᄒ기 ᄒ고 ᄉ결단ᄒ오실 듯

〈15-뒤〉

ᄒ오니 아모조록이라도 모라세긔ᄒ리라 미양 조심ᄒ더라 십석 쌀 놀난ᄒ

야 우리 아부님 으복을 몬저ᄒ여 ᄒ더라 붓친 으복을 세세이 지여노코 이
만ᄒ면 입으실 거시라 ᄒ고 단단강직ᄒ야 노코 제 의복 군비ᄒᄃ 빙낭응
웃저구리 제식고름 넛짓 달고 쳥응시 홋단치마 주름이라 잘기 잡어 허리
넘게 달어 심시지기 다ᄅ노코 빅갑슈 접바지의 세모슈 단소곳시며 의ᄶ갓
튼 당봇목 보신일 시 별을 지여노코 션인 오기 기다리온다 슬

〈16-앞〉

푸다 심쳥은 죽난 날이 불원ᄒᄂ지라 심신이 살난ᄒ야 지잡기 어려온지라
심쳥이 붓친기 엿ᄌ오ᄃ 아부 소원ᄃ로 고양미 삼빅석을 변통ᄒ야 몽운스
로 여운ᄒ여 화주승계 전수ᄒ고 슈포 바ᄶ 완나이다 심망인 니 말 듯고
ᄶ작 놀닉여 ᄒ난 말삼 이견시 원 말이야 고양미 삼빅석을 네라서 어디서
번통ᄒ야난야 심쳥이 ᄃ답ᄒ되 동편집 장ᄌ니달려 ᄒ난 말슴 고양미 숨빅
석을 니 당ᄒ여 줄 거시니 너난 우리집 슈양되여 우리 집 ᄃ소스을 네 손
조 쥬장ᄒ여 살펴주미 엇더

〈16-뒤〉

ᄒ나요 지셩으로 이러기로 허락ᄒ고 왓나이다 심망인 ᄒ난 말이 너난 그
리 가련이와 고단ᄒ 이니 몸은 뉘을 으탁ᄒ고 산단 말가 불효막심ᄒ온 말
하지 마라 심쳥이 ᄃ답ᄒ되 짐중자임 말슴이 네가 니 집을 돌보와 친여
갓치 ᄒ고 니 집을 보전ᄒ오면 불승ᄒ 너의 붓친을 가작이 모서다가 훈지
로 공경ᄒ라 ᄒ시와 허락ᄒ고 완나니다 심망인 이 말 듯고 네 말과 갓치
ᄒ셧시면 할 길 업시 셩인이라 후셰의 결초부운ᄒ오니

〈17-앞〉

라 치ᄒ한엇더라 심쳥이 싱각ᄒ되 션인들 힝션날이 미구의 불원ᄒ지라 심

청이 다시음 싱각ᄒ니 힝선날 당ᄒ오면 나난 일정 갈 겨시이 붓친과 이별
할 제 참혹ᄒ온 정성 ᄎ마 엇지 본단 말가 불승ᄒ 우리 붓친 두로ᄒ야 속
이히러이 이도 쏘ᄒ 죄로다 만ᄉ 일을 승각ᄒ니 심화불평ᄒ고 일편탄심
오히려 여광여취ᄒ야 식음이 맛시 업고 식불갓이 좌불안석이 능히 되며
이령저령 기니노라 심망인 ᄒ로 저역이 밤이 야심야ᄒ야 잠이 곤이 드런

〈17-뒤〉

난디 비몽이 집으로 체운이 두르더니 난디 업난 선관들이 공중으로 나라
와서 날다려 이르기랄 용왕승제 명영으로 망인 쌀 심청이을 다려갈 거시
니 심망은 설워 말고 기니여라 ᄒ저날 놀너여 선관을 친히 안지며 엿즈오
디 압 못보난 심망인의 쌀 심청을 다려가시면 ᄉ라날 길 만무ᄒ니 덕틱을
입어지니다 만변 이결훈디 선관이 이르시되 천명이라 무아니ᄒ도다 ᄒ시
고 심청을 겨나려 압세우고 가시거

〈18-앞〉

날 심청이 아부님 불으며 디성통곡ᄒ거날 미양 신난 심청을 불너 왈 망닌
나을 두고 어디 가야 이결하다가 ᄶ달으니 남과일몽라 이어나 더듬더듬
하오니 심청니 염퓌 누어시니 심청아 니러가라 ᄶ우니 심청니 놀내여 니
러나니 심망닌 일몽을 ᄶ여 아즉 정신을 차리지 못타야 불부답ᄒ오니 심
천이 엇자오디 아부님 즈시다가 원 일이요 정신을 ᄎ라 심청아 겟ᄉ나야
오날 저역의 비몽이 치운이 집안으로 둘우더니 난디 업난

〈18-뒤〉

선관이 나을 인ᄒ야 이르시거날 명영으로 망인 심청을 다려가오니 망인은
설워말고 기니라 ᄒ며 너을 압 세워고 가거날 늬가 아부님을 불으면서 통

곡ᄒ오니 나도 이결왈 스라날 길 만무ᄒ다 ᄒ고 잇짜가 ᄭᆡ다르니 남가일
몽이여 니러나 차즈니 너난 잇다마은 꿈이라 고의ᄒ고 허망스로다 심청이
엿즈오디 의ᄒ여 이르기랄 몽원스더닌이면 필유의 스량ᄒ오니 선관도 더
인이라 더인을 보의ᄉᆡ니 무수정실ᄒ 경스 잇슬

〈19-앞〉

줄 엇지 알질이가 슈련낭정 깃쏫 말노 붓친 말삼 위로ᄒ오니 심망인니 마
음이 깃겨워 진정ᄒ고 인난쏘다 심청이 홀련 안즉 싱각ᄒ되 붓친 친의 꿈
이 니려ᄒ오니 필연은 오날은 선인들이 날 다리로 오리라 부모전 이별ᄒ
올 일을 미리 싱각ᄒ니 심신이 살난ᄒ여 여광여취ᄒ온 마음을 층양치 못
ᄒ온쏘다 우리 붓친을 뉘가 지성으로 ᄒ올고 우리 아부님도 니 손으로 지
은 밥도 오날 아츰뿐이로다 기유 반찬ᄒ고 붓친의 진지승은 눈물노 차릴
적의 아니 늣겨

〈19-뒤〉

운겨 잇ᄯᅥ의 선인들이 발서 첫반기 나어와서 심청을 불우더라 심청이 니
말 듯고 문밧기 밧기 나어가 선인들 니 말 잠간 드르소서 안즉 우리 붓친
앗참 진지 안줍스ᄭᅵ니 겨기 잔짓 추ᄒ쇼 안심ᄒ여 잡슌 후의 ᄒ직ᄒ고 가
스니다 ᄒ거날 선인들이 니 말 듯고 층춘왈 심청갓튼 효성은 세승의 쏜바
드 리 업스리라 심청이 선인들을 승더ᄒ오니 마암이 슬푼지라 식승 겨오
츠려 붓친 압퓌 드러노코 지성으로 권할 적의 아부님 진지 마

〈20-앞〉

니 잡수시오 반찬을 가리치며 이것슨 싱술이요 저것슨 구음이오 낫낫치
가라치니 심망인 놀니 왈 밥도 츠마 어려운디 고기난 무삼 일고 심청이

엿즈오더 동편집 중자니 집이서 아부님 식촌ᄒ라 보니시니 밥짓고 반촌ᄒ
야 노와시니 염여마라시고 좁스시요 심망인 흔히 ᄒ야 짐자님은 후세의
천숭선관 되올 거시다 친찬ᄒ고 심청 정숭은 안직 모라고 달게 먹고 나혼
후의 심청이 식숭을 물여 구라술 싯처 세세 엽펴노코 기반을 살펴보와 만
스을 뉘가 할고 술푼지라 지

〈20-뒤〉

라 지여 노왓쓴 으복을 니여 입고 붓친 압퓌 안지며 슬피 울며 엿즈오더
아부님 드르시요 고양미 삼빅석을 달이 번통 아니로소다 낙동중사 선인들
게 이니 몸을 스시오니 결단코 가려오니다 선인들이 뭇뭇게 왓습니다 아
부님 설워 말고 평안이 겨시다가 싱전의 눈을 쓰시와 천지만물 고흔 구경
ᄒ시고 인간 흔미 분별ᄒ시고 빅수향수ᄒ소서 ᄒ거날 심망인 이 말 듯고
니다르며 심천이 초미즈락을 두 손으로 쏼강 잡고 울며 통ᄒ며

〈21-앞〉

이른 말이 이 일 원 일이며 할 말도 슈다ᄒ고 가손불측ᄒ고 불효막심ᄒ난
말 네 입으로 ᄒ나야 아모리 여식인들 성흔 부모 두고 가난 것도 불효막
심인디 ᄒ물며 압도 못올 네 붓친은 뉘 미루고 경영이야 심청이 디왈 니
아모리 여즈라도 보싱모육 중흔 은헤 모을 미 업건마난 아부임 망인으로
평싱 설와ᄒ신 일 원통ᄒ야 슬디업난 이니 닐신 중갑 주고 밧고 팔여시니
불전의 시주ᄒ야 불상 아부님을 싱전의 눈을 드어 동서남북 분별ᄒ야 님
으로 왕니ᄒ여 천지

〈21-뒤〉

만물 일월성신 아르면 평싱이 소원이라 설워 마라시고 평안이 겨시다가

셩전의 눈을 쯧시거와 빅세무망흐시다가 지흐의 도라오시면 반갑긔 만나 뵈오리다 심망인 디왈 눈쓰기도 니스 실타 고양미 삼빅셕을 이제로 츠즈다가 선인등기 환수흐고 너난 부디 가지 마라 네가 나 속일 쥴은 몽미도 뜻 안흐엿다 심청아 니니 정곡 드러바라 너 삼세의 어미 일어 헐헐이 키울 적의 우여 잡고 불면 날가 쥐면 쩌질가 천신발원 키

〈22-앞〉

울 적의 모린 즈리 뉘가 누어 쥬야로 스랑흐여 평성의 원흐기을 너 가니 무즌성흐면 너와 갓탄 쌍을 지여 줄 겨의 스난 거동 김작흐여 보은 후의 불충흔 이니 몸이 일가친척 비의 업서 아달 즈식도 업스니 민난 비 너뿐이라 천명흐온 이니 몸 죽어지면 너의 부부 손의 뭇치려써니 너난 나을 바리고 기연코 가려흐오니 너난 니의 즈식이야 불승흔 이니 몸은 죽어지면 김셩밥이 될 겨시니 아니 불숭흐야 씨쳔물의 바저실 제 죽어시면 이런 경상 아니 볼 거살 스라 무

〈22-뒤〉

엇설 바라고 산단 말가 몽운스 화주승이 교양미 삼빅셕을 불전의 흐면 심망인 눈쓰란 말 듯고 심청이 보고 말흔 거시 저리 될 쥴 몽이나 뜻흐엿시리 가슴을 쑤다리며 디성통곡흐니 남여간 뉘 아니 낙누흐리 금수가 다 슬허흐더라 심이 누명 왈 우난 붓친 몸을 안고 통곡흐며 붓친을 위로흐되 스람이 즈식되여 이겨시 할 이이오 못할다 죄가 될 쥴이 미리 김작흐여시나 붓친의 셩전 눈드란 말 듯고 어네 즈식

〈23-앞〉

인들 이러 안흐리요 우지 말오쇼셔 제발 덕쑨 비나이다 조은 안식 조은

말노 병신의 ᄒ고 영이별ᄒ자 ᄒ여도 고단○이가와 세상을 ᄒ직ᄒ고 아니
올일 인 서름을 층양치 못ᄒ니 심청 디경질식 왈 아부님게서 싱전의 눈을
쓰시와 천지만물 귀경ᄒ시면 지ᄒ로 도라오시와 우리 부여 승봉ᄒᄉ니다
심망인 디경왈 눈 쓰기도 니사 실코 천지만물 귀경ᄒ기도 원치 못ᄒ다 슬
피 통곡ᄒ거날 심청이 왈 이 시을 당ᄉ와 ᄎ마 설화 못한건니 조흔 안식
조흔 말노 우리 부여 영이별ᄒ자 ᄒ여도 층양할 수

〈23-뒤〉

업다 잇더 이럿타시 설워ᄒ니 이고 답답 설음이야 설운 스람 날갓타니 뉘
잇시리 소상반죽지의 아황영영 설음이요 칠석 승봉ᄒ고 견우랑얼 이별할
제 니의 설음이요 벽디충천 집푼 밤의 단선을 이별하고 황악 설음이요 난
기 조흔 단송느 눈물노 ᄒ직ᄒ고 호지의 드러가던 왕소군이 설음이요 마
외역의 지운 눈물은 양구비의 설음이요 강신궁의 풀니의 설음이요 벽호창
천 야야월은 월궁ᄒ야 이 설음이요 진도

〈24-앞〉

로 전디ᄒ고 ○○○○ 공순츄야월의 외손 늣기난이 부인 셜음이요 아모리
설업다 ᄒ온들 니의 설음이요 당할손가 동중 여러 어루신니 이니 말씀 드
르소서 독ᄒ고 모진 연니라 ᄒ실 듯ᄒ오시나 천ᄉ만탁ᄒ야 이 노릇슬 ᄒ
올 적의 오작ᄒ야 이려ᄒ오릿가 불숭ᄒ고 고단ᄒ 우리 붓친 불숭이 넉이
시고 살펴주시면 결초부운하오니다 ᄒ며 슬피 통곡ᄒ니 일월이 무강ᄒ고
순천초목이 다 슬허하더라 에제 선인 등이 심청을 불으더니 이베 삼십석
을 이 골의 축실ᄒ온 스람

〈24-뒤〉

을 주어 그디 붓친 일신을 공경호라 착실이 맛겨노코 어서 나오며 엇더호
뇨 물이 이미 느저지이 어서 밧비 가스이다 심청이 감격호야 비을 바다
동편집 짐장즈님 쌀 십석을 바쥬압 붓친의 양식으로 진난 밥의 너어 우리
붓친 잡슈게 호시고 서편집 박싱원니 이 쌀 십석을 맛더두고 우리 붓친
으복을 삼철노 호여 드리라 호고 남편집 정싱완니 이이 쌀 십석을 맛더두
고 우리 붓친 즈시난 방안의

〈25-앞〉

다숩게 호여쥬고 북편집 이싱원니 이 쌀 십석 맛더두고 우리 붓친 반춘이
나 호여 아모리나 공경호시고 일신이 편틀 못호시면 악이라도 지여다가
우리 불승호고 처량호 우리 붓친 공경호라 호며 힝여라도 호심 바라시고
공경호면 이니 몸이 구천의 도라가서 낫낫치 은혜을 갑고 불승한 스람을
시힝호시면 디디전손하다 록부지흔천호올 거시니 부디 부디 그리호시라
호거날 낫낫치 하난 말이 니만치 당부호온 겨살 엇지 기망호리요마난 심
청은 가지 마라쇼서 심청이 디

〈25-뒤〉

왈 이시로 당호여 서로 묵아니호도소이다 심청이 하난 말이 아부님 니 말
지성이 드르소서 짐장자님과 박즁자님과 정즁자님과 이즁자님과 양식 십
석 맛켜노코 함이 만훈 말이라 아부님 양식과 으복이며 나무중목이며 반
춘이며 낫낫치 당호라 하고 갈 거시니 평안이 겨시다가 싱전의 눈을 쓰여
천지만물 귀경호시고 동서남북 분별호고 일월성신 구경호시며 세승홍미
아라시고 빅수향안호시다가 구천의 도라오시

〈26-앞〉

우리 부여 승봉ᄒ니다 심망인 ᄒ난 말이 일월성신 구경하기도 ᄂᆞ스 실타 너나 부딕 가지 마라 통곡ᄒ며 심청이 어진 마음 이 아니 난처훈가 문 밧긔 선인들이 심청을 불으며 물 써 님이 느저간다 직촉이 성화갓탄지라 붓 친을 이별ᄒ고 문 밧긔 나서보니 심망인 거동 보소 마당의 쩌러지며 디성 통곡ᄒ며 심청아 어딕 가나야 너 이려하올 쥴 모라시며 다시 보고 갈이자 슬피 울며 간밤의 비몽의 엇더한 선인 등이 네을 압세우고 가거날 통곡ᄒ 고 울어보아

〈26-뒤〉

와쩌니 작일 이런 변을 당ᄒ오니 허사가 아니라 아모리 셜이 운들 발서 선인들 짜라 갓스이 다시 오기랄 바라리요 동닉 부인ᄂ게 ᄒ직을 영이별 이라 눈물노 이별ᄒ고 선인들을 짜라 강가의 다다라 강가의 좌정ᄒ고 힝 션을 제촉ᄒ니 선인등 겨동 보쇼 일시 소릭ᄒ며 지질소릭 순풍이 뒤울 맛 저 족순다시 가난 제라 빈난 순식간의 고향이 철이로다 심청이 여슈중의 올나안ᄌ ᄒ날날 우러러

〈27-앞〉

탄식 슬피 울며 병든 붓친 싱각ᄒ니 간중이 철삭갓치 녹난지라 고단한 우 리 붓친 어이하야 살아날고 가지 마라 ᄒ시든 일 솜솜 싱각ᄒ면 늦겨운 심 층양치 못ᄒ온지라 우리 붓친 말소릭 귀의 쟁쟁ᄒ다 잇지 못ᄒ오건늬 선인등이 심청을 다리고 부명팅명 가거날 심청이 짜라가이 소상강이 다다 르니 소상강의 빈을 미고 순풍을 기다릴 제 심청이 싱각ᄒ되 이고 이고 슬푼지라 소상강 반죽지의 아항어영 셜음이요 적막훈 야월공산 뒤견성은 부러귀을 슬피

〈27-뒤〉

우나 니의 설음 당할소야 긱지의 슈심 둘 찌 업다 소상피을 세난 비단갓
고 바람 갓고 안기 갓고 구람 갓고 초강의 남슈씨을 드어미고 향희을 급
피 찻고 서안의 초불이 힝흐여 명낙수을 당흐오니 기력이난 쌍은 지여 나
라들고 소짝시난 단이면서 슬피 울고 적적한 초월야의 명월은 스면을 빗
최연난지라 비나이다 비나이다 아황여영전의 비나이다 소여는 우리국 스
난 심천인디 전정의 죄역에 지중흐여 병든 붓친 이별흐

〈28-앞〉

고 명낙물의 싸저 죽올 거시니 고단한 이니 혼빅 소하의 이지하여지니다
동정추월 도라온다 어엿부다 저 명월이 구름 속이로다 빈왕이 초간월가
홍선의 천추월과 홍선의 첩이난 비당이 니히흐고 강남월가 소동파의 적벽
월과 미호연의 병간월과 명월 저 달과 이니 말 좀 드르소셔 우리국 우리
붓친 못슬 쌀자식을 불으시며 우시드야 본디로 일너주면 소식이나 드러보
자 빅빈주의 쌍을 저여단이 저 기력아 너도 무슨 김싱으로 저러타시 응응
흐야

〈28-뒤〉

슬푸다 이니 일신 분흐고 늣겨운지라 네가 우리국을 갈 터이면 심청이 명
낙가의 잇드라 기별흐야도라 비나이다 흐나님기 비나이다 우리국 심망인
성전의 눈을 쓰여 천지만물 일월성센 아라시게 흐여주시면 심청이 죽은
혼빅이라도 성전 원흐던 소망을 일우소서 인당수 집푼 물 이별이 안지라
선인들이 분명흐야 심청이 간청흐야 모욕흐고 일일이 공덕을 임펴도아 축
원흐여야 기왕의

⟨29-앞⟩

이려타시 중한 일을 ᄒ여 덕이 업스오면 엇더ᄒ리요 양식을 싯고 다세 싯
처 출촐이 밥을 지여 ᄎ려노코 서인등이 북을 울이면서 제비ᄒ여 비난 말
이 빗 가온디 성왕임니 인당수 용왕임니 일쳐로 동감하옵소서 우리난 남
경중사 선인으로 수만금 직물 가지고 북경중사 갈 터니 니 일일 조와 주
소서 셉스세 되온 조흔 얼골 조흔 틱도 만고에 절식이라 힝실인난 처여을
이 물가의 이러노코 미무의 열어ᄒ오니 흠향하야 바드시고 우리 선중 소
망스을

⟨29-뒤⟩

일일 점지ᄒ야 이 청히 왕니길의 물속도 지여주고 바람절도 지여주고 우
리 선인 신병업시 도라올가 적퇴을 입펴주오 천만축수 비나이이 심청은
정신을 진정ᄒ야 시 의복을 ᄎ려 녹비ᄒ야 입고 물의 밧비 쒸여 드르쇼서
심청이 이 말 듯고 정신이 아득ᄒ고 흉중의 맛친지라 아모란 줄 몰나 정
신 수습 어려오나 처연한 낫빗살 츌ᄒ 보로 겨려니와 선두의 올나서이 구
인 말수리 조난할 길

⟨30-앞⟩

엄난 션여로다 심청이 어질며 효성 출천ᄒ오나 ᄒ나임 감동ᄒᄉ 동희슈
용왕님니기 ᄒ교ᄒᄉ 분부ᄒ되 우리 심청이난 오날 스시 초의 인당수 ᄲᅡ
질 겨시니 범면이 짓처말고 슈국의 연을 주어 시여 등을 출송ᄒ야 미리
등디ᄒ엿짜가 어엿분 심청이을 놀니잔케 옥교의 틱와 용궁의 다려다가 신
격스되 ᄒ야주고 용궁의 조와로서 소리 잇게 곳 인당수 물결 우의 선명케
쓰여들고 상고선 우난 길의 그 꼿설 가저다가 천즈긔 진승ᄒ야 황후 되

〈30-뒤〉

게 점지ᄒ라 잇 ᄠᅢ 동희수 용왕님 천명을 바더겨든 오작이라 분주ᄒ야 시여 등을 밧비 불너 옥교을 니여주며 분부ᄒ여 이른 말이 인당수의 급피 나가 미리 등디ᄒ엿짜가 우리국 심청의 물의 풍덩 ᄲᅱ여들 거시니 옥교의 풍악으로 시우ᄒ여 평안이 뫼서오라 신여등기 분부 밧더 옥교와 풍악이며 쥴겨의 등디ᄒ여 인당수의 다다르니 잇 ᄠᅢ의 심낭자난 선두의 홀노 안저 하님게 ᄉ비

〈31-앞〉

ᄒ고 익결 왈 슬디업난 심청이난 오날 인당슈 바저 죽ᄉ오니 명천도 감동하옵소서 일월성신도 아압소서 이 몸은 죽ᄉ오나 우리 집 병든 붓친 싱전의 눈을 ᄯᅥ서 천지만물 동서남북 분별ᄒ야 주시면 심천이 죽은 혼빅이라도 여한이 업ᄉ올 거시니 명심ᄒ옵소서 선인등기 ᄒ직ᄒ고 물의 풍덩 ᄲᅱ여드니 빅일이 무광ᄒ고 창천이 어듭ᄡᅳ니 난디업난 풍악소리 들이거날 선인등이 디경ᄒ야 선즁의 급피 숨어 아모란 쥴 모라더니 점점 풍악소리

〈31-뒤〉

머러가며 천지 명낭ᄒ고 물결도 춤춤 선인들도 황겁ᄒ여 힝선을 지촉ᄒ며 어나 순풍 만나 ᄯᅥ이간다 잇 ᄠᅢ의 용궁 시여 등이 물의 바진 심청을 옥교의 고이 뫼서 수공이 드려가니 용왕님 분부ᄒ야 용여로 연집ᄒ려 궁궐의 뫼서 두고 조흔 음식 조흔 말노 극진이 디접ᄒ오니 음식이 정결ᄒ다 방치리 찰난ᄒᆫ 것 세상이 업난지라 심청이 싱각ᄒ되 물의 ᄲᅢ저 죽은 이너 몸이 어니ᄒ여 아이 죽고 이 고디

〈32-앞〉

드려와서 엇지ᄒ여 이 목숨 죽어시나 혼빅만 이 곳 완난가 수심ᄒ난 중이
정신을 진정ᄒ야 눈을 드러 살펴보니 수궁 홍미 장할씨고 슈궁픠궐은 은
천슝지슴당이요 곤의수슝은 비인간으복이라 원틴난 북을 치고 앙틴난 춤
을 추고 틴미각은 평풍이요 산호수난 문체로다 슈궁만족들은 부인이 왕니
졔수의 낫찰 들은디 차려로 드러온다 듯기 조흔 풍악소리 천지의 진동ᄒ
고 아람다온 시여들은 좌우의 시위ᄒ니 벌우천지비인

〈32-뒤〉

간을 보미 처음이라 심청이을 인도ᄒ여 곳속의 뫼서 두고 조흔 술을 그
가온디 너허 두고 조고만한 빅옥병의 술 한 잔 담어쥬며 심청다려 이른
말이 세상의 나가시며 황후 되련이와 이 술을 집피 간수ᄒ엿다가 아모쩌
라도 붓친 만날 거시니 붓친을 주라 ᄒ며 집피 싱각ᄒ고 드리면 눈을 뜰
거시니 십분 간수ᄒ라 ᄒ거날 범인 간수할 비 아니로다 시여등겨 분부ᄒ
시되 심낭ᄌ 든 곳숭이을 조심

〈33-앞〉

ᄒ야 뫼셔다가 인당수 물살 우의 보기 족케 쓰여 두라 ᄒ오니 시여등이
감격 틴답ᄒ고 간 후의 심청이 감격ᄒ야 어진 덕틱 슈차 비스하고 곳속의
드려가 시여 등이 곳숭이을 뫼서다가 인당수 물결 우의 쯰여두고 드러가
이 곳 쓰닌 삼일만의 선인들이 기닌다가 보니 전의 업든 곳숭이가 물의
쩌여거날 자시 살펴보니 고히ᄒ고 밍낭하다 비을 딘여 곳슬 건저 노코 진
정ᄒ여 살펴보니 선즁이 황홀ᄒ야 선경과 갓튼지라 여러 선인들

〈33-뒤〉

이 꼿슬 노코 기작호니 식도 또 호난 고히호다 지츠 다시 살펴보니 만고의 엄난지라 꼿시 기묘호오니 천주씨 진승호면 필류즁승 되리로다 십분 조심호야 간수호여 황성 올나서 제기 진승호니 잇 쩌의 겨압서 우현이 상제 승민호고 슈심으로 기너더니 이 곳 어든 후의로난 만심환호호여 이 꼿슬 기묘 스랑호스 궐뇌의 숨기려 호시더라 숨겨 노코 들며 보고 날며 보고 쥬야 스랑

〈34-앞〉

호시더라 이 꼿슬 보실스록 세승에 업난지라 하리 저역이난 인적이 교호고 월식은 스면이 총총호난지라 화초을 구경하오니 화초 밧아리 엇더호 미인이 히롱타가 월식을 살피더니 더욱 조히 넉겨 정신을시 히롱호다가 인정기가 잇스니 잠시의 드러가 꼿속이 은신호거날 황제 보시고 고히 넉이여 귀신인가 인간인가 필유의 골절 인난 일이라 심졍만 치부호고 방을 드러 뵈서 호련 안즈 싱각호되 고히한 일이오니 닉일 밤의 지츠 야심이

〈34-뒤〉

보리라 만일 쏘 나오면 닉 손소 붓들이라 호고 이 밤이 어서 가기랄 급피 기다려쩌니 밤이 이무 되야난지라 만조빅관이 촉불을 발키고 조회을 밧고 나난 후의 야심이 님무 되얏난지라 쏘 나가시와 화초 밧쎄 가만이 은신호야 살펴본즉 디처 엇더한 미인이 꼿속에서 나오더니 좌우랄 살펴보고 월식을 살피더라 황제 본즉 만고의 절식이라 황제 급피 나의가서 부인의 옥수을 거머

〈35-앞〉

집고 디왈 엇든 부인이야 귀신인가 인간인가 연고랄 잇슬 거시니 사뮈 이 악을 ᄒ라 심낭ᄌ 디왈 부인이 아이라 여자 처자라 귀신이 아이로소이다 그러ᄒ면 나을 ᄯ라 가미 엇더ᄒ요 참 황젠 줄 알고 겨역을 이미 못하고 묵아니하로 ᄯ라가려 ᄒ드라 황제 깃분 스정 싱수의 더한지라 손을 마조 잡고 전승의 올나가서 촉ᄒ의 안처두고 ᄋᆞᆽ지 ᄉᆞ랑ᄒ시미 불사록 요죠ᄒ 얼굴이며 쳐연ᄒᆞᆫ 틱도난 세숭 사람이 아니로다 전후ᄉᆞᄆᆡ 일을 낫낫치 ᄒ 라

〈35-뒤〉

ᄒ오니 심청이 디체 이약을 알외되 천ᄌ ᄉᆞ람 ᄌᆞ식으로 우리국 잇습더니 일즉 모친 죽어 병든 붓친이 소여을 헐헐이 길너 십사세 되온 후의 기ᄒᆞᆫ 을 면치 못하와 병든 붓친 살이ᄌ 낙동중ᄉ 선인등기 소여 일신을 팔여 인당수의 ᄲᅢ저ᄯᅥ이 동ᄒᆡ용왕이 시여등을 출송ᄒᆞ야 옥교의 틱와다가 용궁 으로 다러다가 극진이 디졉ᄒᆞ고 시여 등을 시위하여 곳속이 감초왓ᄉᆞ오니 소여을 죽일실난잇

〈36-앞〉

가 처분더로 하압쇼서 황후 피석 디왈 수연이시 인간을 죽이난 법 이난잇 가 허난 도리와 슈련낭졍ᄒᆞ온 거동을 보실사록 ᄋᆞᆽ지ᄉᆞ랑ᄒᆞ사 시여 등을 불너 분부ᄒᆞ되 중궁으로 뫼서다가 평안이 뫼시라 하거날 시여 등이 평안 이 묘셧더라 잇 ᄯᅥ의 황제 심낭자 하든 말을 낫낫치 적어오라 ᄒᆞ오서 낫 낫치 보신 후의 황후로 봉ᄒᆞ시더라 틱일 전의 분부ᄒᆞ야 틱일을 제촉ᄒᆞ더 라 바든 날 신속ᄒᆞ야 임두ᄒᆞ온지라 시여 등이 날마당 잔체로 일솝더라

〈36-뒤〉

으복 호스 볼작시면 여려 식 비단을 필필이 드려다가 시여 등이 으복을
죽죽이 지여더라 혼스 볼즉시면 찰난함도 찰난ᄒ다 당일을 도ᄒ미 초리청
의 심낭자 나서시이 인간이 아이드라 천승선관이드라 힁의시의 화초평풍
이며 듯기 조흔 풍악소리 사면이 등천ᄒ고 슘천궁여와 만조빅관 조신들은
좌우의 시위ᄒ고 어엿분 심낭ᄌ난 시여 등게 시위ᄒ여 교비연석의 모서두
고 황

〈37-앞〉

제와 마조 서서 교비하난 그 거동은 할길 업난 신선이요 인간 스람은 아
니로다 존체을 다흔 후의 앙키니 밤이 니무 깁흔지라 시여등니 자리을 ᄒ
올 적의 비단 이불 피여노코 방안 치리 볼작시면 찰난함도 찰난ᄒ다 뫼서
방으로 뫼실 적의 삼천 시여 등이 시위ᄒ고 황제난 만조빅관이 시위ᄒ더
라 거동ᄒ실 제 궐니가 치는ᄂ 듯 초불이 휘힁ᄒ며 인인이 다 갈인 후 인
적이 조회ᄒ디 황제 원낭금침 동금석과 좌우의 평풍 쥴쥴이 노연난지라
슘술은 만고의 찰난ᄒ다 이지스랑ᄒ사 연분

〈37-뒤〉

은 비할 디 업더라 잇튼날 평영초의 심황후 좌귀ᄒ사 좌로 주렴 드려 만
조빅관과 삼천시여 등 문안ᄒ고 만조빅관 조회 밧고 궁중이 디소 스람의
법을 시힝 후 틱평셩디 조흘씨고 황제키 스랑하사 심황후 ᄒ신디로 다 시
힝ᄒ니 조정이 저신이며 천ᄒ의 만민들이 모다 승덕ᄒ니 강구의 동성은
철철이 알음답다 심황후 거동 보소 죽을 몸이 스려나서 황후 되엿씨니 영
화극진ᄒ고 어진 말

〈38-앞〉

삼 뉘 아니 층찬ᄒ리요 심황후 싱각흔디 망인 우리 붓친은 못실 여식을 녹코 수심으로 지니신가 그 ᄉ히 눈을 ᄯᅳ와 천지만물 이월성신 구경ᄒ난가 엇지ᄒ야 중궁의 드려 오신지 우금 희포 되여씨나 웃난 양을 보지 못하고 수심이 가득ᄒ니요 심황후 엿ᄌ오디 이럿타시 귀히 되며 빅ᄉ을 니 마암디로 ᄒ오니 무엇 불평홀 일이 업ᄉ오나 한가지 수심이 적존ᄒ오니다 황제 디왈 무삼 여한이 닛ᄉ리요 낫낫 고ᄒ라 ᄒ시니 심황후 엿자오디 병신도 만컨마난 우리국 우

〈38-뒤〉

리 붓친은 압 못보난 망인으로 부모 처ᄌ 엇더흔 줄 모라시고 여식이라도 안면을 모라시고 천지만물 일월성신 분별치 못ᄒ시니 이 아니 원통ᄒ나요 빅성들은 격양가을 부우며 틱평성디 노리ᄒ오니 불숭흔 것 망인 되신 빅성이라 황제 어진 덕틱으로 천하의 힝당ᄒ여 노소남여 망인 불너 존체 시번만 비설ᄒ오시면 우리 붓친 싱면할 듯ᄒ오니 ᄯᅩ흔 덕이요 싱전의 여한이 업ᄉ오니다 황제 디왈 층찬ᄒ시

〈39-앞〉

며 황후 어진 마암 이 아니 진진ᄒ실가 국가의 어진 일은 소소한 일노 어렵지 아니ᄒ오니 원디로 ᄒᄉ이다 잇튼날 조회 밧고 조정이 ᄒ교ᄒᄉ 만조빅관을 일시의 불으시고 삼천궁여을 불우시더니 좌위의 니럼ᄒ사 만조빅관들은 빅성들기 기별ᄒ며 잔치날 틱정ᄒ야 그 날노 오라 기별ᄒ올 적이 남여노소 업시 망인들 틱일을 적이 방방골골이 회문ᄒ라 하시고 시여등씨 말슴ᄒ되 느그등은 존체을 힘을 쓰어 각각 일심 정역ᄒ라

〈39-뒤〉

각각 맛겨 틱일날을 기다리더라 시여 등이 비면할 비 아이드라 디쇽민졍 살이난 인심이 슌후하야 방방골골이 남여노소 업시 틱평연을 빅셜하고 촌촌이 격양가로 이러타시 칭송ᄒ며 요지일월 슌지건곤이라 틱평셩디 조흘씨고 곳곳시 亽랑ᄒ오니 염여할 비 업亽오니 심이 제속후 왕의 소보을 볼 즉시면 흔늬의 연치 풍연ᄒ와 亽방이 일이 업고 천ᄒ틱평ᄒ오니 막비셩득이요 미업의 할

〈40-앞〉

일 업스니 다 션슝이 디별ᄒ사 신등이 말슴 갓틀진디 다 인인셩亽로다 십이제국의 갑곳방빅의 틱평연을 비셜ᄒ고 구즁의 가 즁한 것 망인된 빅셩이라 셰승이 싱겨나서 천지만물 구경치 못ᄒ오니 어든이 아니 불승흔가 시일이 속홀ᄒ와 틱졍ᄒ온 날이 졈졈 당도ᄒ거날 만조제신들이 각각 남여노소 업시 황셩으로 뫼시라 즌치을 비기들 말기 ᄒ라 각도의 회문 돌인지 삼일만의 빅셩들 망인드리 이 말 듯고 히히낭낭ᄒ며 츔을 추며 망인들만 뫼

〈40-뒤〉

와 낫낫치 손을 즈어 서로 인도ᄒ며 황셩으로 향ᄒ사 출서의 힝ᄒ며 줄봉亽 나온다 줄줄이 안치라 ᄒ여녹코 심황후 거동 보쇼 잔체랄 당ᄒ여 옥병의 술을 가지고 젼승이 좌기ᄒ여 쥬렴치고 문안의서 붓친 오시기 기다린다 아모리 오기랄 기다려도 아니 오와 망인들을 살펴본즉 우리 붓친은 아니 오셧스이 니 일이 원 일인기 병든 우리 붓친 어드 만금 오시난가 병이 드려 못오신가 셰승을 바리시고 아니 겨서

〈41-앞〉

못오신가 이 다음서 못오신가 오신 길 쵸럭난ᄒ고 인도하 리 업서 못오신
가 멀고 머난 우리국 기별이 업서 못오신지 이것 허사로다 그 ᄉ이 눈을
쓰여 천지만물 구경ᄒ오서 망인 아니시와 안오신가 익고 답답 수심이야
직츠 두 번 잔체을 붓치드라 두 번 잔체을 비설ᄒ든 차의 망들 쥴쥴이 느
러 안자 술을 가지고 붓친 완난가 살펴보니 붓친이 아니 오섯스니 홀노
안자 싱각ᄒ 늣겨운 심 층양치 못 다시 존체 비설ᄒ면 만ᄉ 일이라도 삼
세번 ᄒ면 근치난 것

〈41-뒤〉

시 이제 차세번을 경영ᄒ려ᄒ고 황제ᄭᅵ 엿ᄌ오디 한변만 ᄒ면 한이 업스
니다 잇 ᄯᅥ의 안오시면 세승을 바리올 쌋시 보니 나도 ᄯᅩ한 지결ᄒ여 지
ᄒ의 도라가서 우리 붓친 승봉할가 ᄒ야 심신이 살난ᄒ더라 황제 이 말
듯고 놀니 왈 그 이리 무순 어려오리요 천금갓튼 일신을 지결ᄒ고저 ᄒ시
난잇가 빅번이라도 어려오미 아니로소이다 이리 ᄉ소한 일이 귀흔 일신을
쥭고저 ᄒ시미 후이라도 희로올가 ᄒ나이다

〈42-앞〉

디단 귀저 왈 심황후 수식 디왈 부모을 어지 전ᄒ고 엇지 이러한 마음 업
스리 요란케 ᄒ나이다 존치날을 틱정ᄒ야 각구의 기별ᄒ고 그 날날만 기
다린다 잇 ᄯᅥ의 심망인은 심청이을 이별ᄒ고 주야 근심으로 겨니 쥭기 되
앗스이 동니 어런들과 승하 임민들이 차마 보기 민망하여 동즁이 공회 붓
처 홀노 인난 밍덕어미을 불너다가 달니여 강권ᄒ되 기왕 즈니 이 동니
홀노 잇고 ᄯᅩ한 빈천ᄒᆞ오니 심망인은 비가 십석이 너게다가 맛져시니 그

〈42-뒤〉

보닐 거시니 자너 일신 편할 거시니 그려ᄒ며 엇더하뇨 뺑덕어미 싱각ᄒ
되 디처 십석 쌀이 요족ᄒ나 이겻시로 탐홉되야 허락ᄒ니 심망인기 말ᄒ
되 이 동너 밍덕어미을 지취ᄒ여시니 서로 벗시나 ᄒ라 ᄒ즉 심망인 설운
중 이 말 듯고 감격ᄒ야 ᄒ난 말이 날만한 스람을 싱각ᄒ고 이려초롬 ᄒ
시니 은히을 엇더ᄒ리요 이왕 이러한 일이오니 밍덕어미을 보니소서 말
벗시나 ᄒ려ᄒ니다 즉시 빙

〈43-앞〉

덕어미 보니거눌 심망인 벗슬 어더 심청 싱각도 덜ᄒ더라 뺑덕어미 무승
ᄒᄉ 편편 놀고 오십석을 다 업세부린 후의 심망인 곤곤ᄒ미 쥬야 잣탓ᄒ
난 마리 나 혼자 잇서시면 이 양식 가지고 살 거살 원세 연 손이 허탕하
니 원통ᄒ고 분하다 불승불승 나의 심청 저의 부모 구완ᄒ자 제 몸 팔여
설이 닌난 너의 곡석 허탕하난 일 원통 원통ᄒ온지라 동너 스람드리 심망
인을 보고 지금 황성이 황튀후 하시 이친 경장ᄒ난 도리와 어진 덕틱 스
히의 진동ᄒ고 쏘ᄒ 망인들 다려

〈43-뒤〉

다 잔체을 하고 희훌ᄒᄉ 곳곳마닥 망인들 오라 회문이 왓스니 심망인도
가미 엇더ᄒ나뇨 심망인 이 말 듯고 줄기의 ᄒ난 말이 뺑덕어미 거 인난
가 뺑덕어미 나시면서 무슨 길겨운 일이 닛서 흔이 부르난잇가 심망인 ᄒ
난 말이 황성에서 망인들 쳥ᄒ여 잔치을 비설ᄒ오니 망인들 쳥ᄒ여 회문
을 들인다 동너스람이 그러ᄒ오니 황성 귀경이나 ᄒ려 주너 업스면 니 싱
수나 이련 말 할가마난 자너가 인

〈44-앞〉

도흐야 이 잔체의 참의하면 은공이 티산 갓고 후세의 공덕을 갑푸리라 뼹덕어미 거 잇서 니 말 ᄌ시 드려보소 장노의 단이자면 밍낭할 일 마니 잇고 히구흔 일이 닛슬 거시니 부디 조심흐고 의인 말을 조심하야 일구월심 불망흐소 나도 김작흐거이와 게집이란 거 귀가 열분다 흐기로 갈 ᄯ 마음과 올 제 마음 다르오니 게집이란 게 삼종지의 흐며 칠거지악이요이 다른 맘을 먹으리요 부디 조심흐여 날만 밋고 인도흐야 가시 날마당 당부흐며 길

〈44-뒤〉

을 인도흐여 디국을 건자간난 더 즁노의서 망인 흐나을 만나쓰니 심망인이 뉘신잇가 성명을 물은즉 황봉ᄉ 하난 말이 나난 황봉ᄉ압쩌니 황성존체 기별 듯고 겨요 가옵쩌니 피츳 망인으로 노즁에서 만나시이 이도 ᄯ한 연분이라 피츳 성명을 무른 후의 황봉ᄉ 하난 말이 면면 우리 망인 동유흐면 이 아니 연분인가 천신이 감동흐ᄉ 우리 망인들 ᄭ지 동힝흐면 피츳의 조흔 일이요 우리 부동

〈45-앞〉

형제 일을 싱각흐미 엇더흐나뇨 형제 이랄 ᄉᄌ면 무산 허물 인난잇가 흐며 미양 간청흐거날 심망인이 말듯고 싱각흐되 저난 혼몸으로 길을 간더 나난 우리 부부 간더 저 몸은 안즉 나히 연미흐고 저더지 만나 불경ᄉ로 싱각흐고 부동형제 이랄 밋ᄌ며 무산 허물인나야 저더지 간청흐오니 아모도 무산 변이 잇고 고히흐거날 심망인 디왈 그디난 혼몸이요 나난 우리 부부 동힝흐오니 아모리 망인으로 인ᄉ난 업거니와 남여가 부동석이라이 함게 가

〈45-뒤〉

미 불민ᄒ고 못슬 일이이 갈여가시 나도 싱각ᄒ오니 혼자 나도 싱각ᄒ오니 혼자 가면 그ᄃᆞᆯ와 동힝하미 올ᄒᆞ나 이도 ᄯᅩ한 부동형제간 되자 하미 피ᄌᆞ의 조ᄒ나 남여가 유별ᄒ니 ᄌᆞ너난 지ᄂᆞᆫ 지니ᄃᆞ로 가고 나난 나ᄃᆞ로 갈 거시니 다시 말 말고 어서 가오 황봉ᄉᆞ ᄃᆡ왈 심망인 엇지 그리 무정하시요 기왕의 우리 망인들 ᄭᅡ지 만나시나 부부형제로 ᄆᆡ자 이럿타시 함기 가미 조흘 닷ᄒ와 이러하오니 함기 가사이다 그ᄃᆡ 부인

〈46-앞〉

은 ᄂᆡ 보도 못하고 엇지 형제간 이랄 ᄆᆡ지오며 피ᄎᆞ 시속간 터이요 다란 마음을 먹으리요 황봉ᄉᆞ 하는 말이 기연코 가사이다 심망인 싱각ᄒ되 아미도 이 봉사안티 봉픠하기가 쉬울 닷 시퍼 마음이 불평한 중 황봉사와 동힝하여 길ᄎᆞᆺ의 갈 제 ᄲᅢᆼ덕어미 살펴보니 황봉ᄉᆞ난 인물이 춘수하고 안즉 연마하오이 마음이 합당하고 심망인은 노호ᄒ니 미우 황ᄉᆞ을 간청하거날 황봉ᄉᆞ ᄂᆡ 뜻슬 알고 피ᄎᆞ 눈을 마초와 피차 어악이 되야난지라 심

〈46-뒤〉

망인 일정 도라ᄃᆞ러라 삼인이 동힝할 제 한 고ᄃᆡ 다다르니 ᄲᅢᆼ덕어미 하난 말이 여게 제 나무 잇스이 일기가 ᄃᆡ단 훈중ᄒ오니 우리 삼인이 니 고ᄃᆡ서 자고 ᄀᆞ사이다 잇 ᄯᅢ난 하절이라 심망인이 싱각ᄒ되 날마당 저역의면 ᄆᆡ양 제집의 속을 알고 밤이며 숭질하노라 잠을 못잣더니 ᄃᆡ쳐 잠이 오거날 여게서 ᄒᆞᆫ숨지오미 당형하도라 ᄲᅢᆼ덕어미 거 인난가 어ᄃᆡ가 그늘인가 ᄲᅢᆨ덕어미 ᄃᆡ왈 여기가 기다 ᄒᆞ고 쉬여 안

〈47-앞〉

안ᄌᆞ 우리 삼인이 밋틔서 자고 가사이다 심망인 황봉ᄉᆞ와 하난 말이 여가 청풍이 서늘하여 ᄂᆡ 잠을 곤케 ᄒᆞ난고나 쎙덕어미 간청ᄒᆞ야 오라 하더니 물팍 우의 누이며 다정하기 누이거날 잠이 남무 집푼지라 쎙덕어미 모양 보쇼 황봉ᄉᆞ을 씨우면서 심망인 잠이 이무 깁퍼시니이 우리 양인 도망ᄒᆞ자 하거날 황망인이 반겨 듯고 양인 도망하니 슬푸다 심망인 전이 몰나 잠만 존다 비몽의 쎙덕어미 다 도망ᄒᆞ엿거날 ᄋᆡ결ᄒᆞ여 나을 두고 어ᄃᆡ 간가 무슈히 통곡ᄒᆞ다 씨다르니 남가일몽이라 헛분 마암 층양치 못

〈47-뒤〉

하와 쎙덕어미 불으면서 무삼 잠이 그리 깁퍼 이럿타시 모르나요 아모리 차즈나 도망한 쎙덕어미 어ᄃᆡ 잇스리 심망인 ᄉᆡᆼ각하니 무상하고 독한 인셍 성한 난편 두고 가기도 참 못할인ᄃᆡ 하물며 망인 남편을 이리 노즁의서 도망이 부ᄉᆞᆼ하고 독한 ᄉᆞ람 비몽이 허ᄉᆞ가 아니로다 ᄋᆡ절답답 설음이야 황성을 가자하고 나서오니 압이 캄캄하고 천지 영기가 아득ᄒᆞᆫ지라 심망인 ᄉᆡᆼ각ᄒᆞ되 세ᄉᆞᆼ 병신도 만컨마난 압 못보난 망인으로 새ᄉᆞᆼ 홍미와 이월

〈48-앞〉

성신 분별 못하오니 원통함을 층양치 못ᄒᆞ온지라 천힝으로 안히 어더 봉향한 정 만고의 두무더니 ᄂᆡ 팔ᄌᆞ 기험하여 삼세 되온 심청 두고 죽어씨니 헐헐한 거동 보지 못하올제라 겨요 헐헐 자라나서 십ᄉᆞ세 되온 후의 이ᄂᆡ 눈을 쓰여 천지만물 귀경하다 션인등기 제 몸 팔여 세수하라 ᄒᆞ고 가더니 죽언난가 ᄉᆞ란난가 소식이 망현ᄒᆞ오니 쥬야ᄉᆞ고경불미라 초월하리 철석간장 녹아난다 무ᄉᆞᆼ하다 쎙덕어미 불ᄉᆞᆼᄒᆞᆫ ᄂᆡ의 심청 붓친을 ᄉᆡᆼ각ᄒᆞ

〈48-뒤〉

고 둔 양식 다 말야 먹고 이 고디 와서 나을 두고 도망하니 불심한 마음
충양치 못호오며 이기난 어디난고 갈사록 티손이라 슬푸다 이닉 일신 죽
어 구천의 드려가 우리 심청 숭봉하이 세상 하직 원이로 어디 가 황성인
고 차자갈 길 만무하니 이럿타시 슬허하올 적이 비도조금수도 슬허하더라
맛참닉 한 나그가가 지기목발 쑤다리며 엇더한 스람은 팔자가 조와 이 고
디광실 놉푼 김이 옥식으로 일

〈49-앞〉

신이 요지반석갓치 기니난디 우리갓튼 몸은 나무 밥을 먹고 만첩산지 지
푼 골이 놉고 나진 상초목을 비여 부섭긔 질머지고 티산줄역 넘어올 제
시근쌈이 절노 난다 원수로다 원수로다 슈인씨가 원수로다 식보실이 전수
하고 삼천제지 거나리고 아방궁 놉피 안자 인화식 마련하와 나무 장목 마
련하와 우리 갓튼 일신을 이리 공흐거 한고 노리의 슬피 불의면서 기니다
가 드르니 엇더한 망인이 이결하고 한심짓고 가거날 동즈 이거살 보고 망
인님 게 잇스미 당현하도다 심

〈49-뒤〉

망인 이 말 듯고 감작 놀니 왈 뉘신가 동자 왈 나난 안즉 미흉흐나이다
말니 심중 소회 디강 노리부리고 가다가 망인은 디흐오니 말솜을 엿쥬려
흐고 이려흐나이다 망인은 어디 가신잇가 망인 왈 나난 심망인으로 유리
국 닌난디 삼세 되온 여아을 두고 처을 상처흐야 불상한 여식을 겨오 길
너 제 몸이 장성흐오니 친정 중흐난 도리와 쇄쇄흐난 법과 부모게 도리와
효도 극진하기로 닉 마흠이야 일신이 편하고 아모란 줄 모라

〈50-앞〉

오더니 저 밥을 빌노 갓기로 니람니람하기 ○○의 디온 쥴 모리고 가다가 긔쳔물의 빠저 이미 죽게 되얏쩌니 엇더한 화쥬숭이 니 나을 건저 쥬며 하난 말이 고양미 삼빅석을 불젼의 시쥬하면 싱젼의 눈을 써 쳔지만물과 이월셩신 구경하고 자식을 본다 하기로 반가와 집이로 도라와서 심쳥이 밥을 빌어 각고 오거날 낫낫치 하니 심쳥이 하난 말이 아모리 그러하면 돗타 하야도 쓸디 잇난잇가 하더니 션인 등씨 제 몸을 팔여 고양

〈50-뒤〉

미 삼빅석을 불젼의 시쥬하라 하고 빅석은 붓친의 양식하라 하고 안당슈 물의 죽은다 하고 가더니 싱사유물을 아지 못하오실 ○○○○ 울울하더니 맛참 뺑덕어미을 어더 간간한 니 양식을 허탕하고 잇든 차 디국서 망인을 청하야 잔체 붓친다 하기의 부부 동힝하다가 뺑덕어미 이 고더서 도망하고 나난 홀노 이 고승하가라 디국을 차자갈 길 만무함기로 디강 셴

〈51-앞〉

시 한탄이라 동자 이 말을 자시 듯고 호련이 싱각하되 니 몸도 고단하고 나무 집이 미여 이럿이 고승하니 망인게 존 일이나 하고 나도 바람이나 쇠고 이 망인을 인도하야 잔체의 함게 가려하고 망인을 디하야 이런 말을 낫낫치 고하니 심망인 이 말 듯고 반가와 보건디 망인인 쥴 알거니와 이럿탄 한 인셍을 인도하려 하오니 은혜 빅골난망인 되겻쏘다 동지 심망인을 인도하야 디국으로 갈시 디국 밋터 화동이라 한 동니가 잇스미

〈51-뒤〉

그 마리 안씨 여인니 잇쓰미 조실부모하고 으탁할 디 업서 삼초겨다 으탁
ᄒ고 잇스미 세월이 유미하와 어나닷 안씨밍인이 연광이 삼십이라 아즉
성취치 못하와 규중처자로다 평셍의 바라오미 황천만 바라더라 이러구러
기닉난디 ᄒ로밤이난 꿈을 어더 한 노닌이 겻티 안지면 옥슈을 어나만처
왈 헛세상만 ᄉ라나쑤나 나난 천승선관으로 너을 미양 싱각하면 불승하기
층양 업서 닉일 너을 쏭

〈52-앞〉

을 지여 너와 갓튼 ᄉ람을 만나 쥬어 빅연독낙함을 보려하쩌이 유리국 심
망인이 미구의 당ᄒ미 명일 오후전의 네 집 문하로 동ᄌ와 인도ᄒ야 황성
이서 망인들을 하야 세 변 잔체 당하야 갈 거시고 다란 연고 아니라 황티
우가 망인의 쌸노 귀히 되고 붓친의 눈을 쓰기 할 거시고 너을 다려다가
ᄯ 눈을 쓰기 ᄒ고 귀히 되야 금의로 봉친하올 거시니 부디 명일 오후전
의 문ᄒ의 갈 거시니 부디부디 님ᄒ다가 동자을 불너 인도ᄒ라 햐제을

〈52-뒤〉

보고 유리국 심망인이야 ᄌ시 ᄌ시 무러 방으로 뫼서다가 하리 저역의 유
ᄒ야 디국으로 가라ᄒ면 ᄌ연이 너을 청하야 귀히 되고 ᄒ거시라 네 평성
그 망인이 천승비필이라 부디 명심불망ᄒ라 연연이 당부ᄒ고 학을 타고
천승으로 가거날 안씨망인 놀너 씨다르니 남과일몽이라 헛분 심회 둘 디
업다 호련이 싱각ᄒ되 천승의 선관이라 필경 진실이로다 날을 기다릴 적
의 어서 깁피 도라오면

⟨53-앞⟩

즐겁긔 층양업도다 명일 디쳐 동자을 압세우고 기닉도다 안씨망인 문하의
디령하고 동즈야 인도하고 간 인간이 유리국 심망인이야 동즈왈 심망인이
올슴닉다 심망인을 디하야 왈 노집으로 가면 닉 숙소가 웝든디 잇스이 가
서 어안나나 흐고 가미 오을가 흐노라 동자난 잠간 쉬고 잇스라 흐고 심
망인을 인도하 숙소의 좌기하고 쳐연이 마조 안즈 조은 삼흐쥬을 곳잔의
다 부여 일빅 부일빅로 이럿탄 강권할 제 세상의 알들 하더라

⟨53-뒤⟩

심망인이 닐흐일비하야 마암이 요란훈 중 문왈 엇더한 여닌이 나을 디졉
하나요 안씨망이 문왈 나난 화동셔 스압고 조실부모하압고 으탁할 디 바
히 업셔 동기간도 업고 으지할 디 업셔 삼촌의긔 으지하야 닉 숙소을 졩
흐와 홀노 잇습고 셩은 안시요 압 못보난 망인으로 천지만물 이월셩신 분
별치 못하와 아즉 처자로 시일니 유미흐와 언간 삼십이라 작일 밤 일몽을
어드니 천

⟨54-앞⟩

숭 션관이 나려와셔 명일 오후난 유리국 심망인을 동자 인도하야 문흐의
인도하야 갈 거시니 부디 빙연독낙흐면 연분이라 다람이 아이라 심망인이
디국 잔체의 가며 망인들을 청하야 잔체 붓친더 황후가 심망인니 쌀이라
필경 눈을 들 거시니 그더도 귀히 될 거시니 흐로 져역이 유하야 동자와
동힝시겨여 보니면 천슝비필이니 부디 명심하라 하고 학을 타고 천슝으로
가거날 놀너여 찌다르니 남과

〈54-뒤〉

일몽이라 더쳐 오날 기다리이 심망인을 만나씨이 연분이요 피츠 압 못보
난 망인이 으지나 ᄒ고 기느사니다 심망인 니 말 듯고 잠간 싱각하되 처
의 하나이다 이런 인싱을 빙연동낙ᄒ자 ᄒ오니 각스ᄒ오니다 안시망인 흔
히 하야 식반을 츠릴 적의 온갓 반찬을 다 충비하야 승이 진승아 진승이
드라 안시 심망인 압퓌 버러노코 잡수시요 낫낫치 가라치니 심망인 하난
말이 인즈 무슨 허물

〈55-앞〉

물 인난잇가 동자 다려다가 졈승하여 주소 동즈 업시면 니 엇지 여기을
올가 오라 하여 식반을 먹은 후의 밤이 니무 기푼지라 방안치리 볼작시면
식별갓튼 요강터와 홍명쥬 접이불이며 봉학의 쌍을 지여 녹수지승 평풍이
며 스면으로 둘여노코 삼중석 되벽방의 원낭금친 자옥비기의 양신이 누어
으으하의 히롱하난 말이 오날 저역의 천만요의 우리 양인 만나 빙연독낙
하와 어악이 되이라 할 줄 모라고 올 적의난 설음으로 일을 삼고 수

〈55-뒤〉

심으로 벗슬 하고 동자로 인도하야 왓쏘다 피차 전후 사비 이약을 설화ᄒ
고 그날 밤을 기니온 후 동창이 발그미 계명일성이 씨다르여 식반을 속속
키 차리여 양인니 한 승이다 녹코 서로 가라치며 먹을 적의 온갓 스랑 긴
긴하더라 동자을 불너 압을 인도하라 하고 쩌나려 ᄒ니 안씨망인 ᄒ난 말
이 망인은 부디 가시와 잔체의 보시고 꿈이 하도 고이하오 형편을 보신
후 동즈을 압 세워시고

〈56-앞〉

부디 니 집 오시기을 쇠망하오니다 망인 왈 이필종부난 고황금니의 쩟쩟
하고 삼종지의며 칠거지악이니 부디 조심하고 슘닐 기니면 동지와 동힝하
야 올 거시니 평안이 잇스시면 슈히 올 거시이 일신을 보존하소서 ᄒ고
하직ᄒ고 동ᄌ을 인도ᄒ야 황성으로 올나갈 제 잔체 마당 당하야 죄기하
고 안저시니이 황후난 붓친 오기을 기다릴 제 오날 오신가 니일 오신가
식불감이 좌부란석이 능히 되시고 식음이 맛시 업서시

〈56-뒤〉

의 수심이 가득하사 골수의 병이 되시와 스싱이 되앗더라 만조빅관 제신
들이 엇지 황후기서 아모리 심회ᄒ시나 인ᄌ좃차 안오실나든잇가 너머 승
힉치 마소서 우리 등이 불완하와 당ᄒ기 죄송하압나니다 슘쳔시여 등이
식반을 츠려 복지 왈 편안이 마음을 잡수시압쇼서 우리 시등도 침식이 불
안ᄒ니다 황후 이 말 저 말을 싱각ᄒ오시고 심회로 기실 시 일 시여 왈
일망인니 동ᄌ을

〈57-앞〉

압시우고 와서 안자니다 심황후 잠간 문은 열고 살펴보니 과연 붓친이거
날 감작 놀니여 나려가 시여 등게 옥병의 술을 들이고 붓친 압퓌 죄기하
고 붓친기 술을 부어 붓친 압퓌 강권ᄒ오니 심망인 전이 몰나 다란 스람
이 술을 준지 알고 바다 먹은 후의 심황후 붓친의 손을 잡고 것쳐ᄒ시든
숙소로 인도할 제 설음을 억제ᄒ고 니당으로 인도 심망인은 외닌이 스랑
으로 인도ᄒ지 알고 짜라가거날 심망인 좌기ᄒ야 뫼서 노코

〈57-뒤〉

붓친 목을 안고 디셩통곡 왈 우리 붓친 싱전의 눈을 쓰여 천지만물 일월 성신 보신지 아라쩌니 이 날까지 이러시고 혹 몰나 붓친을 만나려 존체을 하야 회문을 돌여시나 우리 붓친 몰나시와 안오신가 하고 세 변 잔체 당 호오니 소식이 업시와 이제스 오셧시며 이럿탄 슬피 우니 만조빅관이며 숨천 시여들이 다 층찬왈 장호시고 장호시고 우리 황제 중하실 심황후 왈 아부님 엇더키 기니시며 말숨 호오시압 심망인 가로디

〈58-앞〉

너을 이별하고 주야로 설음으로 기니쩌니 쎙덕어미 호나을 어더 인숭이 못스마로 너 두고 간 양식을 헛탕진하고 겨요 기니든 차 디국서 회문 왓 다호야 오다가 황봉기 도적 맛고 양왓노라 심황후 이결 왈 어서 눈을 쓰 시와 여식을 승디호소서 급피 쓰실 줄만 아라쩌니 눈은 아니 쓰시고 말숨 만 호시압 그제야 다시 싱각 이가 터저 흐든 차 벗든 눈을 드여 쌀의 얼 골 싱면호오니 디처 관옥갓튼 얼굴 귀히 될제라 스면을 살펴보니 천지일 월이 밍낭호고

〈58-뒤〉

발그말 분별할니라 심황후 붓들고 이결 왈 우금 말숨호시든 말숨호소서 심망인 오다가 디국 밋티 화둥이라 한 동니가 인난 디 오난 길 초의 엇더 한 여닌이 나을 인도하야 숙소로 가더니 비몽 명일 오후 전의 심망인이 갈 거시니 부디 유인하야 빅연독낙하면 천숭빅필이라 부디 명심불망호라 호여 나을 유인호야 디접호고 오다가 동즈 호나 만나 나을 인도하야 오다 가 그려호

〈59-앞〉

엿씨며 이런 말 듯고 일희일비하고 아부임 니 말 드르소서 여식은 아부님 싱전의 눈을 쓰시와 천지만물 흐시기 바라고 낙동중스 선인들기 고양미 삼빅석을 불전의 시주하라 화주승기 여운흐고 그 날 물가의 죽으려 물의 바전더니 물 속의 용님니 시여들을 시기시와 옥교을 보니시 몸의 물 한 점이 업시뒤와 가가 일신이 요지반석갓치 꼿 속의다 두시와 친여갓치 이 지스랑흐시다 맛참니 황제 보시고 수궁의 다드시고 미

〈59-뒤〉

양 이지스랑하시다 천의 덕틱으로 황후을 봉흐사 일신이 조귀반석이로소 이다 심망인 이 말 듯고 즐겨와 너난 황후될 줄 어니 알며 망인은 눈뜰지 어니 알이 황후 급피 분분흐스 황제을 오라 하거날 황제 거동 흐스 장인 을 숭더흐니 으복이 남누흐오니 급피 시여을 불너 비단을 필필이 니리 으 복을 지라 흐고 중인을 보온 후 망인이 시시 말을 다하오니 황제 드르스 분노

〈60-앞〉

흐텬하야 나조을 불너 조신 뺑덕어미와 황봉스을 자바드리라 즈바왓거날 급피 죽이고 안시망인을 불망흐스 나조흘 시겨 뫼서다가 후원의다 좌기할 제 중인은 부영군으로 봉흐시고 안씨망인은 흐사 심망인 덕으로 흐여곰 일신이 요지반석으로 시월을 보니더라 잇 씨의 후원의다 뫼서노코 황제 조석으로 문안흐고 호련이 안자면 황후 엿즈오디 천신이 감동흐고 일월이 명낭흐기로 우리 부모임을 싱전이

〈60-뒤〉

뫼서다가 밧드며 슬ᄒ의 기닉오니 세숭의 무엇실 더 바라릿가 부모 슬ᄒ
의 이러그러 세월을 보닉더라 안시망인은 평싱의 ᄒ난 마음 엇지ᄒ야 일
월성신을 다 귀경ᄒ고 저 일신이 편○○라 믹양 슬퍼ᄒ더라 황후 엿ᄌ오
디 안시망 보시민 엿ᄌ오디 천신이 감동ᄒ고 일월이 볼구마로 우리 부모
님과 빅연기약을 ᄒ시려 문ᄒ의 디림ᄒ시다가 우리 붓친을 만나 ᄉᆞᆷ종지을

(이하 낙장)

정명기 소장 심청전 (낙장 51장본)

정명기 소장 번호로는 140번이고, 책 크기는 18.5 X 27 cm이다. 해행체 필체로 쓴 국한혼용 필사본이다. 앞부분은 낙장되어 있고 심봉사 부부가 태몽을 꾸는 장면으로부터 시작되고 있다. 간혹 이두체 한문을 사용하고 있다. 필사자는 다 써놓고 고칠 곳이 있으면 옆에다 "此下十四字는 加라"는 방식으로 바로잡고 있다. 이는 14자가 중복되었다는 뜻이다. 장승상 부인은 심청과 이별할 때 화공으로 하여금 심청의 화상을 그리게 하자 심청이 족자에 화제로 글을 지어 써넣는다. 장승상 부인도 글을 지어 심청에게 준다. 뺑덕어미는 "근본이 못된 계집으로 서방 열아홉을 얻어 다 잡아먹고 나이는 마흔여덟 살이라"고 자세히 소개된다. 동네 사람들이 심봉사에게 "속담에 이르기를 고리어도 젓국이 낫고 늙어도 할멈이 좋단 분수로 자네 장가 좀 안가려나"고 묻자 심봉사는 "밥은 굶어도 계집은 얻어야 하겠다"고 대답하는 등 심봉사가 희화화되어 있다. 심봉사가 외우는 방아타령 대사가 심한 성적 파탈을 보여준다.

정명기 소장 심청전 (낙장 51장본)

(앞부분 낙장)

〈1-앞〉

어여비 여기쇼셔 품안으로 왈칵 달여들거날 놀니여 깨다르니 南柯 夢이
라 兩主 夢事 議論ᄒ니 두리 갓훈지라 마음에 大悅ᄒ야 그날밤의 엇지ᄒ
여던지 그달봇틈 터기 잇셔 郭氏夫人에 어진 마음 席不正不坐ᄒ고 割不正
不食ᄒ고 耳不聽淫聲ᄒ고 目不視邪色ᄒ여 十朔이 잔 연후의 ᄒ로는 희복
기운이 잇던구나 이고 비야 이고 비야 이고 허리야 이고 허리야 심봉소
一邊은 반갑고 一邊은 츰일이라 겁을 니여 집자리 듸려 쌀고 시 사발에
정화슈 쇼반 우의 바쳐 녹코 坐不安席 찬훈 마음 순산ᄒ기 바리더니 힝기
가 진동ᄒ며 치운이 두르면셔 혼미 중에 탄싱ᄒ니 仙人玉女 쌀일네라 심
봉사 거동 보쇼 삼을 갈나 뉘여 놋코 만심훈히 ᄒ던 차에 곽씨夫人 정신
차려 순산는 ᄒ여시나 子女間

〈1-뒤〉

의 무어시오 심봉사 大笑ᄒ야 악가 아기 사실 만져 보니 걸임신가 바히
읍셔 숀이 나로비 건네가듯 하니 아마도 무근 죠개 횟죠개을 나는부다 郭
氏夫人 셥셥ᄒ야 만득으로 나은 子息 쌀이안이 셔운ᄒ오 쌀이 아들만 못
ᄒ여도 아덜도 잘못 두면 욕급선영홀 거시오 쌀이라도 잘 두면는 아덜 쥬
어 밧구겟쇼 우리 잇 쌀 고이 길너 禮節 몬져 가르치고 침션방적 다 식여
셔 금실우지 길거움과 종사지락 진진ᄒ면 外孫奉祀 못ᄒ릿가 첫국밥 얼는

지여 삼신상의 올여 놋코 衣冠을 正除ᄒ고 두 숀 합장 비는 말이 三十三
天 도솔천 황셕불졔셕 삼신졔왕임네 다 화위동심ᄒ야 다 구버 보옵쇼셔
四十後의 졈졔훈 쌀 훈 달 두 달의

〈2-앞〉

이실 미져 셕 달의 피 어리여 넉 달의 인힝 싱게 다셧 달의 오포 싱게 여
섯 달의 육졍 나고 일곱 달의 칠규 싱겨 四万八千 털리 나고 여답 달의
구규 열여 아홉 달의 졋실 먹고 열 달만의 참 짐 바다 금광문 활달몸을
고이 여러 順産ᄒ니 삼신임네 너부신 덕 白骨難忘 이지릿가 다만 독여 쌀
이오니 東方朔의 命을 쥬어 太任의 덕行이며 大舜 曾參 孝誠이며 길락의
節行이며 반히예 才質이며 촉夫人의 복을 쥬어 외 붓 듯 달 붓 듯 잔병
읍시 잘 각구와 日取月長 ᄒ옵쇼셔 더운 국밥 퍼다 놋코 산모을 먹인 후
의 심봉사 귀훈 마음 아기을 어룬다 金子童아 玉子童아 周遊天下 無雙童
아 허허 간간 니 쌀이야 니 쌀이야 포

〈2-뒤〉

진강의 슝향이가 네가 되야 還生ᄒ나 銀河水 織女星이 네가 되야는냐 金
을 쥰들 네을 사며 玉을 쥰들 네을 사랴 南田北土 장만훈들 이러케 반가
오며 산호 진쥬 어더신들 이러케 반가우랴 어듸 잇다 잇자 왓나 알눌알눌
니 쌀이야 어허 둥둥 니 쌀이야 니 쌀이야 이러틋 길기더니 뜻박기 郭氏
夫人 産後別증으로 만신이 듬슉 붓고 호흡이 쳔작ᄒ야 음食을 젼폐ᄒ고
定處읍시 알는구나 심봉사 겁을 니여 問의ᄒ야 藥도 씨고 굿도 ᄒ고 經도
일거 百가지로 치뢰ᄒ되 죽기로 든 병이 일분차회 잇실숀야 심봉스 기가
막혀 郭氏夫人 겟히 안자 만신을 두로 만지며 여보 마누러 이게 웬 일이
오 食飮을 젼펴하니 기허ᄒ여 그러ᄒ오 삼신임네 집탈

〈3-앞〉

인가 병세 졈졈 위중ᄒᆞ니 홀일 읍시 죽것구나 압 어두운 가장이며 강보의
어린 여식을 엇지ᄒᆞ랴시오 郭氏夫人 쏘ᄒᆞᆫ 사지 못ᄒᆞᆯ 쥴을 짐작ᄒᆞ고 家君
의 숀을 잡고 후유 ᄒᆞᆫ슘 길게 쉬며 눈물지여 ᄒᆞᄂᆞᆫ 말이 너에 평싱 먹은
마음 압 못보는 가장일숀 百年偕老 奉양타가 不幸이 万世 當ᄒᆞ오면 쵸죵
장사 쇼ᄃᆡ기를 졍셩ᄃᆡ로 지닌 후의 뒤을 ᄯᆞ라 죽겨더니 天命이 그 뿐인지
인연이 ᄭᅳᆫ쳐는지 홀일 읍시 죽게 되니 눈을 엇지 감고 가리 니 ᄒᆞᆫ 몸 죽
어지면 눈 어두운 우리 가장 흔 옷실 뉘ᄅᆡ셔 지여 쥬며 죠셕공양을 뉘가
ᄒᆞᆯ고 사고무친 혈혈단신 의탁읍시 집팡막ᄃᆡ 허터 집고 더듬더듬 다니다가
구렁으도 ᄶᅥ러지고 돌그도 치이여 너머져셔 身셰自탄 우는 모

〈3-뒤〉

양 눈으로 본 듯ᄒᆞ고 기흔을 못이기여 각각 문젼 단이면셔 밥 달난 실푼
쇼리 귀예 징영 들이는 듯 니 죽은 혼빅인들 차마 엇지 듯고 보며 名山大
찰 신공 디려 四十後의 나흔 子息 졋 ᄒᆞᆫ번도 못 먹이고 죽는 일이 무삼
죠오 어미 읍는 어린 거시 뉘 졋 먹고 사라날가 이 일 져 일 싱각ᄒᆞ니 멀
고 먼 황쳔질의 눈물졔워 엇지 가며 압히 막키여 어이 갈고 져 건네 李동
지ᄃᆡᆨ 돈 열 양 막게시니 그 돈 열 양 차자다가 쵸죵의 보ᄐᆡ 씨고 황안의
잇는 양식 解복쌀노 두엇다가 못다 먹고 죽어가니 出喪을 흔 然後의 두고
양식ᄒᆞ옵시고 진어사ᄃᆡᆨ 관ᄃᆡ 흔 벌 흉비예 학을 놋타 못다 놋코 보의 싸
셔 농안의 너허씨니 나무 즁ᄃᆡ흔 물건이라 나 죽기 젼의 갓다 쥬고

〈4-앞〉

뒷말 귀덕어미 졍친ᄒᆞ게 지닌씨니 어린아히 안고 가셔 졋좀 먹여 달나 ᄒᆞ

면 응당 괄셰 안홀테니 각금각금 먹여 달나 ᄒᆞ여 天幸으로 져 子息이 사라나셔 졔 발노 걸거덜낭 압풀 셰고 와셔 니 무덤을 가르쳐 쥬어 모여 상봉ᄒᆞ게 ᄒᆞ고 천명을 못 이기여 압 못보는 가장으게 어린 子息 ᄭᅵᆻ쳐 두고 영결ᄒᆞ고 도라가니 가군의 귀ᄒᆞᆫ신 몸 너머 이통 마옵시고 此生의 미진 ᄒᆞᆫ을 後生의 다시 마나 離別읍시 사옵시다 ᄒᆞᆫ숨 짓고 도라누워 어린아히 자바다려 나실 ᄒᆞ틔 대고 셔를 ᄭᅳᆯᄭᅳᆯ 츄며 天地도 무심ᄒᆞ다 귀신도 야쇽ᄒᆞ다 네가 진직 싱기거나 너가 죠곰 더 살거나 네가 나자 나 쥭으니 쥭은 어미 산 子息이 싱사가 무삼 죤야 뉘 졋 먹고 사라나며 뉘 품으

〈4-뒤〉

셔 잠을 자리 이고 이고 니 ᄶᅡᆯ이야 니 졋 망죵 먹고 어셔 어셔 자라나거라 앗차 니 이졋쇼 이 이 일홈은 심쳥이라 불너 쥬고 져 쥬랴고 지은 굴네 五色 비단 金子 박아 진쥬옥판의 힝사슐실 진쥬노링 부젼 다라 지향담의 너허씨니 업치락 뒤치락 ᄒᆞ거덜낭 날본 다시 씨여 쥬고 나라으셔 상사ᄒᆞ신 돈 ᄒᆞᆫ 푼을 슈복강영 太平安樂 兩片에 ᄉᆡ긴 것과 고은 홍션 괴불줌치 ᄭᅳᆫ을 다라 두어씨니 그것도 치여 쥬고 홀 말리 무궁ᄒᆞ나 숨이 갑바 못ᄒᆞ것쇼 ᄒᆞᆫ숨 쉬여 부넌 바람 颯颯悲風 되야 잇고 눈물지여 오는 비는 쇼쇼셰우 되야셔라 심봉사 기가 막혀 눈물을 이리 씨고 져리 씨고 여보 마누리 병든다고 다 쥭을가 그럴 이 읍지오 니 나가

〈5-앞〉

문병ᄒᆞ야 약을 지여 올 거시니 부듸 안심ᄒᆞ옵쇼셔 쇽쇽히 약을 지여 하로에 불을 부쳐 붓치질 활활ᄒᆞ야 슈릴싱 견반ᄒᆞ야 얼는 ᄯᅥ들고 와 마누리 잡슈시오 이 약 자시면 직회ᄒᆞ리라 아모리 ᄒᆞᆫ들 쥭은 사람이 이러날 슈 잇나 눈 발근 사람이면 드러감셔 알련마는 쥭은 쥴을 모로고셔 마누리 이

러나오 일러날 슈 읍사읍시면 닉 써넛치오 여보 더 즈시오 혼참을 써넛코
나니 발바당이 친친ᄒ여 찬바람이 이러나며 호련이 무셔운 기가 잇거늘
약사발 닉여 놋코 산모를 만져 보니 머리는 쌧쌧ᄒ고 슈족은 쳑 느러지고
목구먹그 찬 바람 나니 그계야 죽은 쥴 알고 심봉스 기절ᄒ야 이고 마누
리 이게 웬 일이오 여보 마누리 마누리 쳔호만한 부르면셔 참 죽엇난가
그짓 죽엇는

⟨5-뒤⟩

가 죽단 말이 웬 말이오 약지러 갓다오니 그 시예 죽어구나 약不活人이라
약이 도로여 원슈로다 죽을 쥴 아라더면 써나지 말고 잇셔 유언이나 드르
면셔 셔쳔셰역 연화셰계 환성ᄒ라 염不이나 ᄒ여쥴 걸 졀통ᄒ고 분ᄒ지거
가삼을 쾅쾅 두다리며 머리도 탕탕 부듯치며 발 구르고 호통치며 여보 마
누리 이게 웬 일이오 닉가 죽고 그디 살면 져 자식을 잘 키울디 그디 죽
고 닉가 살면 져 즈식을 엇지 키며 구차이 사자 ᄒ니 무엇 먹고 사라나며
함기 싸라가자 ᄒ니 어린 자식 어이ᄒᆯ가 동지 셧달 찬 바람의 무엇 먹여
키여니며 달은 지고 불 읍시니 침침혼 빈 방안의 비곱파 우는 了息 뉘 졋
먹고 사라나며 무엇 입고 사라날가 여보 마누리 마누리 죽지 마

⟨6-앞⟩

오 죽지 마오 平生의 定혼 일이 사싱동거 ᄒ지더니 皇天이 어더라고 날
바리고 어디 가오 져걸 두고 어디 가오 인제 가면 언제 오랴시오 쳥츈작
반호환향의 봄을 싸라 오랴시오 靑天有月來幾時에 달을 싸라 오랴시오 꼿
도 졋다 다시 피고 희도 졋다 쓰것만는 우리 마누리 가신 되는 가면 다시
못오는가 삼쳔벽도 요지 셔황모을 싸라간가 月宮姮娥 짝이 되야 도약ᄒ러
올나간가 회시졍 져문 날의 시씨夫人을 보러간가 나는 누을 차자 가리 이

고 이고 셔룬지거 이럿타시 셜리 울 졔 도화동 사람더리 老少間의 모와
안져 낙누ᄒ며 ᄒ는 말이 돗쳘ᄒ신 郭氏夫人 才질도 음젼ᄒ고 行實도 즘
잔터니 늑도 졈도 안이ᄒ야 不幸이도 죽거구나 심봉사 가긍ᄒ 형상

〈6-뒤〉

出상홀 길 읍네그레 우리 동니 三百餘戶 十時一반이라 미호의 디돈 슈렴
노와 감장이나 ᄒ여쥬어 엇더ᄒ오 공논이 여출일구ᄒ더니 不祥ᄒ 郭氏 身
체 의금관곽 졍이 ᄒ여 쇼방산 디쓸 우의 졀관ᄒ여 니여 놋코 명젼 공포
삽션 등물 좌우로 갈나 셰고 거리졔 지닌 후의 상두군 상부 쇼리 어이 가
리네 어호 어호 심봉사 거동 보소 어린아히 귀덕어미게 믹기고셔 굴관졔
복ᄒ고 집팡막디 허터 집고 상부 뒤치을 검쳐 안고 여보 마누리 여보 마
누리 날 바리고 어더 가오 나고 가새 나고 가새 멀고 먼 황쳔길에 날과
함기 드러가시 업더지며 잡바지며 쳔방지축 싸라갈 졔 向陽之地 잘 가리
여셔 고이 안장ᄒ 연후의 평토졔을 지닐 젹의 酒果脯 차려

〈7-앞〉

놋코 셔룬 지졍 축문 지여 일글랴 홀 졔 심봉사 이십의 안맹ᄒ여시나 본
디 글이 문장이라 축문의 ᄒ엿시되 차호夫人 차호夫人 오차죠시죽여ᅌᅥ여
상불괴어고인이라 기빅년이 희로터니 홀연몰ᅌᅥ 永귀로다 유지구이영셰ᅌᅥ
여 이걸 엇지 길너너리 귀불귀여쳔디ᅌᅥ여 어니 쩌나 오랴난가 탁숑츄이위
가ᅌᅥ여 보고 듯기 어렵고나 누산산이졈금ᅌᅥ여 졋는 눈물 피가 되고 심셩
셩이쇼혼ᅌᅥ여 살 길이 젼의 읍니 쇼회인자피ᄒ니 바라본들 어이ᄒ리 여상
츄의울도ᅌᅥ여 뉘을 이지ᄒ잔 말가 빅양모이월낙ᅌᅥ여 山은 젹젹 밤 깁푼디
어츄츄이두류ᅌᅥ여 무삼 말을 ᄒ소훈들 젹유현이노슈ᅌᅥ여 그 뉘러셔 위로
ᄒ리 션아삼지상봉ᅌᅥ여

〈7-뒤〉

차싱은는 홀 일 읍니 酒果脯醢박젼슈예 만이 먹고 도라가오 祝文을 익더
니 무덤을 검쳐 안고 여보 마누리 날 다려 가오 어려셔도 못 살것쇼 굴머
셔도 죽을 테니 어셔 진직 다려 가오 자식도 귀찬ᄒ오 가삼을 쾅쾅 두다
리며 머리도 탕탕 부듯치며 이고 이고 날 다려가오 죽기로만 드는구나 洞
內 사람더리 심봉사을 붓들고셔 말유ᄒ야 ᄒ는 마리 사자는 이외여든 죽
은 가쇽 짜라가고 산 자식을 엇지ᄒ랴시오 고분지통 간절하나 도라가사이
다 다리고 도라오니 심봉사 졍신차려 洞內 사람으게 百拜 치사ᄒ고 집으
로 드러가니 부억은 젹막ᄒ고 방안은 텡 비여넌듸 심봉사 실셩발광ᄒ야
부억도 구버보며 우리 마누리 거기 잇쇼 방안도 드러가셔 더듬더듬

〈8-앞〉

더듬으며 이고 마누리 어듸 갓쇼 이고 이고 늬 신셰야 ᄒ참 이리 셜이 울
졔 귀덕어미 아히 안고 말유ᄒ되 여보 봉사임 이 아히을 싱각ᄒ야 너머
시러 마르시고 젼역 진지 차려시니 진지나 잡슈시오 심봉사 졍신차려 셔
를 쓸쓸 차며 우리 郭氏夫人 情親ᄒ게 지닉더니 그 情의을 싱각ᄒ야 날을
이더지 위로ᄒ는 은혀 白骨난망 못 잇거이와 다시 부탁은 곽氏夫人 有言
도 잇거와 이 아히 죽고 살기는 밋는니 자닉로셰 귀덕어미 눈물을 씨고
ᄒ는 말이 그는 염예 마옵시고 진지나 잡슈시오 우리 아히 못 먹기들 이
이 셜마 궁기릿가 늬 종종 오리다 귀덕어미 간 연후의 형덩그러케 빈 방
안의 어린아히 안고 안져 이고 이고 늬 신셰야 이 자식을 엇지 킬가 박졀
키도 박졀ᄒ다 모지도다 모지도다

〈8-뒤〉

네으 못친 네을 두고 죽엇구나 우는 아히 달니우며 이고 니 쌀 우지 마라
네 우름 흔 쇼리예 구곡간장 다 셕는다 우지 마라 우지 마라 네 어만이
먼 듸 갓다 낙량동촌 이화졍의 슝낭자를 보러 갓다 죽상지 우는 혼빅 이
비을 보러 갓다 쩌난 날은 잇건만는 오는 날은 모르것다 아가 아가 우지
마라 아모리 달니여도 그져 응이 응이 우니 심봉사 기가 막허 아가 비곱
흔야 네가 복 잇시면 네 어만이 죽어것나 아나 니 져시나 먹어라 이고 이
고 니 쌀이야 네 눈으셔 눈물 나면 니 눈으셔 피가 난다 그날 밤을 시고
나니 어린아히는 기진ᄒ고 어두운 눈은 더 캉캄ᄒ고 졍신을 못차일 졔 東
方이 히번ᄒ야 날이 졈졈 발가지니 아히 져실 어더 먹이는듸 심봉사 게교
와 의사로 용케 어더 먹이던

〈9-앞〉

이라 아참날 동틀 젹의 우물가의 두리 쇼리 얼는 듯고 나셔면셔 우물가의
오신 夫人 뉘신지 모로오나 졋 이것던 존 일 ᄒ오 初七 안의 어미 일코
졋실 굴머 죽게 되니 이 이 졋좀 먹여 쥬오 졋 잇는 女人더리 뉘 안이 먹
여쥬리 女人더리 지시ᄒ야 잇 집도 아기 잇고 져 집도 아기 잇사오니 우
는 아기 안고 가면 누가 괄셰ᄒ오릿가 심봉사 그 말 듯고 우는 아기 품에
안고 흔 숀의 막더 집고 어린아히 품에 품고 어린아히 잇는 집을 차자가
셔 여보시오 夫人네들 덕아기 먹고 나문 졋 흔 통을 이 이 죠곰 먹여 쥬
오 비 곱파 우는 거동 차마 보지 못ᄒ것쇼 제발 덕분 존 일 ᄒ오 東西南
北 이결ᄒ니 졋 잇는 女人더리 철셕인들 안이 쥬며 도젹인들 괄셰ᄒ랴 初
二更

〈9-뒤〉

의 불을 쎠고 숨숨고일 ᄒ느라고 히히히히 낭자ᄒ니 더듬더듬 차자가셔

여보시오 夫人네들 혼 일에도 못간 아기 어미 일코 죽게 되니 이 이 졋좀
먹여 죠오 六七月 쏘약볏히 지음 미고 쉬는 女人 白石淸灘 시니가의 쌜니
흐는 女人덜도 그 이 이리 다려오오 져설 먹여 니여쥬며 부딕 어려 마르
시고 니일도 안고 오고 모리도 안고 오오 우리 아히 못먹인들 그 이 셜마
궁기릿가 동양졋 어더 먹여 아히 빅가 불눅흐면 심봉사 죠아라고 아히 안
고 도라온다 나무 그늘 이지흐야 안져 아히을 어룬다 아히 어루는 말리
다 봉사엿다 아가 아가 우는야 아가 날 보는냐 이고 니 쌀 비 불너라 一
年 三百六十日의 미양 이만만 흐여라 이 덕이 뉘 덕이야 夫人임네 덕이로
다 슈복강영흐

<h3>〈10-앞〉</h3>

옵쇼셔 어셔 어셔 자라나거라 너도 네에 모친갓치 션쳘 회힝 잇셔 아비
귀흠 뵈이여라 어여셔 고상흐면 쟝닉 부귀다남자 흔다더라 포단 덥퍼 뉘
여 눗코 시이 시이 동양홀 졔 각각문젼 단이면서 쌀도 엇고 벼도 어더 쥬
는딕로 바다 뫼고 흔달 육장 젼거 두어 흔 푼 두 푼 돈을 모와 어린아히
맘쥭차로 강엿도 사고 홍합도 사들고 더듬더듬 오는 거동 不祥흐고 가연
흐다 每月 朔望 小大忌을 그렁져렁 지닉가니 심쳥이는 쟝닉 귀히 될 사람
이라 天地鬼神 도아쥬고 졔불보살이 음죠흐야 잔병읍시 잘 키울 졔 졔발
노 거름거러 잔쥬렵 읍셔지고 六七歲가 되야가니 쇼경 아비 숀을 잡고 압
을 셔셔 인도흐며 十餘歲가 되야가니 얼골이 극식이오 인사가 민쳡흐고
효힝

〈10-뒤〉

이 츌천ᄒ고 쇼견이 퇵월ᄒ니 명동사인이라 붓친의 죠셕공양 못친에 기계사를 禮을 차려 依法히 홀 쥴을 아니 뉘 안이 칭찬ᄒ리오 ᄒ노는 심청이 제으 붓친게 엿자오더 아부지 듯죠시오 말 못ᄒ는 가마구도 쇼슈공산 져 문 날의 반포을 ᄒ엿시니 하물며 사람이야 미물만 못ᄒ릿가 눈 어두신 아부지가 놉푼 듸 나진 듸와 죠분 길 급ᄒ 길의 천방지축 다니시다 넘어지기 쉽삽고 구진 날 개인 날과 바람 불고 셔리 친 날 치워셔 병 나실가 晝夜 念예오니 니 나히 십여歲라 生我育我 父母임을 정성으로 봉양 못ᄒ오면 日後不幸ᄒ신 날의 이통ᄒᆫᄅᆯ 갑사오릿가 아부지 오날봇텀 집이나 보시면 니 나셔 밥을 비러 죠셕공

〈11-앞〉

양 ᄒ오리다 심봉사 이 말 듯고 어허 니 쌀 깃특ᄒ다 出天之孝女로다 人情은 그러하나 無男獨女 네로ᄒ여 밥을 빌너 니보니고 안져 바다 먹을 마음 당쵸 읍다 그런 말은 다시 말나 심청이 엿자오더 다 큰 자식 집의 두고 압 못보는 아부지가 밥을 빌너 단이시면 남이 욕도 ᄒ려니와 人事道禮 못되오니 고집지 마옵쇼셔 심봉사 올타 ᄒ고 기특ᄒ다 니 쌀이야 네 마음더로 ᄒ여라 심청이 그날봇텀 밥을 빌너 나간다 遠山의 히 빗치고 압마을에 연기 나니 벼즁으 단임 미고 말만 나문 흔 벼치마 압셥 읍는 흔 져고리 청목휘양 눌너씨고 보션 읍셔 발 벗고 뒤칙 읍는 흔 집셕이 모진 바람 살 쏜 다시 드러 분다 엽거름 쳐 숀을 불며 이 집 져 집 밥을 빌 졔 부억문

〈11-뒤〉

압 드러셔며 이궁이 비는 말이 모친은 세상을 바리시고 우리 붓친 눈 어

둔 줄 뉘 안이 모로릿가 흔 슐식만 들 자시고 쳐분디로 쥬옵쇼셔 압 못보
는 우리 붓친 기갈을 면케니다 보고 듯는 사람더리 마음이 감동ᄒ야 그릇
밥 짐치 장을 앗기잔코 더러쥬며 혹은 먹고 가라 ᄒ니 심청이 ᄒ는 마리
차운 방 병든 붓친 날 오기만 기다린디 나 혼자 먹사오릿가 밥비 밥비 도
라와 사립 안의 드러셔며 아부지 단여 왓쇼 그 ᄉ 만이 기다릿게쇼 칩긴
들 오직ᄒ며 빈들 오직 곱흐릿가 自然 지체되얏너다 심봉사 ᄯᅡᆯ 보니고 마
음 눗치 못ᄒ다가 ᄯᅡᆯᄋ 쇼릭 얼는 듯고 문을 펄젹 마죠 열고 이고 니 ᄯᅡᆯ
네 오는냐 두 숀을 붓드러다 입의 디고 후후 불며 발도 차다 어로

<12-앞>

만지며 이답도다 이답도다 네 못친 망칙ᄒ다 니 팔자 어린 네로 밥을 비
니 이 밥 먹고 사잔 말이야 이 어린 목슘 구차이 사라나셔 子息 고싱 시
기는가 이고 이고 셔룬지고 심청이 장흔 회셩 붓친을 위로ᄒ야 아부지 셔
러 마오 부모으게 봉양ᄒ고 子息으게 孝 밧기는 天理예 ᄯᅥᆺᄯᅥᆺᄒ오니 너머
경경 마르시고 진지나 잡슈시오 이러쳐로 봉양ᄒ야 春夏秋冬 四時節에 洞
內 거린 되얏구나 나히 점점 자라나니 才질이 민첩ᄒ고 침션 능난ᄒ야 洞
內집 바느질을 공밥 먹기 안이ᄒ고 삭을 쥬면 바다 못와 붓친의복 장만ᄒ
고 근근 연명ᄒ여 갈 졔 歲月이 如流ᄒ야 十五歲예 당ᄒ니 얼골이 츄유ᄒ
고 孝行이 至極ᄒ고 才질이 비범ᄒ고 슌졍이 안혼ᄒ야 天生여질이라 가르
쳐 行ᄒ랴 女

<12-뒤>

中으넌 君子오 好花中으는 牧丹이라 이러흔 쇼문이 원근의 ᄌᄌᄒ니 ᄒ로
난 月村 張承相宅 夫人이 沈小娣 말을 듯고 시비을 보니여 請ᄒ니 沈清이
붓친게 엿자오디 어류이 부르시니 엇지 안이 가오릿가 그러치야 가기를

일을 말이냐 심청이 엿자오디 萬一 가셔 더듸여도 잡슈다 남문 진지 반찬
슈져 상을 보와 탁자 우의 노와씨니 시장커던 잡슈시오 슈히 단여오오이
다 시비 따라 건네갈 졔 승상듹 잇는 곳실 먼듸로 지졈커날 숀을 따라 바
라보니 집안에 듸린 버들 은영흔 시상村이라 黃金갓턴 져 꾀고리 자라나
니 유사로다 큰 문안의 드러셔니 左便의 碧梧桐 말근 이실 바람결의 쑥
쩌러져 학의 꿈을 놀니 깨고 右便의 셧넌 반숑 淸風이 건들 불면 노용이
굼이난 듯 窓前의 심은 팟쵸

〈13-앞〉

日暖蕉窓鳳尾長이라 숙입이 기다라니 쎄여나고 樓下의 芙容塘은 碧水가
홍홍흐야 荷葉出水쇼여젼이라 입피여셔 동실 남작 징경은 쌍쌍 금부어 동
동 홍도 벽도 모란 작약 영산홍 화게을 우어씨니 슈문유듸쳔유식이요 만
원화긔부귀츈이라 中門 안의 드러가니 가사도 웅장흐고 문장도 흐려흐다
半白이 나문 夫人 衣裳이 端正흐고 긔부 풍영흐야 복기가 만흔지라 심청
을 잠간 보고 이러셔 숀을 잡고 네가 果然 沈淸이냐 듯던 말과 갓흐도다
잇그러 당의 올나 夫人이 기특이 역여 좌을 쥬어 안진 후의 가긍흐물 위
로흐고 자셔이 살페보니 연자방용이 국식일시 分明흐다 염용흐고 안는 티
도 白石淸江 시볏비에 모욕흐고 안진 졔비 사람 보고 나는 듯 悅惚흐 져
얼골은 天心

〈13-뒤〉

의 도든 달이 슈면의 빗치난 듯 츄파을 드는 거동 시볏비 말근 흐날 경경
흔 시별 갓고 靑山眉 가는 눈셥 初生달 영치로다 兩頰의 고흔 비슨 부용
화 시로 핀든 三山綠髮은 시로 자라난 난쵸로다 입을 여러 웃는 양은 모
란花 흔 숭이가 밤비 기운의 피고자 흐야 버러지난 듯 호치을 여러 말을

ᄒᆞ니 농상의 잉무로다 가는 허리 고흔 슈족 그림으로도 어렵고나 젼신을
살펴보니 分明호 仙女로다 桃花洞의 謫下ᄒᆞ니 月宮의 노던 仙女 빗 ᄒᆞ나
를 일러고나 오날날 네을 보니 偶然호 일이 안이로다 武陵洞의 니가 잇고
桃花洞의 네가 나니 武陵의 봄이 도러 桃花洞의 開花로다 탈쳔지졍기ᄒᆞ니
비범호 네로고나 네 니 말 드러바라 승상은 일직 기세ᄒᆞ시고 아들은 三兄
弟라 皇城

〈14-앞〉

의셔 仕환ᄒᆞ고 다른 자식과 숀자 읍셔 실하의 자미 읍고 눈 압히 말법 읍
셔 젹격호 빈 방안의 디ᄒᆞ난이 쵸불이오 길고 긴 겨울 밤의 보난이 고셔
로다 네으 형셰 싱각ᄒᆞ니 兩班의 후예로셰 져러터 궁곤ᄒᆞ니 니의 슈양쌀
이나 되면 문자도 힝십ᄒᆞ고 여공도 슝상ᄒᆞ야 기츌갓치 셩취시게 말년 자
미 보려ᄒᆞ니 네 쓰시 엇더ᄒᆞ냐 沈淸이 다시 ᄭᅮ러 안져 징징호 말쇼리로
단정이 엿자오더 명도 기구ᄒᆞ야 나은지 칠일만의 못친이 不幸ᄒᆞ야 世上을
바리시고 눈 어둔 우리 부친 날을 다리고 단이면셔 동양졋 어더 먹여 게
우 게우 자라시나 못친의 얼골도 모로오니 궁쳔지통이 ᄭᅳᆫ칠 날이 읍삽기
로 니 부모을 싱각ᄒᆞ야 남으 부모 공경터니 오늘날 承相夫人 견권ᄒᆞ신 기
푼 뜻시 미쳔ᄒᆞ물 혀

〈14-뒤〉

치 안코 쌀 삼으려 ᄒᆞ옵신니 못친을 다시 본 듯 황숑ᄒᆞ고 감격ᄒᆞ와 마음
둘 고지 읍사오니 夫人 말삼 듯사오면 니으 몸은 榮貴ᄒᆞ나 안밍ᄒᆞ신 우리
붓친 朝夕共養 四節衣服 뉘러셔 이으릿가 구로ᄒᆞ신 父母恩德 사람마닥 잇
거이와 至於나 ᄒᆞ야 난當이 別論이라 우리 붓친 안 게시면 니가 엇지 사
라시며 니가 만일 읍거더면 우리 붓친 나문 히을 맛칠 기리 읍사오니 오

죠 사져이 셔로 이지ᄒᆞ야 닉 몸 맛도록 기리 모시려 ᄒᆞ라이다 말이 맛치며 구실갓턴 눈물이 밋건이 듯건이 點點이 쩌러지니 夫人이 ᄯᅩᄒᆞᆫ 가궁ᄒᆞᆫ 물 위로ᄒᆞ야 등을 어로만지며 出天之孝여로다 네 말은 올코 닉 말은 失言ᄒᆞ여ᄯᅩ다 그렁져렁 날 져무니 沈淸이 다시 ᄭᅮ러 안져 엿자오디 夫人의 착ᄒᆞ시물 입어 죵일토록 모셧시

〈15-앞〉

닉 영광이 만ᄒᆞ오나 일역이 다힛시니 급피 도라가 父親의 기다리시물 위로ᄒᆞ것니다 夫人이 말유치 모ᄒᆞ야 마음의 연연ᄒᆞ야 치단과 픠물이며 양식을 후이 쥬어 시비 흠기 보닐 차의 夫人이 다시 말삼ᄒᆞ시되 네가 닉 말 못 行ᄒᆞ나 母女의나 두고 죵죵 만나보면 老人의 다幸이로다 심淸이 엿자오디 부인의 착ᄒᆞ시미 이까지 밋치신이 가르치물 밧들이다 ᄒᆞ며 ᄒᆞ직ᄒᆞ고 집으로 도라올 졔 잇 ᄯᅢ 심봉사는 ᄯᆞᆯ 보니고 혼자 안져시매 비는 곱파 등으 붓고 房은 차 寒氣 들며 잘 시는 나라들고 먼 디 졀 쇠북 치니 날 져문 쥴 짐작ᄒᆞ고 혼자말노 嘆息ᄒᆞ되 우리 ᄯᆞᆯ 심쳥이는 응당이 오련만는 무삼 일 잠착ᄒᆞ야 날 져문 쥴 모로난가 主人으게 붓들엿나 同侔 길의 잠착ᄒᆞᆫ가 사람 보고

〈15-뒤〉

쎙쎙 짓는 개쇼리예 심쳥아 오는야 반기 듯고 무단홀 졔 꼿 쩌러진 입이 窓의 와 부듯치니 沈淸아 오는야 반기 듯고 門을 열고 심쳥아 아모리 부른들 寂寞空庭의 人跡이 읍셔시니 더웁고 헛된 마음 쓸리도 날 쇼긴다 집팡막디 차자 집고 사립 박기 나가면서 아가 아가 네 오느냐 沈淸아 부르면서 나가다가 길이 너문 기쳔 물의 밀친 다시 쩌러지니 面上의 진흑이오 왼몸의 물이 져져 듸딜쇼록 더 쎈지고 나오랸직 밋그러져 흘릴 읍시 죽게

되야 아모리 쇼리혼들 日暮到窮 흐엿시니 뉘리셔 건져니리 眞所謂 活人之
佛은 谷谷有之라 맛참 잇 써 夢隱寺 화쥬僧이 졀을 重修흐랴 흐고 권션문
을 드러며고 시쥬집 나려갓다 졀노 올나가는 길이엿다 져 즁으 거동

〈16-앞〉

보쇼 실구랏 죽감토의 白苧布 큰 장삼의 당홍씌 눌너 씌고 구리白통 반은
장도 고롬의 늣게 차고 百八염쥬 목으 걸고 白통장식 육환장을 드문드문
골나집고 오는 거동 육환장 더사 명을 바더 용궁으 드러갓다 광약쥬 醉케
먹고 春風 石橋上의 八仙女 戱농흐든 승진이도 안이요 삭발은 도진션요
흔염은 죽장부다 흐던 사명당도 안이로다 나무아미타불 나무아미타불 지
달은도 石逕 빗긴 질노 흔들흔들 올나갈 졔 風便의 실푼 쇼리 사람을 求
흐나 흐거눌 겨비흔 마음으로 그 고실 차자가니 엇더흔 사람이 기川물의
써러져셔 어푸어푸흐여 거으 죽게 되야거눌 져 즁이 깜작 놀너여 굴갓 장
삼 버셔 놋코 집퍼던 육환장을 되는 디로 니던지고 行젼 단임 버

〈16-뒤〉

션 벗고 고두누비 바지가리 휠신 츄고 白鷺求魚格으로 징검징검 드러가셔
심봉사을 두르쳐 안아다가 개川가의 올여노니 前의 보든 심봉사 허허 이
게 웬 일이오 심봉사 반기 여기여 그게 뉘시오 小僧은 夢隱寺 화쥬싱이오
어 더사지 그러치오 活人之佛이로구 죽을 사람을 살여 니니 恩惠 白骨難
忘이로구 沈봉사을 잇글러 房의 뉘여 놋코 져진 衣服 벗긴 後의 물의 빠
진 事然을 무르니 沈봉사 身勢 自嘆흐야 前後 數말을 흐니 져 즁으 흐
는 말이 不祥흐오 우리 졀 부쳐임이 靈험흐야 비러 안이 듯는 일이 읍고
求흐면 청흐니니 功養米 三百石을 붓쳐임게 올이고져 神心으로 佛그흐면
丁寧이 눈을 써 完人이 되오리다 沈봉사 家勢는 生각잔코 눈 쓰리란

〈17-앞〉

말만 듯고 여보쇼 三百石 적어 가쇼 그 즁이 웃고 뒥 家勢을 보니 白米
三百石 出辦홀 길리 읍실 듯ᄒ여이다 심봉사 홰을 너여 여보쇼 엇던 시러
바 야들놈이 붓쳐임게 빈 말ᄒ고 눈도 못쓰고 안진박이 되게 사람만 읍슌
여기것다 밧작 기여들면서 어셔 적어가쇼 큰 무염나리 썩썩 적게 그졔야
화쥬싱이 바랑을 열고 권션문 너여 놋코 졔일승 발근지예 沈鶯貴 白米 三
百石이라 적어가지고 즁은 올나가고 沈봉사는 즁 보니고 화 쩌진 후의 싱
각ᄒ니 기가 막혀 혼자말노 ᄒ는 말리 功을 빌나다가 도로 죄을 어든 거
시니 이 일을 엇지ᄒ 말가 무근 근심 힛금심이 동모 지여 이러나니 탄식
ᄒ고 우는 말리 이고 이고 니 쌀이야 天心이 감동ᄒ미 후박이 읍건만는
엇던 놈의

〈17-뒤〉

팔자관더 형세 읍고 눈 머러 日月갓치 발근 거실 分別홀 길 前의 읍고 妻
子갓턴 지정간을 對ᄒ여도 못 보것니 우리 亡妻 살아시면 죠셕근심 읍실
거실 다 커가는 쌀자식으로 밥을 비러 근근호구 ᄒ는 즁의 三百石 쌀리
어디셔 나리오 호기 잇게 적어 놋코 百가지로 싱각ᄒ되 防策이 읍셧시니
이 일을 엇지ᄒ잔 말고 빈 단지을 기우려도 ᄒ 되 곡식 바히 읍고 장농을
手探ᄒ니 ᄒ 푼 돈이 어디 잇나 一間斗屋 八字 ᄒ니 風雨을 못핏커든 살
사람 뉘 잇시리 니 몸을 팔자 ᄒ니 分○이 싸지 안이ᄒ 則 니라도 안사건
네 이고 이고 셔룬지고 엇던 사람은 팔자 죠아 耳目이 完專ᄒ고 手足이
俱備ᄒ야 子孫이 滿堂 곡식이 陳陳 財物이 盈盈ᄒ야 用之不褐 叛之無

〈18-앞〉

禁 그리운 거시 읍것만는 나는 무슴 죄로 이 몰골이 되단 말가 이고 이고
셔룬지거 혼참 이리 안져 울 졔 심청이 거동 보쇼 밥비 밥비 도라와셔 다
든 房門 펼젹 열고 아부지 부르더니 父親의 居動 보고 깜짝 놀니 달여 들
어 이고 이게 웬 일이오 나 오난듸 보랴 ᄒᆞ고 門 박기 나오시다 이런 욕
을 보와겟쇼 이웃집을 가시다가 이 봉변을 당ᄒᆞ엿쇼 칩긴들 오직ᄒᆞ며 분
ᄒᆞ긴들 오직 홀가 張承相 老夫人이 구지 잡고 말유ᄒᆞ야 어언간의 더듸엿
소 承相宅 시비 불너 부억히 불 너라 ᄒᆞ고 쵸미자락 쓰르다가 눈물 흔젹
씨치면셔 어느시 밥을 지여 父親 압히 상 듸리고 아부지 진지 잡슈 국을
먼져 즙슈시오 이거신 반찬이오 이거신 짐치오 沈봉사

〈18-뒤〉

空然이 홰을 니여 나 밥 먹기 실타 아부지 어듸 압파 그러시오 니가 더듸
왓다 怒여ᄒᆞ여 그러시오 아니로다 그러ᄒᆞ시면 무삼 걱정이 게시잇가 네
알 일 안이로다 沈淸이 기가 막혀 아부지 그 무삼 일 此下十四字는 加라
일 안이로다 심청이 기가 막혀 아부지 그 무삼 말삼이오 나는 아부지만
밋고 아부지는 날만 밋고 大小事을 議論터니 오날날 말삼이 아라 씰듸 읍
다 ᄒᆞ니 父母의 근심이 子息으 근심이라 니 아모리 不孝혼 女息인들 말삼
을 안이ᄒᆞ시니 마음이 섭섭ᄒᆞ여이다 훌젹훌젹 안져 우니 심봉사 놀너여
아가 아가 우지 마라 니가 무삼 말을 쇠기랴만는 만일 네가 알거더면 至
極혼 네 마음이 걱졍만 되것기로 말ᄒᆞ지 안이 ᄒᆞ엿노라 악가 너 오난 듸
보라 ᄒᆞ

〈19-앞〉

고 사립 박기 나가다가 깃쳔물의 싸져 거으 죽게 되얏더니 夢隱寺 화쥬싱
이 나을 건져니여 놋코 功養米 三百石을 붓쳐임게 神심으로 불공ᄒᆞ연 丁

寧이 눈을 써 완인이 되리라 ᄒ기예 셩셰는 싱각잔코 홧짐의 젹어 쥬고 다시금 싱각ᄒ니 分젼츌쳐 읍는 즁의 三百石이 어더셔 나리오 도로여 후회로다 심쳥이 이 말 듯고 방긋 웃고 ᄒ는 말이 후회을 ᄒ시면 신심이 못 되오니 아부지 어둔 눈이 만일 발가보량이면 삼빅셕을 아모쪼록 쥬션ᄒ야 몽은사로 올이리다 네 아모리 ᄒ다 ᄒ들 百尺간두 홀 슈 이나 아부지 그 말 마오 녯일을 싱각ᄒ니 왕상은 고빙ᄒ야 어름 궁기 이어 잡고 밍죵은 읍쥭

<h3 align="center">〈19-뒤〉</h3>

ᄒ야 눈 가온더 쥭슌 나니 사체지회가 젼사람만 못ᄒ오나 지셩이면 감쳔 이라 아모 걱졍 마읍쇼셔 萬端으로 위로ᄒ고 심쳥이 그날봇텀 목욕직게 졍이 ᄒ고 後園의 단을 뭇고 등불을 도도 달고 북두칠셩 횡야반의 正華水 흔 그르셰 분힝지비 비는 말이 간지 모월 모일의 심쳥이는 신셩근고우 上 天 일월셩신이며 지화후토 산악셩황 오방신지 화빅 셔가여러 팔금강 사보 살 십황셩군 강임도영 下○ᄒ읍쇼셔 ᄒ올의 日月 두미 사람의 眼目이라 日月이 읍사오면 무삼 분별 잇쇼릿가 아부의 무子生身 三十前의 眼盲ᄒ와 五十이 당ᄒ도록 黑白을 모로오

<h3 align="center">〈20-앞〉</h3>

니 아부 허물을 쇼여 몸으로 디ᄒ옵고 아부 눈을 발키쇼셔 이러탓 빌기를 마지 안이ᄒ더라 一日은 乳母 貴德어미 오더니 아기씨 이상흔 일이 잇십 듸다 무삼 일이던가 엇더흔 놈더리 이십여명이 단이면서 十五歲된 處子을 갑실 쥬고 사란다고 단이오니 그런 미친놈더리잇쇼 심쳥이 졔 마음의 반 게 자니 그 사람 즁의 노슉ᄒ고 위인이 즘잔흔 사람 ᄒ나만 담박기로 다 려오쇼 예 ᄒ고 가더니 다려오니 츠음의 유모 ᄒ던 말노 사람을 사려 ᄒ

던 사연을 무른이 우리는 본이 황셩 사람으로셔 비을 타고 萬里他國의 장
사 단이옵더니 가는 물길의 인당슈란 물이 잇사와 變화不側ᄒ여 영낙읍시

〈20-뒤〉

몰사ᄒ옵기여 十五歲 된 쳐자을 사셔 산 치 곱게 졔슉으로 그 물의 듸리
친 則 水路 萬里을 무사이 왕니ᄒ고 장사으 퇴을 니옵기로 싱이가 원슈로
사람 사러 단임니다 어디 몸팔여 ᄒ넌 쳐자가 잇시면 갑실 달나는디로 쥬
고 살남니다 심쳥이 썩 나셔며 여보 나는 본촌 사람으로셔 우리 붓친 안
밍ᄒ야 功養米 三百石을 불젼의 시쥬ᄒ면 눈을 떠 발가보리라 ᄒ되 形셰
가 지빈ᄒ야 分젼츌쳐 읍기로 니 몸을 팔여ᄒ오니 날갓턴 사람도 살 테이
면 사가 엇더ᄒ오 션인 ᄒ번 보던이 精神이 읍시 허낙ᄒ고 그 익日의 쌀
三百石 夢隱ᄉ로 슈운ᄒ야 올인 후의 行般 날을 무른則 三月十五日의 發
般ᄒ다 ᄒ거눌 심쳥이 붓친

〈21-앞〉

게 엿자오디 功養米 三百石을 준비ᄒ야 몽은사로 올여니다 심봉사 깜작
놀니여 엇지 그리ᄒ여넌냐 심쳥이갓턴 出天大孝가 父母으게 빈말ᄒ랴만는
사셰不得이라 日前 張承相宅으셔 슈양딸 삼으려 ᄒ되 붓친이 게시기예 시
양ᄒ고 왓삽더니 則今 사셰을 싱각ᄒ니 功養米 三百石을 판츌홀 길 바히
읍셔 이 말삼을 ᄒ온則 슈양딸 삼으시고 三百石을 쥬더이다 그러ᄒ여야
아마도 承相夫人이라 약곡이 다르시다 슈록을 만이 ᄒ시것다 그러키여 그
아달 三兄弟가 환호의 등양ᄒ시거던 그러나 兩班의 자식이 갑실 밧고 판
단 말이 쳥문의 고히ᄒ다만는 그 夫人 쌀노 팔인 거시야 누가 말ᄒ거넌야
언계나 다려 가신다넌냐 니月 十五日의 다려가신다 ᄒ옵듸다 어 그 일 미
우 잘 되엿다 父친

〈21-뒤〉

마음 위로ㅎ고 심청이 그날봇팀 곰곰 싱각ㅎ니 눈 어두운 白발노친 영결
ㅎ고 죽을 일과 사람이 셰상의 나셔 열다셔시 죽을 일과 精신이 아득ㅎ야
일도 쓰시 읍고 식음을 젼폐ㅎ고 우름으로 지닉더니 다시금 싱각ㅎ니 업
쳐진 물이오 쏘아논 살이로다 닉가 사람실디 父친 의복이나 쌀니ㅎ리라
ㅎ고 츈츄의복 상침졉것 하졀의복 쐬며 눗코 게을의복 솜을 두어 보의 싸
농의 넛코 관망가지 시로 ㅎ여 끈을 다라 벽의 걸고 힝션날을 시아리니
ㅎ로밤이 격ㅎ지라 밤은 격젹 三更인딕 人跡은 고요ㅎ고 등잔은 히미ㅎ고
두 무릅 바로 안고 호슙을 길게 쉬니 아모리 出天大孝라도 마음이 온젼ㅎ
랴 붓친의 신은 보션 볼이나 망죵 바딕랴 ㅎ고 바를의 실을 쑤여들고 안
졋시니 가

〈22-앞〉

삼이 답답 두 눈이 침침 히음 읍는 눈물이 간장으로 쇼사나니 붓친이 찌
우실가 크게 우던 못ㅎ고셔 경경열열ㅎ야 얼골도 딕여보고 슈죡도 만져
보며 날 볼 날이 몃밤이오 닉 흔 몸 죽어지면 뉘을 밋고 사로실가 이 답
답 우리 붓친 닉가 쳘 안 연후의 밥 빌길을 노아더니 닉일붓팀 동닉 걸인
되거구나 눈친들 오직ㅎ면 별신들 오직홀가 우리 훈틱 百世나 지리 모시
다가 이별을 당ㅎ여도 망극혼 이 셔름이 어늬 고지 읍시려던 허물며 生이
별이 그 엇더ㅎ오이오 우리 붓친 困혼 신셰 사라셔 게시잘들 공양을 엇지
ㅎ여 죽어 황쳔의 도라간들 이통을 누가 ㅎ리 엇던 연의 팔자관덕 쵸칠
안의 못친 일코 붓친죠차 이별ㅎ니 이런 이별 쏘 잇는가 화양낙일슈운간
은 쇼동국의 모자이별 편삽슈유 小一人은 농상

〈22-뒤〉

의 兄弟이별 西出陽關無故人은 渭城으 붕우이별 이런 이별 만흐여도 사라
셔로 당흔 이별 쇼식 드를 날이 잇고 만나볼 찍 잇거이와 우리 부여 이별
이야 어늬날의 쇼식 알며 어느 찍예 맛나볼리 도라가신 우리 못친 지부로
드러가고 나는 이졔 죽거더면 슈국으로 갈 거신이 모여 상봉흐랴 흔들 가
는 고시 달나시니 만나볼 길 젼의 읍니 슈국으셔 황쳔가기 몃千里이나 머
도던가 집으로 가는 길의 뭇고 물어 차져간들 너가 엇지 모친을 엇지 알
며 모친이 엇지 날을 알가 만일 모친 뵈옵는 날의 붓친 쇼식 묵거던면 무
삼 말노 딕답흐리오 오날밤 오경시을 함지예 머무르고 너일 앗참 쓰는 히
을 부상지예 미양이면 어여쏠사 우리 붓친 더 모시고 보연만은 日去月來
을 그 뉘러셔 막으리오 天地가 사졍 읍셔 이익고 달기 우니

〈23-앞〉

아차 아차 달가 달가 우지 마라 半夜秦관의 밍상군이 안이로다 네가 울면
날이 시고 날이 시면 나 죽는다 나 죽기는 셥셥잔퇴 의지읍는 우리 붓친
엇지 잇고 가잔 말가 흔참 이리 셜리 울 졔 東方이 히미흐야 날이 장차
발가지니 붓친 진지나 흐랴 흐고 門은 열고 나셔니 어늬시 션인더리 사립
박기 쓩굿쓩굿 셔며 여보시오 오날이 行션 날이오니 슈이 가게 흐옵쇼셔
심쳥이 이 말 듯고 일신슈죡을 벌벌 썰고 얼골이 식이 읍소 목이 칵 머여
여보시오 션인네덜 오날 힝션날인 줄을 이무 아라 거이와 몸 팔여가는 줄
을 붓친이 아직 모로오니 만일 알거더면 진지도 못 권흐고 지리 고통흘
거시니 잠간 지쳬흐야 진지나 망종 지여 잡순 후의 흐직흐고 가사이다 그
러흐오 심쳥이 드러가 우름으로 밥을 지여 붓친 압히 상 드리

〈23-뒤〉

고 아모죠록 진지 만이 잡슈게 ᄒ로라고 상머리예 마죠 안져 자반도 쩨여 슈져 우의 놋코 쌈도 싸 입의 넛코 이거신 국이오 이거신 짐치오 이거신 고기오 이거신 졋시오 심봉사는 아모란 쥴 모르고 오날은 반찬이 미우 죠구나 뉘 집으셔 지사 지닌는냐 심청이는 붓친 모르게 쇽으로 홀젹홀젹 우니 심봉사 귀 발근 체라구 네가 곱불 들여구나 부자쳔륜이어던 엇지 몽죠가 읍실숀야 어졔밤의 ᄭ움을 ᄭ위니 이상ᄒ더라 네가 큰 슈리을 타고 ᄒ읍시 가 뵈이더라 슈리라 ᄒ는 거신 귀ᄒ 사람이 타는 거시라 아마 무삼 죠흔 일이 잇실가부다 承상딕 夫人 네 다려갈 졔 가마 틔여 다려갈나나부다 그의 ᄯᆞᆯ이 되얏씨니 그러야 올치 심청이는 져 죽을 ᄭ움인 쥴 알면셔도 그짓 그 ᄭ움

〈24-앞〉

좃쇼이다 진지상 물녀니고 담비 피여 올인 후의 사당의 ᄒ직차로 다시 셰수ᄒ고 눈물 혼젹 읍시 ᄒ고 후원의 도라가 사당문 가만이 열고 통곡지비 하직홀 졔 不孝女息 심청이는 아부 눈 ᄯᅳ기를 위ᄒ야 三百石의 몸을 팔여 人當水 졔슉으로 가오니 오날붓텀 죠죵향화을 ᄭᆞᆫ사오니 불셩영모 ᄒ나이다 사당문 탁 다고 우루루 나오더니 붓친으 목을 안고 아버지 부르더니 ᄯᅡᆨ 기졀ᄒ여구나 심봉사 ᄭᆞᆷ짝 놀니여 아가 아가 네가 이게 웬 일이냐 어허 이 이가 회가 동ᄒ여구나 아가 아가 졍신차려 말ᄒ여라 반향후의 인사차려 목며인 쇼리로 아부지 아부지 닉가 불회여식으로 아부지을 쇠기엿쇼 功養米 三百石을 누가 날을 쥬것쇼 남경 션인 상고덜게 인당슈 졔슉으로 몸을 팔여 오날

〈24-뒤〉

날 죽으러 가오니 날을 망종 보옵쇼셔 심봉사 기가 막허 이고 네 이게 웬
말이냐 이고 이고 네가 니게 못도 안코 네 맘디로 혼단 말이냐 못가리라
못가리라 네가 살고 니 눈 쓰면 그는 은당 허련이와 네가 죽고 니 눈 쓴
들 그게 차마 홀이냐 네 어머니 네을 낫고 初七만의 죽은 후의 눈 어둔
늘근 놈이 품안의다 네을 안고 이 집 져 집 단이면셔 동양졋 어더먹여 져
만치나 자라기로 니 아모리 눈 읍셔도 네을 눈으로 알고 네 어미 죽은 셔
름 차차 잇져더니 네가 이게 웬 일이냐 안히 죽고 자식 죽고 니 사라 못
엇흐리 네을 파라 눈을 쓴들 눌 보자고 눈을 쓰랴 엇던 놈에 八字관디 四
窮之슈 된단 말가 네 이 션인놈더라 장사도 좃커이와 사람 사다 죽여 졔
슉흐는디 보와는냐 흐날임

〈25-앞〉

으 어진심과 귀신의 발그심으로 앙화가 읍실숀야 눈 먼 놈에 무남獨女 쳘
모로난 어린아히 남 모로게 유인흐야 갑실 쥬고 솟단 말가 돈도 실코 쌀
도 실코 눈 쓰기도 니스 실타 네 이 놈덜 무지혼 놈더라 녯글을 드러바라
칠년태한 가물 젹의 스룸 죽여 빌나흐니 湯임군의 어진 마음 너가 ○슈
비난 비는 百姓을 爲하미니 스룸 죽여 빌 양이면 니 몸으로 디흐리라 몸
으로 히싱되야 剪爪斷髮 신영百모 上林들의 비르시니 大雨方數千里라 잇
런 일도 잇는이라 ᄎ라리 니 몸으로 디신흐미 엇더흐냐 이 놈덜 날 죽여
라 平生의 믿친 마음 죽기가 원이로라 이고 나 죽는다 지금 나 죽그니 네
으 쌀이 어더 잇스랴 숭악혼 디젹놈더라 싱스룸 죽이는 거시 디젼통편 큰
일이라

〈25-뒤〉

익고 익고 궁굴면셔 혼을 일코 쒸놀 적의 沈淸이 싹 붓들고 아버지 아버
지 남으 타시 안이오니 常談펴셜 마옵쇼셔 아버지 눈을 쩌셔 디명天地 다
시 보고 축실혼듸 즁가 드러 쌀을 낫고 아들 나와 아부지 後事을 專호고
不孝女息 沈淸일낭 生刻지 마옵쇼셔 심봉亽 펄젹 쓰여 익고 이것 그 말
마라 妻子 잇실 八字로야 이런 일이 잇것는냐 날 바리고 못가리라 죽어도
갓치 죽고 亽르도 갓치 술고 고기밥이 되야도 갓치 되ᄌ 쒸놀며 痛哭호니
般人덜리 다 울며 여보시오 영좌영감 出天大孝 심청이는 이르도 마옵고
심봉亽 져 兩班 그 안이 不祥호오 우리난 십시一般이니 져 양반 平生 衣
食을 당호여 쥬어 엇더호오 그 말 좃쇼 그리 호옵시다 쌀 이百石 돈 三

〈26-앞〉

百兩 白木 麻布 각 호 통을 洞中에 듸리 놋코 도亽공이 구별호되 이 돈
三百兩은 田畓을 스셔 착실혼 亽름 맥게 도지도 읍시 耕食하며 심봉亽을
공궤호되 白米中 열닷 셤은 當年 量食 除之호고 남은 百餘石은 즁이로 훗
터 쥬어 年年이 취식호면 평生이 넉넉호고 白木 麻布 各 호 통은 亽철 衣
服 장만호야 이 쓰시 공문 니여 洞中에 견즁호라 호고 심쇼졔을 지쵹호야
가ᄌ 홀 졔 武陵村 張承相 夫人이 이 말을 드르시고 시비을 급피 보니여
말솜호시되 니 드르니 죽으러 간다 호니 生前에 날을 망죵 보고 가라 호
시니 심청이 시비 흠기 우름으로 건네가니 承相 夫人 門 박기 멀이 나와
심청으 숀을 줍고 눈물지여 호는 말이 네 이 무

〈26-뒤〉

상혼 亽름아 나는 네을 子息으로 아는듸 네는 날을 어미으로 아니 아는쏘
다 아비 눈 쓰기 위호야 죽그러 간다 호니 孝誠은 至極호나 네 世上에 사

라 잇셔 孝ᄒ는 이만 ᄒ것는냐 當初예 날다려 그 말ᄒ엿시면 일언 일이
읍지야 잇쓸고 드러와셔 쌀 三百石 니여쥴 거시니 般人덜 니여 쥬고 갈
마음 두지 말나 심청이 이 말 듯고 비회을 씨리치○ 天然이 엿ᄌ오디 當
初에 말숨치 못ᄒ온게 이제 後悔ᄒ들 엇지 ᄒ오며 쏘ᄒ 爲親ᄒ야 功을 빌
양이면 엇지 나무 무명ᄊᆡ훈 직물을 바리오며 白米 三百石을 도로 니여 쥬
ᄌ ᄒ들 션인들 인時狼狽 그도 쏘ᄒ 어렵쏩고 ᄉᆞ롬이 ᄉᆞ롬으게 몸을 ᄒ번
허락ᄒ고 言約을

〈27-앞〉

즁ᄒᆡᆺ다가 다시 背約ᄒ온면 小人에 간중이라 그도 行치 못홀 테요 허물며
갑실 밧고 數朔이 지닌 後에 ᄎᆞ마 엇지 나실 드러 무슴 말을 ᄒ오릿가 노
친 두고 죽난 거시 이회상회 ᄒ는 쥴을 모로는 배 안이로더 天明홀 일 읍
습니다 夫人에 ᄒ날 갓턴 恩惠와 측ᄒ신 말숨은 죽어 지하에 도라가도 結
草報恩ᄒ오리다 夫人이 쌈쪽 놀니여 다시 보니 密密ᄒ 기운 더옥 嚴肅ᄒ
더라 부인이 ᄎᆞ탄ᄒ여 ᄎᆞ마 놋치 못ᄒ며 통곡ᄒ야 ᄒ는 말리 니 네을 안
연후에 親女갓치 情을 두어 一時을 못잇더니 目前에 죽으러 가는 거실 ᄎᆞ
마 보고 살 길 읍다 네 화상이나 그려 두고 보것시니 화공을 불너 오라
화공이 등디ᄒ니 깁 쪽ᄌ 니여 놋코 여보아라 예 심

〈27-뒤〉

쇼졔 얼골 쳬신 입은 바 의복이며 슈심게워 우난 형용 갓치만 줄 그리면
즁상홀 거시니 졍신듸여 줄 그려라 네 ᄒ던이 쪽ᄌ에 죠슈ᄒ야 유탄을 숀
에 들고 이익키 보다 업데면셔 이리 그리고 쏘 드러 보다가 쏘 져리 그리
더니 五色丹青 화빌 박아 좌을 버려 놋코 丹青菜色 먹여 노니 黑雲갓턴
헌튼 머리 白玉갓턴 愁心 얼골 눈물 혼적 分明ᄒ고 가는 허리 고흔 슈쪽

夫人衣服 구김살 天然훈 심쇼졔 헐헐 쩌러 거러노니 沈小졔 둘이로다 夫
人 이러셔며 右手로 심쳥에 목을 안고 左手로 畵像을 어로 만지며 통곡ᄒ
야 실피 우니 심쳥이 울며 엿ᄌ오디 夫人은 前生에 니 부모시니 어늬 날
에 모시릿가 글 훈 슈을 지여 졍을 푀ᄒ

나이다 이 화상에 게러 두고 보시면 증험이 잇쇼리다 부인이 반기 역기여
필묵을 니여 노니 화상 쪽ᄌ에 화졔 모양으로 붓실 드러 굴을 씰 졔 눈물
이 피가 되야 点点이 쩌러지니 슘이슘이 꼿시 피여 그림에 쪽ᄌ로다 그
글에 ᄒ엿시되 싱시ᄉ귀 一夢間ᄒ니 전졍ᄒ필누산산가 세산에 최유단즁쳐
ᄒ니 草○江南에 人未환을 이 글 뜻신 ᄉ롬의 죽고 ᄉ는 거시 훈 ᄭ움 쇽에
잇ᄂ니 엇지 졍에 잇글이여 눈물을 홀이리오만는 세간의 가장 익ᄯᆞ는 꼿
시 잇시니 풀풀인 강남의 ᄉ롬은 가고 못오난쏘다 부인이 놀너여 네 글을
보니 진실노 션여로다 이번길에 네 마음이 안이라 分明훈 仙女로다 젹ᄒ
ᄒ여 나려왓다 인간 인연 다ᄒ기로 上

帝게셔 부르시도다 니 쏘훈 츠운ᄒ리라 깁 훈ᄶᆞᆺ 쏫티 니여 얼는 쎠 심쳥
을 쥬니 심쳥이 바다 본즉 그 글에 ᄒ엿시되 무단풍우야니혼ᄒ야 吹送명
화낙희문을 씨고 인간을 턴필염ᄒ사 강교부여단졍息을 무단훈 풍우 밤에
와 어두온이 명화을 부러 보니여 희문에 쩌러졋도다 人間에 젹ᄒᄒ여 괴
로온 일을 ᄒ날이 아르시사 아비와 ᄌ息으로 ᄅᆫ케 ᄒ시도다 심쳥이 글을
바다 품에 품고 우름으로 離別홀 졔 武陵洞 男女老少 으시 뉘 안이 통곡
ᄒ리 심쳥이 건네 오니 심봉ᄉ 심쳥을 붓들고 쮜놀며 이고 아가 나고 가
ᄌᆞ 너 혼ᄌᆞ는 못가리라 죽어도 갓치 죽고 네와 갓치 니가 가셔 졔슉이 되

야도 히 웁시리라 나와 흠기 가즈 심청이 엿즈오디 天倫을 끈

〈29-앞〉

코 시퍼 끈ᄉ오며 죽고 시퍼 죽ᄉ릿가만는 일회가 슈에 잇고 生死가 限이
잇셔 人力으로 못ᄒ온이 부디 안심ᄒ옵쇼셔 人情으로 ᄒ여셔는 쩌날 날이
웁게 되니 심청이 다시 엿즈오디 天命이 홀 일 웁셔 가옵닉다 洞內 스룸
붓탁ᄒ여 즈으 父親 爲로ᄒ라 ᄒ고 선인덜 짜라갈 졔 쓰을이난 쵸미즈락
거듬거듬 겹쳐 안고 헛터진 머리 두 귀 밋히 듸리우고 비가치 흐르는 눈
물 옷기시 스못츤다 잡바지며 업더지며 붓들이여 나가다가 건네집 바라보
며 아모개네 큰아기 상침질 슈놋키을 눌과 흠기 ᄒ랸난가 上年 五月 端午
日에 秋千ᄒ고 노던 일을 네가 힝여 싱각거던 우리 붓친 위로ᄒ고 압집
즈근익기 今年 七月 七夕夜에 흠기 결교 가지더니 이졔는 허사로다

〈29-뒤〉

나는 임에 爲親ᄒ야 永決ᄒ고 가건이와 나 죽으러 가는 일은 秋毫도 셥존
ᄒ되 依止 웁는 우리 父親 哀痛ᄒ야 상홀가 나 죽은 魂이라도 水國怨魂이
되것시니 네으 날을 生刻거든 極盡공경 ᄒ여다구 洞內男女 어루신네 子子
單身 우리 부친 洞中만 밋고 가니 집히 집히 生刻ᄒ옵쇼셔 눈물노 ᄒ직ᄒ
니 洞內 男女老少 웁시 눈이 붓게 모도 울고 ᄒ날임이 아르신지 白日은
어더 가고 淫雲이 즈옥ᄒ고 靑山는 씽그리난 듣 江水는 오열ᄒ고 휘느러
져 곱던 꼿시 비실 일은 것 갓고 요요ᄒ 버들가지 죠는 드시 느러지고 春
鳥는 多情ᄒ야 百般啼ᄒ는 즁에 못노라 져 꼿소리 누을 離別ᄒ엿관디 喚
友성 개개 울고 뜻박기 杜견성은 귀촉도 불여귀라 月空山 어디 두

⟨30-앞⟩

고 진정졔송 단장성을 네 아모리 가지 우에 불여귀라 울것만는 갑실 밧고 팔인 몸이 다시 어이 도라가리 바람의 날인 곳시 나셰 와 부듯치니 쪠여 들고 바라보며 악도츈풍불히이면 화인취송낙화리오 흔무졔 슈양공쥬 미화 장은 잇것이이 죽으랴 가는 몸이 뉘을 위흐야 단장흐리 츈산에 지는 곳시 지고 시퍼 지냐마는 바람에 쩌러지니 졔 마음이 안이로다 니 일신 박명홍 안 져 곳과 갓탄지라 죽고 시퍼 죽으랴마는 사셰불득이라 슈어슈귀 어이 흐리 흔 거름에 우름 울고 두 거름에 도라보며 강두에 다다르니 션인더리 실명 너여 빈머리에 좃판 놋코 심쇼졔을 모셔올여 비장 안에 안쳐놋코 돗 다라 어기야 어흐고 작취와 다라 놋코 닷 감르라고

⟨30-뒤⟩

어기야 어흐고 닷 감아 드러 언고 연장 차려 물 우에 씌여 놋코 북을 둥 둥 우리면셔 지향읍시 나간다 범피즁유 쩌나갈 졔 망망흔 창희오 창창흔 물결이라 白빈쥬 갈머기는 홍요안에 나라들고 三湘에 기러기는 沃水로 도 라든다 요량흔 나문 쇼리 어적이언마는 곡죵인불견애 슈봉만 푸리엿다 과 니셩즁만곡슈 날노 두고 이르미오 長沙을 지너가니 가퇴부 간곳 읍고 명 나슈을 다다르니 굴삼여애 어복츙혼 무량도 흐시던가 황학누 당두흐니 일 모양관하쳐시오 연파강산사인슈는 최호의 유젹이오 봉황더 다다르니 삼산 은 半落青天外 오슈는 中分白鷺州라 이太白이 노던 되요 심양강을 당

⟨31-앞⟩

頭흐니 白樂天이 一去後에 핏파쇼리 끈어지고 赤壁江을 그져 가랴 蘇東坡 에 노던 風月 이구흐야 잇것만는 曹孟德이 一世之雄 以今에 安在哉요 月 落烏啼 깁푼 밤에 姑蘇城에 비을 미니 寒山寺 쇠북쇼리 客般에 쩌러진다

秦淮水을 건네가니 격강훈 상여덜은 亡國훈을 모로고서 연롱훈 슈月농수 훈듸 슈경화만 부르더라 쇼상강 드러가니 岳양누 놉푼 집이 반공에 덩실 쇼산는듸 東南으로 ㅂ라보니 五山은 千첩이오 초슈는 만회로다 반죽에 져 진 눈물 이비훈을 씌여 잇고 雨山에 쓰는 달은 洞庭湖에 빗치엿다 上下天 光이 거울 쇽기 푸리엿다 창오산 두른 니는 黃능묘예 잠게셔라 山陜에 존 나비는

〈31-뒤〉

子息 찻는 실푼 쇼리 遷客騷人이 멋멋치냐 눈물 짓고 쇼상팔경 다 본 후 에 行션홀야 홀 졔 향풍이 이러나며 옥퍼쇼리 들이거늘 죽임 시이예로 엇 덧훈 두 부인 仙관을 놉피 씨고 즈ᄒ샹 셕유군의 신을 쓰러 나오더니 져 기 가는 심쇼졔야 네 날을 모르리라 창오산 봉상슈졀이라 둑샹지 우는 눈 물 千츄에 깁흔 훈을 ᄒ쇼홀 곳 읍셔더니 지극훈 네 회셩을 ᄒ례코즈 니 왓노라 요슌후 기쳔연의 지금은 어늬 ᄺ야 오현금 남풍시을 이졔가지 젼 ᄒ던냐 슈로 말이 먼먼 길의 죠심ᄒ여 다려 오라 홀연이 간듸 읍는지라 심쳥이 싱각ᄒ되 이는 이비로다마는 죽으러 가는 날을 죠심ᄒ여 단여오란 말이 진실노 고히ᄒ다 셔산을 당두ᄒ니

〈32-앞〉

풍낭이 이러나며 찬 기운이 쇼삽ᄒ며 쏘 훈 스람이 나오난듸 키는 구쳑이 나 되고 면여거륨ᄒ고 미간이 광훌훈듸 눈을 감고 가족을 무름씨고 우루 루 나오더니 실푸다 우리 오왕 빅빈의 춤쇼 듯고 쵹누검을 날을 쥬어 목 질너 죽게 ᄒ고 치의로 몸을 싸셔 이 물의 던져씨니 장부의 원통ᄒ미 월 병멸오 역역히 보려 ᄒ고 너 일직 눈을 쎄여 동문의 거러더니 과연이 보 와노라 그러나 몸에 감은 이 가족을 뉘니셔 벽겨 쥬며 눈 읍는 게 훈이로

다 이는 뉜고 ᄒ니 오라랴 츙신 오ᄌ셔로다 명나슈을 다다르니 엇더ᄒ 두 부인이 학본으로 나오ᄂᆞᆫᄃᆡ 압히 ᄒ 스룸 왕ᄌ에 기싱이오 얼골에 거문 ᄲ ᄂᆞᆫ 일국슈식이오 의상이 남누ᄒ니 쵸슈일시 分명ᄒ다 눈물

⟨32-뒤⟩

지여 ᄒᄂᆞᆫ 말이 인답고 분ᄒ 거시 진나라 숀임 되야 삼연 무관에 고국을 ᄇ라보며 미디혼이 되얏구나 쳔츄의 깁푼 ᄒ이 초혼죠가 되야ᄯ니 박낭퇴 셩 반기 듯고 쇽졀읍시 洞졍달의 헛춤만 츄엿노라 뒤애 ᄒ 스룸은 안식이 쵸체ᄒ고 형용이 고고ᄒᄃᆡ 나ᄂᆞᆫ 쵸나라 굴원이라 쵸혀왕을 셤기다가 ᄌ란 의 참쇼 듯고 드러온 몸 시치랴고 이 물의 와 ᄲᅡ져ᄯ니 어여ᄲᆞᆯ사 우리 임 금 수후에나 셤기리라 ᄒ엿더니 잇 ᄯᆡ에 와 모셔노라 나 지은 글이 졔고 향지모萬여 심황고왈百쳔이라 유쵸목지영낙해여 공미인지지모로다 셰상의 문장지사 몃몃치 외오더냐 그디ᄂᆞᆫ 위친ᄒ야 회로 죽고 나ᄂᆞᆫ 츙셩을 다 ᄒ 엿더니 츙회ᄂᆞᆫ 일발이라 위로코져 니 왓노

⟨33-앞⟩

라 창히 萬里 먼먼 길의 평안이 가옵쇼셔 심쳥이 싱각ᄒ되 죽은 졔 슈쳔 연 졍빅이 나마 잇셔 스룸으게 보이니 이도 다 귀신이라 나 죽을 증죠로 다 실퍼 실퍼 탄식ᄒ되 물에 ᄌᆫ 졔 몃 밤이며 비여 ᄌᆫ 졔 몃 날이냐 거연 ᄉ오식의 물가 갓치 흘너가니 금풍ᄉ비셕기ᄒ니 옥우학이징영이라 강안이 귤농ᄒ니 황금이 쳔편이오 蘆花風起ᄒ니 白雪이 萬点이라 신포셰우 지난 닙과 우로쳥풍 불거ᄂᆞᆫᄃᆡ 괴로올ᄉ 어션덜은 등불을 도도 달고 어가로 화 답ᄒ며 도도난이 슈심이오 海반쳥산은 봉봉이 칼날 되야 벼히난이 슈창이 라 日落長沙秋色遠ᄒ니 不知何處弔湘君고 송옥에 빗츄ᄒ이 녜셔 더 실풀 숀야 童女을 시러ᄯ니 진시황에 採藥빈가 방ᄉ

〈33-뒤〉

는 읍셧시니 漢武帝에 구션빈가 지러 죽쟈 ᄒ니 션인더리 슈직ᄒ고 스라
셔 가쟈 ᄒ니 고국이 창망ᄒ다 ᄒ 고실 당두ᄒ야 다실 쥬고 돗실 쥴 졔
이 고신 인당슈라 광풍이 이러나며 바다히 뒤눕으며 어용이 싸오는 듯 벽
역이 나리는 듯 디쳔바디 ᄒ 가온디 노도 일코 짜도 일어 용춍도 것고 기
도 싸지고 ᄇ람 불고 물결쳐 안개 뒤눕고 ᄌᄌ진 날의 갈 길은 千里萬里
나 남고 四面이 어두어 天地 젹막ᄒ여 혼불신ᄒ고 고스기게 츠일 젹에 셤
쌀노 밥을 짓고 동에슐의 三色실과 오싀탁슈 방위 츠려 갈나 놋코 큰 돗
ᄌᄇ 통치 살마 기ᄂ다시 밧쳐 놋코 심청을 목욕시게 精혼 衣服 입혀 비
머리 안쳐 놋코 도스공이 고사ᄒ 졔 북을 둥둥 우리면서 현원씨 비

〈34-앞〉

을 지여 이졔불통ᄒ신 후의 후싱이 본을 바다 다 각기 위엽ᄒ니 막디혼
공 이 안이릿가 ᄒ후씨 九연지슈 비을 타고 다스리니 오북에 장훈 공셰
구쥬로 도라들고 오ᄌ셔 불노홀 졔 노개로 건네 쥬고 희셩의 피한 장슈
오강으로 도라들 졔 비을 미여 기다렷고 공명에 탈죠화는 동남풍을 비러
니여 죠죠의 십만디병을 쥬유로 화공ᄒ니 비 안이면 엇지ᄒ리 쥬요요이경
야ᄒ니 도련명의 귀거리오 임슐지츄치월 기망의 죵일우지쇼여ᄒ니 쇼동파
노라잇고 지국총 으스와 ᄒ니 고예중유무졍거는 어부에 질겁이오 게도난
요ᄒ장포는 오히월여 치련쥬오 타국발션 ᄒ군향은 상션이 그 안인가 우리
동모 시물네 명 상고로 위엽ᄒ야 십오셰예 죠슈 타고 경

〈34-뒤〉

셰우경연에 뢰빅셔남 단이더니 오늘날 인당슈에 졔슉을 듸이오니 동희신

아명이오 남희신 축용이오 셔희신 거싱이오 북희신 용강이오 강호지장과
천퇵지군이 졔슉을 힘향ᄒ야 일쳬 동심ᄒ옵쇼셔 비렴으로 바림 쥬어 희약
으로 인도ᄒ야 할난읍시 듯보시고 百千萬金 퇴을 너여 쇼망을 일우어 쥬
옵쇼셔 북을 둥둥 빌기를 다흔 후의 심청을 물에 들나 셩화갓치 지쵹ᄒ니
심청이 훌릴 읍셔 도화동으로 向ᄒ야 아버지 나는 죽쇼 눈이나 쯧옵쇼셔
쇼불도렴ᄒ고 쵸미폭을 무름씨고 비머리예 웃둑 셔며 물에 풍덩 ᄲᅡ져노니
향화는 풍낭을 좃고 明月은 희문에 ᄶᅥ러졋쏘다 선인 젹국 정신 일코 앗츠
앗츠 不祥ᄒ

〈35-앞〉

다 ᄉ공영ᄌ 통곡ᄒ고 젹군화장 업데 울 제 출쳔딕회 심쇼졔는 압가고도
不祥ᄒ다 부모 동싱이 죽어신들 이려 더 셔루야 이고 이고 셜이 울 졔 잇
씨여 玉皇上帝계옵셔 四海 龍王으게 젼교ᄒᄉ 明日 人당水에 出天大孝 심
청이가 샌질 거시니 네으 구ᄒ야 슈졍궁에 모셧다가 다시 슈을 기다려 還
送人間ᄒ되 시을 어기다는 부다시 쳐츰ᄒ리라 분부 지엄ᄒ시니 四海龍王
이 황겁ᄒ야 원츰군 별쥬부와 百萬인갑이며 無數흔 侍女들게 옥교을 등디
ᄒ야 그 시을 기다리더니 과연 옥갓튼 小졔 물에 풍덩 ᄶᅥ러지거늘 여러
신여 고이 밧들어 교ᄌ에 모시거늘 小졔 시양ᄒ되 나는 塵世 쳔人이라 엇
지 龍官 교ᄌ 타

〈35-뒤〉

리오 여러 신여 엿ᄌ오디 上帝으 분부신이 만일 타지 아니ᄒ면 우리 슈궁
이 죄을 면치 못ᄒ것다 심小졔 시양타 못ᄒ야 교ᄌ 우에 侍女덜게 실리
여셔 드러갈 졔 위이 거동 壯홀시고 天上에 仙官仙女 심小졔을 보랴 ᄒ고
左右로 버렷는듸 太乙眞은 학을 타고 安期生은 鸞을 타고 구름탄 赤松子

고리탄 이젹션 左右로 버려는듸 靑衣童子 紅衣童子 雙雙이 버려난듸 月宮
에 姮娥며 西王母 마고션여 十二界 직힌 션여 낙포션여 남악부인 八仙女
다 모힌듸 고흔 복식 식 죠흔 퓌물 희기도 이상호고 풍약이 젼도호니 왕
즈진에 봉피리 곽쳐스의 竹장구 슝연즈으 거문고 중즈봉의 옥통쇼 희강의
희금이며 왕셕의 쉬파람 風流가 낭

〈36-앞〉

즈하니 슈졍궁이 진동혼다 水宮에 드러갈 졔 집치려 볼죽시면 능난호고
장홀시구 괘용고리 위양호니 영광이 요일이오 집어린죽와호니 셔기가 반
공이라 슈궁퓌궐은 응쳔상지三光이오 곤이슈상은 비인간지오복이라 東으
로 바라보니 金鷄啼破日輪紅은 扶桑에 둥실 놉피 뜻고 西으로 바라보니
양슈유스 노불미예 一雙靑鳥 나라들고 南으로 바라보니 것침 만만 만죡함
에 슈여남 푸리엿다 북으로 바라보니 중셩슈난 한신국에 一半靑山 푸리엿
고 상통삼쳔 호찰구지로다 음식을 듸린난듸 무비다 션미로다 슈졍궁에 머
물를 졔 玉皇上帝 分付어던 그行이 오직호랴 四海龍王이 侍女을 보니여
朝夕으로 問安호고 체번호야 시위홀

〈36-뒤〉

졔 금슈능난 오식 치여 花容月티 고흔 얼골 一心으로 시위호니 심쇼졔 편
혼 마음 인간보단 더욱 죳타 이젹에 장승상 부인이 심쇼졔을 이별호고 이
셕혼 마음을 이기지 못호야 글 지은 화상 죡즈을 침상에 거러 두고 심쇼
졔을 디면혼 다시 쩌마닥 중험터니 일일은 죡즈 비시 거머지며 모양이 변
호거놀 승상부인 탄식호되 이졔는 빠졋구나 비통을 마지 안이호야 간중이
쓴치난 듯 가심이 터지더니 완연이 죡즈에 비시 시로오니 夫人이 曰 뉘러
서 건져너여 목심은 스란난가부다마는 그러나 창파 말이여 쇼식을 엇지

알니 슈심으로 지니더라 잇 쩌 심쇼졔는 슈졍궁에 고히 안져 쥬야호강 지
니더니 일일은 上帝 ᄒ교ᄒ사 명일은 심낭ᄌ 월노방

〈37-앞〉

연의 기훈이 갓추오니 인당슈의 흐숑ᄒ야 어진 쩌을 일치 말게 ᄒ라 四海
龍王이 슈을 듯고 심낭ᄌ을 치슝홀 제 꼿봉 속으 고이 모셔 시여로 옹위
ᄒ고 죠셕공궤 쳔슈등물 금쥬보비 만이 넛고 옥분에 고이 모셔 인당슈로
나올 졔 四海龍王이 親이 나와 젼숑ᄒ니 위이 거동 찰난ᄒ다 各宮 侍女
八仙女 下直ᄒ고 엿ᄌ오디 낭ᄌ는 人間의 나가시면 부귀영화로 萬世을 눌
리이다 심낭ᄌ 디답ᄒ되 여러 왕으 은덕으로 죽을 목심 스라나셔 세상을
다시 가니 王으 은혀는 白骨난망이로쇼이다 그디 등도 졍도 집퍼 쩌날 마
음 읍스오나 유현이 달나시니 下直ᄒ고 가건이와 슈궁의 귀ᄒ신 몸 니니
平安ᄒ옵쇼셔 ᄒ직ᄒ고 도라셔니 순식간에 인당슈

〈37-뒤〉

에 놉피 쩌다 天神에 造化요 龍王의 죄젹이라 바람 낫 쌋딕ᄒ면 五色彩雲
이 어리여셔 쥬야로 둥실 놉피 쩌다 잇 쩌 남셩 션인더리 億ㅣ萬金 퇴을
니여 고국으로 도라올 졔 인당슈 다달나 졔물을 졍이 추려 용왕으게 졔
진닐 졔 북치고 고스ᄒ다 우리 일향 슈십인의 신병졔약 졔살ᄒ옵고 쇼상
쇼원이다 여의셩츄ᄒ야 억십만금 퇴을 니니 恩惠 白骨難忘이로쇼이다 졔
물을 파훈 후에 쏘 다시 졔물을 추려 심낭ᄌ에 고혼을 위로홀 졔 出天大
孝 심낭ᄌ는 堂上에 白髮父親 눈 쓰기을 위ᄒ야 이팔혼야 셜운 몸이 슈즁
고혼이 되얏시니 不祥ᄒ고 可矜ᄒ다 우리 션인덜은 심낭ᄌ에 덕을 입어
장스에 퇴을 니여 고국으로

〈38-앞〉

가건이와 낭즈 고혼이야 어늬 날에 도라올가 가다가 도화동의 가 낭즈으 붓친 존망은 뭇쇼릿다 훈준 슐노 위로ᄒ온이 行여 알미 잇거던 흠양ᄒ옵 쇼셔 졔물을 물에 풀고 눈물을 짓고 바라보니 기이훈 곳 훈 숭이 바다에 써 잇거눌 션인더리 고히ᄒ야 즈으가지 ᄒ는 말리 아마도 심낭즈 영혼이 곳시 되야 써나부다 가직어 가셔 보니 과연 심낭즈 싸진 고시라 마음에 감동ᄒ야 곳실 건져 즈셔이 둘너 보니 크기가 슈리 갓고 향취 진동ᄒ야 셰상에 보던 비 츠음이라 이상ᄒ고 고이ᄒ다 비안에 실고 올 졔 비 싸르 기 슐갓타야 四五식 경영홀 길 순식에 득달ᄒ니 그도 쏘훈 이상ᄒ다 슈다 히 나문 지물 각기 난울 젹에 도션쥬 무신 마음 지물 마다ᄒ고

〈38-뒤〉

곳봉이만 츠지ᄒ야 졔 집 후원 졍훈 고지 단을 뭇고 두엇더니 향취가 진 동ᄒ고 오식치운이 어리더라 잇 써예 天子 皇后 崩ᄒ시미 다시 간턱 안이 ᄒ고 花草을 貴히 여기여 上林院 너룬 고시 왼갓 화쵸 다 구ᄒ야 여기져 기 심어씨니 무슴 곳실 심엇더냐 공즈왕숀 방슈화의 부귀훈 모란화며 암 향부동 월황혼의 消息 젼턴 훈미화며 芙蓉生在秋江上의 만당秋水 홍연화 며 遙지兄弟登皐處의 편삽ᄒ던 슈유화며 香기라온 단게화며 九月九日龍山 吟의 우슙 웃던 황국화며 이화만지불기문의 長信宮中 빗곳시며 칠졔즈 강 능ᄒ니 향당츈풍 살구곳과 天台山 드러가니 양번개 작약이며 고국훈을 못 이기여 졔혈

〈39-앞〉

ᄒ던 두견화며 원졍부지 이별ᄒ니 옥창 압히 잉도화며 어쥬츅슈이산츈ᄒ 니 양안도화 복상곳과 明沙十里 海棠며 만원 香氣 장미화며 군不見蜀發花

며 오화 노화 게란화며 교화 난화 석슝화며 난쵸 요쵸 파쵸화며 百日紅
英山紅 민드란미 鳳仙화며 진달니 철쥭화며 금션화 홍션화며 호도 白즈
능금이며 금귤 황귤 동졍귤의 포도 셕유 은行이며 유즈 비즈 오비즈며 紅
柿 大쵸 生栗인듸 가진 화쵸 가진 果木 충충이 심어쎄니 香風이 건들 불
면 우줄우줄 츔을 춘다 天子具 붓쳐 날마닥 朝回 꼿히 여러 侍女 압셰우
고 예도 보고 졔도 보고 이리져리 단이더니 잇 쩍 도션쥬 궐니 쇼식 반기
듯고 인당슈에 어든 꼿실 화분에 곱게 담아

〈39-뒤〉

가지고 궐문 밧 당두ㅎ야 이 뜻실 쥬달ㅎ니 天子 반기스 무지혼 션인으로
정성이 기특다 ㅎ야 우션 문창太守 졔수ㅎ시고 꼿실 가져다가 後園의 두
고 보니 비시 출난ㅎ야 日月이 無光ㅎ고 크기가 쩍이 읍시니 世上꼿시 안
이로다 月中 丹桂 그리민가 完然이 빗쳐시나 丹게화도 안이요 요지인 碧
挑花 東方朔이 짯간 後의 三千年이 못되니 碧挑花도 아니요 연화쩨 셰게
꼿시 쩌러져 海中으로 쩌왓나부다 잇 꼿 일홈을 강션화라 지으시고 즈셔
이 술펴보니 불근 안기 둘너 잇고 셔기가 반공ㅎ니 天子 大喜ㅎ사 花게
中에 옴게노니 꼿中에 왕이로다 만원츈식이 모도 다 무식이라 一日은 天
子 親이 달을 짜라 화게예 비회터니 명월은 만졍ㅎ고 微風은 부등

〈40-앞〉

흔듸 강션화 꼿봉이가 흔들흔들 ㅎ더니 가온디가 버러지며 무슴 쇼리 나
는 듯ㅎ거날 동졍을 살피더니 션인옥여 얼골을 본만 너여 四面을 술피다
가 人跡을 보고 몸을 슘게 드러가니 皇帝 이 거동을 술펴 보고 심神이 황
홀ㅎ야 갓츠이 가 아모리 술펴도 동졍이 읍는지라 무슈이 쥬져ㅎ다가 꼿
봉이 열고 보니 일지 소졔와 양기 스환이 잇는지라 天子 반기스 무르시

되 네가 무어시냐 귀시니냐 스롭이냐 스환이 나와 伏地ᄒ야 엿즈외더 小
女등은 南海宮 시비옵더니 우연이 황각젼에 범ᄒ엿스오니 극키 황공ᄒ여
이다 天子 內念에 싱각ᄒ되 닉에 한거ᄒ시물 上帝게셔 아르시고 죠흔 因
緣을 쥬시도다 마음이 이러ᄒ미 探花狂蝶 꼿 짜온 흥을 비홀대 옵더라 則
時 侍

〈40-뒤〉

女을 命ᄒ야 궐內예 모시려 ᄒ고 만일 스스로 여는 즈는 즁죄을 당ᄒ리라
밤을 지닌 후의 다시 문을 열고 보니 일지 쇼졔 안젓시되 붓그럼을 못이
기여 아미을 슈기고 단졍ᄒ게 안진 거동은 天上 仙女 젹실ᄒ고 人間스롭
아니로다 ᄒ번 보미 눈이 시여 다시 보기 어려온지라 皇帝 크게 짓거 이
날 죠회 꼿틔 이 스연을 의논ᄒ니 제신이 합쥬ᄒ되 폐ᄒ 용누봉궐의 외로
이 게시물 上계게셔 아르시고 이연을 보니샷오니 天여不取면 반슈기구ᄒ
고 시지이 不行이면 본슈기앙이니 時好時好 부지니라 황후을 증ᄒ옵쇼셔
황제 직시 太사관을 불너 擇日ᄒ니 五月五日이라 낭즈을 承相집으로 모시
고 길일이 당ᄒ미 다시 젼교ᄒ스 일은 일

〈41-앞〉

언 古今에도 드문지라 가진 범졀 별반 거行ᄒ라 天子의 슈이어던 거行이
오직ᄒ랴 금슈장막 금슈병풍 왼갓 화쵸 버려 씁고 三千 侍女 버려시니 쳔
즈 교비셕의 나갈 젹의 兩人이 상디ᄒ는 거동 홀 일 읍는 션관션여 옥게
ᄒ의 맛나미라 어언간 황혼 드러 무月洞房 쵹야의 양인이 상디ᄒ니 원앙
이 녹슈을 맛나고 비취연리지예 질듸인들 엇지 예와 당홀숀야 심황후 어
진 덕틱 후궁의 진동ᄒ니 이후로난 셰화연풍ᄒ고 국틱민안ᄒ야 百姓더리
격양가을 일숨더라 심황후의 부귀영화 짝이 읍시 되야스나 부친을 싱각ᄒ

고 날마닥 한숨과 눈물노 셰월을 보니더라 실푸다 우리 붓치 三百石 쌀을 먹고 지금가지 스르신가 날을 일코 이통

〈41-뒤〉

타가 셰상을 바리신가 그 시예 눈을 쩌셔 완인이 되야난가 보고지거 보고지거 우리 붓친 보고지거 一年 三百六十日과 한 달 셔룬 날 한로 열두 시 눈물 개릴 날이 읍난지라 일일은 슈심을 못이기여 시녀을 물이치고 옥난간의 비게더니 츄월 발가 손호렴의 빗치엿고 실솔셩 실피 울 졔 쳥쳔의 쓴 기러기 씰눅씰눅 울고 가니 황후 반가온 마음 바라보며 한난 마리 오는냐 기러기야 거기 좀간 머물너셔 니 한 말 드러바라 쇼즁낭장 북히中의 편지 젼턴 기러기냐 도화동의 우리 붓친 편지 물고 네 오는냐 이별 숨년의 쇼식을 못듯던이 니 편지 쎠 쥬거던 네가 부디 젼한여라 방으로 드러 와셔 상ᄌᆞ을 니여 놋코 편지 한 장 얼는 쎨 졔 눈물이 먼져 쩌러지니 글

〈42-앞〉

ᄌᆞ는 슈목이오 言語는 倒着이라 그 편지예 한엿시되 불쵸불효 심청이는 두엇ᄌᆞ 셔찰을 아버지 좌하에 올이나이다 실하을 쩌나온 후에 歲月이 如流한야 어언간 三年이 지니오니 부모에 ᄌᆞ식 生각한는 뜻과 子식이 부모 싱각한난 마음 피ᄎᆞ 간절한올지라 복미심 기간에 아버지 기간에 기쳬 일향만안한옵신지 원졀복모 구구한셩이라 불쵸여식 심청이는 션인을 따라 지向읍시 나갈 적에 한로 열두 시예 열 번이나 죽ᄌᆞ 한되 죽을 틈을 못어더셔 그렁져렁 四五朔을 물에 ᄌᆞ고 人당슈 당두한야 쇽슈무칙 쌘져더니 황쳔이 도으신 용왕이 구한옵셔 슈궁에 몸을 붓쳬 여러날 머무다가 인간에 나왓더니 우연이 숑쳔ᄌᆞ 황후가 되야시니 영화부귀 지극한나 간장

〈42-뒤〉

의 셔리셔리 미친 혼이 붓친 실혼의 다시 혼번 모신 후의 그 날 죽다 무 삼 혼이 잇쇼릿가 아버지 날 보니고 날마닥 우는 거동 눈으로 본 듯호고 날 부르는 이원셩이 귀예 와 들이난 듯 죽어셔는 유현이 막키옵고 스라온 직 경향이 머러시미 쇼식이 난통이라 아버지 기간 슈삼년의 눈을 써시면 동중의 믹긴 곡식 의식이나 호나잇가 아버지 귀호신 몸 쳔만 보중호옵쇼 셔 슈이 뵈옵기를 바리나이다 연월일 열는 써셔 손의 들고 나와 보니 기 러기 간 디 읍고 창만호 호날 우의 셜월만 발가 잇다 허히 탄식 드러와셔 편지 접어 지피 지피 간슈호고 쇼리읍시 쳬옵테니 잇 써 황졔 너젼의 드 르시사 황후을 살펴보니 미간의 슈심이오 얼골에 눈물

〈43-앞〉

흔적이 어리여셔 쳔산은 셕양의 줌기는 듯 향기란온 꼿슝이가 바람결의 이우는 듯 황졔 직시 뭇즈오디 황후는 만민의 부모 되야 심지지쇼락과 이 목지쇼호을 못홀 거시 읍거든 무슴 근심이 게시관디 귀안의 눈물 흔적이 잇난잇가 황후 아미을 슈기고 단슌을 반개호야 단정호게 엿즈오디 신첩이 과연 평싱 쇼원 잇스오디 밋쳐 엿줍지 못호엿난이다 황졔 직시 무르시니 황후 다시 꾸러 안져 엿즈오디 본쳔지호에 막비왕토오 솔토지민이 막비왕 민이라 그 중에 불상호 게 한과고독 스궁이오 그 직츠는 병신이라 병신 중에 不祥호 게 망인이라 페호에 너부신 덕틱으로 쳔호 망인을 모와 잔치 예을 비셜호야 쳔지만물 형졔 쳐즈 보지 못호는 졍을 위로호

〈43-뒤〉

면 쳡에 원한이 읍게나이다 황졔 드르시고 칭춘왈 人中에 요슌이오 녀중 에 션여로다 이난 비란지스오니 염예치 마옵쇼셔 직시 쳔호에 발포호스

모론스셔인호고 망인이어던 각호읍에 초초 기슝호야 즌치예 춤예호라 만
일 망인 호나히라도 지위 모호야 춤예 못호면 히읍 슈령을 파직 원빈호리
라 안악에 쳥이어던 거힝이 오직호랴 쳔호에 영을 졔졔이 발포호더라 잇
써예 심봉스는 쌀을 일코 쥬야 이통 지니더니 도화동 스룸더리 심낭즈 효
셩을 감동호야 물가에 타유뷔을 셰워 놋코 글을 지여 기록호니 그 글에
호여시되 切願其親見兩眼호야 靑春玉骨이 落龍宮을 연파말리 무쇼식호니
장스후인창만강을 그 글 쓰신 간결이 그 붓친 눈 쓰기을 원호야 쳥

<h3>〈44-앞〉</h3>

춘옥골이 용궁에 쩌러졋도다 연파만리에 쇼식이 읍셔씨니 길이 뒤스룸으
로 호여곰 실푸미 창초 가득호도다 江두에 뉘왕호는 스람더리 비를 보고
눈물 안이 짓는 이 읍난지라 봉스도 쌀싱각 곳 나면 비을 안고 통곡호더
라 심봉스 그 견곡을 히마당 식이호니 가셰가 착실리 되얏는지라 잇 써
그 洞中에 쎙덕어미란 겝집이 잇시되 근본이 못된 게집으로 셔방 열아홉
을 어더 다 즈바먹고 나혼 마흔여답 살이라 각금 심봉스훈틔 단이면서 견
곡을 욕심 닉여 洞內스람 시을 느셔 혼인을 쳥호거늘 洞中스룸 모와 안져
심밍인을 쳥호여 디강 말 위로 꼿틔 여보쇼 학귀 쇽담의 이를기를 고리여
도 졋국이 낫고 늘거도 할멈이 죳탄 분슈로 자닉 장가 좀 안가랴나 심봉
스

<h3>〈44-뒤〉</h3>

헛헛 웃고 어듸 잇쇼 밥은 굴머도 게집은 어더야 호겟쇼 글얼 일리로셰
이 동즁의 쎙덕어미라 호는 여인 잇시되 스람이 무던호니 어더 살미 엇더
혼가 어허 장이 죳쇼 오날붓텀 보닉시오 혼인은 쉽게 호여야 씬다 안이호
오 洞中으셔 쎙덕어미을 권호여 보닉이라 쎙덕어미 본듸 못된 게집이라

심봉스흔틱 살며슴 연신 개쇼리엿다 양식 쥬고 쩍 사먹기 돈 쎼쥬고 고기
스기 아웃집의 밧부치기 동너 보고 건욕흐기 셔굽들 날 공쥭 쓔기 흔창
밧불 졔 시면흐기 밥 푸다가 쏭 누러가기 쵸군흐고 츈츄 잡기흐기 밤즁만
의 우름 울기 물네독의 낫줌 즈기 담빈쩌 물고 마실가기 바람 불 졔 공복
기와 손임 올 졔 쏠쓰기 왼갓 지실 다 흐여도 심봉스는 눈이 읍는

〈45-앞〉

스람이라 이러흔 쥴 모로고셔 그리도 부부라고 각금각금 정담흐다 여보쇼
쎙덕어미 네 웨 무엇 흐랴시오 허허 우리 니와 이러케 유졍키는 이도 쏘
흔 天定佳約 우리 부부 百年同樂흐여 보시 암면 그러키를 이르게쇼 딕답
은 그러흐나 잇는 진물 쩌러지면 그 날 곳 너쎄리라 마음이 그러흐미 무
어시 젼듸요 흐로는 심봉스을 황쥬즈스 부르거늘 의관을 졍졔흐고 관졍의
드러가니 황쥬즈사 이른 말이 지금 황셩의셔 밍인존치 비셜흐니 네도 가
참예흐라 노비 양인지 쥬고 셩쳑의 올이면셔 어셔 곳 쩌나거라 딕답흐고
쩌나랴되 쎙덕어미를 못이져셔 여보쇼 쎙덕어미 네 자니와 나와 슈삼년
부부로 지닛지 예 그러치오 상담의 이를기를 흐로밤을 자고 만리셩을 싸
는단 말도 잇고 츄우강남이란

〈45-뒤〉

말도 잇고 딕체 엇쳐던지 부창부슈란 말도 잇고 女필죵부란 말도 잇시니
즈니도 미련찬흔 스롬이라 그런 일 아지 암면 아지오 심봉스 허허 웃고
그러면 그러치 잇고 니 거시야 다름이 아니로셰 무슴 말슴이오 지금 황졔
망인존치를 흔다 흐니 거기를 갈 테인듸 千里遠程의 자니 잇고 갈 슈 읍
고 쏘흔 인도흘 리 읍셧시니 부지다언흐고 자네와 나와 함기 가며 밤이면
훔기 즈고 나지면 훔기 가시 쎙덕어미 흐는 말이 몰나 나는 몰나 심봉스

홰를 니여 여보게 나는 일껏 정담으로 ᄒ여는듸 모른단 말이 그게 웬 말
인가 간스호 뺑덕어미 그제야 하는 말이 압 어둔 가장께서 쳘리 원졍 가
시는듸 니가 압셔 인도ᄒᄌ 미리 다 요량ᄒ엿거눌 남 더ᄒ여 스졍ᄒ듯 말
ᄒ니 니 마음이 졸

〈46-앞〉

거시오 심봉스 그 말의 홀이여셔 마음 탁 푸러고나 어허 니가 줄못힛네
니가 방졍 쵸란이 아덜놈이로세 그 날 질을 써날 젹의 뺑덕어미 압 셰우
고 그렁져렁 올나갈 졔 슈일만의 호 역촌의 드러 ᄌ더니 이 촌듕의 황보
라 ᄒ는 쇼경이 잇시되 셩셰가 부ᄌ엿다 뺑덕어미 호번 보기을 원ᄒ더니
심봉스 함기 온단 말을 듯고 쥬인과 議論ᄒ야 뺑덕어미 쎄너리라 ᄒ고 홀
이니 뺑덕어미 싱각ᄒ되 니가 막상 짜라간들 잔치예 춤예 못ᄒ고 집의 도
라와 먹글 것 읍시니 차라리 져 스람을 썩라가면 닉 신셰가 펜ᄒ리라 ᄒ
고 심봉스 잠들기를 지다려 구만 드러니여 노니 심봉스 좀을 씨여 본직
이상이 허젹허젹ᄒ야 만져보니 뺑덕어미 간 고지 읍는지라 심봉스 쌈죽
놀니여 이 구셕 져 구셕

〈46-뒤〉

아모리 더드머도 죵젹이 읍는지라 여보쇼 뺑덕어미 네 거기셔 무엇ᄒ는가
어셔 오게 심심ᄒ네 어셔 오게 아모리 불너도 쇼식이 읍는지라 여보시오
쥬인 우리집 스람 안의 드러갓쇼 안이오 그런 일 읍쇼 심봉스 그졔야 니
쎈 줄 알고 기가 탁 막켜 이고 이고 니 신셰야 여바라 뺑덕어미 이 무상
호 년아 날 바리고 어듸 간고 황셩 쳘리 먼먼 길의 눌과 흠기 가잔 말가
한창 실퍼 우다가 엇지 生획ᄒ고 두 손을 훨훨 쑤리면셔 에 아셔라 니 네
을 生각ᄒ는 거시 도로 시러바 야들놈이로다 그 쳔호 잡년 오사홀 년 인

제 가다가 급살 마지럿다 니 근본 그런 년의 말을 드러짜가 노즁의 낭피
ᄒ니 니가 근본 우슌 스룸이지 디쳬 여바라 우리 헌쳘ᄒ신 곽시부인도 일
코 살고 우리 卋天

〈47-앞〉

大孝 심쳥이를 生이별을 하고도 살라쩌니 그까진 년을 生刻ᄒᄂᆫ 게 슌 개
야덜 놈의 숀ᄌ놈이다 누고 다리고 말ᄒ더시 두런두런 ᄒ다가 날이 시니
다시 쩌나갈 졔 황셩 쳘리 먼먼 길의 인도 ᄒ리 읍셔시니 막지쇼향 엇지
가리 그렁져렁 더듬더듬 ᄎ자 갈 졔 잇 ᄯᅢᄂᆫ 五六月 炎天이라 날 더워 불
꼿 갓고 ᄯᅡᆷ은 비갓치 흐르니 목욕을 ᄒ랴 ᄒ고 衣冠行裝 버셔 놋고 목욕
ᄒ고 나와 보니 의관과 行狀이 읍ᄂᆫ지라 심봉스 미손이 모양으로 우 아리
휠신 벗고 너룬 강변의 부ᄌ지을 우듸고셔 이리져리 더듬난 거동 게우른
산영개 밋쵸리 니 맛듯 아모리 ᄎ자도 흔젹이 읍ᄂᆫ지라 심봉스 기가 막케
방셩통곡 우는 말이 네 이 놈 이 도젹놈의 식기 아덜놈아 부ᄌ의 허다 지
물 먹고 씨고 남는 지물

(중간부분 낙장)

〈47-뒤〉

봉스도 잔치예 오난 봉스로고나 요시에 봉사덜 흔시게 가더고 져러케 안
져지 말고 방이나 더러 ᄶᅧ 쥬지 심봉스가 쏙 눈치만 나맛것다 양반덕
죵인 줄 짐작ᄒ고 기룽으로 디답ᄒ되 쳘리 흔향의 발셥ᄒ고 오는 스람 보
고 방이 ᄶᅧ 달나구 ᄒ니 그 무어실 줄ᄂᆫ면 ᄶᅧ 쥬지 이고 그 봉스 음
흉ᄒ네 쥬기는 무엇 쥬여 즘심이나 ᄒ여 쥬지 뉘가 졈심만 어더 먹으랴면
그러ᄒ여 그러면 무엇실 줄가 고기나 줄가 심봉스 픳식 웃고 고기ᄉ 고기

지만는 쥬리라구 쥴지 안쥴지 엇지 아라 방이나 찌코 보지 올치 그 말이
반허락이여다 방이예 올나셔서 쎨구덩 쎨구덩 찌는구나 업다 이 쇼경아
방이 쇼러나 더러 ㅎ지 심봉ᄉ 방이 쇼러를 멋잇게 ᄒ던 거시엿다 太古라
天皇氏는 목덕으로 왕ᄒ시니 이 남기로 왕ᄒ

〈48-앞〉

던가 어유 어유 방이로다 유쇼씨 構木爲巢 이 남기로 ᄒ엿던가 어유 어유
방이로다 이 방이가 뉘 방이냐 강太公의 죠작방이 어유하 방이로구나 丁
丁伐木 남글 버혀 이 방을 만드런네 이 방이 졔작 보니 이상야릇 믹낭ᄒ
다 두 다리 쫙 벌이고 고개 끗덱 썻는 양은 덜일 읍고 홀입 읍다 츄슈장
강 흘너가니 개곡 낙하고목이라 셩셰太平 연화셰죵 쎨구덩 이 방이야 ᄒ
다리 놉피 드러 오르랑 ᄂᆞ리랑 얼시구 이긋야긋 죠개더리 물을 싸것네 어
이 여츳 잘시구 이 방이야 네 다리 드러라 닉 다리 쑥 지버넛츳 지화ᄌ
지화ᄌ 이 방이야 玉빈홍안 호치단슌 압뒤집 큰아기들 션츰 게지개예 쇽
것 밋시 흠젹흠젹 젓는구나 어이야 쎨구덩 이 방이야 여러 여인더리 듯고
여보쇼 쇼경도 음통ᄒ엿지 아니오 음통은 ᄒ엿는

〈48-뒤〉

지 몰나도 역등이 시근시근 ᄒ여 자근 아기 침 바르기는 열살 안작벗텀
ᄒ엿쇼 여러 여인더리 숀으로 입을 가리고 간간더쇼 ᄒ 연후의 졈심 ᄒ상
진멋잇게 츠려ᄂᆞ니 음흥흥 쇼경 보쇼 우닥싹 셰쑥방을 본으로 목며게 지
버며 머러도 죳타 쥬박밥은 쎕쎕ᄒ던이마는 고흔 각시 지은 밥이라 보
돌보돌 요쳐럼 맛 잇실가 그러나 져러나 잘 놀고 잘 먹고 가오 져 마ᄂᆞ리
ᄒ는 마리 심봉ᄉ 싸는 멋시 잇셔 심심치 안이 ᄒ더니 간다니 셥셥ᄒ오
平安이 가오 太平이 잇쇼 이력져력 올나갈 졔 歲月이 무졍ᄒ여 신고득달

ᄒ여 게우 게우 도셩의 드러가니 억만 장안의 발셔 쇼경 빗시라 셔로 쩍 쩌구리 맛쵸와 이고 더구리야 이 스람 져만치 가게 밀치락달치락 야단방 망이가 낫구나 심봉스 ᄒ 곳실 다다르니 엇더ᄒ 여

인이 門 박기 셧다가 져기 가는 게 심봉스 안이오 게 뉘시오 일이 좀 오 시오 심봉스지오 녜 그러ᄒ오 그러츤ᄒ 일이 잇쇼 거기 잠간 셧시시오 이 익고 인도ᄒ여 외당의 안치고 셕반을 듸리거놀 마음의 고이ᄒ나 여러 날 쥬리던 참의 밥을 달게 먹고 안져더니 날리 져문 후의 그 여인이 쏘 다시 나와 여보시오 심봉스 內당으로 드러가옵시다 아 여보 이 집 쥬인여부는 모로거니와 닉 엇지 남의 안으로 드러가오릿가 안이오 허물치 말고 짜라 오시오 여보 무신 우한 잇쇼 닉 경 일글 쥴 모로오 말슴 말고 드러가옵시 다 홀 일 읍시 드러가며 이심이 더단ᄒ다 어쑬사 닉 졍영 보쓰의 드러가 지 눈 셩ᄒ 스룸도 홀 슈 읍시 죽는 일 닉가 지예 눈 어둔 스람이라 쇽수 뭇쵝 죽거고나 탄식ᄒ고 안져더니 이익고 ᄒ 동편의 ᄒ

여인이 단졍ᄒ게 뭇는 말이 심봉스지오 엇지 아오 예 아는 도례 잇쇼 먼 먼 길의 평안이 오신잇가 닉 셩은 안씨오 황셩셔 셰거ᄒ옵더니 붓친이 더 상고로 우엽ᄒ옵다가 不幸ᄒ야 부모 구몰ᄒ옵시고 홀노 집을 직케 잇스온 듸 나이 셔룬 얍창이로더 눈이 어둔 고로 잇 쩌가지 셩취 못ᄒ옵고 간밤 의 꿈을 뀌니 ᄒ날의 일월이 쩌러져 닉가 덥벅 안고 물노 드러가 뵈니 일 월이 쩌러지기는 눈이 읍는 망인이오 물의가 잠기기는 심가셩즈라 잠길 침즈 통용ᄒ니 일언 고로 심밍인인쥴 알고 지다린지 오러옵더니 天佑神助 ᄒ스 맛ᄂ스오니 인연인가 ᄒ나이다 쳡이 비록 용열ᄒ나 복망 바리지 안

이홀가 ㅎ나이다 심봉ㅅ 픳식 웃고 말이ㅅ 좃코만는 그러케 되리라고 종
을 불너 츠담을 듸려 두리 셔로 먹근 후

〈50-앞〉

의 여보 봉ㅅ낭군 거지가 어듸오데 유리국 도화동이오 가문은 슘ㅎ갑쪽이
오 안씨망인 이른 말이 그러실 일이오 그날 밤 삼경의 동품홀 시 원앙비
췸 지락이 비홀 듸 읍시나 심봉ㅅ는 이 일 져 일 싱각ㅎ고 눈물과 슈심으
로 안져시니 안씨밍인 위로ㅎ되 무슴 일노 그리 슈심ㅎ시니 쳡이 도로예
무안ㅎ여이다 심봉ㅅ 이를 말이 니 팔즈 기박ㅎ야 평싱을 두고 증험ㅎ니
죠흔 일이 잇시면 나진 일이 직시예 도라오나니 오날 밤의 꿈을 꾸니 불
속의 드러가 뵈고 가죽을 벽게 북을 미여 뵈고 나무닙이 유슈슈 쩌러져셔
쑤리를 더퍼 뵈니 아마도 나 죽을 꿈이여던 안氏 이를 말이 업다 그 꿈
장이 좃쇼 니 희몽을 ㅎ오리다 身入火中ㅎ니 회록을 가지오 박피작고ㅎ니
입궁지상이오 낙엽이 귀근ㅎ니 子女

(중간부분 낙장)

〈50-뒤〉

리져리 얼며이고 목만 나문 흔 질목의 뒤칙 읍는 흔 집신의 잔득 웅승키
려 팔중 찌고 달달 쩔고 안진 거동 츠마 보기 어렵더라 황후 마음의 기가
막혀 상녀을 명ㅎ야 져기 안진 져 밍인을 별셕으로 모셔 드리라 상녀 령
을 듯고 나와 이 엇던 게 심봉ㅅ오 심봉ㅅ 꿈을 싱각ㅎ고 과연 니가 기오
엇찌 뭇쇼 져리 드러가즈 ㅎ니 심봉ㅅ 쌈쟉 놀니여 이고 니 아무 죄도 읍
쇼 잔말 말고 드러가자 ㅎ고 쓰러다가 계ㅎ의 꿀니니 심밍인이 일신 고고
ㅎ고 ○○이 쇼쇼흔 중의 황후난 十年 水宮의 셰티를 버셔씨니 붓친의 얼

골이 이히호야 뭇는 말이 쳐자가 잇는냐 심봉스 복지호고 눈물을 흘여 왈 아모년의 상쳐호고 쵸칠일이 못되여 어미 일은 딸 호나 잇셔 품에 품고 동양

〈51-앞〉

졋 어더 먹여 근근이 질너니야 십오셰 되믹 효셩이 출쳔호야 녯스람의 지니더니 요망호 즁이 와셔 공양미 三百石을 시쥬호면 눈을 쓰리라 호오믹 신으 여식이 듯습고 남경 션인덜게 三百石의 몸을 팔여 인당슈의 싸져 죽엇스오니 그 박기는 다른 죄녀 읍스오니 다른 죄는 읍스오나 자식 파라 먹은 놈이 사라 뭇엇호오릿가 그져 죽여 쥬옵쇼셔 심황후 이 말을 드르믹 졍神이 아득호야 보션발노 씌여나와 그져 되립더 안고 아부지 인당슈 졔 슉으로 갓던 심쳥이 스라 왓나이다 심봉스 쌈죽 놀닉여 눈을 펀덕여 쓴이 눈이 발가지는지라 엇지 반갑던지 마던지 묵묵이 셧는지라 그 엽히 인는 밍인덜도 덩다나 눈 쩌러지는 쇼리 시 갈모 쎄는 쇼리 갓더

(이하 낙장)

정명기 소장 심청전 (낙장 38장본)

표지에 쓴 글씨는 기름때가 심해 전혀 보이지 않는다. 책 크기는 18.5 X 22 cm이고, 한 면당 12행에 행당 18-20 자 정도로 필사되어 있다. 정명기 소장 번호로는 149번이고, 글씨체는 약간은 유아적인 해서체이다. 심봉사의 이름이 심팽구로 나온다. 심청전의 전통 속에서 볼 때 상당히 이단적인 내용을 많이 갖고 있는 이본으로 생각된다. 몽은사 부처님께 불공하면 혹 자식을 본다 한다는 소리를 듣고 곽씨 부인이 먼저 기자불공을 드리자고 제안한다. 양주가 같은 꿈을 꾸고 그날밤 양주가 두꺼비 씨름 한 판 하였다고 되어 있다. 곽씨부인이 해산을 앞두고 진통을 하자 심봉사가 정화수를 떠놓고 비는데 육담으로도 빈다. 곽씨부인이 죽기 전에 심청의 이름을 지어주는데 눈망울 '청(睛)'이라 함은 눈먼 부친을 인도하여 동서분별하라는 뜻이다. 심청이 밥빌러 다닐 때 어떤 사람은 잘 주지만 어떤 사람은 박대한다. 개가 심청을 문다는 화소도 있다. 심봉사가 밥빌러 간 심청을 찾아 나섰다가 물에 빠지자 몽은사 화주승이 구해낸다는 것은 다른 본과 같지만 그 이후가 다르다. 심청이 돌아와 화주승으로부터 신공을 드리면 눈도 뜰 수 있다는 얘기를 듣고 심청이 공양미 삼백석을 권선문에 올리게 한다. 그러자 심봉사가 옆에서 실없는 자식이라고 야단을 친다. 심청이 인당수에 빠진 후 용궁의 모습과 선인들의 생활, 그리고 연회의 모습이 상세하게 그려져 있다. 심청이 용궁에 있을 때 이미 옥황상제가 하교를 내려 송황후로 점지하였다고 되어 있다. 황상이 심황후의 고민을 알아차리는 것이 아니라 심황후가 먼저 황상에게 맹인연을 주청하는 것으로 되어 있다. 심봉사가 전곡이 많다는 소문을 듣고 뺑덕어미가 직접 찾아와서 백년해로하기를 요청한다. 그러자 심봉사가 "썩 웃으며 중매장이 없어도 장가들기 쉬운 것이로고. 이 아니 연분인가."라며 좋아한다.

심봉사와 뺑덕어미가 치르는 첫날밤 방사가 춘향가를 닮아 있다. 사랑가도 있
고 긴 짝타령도 있다. 심봉사가 더워 목욕할 때 뺑덕어미가 행장을 모두 가지
고 도망한 것으로 되어 있다. 심황후와 심봉사가 만난 이후의 후일담이 자세하
다. 황제는 유리국 도화동을 개명하여 효녀리(孝女里)라 하고, 곽씨부인에게는
정열문과 심황후에게는 효열문을 마을에 지어 후세에 유전케 한다. 부원군이
된 심봉사가 다시 신부를 맞이하는 장면에서 낙장되었으나 모든 내용이 거의
완결된 것으로 볼 수 있다.

정명기 소장 심청전 (낙장 38장본)

〈1-앞〉

심쳥젼이라

디숑 걸육연간의 유이국 도화동의 혼 망인 잇시되 셩은 심이요 명은 평구
라 가도쳥햐ᄒᆞ야 경직자싱ᄒᆞ는 쎠의 월니 곽씨는 인즁요슌이요 여즁군자
라 티산의 셩덕이요 이비의 졍졀이라 밍인 가장 위로ᄒᆞ미 일힝의 자자ᄒᆞ
더라 연유이모이 졈ᄒᆞ의 무일졈혈육이라 부부 미일 기탄일런이 일일은 곽
씨 밍인을 쳥ᄒᆞ야 왈 듯사온이 몽운사 부쳬임젼의 불공ᄒᆞ면 혹 자식을 본
다 ᄒᆞ오이 우이도 불공ᄒᆞ면 혹 자식을 본다 ᄒᆞ오이 우이도 불공 가사이다
밍인이 우어 왈 불공ᄒᆞ야 자식을 어들진딘 쳔ᄒᆞ의 무자혼 스람이 잇사오
잇가마는 부인의 원딕로 ᄒᆞ사이다 그 날봇텀 ○○○○○○○○○○○

〈1-뒤〉

임보살 원낭바인 셔쳔셰계 동셔남 연화봉 육관디사 스명단 쳔원당 만원당
풍션당 남무ᄒᆞ미타불 관셰음보살 ᄒᆞ우동심ᄒᆞ옵쇼셔 거지는 유이국이요 셩
명은 심평구라 귀남자 아달 ᄒᆞᄂᆞ만 쳔만 봉망 퇴야 쥬오 이러틋 공 드을
계 죤불미억 불공ᄒᆞ기 명산딕쳔 산졔ᄒᆞ기 셩죠젼의 굿ᄒᆞ기 죠왕젼의 뎡일
기 원업시 다ᄒᆞ이 공든 탑이 문어지며 심근 남기 불어질가 쳔심이 감동ᄒᆞ
고 부쳬임이 도으시사 갑자 사월 쵸십일야 몽의 쳔지 양양ᄒᆞ고 향취 진동
ᄒᆞ며 오운 영치 둘으면셔 셔기반공 다이 녹코 공즁으로 션인옥여 치운의
비겨 안자 도화가지 손의 쥐고 빅혹을 자바 타고 심봉사 양쥬젼의 홀연이
드러와 양슌을 반계ᄒᆞ야 옥음로 엿자오디 쇼여는 쳔상 티을션관의 여식으
로 상계젼의 득죄ᄒᆞ야 인간의 ○○○○

〈2-앞〉

졀 모로다가 몽운사 부쳬임이 일이 지시ᄒᆞ옵 ○○○을 차자 왓사온이 어
엽비 싱각ᄒᆞ옵쇼셔 흔연이 안거늘 몽중이라도 살펴보이 셰상인물 안이로
다 인ᄒᆞ야 ᄭᅵ다으이 남가일몽이라 심봉사 양쥬 부쳬 몽사도 고히ᄒᆞ다 심
봉사 ᄒᆞ는 말이 허허 ᄭᅮᆷ도 이상ᄒᆞ고 곽씨부인 안자다가 니 ᄭᅮᆷ도 이상ᄒᆞ오
ᄒᆞ늘노셔 ᄐᆡ을션관의 ᄯᆞᆯ이라 ᄒᆞ고 우이 양쥬젼 어엽비 싱각ᄒᆞ라 ᄒᆞ니 심
봉사 당신 ᄭᅮᆷ과 갓튼즉 ᄒᆞᆫ번식 우셔 니 ᄭᅮᆷ도 그러ᄒᆞ니 심봉사 양쥬 그 늘
밤 두터비 시름 ᄒᆞᆫ판 ᄒᆞ야구ᄂᆞ 그 달보틈 ᄐᆡ기 잇셔 두셕 달이 되야는이
입더시 나는구ᄂᆞ 팔구식 되야ᄊᆞ나 십식이 찬 연후의 셕부졍부좌ᄒᆞ고 할부
졍불식ᄒᆞ이 곽씨부인 ᄐᆡ교로 단졍명광음미월ᄒᆞ야 ᄒᆡ복을 미구홀 졔 이고
비야 이고 비야 심망인 긔슈치고 부엌키로 더듬더듬 나

〈2-뒤〉

아가셔 쇼반 졍화슈의 삼시랑상 치일 젹의 울목의 집 페고 쌀 ᄒᆞᆫ 되의 졍
화슈의 메역 셰 가닥 밧쳐 녹코 헌 도포 헌 파입의 공슌히 안자 졔왕임젼
의 비는고나 비는이다 비는이다 쳔지졔왕 일기졔왕 삼십삼쳔 도졔왕임 ᄒᆞ
오동심ᄒᆞ옵쇼셔 오늘놀 당ᄒᆞ와 미방졔단의 집젼좌긔ᄒᆞ옵고 곽씨부인 ᄒᆡᄐᆡ
을 빗쵸온이 황음션싱 원업션 싱골 상겨 살 싱겨 ᄒᆞᆫ 달 두 달 피 모와 다
셧 달 반즘 시러 아홉 열 달 왼즘 차 금광문 하탈문 ᄲᅦ문 살문 안문 밧문
고이 으려 슌산을 ᄒᆞ계 ᄒᆞ옵쇼셔 ᄒᆞᆫ 연후의 ᄂᆞ죵으는 육담으로 빈다 비는
이다 비는이다 머이을 베혀 신을 삼고 이을 ᄲᅢ야 진을 건덜 졔왕임 은혜
을 갑푸잇가 달기 알 ᄂᆞ틋 ᄲᅯᆼ의 알 ᄂᆞ틋 쵸미귀여 노랑 강아지 ᄲᅡ지 듯
쑥 ᄲᅡ지계 ᄒᆞ옵쇼셔 비는 긋티 힘 ᄒᆞᆫ번 시던이 아기가 응이 응이 우는구
ᄂᆞ

⟨3-앞⟩

심망인 반겨랴고 아달인가 삿철 만치보이 디○○○○듯ᄒ다 티줄을 갈녹
코 첫국밥 지여 산모을 멕인 후의 심망인이 셰간이 잇거ᄂ 슈족이 가지면
곽씨부인 공더을 벼면히 ᄒ야만는 암도 업신즉 그 날보틈 문밧 츌입ᄒ고
물도 지고 밥도 ᄒ고 셰간 사이 발킬 적의 곽씨부인 노산으로 산후별증
이러는다 사경임죵 이달옵다 곽씨 원통ᄒ야 병신 가장 손을 잡고 어인 자
식을 폼의 안고 후유 흔심 락누ᄒ며 이고 이고 니 쌀이야 이 병이 원병으
로 ᄒ늘갓튼 낭군임과 이셩지합 믹긴 연분 히노빅연 살가 ᄒ고 간고흔 살
임사이 압 못보는 낭군임을 지셩으로 위로ᄒ야 명산더쳔 신공 드려 십삭
비셜 나은 자식 귀흔 일도 못보고셔 황쳔으로 도라가이 이달옵고 셜륜 말
을 어드 가셔 으논ᄒ고 이고 이고 셔룬지고 여자의

⟨3-뒤⟩

도예로는 가장의 압을 셔이 도예는 으당ᄒ나 나 죽고 업슨 후의 미면걸식
ᄒ이로다 사고무친 요요단신 뉘가 낭군 위로ᄒ며 뉘가 중히 아를숀야 이
고 이고 니 일이야 이졔는 ᄒ일업니 협노 황쳔 가는 즐의 ᄒ늘가튼 우이
가장 가슴의 불을 믓고 총이ᄒ던 중흔 니 쌀 엇지 잇고 가잔 말고 다이
아퍼 어이 가며 목이 메여 어이 가며 긔가 막켜 어이 갈고 이연흔 니 쌀
아 니 졋 망죵 만이 먹고 오리 오리 명 질러라 이고 여보 봉사임 초록 져
고이 다홍 초미 셔편 상지 잇사옵고 부젼 방울 잔노르기 동편 농의 잇사
오이 ᄂ 죽은 후라도 눌 보다시 입펴시요 총이ᄒ던 니 쌀 일홈 너가 짓고
가오이다 일홈은 심쳥이라 ᄒ오 심자는 셩자요 쳥자는 눈망울 쳥자라 안
밍ᄒ신 가장임이 압 셰우고 단이면셔 동셔분별홀 셰온이 눈망울 쳥자로

〈4-앞〉

ㅎ야 쥬오 눈물이 흘너 화혐을 젹시면셔 자는 ○○ 죽어쑤ᄂ 잇 씨의 심 봉사는 죽는 쥴도 모로고 ᄒ는 말이 아기 어멈 아기 우니 쇽이 비여 그러 ᄒᆫ가 미음 쓰릇 다그셔 녹코 미음을 쩌넌들 죽은 스람이 머글숀야 심망인 슈상이 알고 산모 코의 숀을 더이 찬 즘이 나ᄂ구ᄂ 가슴이 넝넝 슘졀이 쓴치고 수죡의 믹을 보이 디충 믹이 쓴어지고 사죡이 졀믹되야 아죠 쌧쌧 ᄒ야구ᄂ 이고 이것 죽어쑤ᄂ 졍신이 캄캄 어간이 먹먹 이거시 웬 일인가 실셩발광 남지셔지 이거시 꿈인가 셜마 싱시 이러ᄒᆫ가 강보의 씨인 자식 뉘 졋 먹여 키여 니여 안맹ᄒᆫ 이니 신셰 뉘을 의퇵ᄒ쟌 말고 이고 이고 셔룬지고 요요단신 고단ᄒᆫ 몸이 가셰는 쳔빈ᄒᆫ듸 티상은 뉘가 ᄒ며 빅계 무칙 답답ᄒᆯ 숀 자바가쇼 자바가쇼 금시라도 자바가쇼 사후싱죤ᄒ자 ᄒᆫ들 이니 몸은 고사ᄒ고 어인 자식 어이ᄒ고 이

〈4-뒤〉

고 이고 셔룬지거 십셰젼 부모 일코 셰젼지기 물 업셔 픔팔기로 자생타가 션영근본 덕퇵인지 쳔셩비필 믹긴 연분 근 육십이 다 되도록 걱졍 근심 무병ᄒ계 사무ᄒ신 지닉던이 날만 ᄒ자 닉더지고 황쳔으로 가겨신가 쇼상 강 무ᄒ 즁의 죽상누로 우는 혼빅이 이비을 보려간ᄂ 단봉을 ᄒ즉ᄒ고 빅 용퇴로 질을 가며 ᄒ슈빅명 이원ᄒ○ 왕쇼군을 보려 간ᄂ 희셩추야 발근 달의 그음장○ 우는 홀영 우미인을 보려 간ᄂ 장신궁 봄플 쇼긔 꼿가지의 지는 눈물 반쳡여을 보려 간ᄂ 반야산 바ᄒ 밋터 부모양친 이별하던 슉낭 자을 보려 간나 얌젼ᄒ고 미시랍고 졀힝 놉픈 우이 안히 그러ᄒ신 부인 덜과 홈긔 놀고 단이이라 무어시로 관곽 염십 쵸상 장사 염예업시 ᄒ쟌 말고 두 쥬먹을 블근 쥐고 가삼을 탕탕 쒸다이며 이럿탓 통곡ᄒᆯ 졔 잇 씨 ○ 동니 죤

〈5-앞〉

장 졔졔이 다 모와 심망인 신셰을 가연히 싱각ᄒᆞ○○○여출 공의ᄒᆞ야 미
호의 돈 두 돈식 모와 관곽 염십 초상 장사 염예업시 ᄒᆞ야쥬시 출염ᄒᆞ야
거둔 돈이 삼십여 양이 되ᄂᆞᆫ구ᄂᆞ 일번 너을 산다 명모악슈 쳔금지금 상ᄒᆞ
으복 얼풋ᄒᆞ야 널 안의 입관ᄒᆞ고 졀곽샷 얼풋 얼거 박긔로 시러닉여 인물
화단 고이 모셔 셩복졔 지닌 후의 여러 놈이 ᄰᅥ미고 집을 보고 ᄒᆞ즉ᄒᆞ고
여러 놈이 쇼리ᄒᆞᆫ다 워닉워닉 불상ᄒᆞ다 곽씨부인 신산으로 가랴ᄂᆞᆫ다 구산
으로 가랴ᄂᆞᆫ가 워닉워닉 불상ᄒᆞ다 심봉사 넉시 업시 ᄯᅡᆯ아가며 어인 자식
품의 안고 상부틀을 검쳐 잡고 이통으로 자진ᄒᆞᆫ다 어드로 감닉 어드로 감
닉 날과 홈긔 가자ᄒᆞᆫ들 유명은 고사ᄒᆞ고 어인 자식 위이홀고 익고 익고
닉 일이야 허명파명 ᄰᅡ라가며 촌중인심 어진 덕틱 빅골ᄂᆞᆫ망이로다만은 녜
곡을 아곡ᄒᆞ고 아곡을

〈5-뒤〉

슈곡홀고 닉 치상은 뉘가 ᄒᆞ며 자식은 뉘가 콜고 잇 ᄰᅥ의 곽씨 신쳬 션산
의 장사 후의 심망인 거동 보쇼 집이라 차자와셔 홍덩그을ᄒᆞᆫ 빈 방안의
어인 자식 품의 안고 벗업시 홀노 안자 이통으로 우ᄂᆞᆫ구나 쳬양ᄒᆞᆫ 닉 팔
자야 말좀 뭇자 일이 궁글며 머이을 탕탕 부드며 익고 익고 셔룬지거
이별이야 이별마당 셥것만은 영결종쳔 ᄯᅩ 잇ᄂᆞᆫ가 추풍낙화은 명연의 닷시
보고 왕숀의 방초는 ᄒᆡ마당 도라오건만은 북망산쳔 홀노 누어 무어시로
버슬 삼아 베든 베기 덥든 이불 널과 홈긔 동침ᄒᆞ며 춘ᄒᆞ츄동 사졀으복
뉘게다 젼슈ᄒᆞ며 죠불여셕 요닌 신셰 죠셕밥을 뉘가 ᄒᆞ며 졋달나 우ᄂᆞᆫ 자
식 목이 메여 못듯것다 아가 아가 우지 마라 닉 팔자도 험커이와 너 팔자
도 숭악ᄒᆞ다 압 못보ᄂᆞᆫ 아부 숀의 살긔 십분 위틱ᄒᆞ다 죽어 영이별은 남

디로 흐건이와 싱쵸

〈6-앞〉

목의 불이 붓닉 이고 이고 닉 일이야 상쳐ᄒ면 급졔슈라 ᄒ던 놈 졔미을 홀 놈이라 아가 아가 우지 마라 닉 강장의 불이 는다 심망인 거동 보쇼 흔편의 아긔 안고 쏘 흔 편의 집펑이 집고 동촌셔촌 다 당이면셔 거이거 이 눈물지고 이 집 져 집 드러가며 아긔 잇는 졀문덕닉 활인젹덕 죠일ᄒ오 어미 업는 어인 자식 졋 죡금 몍여 쥬오 쳬양훈 이 쇼리의 쳘셕인들 안 몍이며 도틱인들 안몍이랴 그렁져렁 지닉눌 졔 심봉사 거동 보쇼 동양졋시 투가 낫다 졍이삼월 삼 삼는 디 사오유월 밧 믜는 디 칠팔구월 목화 싸는 디 동지셧달 물닉 쇼리 가가호호 젹간ᄒ며 동양졋 여더 먹여 그렁져렁 지닉눌 졔 흔두 살 먹어지이 아장아장 걸고 어이 아비 부을 졔 심망인 거동 보쇼 아긔 안고 어룬다 닉 아달 닉 아달 어와 둥둥 닉 아달 금자동아 은자동아 은 쥴넌가 은을 쥰들

〈6-뒤〉

너을 사며 금을 쥰들 너을 살야 금일넌가 은일넌가 밀활넌가 산홀넌가 져이 가거라 뒷틱도을 보자 일이 오너라 압틱도을 보자 쭝긋 우셔라 눈미을 보자 쌍긋쌍긋 웃는 양 터덕터덕 노는 양 아부 무릅 덥벅 안자 아부 슈염 검쳐 잡고 죠랑죠랑 노는 양 홍영 자공 산호편 옷고름의 미화불슈 딍긔 꼿틱 쥰쥬슐 강남의 열쇠시 베바람의 연초록 불능시반의 옥동경 나라가는 쳥학인가 어름궁긔 슈달피넌가 숀바닥의 진쥬넌가 쌀 나으면 농마는 자네계 부당ᄒ다 어와 둥둥 닉 간간 네 얼골 보와ᄒ이 부귀장슈홀 거시요 효시 노름ᄒ거쑤ᄂ 닉 아달 닉 아달 셔울 가 밤 흔ᄂ 어더다가 두룽박의 너어던이 머이 짜문 싀양쥐가 훨젹 다 싸먹고 껍줄만 남아거던 겁쥴은 어

멈 쥬고 본으는 홀멈 쥬고 살졈 죡금 남아거든 너고 나고 갈나 먹고 살짱
살짱 죄

⟨7-앞⟩

암죄암 지졔지졔 흔창 어우면셔 쏙 보난 듯긔 ○○흔다 그렁져렁 지녀올
졔 삼사셰가 되야진이 안고 업고 밥 빌던이 오육셰가 되야진이 숀 안잡고
왕닉턴이 칠팔셰가 되야진이 헝상빅옥이 득쇽의 뭇쳐 시들 졔 뉘 아라보
이 힝신쳐사 슈신벙빅 망인 부틴 위로흐미 츌쳔지효여로다 심망인 상쳐
후의 여광여취 밋친 마음 심쳥으로 젼혀 잇고 허숑셰월 보너던이 일일은
심쳥이 부틴젼의 엿자오디 아부임 드으시요 닉 나히 칠팔셰라 씨지 못홀
여식인들 압 못보는 아부임이 불폐풍우 언 숀 불고 밥빌너 단이는 양 닉
사 차마 못 보것쇼 집의 안자 계옵시면 너가 나셔 밥을 비러 아부 공딕흐
오이다 심망인 이 말 듯고 어허 긔특흐다 닉 쌀이여 아음답다 네 말이여
츌쳔지효여로다 도예는 의당흐느 다 커가는

⟨7-뒤⟩

쳐자몸이 출입흐기 극난흐고 쳬모업시 어이흐이 으식죡이지테졀은 예의흐
여시느 남여유별 중흔 예졀 예졀업시 어이흐이 심쳥이 엿자오디 예졀이란
말이요 예졀 잇자의 경중이 잇쇼 부자유친 중흔 예졀 쳔지의 쩟쩟흐고 남
여의 부동셕은 사쇼흔 예졀이라 말 못흐는 가막싼치 비금쥬슈 미물의느
공을 일우러 반포쥬가 되야신이 허물며 사람이 즘싱만 못흐잇가 압 못보
는 부친임이 밥 빌너 단이는 양 원 셜인○ 업쇼잇가 심쳥이 흔사흐고 너
머 말유치 마옵쇼셔 아츰밥 ○○러갈 졔 엄동셜흔 치운 늘의 헌 비중○
던임 미고 말○○○ 힝자초미 진만 나문 졉져고이 보션 업시 ○○○○○
○○○○○○○○○양 슈기씨고 다○○○○○○○○○○○○○ 특덕특덕 단

여○○○○○○○○○○○○○○○

〈8-앞〉

억 문압 드러가며 이○○○○○○○○○ 부친 안쳐 녹코 밥을 빌너 왔사
오이 딕의 훈슐 ○○○○○○○○ 쳐분더로 쥬옵쇼셔 쳐양훈 이 쇼리의
금슈던 안이 쥬며 두 숀 불고 두 발 썰며 이고 추아 지쳬안케 쥬옵쇼셔
독훈 사람의 집을 가면 밥도 안이 쥬고 박아지 씨야 더지며 흐는 말이 너
단이며 어더 먹고 네 아비 단이며 어더 먹은이 안진 사람인들 지탁훌 거
신야 어더먹는 사람은 훈나쑨인 쥴 알아도 슈가 만흐이 귀찬흐다 밥도 안
이 쥬고 쏘차너이 시문 압퍼 모진 기는 아죠 쌍쌍 짓는 쇼리 왈칵 물고
오요돈이 심청이 즐식흐야 눈물지고 도라셔이 엇지 안이 가연흐야 일이
훈창 단이면셔 콩밥 미밥 보이밥 자반 나물 무슈 즘치 갓쵸갓쵸 만이 어
더 촌촌 경지격간 단일 젹의 지쳬가 오리된이 심망인 경상 보쇼 닝돌 갓
튼 찬 방안의 곱푼 빅을 트러 쥐고 언

〈8-뒤〉

숀 불고 벌벌 썰며 밥 빌너간 심청이 워이흐야 못오는가 풍셜이 분분흐야
만경의 인젹이 업셔 쳔산의 죠비 쓴쳐신이 질 분간을 못흐는가 반쥭이 푸
여신이 찬 바람의 언 숀 불고 뉘 문 박긔 썰고 션야 나무입만 팟삭흐며
심청인야 시만 펼젹 눌라가도 이고 니 쌀 너 오느야 문을 열고 나올 젹의
이고 심청아 눌도 차고 숀도 슬어 보션 업시 발도 벗고 어드 가셔 죽어는
야 눈의 막켜 못오는야 목구먹이 원슈로다 굴머 죽지 안이흐야고져 이 고
상 흐는고느 이고 이고 심청어멈 잇 쩌가지 사아드면 기훈홀 비 만무흐고
심청을 너야노와 밥 빌게 흐올숀야 이고 이고 니 쌀이야 오직 치워 고상
흐이 더듬더듬 나가다가 진 질의 밋글쳐 흔 질 되는 집푼 강의 아죠 풍덩

썻구러져 두 숀으로 허우면셔 반싱바사 되야슬 졔 잇 찌 몽운사 화쥬싱이
화쥬차

〈9-앞〉

로 단이다가 심망인 경상 보쇼 목셕이 안이여든 그져 두야 져 즁의 거동
보쇼 구확장삼 훨젹 벗고 구졀 쥭장 니더지며 훨젹 벗고 쑤여 심망인 팔
을 자바 마른 더 니야 놋코 져진 옷 벡겨니야 졔 옷 흔 벌 입핀 후의 팔
을 자바 인도ᄒ야 져의 집의 도라와 위로ᄒ야 문ᄂ 말이 근본 안망ᄒ옵시
며 셩셰ᄂ 가지오ᄂ 춘추ᄂ 멋치오며 존위ᄂ 뉘 덕이요 심망인이 디답ᄒ
되 셩명은 심펑구요 즁간의 안밍ᄒ고 일가친쳑 젼이 업셔 사고무친 몸이
되야 강오십의 상쳐ᄒ고 무남독여 외짤 심쳥 강보의 즐너니야 걸식ᄒ야
먹ᄂ 터의 밥 빌너 간 졔 오리기로 기다이다 못ᄒ야 짤을 차자가다가 이
지경이 되야신이 게ᄂ 뉘시오지 활인젹덕옵신이 빅골ᄂ망이로쇼이다 이럿
툿 문답홀 졔 잇 씨의 심쳥이 밥을 어더 박아

〈9-뒤〉

지의 담아 들고 우루우루 드어오며 아부임 부으거눌 심망인 거동 보쇼 이
고 니 짤 네 오ᄂ야 쇼옴 업ᄂ 헌 것 입고 칩긴들 오즉ᄒ며 쇽인들 온젼
ᄒ야 잇 씨의 심쳥의 나히 십오셰라 다 커가ᄂ 쳐지 몸이 으상도 남누ᄒ
다 쓰길 쇽의 빅옥이요 형시 쇽의 눈봉이라 심쳥의 거동 보쇼 방안을 살
펴 보이 엇쩐 즁 거 잇거눌 잠간 문박긔셔 쥬졔ᄒ다가 저의 부친 얼골 보
고 이고 아부임의 경상이 뭔 일이요 옷은 엇지 져져시며 어이ᄒ야 우려겨
쇼 심망인 ᄒᄂ 말이 너 간졔 오리기로 기다이다 못ᄒ야 너을 차자 가다
가 디틱 즁의 몸이 빠져 반상반사 되야더니 져 디사의 덕틱으로 면사ᄂ
ᄒ야시ᄂ 그 은덕을 어이홀고 심쳥이 이 말 듯고 이거시 원 말이요 여보

디사임 활인격덕 놉푼 은혜 여산여히 늣망이요 무신 일노 가시다가 니의
부친 살여잇가 져 즁이 디답

〈10-앞〉

ᄒ되 쇼싱은 몽운사 화쥬런이 쇼승의 쳔만연 고사로 법당노젼 퇴낙ᄒ와
즁창을 ᄒ려 ᄒ고 권션을 진이고 속가의 나려와 시쥬임의 덕을 입어 전곡
간의 만이 어더 법당노젼 즁창ᄒ고 공 드인이 시주임니 슈며장슈 부귀다
남 영화디길 발원ᄒᄂ 몽운사 화쥬로쇼이다 심쳥이 이 말 듯고 이연이 엿
오되 나도 신공 드이면 아부 눈이 열잇가 화쥬 디왈 불젼의 공양미 삼빅
셕을 만이 시쥬ᄒ면 삼연 니의 눈이 열여 쳔지일월 볼 거시요 국녹지신
되오이다 심쳥이 이 말 듯고 마암의 간즁 쓰여 가셰는 젼혀 업시ᄂ 공양
삼빅셕을 권션의 치부ᄒ야 화쥬승 쥬옵시이 화쥬승이 ᄒ즉ᄒ고 간 후의
심망인 ᄒᄂ 말이 시업신 자식이로다 삼빅셕은 고사ᄒ고 셔되 쥬션 뉘가
홀고 허허 우슌 자식이로다 심쳥이 거동 보쇼 부

〈10-뒤〉

억으로 나러가셔 물 데여 상 차려 부친 압퍼 드려 녹코 아부임 밥을 잡슈
심망인 즐거ᄒ야 기자감식으로 비 부으게 머글 젹의 심쳥은 겻틱 안자 이
거슨 콩밥이요 져거슨 팟밥이요 갓게갓게 버려 노코 만이만이 잡슈시오
심망안 밥 머글 졔 어유산 호망이 지이산 너넌 듯기 독쇼이 씽 차듯 마파
람의 게눈 감초듯 횟닥 ᄒ던이 비 부니 심쳥이 그늘보텀 머의 모욕 졍셩
ᄒ고 집안도 졍이 씰고 사면의 금토 노코 시 쇼반의 졍화슈 두 손 합장
축원홀 졔 두 무릅 졍히 꿀고 졍셩으로 비는고나 비는이다 비는이다 쳔지
일월셩진이며 삼십삼쳔 이십팔슉 북두칠셩 죤불미억 ᄒ우동심 ᄒ옵쇼셔
쳔불셩무녹지인이요 지불출무잉지쇼라 무자싱 아부 신셰 삼십 젼의 안망

ᄒ야 오십의 느은 심청 집자이예 어미 일코 강보의 일은 심청 아부 등의
몸이 자라

〈11-앞〉

안밍ᄒ 아부 ᄒ을 싱젼의 풀가ᄒ고 지셩으로 비옵ᄂ다 셰상 사람 나옵실
졔 별노 후박 업건마은 아부 팔자 기박ᄒ야 장남ᄒ 자식 업고 육십 당ᄒ
망팔쇠연의 쥬야복즁 ᄒ일년이 몽운사 부쳬임젼 공양미 삼빅셕을 만이 시
쥬ᄒ면 삼연 니의 눈이 열여 쳔지만물 보랴기로 권션의 치부ᄒ여시ᄂ 일
홉일시 업삽긔로 복즁의 미친 ᄒ을 풀 가망이 업사오이 명쳔이 감동ᄒ사
심청을 몸 살 사람 쳔거ᄒ야 쥬옵쇼셔 지셩으로 빌 젹의 쥬야 걱졍 지니
ᄂ다 익고 익고 니 일이야 밍죵은 어이ᄒ야 눈 쇽의 쥭순 니고 왕상은 위
이ᄒ야 어름 우의 이어 낙고 디순 죵명 삼셩 즁ᄒ 효열 쳔츄만셰 유젼ᄒ
드 놀갓튼 불효자야 어디 가셔 씨잔 말고 쥬야 고통 지니ᄂ다 쳔심이 감
동ᄒ야 축원ᄒ 삼일만의 남경장사

〈11-뒤〉

션인덜이 심청 문젼 지니가며 코계 워여 ᄒᄂ 말이 촌인덜 말 드으시요
아모집 여자라도 십오셰 되온 쳐지 얼골도 아름답고 힝신도 셩열ᄒ고 몸
팔 이 잇삽니 이어탓 워고 갈 졔 심청이 거동 보쇼 시문을 의지ᄒ야 문ᄂ
말이 져의 가ᄂ 상고임니 사람을 살야ᄒ이 어드다 씨시야우 상고 션인 디
답ᄒ되 남경장사 가ᄂ 질의 슈노 말이 인당슈의 사람을 졔슉으로 넉코 가
면 비질도 무사ᄒ고 디사망을 보옵기로 금연 장사 가ᄂ 질의 남자갓튼 몸
을 사다 졔슈의 씨랴ᄒ오 심청이 이 말 듯고 쳔지 아득ᄒᄂ 출쳔지효여여
든 목슘을 익길쇼야 날갓튼 사람도 비륵 용잔ᄒ나 혹씨 시랴우 션인덜이
이 말 듯고 심청을 다시 보이 얼골 티도 힝동거지 셰상의 무쌍이라 션인

덜 ᄒᄂ 말이 무삼 일노 팔야 ᄒ오 심청이 ᄒ

〈12-앞〉

ᄂ 말이 육십당연의 너의 부친 삼십젼의 안밍ᄒ야 쥬야복통 ᄒ일년이 몽
운사 부쳬임젼 공양미 삼빅셕을 불젼의 시쥬ᄒ면 삼연 너의 눈을 열어 쳔
지만물 보랴기로 이 몸을 팔야 ᄒ오 션인덜이 이 말 듯고 좌락홀숀 그ᄃ
효힝은 츌쳔지효여로다 부친을 위로ᄒ야 사상을 불피ᄒ이 이런 효힝 ᄯ
잇ᄂ가 만일 몸을 팔야이면 얼믜ᄂ 씨시야우 심청이 ᄒᄂ 말이 더 쥬어도
씨더 업고 덜 쥬어도 모지리이 공양미 삼빅셕을 몽운사로 올이옵고 화쥬
의 푀을 바다 날을 갓다 쥬옵쇼셔 션인덜이 이 말 듯고 삼빅은 졀노 올이
고 삼빅셕은 가상ᄒ야 심청 쥬고 당부ᄒ며 이은 말이 ᄂ월 쵸오일의 힝션
ᄒ 거신이 쇼의쇼복 지여 입고 명심불망ᄒ옵쇼셔 ᄒ즉ᄒ고 간 연후의 부
친젼의 엿자오ᄃ 공

〈12-뒤〉

양미 삼빅셕을 몽운사로 올야신이 죡금도 경경마오 심봉사 이 말 듯고 이
거시 원 말이야 공양미 삼빅셕을 어ᄃ셔 낫단 말가 심청이 잠간 쇠겨 엿
자오ᄃ 져 건너 장자ᄃ 부인이 날을 별노 사랑ᄒ야 슈양쌀로 삼으랴기로
복중의 미친 ᄒ을 말삼ᄒ직 그 ᄃ의셔 익기잔코 삼빅셕을 쥬옵기여 몽운
사로 올야ᄂ이다 심망인이 길거ᄒ야 층찬 불의ᄒ고 말이 장자ᄃ 부인임
은혜은 빅골ᄂ망이로다 거록ᄒ고 좌락홀숀 금시라도 니 눈이 열이 듯ᄒ다
잇 쩌의 심청은 션인덜 쥬고간 양미 가지고 졔 부친의복 졔 숀으로 망종
ᄒ 졔 봄의 입을 상츰졉것 ᄒ졀으복 모시비것 가을쳘의 양뉘비것 동졀의
핫옷 두세 벌 식 갓 지여 공단갓근 식 망근의 팔사당쥴 ○옷 셥슈 보션
힝젼 이불 요와 베기가지 갓초갓초 장만ᄒ 졔 셰월이

〈13-앞〉

여유ᄒ야 혼정 날이 당ᄒ야구ᄂ 심청이 거동 보쇼 낙누ᄒ고 혼슘 슈며 혼
자 자튼 우는구나 밤 곳 시면 너일이라 나 죽고 업신 후의 안밍혼 너의
부친 뉘을 밋고 사으시며 무엇 먹고 사잔 말고 엄동셜혼 치운 날의 방의
불은 뉘가 너며 유월 염천 더운 날의 부치즐은 뉘가 홀고 혐노용궁 가는
즐의 무인가 젹젹ᄒ이 어드 가 자고 가며 어드 가 쉬여 갈고 명월공산 져
두견이 불여귀을 혼치 마라 영결상별 이 너 몸이 구곡간장 다 녹는다 녹
양방초 져 꾁꼬이 우는 쇼리 원슈로다 슈심 계워 울 아부임 잠을 일장호
졉 놀니셔라 이고 이고 너 일이랴 눈물지고 혼슘쉬고 혼자 이통 울마드여
져의 부친 잠자거놀 가만이 문박긔 나와 쥬과포 졍이 가초와 져의 어만이
뫼ᄒ의 가 쥬과포 벌여 녹코 기졀낙담 통곡홀 졔 이통으로 자진혼다 이고
이고 어만이 싱아구

〈13-뒤〉

고 부모지은 언의 날의 갑풀거나 동풍오 박졀의 사시 힝화는 고사ᄒ고 후
일 부임연부연의 일비쥬을 뉘가 놀고 이고 이고 셔룬지거 춘풍낙화는 명
연의 다시 보고 왕손의 방초는 히마당 도라오건만은 불효특심 이 너 몸이
창히고혼된 연후의 셩젹인들 아을숀가 사후상봉ᄒ자 혼들 슈육이 달나신
이 요 노릇셜 엇져잔 말고 이고 이고 너 일이야 근촌이 불원ᄒ이 계명셩
이 홍익ᄒ다 져의 집 도아와셔 져의 부친 위로홀 졔 동방이 기명ᄒ야 날
이 점점 시야오이 심청이 쇽졀업시 아츰밥을 지으랴 졔 비가 오이 눈물이
요 바람이 친이 혼숨이라 원산은 암암 근산은 촌촌 산쳔도 봄을 만나 초
목도 푸려 잇고 사람도 봄을 만나 춘흥 도도혼다 춘흥으 계워 이월화초
봄바람의 흔늘여지고 춘우의 피는 입은 쳐쳐의 녹음이라 농춘화답 쎅을

지여 뭇식덜은 사면의 안자 울 졔 심

〈14-앞〉

쳥이 실푼 마음 어이 다 칙양홀이 이고 이고 윗젹거나 아부임을 엇지 잇
고 인당슈로 가잔 말고 이 말을 드러노면 날 몬져 자결홀가 이졔 쏘호 으
심이라 밥을 차려 드려녹코 아부임 밥을 잡슈 져도 밥을 먹으랴고 슐을
들고 밥을 쓰이 목이 며여 못 먹것다 눈물을 흘이면셔 늬 눈 흔나만 쎄야
아부 눈을 디용ㅎ야 졍긔가 잇실 터면 그이라도 흐련만은 몸 파인 이 사
람이라 이 일을 어이홀고 잇 찌의 션인덜이 비연장 가초실코 슌풍의 돗슬
다라 물디풍 시셕을 디고 슈십명이 드어오며 심낭자 부으는 쇼릐예 심쳥
이 긔가 막켜 운빈홍안 식이 업고 만신사죡 별별 떨고 졍신업시 나 안지
며 아부임 이졔는 사차불피오이 아부임젼 말삼 알외눈이다 공양미 삼빅셕
을 어디셔 나오잇가 변통홀 질 젼이 업셔 남경장사 션인덜계 슈로 말이
가는 질의 졔슉으로 팔여신

〈14-뒤〉

이 아부임 어진 마음 씨씨 업는 여식을 죠금도 싱각말고 싱젼의 눈을 열
어 쳔지만물 보옵시고 만셰무양ㅎ옵쇼셔 얼골 망죵 디야 보시 몸을 안고
궁글으면셔 방셩통곡ㅎ는 양은 일월도 무광ㅎ고 산쳔초목 비금쥬슈 다 우
는 듯ㅎ더라 심망인 거동 보쇼 슝당이 칵 믹켜 어간이 먹먹 졍신이 답답
이고 이고 이졔 원 일인야 기졀낙담 발 구르며 허허 그 말 슝악ㅎ다 못ㅎ
이라 못ㅎ이라 팔단 말이 원 말이야 어셔 밥비 물너라 심쳥이 엿자오디
무른단 말이 원 말이요 부쳬임젼 시쥬흔 쌀 어디 가셔 차지잇가 몽운사의
올나가셔 밧비 차져 쥬라 이무 졀의 올인 쌀을 차자ㅎ기 만무ㅎ고 이무
나쎠슬 터이 그런 말삼 마옵쇼셔 그러턴지 져러턴지 너는 못가이라 네가

살고 니 눈 쓰면 영화가 되련이와 네가 죽고 니가 산들 세상의 용납 어이
흐며 황천의 도라간

〈15-앞〉

들 션영 상디흐올숀야 가삼을 탕탕 목제비즐 눈을 파라 너을 살디 너을
파라 니 눈 되면 앙희 급쌀 안이 되야 불상흐다 너의 모친 명산디쳔 신공
드려 만득흐야 나은 자식 니 압푸셔 죽단 말가 예말의 흐엿시되 자식 죽
으면 상명지통이라 박든 눈도 어둡싼는되 산 자식을 죽인 후의 어둔 눈이
박단 말은 언문잔쥬에도 업는 말이라 마라 마라 그이 마라 압 셰운이 쥬
령이요 말 무른이 니 눈이라 쥬령눈을 이른 후의 뉘을 의퇵 사잔 말고 익
고 익고 셔룬지거 션인덜도 낙누흐고 동사중의 흐는 말이 여보 봉사임 그
이그이 마오 너머 그이 마옵쇼셔 이왕의 그릇된 일 후회흔들 막그이요 이
통흔들 무가니흐라 업드러진 물을 다시 모드며 끈어진 비쌀 이을숀야 예
날 등빅도는 졔 자식을 죽여시되 남이 글타 안이흐고 쳔츄만셰 유젼흐고
곽거의 양쥬 부쳬 자식을 무드라

〈15-뒤〉

되 남이 오즉 션이 아라 명젼죽빅흐야신이 봉사임 눈쓰랴고 자식을 팔랴
시면 외셜도 잇시련이와 출쳔지효여로다 아부 눈듯랴 흐고 자신 방미흐야
시이 마오 마오 너머 마오 너머 졀이 이통흐면 봉사임도 희가 되고 취이
흐잔 우이 등도 사망지슈 업사오이 너머 그이 마옵쇼셔 빅미 삼빅셕 젼
삼빅 양 젼갑 외예 슬러드려 심망인 불상토고 양식찬기 으자흐라 젹다 말
고 씨옵쇼셔 심청이 셔룬 중의 황공 감사 치사흐며 틱산갓치 놉푼 덕퇵
하히갓치 지푼 졍을 인당슈 혼이 되덜 이즐 가망이 잇시일가 빅빅 치사흔
연후의 젼곡을 츄심흐야 부친 압퍼 싸야 노코 아부임 드으시요 션인 상고

어운덜이 별노이 체급ㅎ여 빅미 삼빅셕과 젼 삼빅양을 불상타고 쥬옵신이
일간두옥 죠분 집의 엇다 감찰홀 슈 업고 봉젹ㅎ기 쉴 거시미 일촌 즁의
너어 두고 관가의

〈16-앞〉

입지너여 의식용챡ㅎ옵쇼셔 심망인 ㅎ는 말이 쳔금도 귀찬ㅎ고 만금도 귀
찬ㅎ다 너가 일졍 가랴다는 졀힁치사ㅎ오이라 심쳥이 거동 보쇼 동니 여
러 엄죤젼의 젼곡을 믹기면셔 쳔만번 부탁ㅎ되 젼곡을 동즁의 유자로 너
어 두고 안밍ㅎ 니의 부친 공경시겨 쥬옵쇼셔 심쳥이 거동 보쇼 ㅎ일업시
발힁홀 졔 져와 함긔 노든 동무 심쳥이 간다 ㅎ고 다 모와 이별홀 졔 이
고 야야 가지 마라 가단 말이 원 말인야 마라 마라 가지 마라 어느 씩의
다시 보며 닐과 함긔 노잔 말고 졍월 망일 답교ㅎ기 사월 초팔일 관등ㅎ
기 오월 단오일 츄쳔ㅎ긔 칠월 칠셕 걸교ㅎ기 닐과 함긔 ㅎ잔 말고 마라
마라 가지 마라 춘풍도이 화긔야의 녜 성각을 위이ㅎ며 추우오동엽낙시의
니 울회을 뉘 금ㅎ며 이고 이고 가지 마라 심쳥이 ㅎ는 말이 안밍ㅎ 니의
부친

〈16-뒤〉

환거ㅎ되 작별ㅎ고 슈노 말이 가는 몸이 사쇼훈 인졍이라 엇지 다 성각ㅎ
이 너의는 셰상의 나 부모 육친 즁ㅎ 윤기 만셰 후의 도라가도 부모 죵신
ㅎ연이와 날갓튼 불효자랴 부친 가삼의 불을 뭇고 영결죵쳔 싱이별의 죽
은들 잘 되숀야 너의덜계 부탁ㅎ자 죽은 나을 성각ㅎ야 안밍ㅎ 니의 부친
각각 위로ㅎ야 쥬면 창히고혼 이 니 몸이 죽은덜 이즐쇼야 화긔 졈졈 니
눈물이요 엽낙분분 니 한이라 부디 부디 잘 잇거라 심쳥이 ㅎ일업시 져의
부친 목을 안고 이고 아부임 심쳥이 망죵 ㅎ직 드이요 심봉사 거동 보쇼

초미자락 부여 잡고 더듬더듬 짜라가며 네가 진정 가락이면 너고 나고 함 긔 가자 이고 이고 엇겨거나 심쳥이 도라셜 졔 거이거이 모든 사람 억머고 이 우룸이라 귀중의 부여덜은 골목골목 손을 잡고 이통ᄒ야 이은 말이 얼

〈17-앞〉

골 터도 힝실 도예 자질 치사 악가올사 불상ᄐ ᄒᄂᆫ 쇼릭 원근산쳔 쩌드럿다 각딕 사람덜은 졔신발광 자물커나 심봉사 거동 보쇼 딸 가는 쥴 모을 졔 션인덜 거동 쇼 심쳥을 지쵹ᄒ야 압 셰우고 나갈 젹의 심쳥이 압피 믹켜 가는 길이 안보일 졔 ᄒᆫ 거름의 도라보고 두 거름의 도라볼 졔 모롱손이 너머가이 집은 졈졈 머어지고 울회창창 눈물이라 ᄒᆡ변의 당도ᄒ이 슈쳔은 일식이라 탕탕ᄒᆫ 가모식은 상ᄒ쳔광 노파도다 인편단신 이 닉 몸이 가는 질이 창ᄒᆡ로다 어옹덜은 갈삭갓 슈기 씨고 힝화촌을 차자간다 션인덜 거동 보쇼 심쳥을 비여 올야 사공은 짜이 잡고 젹군은 닷 가무며 어그야 진 쇼리의 삼층 돗 고작 치와 좌우로 갈나 달고 닷 감는 광우 쇼리 일쳔간장 다 녹는다 비머이 두으면셔 지곡총총 빅 져어라 쇼자쳥젹부벽은 옛말노 드러던이 삼공불환차강산은 일노 이른

〈17-뒤〉

말이라 물쏘가며 돌쏘가며 이슈을 밧비 건네 빅노쥬로 어셔 가자 삼산을 바리보이 쳥쳔외여 머러 잇고 슈면강 당도ᄒ이 빅학산 간디 업다 쇼상강 다다른이 죽임의 튼금쇼리 요여슌쳐 이통이요 동졍호 칠빅이의 아양누 잇단 말은 두문장 일거 후의 뉘다려 무러보이 어복장요 닉 신셰 명나슈로 어셔 가자 굴삼연이나 차자 볼가 치셕강 발근 달의 혼가ᄒ다 이젹션이 기경상쳔 져그로다 오호 도라든이 범여ᄂᆫ 간디업고 장한쳥쳔 일 안이 닉 편

지 젼홀손야 봉황디의 봉가신이 강물결만 흘러 잇고 황학누의 학 업슨이 빅운단 편편이라 노지봉황산 북문의 쳠잉무쥬변우라 사장의 빅구들은 샤양강쳔 차자들고 초틱의 원셩이는 바람결의 슬피 운이 쳥산말이 일고쥬의 일촌간장 다 녹는다 장슈는 호호 쳥산은 암암 낙안은 편편 빅구는 분분 츌넝츌넝 비 져어라

〈18-앞〉

하목은 졔비ㅎ고 슈쳔은 일식이라 등왕각 어디미요 왕발이나 차자볼가 졀강의 셕는 혼슈 충신열사의 졍영인가 오자셔을 뭇자ㅎ이 쳥산이 불문녹슈 가부답 아셔라 다 바려라 어느 시 인당슈 당도ㅎ이 는디 업는 풍낭 물결 오식 변화 부를 졔 쇼쇼이 광풍 이러나며 물결도 뒤글으며 구진 비쌜 쑥쑥 비는 뒤둥뒤둥 여산풍낭 치는 쇼리 츌렁충 쳥강이 되야 희슈가 요란홀 졔 션인덜 디경ㅎ야 닷슬 급피 지은 후의 고사긔계 차일 젹의 머이 모욕 졍셩ㅎ고 삼식실과 오식탕슈 윈쇠머이 윈쇠다이 동의쩍 셤쌀밥의 어동육셔 좌포우혜 좌홍육빅 느러녹코 필무명필 마포는 의관으로 거러녹코 심쳥도 모욕시켜 녹으홍상 안분셩적 낭자 식여 상머이의 졔슉으로 안차고나 심쳥이 거동 보쇼 팔자쳥산 쯩그을 졔 희옴업는 눈물이요 여광여취

〈18-뒤〉

밋친 마음 워이 다 칭양ㅎ이 사공은 북치 들고 고사츅원ㅎ는고나 요슌우탕 문무쥬공 공밍안징 나옵시고 실농씨 상빅초의 시유으약ㅎ옵시고 복호씨 나신 후의 시획 팔쫫ㅎ옵시고 헌원씨 비을 지여 이졔불통ㅎ 연후의 자고도 금본을 바다 사농공상 위입ㅎ야 슈말이 창희슈의 슈만지 밋쳔 드려 션쥬 션인 동모 지여 창희 말이 먼면 질의 장사즐노 가옵니디 인당슈 용왕젼의 유이국 도화동 을츅싱 심쳥 쳐지 얼골 티도 아름답고 츌쳔지효힝

여자로 졔슉을 드이옵니다 기기 셤즁 사히용왕 동으는 쳥졔용왕 남으는
젹졔용왕 북으는 흑졔용왕 셔으는 빅졔용왕 즁으는 황졔용왕 인당슈 용왕
임니 ᄒ우동심ᄒ옵쇼셔 밤이면 셕을 디이고 나지면 비슬홀 졔 슌풍 부러
비도 무쇠비 되옵고 용총 닷쥴 무쇠되야 영낙지환이 업고 억심말

〈19-앞〉

양 디퇴니야 이물 가득 돗디 ᄯᅳ티 봉긔 둘너 봉긔 ᄯᅳ티 영화 피여 우슘으
로 츔을 츄고 눈의 사망 발의 사망 지슈 먹고 남고 씨고 남겨 졈지ᄒ야
쥬옵쇼셔 둥둥 울이면셔 물ᄯᅥ 시급 느져간이 어셔 급피 물의 들나 심청이
이러나셔 동셔남북 져슈으며 비는이다 비는이다 ᄒ날임젼의 비는이다 심
청이 죽는 일은 츄호도 셥잔ᄒ되 안맹ᄒ 니의 부친 깁푼 혼을 싱젼의 풀
야 ᄒ고 이 죽검을 당ᄒ오이 명쳔이 감동ᄒ야 안밍ᄒ 아부 혼을 불원간의
발게 ᄒ와 후분 신셰ᄂ 편켜 ᄒ야 쥬옵쇼셔 사후의 만나보게 졈지ᄒ와 쥬
옵쇼셔 쥬츔쥬츔 거러가다 비 죠판의 업드러진이 쳥산은 암암ᄒ고 구룸이
어으는 듯 빅구는 펄펄ᄒ야 가는 즐을 머무는 듯 육슈도 목이 메여 ᄒ편
은 티산이요 ᄒ편은 슈변이라 션인덜도 안보랴고 눈물지고 도라셜 졔 심
청이 거동 보쇼 션인덜게 ᄒ즉

〈19-뒤〉

홀 졔 팔을 드러 손을 치며 여보 션인 상고임니 슈노말이 가는 즐의 슌풍
의 돗슬 다라 슈만금 디퇴 니야 우슘으로 츔을 츄고 만셰무양ᄒ옵쇼셔 이
고 여보 상고임니 고국으로 가는 즐의 우이 아부임 눈 ᄯᅥ는가 부디 부디
보옵쇼셔 쵸미자락 부여 잡고 쥬츔쥬츔 거러가다가 물의 풍덩 ᄯᅥ어진이
엇지 안이 가연ᄒ야 난디 업는 오운이 사방으로 자옥ᄒ며 쳥쳔의 셔기 즐
너 창희가 뒤놉는 듯 농작갓탄 뉘셩이ᄂ 좌우로 벌어지며 연쇼우멸일진풍

의 쳔지가 명낭ㅎ며 육율옥셩 풍악쇼리 눈디 업시 들이거날 션인덜도 고
이 여겨 셔로 쥬겨ㅎ눈 차의 눈디 업눈 슌풍 만나 살티갓치 가더라 잇 써
의 옥황상졔 사ㅎ용왕의 분부ㅎ되 유이국 도화동 심낭자 모월 모일 모시
의 인당슈의 빼즐 거즌이 너히 등이 일일 등디ㅎ라 만일 즐슈ㅎ면 사

⟨20-앞⟩

ㅎ용왕을 죄 쥬이라 사ㅎ용왕 쳥영 후의 강혼지장과 쳔퇵지군을 일일 지
위훈이라 그 날이 당ㅎ미 과연 심낭자 물의 쑤여든이 팔션여 옹위ㅎ야 옥
교을 드이거날 심낭자 디경ㅎ야 이 어인 일이온지 팔션여 엿자오디 옥황
상졔 ㅎ쇼ㅎ옵시고 사ㅎ용왕 죠슈ㅎ사 옥낭자 귀혼 몸의 물 혼 졈이 무치
거나 묘시기을 실슈ㅎ면 즁죄을 ㅎ올 쥴노 엄슉키 분부ㅎ시이 어셔 옥교
의 모신 후의 좌우로 옹위ㅎ야 슈경문안 드러갈 졔 용왕이 위로ㅎ야 사양
문 밧 나옵시고 요디별상 마즐 젹의 풍악으로 드러간다 왕자진의 봉피려
요 장자방의 옥퉁쇼라 연악은 겨을 불고 원파는 북을 친다 곽쳐사의 쥭장
고며 셩연자의 거문고라 호가션여 명무츔이요 요지왕모 걸눈타라 좌우을
살펴보이 방장봉닉지고즁의 억

⟨20-뒤⟩

민셰지무궁이라 쇼간부상 져그로다 금계졔파일윤홍 요지왕모 여 왓고나
일샹쳥조 힝인졔 남명북히 이 안인가 디봉비진슈여남고 힝일지 어디미요
일발쳥산북히쇡이라 옥쳔궁 드러가며 차라용골노위양ㅎ고 어인작와로다
오쇡단쳥 죠흔 궁의 심낭자을 졍이 모셔 션찬으로 졉디홀 졔 쳔일쥬 쳔도
등물 가지가지 등디ㅎ며 불노쵸 불사약 긔인표교 봉미탕이라 쳥학 빅학
난봉 공작 쌍거쌍닉 노는 거동 시위ㅎ눈 팔션여 번ㅎ번등 등디ㅎ며 심낭
자 인간으복 다 훨젹 벅긴 후의 션여복식 치일 젹의 빅화단 쇽겨고이 은

ㅎ직여 직금이요 일월단 것 져고이 월궁황이 슈품이요 운무홍사 진 쵸미
는 요지왕모 슈을 노와 광치도 찰는ㅎ다 그 얼골 그 티도는 셰상 인물 안
이로다 일일은 신여 엿자오되 오늘은 귀경 가사이다 심낭자 문는 말삼 무
신 귀경인

〈21-앞〉

야 신여 닷시 엿자오더 낭자의 전싱 말삼 낫낫치 알외이다 낭자의 디부인
이 본시 영쥬산 십팔선여로 상졔젼 득죄ㅎ고 젹ㅎ인간ㅎ야 누연 젹고의
낭자와 본시 쳔상연분으로 인간의 모지 되야 여연을 미진ㅎ고 미면강보의
상졔 ㅎ죠나려 도로 승쳔ㅎ겨시이 가장의 여홈과 낭자 고상은 이믹 죄지
ㅎ일 업셔 막비쳔운ㅎ을 마우도금ㅎ야 디부인 거쳐는 남학산이요 당호는
우부인이라 낭자의 싱각으로 오민불망 지니던이 낭자의 츌쳔효힝 부친을
위로ㅎ야 인당슈 졔슉 말삼 어옹 불너 아으시고 상졔젼 죠회 싯터 이 말
삼을 엿자와 사희용왕의 ㅎ됴ㅎ샤 일이 묘사 오신 줄을 디부인이 아으시
고 낭자 보러 오신이로다 악가ㅎ쳡 나려이다 심낭자 거동 보쇼 쳔방지방
나가 젹의 신여등 거동 보쇼 금등으로 옹위ㅎ다 쳥학 빅학 압치 메고 난
봉 공작 뒤치 메며 시위ㅎ는 팔선여는

〈21-뒤〉

좌우로 옹위ㅎ이 빅운지으 명월픽의 영광도 찰는ㅎ다 육율옥셩 가진 풍악
슈경문밧 시위홀 졔 신여들 거동 보쇼 옥슈을 드러 남쳔을 가라친다 는디
엄눈 오식 구름 삼식 안기 셔기 반공 다이 녹코 풍편의 옥져 쇼리 빅학
탄 져 동자 머이예 빅연화을 꼿고 몸으는 명월픽라 요지왕모 쳥죠시는 ㅎ
쇼식 젼ㅎ랴고 빅운간의 써나온다 구름 속의 젼비공ㅎ야 온다 싼인 옥교
압치는 진봉치요 뒤치는 빅능파라 경경파 강영춘운은 좌편으로 시위ㅎ고

계셤월 십효연은 우편으로 시위ᄒᆞᆫ다 빅운 휘장 명월 명창 좌우로 번듯 머
고 수경쥬염 반권ᄒᆞ야 청풍션을 흐농ᄒᆞ면 구름 옷 안기 초민 췬봉묘로 관
을 써 칠보고계 어인 양장 일월각시 찰ᄂᆞᆫ ᄒᆞ다 압퓌ᄂᆞᆫ 두목지요 뒤흐ᄂᆞᆫ 여
동빈 테 탄 징경이요 고리 탄 이션인이라 표표ᄒᆞᆫ 월궁황이 자ᄒᆞ쥬을 진지
ᄒᆞ며 흔흔ᄒᆞᆫ 은ᄒᆞ직여 단

〈22-앞〉

사경장 드러셔라 긔인으로 봉마실러 봉황으로 춤을 춘다 부용긋치 연무풍
악 좌우로 진동ᄒᆞ야 수경문 당도ᄒᆞᆯ이 심낭자 거동 보쇼 왈칵 쮜여 닙더셔
며 길거울 졔 워이ᄒᆞ야 몰나던가 이고 이고 어만이 어디 가겻다 인자 온
가 셩아구고부모지은 자식 되고 몰나신이 불효박더 몹실 여식 천지간의
용납ᄒᆞᆯ 계 디부인 거동 보쇼 왈칵 쮜여 안고 운다 이고 니 ᄯᅡᆯ 여 왓고나
얼골 흔틕 디이면셔 만단정회 다ᄒᆞᆯ 적의 처음 너을 비야 날 졔 명산디쳔
신공 드려 부쳬임 덕틱으로 만득ᄒᆞ야 너을 비야 목불식익식ᄒᆞ고 이불쳥음
셩ᄒᆞ야 셩헌의 효칙 바다 십샥 비셜 괴히 나셔 싱젼 영화 보랴던이 박복
ᄒᆞᆫ 요 니 신셰 빈ᄒᆞᆫ도 ᄒᆞᆯ 뿐외여 산후 별징 이러나이 빈한한 이 니 신셰
뉘가 날을 구졔ᄒᆞ며 안밍ᄒᆞᆫ 너의 부친 병든 날을 어이ᄒᆞᆯ고 영결종쳔 니으
신명 가장 가삼의 불을 뭇고 총이하던 즁ᄒᆞᆫ 니 ᄯᅡᆯ 엇

〈22-뒤〉

지 잇고 도라올고 이고 이고 너의 부친 안밍ᄒᆞᆫ 져 신셰의 너을 엇지 크원
ᄂᆞᆫ고 니 아모 죽어시나 쳘윤지어 인졍간의 아조 잇고 모로야만은 산후
별징 죽은 몸이 구양ᄒᆞᆫ 졍 도라왓다 상졔견 졍ᄒᆞᆫ 연슈 일역으로 어이ᄒᆞ이
상졔견 즁ᄒᆞᆫ 덕틱 봉ᄒᆞᆫ ᄯᅡᆼ은 남학산이요 당호을 우부인이라 각귀쳐쇼ᄒᆞ야
노이 인간 이연 ᄯᅳᆫ쳐셔라 너와 나와 모자되은 쳔상의 졍ᄒᆞᆫ 연분 쵸연 고

상 천졍듸슈 일역으로 워이ᄒᆞ이 춘풍화기 꼿가지의 닉 눈물이 이실이요 숑풍낙월 발근 달이 닉의 혼이 불여귀라 셔러 말고 드러가자 슈졍궁 드러 갈 졔 용왕의 거동 보쇼 지경듸후 마를 젹의 운무로 용표지며 무지계로 쒸을 쒸고 야광쥬 일월피는 좌우로 찰난ᄒᆞ다 좌으는 별쥬부요 우으는 구 신공 강호지장과 쳔틱지군이 젼후로 시위ᄒᆞ며 용졍봉기 긔발이며 실파싱 황 풍악쇼리 일궁즁이 진동

〈23-앞〉

ᄒᆞ다 차차로 연졉ᄒᆞ야 졔졔이 좌졍ᄒᆞ이 쳥풍당상 명월난간 눈봉 공작 춤 을 츄고 션인옥여 풍악이라 가즌 음식 다담 차려 금광초 화혼쵸 자지화 불노쵸 기인표교 봉미탕을 낫낫치 고야고나 용왕의 거동 보쇼 삼일 듸연 을 비셜ᄒᆞ야 일궁즁이 길긴 후의 모여 셔로 상의 ᄒᆞ야 풍악으로 지니던이 삼연 호졍 다다으이 옥황상졔 ᄒᆞ숑ᄒᆞ시며 쳔도화 꼿봉 쇽의 심낭자을 졍 이 모셔 단사옥장 자ᄒᆞ쥬며 불노쵸 불사약을 가지가지 고야구나 모자 셔 로 이별홀 졔 듸분인 이은 말삼 날 이별 셔러 말고 셰상의 어셔 나가 너 의 부친 상면ᄒᆞ라 옥황상졔 ᄒᆞ죠나려 숑황후로 졈지ᄒᆞ야신이 영화도 듸길 홀 거시요 너는 망팔쇠연의 나를 셰라올 거시이 셔러 말고 어셔 가라 옥 벽 ᄒᆞ나 니여 쥬며 이 슐은 게안쥐 너의 부친 드려셔라 눈물노

〈23-뒤〉

ᄒᆞ직ᄒᆞ고 창파슈상 나올 젹의 육율옥성 션악 등을 압피로 느려 셰고 인당 슈로 젼숑홀 졔 용왕도 ᄒᆞ직ᄒᆞ고 용궁의 모든 신호 슈경문 밧 ᄒᆞ즉ᄒᆞ고 삼연 묘신 시여 등을 셔로 숀즐 마죠 잡고 이별시 비별쥬로 못닉 이별ᄒᆞ 올 젹의 팔션여 엿자오되 낭자 묘셔오던 비가 삼일 너의 올 거신이 셰상 의 나가시면 부친을 볼 거시요 영화듸길ᄒᆞ오이다 꼿봉을 물의 듸고 ᄒᆞ직

ᄒ고 돌아션이 오운영치 간디업고 션여션악 ᄯᅳ쳐셔라 무변디히 갓 업ᄂᆞᆫ
디 벅희슈상 둥둥 ᄯᅥ셔 망망디히 바리보이 셰우즁쳔 돗슬 달고 둥뎡둥뎡
ᄯᅥ온 빈ᄂᆞᆫ 이젹션 기경 후의 풍월 슬러 가ᄂᆞᆫ 빈야 우후쳥강 죠흔 홍은 쌍
쌍 빅구 흘이 덧다 허궁의 즁쳔 져 기력아 쇼즁낭 북희상의 편지 젼코 너
오ᄂᆞᆫ야 우이 부친 계옵신디 쇼식이나 젼ᄒᆞ야다고 눈물지고 ᄒᆞ슌슈며 쇼상
강 바리보이 빅으홍안

〈24-앞〉

두 부인이 손즐 셔로 마죠 잡고 죽임으로 나오면셔 여보 심황후 니 말 듯
쇼 우이을 모로ᄂᆞᆫ가 창오산 봉상슈졀 죽상지의 니의 눈물이요 그디 효힝
집푼 쥴을 우이 형졔 아라노라 셰상의 나가겨셔 슝황후되시거든 이십오현
탄야월의 불싱쳥원각비닌을 가연이 아라 쥬오 심낭자 니렴의 요여슌쳐 이
비로다 그 사람 ᄒᆞ즉ᄒᆞ고 ᄯᅩ 흔 곳 바리본이 엇더흔 사람이 힝식이 교교
ᄒᆞ고 형용은 쵸쵸흔드 여보 심황후 이 니 말 드러보오 굴삼연을 모로ᄂᆞᆫ가
이효경 집푼 말은 글자 글자 눈물이요 어부사 진쇼러ᄂᆞᆫ 마디 마디 춘졀이
라 셰상의 나가겨셔 슝황후되시거든 충신 박디 말나시요 그 사람 ᄒᆞ즉ᄒᆞ
고 명나슈가 여기로다 둥뎡둥뎡 ᄯᅥ오다가 ᄯᅩ 흔 곳 바라보이 엇더흔 사람
이 그골도 장여ᄒᆞ다 양비 디담ᄒᆞᄂᆞᆫ 말이 여보 심황후 오자셔을 모으ᄂᆞᆫ가
쇼쇼흔 이니 충졀 창희고혼 익도옵다 셰상의 나가겨셔 슝황후되시거든 소
이 참쇼 듯

〈24-뒤〉

지 말나 부디 부디 간ᄒᆞ시요 그 사람 ᄒᆞ즉ᄒᆞ고 졀강이 여그로다 ᄯᅩ 흔 곳
바라보이 엇더흔 셰상아히 모양도 단이ᄒᆞ다 여보 심황후 눌을 모로ᄂᆞᆫ가
동자 문장 왕발이요 셰상의 나가거든 낙화ᄂᆞᆫ 여고목졔비ᄒᆞ고 츄슈ᄂᆞᆫ 공장

천일식을 자셔히 젼ᄒᆞ야 쥬오 그 사람 ᄒᆞ즉ᄒᆞ고 등왕각이 여그로다 ᄯᅩ ᄒᆞᆫ 곳을 바리보이 비 ᄒᆞ나 ᄯᅥ오면셔 북쇼리 둥둥 울이거늘 거 위인 북쇼린고 남경 갓던 상고션인 만만금 디퇴 니야 본국으로 도라올 졔 인당슈 다다으이 상고션인 거동 보쇼 졔물 차여니여 노코 인당슈 고혼 심쳥 넉시라도 츌쳔지효여 넉시야 기갈이 자심커든 만이 먹고 가쇼 셔산 물 푸러 헷치졔 는디 업는 꼿봉지 ᄒᆞ나 비머이예 ᄯᅥ 잇거날 자셔히 살펴본이 셰상 화초 안이로다 도사공 거동 보쇼 꼿슝이을 밧비 건져 비조판의 올야 노코 허허 그 꼿 고히ᄒᆞ다 심낭자 쥭은 후의 져 꼿시 되얏난가 허허 그 꼿 고히ᄒᆞ다 꼿일홈이나 논단홀 졔 평장턱이 안이여든 모랑화도 안이요 구즁츈식

〈25-앞〉

안이여든 홍도화도 안이요 하양현이 안이여든 빅이화도 안이요 치연강남 안이여든 홍연화도 안이요 월즁싱지 안이여든 단겨화도 안이요 국쳐사의 ᄯᅳᆯ압편가 국화도 안이요 ᄒᆞ손의 양쥬런가 미화도 안이요 부귀화도 갓다만은 작약화도 안이요 유이옥반 갓다만은 잉도화도 안이요 광치도 츌는ᄒᆞ고 불기도 연식ᄒᆞ다 요요작작 그 꼿 일홈 아미도 효여화라 효여화을 졍이 시러 순풍의 비을 노와 황셩 고향 슈쳘이을 영ᄒᆡᆼ으로 드러오이 엇지 안이 죠흘숀야 도션쥬 꼿슬 바다 옥분으 심어 노이 휘황ᄒᆞᆫ 이 꼿 일홈 장안의 자자ᄒᆞ더라 잇 ᄯᅢ의 이부상셔 션인 불너 문는 말이 인간의 드문 화쵸 너의 집의 잇다 ᄒᆞ이 귀경ᄒᆞ미 엇더ᄒᆞ요 션인덜 거동 보쇼 꼿슬 밧비 드려오이 이부상셔 보신 후의 꼿슬 미미ᄒᆞ야 금은으로 사슝ᄒᆞ고 옥분의 심기이라 잇 ᄯᅢ의 쳔자겨옵셔 황후 상쳐ᄒᆞ옵시고 심신리 살는ᄒᆞ야 화

〈25-뒤〉

초로 시음 풀 제 황금탑 빅옥축의 화초도 찰는ᄒ다 어쥬츈슈이산츄 양안
섭기 도화 황화는 쇼축신 구일용산 국화 위성죠우읍경진 긱사쳥쳥유싁신
셔졍강상 발근 달 동각셜즁 미화 차문쥬가ᄒ쳐지 목동이 요지힝화 심이곡
강 옥연화 막디화 여션 단겨화 화즁왕의 목단화 빅셜이 분분 셜투화 부귀
츈광 작약화요 요작작 영산화 힝그압다 논죠화 빅옥반의 잉도화 난만화홍
왜쳘쥭 사시장츈 사겨화 빅일장츈 빅일홍 허쵸 파쵸 봉션화 홍도 빅동도
빅화 울임쳐사 자지화 군불견 촉규화 명사십이 히당화 욕향쳥산 두견화
담안의 미인쵸 담박기 출장화 모도 실영병여 차취장등 빅능숑엽 일산 화
쵸도 번화ᄒ고 그구도 찰는ᄒ다 일일은 죠회 끗티 이부상셔 복지 쥬왈 남
경장사 션인덜이 인당슈 디히 즁의 인간의 드문 화쵸 비의 실코 왓삽기로
신의 집의 잇사오

〈26-앞〉

이 그 꼿슬 드이나이다 황졔 디히ᄒ사 꼿슬 바다 황각젼의 심어논이 단사
혼 고은 빗츤 달빗쳘 갈의는 듯 괴이혼 고은 영치 궐니 안이 휘황ᄒ다 황
상이 층찬하사 별궁의 심어 두고 날노 귀경ᄒ시면셔 층찬불ᄋᄒ는 말삼
약슈삼쳘이의 쳔인 빅도화 잇다던이 이 꼿시 분명ᄒ다 밤나지로 사랑ᄒ사
자죠 귀경ᄒ실 적의 썬 마진 삼츈이라 월식 삼경 사창외의 꼿봉을 향ᄒ던
이 는디 업는 옥낭자 꼿봉 박기 얼런ᄒ거늘 황졔 잠간 경심ᄒ사 잠간 쥬
졔ᄒ는 차으 와연이 인졍긔가 꼿봉 안의 분명ᄒ다 황졔 고히ᄒ사 옥슈을
잠간 드러 꼿봉을 헛친이 옥낭자 여 잇고나 귀예는 월귀탄이요 몸의는 구
름장옷 광치도 찰는ᄒ다 그 엽펄 살펴본이 쳔일쥬 쳔도 등물 불사약 금
광쵸 가지가지 노와고나 황상이 디히ᄒ사 옥슈을 잡고 뭇는 말이 문

〈26-뒤〉

노라 져 낭야 사람이야 귀신이야 곳봉 속의 변신흐야 너의 눈을 가로나야 심낭자 거동 보쇼 잉슌호치 잠간 여러 옥음로 엿자오되 신쳡은 쳔상션여로 인당슈 귀경 왓삽다가 일이 도라왓나이다 황상이 디히흐사 삼쳔궁여로 별궁의 모신 후의 명일 죠회 끛터 이 쓰시로 만죠백관의게 하문흐옵신이 이부상셔 복지 쥬왈 옥황상계 하죠 나려 쳔졍비빌 졈지흐사 용궁으로 하강흐와 일이 지시흐엿사오이 길일을 밧비 졍흐옵쇼셔 황상이 디히흐사 틱사관을 급피 불너 탁일을 으논흐이 니월 십오일 오시라 그 날이 당흐미 기구도 찰노흐다 빅공단 구룸 치일 비단 장막 쇄금병풍 좌우로 둘너치고 홍젼빅젼 비단 보젼 쥬룸 업시 썰쳐 피고 육예을 갓초올 졔 금관 옥픠 만죠빅관은 황상을 옹위흐이 쳥황용이 여으쥬 물고 오운을 히농흐는 듯 삼쳔

〈27-앞〉

궁여 궁방시여 심황후을 옹위흐이 영산 십팔 션여 월궁황이 시위흐야 요지연의 나이는 듯 화기춘풍 일궁 즁이 명사십이 곳밧시라 요죠슉여는 군자호구로다 낙봉연 비셜흐야 종일토록 길긴 후의 그날 밤 부부되이 금실지낙이 만복지원이라 심황후 거동 보쇼 그 명일 죠회 끛터 빅옥탑의 젼좌흐사 만죠빅관이며 삼쳔궁여 국궁사비흐올 젹의 남산현슈 조홀시고 만셔 만만셔는 억만셰지무궁이라 억죠창싱 만민덜은 격양가의 연월이라 황상의 어지슴과 황후의 어즌 덕틱 여즁요슌 만나온 듯 셜이춘풍 연만연의 쳔흐틱평 상화로다 심황후의 극흔 효힝 만싱황후되야시나 부친 싱각 잠이 업고 쥬야 고통 지니눌 졔 너렴으로 싱각흐되 도화동으로 관자을 흐자 흐들 사싱도 모로고 션여로라 흐야 녹코 종젹만 혈누흐면 차역난쳐로다 젼젼반측흐다가

〈27-뒤〉

일일은 심황후 황상전의 엿자오디 알외옵기 황숑ᄒ오나 옛말을 듯사오이 환과고독 사궁인은 ᄒ쇼졔의 덕틱이요 죄인 보고 통곡홈은 하우씨의 셩덕이요 여민동낙ᄒ옵기는 요슌의 근본이요 익민여자ᄒ옵기는 문무의 인풍이라 ᄒ오이 쳔ᄒ인간 병신 중의 쇼경이라 ᄒ는 거시 쳔지 분별 못ᄒ오이 불상ᄒ 병신 중의 망인 박긔 엽사오이 디연을 비셜ᄒ야 남여노쇼 쇼경덜을 영 노와 불너드려 은자도 상급ᄒ고 상도 별노 쥬워 쇼경잔치ᄒ옵쇼셔 황상이 디히ᄒ사 장ᄒ시다 황후 말삼 즉일 영을 노와 쳔ᄒ의 반포ᄒ야 각도 각읍 힝관ᄒ이 남여노쇼 망인덜이 황셩으로 올나간다 잇ᄯ의 심망인은 심쳥을 이은 후의 여광여취 미친 마암 허숑셰월 보닐 젹의 동즁의 믹긴 젼곡 졔졔이 감찰ᄒ야 그령져령 지닌는다

〈28-앞〉

각셜 잇ᄯ의 건네 마을 뺑덕어미라 ᄒ는 계집이 잇시되 밍낭ᄒ계 싱겨구나 되빡 이미의 쥬먹코의 병 쥬둥이 뻣쳥이요 숑곳 두골의 눈은 말총 갓튼 노랑머이 ᄒ날노만 가라치며 미통 갓튼 져 몸동이 집동이나 셧는 듯ᄒ고 먹장갓튼 져 졋통은 셔 발이나 느어지고 얌젼ᄒ 발씨 치례 보션비가 야달 자요 볼턱이는 감물엇나 쑹쑹ᄒ계 싱겨구나 쓰웃쓰웃 볩시 거음 우슴 쇼리 담 문어진다 졔가 통요일식인지 인 연 힝장 밍낭ᄒ다 밀가이로 분칠ᄒ고 션지피로 연지 쓱고 당그리로 빈이ᄒ고 슐병으로 호도병 차고 쌀 퍼쥬고 떡 사먹기 콩 퍼쥬고 슐 사먹기 코 큰 총각 슐 사쥬기 더부사이 눈 거러두고 죠디통은 일셩물고 마을 골목 슌힝치기 쌈ᄒ는 드지비 녹코 업드러진 놈 발측차기 슈절과부 훼졀ᄒ고 유부여는 즁미ᄒ기 거즛 쌈지 담비 썰기 슐안쥬

〈28-뒤〉

면 훼욕ᄒᆞ고 얼픗 ᄒᆞ면 쌈 잘ᄒᆞ기 이렷틋 요란ᄒᆞ이 뉘가 안이 미워ᄒᆞ이 촌즁 으턱 못홀 쥴을 졔 쇼죄 즘작ᄒᆞ고 일이 갈가 져이 갈가 싸웃싸웃 ᄒᆞᄂᆞᆫ 차의 심봉사 젼곡 말을 풍편의 얼픗 듯고 살구 우슘 혼자 치며 심망인 자ᄂᆞᆫ 방의 썩 드러가며 헛쉰사을 혼자 ᄒᆞᆫ다 봉사임 심심치요 허 거 뉘라 신계 ᄂᆡ가 쌩덕어미요 엇지 와ᄂᆞᆫ고 인 연 ᄃᆡ답이 봉사임도 홀ᄋᆡ비요 나도 홀노 잇사오이 ᄇᆡᆨ연가약 ᄆᆡ지야고 불원쳘이 왓삽나이다 심망인 썩 우셔 즁ᄆᆡ장이 업셔도 장긔 들기 쉰 거시로고 이 안이 연분인가 심망인 마음이 히낙ᄒᆞ야 젼역밥 지여 두이 먹은 후의 인연을 ᄆᆡ질 젹의 심봉사 거동 보쇼 누연환거 홀ᄋᆡ비라 졔집이라고 어더노이 홍이 졀노 나ᄂᆞᆫ고나 사랑가로 노라 보자 어와 둥둥 ᄂᆡ 사랑 우이 두이 연분 ᄆᆡ자 금셕상약 ᄆᆡ질지라 너 쥭으면 나 못살고 나 쥭어도 너 못살지

〈29-앞〉

사랑 사랑 경국졀삭 예 안이면 인즁호걸 ᄂᆡ 안이야 연분이라 ᄒᆞᄂᆞᆫ 거시 젼싱의 졍홈이요 사람이라 ᄒᆞᄂᆞᆫ 거시 오셩의 읏듬이라 사랑 사랑 무산션여 힝실 업셔 양ᄃᆡ상의 구룸 되고 탁문군의 긔가 힝실 사마광의 거문곤가 사랑 사랑 연평바ᄃᆡ 그물인가 구무구무 다 찬 사랑 은ᄒᆞ즉여 즉금인가 혼실혼실 ᄆᆡ친 사랑 사랑 사랑이야 사랑가 그만ᄒᆞ고 입방구로 노라 보자 둥덩둥덩 운상으상 화상용춘풍 불흠기화농은 양귀비로 ᄒᆞᆫ 쪽 화도셩식 춘풍면화픠공귀월야혼은 왕쇼군으로 ᄒᆞᆫ 귀 이십오현 탄야월의 불싱쳥원각비ᄂᆡᄂᆞᆫ 요여슌쳐로 ᄒᆞᆫ 쪽 장신궁즁 쏫가지ᄂᆞᆫ 반쳡여로 ᄒᆞᆫ 귀 이션이을 압셰운이 슉낭자로 ᄒᆞᆫ 쪽 히셩월야통곡ᄒᆞ던 우미인으로 ᄒᆞᆫ 귀 삼국일식 거 늴넌고 쵀현으로 ᄒᆞᆫ 쪽 사마상여 봉황곡은 탁문군으로 ᄒᆞᆫ 귀 만고졀식 졀ᄃᆡ가

인 졀힝 놉푼 우이 안회 쌩덕

〈29-뒤〉

어미로 건 모라라 둥덩둥덩 쌩덕어미 디답ᄒ되 둥덩둥덩 춘셩무쳐 물미화
한식동풍 어유사는 이틱빅으로 혼 쪽 봉황디상 봉황누의 봉거디공강자유
는 사마상여로 혼 귀 셥틱산 환북희는 초픠왕으로 혼 쪽 동졍징웅 악양누
는 두자미로 혼 귀 남양쵸당 팔진도는 졔갈양으로 혼 쪽 겨명산 옥쇼셩은
장자방으로 혼 귀 슈면강 피파셩은 빅낙쳔으로 혼 쪽 쳥풍셔니요죠장은
쇼동파로 혼귀 남즁일식 인즁호걸 풍치 죠타 우이 셔방 심봉사로 것 몰라
라 둥덩둥덩 그날 밤 연분 미진 후의 쌩덕어미 힝실 보쇼 동즁의 믹긴 젼
곡 다 들나너야 코 큰 춍각 술 사쥬기 춍몽치놈 쩍 사쥬기 눈 혼번 끔젹
ᄒ면 울 밋틱로 후여들고 숀 혼번 얼넌 치면 뒤염자이 찬는고나 그렁져렁
지닉날 졔 젼곡은 업셔지고 가산은 쇼죠ᄒ이 심망인 경상 보쇼 엇지 안이
가연ᄒ야 잇 쩌의

〈30-앞〉

관과으셔 심망인 불너거날 심망인 드러간즉 황셩잔쳐 그 날이라 올나가기
로 자당ᄒ고 오면셔 싱각ᄒ이 젼곡은 업셔슨이 노비도 업거이와 쌩덕어미
몹쓸 연이 짜라가기 만무ᄒ다 으복 힝장은 어이ᄒ며 질 인도는 뉘가 홀고
집이라고 차자오이 쌩덕어미 힝실 보쇼 춍각아놈 요인ᄒ야 닥잡아 술 사
눅코 언약약지ᄒ올 젹의 심망인 드러오며 쌩덕어니 쌩덕어니 아무이 불너
도 디답이 업고나 혼자 돌탄ᄒ는 말이 이고 이고 닉 일이랴 곽씨부인 사
라둣면 공디을 범연이 ᄒ야만은 계집이라 어든 거시 가장공경은 고사ᄒ고
졔 사이만 슴을 슷이 요언 신셰 쪼 잇는가 쌩덕어미 닙더셔며 졔가 도로
홰을 닌다 못ᄒ거니 못ᄒ거니 후쳐 노웃 ᄒ는 연이 졔미을 홀 연이라 얼

풋만 지체ᄒ되 견쳐만 싱각ᄒ야 져디지 고통ᄒ가 동동ᄒ 니 싱각은 관가
으셔 잡펴슨이 허물이나 죄가 날가 마암

〈30-뒤〉

의 자렴되야 닥 자바 슐 사 녹코 긔달이다 못ᄒ야 잠간 쥬져ᄒ옵던이 그
시이 드러와셔 마종도 안이 왓다고 견쳐만 싱각ᄒ이 아미도 쓸듯 업다 가
삼을 탕탕 목쪠비질 혼자 ᄒ는고나 심망인 거동 보쇼 잘못ᄒ니 잘못ᄒ니
져언 쥴 뉘가 아나 장ᄒ시다 우이 안히 어질도다 우이 안히 쎙덕어멈 ᄒ
일업셔 닥 잡은 것 갓다 녹코 히히낙낙 먹을 젹의 관가으셔 날을 불너 콘
문 잡고 마진 후의 콘 상 차려 디졉ᄒ고 긔성으로 슈쳥ᄒ되 그더을 못이
져 급피 급피 나왓졔 슐도 셔로 권권ᄒ며 우슘으로 놀다가 희담으로 ᄒ는
말이 나는 늑고 그디는 졀며 니가 몬져 죽으면 그디는 워이ᄒ고 쎙덕어미
디답ᄒ되 옛글의 ᄒ엿시되 부창부슈 중ᄒ 으가 사싱동헐 일너슨이 나도
그 날 죽지요 심망인 거동 보쇼 허허 그럿쳬 장ᄒ시다 우이 안히 그도 그
이ᄒ런이와 니가 근본 안밍ᄒ야 동셔 분별

〈31-앞〉

못ᄒ오이 원근츌입ᄒ올 젹의 이 일 어이ᄒ고 쎙덕어미 디답ᄒ되 옛글을
듯사오이 쳔강지유졍졀힝이 여필죵거 일너신이 나도 함긔 가옵지요 허허
그럿쳬 어질도다 우이 안히 관가으셔 ᄒ는 말이 황셩으 밍인잔치 금은 사
슝한다 ᄒ이 나도 만일 참셕ᄒ면 싱젼 용계 될셰오이 명일 발힝ᄒ올셰오이
그디는 엇지 ᄒ고 쎙덕어미 거동 보쇼 졔 밀이 한 말이라 ᄒ일업시 가는
고나 집 파라 힝장ᄒ야 황셩으로 올나간다 쎙덕어미 쥬령 잡펴 누월누일
가는 즐의 더듬더듬 무럼무럼 여그는 어듸 져그는 어듸 쳔동낭이 자시ᄒ
쇼 지원근이 오힝이라 여그는 쳥산 져그는 녹슈 산외유산산부진 노중다노

노무궁이라 오날밤은 여긔 자고 니일밤은 어듸 잘고 유황숙의 월강ᄒᆞ던 용총마나 탁거드면 굼시라도 가련만은 안밍훈 이 니 신셰 몟밤 자고 황셩을 가이 더듬더듬 가는 즐의

〈31-뒤〉

잇 ᄯᅢ는 하졀이라 모욕을 ᄒᆞ려 ᄒᆞ고 옷시며 봇집을 ᄲᅠᆼ덕어미게 믹기고 모욕ᄒᆞ고 나와보이 ᄲᅠᆼ덕어미 몹씰 연이 다 모도 가지고 간 고시 업고나 ᄲᅠᆼ덕이네 ᄲᅠᆼ덕이네 아모이 불너바도 쇼식이 돈졀ᄒᆞ이 ᄒᆞ일업시 우는고나 이고 이고 니 일이랴 동셔남북 지쳑 분별 멀고 먼 황셩즐을 인도ᄒᆞ 이 업셔슨이 나 혼자 엇지 가며 휠젹 버신 요 니 몸이 잔치 참예 어이ᄒᆞᆯ고 셰상쳔지 못씰 연아 으복까지 가져 갓슨이 가도 오도 죽도 사도 못ᄒᆞ게 되야신이 이런 팔자 ᄯᅩ 잇는가 이고 이고 셔룬지거 일이 흔창 통곡ᄒᆞᆯ 졔 ᄯᅳᆺ박긔 슈영 ᄒᆞ나 지닉갈 졔 심망인 니럼의 져가 원졍이나 ᄒᆞ여보자 붕알을 훔쳐 쥐고 오이 ᄶᅵᆷ염으로 ᄶᅵᆷ여가 즐 가온디 업져슬 졔 사쏘 분부ᄒᆞ되 위인 쇼경인지 아라 올리라 심망인 ᄒᆞ는 말이 유이국 도화동 사는 봉사옵던이 황셩잔치으 가옵다가 더옵긔여 모욕ᄒᆞ다가 옷시며 봇짐을 모도 이럿싸오이 차자 쥬고 가옵

〈32-앞〉

쇼셔 사쏘 분부ᄒᆞ되 무엇 무엇 이엇는이 심망인 거동 보쇼 모도 분담의로 아읜다 삼빅티 통셰양 갑사 갓끈 다라 악가 여기 거럿던이 통차 모도 이엇쌉고 망건 도복 시ᄶᅯ 끌너 악가 여그 거것던이 통차 모도 이엇쌉고 돈피 휘양 만션두이이 양피갓 져고이 슈쥬동옷 슈쥬진옷 슈쥬바지 삼성보션 통차 모도 이엇쌉고 걸는 단졔 쥬싱마 녹피 다연차런 걸낭 노비 십양 모도 다 일엇쌉고 쇼상반쥭 집펑이며 황시목 슈건 다라 남평칠션 궁젼상의

안동 부죽 진 담비더 모도 다 일엇사온이 사쏘 덕분의 차자 쥬옵쇼셔 사
쏘 분부흐되 네 말이 무쇼로다 오유월의 모욕흐는 놈이 휘양 져고이가 네
계 당흐며 마상의 안진 놈이 집펑이가 네계 당흐며 쇼경으로 말 탄 놈이
사환이 업슬손야 네 말이 무쇼로다 슈비 불너 분부흐되 으복 흔 벌 관망
흔 벌 노비 삼양을 져 쇼경 니야 쥬라 심망인 치사흐

〈32-뒤〉

고 사쏘 이별 후의 더듬더듬 가다가 일모도궁 황혼돈이 갈 바을 몰나 쥬
져쥬져흐던이 풍편의 방이쇼리 각가이 들이거늘 유촌지불원이라 방이 쇼
리 종을 흐야 더듬더듬 차자가이 여어집 딕닉덜은 방이 짓키 골몰타가 심
망인 드어가며 여 좀 자고 갑시 딕닉덜 흐는 말이 엇던 사람인지 눈쑤먹
이 업는가 그디지 무예흔가 심봉사 딕답흐되 하향으셔 듯사오이 황성 근
쳐 부인덜이 눈 쎄기을 잘 흔다기로 눈 쎄야 집의 두고 왓졔 딕닉덜이 우
슈면서 그 안이 쇼경인가 쇼경일시 분명흐다 여보 봉사임 방이타영 좀 흐
시오 방이 방이 방이로다 남창북창 화약방이 강틱공의 죠작방이 각씨임의
가족방이 어와 디동셰미 다 느져간다 쥬장군은 방이고요 쇼즁군은 방이확
이라 쥬장군은 거 널넌가 쇼즁군은 각씨임이로다 각씨덜이 디답흐되 바희
셜벽 쑤엇던가 쌕쌕흐계 얼거고나 옷장

〈33-앞〉

이 그거신가 위이 져이 거뭇거나 봉사 힝식 밍낭흐다 얼기는 손임 터요
검기는 입의 씨라 각씨임 가는 허이얼 근드로 얼거잡고 거문 드로 검쳐
잡시 졍든 임 만나고나 이별업시 흐야 쥬오 우숩다 봉사 몬양 미명젼의
갓던가 슘얼숭얼 머언니 ᄯᅳᆨ목젼의 갓던가 ᄯᅳᆨ나계도 머엇구나 심봉사 흐는
말이 나온 즐이 쳔여이라 멀긴들 안이 멀며 이왕의 다 온 즐이 예셔는 머

잔흐니 문박긔 청삽사이 아죠 쫭쫭 진는고나 그렁져렁 그날 밤 거셔 자고
명일 죠반 후의 더듬더듬 무엄무엄 황성안을 드어갈 졔 잇 씨의 황성 안
의 안씨망인 잇시되 쳥춘의 홀노 되야 안밍흔이 늬 몸이 부모의 은덕으로
근근자싱 지니던이 일일은 흔 꿈을 어든이 압쓸도 도화 밋틔 는듸업는 청
용이 안씨의계 범흐거눌 안망인 살펴보이 용이 눈을 질근 감고 오운을 히
롱타가 쳔지가 명낭흐며 용이 눈을 부읍 쓰

〈33-뒤〉

고 안씨을 안다가 풍도일셔의 놀닉 씨다으이 남가일몽이라 안씨 혼자 흐
는 말이 이 어인 일이온지 늬 오날은 문박긔셔 증험흐이라 증험을 흘 마
드여 심망인 거동 보쇼 무엄무엄 드어가며 그 문젼 다다으며 망인의 쇼견
이라도 인졍괴죵을 흐여 여 좀 말 좀 무읍씨다 안씨망인 딕답흐되 계 무
삼 말삼이요 심망인 흐는 말이 밍인잔치 흔다던이 궐늬을 어드로 감는잇
가 잔치는 명일 망죵흐오이 오날은 일모황혼이라 예셔 쉬여 가오 심망인
더히흐야 안씨을 짜라 드어갈 졔 안망인 문는 말이 어듸 겨시관듸 잔치의
만도흐신잇가 심맹인 딕답흐되 살긔는 도화동이옵던이 도로도 멀쎡외여
밍인의 거음이라 자연 완만흐여이다 안밍인 늬럼의 허허 꿈도 이상흐다
도화 밋틔 나온 용이 도화동이 졍영흐고 눈 가문 쳥용이라 봉사일시 분명
흐다 이 안이 쳔명인가 피차 신셰 말흔 후의 안밍인 흐는 말이 나도 팔자
기박흐야

〈34-앞〉

안밍흔 이 늬 몸 차즐 사람 업삽고 그듸도 환거흔다 흐이 비필되미 엇더
흐오 심밍인 거동 보쇼 허허 황셩 잔치 왓다가 장긔들기 죠흘시고 그날
밤의 연분 믹자구나 심밍인 비몽간의 흔 꿈을 어더고나 몽사도 고이흐다

험상혼 이니 몸이 무신 환이 또 잇실가 안씨밍인 잠을 자다 흐는 말이 몽
사가 엇더관터 져터지 근심흐신잇가 심밍인 꿈 말흐되 가죡 벽겨니야 북
을 미야 보이고 나무입피 써어져 제 뿌이을 썹퍼보이고 화렵이 충천흐야
불을 드드고 왕니흐야 보이니 안씨밍인 흐는 말이 희몽을 나오이다 허허
그 꿈 상몽이요 계피작고흐이 차몽을 가지로다 썹줄을 벽겨니야 북을 미
야 보인이 고성궁성이라 궁집의 살 거시요 엽낙귀근흐이 자숀을 가봉이라
자숀을 만늘 거시요 화지죡상흐이 영화을 가지로다 경사을 볼 거시요 심
망인 흐는 말이 다만 무남독여 죽은 후의 엇던 자숀 만나보이 날이 점점
시야오이 어젼

〈34-뒤〉

사영 영긔 들고 골목골목 웨는 말이 밍인잔치 망죵흐이 어셔 급피 드어오
쇼 크게 웨고 지니갈 졔 심밍인 거동 보쇼 안씨밍인 압 셰우고 어젼 뜰
차자가이 슈천명 안진 쇼경 말셕의 참셕홀 졔 긔구도 장흘씨고 궐니 위염
볼작시면 삼타육경 만죠빅관 황상을 옹위흐야 용누봉궐 오운 쇽의 셰월도
명낭흐다 삼쳔궁여 졀더가인 심황후을 옹위흐야 빅옥당 황금계의 화기춘
풍 꽃밧시라 운무치일 쇄금 병풍 비단 작막이 번화흐고 육율옥셩 풍악쇼
리 궐니 안이 진동흔다 심황후 거동 보쇼 머이에 칠보고게 몸으는 셔촉문
금 금슈쥬염 반권흐야 차차 밍인 셩명 무어 가진 음식 다담차여 다 각각
멕이야 홀 졔 도싱지 부으라 영이 니이거눌 도싱지 드어갈 졔 실실 긔여
드어가이 심황후 분부흐되 져긔 안진 쇼경덜 거지 셩명이며 연셰 슈복을
자셰히 알아올이라 도싱지 영을 듯고 우며이 손의 들고 어젼 사영 영긔
들

⟨35-앞⟩

고 실실 기여 나와셔 이 쇼경 어디 살며 셩명은 무어시며 연셰는 멧치오
며 슈복이 가진다 져 쇼경 디답ᄒ되 거지는 어드요 셩명은 아모요 연셰는
멧치요 자숀은 멧시로쇼이다 도싱지 붓더 들고 훈창 젹어 올 졔 심망인
안자다가 이고 만으리 쌀 팔아 먹은 놈 젹어드이라 ᄒ니 여바라 이 쇼경
어드 살며 연셰와 자숀은 멧치며 눈은 언졔 상훈다 심밍인 겁을 니야 거
지는 유이국 도화동이요 셩명은 심펑구요 나흔 육십이요 말연의 나은 자
식 무남독여 외쌀 심청이 인당슈 졔슉으로 파라먹은 죄빅긔 업삽니다 도
싱지 젹어 들고 실실 긔여 드어가 암듸 사는 쇼경은 일이일이 ᄒ옵고 암
듸 사는 쇼경은 져이져이 ᄒ옵고 유이국 도화동 사는 쇼경은 셩명이 심펑
구요 나흔 육십이요 말연의 외쌀 심청 인당슈 졔슉으로 파아먹엇다 ᄒ옵
니다 심황후 거동 보쇼 흉즁은 암암ᄒ고 졍신이 아득ᄒ야 궁여을 밧비 불
너 심밍인을 모사오라 시여 등 나여가셔 심밍인을

⟨35-뒤⟩

부촉ᄒ고 이어나우 이어나우 심밍인 겁을 니여 이고 만으리 쌀 파라먹은
죄로 목 베히러 나 감너 긔운업시 긔여가셔 쥬염 아픠 업듸인이 빅슈풍진
늘근 형용 실푼 근심 아득ᄒ고 남누훈 져 몬양은 이통으로 다 늘것다 심
황후 거동 보쇼 쳐양훈 마음의 옥누을 먹음고 궁여을 시기되 아부임 심청
이 여 왓쇼 심밍인 ᄒ는 말이 인당슈 디히 즁을 졉시물노 알아든가 심청
이란 말이 원 말이요 심황후 거동 보쇼 옥병의 든 계안쥬을 금비의 가득
부어 부친젼의 권지ᄒ고 왈칵 쑤여 닙더셔며 아부의 숀을 잡고 얼골 훈터
더이면셔 아부임 날을 모로는가 인당슈 쌔진 심청이요 심밍인 거동 보쇼
이거시 원 말인야 니가 쑴이며 네가 싱신이야 왈칵 이어셜 마드여 두 눈
이 훤듯 쓰엿다 아미산 단단월이 구룸 박긔 발가온 듯 쇼간부상 삼빅쳑의

날빗치 도도는 듯 칠야 삼경 어둔 밤의 등쵹불을 발큰는 듯 쳔지도 명낭
ᄒ고 슴신도 황홀ᄒ다 좌우을 살펴보이 황각젼 놉푼 집은

〈36-앞〉

쳥황용 두우감고 빅옥탑 화연셕은 만벙화쵸 푸연는 듯 운무○사일 월벙은
광치도 찰는ᄒ고 나군홍상 요죠슉여 쥴쥴이 안자고나 심밍인 거동 보쇼
니 ᄯᆞᆯ 심쳥 어더 간나 말쇼러나 아앗졔 면목을 알 슈 인나 이럿탓 길길
졔 츔으로 노는고나 어화등등 니 ᄯᆞᆯ이야 꿈인년가 싱시런가 귀신인가 육
신인가 고왕금니 효자열여 졀ᄃᆞ가인 만컨만은 이언 경사 ᄯᅩ 잇는가 쵸야
의 창싱덜아 아달 낫다 죠와 말고 ᄯᆞᆯ 낫키로 심을 슷쇼 그것 겨겻 다 바
이고 츙효열노 심을 씨쇼 츙효열노 즁의 효도만 슴을 씨쇼 어와 등등 니
ᄯᆞᆯ이야 이엇톳 질길 젹의 심황후 거동 보쇼 일장쇼표로 황상젼의 쥬달홀
졔 그 셔의 ᄒᆞ야시되 신쳡은 돈슈빅비ᄒᆞ옵고 일장쇼표로 감달ᄒᆞ옵니다 신
쳡은 본시 유이국 도화동 유학 심펑구 안밍인의 여식으로 미면 강보의 어
미 죽사오이 아부 등의 몸이 자아삽고 사고무친 요요단신

〈36-뒤〉

빈ᄒᆞᆫ도 홀 뿐외여 미면걸식ᄒᆞ옵던이 몽운사 부쳬임젼의 공양미 삼빅셕을
만이 시쥬ᄒᆞ오면 삼연 니의 눈이 열여 쳔지일월 보야기로 아모이 싱각ᄒᆞ
되 삼빅셕은 고사ᄒᆞ고 삼십셕 쥬션홀 슈 업셔 남경장사 션인덜계 인당슈
졔슉으로 자신 방미ᄒᆞ와 인당슈의 ᄲᅡ져던이 황상의 덕턱인가 부쳬임이 지
위훈가 옥황상졔 하죠ᄒᆞ옵시고 사ᄒᆡ용왕 조슈ᄒᆞ사 용궁의 유치ᄒᆞ와 삼연
을 지닌 후의 숑황후로 졈지ᄒᆞ사 황상의 희희갓튼 덕턱으로 일신이 귀이
된들 엇지 쳘윤을 모로잇가 아득ᄒᆞᆫ 싱각으로 밍인잔치 빅셜ᄒᆞ야 아부을
차자오이 인졔 죽다 무삼 훈이 잇사오며 ᄯᅩ 금일노 당ᄒᆞ와 아부 눈이 열

여 천지만물 볼셰오이 막비황상의 덕틱이며 황쳔이 감은흐도쇼이다 황졔
견필의 경졈자탄 흐시면셔 비답왈 효자라 심황후여 츙자라 심황후여 츙효
겸젼 심황후로다 만고역디 역역덜 이언 효힝 쏘 잇눈가 만죠빅관 삼

〈37-앞〉

쳔궁여 뉘 안이 츙찬흐이 심핑구을 급피 입시흐와 인견흐옵시고 칭찬 부
이흐시며 별궁으로 모신 후의 부원군을 봉흐시고 황상이 하죠흐사 삼일
디연을 비셜홀 졔 용누봉궐 구즁 쇽의 좌우로 황금탑의 황상이 젼좌흐시
고 우으로눈 빅옥당의 황후가 젼좌흐시고 그 가온디 비단 장막 화쵸병의
부원군 거동 보쇼 금광옥픠 황금탑의 광치도 찰눈흐다 풍악으로 쇼일흐고
각각 환궁흐실 젹의 안씨밍인은 별궁으로 모시고 남북경 션인 불너 금은
으로 상급흐고 각읍의 힝관흐야 뺑덕어미 자바 올야 일시 동고지졍으로
참시일분 사험되야 흔 죵신 졍비하고 몽운사 화쥬 불너 금은으로 상급흐
고 곽씨부인 묘쇼는 셕물 셰워 표흐며 졍문 지여 빗닌 후의 별노이 참봉
관으로 묘칙의 슈직흐고 유이국 도화동은 긔명흐야 효여이라 흐고 쵼즁
호포을 일쳬이 감쇼흐고 쵼즁의 곽씨 졍열문과 황후의 효열문을 지여 후
셰의 유젼케 흐다 잇 쩌의

〈37-뒤〉

황졔 이 연유로 친필노 하죠흐사 십이졔국의 죠셔흐고 삼십육도의 힝관흐
야 방방곡곡의 졍문 지여 명젼 쳔추만셰 유젼케 흐다 황상의 어진 덕틱
우탕문무 만나온 듯 황후의 션흔 경사 여즁요슌 다시 본 듯 기화요쵸 눈
만방의 춘광이요 상금셔죠는 사시의 풍악이라 죠졍으는 츙신이요 여렴으
눈 효여로다 션긔일월 이 안가 오쵸건곤 여그로다 입아 증민덜아 츙효열
노 심을 씨쇼 만셰 만셰 억만셰의 츙효열노 싸야셔라 부원군 어진 마암

후녹이 업실손야 안씨밍인 보터호야 십삭의 옥동자을 순산호이 쥰슈흔 장
부긔상 풍치도 거록호다 부원군 깃분 마암 심황후나 일반이라 영츈각 풍
유쇼리 득남잔치 거록호다 일일은 심황후 부원군젼 엿자오디 영욕고낙 정
흔슈는 일역으로 못호오나 황상의 어진 덕틱으 두 몸이 귀이 되야 부귀영
화 죡호오이 복망 부친은 밍인부인만 밋삽고 금실지낙이 업스잇가 아득흔
체양

<h2>⟨38-앞⟩</h2>

흔 마암은 양가여을 취호야 인간지낙을 닷시 보옵쇼셔 부원군 디답호되
좌락홀손 황후 말삼 옛말의 호여시되 빈쳔지교는 불가근 죠강지쳐는 불하
당이라 호오이 안씨는 본시 젼쳐는 안이오나 도로 봉착도자 연분인듸 지
취의 말삼은 불가승명이로쇼이다 황후 다시 엿자오디 장부 쳐셰호야 유쳐
취쳐의 무삼 관게잇가 심황후 거동 보쇼 양가여의 즁민호야 지취을 가일
젹의 황상이 신측호사 반죠빅관이 시위호고 심황후가 친임호사 삼쳔궁여
로 연졉흔이 금광옥픽 황금디는 일월을 히롱호고 나군홍상 요죠슉여 만자
쳥홍 곳밧시라 부원군 거동 보쇼 빅발홍안 어각디의 즁춍마상 안진 양은
궁팔십 강틱공이 문왕을 기달인 듯 쥰칠십 마원이 상장군이 되야는 듯 부
귀도 장호시다 신부의 거동 보쇼 은하직여는 월궁의 손이 된 듯 남악산
우부인은 요지연의 참예흔 듯 틱도도 아름답다 그날 밤 부부된이 엇지 안
이 죠흘손야 잇 씨의 부

(이하 낙장)

정명기 소장 심청전 (소상팔경)

1920년(大正 9년)에 필사된 것이다. 완판본 활자처럼 넓적한 해서체로 또박또박 쓴 필사본이다. 한자를 섞어 썼는데, 간혹 이두체로 썼다. 심청가의 눈대목이라 할 수 있는 '소상팔경' 대목을 따로 필사한 것이다. 인당수에 이르기까지의 주변 풍경을 많은 한시구를 동원하여 운치있게 그려내고 있다. 이비와 오자서, 굴원 등 귀신들이 나타나 원정을 하는 대목도 있고, 도사공이 북을 치면서 고사하는 대목도 있다. 심청이 부친 눈뜨기를 발원하고 인당수에 빠지는 장면과 용궁 시녀들이 심청을 모시고 용궁연에 참예하는 장면도 그려져 있다. 그리고 장승상 부인이 심소저를 위해 강가에 나와 제사를 올리는 장면에서 낙장되었다.

정명기 소장 심청전 (소상팔경)

소상팔경
뎌졍 구년 陰시月 리십구일
沈淸傳
심쳥젼이라

〈1-앞〉

소상팔경이라
각셜이라 忘忘혼 滄海며 탕탕혼 믈결이라 白濱洲 갈미기는 홍요안의 날어
들고 三湘의 기러기는 漢水로 도러들 졔 요亂혼 물소릭 어젹이 여그만은
曲從人不見의 水봉만 푸리엿다 과內城中萬古壽는

〈1-뒤〉

날노 두고 일으미라 長波를 지內갈 졔 간의太夫 간 즇곳 업고 明나水를
바라보니 굴三여의 어복충혼 무량도 ㅎ시던가 黃鶴樓를 當도ㅎ니 日暮힝
關何處時요 연파江山四人戌는 최

〈2-앞〉

호의 有跡이요 鳳凰坮를 다다르니 三山은 半落靑天외요 二水은 中분白노
주라 李젹仙의 노턴 딕노 深陽江 當도ㅎ니 白樂天은 어딕 가고 피파聲만
씬쳐졋다 赤壁江 그져 갈랴 소東坡 읍턴 풍

〈2-뒤〉

川은 이구어 잇다마는 조밍덕의 一世之雄而而今의 安哉요 月落오啼 집푼
밤의 姑蘇城의 비를 미이 寒山寺 소북소리 긱션의 이르럿다 秦淮水를 건
네갈 졔 商女은 不知亡國恨ᄒ고

〈3-앞〉

언롱汗水月롱사홀 졔 後庭花만 부르난듸 소上江 드러가니 안양누 놉푼 집
호上의 쩌잇거늘 동남으로 바리보니 吳山은 千첩이요 楚水는 忘〇이라 소
상팔경이 눈압푸 버러 잇거늘 歷歷

〈3-뒤〉

히 둘너보니 江天이 망막ᄒ여 우류류 쓔류류 오난 비는 아황여영의 눈물
이요 半竹의 석은 가기 占占이 미쳐 쓰니 소상夜雨 이 안인야 칠百평호
말근 물은 추月리 도다오니 上下天光 푸

〈4-앞〉

리엿다 여옹은 잠을 자고 가구만 나러들 졔 洞庭秋月 이 안인야 오초東南
너른 물의 오고가는 상고션은 슌품의 돗슬 달어 북을 둥둥 울이면셔 어기
야 어기야 소리ᄒ니 遠布帆帆 이 안인

〈4-뒤〉

야 격안간촌앙三家의 밥짓난 연기나고 半島입강 셕벽상의 거울 낫츨 여리
쓰니 무산落照 이 안이야 일간귀쳔심벽이요 반티욧심이라 옹옹이 일어나

셔 흔 쎼로 들어쓰니 창오모운이 이

〈5-앞〉

안이며 水碧似明兩岸터의 쳥願을 못이기여셔 어려오난 져 길어기는 갈디 혼나를 입의 물고 점점 날어들며 씰눅씰눅 소리ᄒᆞ니 平沙落雁 이 안이냐 상水로 울고가니 옛

〈5-뒤〉

사당이 완연ᄒᆞ다 남순형제 혼이라도 응당 잇시려 ᄒᆞ엿더니 제 소리의 눈 물지니 황능이원 이 안이냐 시벽 쇠北소리의 경쇠 뎅뎅 셕겨나니 오는 비 쳔리원긱의 집피든 잠 놀

〈6-앞〉

니여 ᄶᅡ우고 탁자 압푸 늘근 즁은 이미타불 염불ᄒᆞ니 혼사모종이 이 안인 가 팔경을 다 본 然後의 行션을 ᄒᆞ랴홀 제 힝풍이 이러나며 옥피소리 들 이더니 죽임 시이로셔 엇더흔 두

〈6-뒤〉

夫人이 仙官을 놉피 쓰고 자하상 셕유군의 신을 쯔려 나오더니 져기 가난 심소졔야 네 나를 모로리라 蒼梧山붕上水졀에라야 죽상지류니가명을 천추 의 집퍼 ᄒᆞ소홀 곳 업셔더니

〈7-앞〉

지극흔 네의 효성을 흐례코져 나왓노라 요순후 기쳐련의 지금은 언의 써며 오현琴 南風時를 이졔까지 젼흐던야 수로 먼먼 길의 무心흐여 단여오라 흐며 홀연 간 딕 업거늘 심

〈7-뒤〉

쳥이 닉렴의 이난 이비로다 셔山의 當道흐니 風浪이 大作흐며 찬 기운이 소삽흐여 흑운이 두르더니 土롬이 나오난딕 면여거류흐고 미간이 광활흔 딕 가죽으로 몸을 쓰고 두

〈8-앞〉

눈을 쏙 감고 심쳥 불너 소리흐되 실푸다 우리 오왕 빅빈의 讒소를 듯고 촉누검을 나를 주워 목 질너 죽은 후의 칠리로 몸울 쓰셔 이 물의 던져쓰니 이답다 장

〈8-뒤〉

夫의 원통흐미 月並애 멸오흐물 역역키 보랴고 니 눈을 쎄여 東門上의다 걸고 와쩌니 과이 니 보와로라 그러나 니 몸의 감문 가죽을 뉘라셔 벅겨 쥬며 눈 업난 게 흔이

〈9-앞〉

로다 이난 븬고 흐니 오나라 忠臣 吳子瑞렐라 風云이 거더지고 日月이 明浪흐고 물결이 잔잔터니 엇더흔 二人이 틱半으로 나오단딕 압폐 흔 사롭

은 王子의 妓生이요 얼골의 거문 씨은 一國水色 씌여 잇고 衣服이

〈9-뒤〉

남누ᄒ니 초숙一時 分明ᄒ다 눈물지여 ᄒ는 말리 이達고 憤ᄒ 게 秦나라
의 소킴 되야 三年 모관의 古國을 바니보고 미귀ᄒ니 되것구나 千秋의 짐
푼 ᄒ이 참될 쎳하야쩌니 박낭퇴성 반기 듯고 속절업시 동남

〈10-앞〉

풍의 혓춤만 추엇노라 뒤여 쏘 훈 사롬은 안식이 초취ᄒ고 形容이 교교훈
듸 나는 초나라 屈原이라 회왕을 섬기다가 자관의 讒笑를 만나 더러운 몸
시치랴고 이 물의 와 쌘져쩌니 어엿불사 우리 仁君 死後의

〈10-뒤〉

나 심기라 ᄒ고 이 짜의 와 모셧노라 나 지은 이소경 셰고양지묘혜여 짐
황고왈빅용이라 유쵸목지영낙ᄒ여 공민인지디혜로다 셰상의 문友지士 멋
멋치나 되오던고 그더는 위친ᄒ여 효셩으로 죽고 나는 츙

〈11-앞〉

셩을 다ᄒ더니 忠孝는 一伴이라 위로코져 니 와노라 潛海万里 면면 질의
平安이 가옵소셔 심쳥이 生각ᄒ되 죽은 제 數千年의 正白이 나머 잇 世上
의 눈의 뵈이니 이도 쏘흔 鬼神이라 나 죽을 즁를 안다 실피 嘆息

〈11-뒤〉

ᄒ되 물의 잠니 몃 밤이며 비예 밤이 몃 날인야 거연 四五朔을 이 물갓치
지닉가니 금풍삽이셕기ᄒ고 옥우학이징영이라 落花는 與古木졔飛ᄒ고 秋
水는 共長天一色이라 王發이 지은 귀요 無邊落木

〈12-앞〉

소소ᄒ요 不盡長江困困來는 두자미 을푼 귀요 江沃이 츌농ᄒ니 黃金이 片
片이라 노하風飛ᄒ니 白雪이 萬點이요 新風細雨 지난 입은 玉櫓淸風 불거
넌더 의로을사 어船더른 등불을 도도 달고 漁夫歌로 하답ᄒ니 그도 쏘ᄒ
수心이 안이며 희

〈12-뒤〉

반靑山은 동동이 칼날 되야 버리난이 수장이라 日落長沙秋色遠의 不知何
處弔湘君고 송옥의 비취비가 이여셔 더홀손야 東南同女을 실어쓰니 秦始
皇의 探藥빈가 方士 西市 업셔쓰니 沃武帝의 구션빈가 질어 죽자ᄒ

〈13-앞〉

들 션인더리 수직ᄒ며 실어 가자ᄒ니 古國이 창망이라 ᄒ 곳슬 당도ᄒ니
돗슬 지우며 닷슬 주니 이난 곳 인당수례라 狂風이 딕작ᄒ야 바디이 뒤누
우며 어용니 싸오난 듯 벽역이 일어나난 듯 大川 바더 ᄒ 구운디 일천석
실은 비

〈13-뒤〉

노도 일코 닷도 쓴쳐지며 용총도 부러져 치도 쓴지고 바람부러 물결쳐 안
기비 뒤석거 자자진디 갈 질은 쳔리 나마 잇고 사면은 어둑졍그러져 天地
젹막ᄒ야 간치뉘 쩌오난디 비젼의 탕탕 돗디도 와직근 경각의 위틱ᄒ니
道士

〈14-앞〉

공 영좌 이ᄒ로 황황디겁ᄒ야 혼불부신ᄒ며 고사긔게를 차릴 젹의 셤쌀노
밥을 짓고 동우술의 큰 소 잡아 왼소다리 왼소머리 사지를 갈너 올여노코
큰 돗 잡어 통치 살머 큰 칼 ᄭ오자 기난다시 밧처노코 삼싴실과며 五色 湯
水와 어동

〈14-뒤〉

육셔며 좌포우혜와 홍동빅셔를 방위차려 고야 노코 심쳥을 목욕싴여 소의
소복 졍ᄒ게 입피여 상머리의 안친 연후의 道士公의 거동 보쇼 북을 둥둥
치면셔 고사홀 제 두리둥 두리둥 칩더 자바 三十三千 니럽더 자버 이십

〈15-앞〉

팔수 허궁쳔지 비비쳔파 三皇五帝 도리쳔 십왕 일이등 마련ᄒ옵실 제 쳔
상의 玉皇上帝며 디ᄒ의 십이제국 차지ᄒ신 황제 헌원삐와 孔孟安증 범문
닉고 셔가여리 불도 마련이며 복히삐 시획팔괘 ᄒ여 잇고 神農氏

〈15-뒤〉

嘗百草始爲以藥ᄒ여 잇고 軒轅氏 비를 너여 以濟不通ᄒ옵실 제 후싱이 본

을 바더 사룽공상 위업으로 다 각기 生花 직업ᄒ니 막더ᄒ신 공 이 안이

시며 夏禹氏 九年之水 비를 타고 다살렷고 五國이 졍ᄒ 공셰 구쥬로 도라

들며 오

〈16-앞〉

자셔 분위홀 제 노가로 건네주고 희셩의 픠ᄒ 將士 吳江으로 도라들 제

비를 미고 지달여 잇고 孔明의 탈조화로 東南風을 비러너여 曹曹의 十萬

大兵 수륙으로 화공ᄒ니 비 안이면 엇지ᄒ며 도련명은 전원으로 도라오고

장경은 강

〈16-뒤〉

동으로 도라갈 제 이도 쏘흔 비를 타고 임戌之秋七月의 종일우지소여ᄒ니

蘇東坡도 놀아 잇고 지극총 어사화ᄒ니 교여승유 무졍거는 漁父의 질거오

미요 게도난 요로ᄒ장포ᄒ니 吳姬越女 치藥舟요 地吳大西去ᄒ니

〈17-앞〉

경셰우경연은 商古船이 이 안이냐 우리 동무 시물 네명어 商古로 위입ᄒ

여 십여 제예 潮水타고 표빅셔호 단이더니 回唐水 玉工任은 인졔숙을 밧

삽기로 유리국 도화동의 사는 십오세되 효녀 심쳥을 졔숙으로 드리오니

四海 龍

〈17-뒤〉

王千은 고이고이 밧자옵소셔 東海신 아명 셔희신 거승이며 南海신 츙융

북희신 옹강이며 七金山 龍王千 자금신 龍王千 기기셤 龍王千 영각디감
成王千 허리간의 화장성황 이물고물 成皇千네 다 구버 보옵소셔 水路千里

〈18-앞〉

먼먼 질의 바롬 궁걸 열어니고 나지면 골노너어 용난골수 집퍼난 디 평반
의 물 다문 다시 비도 무쇠가 되고 닷도 무쇠가 되고 용총 마류 닷줄 모
도 무쇠로 접지ᄒᆞ옵고 영낙지황이 업삽고 실물실화 졔살하와 억십만금

〈18-뒤〉

퇴를 니여 디솟티 봉기 질너 우심으로 연화ᄒᆞ고 춤으로 디길ᄒᆞ게 점지ᄒᆞ
여 주옵소셔 ᄒᆞ며 북을 두리둥 두리둥 치면셔 심쳥은 시가 급ᄒᆞ니 어셔
밧비 물의 들나 심쳥이 거동 보쇼 두 손을 홉장ᄒᆞ고 이러나셔 ᄒᆞ날千前

〈19-앞〉

의 비난 말리 비난리다 비난리다 하날千前의 비난리다 심쳥이 죽난 일은
秋毫라도 셥치 안이ᄒᆞ여도 병신 부친의 집푼 혼를 生前의 풀야ᄒᆞ옵고 이
죽엄을 當ᄒᆞ오니 明天은 敢動하옵셔 침침ᄒᆞᆫ 아비 눈을 明明ᄒᆞ게 씌여 주
옵소

〈19-뒤〉

셔 팔을 드러 슬허치고 여러 션인 상고님니 平安이 가옵시고 억십만금 퇴
를 니여 이 물가의 지니거든 니의 혼빅 불너 물밥이나 주오 두 활기를 쩍
벌이고 비젼의 나셔 보니 수쇄ᄒᆞᆫ 푸리 물은 월리렁출넝 뒤둥구려 물농울
쳐 법큼

〈20-앞〉

은 북젹 쩌듸린듸 심청이 기가 믹키여 뒤로 벌더 주져온져 비젼을 다시금 잡고 기절ᄒ야 업뒨 양언 참아 보지 못ᄒᆞᆯ네라 심청이 다시 精神且려 ᄒᆞᆯ 수 업셔 이러나 왼 몸을 잔득 쓰고 초믹쑥을 무릅씨고 츙츙거림으로 물너 셧

〈20-뒤〉

다 滄海中의 몸을 주워 이고 이고 아부지 나는 죽소 비젼의 ᄒᆞᆫ 발리 잣칫ᄒ며 썻구로 풍덩 쎤져노니 힝화는 풍낭을 쫏고 明月은 海門의 잠기니 차 소위香 滄海之一粟이라 시난 날 정신갓치 물결은 잔잔ᄒ고 狂風은 삭어지며 안기 자욱ᄒ야

〈21-앞〉

가는 구름 머물넛고 靑天의 푸린 안긔 시 오난 날 동방쳐롬 일긔 명낭ᄒ더라 도사공 ᄒᆞ는 말리 古司를 지닌 후의 日氣 순통ᄒ니 심낭자의 덕이 안이신가 좌즁이 一心이라 고사를 파ᄒ고 술 ᄒᆞᆫ 잔식 믹고 담비 ᄒᆞᆫ 딕식 먹고 힝셩ᄒᆞᆸ시 어 그리

〈21-뒤〉

ᄒᆞᆸ시 어기야 어기야 과닉셩 ᄒᆞᆫ 곡조의 삼승 돗작을 치여 양쏙의 갈나 달고 남경으로 드러갈 제 臥龍水를 물의 이젼고은 살듸갓치 안쏙의 젼혼 편지 북희상의 기별갓치 순식간의 남경으로 득달ᄒ니라 잇 ᄯᅢ의 심남자는 滄海中의 몸이

〈22-앞〉

드러 죽은 졸노 알엇더니 五雲이 슈濃ㅎ고 이힝이 촉비터니 옥져셩 말근 소리 은근이 들이거날 몸을 머물너 주져홀 제 玉皇上帝 ㅎ교ㅎ사 인당수 龍王과 四海龍王 지부왕게 넛넛치 ㅎ교ㅎ시되 明日의 출쳔지효녀 심쳥이 가

〈22-뒤〉

그 곳슬 갈 거스니 몸의 물 훈 졈 뮨잔케 ㅎ되 만일 모시기를 실수ㅎ면 四海龍王은 쳔벌을 주고 지부왕은 손도를 줄 거스니 수젼궁으로 모셔 드 려 삼연 공궤 단장ㅎ여 世上으로 환송ㅎ라 ㅎ교ㅎ시니 사히용왕이며 지부 왕이 모도 다 황겁ㅎ야 무슈훈 강훈졔장과

〈23-앞〉

쳔퇵지군이 모야들 제 원참군 별주부 승자 도머 비변량 낙기 감찰의 잉어 며 슈찬의 송어와 흐림의 부어 수문장의 미억기 쳥명 자가사라 승더 북어 삼치 갈치 앙금 방계 슈군 빅관이며 빅만인ᄀᆞ어며 무수훈 션여더

〈23-뒤〉

른 빅옥교자를 등디ㅎ야 그 시를 지달이더니 果然 옥갓탄 심낭자 물노 쒸 여드니 션여더리 밧드러 교자의 올이거날 심낭자 졉신을 차려 일은 말리 진셰간의 츄비훈 인성으로 엇지 용궁의 교자를 타오릿가 ㅎ니 여러

〈24-앞〉

선여더리 엿자오더 王皇上帝의 분부가 지엄ᄒᆞᆸ시니 만일 타자지 안이ᄒᆞ
시면 우리 용왕이 죄를 면치 못ᄒᆞᆯ것사오니 싀양치 마르시고 타옵소셔 심
낭자 그계야 마지 못ᄒᆞ야 교자 우의 놉피 안지니 팔션여는 교자를 메고
육

〈24-뒤〉

용이 시위ᄒᆞ야 강훈지장과 쳔틱지군이 좌우로 어거ᄒᆞ며 쳥학 탄 두 동자
는 압질을 因道ᄒᆞ야 힝수로 질 만들고 풍악으로 들어갈 졔 쳔상 션관 션
여드리 심소계를 보려 ᄒᆞ고 별려 셔쓰니 틱을션여는 학을 타고 赤松

〈25-앞〉

子는 구름 타고 사자 탄 갈션옹과 쳥의동자 빅의동자 쌍쌍 시비 취져셩과
月宮皇아 셔왕모며 마구션여 낙포션여와 남악大人의 八仙女 다 묘왓난듸
고흔 복식 조흔 픠물 힝기도 이상ᄒᆞ며 풍악도 젼도ᄒᆞ다 王子진의

〈25-뒤〉

봉피레며 곽쳐사의 죽장구며 셩연자의 겨문고와 장자방의 옥통소며 휘강
의 히금이며 완적의 쉬파람의 적타고 취옹적ᄒᆞ며 능파사 보혜사며 우의곡
치련곡을 섯드려 노리ᄒᆞ니 그 風流소리 수궁의 진동ᄒᆞ다 수정

〈26-앞〉

궁으로 드러가니 별유쳔지비셰로다 남히 광이왕이 통쳔관을 쓰고 빅옥홀

을 손의 들고 호기 찬란ᄒ게 들어가니 닉삼천의 팔빅 슈궁지부 대신더런 왕을 위ᄒ야 영덕전 큰 문 밧기 차례로 느러셔셔 상호만세

〈26-뒤〉

ᄒ더라 심낭자의 뒤로난 빅노 탄 녀동빈 고릭 탄 인젹션과 청학 탄 장여는 비상쳔ᄒ난구나 집치래 볼작시면 능난ᄒ고 장홀시고 괘경골리 위양ᄒ니 영광이 요일이요 집어린이작와ᄒ니 셔기반공이라 주궁퍼궐은

〈27-앞〉

응천上之三光이요 곤의수상은 非人間之五福이라 산호영 디모병은 광치도 찬란ᄒ고 교인단모장은 구름갓치 놉피 치고 東으로 바라보니 디붕이 비젼ᄒᄃᆡ 수녀남 풀은 물은 보가의 둘너잇고 西으로

〈27-뒤〉

바라보니 약슈유사 아득ᄒᄃᆡ 一雙靑鳥 날아들고 北으로 바라보니 一半靑山은 취식을 쓰녀잇고 우으로 바라보니 상운셔인 불것난ᄃᆡ 상통삼쳔 ᄒ팔구리ᄒ고 음식을 둘

〈28-앞〉

너보니 世上 음식 안이로다 파류반 마류안과 유라잔 호박더의 즈ᄒ주 천일주 인포로 안주ᄒ고 하로병 거호탕의 감노주도 너허잇고 옥익경장 호마반 다마잇고 ᄒ가온더 삼천벽도 덩그럿케 고야난더 무비션

〈28-뒤〉

미어늘 수궁의 머물을 시 玉皇上帝의 명이여든 거힝이 오직ᄒ랴 四海龍王이 다 각기 시녀를 보니여 조셕으로 문안ᄒ고 체번ᄒ여 문안ᄒ며 시위ᄒ니 금수능나 오싴치의 화용월틱 고혼 얼골 다 각기 고이랴고

〈29-앞〉

교틱ᄒ여 웃난 시녀 얌젼코져 죽난 시녀 쳔셩으로 고흔 시녀 수려ᄒ 시녀 더리 주야로 모실 적의 三日의 소연ᄒ고 五日의 大宴ᄒ며 상당의 치단 빅필이며 ᄒ당의 진주 셔 되라 이러처롬 공궤ᄒ되 유공불급ᄒ여 조심이 각

〈29-뒤〉

별더라 ○ 각셜 잇 디 武陵村 張丞相딕 夫人이 심소졔의 글을 壁上의 기러두고 날마닥 증혐ᄒ되 빗치 안이ᄒ더니 ᄒ로난 글 족자의 무리 흐르고 빗치 변ᄒ여 거머지니 이난 심소졔 물의 ᄲᅥ져 죽은가 ᄒ여 무수이 이탄ᄒ

〈30-앞〉

더니 이윽고 물리 걷고 빗치 도로 황홀ᄒ여지니 夫人이 고히 여겨 누가 구ᄒ여 사려난가 ᄒ여 십분 의혹ᄒ나 엇지 그려ᄒ기 쉬리요 그날 밤의 張丞相 夫人이 졔젼을 갓초와 江上의 나어가 심소졔를 위ᄒ여 혼을 불너 위로코

〈30-뒤〉

저 ᄒ야 졔ᄒ랴 ᄒ고 시비를 다리고 江頭의 다다르니 밤은 집퍼 三更인디 쳡쳡이 ᄲᅵ인 안기 산악의 잠겨 잇고 쳡쳡이 이난 너넌 강수의 어려엿다 편주를 흘이져어 즁유의 ᄯᅴ여 두고 비 안의셔 셜위ᄒ고 夫人이 친이 잔을

부어 오열 혼성으로 소졔를 불너 위로ᄒ난 말

(이하 낙장)

편저자 소개

◇ 김진영(金鎭英)
서울대학교 국어교육과, 동대학원 국어국문학과 졸업. 문학박사.
현재 경희대학교 국어국문학과 교수

〈주요저서〉 이규보문학연구(집문당, 1984)
춘향전 어떻게 읽을 것인가(공편: 박이정, 1993)
춘향가·홍보전·심청전·토끼전(공역주: 박이정, 1996-1998)
춘향전·심청전·토끼전·홍부전·적벽가 전집(공편: 박이정, 1997-8)

◇ 김현주(金賢柱)
서강대학교 대학원 국어국문학과 졸업. 문학박사.
현재 경희대학교 국어국문학과 교수

〈주요저서〉 춘향가·홍보전·심청전·토끼전·적벽가(공역주: 박이정, 1996-8)
춘향전·심청전·토끼전·홍부전·적벽가 전집(공편: 박이정, 1997-8)
판소리 담화 분석(좋은날, 1998)

◇ 김영수(金榮洙)
현재 경희대학교 국문학과 강사

〈주요논문〉 한국서사문학의 변신양상 연구(1993)
심청전의 구조와 의미(1998)

◇ 이기형(李起衡)
현재 경희대학교 국문학과 강사

〈주요논문〉 휘모리 잡가 연구(1995)
탄세단가(歎世短歌)의 사설 결합 양상(1998)

고전명작 이본총서
심청전 전집 5

1999년 6월 30일 인쇄
1999년 7월 10일 발행

지은이 : 김진영/김현주/김영수/이기형
펴낸이 : 박찬익

펴낸곳 : 도서출판 **박이정**
130-070 서울시 동대문구 용두동 129-162
전　화 : 922-1192~3,　FAX : 928-4683
온라인 : 주택576037-01-001536 우편010447-005340
등　록 : 1991년 3월 12일　제1-1182호

ISBN 89-7878-347-3　　　　　　　　　　정가 20,000원